二师姐

高危职业

言言夫卡 著

长江出版社
CHANGJIANG PRESS

图书在版编目（CIP）数据

高危职业二师姐 / 言言夫卡著． -- 武汉：长江出版社，2025.5. -- ISBN 978-7-5492-9514-2

Ⅰ．I247.5

中国国家版本馆 CIP 数据核字第 2024SW2660 号

高危职业二师姐 / 言言夫卡著
GAOWEIZHIYEERSHIJIE

出　　版	长江出版社
	（武汉市解放大道 1863 号　邮政编码：430010）
市场发行	长江出版社发行部
网　　址	http://www.cjpress.cn
责　　编	李诗琦
印　　刷	嘉业印刷（天津）有限公司
	（地址：天津市静海经济开发区北区银海道 48 号）
版　　次	2025 年 5 月第 1 版
印　　次	2025 年 5 月第 1 次印刷
开　　本	880mm×1230mm　1/32
印　　张	12.75
字　　数	379 千
书　　号	ISBN 978-7-5492-9514-2
定　　价	48.00 元

版权所有，侵权必究。如有质量问题，请与本社联系退换。
电话：027-82926557（总编室）027-82926806（市场营销部）

目录

第一章 002

第二章 063

第三章 125

第四章 164

第五章 215

第六章 269

第七章 304

第八章 338

第九章 376

海棠轻撼秋千 400
（现代校园篇）
图书馆的孤僻少女

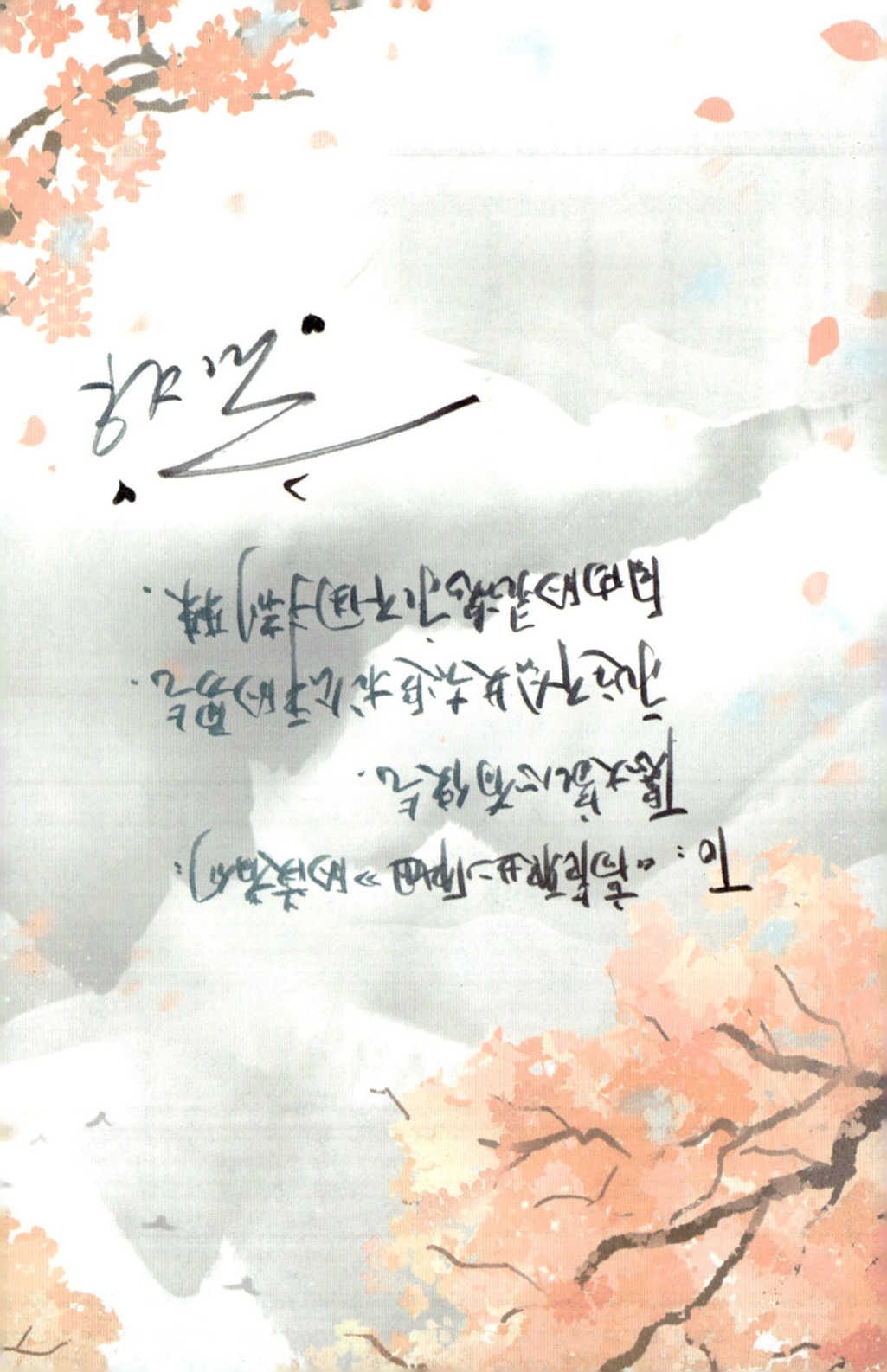

引子

虞兮枝熬夜看了一本仙侠小说，不知不觉睡着了。

她做了个梦，梦里她变成书里的角色……

第一章

　　虞兮枝跪在地上，疼痛感贯穿了她的五脏六腑，她的全身都像被碾碎了一样，这样的痛楚宛如浪潮一样席卷过她的身体，刺得她额头渗出了点点汗珠，滴落在面前的青石板上。

　　她撑在地上的袖口有泥泞，从袖口伸出来的指尖过分白皙纤细，却有细碎的伤口渗出血污。一道声音沉沉地压了下来。

　　"再问你最后一遍，虞兮枝，是你把小师妹夏亦瑶推下雪蚕峰后山的吗？"

　　虞兮枝疼得说不出话来，对方却显然将她的沉默当作了某种无声的反抗。

　　"夏亦瑶失踪的时候，就只有你一个人在场，如果不是你，难道是她自己跳下去了吗？"有另一道声音沉声喝问，"纵使通过迷雾林的路奇特非常，但那可是她每日来学宫都要走的路，这么多天都没有走错过，怎么偏偏你在的时候，她就走错了呢？！"

　　虞兮枝忍不住在心底叹了口气。来到这个世界也有一小段日子了，她才刚摸清情况，本以为走上了正轨，结果就在今天早上，她和小师妹像往常一样，一起穿过阵法重重的迷雾林，准备前往学宫听课，小师妹突然在她面前消失了！

　　她还愣在原地没反应过来，就有人踏剑从天而降，满脸怒意地将她带到了这里，进行了三司会审般的问责。这些人硬说是她将小师妹推下了雪蚕峰。

直到这一刻，她终于确定了——她这是变成自己睡前正在看的小说里的角色了。当时看到与自己同名同姓的"女炮灰"，她还慌张合上了书页，不敢相信有这么巧的事情。

想想就离谱！

虞兮枝虽然当时合上了书，但在好奇心驱使下，后来还是忍不住打开书把与女炮灰有关的戏份看完了，所以对眼前自己身处的剧情感到无比熟悉！

那是一本名叫《遥遥仙途》的古早升级流仙侠小说，洋洋洒洒好百万字，剧情老套但让人感到很爽：男主程洛岑出身贫寒，资质低劣，自小便被人看低，欺辱嘲笑。偶然的机缘让他得以受到神秘老修士残魂的赏识，从此拥有了"老爷爷残魂金手指"。老修士博古通今，来历惊人，答应帮他逆天改命，让他所向披靡。从此男主成为"龙傲天"于逆境中强势崛起，噼里啪啦地打歪了曾经瞧不起他的那些人的脸。后面的剧情她就没怎么仔细看了，总之，按照套路来说，男主在"老爷爷"指点下，一次次在秘境中夺得了各种天地灵宝，一路披荆斩棘，无限升级，无限打脸，最终打败了意欲毁天灭地的大反派，仙途登顶，抱得美人归。

这里的美人，指的就是这书的主角的官配，刚才教习口口声声要她承认推下了后山的那位、集千万宠爱于一身的太清峰小师妹夏亦瑶。

换句话说，现在的剧情走向用一句话就可以概括：所有人都觉得她——虞兮枝，是恶毒"女炮灰"，把男主的"白月光"推下山了。

虞兮枝此时脑子里只浮现一个字：危。

恰巧这时有窃窃私语传入她的耳中：

"平时就觉得这位二师姐除了一张脸之外，实在是平平无奇，不甚出众，真是浪费了掌门亲传的名额，这也就算了，没想到她竟然是这样心肠歹毒！"

"也不是不可以理解嘛，小师妹才入门一年，就已经连续破境，如今已经是炼气大圆满的境界了，而她才堪堪炼气，说白了就是嫉妒呗。"

"啧，堪堪炼气，连外门弟子都不如吧？得亏她有个好兄长，不然早就被逐出内门了。"

指责谩骂她的声音从四面八方压过来，各种恶意的揣测回荡在空气里。纷乱的大厅中一道清亮的少年音响起："师尊、各位教习，枝枝虽然平时在修炼上确实怠惰了些，但绝不是会出手迫害同门的恶毒之人！"少年急急为她分辩道，"这其中定然另有隐情！还请师尊明察！"

少年向前两步，不由分说地跪在了她旁边，他的双膝与青石地面碰触出一声清脆的响声，听起来就很疼。全部灌注在她身上的压迫感随着他这一跪终于减轻了些。

为她求情的少年不过十七八岁，剑眉星目，面容极英俊，头戴一顶紫玉发冠，背后还负着样式古朴的剑匣。

虞兮枝忍不住冲他无辜地弯了弯唇角，结果换来了对方一个恨铁不成钢的眼神，但眼底的担忧却是真切的。很显然，这就是大家口中，她的那位好兄长。

原书里，她的兄长名叫虞寺，是拿了男主"对照组"垫脚石剧本的"男炮灰"，更是昆吾山宗大师兄，掌门怀筼惊才绝艳的大弟子，凭借冠绝大陆的破境速度和一张英俊至极的脸，成了全渊沉大陆"九千万少女的梦"。

出身不凡、双亲健在、天纵奇才、顺风顺水，这些作为男主垫脚石的关键词已经足够致命了，偏偏虞寺还暗恋着男主的官配"白月光"，也就是那位名叫夏亦瑶的小师妹。然后，虞寺就被成长起来的男主劈了。再然后，原主咬牙想要为阿兄报仇，黑化堕魔，结果被小师妹给一剑诛了。

如果说，虞寺是男主成长路上的垫脚石，那么她虞兮枝就是小师妹证道之路的敲门砖。

他们兄妹俩，一石，一砖，真乃宇宙最强工具人，哪里需要哪里搬。

虞兮枝简单地回忆了一下剧情，发现到目前为止的发展，都和书里描述的无二。她甚至还记得在小师妹被找回来以后说的那句话："我也不知道为什么我会掉下去，当时我有点晃神，觉得好像那边有人在喊我。有没有人推我也记不清了……但无论如何，错肯定都在我，我相信师姐一定不是故意的！"

看书的时候，虞兮枝就被这句话哽住了，心道一声"好家伙"。这话迷茫中带着柔弱，无措中带着善良，无辜中还有几分小心翼翼。此言一出，无论到底是不是原主做的，大家都会觉得是了，同时还会怜惜小师妹通情达理，顾念师门情谊。

当代表演大师，舍您取谁。

只是没想到一晃眼，这事儿就落在了她头上。如果不是夏亦瑶一坠崖，所有人就将矛头指向了她，不分青红皂白地将她押到了太清峰大殿中兴师问罪的话，恐怕她还活在自欺欺人的侥幸里，甚至还觉得小师妹可爱善良，简直是人间天使。

但现在，虞兮枝彻底清醒过来了。还有点想给之前的自己一个大耳刮子。刚来的时候，因为摸不清情况，她还绷着真善美人设，落了个与世无争温柔怯懦的外在形象。结果到头来，好家伙，她拿的还是女炮灰剧本。白瞎了她收敛锋芒，这些日子一直轻声细语说话，故作温柔。

捋清思路后，虞兮枝勾了勾唇角，随即在所有人震惊的眼神中，慢慢站了起来。

"我没有推她。"她轻轻拍了拍衣摆上的灰尘，声音不大，却足以让所有人听到，"这件事，与我无关。"

空气中出现了那么一刹那的凝滞。不知为何，少女身上一直带着的某种自卑与怯懦似乎在这一瞬间尽数消失了，站在那儿的少女虽然狼狈，但抬起头的时候，双眼却极亮，仔细去看，其中似乎还是有少许茫然，但更多的则是某种清风明月般的明朗。

"你竟然还敢站起来！"有人暴喝道。

"我没有错，为何要跪着？"虞兮枝并不被这样的气势所压迫，只朗声道，"我昆吾山宗乃天下第一剑宗，侠风剑骨，不知何时起，竟然要逼无错之人认错？"

"无错之人？那你倒是说说，小师妹是怎么跌落山谷的？难道是她自己走向那边的？你有什么证据能证明自己的清白？"有教习前踏一步，喝问道。

"是什么让你们觉得，小师妹就一定不会出错，而我就一定要出手去害她呢？"虞兮枝扫了教习一眼，她似笑非笑的眼神故意带了些挑衅，却在对方即将被她的眼神激怒时，变得泫然欲泣和困惑起来，"都是太清峰的弟子，我说了不是我，为什么你们都不愿意相信我呢？就只是因为我的修为太低吗？"

那教习正要怒斥一句什么，却被虞兮枝这番娴熟的变脸搞得有些蒙。

"枝枝……"虞寺有点诧异地回头看她，还准备说什么，却被少女蓦地提高的声线打断。

"徐教习，您口口声声说我残害同门，却拿不出实际的证据来。那如果现在我告诉大家，前些日子学宫遗失的那本上清三书是您偷走的，您又要怎么证明你的清白呢？"她目光灼灼地望了过去。

徐姓教习万万没想到她居然还反过来给他扣帽子，顿时大怒道："你信口雌黄！你这是污蔑！你有什么证据，凭什么这么说！"

站在那儿的少女抬手整理了一下自己散乱的头发，露出一张白皙清丽的小脸，她长了一双天生的笑眼，即使在这种情况下，看上去却似乎依然是笑着的："这就有趣了，徐教习胡说八道，就要我自证清白。而我胡说八道，徐教习却只会破口大骂。按照您的逻辑，现在应当是您举证以示清白的时候呀？"

末了，她还做了一个"请"的动作。

徐教习一室，半晌，冷笑一声："平日里倒是看不出你如此巧言善辩。"

"他人如何待我，我'投桃报李'，对您不也正是这样吗？"虞兮枝声音依然柔软，然后在徐教习更黑了的脸色中，环顾了一圈带着各异的神色看着她的人。

"真是奇怪极了。既然小师妹每日去学宫的路如此危险，诸君如此担心，何不为她换一处住所？若是觉得只有如此才能淬炼剑意，提升修为，又何必为大概率会出现的危险而担忧？更何况……"她话锋一转，看向位于最中央的那位从头到尾都未置一词的人，"既然从山崖跌落如此危险，我们为何不先去营救小师妹？难道给我定罪，竟然比小师妹的生死更重要？"

少女声音还带着稚嫩，她似乎边说边感到了十足的委屈，眼角泛起了红，却倔强地不让其中的闪亮晶珠滴落下来。

掌门怀筠沉默不语地看着她，他已是化神后期的仙尊，目光中自有沉沉气势，然而她这个才刚刚步入"炼气"阶段的不成器的弟子却硬是没有移开目光，他可以看到她全身都在这样的威压下颤抖，下唇甚至被自己咬出了一条血线，却依然在坚持。

"请师尊—— 明察。"虞兮枝与这样有压迫感的目光对视，寸步不让，可能因为心里鼓着一股劲，原本令她难以忍受的身体之痛在此刻竟然抵消了不少。

"去寻亦瑶回来，真相如何，一问便知。"怀笃真人扔下一句话，转身而去。

"掌门！难道就这样饶过她吗？！"有人不忿，意欲出声挽留，身后却有少女的声音响起。

"师尊说的话，你听不懂吗？"虞兮枝将自己的剑匣从地上拎起来，不怎么熟练地学着虞寺的样子负在身后，再一把将还没反应过来的虞寺拉了起来，"只要找到师妹，问问她，不就知道了吗？这位教习这么着急阻止我，难道是不想让我找到师妹，抑或……是害怕师妹吐出你的名字吗？"

教习色变，一句"一派胡言"就要脱口而出，却见站在那儿修为明明异常低下的少女目露嘲讽之色，她一副"我刚才的示弱只是装出来的，你又能奈我何"的姿态，似是对这一大殿修为高绝之人都不屑一顾。

"欲加之罪，何患无辞。我今日别无所求，只为一个公道。现在我就去寻师妹回来，倘若师妹是我推的，那我也自己跳一遍雪蚕峰，但倘若不是……我要今日所有诋毁过我的人，都向我道歉！"

虞兮枝是个讲究有来有回的人，她被人污蔑了一通，这会儿喷回去了，显然言语间还占了上风，她的心情便好了许多，连带着身上的疼痛都淡了很多。

少女潇洒转身，血珠从她指尖滴落下来，她似乎这才注意到指尖的痛，微微拧眉垂首看了一眼，然后不甚在意地甩了甩手，甩了满地的绯红，她就这样流着血从分开的人群中，走到了大殿门口。

直到这个时候，才有教习回过神来，脸色红一阵白一阵地追问道："那若是你找不回来呢——"

"这里可是昆吾山宗，若是在宗门里都还有这么危险的地方，连自己

门下的弟子都无法护住的话，恕我直言，我看咱们山宗还是早日解散了好。"少女头都懒得回，满不在乎地随口应了一句。

她这话堪称大逆不道，偏偏话糙理不糙，大殿里的数位太清峰教习顿时齐齐变了神色。

走到门口的少女终于彻底沐浴在了阳光之下，她漆黑的发丝被染上了一层金色，她顿了顿，转过身来，在大殿中人发难前，率先摆出了一副好言相劝的模样："各位教习，比起操心我能不能找到小师妹，我劝你们还是先好好想想，要怎么向我道歉。"

她目光如刀，精准地扫过人群，在刚才说了她坏话的人身上一一停顿，再温柔地笑了笑："还有你们，一个也逃不掉。"

大殿里一片寂静，被她目光扫到的人都忍不住出了一身冷汗。

明明谁都知道这个草包二师姐的底细，可为何……刚才她一眼扫过来的时候，他们竟然感觉到了畏惧？

而且这个感觉，怎么莫名很熟悉？

虞兮枝的身影渐渐消失在了众人视线里，寂静一片的太清峰正殿这才有人突地一拍腿，压低声音："我想起来了！刚才二师姐的那个笑容……简直和小师叔一模一样！"

"你放屁，小师叔也就是身体弱了些，但平素里都温柔又谦和，什么时候露出过那样的笑！"立刻有女弟子不服气地反驳道。

"就是那次！九宫书院上门挑衅的那次！我确定我没有看错！"

大殿里的议论早已与虞兮枝无关，她一个字都没听到，就这么晒着太阳溜达到了太清峰山脚下。

她修为还不够御剑，所以只能自己走着去迷雾林。

昆吾山宗到底是当世第一剑宗，这方圆几百里都是昆吾山宗的地盘，外门暂且不提，无数人挤破头也想要进来的昆吾内门就分了五个山峰。她现在所在的太清峰，就是昆吾山宗的主峰，也就是她的师尊，掌门真人怀筠执掌之处。

五峰术业有专攻，入内门后，自会根据弟子的专长分配去处，比如琉光峰以炼丹著称，紫渊峰海纳百川，不仅要管外门弟子，还要为内门弟子分发门派任务，杂务颇多……至于她此时此刻要去的雪蚕峰，则都是药田。

别的门派也会有分支，但也只有昆吾山宗将各个峰弟子的住处都集中在了同一片。对于不会御剑的虞兮枝来说，从住宿的暮永峰出发，穿过雪蚕峰，再走足足小半个时辰，才能到达位于太清峰的昆吾学宫。

对于修仙之人来说，这路要走多远都并非难事。

难的是雪蚕峰上有片迷雾林——小师妹失踪的那个迷雾林。

虞兮枝站在被缭绕的雾气笼罩的山林外，深吸了一口气，提步向前走去。刚才撂话撂得汹涌，真正走到这里的时候，她心底却也还是有些发怵的。

雪蚕峰都是药田，自然没什么可怕的，可怕的是雪蚕峰的隔壁。迷雾笼罩了虞兮枝的视线，她虽然看不到，却知道迷雾林的雾气之外，便是千崖峰。

昆吾五峰里最神秘、最人迹罕至的千崖峰。

其他各峰都热热闹闹各司其职，完全是一副大门派的样子，唯有这千崖峰常年笼罩在云雾之中，冷清孤寂，连白鹤都鲜少愿意从这边飞过。宗门里的弟子在提到这里的时候，更是下意识会压低点儿声音。

千崖峰不是没有人，但也只有一个人——昆吾山宗小师叔，在此一人守一峰。又或者说，他守的并不仅仅是千崖峰，而是千崖峰后山的剑冢。

剑冢是昆吾禁地，其中葬着昆吾山宗这千百年来所有魂归昆吾的前辈们的剑，那剑中有睥睨天下的傲气，也有凄厉的怨气。可也正是这许多浩荡的剑气，才将整个昆吾山宗打磨锋利，让昆吾剑修永远手握天下最锋利的剑。

剑冢之中，剑气纵横，极易伤人，是以在这周围都有阵法密布，禁止弟子擅闯，雪蚕峰上的这片迷雾林便是其中阵法之一。同时迷雾林的阵法却又能稀释这样的剑意，让每一日经过这里的昆吾弟子能被剑意淬体洗髓。

这是昆吾这样的千年剑宗才拥有的底蕴。

内门弟子都谙熟迷雾林中的那条穿梭安全的路，虞兮枝也不例外。她沿着这条路穿梭了两遭，都没有见到小师妹的身影。她望着浓郁的雾气沉思半晌，到底还是觉得自己乱走不妥，她只有区区炼气初期的修为，阵法本就无眼无情，变幻莫测，拥有女主光环的小师妹可以一脚踏入其中而得

机缘，换到她身上可就不一定了。

自证清白这事儿，不必急于这一会儿。她身正不怕影子歪，没有推小师妹就是没有推，她可以向太清正殿中的那些人撂话，却绝不会在不必要的时候做个莽夫。如果她没记错，小师妹的机缘便是在这剑冢之中获得了一位大能前辈留下的名剑，而这剑分雌雄，她拿到了雌剑，"龙傲天"拿到了雄剑，这也是日后两人相见的预示。而等到小师妹彻底执掌了这柄剑的时候，名剑认主，自会有万剑齐鸣。

所以，她决定蹲在原地等小师妹出来。

虞兮枝这样想着，随便挑了棵树，靠着树干坐了下去。她解了身后的剑匣，将她的烟霄剑平放在了膝盖上，确保万剑齐鸣的时候自己能感知到，然后从剑匣的侧口袋里拎出来了一个本子，再摸出一支笔。

她的字不同于当代大家的任何一种字体，说不上难看却带着一点古怪，每个字都是圆润润的，远远看去，就像是在纸上画圈圈。

"太清峰徐教习、刘教习、王教习、雪蚕峰马闻、高修德……"

虞兮枝一边喃喃，一边记录下一个个名字。显然，这些都是刚才在大殿里曾对她出言不逊的人名。

全部写完以后，她又仔细核对了一遍，确认没有遗漏，这才满意地吹了吹纸，打算合上这本记仇笔记。

"咦？"抬头的瞬间，虞兮枝觉得自己似乎有些眼花。

这棵树刚刚是在这个位置吗？她坐下的时候，旁边有野花吗？这是哪里？

虞兮枝倏然警觉，她猛地站起身，握剑在手，环顾四周。

迷雾林依然是之前那片雾气霭霭的样子，但她周遭的环境却显然发生了变化，树木变得更加密集紧凑，地面不再平整，甚至空气里也悄然多了一份奇异的香气。

大意了，她急着在没忘之前把日后要算账的人名写下来，竟然忘记了迷雾林这阵法是活阵这回事！

所谓活阵，就是会在某一个不确定的时刻发生变化的阵法，虞兮枝来这里这么久，还从未见过这阵法变过，却不料这变化会发生在这个时候！

虞兮枝暗道一声糟糕。果然，所谓"炮灰"，就是站在原地不动，意外状况也会百分百从天而降的存在。她对阵法一窍不通，破阵是不可能的，好在她知道迷雾林这阵主"困"，而非主"杀"。

虞兮枝叹了口气，提着剑匣，试探着迈出了脚步。困阵最忌原地不动，她一边小心翼翼地向前移动，一边摆出了个双手合十的姿势，喃喃道："小师叔，您也看到了，这可真不是我要故意打扰您老人家的清修，形势所逼，您宽宏大量，只当没看见我，高抬贵手，放我一马。"

虞兮枝来得晚，还没见过小师叔真容，却早已听了满耳朵的有关小师叔的传闻。比如小师叔常年驻守剑冢，被剑气所伤，体弱多病；再比如小师叔谦和温柔，翩翩君子，如谪仙临世。

所谓小师叔，自然是掌门怀筠的师弟。于是虞兮枝自动脑补出来了一个带着病容的中年美大叔形象，顺便给大叔身下安了一把破破烂烂的椅子，手里塞了柄剑，呈一夫当关万夫莫开之势，枯坐在剑冢入口前。

在今天之前，虞兮枝对大家的说法是信的。今天之后，忆起了原书剧情的虞兮枝，只想对所有憧憬小师叔的人大喊一句："傻孩子们，快逃啊！"

你们敬爱的小师叔根本不是什么"温柔守墓慈善家"，而是原书毁天灭地心狠手辣的黑化大反派！她没怎么看原主死后的情节，只随手翻了翻，却也知道"龙傲天"男主在全书的后半段都活在被小师叔这位幕后反派支配的恐惧中，甚至惨到最后，才知晓布局了这一切的人竟然就是自己身边的小师叔。

全书反派，恐怖如斯。

念及此，虞兮枝顿了顿，觉得自己刚才的一番话还不够诚心，咬牙道："精诚所至，金石为开。信女愿日日为您祈福祝寿，愿您福如东海，寿比南山，入神万劫再通天，开天辟地逍遥游。"

话音刚落，随着她的一步前踏，她的面前倏然有了一道剑光。

雾气仿佛更浓了，但雾气却被那剑光破开，虞兮枝的发带甚至直接碎裂开来，那游龙一般的剑光带着某种暴虐的气息，似乎想要将这一整片空间都斩碎！

一袭白衣站在距离虞兮枝不远的前方，他看上去和虞兮枝差不多年龄，少年胸膛起伏，白衣斑驳，长发散落，侧脸冷白如玉，眉目精致锋利，看上去似乎过分单薄了些，握剑的手却极稳。

那一剑似乎用去了他大半的力气，他身形有些踉跄摇晃，抬手捂住嘴咳嗽了两声，猩红的液体从他的指缝里渗出，他来不及休息，猛地向着虞兮枝的方向转过了头！

少年有一双乌黑的眼瞳，神色恹恹，姿容狼狈却满负剑气，虞兮枝被震在原地不敢动弹，她不知对方是什么人，手指捏紧了烟霄剑，却生不出半点拔剑的念想。下一秒，少年已经挟风雨之势，欺近了她身前，一手扣住了她的脖颈，声音带了几分沙哑："你是怎么进来的？"

虞兮枝感到自己的脖颈在对方手下脆弱如枯枝，对上少年那双杀意过分沸腾的双眼，她浑身战栗，以为今日要命丧于此。然而对方的手迟迟没有收紧，似带了某种克制，她下意识地垂眼，眼神却停在对方那被血染红的唇边。

半晌，她在对方愈发冷酷的眼神中，鬼使神差地开口："不然……你先擦擦血？"

沸腾的杀意有那么一瞬间的凝固，白衣少年没有放开她，扣住她脖颈的手指却悄然松了松。他面无表情地看了她半晌，也不知在想什么，在虞兮枝快要绷不住了的时候，少年突然笑了一声："好啊，你帮我擦。"

虞兮枝无语。

你认真的吗？她也只敢在心底小声吐槽，少年话音才落，她已经下意识举起了袖子，然后才发现自己的道服也早已被渗出的血浸得斑驳，她的动作在半空有点尴尬地顿住，狠了狠心，索性直接用了手。大约是因为一直在失血，她的手很凉，但少年线条漂亮的下颌竟然如同玉石一般，比她的手还凉。她用拇指指腹轻轻擦过对方唇角后，绯色晕开，转移到了她的手指上。

虞兮枝手指微顿，她心底诧异，手却很稳地收了回来。她的手刚刚收到一半，抵住她脖颈的手就一松，取而代之的是被禁锢的手腕。少年垂眸，压下一片鸦羽般的睫毛，他沉默片刻，不知从哪里抖出来了一条干净的手帕，反手收了剑，然后一点一点地仔细将她手上的血擦干净了。然而他握着的，好巧不巧，是她原本就有伤的那只手。

他擦得用力，好似根本看不到她手上的伤口。她手背上的伤口不大，皮肉并未外翻，却很深，仔细看去，竟是四道深深的爪痕，指头上还有像是咬痕的沟壑。当时她刚进入这个世界，跪在众人面前应对审问，根本没留意这是何物所伤。现今仔细看，怎么像是猫爪抓出来的？

一般来说，在引气入体后，已是彻底洗髓，身体自然坚固，极难被普通的动物伤害到，可偏偏她不仅被伤到了，而且很显然，伤口已经有一段时间了，却仍未痊愈了。这甚至可以说是十分罕见了，白衣少年却似毫无兴趣，他只垂眸擦血，看不出他心中所想，他动作也并不多么温柔，虞兮枝疼得颤抖，对方却无动于衷。但末了，他竟然又掏出了一张素色的手帕，将她有伤的位置包扎起来，随后才松开手。

虞兮枝收回手，心思纷繁。不知怎的，伤口的痛感竟然似是被压了下去，与此同时，她体内磨骨般的痛，竟然也像是被安抚了一般，慢慢散开来。她心头有疑惑，却不知从何开口。

松开她的手腕后，少年似是厌恶地扫了一眼那方沾染了他血迹的手帕，指尖燃起了一抹幽蓝的冷火，将手帕烧成了灰烬。在这样微小却暴烈的冷火中，白衣少年重新掀起眼皮，复又问道："所以，你是怎么进来的？"

"我在等人，没想到正好遇上了迷雾林的阵法变动。"虞兮枝被白衣少年的一系列毫无逻辑的动作弄得不知所措，老老实实应道，"等我回过神的时候，就已经在这里了。"

"迷雾林？"白衣少年眯了眯眼，他漆黑无神的眼瞳被冷火映出了一片稠蓝，不知想到了什么，他原本稍有缓和的脸色突然变得很差，少年神色莫测地打量了虞兮枝半晌，"你在等谁？"

"我的小师妹。"虞兮枝看到对方疑窦丛生的眼神，虽然猜不透对方的身份，但既然身在此处，定然也是昆吾内门弟子。她本就问心无愧，和小师妹的事情根本没必要藏着掖着，若是想知道，随便拉人打听都能知道，那还不如她自己来说，"所有人都觉得是我在路过迷雾林的时候，将她推入了阵中，从而跌落雪蚕峰，但我没有推，所以我来等她出来，还我一个清白。"

"太清峰的人已经愚蠢到，觉得推一把就可以将人从雪蚕峰推入剑冢吗？还是你也觉得自己已经强悍至此了？"白衣少年仿佛听到了什么滑稽至极的事情，脸上生了一抹嘲讽，"不论如何，你来这里等着又有什么用？"

虞兮枝还没来得及回应，却与白衣少年一同脸色微变。她手中的烟霄剑不安地颤动了起来。与此同时，这一片空间顷刻间充斥了"嗡嗡"的响动，铁马金戈般的气势排山倒海而来，周遭的树叶簌簌而下，风呼啸而过，剑气挟风雷之势向两人所站的方向扑面而来！

虞兮枝猛地睁大眼。白衣少年一步挡在了她的面前，为她挡去了最凌厉的一波剑气，他长剑并未出鞘，身上最锋利的剑气却展开，竟是生生地将那样的异动给压了下去！

他脸色较之前更苍白，一边止不住地咳嗽，眼中却更亮，等到这一波剑风扫过后，他勾了勾唇角："看来，你的那位小师妹运气不错。"

异动才起的时候，虞兮枝就已经猜到，这是夏亦瑶拿到了那柄命定之剑，虽然没料到所谓万剑齐鸣竟会有如此动静，但此时此刻，她更好奇面前这个能够抵御这样剑气的少年究竟是谁。

她已经从他的寥寥数语中猜出，她被卷入的阵法或许比她想象中的更加复杂，她甚至极有可能已经不在迷雾林了。而这个少年，竟然用那样满不在意的狂妄语气评价昆吾山宗掌门所在的主峰的人是蠢货，显然他的身份并不一般。

宗门里元老不少，可有资格说出这样话语的人，都是年龄和胡子一样一大把了的人，又哪里会有这么年轻的人存在呢？

难道是……怀筼掌门的私生子？又或者哪位长老藏在这里的关门弟子？

虞兮枝心绪飞转，又想到了一个可能性。

是了，宗门老怪物们都到了那么高的境界，难免会有人喜欢将自己的外貌溯回至少年时期。所以面前这位，八九不离十不是什么白衣少年，而是白衣老祖宗。

想到这里，虞兮枝后退半步，认真行礼道："感谢前辈救了兮枝一命。"

"那剑气杀不了你，最多让你半死。"白衣老祖宗一副并不领情的样子，但下一句，他却重新看了虞兮枝一眼，似是感慨，"我救过许多人，道谢的倒只有你。"

他又止不住地咳嗽了两声，神色这才真正重新回归了平静，仿佛刚才那个喜怒无常又带着肆虐剑气的人并不是他："你的小师妹运气很好，但你运气却不太好。你的伤口沾了我的血，不想死的话，每个朔月亥时在千崖峰下等我。另外，见过我的事，不必与他人讲。"

虞兮枝还在想他这话是什么意思，不待她追问，她的面前却有了一阵斗转星移般的模糊，她只看到白衣老祖宗负手站在原地，留给了她一个模糊的背影。下一刻，她再抬眼，恍然发现自己竟然又重新出现在了迷雾林中。

而她的面前，赫然是失踪多时的小师妹夏亦瑶。

夏亦瑶手握一柄尚自在震动中的细剑，她身着昆吾内门道服，束腰勾勒出极漂亮的线条，少女黑发如瀑，面带茫然地垂首拧眉，然后猛地抬头看向了虞兮枝："二……二师姐？你怎么在这里？"

虞兮枝把被不知名老祖宗包扎好的手指藏在身后，再抬眼时，眼角已经有泪珠凝结，她似激动又似庆幸地看向夏亦瑶："你没事……真是太好了！"

夏亦瑶吓了一跳，下意识抬手，然而她忘记了自己身上还带有剑冢出来后的纵横剑意，这样抬手间，她原本的佩剑和手中新得那柄剑齐齐脱鞘而出，直直对准了虞兮枝的方向！

"亦瑶！"一道声音倏然响起，无数剑光划过天际，太清峰众人显然也感受到了剑冢的异动，御剑赶到这里的时候，却见到夏亦瑶正举剑对准了虞兮枝！

几乎是不带思考的，教习们下意识就觉得，这是虞兮枝在找到了夏亦瑶后，做了什么过分的事情，导致夏亦瑶逼不得已进行反击。

于是数位教习落在夏亦瑶身侧，纷纷拔剑，指向了虞兮枝："大胆！"

只有戴着紫玉冠的少年站了虞兮枝面前，他的长发被教习们同时举剑的杀意吹开。虞寺下意识将手放在了剑柄上，却终究没有出剑，只死死地挡在了虞兮枝面前。

"阿兄。"虞兮枝轻轻拍了拍他的背，声音平静，这才让少年紧绷的身体稍微放松下来，她从虞寺身后走出，像是丝毫没有看到面前的这些寒光丛立的长剑，只柔声道："小师妹，看来，之前你突然一脚踏入迷雾林，

015

便是受到了名剑的感召，倒是我白担心了一场，剑冢的剑气有伤到你吗？"

此言出，持剑的教习们都愣了愣。

"是……是亦瑶运气好，并未受伤，让二师姐担心了。"夏亦瑶细细的声音从人群后响起，教习们终于后知后觉地感到，他们误解了情况，纷纷尴尬地让开了一条路。

虞兮枝越过人群，眼神在夏亦瑶身侧悬停的细剑上一扫而过，带了笑意道："名剑多桀骜，刚收服的更是如此，过两日便好了，不用太紧张，恭喜小师妹得此机缘。"

夏亦瑶这才猛地反应过来，眼神有了一瞬间的游移。这和她原本打算的不一样。她显然还没有到藏剑入体的境界，这柄新剑在手，即便她不说，别人也一眼就能看出来，她既然拿到了这柄剑，自然也知道了这是一对雌雄剑中的雌剑，这剑的剑灵嘱咐她，暂且不要将雄剑的事情告知别人，否则可能会碰上意想不到的变化和麻烦。

她本来是准备出了剑冢就装失忆的，结果被突然出现的二师姐这么打断，她竟然忘了这个事！

现在装失忆显然是来不及了。她还在思忖怎么办，徐教习的脸上已经露出了喜色："原来刚才剑冢的动静是因为亦瑶取了剑？好事，这可是天大的好事啊！这一辈的弟子，亦瑶当是被剑冢感召的第一人吧？"

一旁的王教习也抚掌叹道："就算是阿寺也还未被剑冢感召吧？"

"我昆吾有此天纵奇才，不愁下一个千年！"徐教习大笑道，"当立刻让掌门真人知道此事，就算是设宴庆祝也不为过！"

"倒也不应该这么快就昭告天下，昆吾为众仙门之首，本就容易成为众矢之的，还是应当韬光养晦才好。"

"胡言乱语，我昆吾一剑扫天下，何时还要看其他门派的脸色做事了？！"

一众教习祝贺有之，感慨有之，虞兮枝并不打断，只站在旁边听了个全套，然后才挑了个空气突然安静的间隙，开口道："那么，诸位教习现在相信，小师妹不是我推下去的了吧？"

众教习猛地一愣，似乎才想起还有这么一码事。

徐教习不悦自己的思绪被打断，摆摆手说："既然与你无关，你自行离开便好。"

眼看虞兮枝站着不动，徐教习拧眉更深："怎么，难道你真的要我向你道歉？"言罢，又扫了一眼虞寺，"阿寺，你去通知师尊。"

虞兮枝沉默地站在原地。她慢慢攥紧了拳头，深吸了一口气。她说不清自己心里此时此刻的感受。如果能的话，她当然也想一步不让地逼迫徐教习道歉，逼迫所有当时对她恶语相向的人向她低头鞠躬。但她不能。她不能，不是别的，只是因为她无关紧要——不甚出众、平庸、境界低下，所以她无关紧要。

虞兮枝原本以为自己会很生气，但看到这个样子的徐教习，她竟然有了一种意料之中的感觉，甚至有点想笑。就因为这样，所以，如果这件事是她的错，她就要为之付出代价；不是她的错，这件事就要被轻轻揭过。这不是什么女主光环抑或女配必定要倒霉的设定，既然她到了这里，就算这是书中世界，也应当有自身逻辑，也总应该是有公平与公正的。

如果能够选择的话，又有谁不想要自己生来讨人喜欢，光芒万丈，一路扶摇直上呢？可又有几个人能生来就站在云端呢？她突然又想到了自己这个角色在原书中的下场，有点出神地将目光落在了夏亦瑶手中的细剑上——就是这把剑未来会将她一剑穿心，让她神魂无存。

她很愤怒，却也很冷静。

"阿兄。"她看着面前不再理会她、重新陷入热烈讨论的教习们，轻声唤了站在自己身前、面色同样难看的虞寺，"他们这样忽略我、轻视我，是因为我境界太低，实力太弱吗？"

虞寺抿了抿嘴，他回过头来，以为自己会看到虞兮枝沮丧、愤怒抑或难过的表情，心中已经在思考要如何安慰，却不料，他对上的，竟是一张带着平静笑容的脸。

发丝散乱的少女眼瞳明亮，仿佛在说一件普通的小事："如果是这样的话……阿兄，我想变强。"

如果这个世界注定弱肉强食，不争不抢便会被吞噬殆尽。那么，就用手中的剑，为自己劈出一剑公平。

小师妹夏亦瑶惊动剑冢，喜得名剑潇雨的消息很快传遍了整个昆吾，二师姐虞兮枝残害同门的传闻被压了下去，无人为她分辩，却也没有多少人再关心此事。

偶有人提及，便会有"啧，这一把就能推出来一柄剑冢的剑，我也想被推一把"一类的调侃出现，伴随而来的，自然还有老生常谈的"虞兮枝的运气为什么能这么好？我也想要有大师兄那么好的兄长，奈何我娘不给力，断了我的念想。"云云。

师门中人对她嫉妒有加，偏偏这些话虞兮枝听到也无法反驳。她确实有个好兄长——当初怀筠掌门一眼看中虞寺的根骨，准备带虞寺走的时候，虞兮枝死死拽住了虞寺的袖子，硬是让怀筠收徒一收一双，她这才成了昆吾山的二师姐。

按理来说，能让怀筠掌门最终点头，她的根骨虽然算不上惊才绝艳，但也绝非凡物，但实际上，来了昆吾山宗以后，按照原书的走向，她基本应该就是这样一种状态：别人筑基了，她在炼气；别人结丹了，她在炼气；别人元婴了，她的气还没炼好。挺愁的，也不知道到底是哪里出了问题。要说根骨的话，若是真的无药可救，就算当年她拽断虞寺的袖子，掌门怀筠真人也不可能带她上昆吾；要说是引气入体的洗髓程序不对，她昨夜试探着运行了一下灵气，虽然不甚熟练，却也没感觉到有什么问题。

虞兮枝暗自叹了口气，心道但凡原主争气点儿，她说话的时候，腰杆也能更挺直些。她从讨论此事的人群中穿梭而过，顺便对着挡住她路的人柔声道："麻烦您让让。"

这个年轻弟子正面带嘲讽地描述着那日太清峰正殿上，虞兮枝与诸位教习对峙的一幕。看到她来了，年轻弟子表情一顿，有点讪讪地回头，对上虞兮枝的微笑，然后默默让开路。

虞兮枝一路在众人各异的眼神中走进学宫，找到自己的位置坐下，神色自若地从剑匣侧面掏出小本子，提笔在上面又加了几个名字，然后吹干纸张，再重新放了回去。

天下求学之处甚多，其中九宫书院与昆吾学宫独占鳌头。

九宫书院为五派三道中释、儒、道三道之首，自成一派，远在卯月海。而昆吾山宗的昆吾学宫，便位于太清主峰的半山腰，远远望去，一片葱郁之中有连绵的飞檐尖角与廊腰缦回，几乎占据了这座本就极宏伟庞大山峰的整个半山到山脚的位置。

昆吾学宫分为上三层和下三层，只有各峰峰主的亲传弟子和被峰主与掌门点名过的弟子才能进入上三层，普通弟子终其一生也只能在下三层学习。是以"进入上三层"也是所有昆吾弟子努力的目标。

众人议论中心之一的虞兮枝此时此刻便端坐在上一层的课堂里，垂眸看着自己面前的课本。

修仙界要变强的路子很多，歪路更是不少。虞兮枝作为仙门之首昆吾山宗掌门座下的弟子，但凡好好修炼，资源自是天然优渥，更何况，以虞兮枝这三脚猫的炼气初期境界……歪路也看不上她，她还不配走歪路。

虞兮枝想了一夜要如何变强的问题，又仔细回忆了一番剧情，发现书中虽是寥寥数语，但距离她作为女炮灰身死的剧情，也还有好几十年时间。

修仙之人寿数极长，几十年也不过白驹过隙，大佬们一个闭关入定都要数百年。但这对于现在的虞兮枝来说，已经非常珍贵了。

夏亦瑶和她现在都才刚刚十几岁，而"龙傲天"此刻还在昆吾外门蹉跎，依照剧情，"龙傲天"应该才刚刚拿到"老爷爷残魂金手指"，拔出了那柄潇雨剑的另一半，鸦羽。距离两人真正见面，还有一段路要走。

换句话说，她还有时间从头开始，让正道的光在她身上闪耀！当然，这得抛去她沾了白衣少年……哦不，老祖宗的血，要每月去领解药的事情不提。

白衣老祖宗说得没错，她觉得自己确实运气挺差的。炮灰女配的刀悬在头上的时候，她还能再招惹到别的麻烦，也是"天赋异禀"。除此之外，她指尖奇异的伤口和身上感受到的那股撕心裂肺般的痛都离奇非常。

她已经把昨日包扎的手绢洗干净放在了身上，打算下次见白衣老祖宗的时候归还。而她手背与指尖一直无法愈合的伤口今天终于奇异地有了结疤的迹象，她找了白纱布随意包了，身上的痛楚也缓解了许多，呈现出一种疼着疼着也就疼习惯了的状态。但虞兮枝下意识觉得，她的这些症状得

以缓解，似乎与白衣老祖宗有关系。

对方看似是在帮自己擦血和包伤口，但说不定还做了些什么别的事。说起来……她甚至不知道对方是谁。会疗伤的人，想来或许是雪蚕峰的某位长老？可偏偏对方约了她在千崖峰下见面。

千崖峰是昆吾小师叔的地盘，虽说不至于像是禁地一般不可侵犯，但在大多数昆吾弟子心中，也差不远了。也或许在千崖峰见面，是对他身份的某种伪装？可又有什么身份要伪装呢？虞兮枝越想越觉得满头雾水，还好距离朔月也没几天了，她很快就要再见到那个人了。

虞兮枝停下思考，重新看向了自己面前的书。走正道的第一步，当然就是好好来学宫上课，认真修炼，努力突破。放在她面前的那书极新，连个褶子都没有，甚至连所有者的名字都没写，原主显然在修炼这件事情上从未上过心。而她之前来上课的时候，因为没有什么压力，所以她听得虽然认真，却也并没有真正往心里去。

虞兮枝看着封面上力透纸背的《炼气》二字，拿出了当年翻开"五三"（《五年高考三年模拟》）的架势，沉着地抬手翻开了第一页。

只可惜她才扫了一眼目录就被人打断了。

"哟，二师姐今天竟然这么早。"

一道阴阳怪气的男声从学堂门口传来，雪蚕峰的十来个亲传弟子一起从门口走了进来，空气里顿时萦绕了一层淡淡的草药气。为首一人两三步窜到了虞兮枝旁边，夸张地喊了起来："哇哦，这是二师姐去陈教习那儿领的新书吗？这一学程都过半了，二师姐才翻开第一页呢！"

又有人不以为意道："高修德，你的酸气要冲破学堂的顶，飘去上二层了。二师姐和我们不一样，毕竟我们……可没有大师兄这种好兄长遮风挡雨啊。"

高修德挑眉道："也是，二师姐自与我们不同，说起来，我已经到了炼气中期了，不知早我三年入宗门的二师姐……"

他话没说完，自己先捂嘴笑了两声："是我僭越了，二师姐可是掌门真人的亲传弟子，又怎是我一个小小的雪蚕峰弟子可以妄议的呢？"

类似的话语高修德并非第一次说了，虞兮枝刚穿来的时候，总想着情况不熟，能忍则忍，但现在既然知道自己到底还是拿了炮灰剧本，她也懒得再装下去了。

高修德等着看少女像过去那样愤怒却隐忍的样子。这位二师姐性子绵软怯懦，长相却冠绝昆吾。他最喜欢看她咬着下唇，眼底飞红的样子……

他的遐思才刚刚展开，就被一道声音打断了："既然你也知道自己僭越妄议，那便按《昆吾清规》自罚吧。"虞兮枝端坐在那儿，既然决定不忍耐了，那么她甚至懒得掀起眼皮看他一眼。她手下径直翻过书页，在倏然安静的空气中响起一声纸张的摩擦声，"高师弟博学多才，年纪轻轻便已至炼气中期之境，就不用我提醒你，你所触犯的，是《昆吾清规》第几条了吧？"

高修德愣在了原地。

这个语气森然气势冷冽的少女……是谁？

学堂的门被接二连三地推开，其他几峰尚在炼气的年轻弟子们鱼贯走了进来，早到一些的，自然也听见了虞兮枝的那句话。

阳光从窗边照进来，坐在窗边后排的少女肌肤白皙，黑发如云，她似乎不怎么会打理这头长发，只是简单地用木簪挽了个髻，任凭黑发散漫地垂下，被阳光镀上一层光霞，而她面容平静，一双天生的笑眼却自带了几分笑意，她手指轻轻地翻过一页书，半晌没听到动静，这才带着惊讶神色抬起眼："高师弟？不会真的是忘了吧？"

高修德涨红了脸，反驳的话就在嘴边，虞兮枝却不甚在意地挥了挥手："忘了就去抄十遍清规，再自罚便是，倒也不必站在我旁边，挡着我看书的光线。"

她看书的光线分明是从窗边倾泻而下的，又与高修德站的位置有何关系？

高修德当然也意识到了这件事，他深吸一口气，感受着同门们的复杂目光和窃窃私语，只觉得自己在这样的羞辱下已经忍到了极点——

下一刻，他才知道，原来这份羞辱还能更盛一分。

"还是你一定要我直说？"虞兮枝叹了口气，再度抬起头，诚恳地看向他，"高师弟，你身上药田泥土的芬芳，恐怕我无福消受。"

"你！"高修德咬牙喊出一个字，反手捏住了身后的剑柄。

他分明修为比她高，一定要说的话，纵使他是雪蚕峰药田里的弟子，实战经验也定然是比虞兮枝要多的，偏偏他修为外震，坐在桌前的少女却单手托腮，好似未觉，依然平静地看着他。

她目光专注真挚，却又带了一丝戏谑和挑衅，在其他人都看不到的角度，她的唇角还微微上扬了几分，分明是一副轻蔑的样子！

高修德再也受不得这样的激，反手就要拔剑！

虞兮枝分明比高修德低了一个小境界，却丝毫没有被压制的感觉，反而在她一眼看来的时候，高修德握剑的手竟然有了一丝颤抖！高修德心底骇然，还没有细思这是为什么，一只手已经压在了他的肩上，止住了他所有的动作。清朗的少年音在他身后响起："哎呀，高师弟这是想要在学宫里，对着同门拔剑吗？"

高修德浑身一震。来往学宫的人，到底都是少年心性，难免言语之中会有许多摩擦，更何况，昆吾山宗本就是剑宗，剑修之间，三言两语不和，废话不多直接拔剑的事情不在少数。

昆吾山宗并不完全禁止弟子比试，但却严格界定了比试的地点，学宫此处便是严令禁止拔剑之处，若非剑修养剑，需得时刻带着剑，恐怕也要像九宫书院那样，被缴械后才能进入。

而为了贯彻这一禁令，学宫挑了各个山峰修为最高的几个人作监修，每日轮值，已经快要结丹的虞寺便在其中，而面前的这位来自紫渊峰的沈烨师兄，也是其中一员。

"看来是的。"

虞兮枝站起身来，冲着出现在高修德身后的人行礼："多谢沈师兄从高师弟手下救了我一命。"

她身为掌门怀笃真人的弟子，从身份上来说，所有人都要尊称她为二师姐，但若是从年龄和入门时间来说，虞兮枝也还是要喊面前的清隽的少年一声师兄的。

她一套操作行云流水，再抬头的时候，她已经堵住了沈烨或许想要小惩大诫的所有话语："还好沈师兄来得及时，否则我恐怕要血溅当场了。"

她似是感慨地看向高修德："高师弟，冒犯师姐，剑拔同门，言语羞辱，挑拨关系……高师弟，我看你这是对《昆吾清规》不屑一顾啊，走一趟紫渊峰戒律堂不为过吧？"

她顿了顿，又歪了歪头："又或者高师弟是想让我亲自将你送过去？"

高修德眼睛微亮，以他的修为，就算途中想要摆脱虞兮枝也并不是什么难事，而沈烨师兄也必不会事后去查戒律堂的记录。

他正要咬牙答应下来，就听到虞兮枝继续道。

"这样也可以，不过是缺一节课罢了。还要劳烦沈师兄将高师弟的双手用戒律鞭束好，我好牵着鞭子走在前面，带高师弟绕着学宫走一整圈，让近来新入门的弟子都好好看看违背《昆吾清规》的下场，以儆效尤。"

"高师弟，你觉得如何？"

高修德现在只想把片刻之前的自己一巴掌拍死。他有点不可置信地看着虞兮枝，对方丝毫没想着要避开，眉眼无辜地看着他，高修德甚至从中看出了几分跃跃欲试和不易觉察的挑衅。这真是二师姐本人吗？

可虞兮枝眉眼依然温柔，仿佛高修德刚才看到的是错觉。

"沈师兄，我跟你走，现在就走。"

高修德冷汗涔涔，当机立断转身，诚恳地看向沈烨，在对方挑眉微讶的眼神中，头也不回地向学堂门口走去。

对方的反应早在虞兮枝预料之中，她慢慢坐下来，在沈烨探究的眼神中露出了一个人畜无害的微笑："有劳沈师兄了。"

沈烨总觉得这看起来温柔内敛的笑容哪里见过，却一时之间想不起来。他与虞寺是至交，虽然对虞兮枝过去的作为有所微词，但也不能在这里盯着虞兮枝一直看，很快便转身去追高修德了。

虞兮枝收回目光，她早就看过自己的长相了，这角色与自己的长相有八分相似，加上现在的神态，便是十分。她有一双天生的笑眼，就算是生气的时候，也带着三分笑意，右脸颊上还有一个梨涡，偏偏她的五官又是明艳的，所以她笑起来的时候，十足的无辜纯净，而她眼波流转似笑非笑的时候，便活脱脱是一个恶毒女配。

关于表情转换和控制的技巧，虞兮枝拿捏得炉火纯青。

023

无他，只因现实中的她是一个小演员。

因为长相太讨喜，很小就被发掘，演了不少戏。偏偏第一次爆火的角色就是惟妙惟肖的小恶毒女配。所以之后，她就只能接到"茶艺大师""白莲小花"和黑化反派的幼年期角色，从此成了家喻户晓的小恶毒女配专业户。

后来，她参加艺考还拿了第一名，正准备扛着箱子去上学，没想到就这么来到这个"世界"。

来都来了，虞兮枝心态很好，毕竟在这个"戏"里，她还是不离老本行地拿到了恶毒炮灰女配的剧本。瞧瞧，刚刚只是小试牛刀，就把孩子吓跑了。虞兮枝对自己没退化的演技十分满意。

有了这么一遭，学堂里果然不再有人来打扰她。可惜炼气这门课的老师，好巧不巧，偏偏是与她结了梁子的徐教习。

徐教习显然已经知道刚才的事情了，看到虞兮枝就冷笑了一声，但不待他说什么，学宫的上课铃就响了起来。

这上课铃并非普通铃铛，乃是昆吾秘宝天心铃。一旦响起，则有让人清心净欲，灵台清明的效用。天心铃有一对，一只被拴在昆吾山宗的镇山神兽麒麟的脖子上，另一只，则成了学宫的上课铃，足可见宗门对学宫的重视。

天心铃响，则意味着开课，纵使是徐教习也不能忤逆这样的学宫规定，他斜睨了虞兮枝一眼，并不多说什么，就开始了这一日的授课。

徐教习已经讲到了《炼气》这本修行理论指导手册的中段，虞兮枝却还是从头开始看的。书页上的字虽是竖排，但每一页字数却不多，虞兮枝一开始还觉得别扭，一个字一个字地顺着往下看。但很快，她就适应了这种阅读方式。

徐教习沉闷无趣的讲课声音逐渐远去，窗外隐约的风动鸟鸣褪去，流动的空气路过她身侧的时候，都仿佛害怕惊扰到她，变得宁谧了许多。一个一个油墨字迹像是活过来了一般，从纸面跳跃出来进入她的脑海中，再深深烙印其中。她越看越入神，速度也愈发快了起来，远远看去，竟像是根本没在读，而是在无意义地翻书！

她翻书动静不大，但这样的速度，也足以吸引到全学堂的人的注意了！

后排有太清峰的内门弟子小声议论：

"二师姐这是怎么了？不想看就不看呗，这样翻书岂不是又会惹得徐教习生气？"

"徐教习已经很生气了！你看徐教习的脸色，他连课都不讲了！！二师姐这可真是要完……"

虞兮枝对自己现在的状态浑然不觉，她从小就背台本，本就聪颖，又经过专业的训练，基本上是可以做到过目不忘的。而现在，那一声铃铛让她灵台一片澄澈，引气入体后，身体更是对这样高强度的知识摄入毫不排斥，她只觉得书上所写的内容飞快地被自己记忆下来，而她体内有陌生的涌动感，仿佛在渴求更多这样的知识。

如果这个时候，有人开"灵视"看虞兮枝的话，就可以看到她的体内有过分充沛的灵气涌动，竟然在自动按照她刚刚看到的那些灵气运行的办法一遍遍地冲刷着经脉！

太清峰正殿。

正在与人对弈的怀筼真人神色微动，回头看了一眼学宫的方向，在他的感知里，那一片平稳流转的灵气中，有旋涡突起，像是某个无底洞一样将汹涌的灵气吸引而来！

坐在他对面的红衣老道显然也注意到了，他干枯的手指持黑子，在棋盘上稳稳落下，笑道："恭喜掌门真人，昆吾未来可期啊。"

怀筼真人本想立刻喊人去看看是谁在学宫入定。但一听红衣老道的话语，又改变了主意。这事日后再说不迟，在白雨斋的这个老狐狸面前要表现淡定。

于是怀筼真人收回注意力，不再深究，微微勾唇，垂手捻棋，似是不在意道："不过是弟子闹出来的一点小动静罢了，让斋主见笑了。"

学堂里，气氛一片凝滞。

"……虞兮枝！"

虞兮枝猛地回过神来，她刚好翻完了整本书的最后两页，正有点恍惚，猛地被这样一声唤醒，竟有种不知今夕是何年的感觉。

她还意犹未尽，甚至有点埋怨这书内容太少，让她不能更多读一些。但既然书已读完，她便也自动从之前那种状态中回过了神。

连唤了三声还没收到回应，徐教习脸色更黑了，他屈指敲了敲她的桌子，声音中已然注入了几分灵气："虞兮枝！"

"弟子在。"虞兮枝将心口陌生的汹涌感压了下去，终于站起身，恭敬行礼。

徐教习目光沉沉地看着她："我喊了四声你才应我，你是故意装作听不到吗？"

"弟子读书一时入神，没能听到教习的声音。"虞兮枝保持着抱拳俯首的姿势，"请教习恕罪。"

"读书入神？"徐教习像是听到了什么滑天下之大稽的事情，甚至忍不住冷笑了起来，"很好，很好，既然你这么用功，又已经翻完了整本书，想必已经成竹在胸了，那我就来考考你。"

他居高临下，声音里也不自觉地带了冷嘲热讽的阴阳怪气，虞兮枝听得清清楚楚，心道一会儿要把记仇笔记本拿出来，给徐教习这个名字多标黑几次，声音却依然平静："请徐教习出题。"

徐教习转身回到了学堂最前面，负手而立，朗声道："炼气最忌什么？"

"《炼气》序言云，朝闻道，夕死可矣。炼气为朝闻道中的第二境界，需引气入体，洗髓清气，是真正成为修仙之人后，初能感受到这世界玄妙之处的境界。人处于这个阶段易好奇心过重，心浮气躁，心高气傲，心绪不宁……"虞兮枝直起身，她语速不快，娓娓道来，竟是直接将徐教习所提问题的这一章从头到尾背了下来！

徐教习眯眼，再问："炼气，炼的是何气？"

"《炼气》第二章，第十二页第三段，炼气，炼的是天地灵气，更是天地正气。天地初开之时，万物混沌……"虞兮枝几乎不假思考，有人后知后觉地翻开了书，这才发觉，她说得与书上丝毫不差！

整个学堂的弟子都已经惊呆了，在虞兮枝清脆的声音中，有窃窃私语四起："我的妈呀，二师姐这是已经把这本书背下来了吗……这书可是整整有三百多页啊！"

"所以刚才二师姐真的是在读书吗？！"

"书还能这么读的吗？不对啊，如果二师姐有这样的能耐，为什么这么久了，还卡在炼气初期？"

"……不管怎么说，我感觉二师姐刚刚的状态像是在入定，徐教习是打扰了二师姐入定吧？！"

"扰人入定，天打雷劈啊。"

窃窃私语传入徐教习的耳中，无论是学堂中人的议论还是虞兮枝有问必答的声音，都像是在打他的脸。

徐教习的脸色越来越差，他背在背后的手捏得指节发白。如此这般往来五六个问题，虞兮枝都对答如流。他心头怒火愈盛，憋着一股气，还要再问，虞兮枝却打断了他。

"这本书我已经背下来了，如果徐教习只是问书上的内容，不如我从头到尾背一遍书。"她摊了摊手，"当然，如果徐教习想问这本书以外的内容，恐怕我就一题也答不上了。不过，想必徐教习不会刻意为难我的吧？一定要为难的话……也等我先去多看几本书再说？"

徐教习阴沉着脸，被她的话堵得胸膛起伏，末了才咬牙道："很好，你……很好。"

"我赞同教习的话。"虞兮枝仿佛听不出他话中的真实意义，露出了一个谢谢夸奖的笑容，"徐教习还有问题要问吗？没有的话，我就先坐下了？"

徐教习觉得虞兮枝简直厚颜无耻，不可理喻，他耳朵被"不要脸"三个字的回声充满，涨得他脖子都粗了。偏偏她天衣无缝地回答了他的问题，纵使是严苛如他，也挑不出半点毛病。最关键的是，不管他承不承认，他也知道，他打断了虞兮枝的入定。正如那名弟子所说，扰人入定，天打雷劈。

入定，是每一个修仙之人梦寐以求的状态，用更通俗一些的话来解释，可以看作是某种顿悟。能否入定、何时入定、怎么入定，都是玄而又玄，可遇而不可求的。一旦遇见，对于修仙者来说，定然受益无穷。

昆吾山宗有明确规定，无论在何处，但凡入定，同门相见，需护法相助。

027

扰人入定，应送去戒律堂受严刑，视为戕害同门。而他身为教习，扰弟子入定，罪加一等，若虞兮枝真的不依不饶追究，他甚至会丢了教习的位置！

就像现在，虞兮枝笑眯眯地看着他，绝口不提这件事，但她的双眼却分明写着——

瞧，风水轮流转。我抓住你的把柄了哦，徐教习。

虞兮枝也是听到学堂里其他弟子的窃窃私语，这才后知后觉自己刚才感受到的那种玄而又玄的感觉，原来便是求之不得的入定。

早就熟读了《昆吾清规》的她，当然明白入定是什么意思，以及打扰入定的后果。

不过被打扰了，她不太生气。因为只有她自己知道，书既然已经读完了，那么距离她从入定状态中醒来也没多久了，所以她并未真正被打扰到。换句话说，徐教习这波操作，简直就是自己给人送把柄。

徐教习的脸色十分难看，不禁想起了前几日两人之间的龃龉。他觉得自己现在就像是在等虞兮枝宣判，却又恍然想起这位昆吾二师姐虽然这两天格外咄咄逼人了些，但从前都是温婉柔弱的性格，那么她会忘了之前的那点矛盾也有可能。

可虞兮枝偏不让他如愿。她刚才问了徐教习自己是否能坐下，对方没有应答，她便有些恶劣地挑眉，似是在提醒他什么："怎么，难道你真的要我背全书？"语调与前一日徐教习的那句"怎么，难道你真的要我向你道歉"一模一样，虽没明说，却实实在在是反讽。

徐教习咬牙："不必。"顿了顿，又干巴巴地加了一句，"坐。"

这节课徐教习上得心神不宁，本就枯燥无味的课被他讲得颠三倒四，语无伦次，天心铃再次响起来的时候，不少人都是从睡梦中惊醒的。

徐教习对自己这节课的水平心知肚明，偏偏他每次用余光去看虞兮枝的时候，都可以看到少女端坐在那里，单手托腮，似笑非笑地接住他的目光。

徐教习恨得牙痒痒，好不容易熬到下课，夹着教案就跑，一路跑出学宫，发觉虞兮枝竟然没有喊住他，这才带了些诧异地顿住了脚步，鬼使神差地回头看了一眼。

学堂的某扇窗户似有所感地伸出来了一张纸。徐教习的目力当然可以清楚地看到，上面写着两个大字：道歉。

学宫的课只是早上的，虞兮枝意料之外地从徐教习这里扳回一局，接下来的几天，徐教习都避着她走，她心情极好，上课的步伐都轻快了不少。她当然没傻到真的去正面和徐教习起冲突。

徐教习和高修德不一样，高修德不过是雪蚕峰的亲传弟子罢了，哪怕在雪蚕峰受宠些，哪怕她的修为比他更低，高修德也绝不可能越过她掌门亲传弟子的身份。但徐教习在昆吾多年，地位根深蒂固。她确实可以直接揭发徐教习的行为，扰弟子入定当重罚，也可以以此直接要挟徐教习道歉，但那又有什么意义呢？

一个小小炼气初期弟子的入定，重要，却也并不多么重要。

即使获得道歉，她能得到一时的爽快，但这个行为无异于给尚且弱小的自己树敌，得不偿失。她要的是一份钳制，以及这份钳制所带来的更多的好处。比如，对于要面子的徐教习来说，道歉是不可能道歉的，但他再也没故意刁难过她；再比如，她找徐教习帮忙给下午的炼丹课请假，徐教习表情虽臭，却也没拒绝她。

虞寺身为昆吾山宗太清峰的大师兄，日常事务极多，虞兮枝提前预约，才蹭到了他这个下午空闲的日子。

太清峰后山竹林，虞寺已经在等她了。

他站在竹林中的空地上，手不经意地搭在剑柄上，从背后看去，少年长身玉立，整个人就像是一柄矜贵青涩却锋利的剑。又或者说，是极其合格的，与男主设定截然不同的对照组。

虞兮枝踩竹叶的声音惊动了虞寺，于是青衣少年转过身来，身上凌厉的气势随之柔和："枝枝，找我有什么事？"

"小师妹怎么样了？"虞兮枝一边卸剑匣，一边随口问道。

"在师母那里，据说剑冢的剑气到底还是伤到了肺腑，她需要好好休养一番。师母向来将小师妹当作亲生女儿，你也知道的。"虞寺抬手扶了扶虞兮枝头上的木发簪，很显然，这一路虞兮枝是小跑来的，原本就绾得不太好的发髻已经散了一小半。

虞兮枝也感觉到了，她干脆利索地将头发重新绾了一把，并且成功地

029

在插发簪的时候戳到了头皮，龇牙咧嘴了一声："啊，好痛——知道知道，小师妹真金贵，所以阿兄你不担心她吗？"

"我为什么要担心她？难道有师尊和师母一起照顾还不够吗？"虞寺被虞兮枝手残戳脑壳的动作逗出了几分笑意，语调里带了几分疑惑。虞兮枝于是懂了。她阿兄虞寺，情窦还未开。

好极了，虞兮枝拉长音调"哦"了一声，又试探了一句："说起来今天学堂里，有人要我递书信给阿兄，我看她脸上羞怯，怀疑是情书。"

虞寺果然皱眉："剑修岂可拘泥于儿女情长！心中有杂念，剑气便也会散乱！"

"……所以我帮你拒绝了她。"虞兮枝心情极好，她笑眯眯地捏住烟霄剑柄，"阿兄啊，如果你想要在剑之一道上有所精益，走得够远够好，你可一定要记住我的话。"

"什么话？"

虞兮枝翻腕抽剑，烟霄剑在空气中划过一道明亮的剑光，少女摆了个起手式，郑重其事道："爱情，只会影响我拔剑的速度。"

虞寺满脸疑惑。

虞兮枝向前平刺："修剑者，最要远离的，就是爱情。"

虞寺更是不解。

虞兮枝挑剑，脑中莫名出现了那日所见白衣少年翩若惊鸿杀气四溢的一剑，她临摹了一下，恍然觉得自己已经有了大佬十分之一的气势，深沉道："乱杀——"

虞寺此刻脑子一片空白。

空气中出现了一阵诡异的寂静。

虞兮枝收了姿势，清了清嗓子，打破此时此刻莫名的尴尬："阿兄，其实我是来找你学剑的，那天说的我想变强，不是一时兴起。"

"你是该学，你刚才握剑的姿势问题很大。尤其是最后那一下……"换了话题后，虞寺明显松了口气。他很高兴虞兮枝主动提出学习这件事，但又有些欲言又止。他似乎在斟酌语言，但斟酌了半天，也没想出更贴切的说法，干脆道，"惨不忍睹。"

他边说，边抬手，他的剑铮然而出，从剑匣落入了他手中。

"枝枝看好。"

竹叶被剑气卷起，剑光在小空地中亮起再熄灭，空气被划破无数口子，露出少年在苍翠中行云流水的动作，他为了让虞兮枝看清，每一个动作都做得极慢。

虞兮枝在虞寺握剑的同时就严肃了起来，她一眨不眨地看着虞寺的动作，少年身形的每一下变幻，都像是慢放的幻灯片，一帧一帧进入她的脑中，她还是站着的，手指却已经忍不住跟着虞寺的动作律动。

虞寺演示完一整套昆吾的入门剑法——清风流云剑，收剑的同时，倏然听到身后传来了"嗤"的一声轻响。

一片从虞兮枝面前飘落的竹叶，在落至她手边的时候，倏然被割裂成了两半。

虞寺已至筑基后期，目力极佳，当然清楚地看到了那片碎裂的竹叶。他瞳孔微缩，但很快就否认了自己的判断。

竹叶距离虞兮枝尚且还有一段距离，而要这样隔空做到让竹叶碎裂，是需要剑气离体的。虞寺尚不能做到这一点，才刚刚开始炼气的虞兮枝又怎么可能呢？一定只是巧合罢了。

虞寺收回思绪，看向虞兮枝："看懂了吗？"

虞兮枝眨了眨眼，步履腾挪，按照自己刚才记得的样子挥剑。

太清峰后山小竹林里，剑光四溢，虞寺指点的声音不断响起，他的声音严厉，眼中的笑意和惊喜却越来越浓。他看着虞兮枝的动作从生疏到流畅，却始终注意力如一，仿佛进入了某种无人可扰的状态中。他比虞兮枝高出了一整个大境界，当然可以看出，虞兮枝的每一下挥剑都是全神贯注的。

这种绝对的心神凝聚是一种天赋。尤其对于剑修来说，这就是最惊才绝艳的天赋。

少女的发丝再次散乱，但这次，虞寺没有抬手帮她绾发簪。

虞兮枝连虞寺是什么时候走的都不知道。清风流云剑虽说是昆吾入门剑法，内外门弟子都必修，听起来浅显基础，但由虞寺这样一套示范下来，虞兮枝才感觉到其中自有乾坤。

031

最基础的东西，往往是最不被重视的。而真正步入了剑之一道后，才会发现，无论是实战还是之后更高难度的剑法，都是建立在最基础的剑法上的。

天色渐暗，虞兮枝冲回暮永峰，在附近同门复杂的眼神中，神色镇定地开火烧饭，这个技能是她从原主的记忆里扒拉出来的，原文对原主的做饭技能并未太过着墨，带过一笔也只是为了凸显原主好吃懒做，不思进取。

甚至虞寺也来虞兮枝这里痛斥过她"吃吃吃，就知道吃，整个内门只有你这里炊烟袅袅，人间烟火，我还不如送你回虞家算了！"

毕竟修仙之人，是要辟谷的。

别看附近同门面带鄙夷，冷嘲热讽，但十来米的距离足以让她看清对方在嘲讽的时候悄悄咽了口水，看向袅袅炊烟的时候，眼神里更是有显而易见的渴望。

虞兮枝自己回来的时候，在暮永峰山脚下就闻见了高汤的香味，她中午走的时候就已经开了火，炖到这会儿，刚刚好。

高汤的汤底是用去了腥的猪棒骨和鸡骨架一起小火慢炖出来的，她磨了内门送货的大叔整整一周才让对方答应在每次进货的时候给她捎些食材。虞兮枝嗜辣，于是乳白的汤底上泼了一勺刚出锅的油泼辣子，再撒了一把葱花和蒜苗，红红绿绿好不热闹。

修仙之人确实要辟谷没错，可是别的门派辟谷都按吨分发辟谷丹，只有昆吾山宗信誓旦旦表示，要成为剑修，就要锤炼意志力，饿肚子都忍受不了，何以淬炼剑意。就离谱，饭都不让吃，怎么挥剑。

虞兮枝喟叹着唆了一口粉，再次被自己的手艺折服，在心底默默感谢了一番原主。

她也没想到，自己手艺竟然这么好！好到每一口她都想要为自己原地起立鼓掌！

虞兮枝吃得饱饱的，洗干净碗筷后，她又手起刀落地剁碎了一整块鸡胸肉，拌了两个蛋黄进去，搓了几个丸子，放在蒸锅里蒸熟后，整齐地在小白瓷碗里摆了几个，然后把装了猫饭的白瓷碗放在了门外的角落。

"咪咪？猫猫你在吗？开饭了——"虞兮枝向着周围呼唤了两声，却没有什么动静。

那只熟悉的漂亮的胖橘猫并没有出现。

她叹了口气，又看了一眼自己手上的伤口，她这段时间才想起这伤口其实就是第一次喂胖橘猫时被抓咬形成的。过去了这么久，伤口终于愈合得差不多了，想必修仙之人体质特殊，也不用打狂犬疫苗。挠归挠，喂还是要喂的。一回生，二回熟，上次是她做得不好，随随便便去摸人家的肚子，小猫咪又有什么错呢？

再说了，有谁能拒绝一只漂亮的小猫咪呢？

胖橘没有出现，她也不多等，干脆小憩了一会儿。睡到亥时睁开眼，用清水洗了把脸，再去看门口白瓷碗的时候，碗里的丸子已经消失得干干净净了。

看来胖橘还活着，没被饿死。虞兮枝放下心来，背着剑匣，掩上门，向着千崖峰的方向翻山越岭而去。

夜幕低沉，星光在群山之中闪耀，唯独少了那一轮洒下光辉的明月。

正是朔月之夜。

暮永峰与千崖峰之间距离说远不远，说近也确实不近，虞兮枝一路奔波过去，虽然没有感觉到多累，但也还是长长地舒出了一口气。

到了筑基境就可以开始学习御剑了，天天看着在云端穿梭的那些同门们御剑而行，虞兮枝十分羡慕。

夜色深深，星辉并不能照亮路，炼气境的视觉虽然可以不受黑夜影响，但虞兮枝还是心头忍不住有些发怵。

其他峰自有各自的内门弟子兢兢业业除草修整，昆吾主峰太清峰自不必提，人数最多的紫渊峰甚至从山脚下到山顶的树冠都一样高。虞兮枝第一次见到的时候，还以为是哪位大佬一剑霜寒，劈了个整齐，没想到竟然是弟子们日常打理出来的……怪无聊的。

话说回来，修仙本就是一件需耐得住寂寞的事情。

"这路也太难走了吧。"虞兮枝一脚踹开一块绊脚的石头，忍不住低声抱怨了一句。

033

白天还好，到了晚上，千崖峰完全就像是一片从未被人踏足过的山林，虞兮枝忍不住握紧了烟霄剑，她抬头想要看看自己在哪里，这才发现从自己的角度看去，举目都是山林。

所以老祖宗说的"千崖峰下"，到底是说哪里？虞兮枝有点摸不准。她又不想一个人站在仿若无边的山林里枯等，也不想在传说中机关密布的千崖峰上乱走，一时陷入了两难。

茂密的山林遮盖住了本就黑透了的天幕，浓郁到化不开的漆黑中，虞兮枝有点认不清路，她在几棵树上画了标记，结果走了好一会儿，再一抬头，竟然又回到了原地。

虞兮枝也分不清自己是鬼打墙了，还是单纯地在毫无规律的山林中迷失了自我，她用指甲抠了抠树皮，叹了口气，准备换个方向再次行进的时候，脚步微顿。

她倏然抬手，抵住了自己的胸口。

之前已经几乎完全消失的那股痛意在一瞬间席卷了她的五脏六腑，虞兮枝瞬间失去了大半意识，直接跪在了地上，膝盖与地面碰撞出了清脆的一声，她却毫无所觉，"哇"的一声，吐出了一大口血。

虞兮枝嘴里还满是血腥味，眼前有了一阵眩晕带来的模糊，随即，她的视线里突兀地出现了一只冷白的手，那只手里有一方手帕："这次换你先擦擦血了。"

虞兮枝垂眸盯着那方花样和叠法都很熟悉的手帕，明明整个人都浑浑噩噩的，偏偏将这句话听得清清楚楚。

所以他是什么时候来的？是早就来了，故意看她在这里傻乎乎地转圈。还是感受到了她的血味，闻风而来？

对方像是感知了她的心声一样，继续道："千崖峰这么大，你偏偏要闯进这里。你要是不吐这口血，我怎么也想不到你会在这里。"

……哦，是闻见了。少侠好嗅觉。

虞兮枝暗自吐槽，吐出那口血后，她莫名找回了点儿力气，得以接过那方手帕，擦了擦嘴边的血渍，嗓音些许沙哑："为什么不能闯进这里？"

"夜晚，千崖峰，山林。"白衣少年简短地说了三个关键词，不用看也能隔空想象出他那张漂亮的脸上可能会浮现的鄙夷，他在说完这三个词后，还咳嗽了几声，效果顿时更佳，"换作任何一个长脑子的人，会直接闯吗？"

虞兮枝无语。

她想说千崖峰下除了山林还有什么别的吗？话到嘴边，却又猛地想起确实有——剑冢。

可是剑冢那儿有传说中的那位小师叔在把守，他怎么敢把地方定在那边？不怕被小师叔一剑劈死吗？

虞兮枝想问，但对方语气里似有似无的讥诮让她默默地咽回了这个问题。

她试图站起来，却未遂，再抬眼，白衣少年已经毫不介意地蹲了下来，还用一根手指在地上的血渍上沾了一下，再举起来仔细看了看，问道："你这几天破境了？"

这动作，和雪蚕峰药田里那些人拔起一株草研究的样子太像了。

虞兮枝愈发笃定对方大概率是雪蚕峰的某位长老，她实在站不起来，也就放弃了，反正跪地吐血的样子已经足够狼狈了，她也没必要再注重什么形象。她干脆歪斜着坐在了地上："什么破境？"

白衣少年侧头若有所思地看着她，夜色暗沉，却遮掩不住他精致的眉眼，他的目光太过专注，甚至带了几分隐约的灼热。虞兮枝被看得有些莫名的不好意思，耳根微红，不由得开始感谢此时的夜幕低垂。

"破境却不被发现，这种事情就算在昆吾外门也极少发生。"白衣少年的目光移到了她的道服上，"而你，不仅是内门弟子，还是怀筠的亲传之一，理应万众瞩目。"

顿了顿，他似是看到了什么无法理解的事情，咳嗽了两声，又缓缓补充道："……虽然看起来确实太弱了些。"

虞兮枝本想反唇相讥地说一句"看你咳咳咳的样子也强不到哪里去吧"，但她顺着他的目光，在看到了自己道服下摆的时候，默默闭了嘴。

昆吾山有标准道服，内门弟子的道服统一都是深青色缀白波浪边，亲传则在白波浪边的外圈以红线收边。

白波浪边上，会用不同的颜色绣上六瓣的昆吾花，色彩和花朵的多少各有意义，一句话概括的话，就是花朵越多，颜色越深，说明贡献越多，修为越高。

稍微回忆一下，就可以想起来，虞寺的道服衣摆上已经绣满了小半面的昆吾花，冠绝同辈弟子。至于她虞兮枝，白边上可怜巴巴只有一朵浅黄色的小花，眼神不好根本找不到的那种。

而此时此刻，白衣少年一言难尽的目光，正落在她的小黄花上。

虞兮枝第一次有了想要藏衣角的冲动。

白衣少年对她的些许窘迫毫无感觉，又或者毫不在意，他看着虞兮枝擦干净唇边的血，似乎也不太在意现在两个人有些诡异又狼狈的一蹲一坐姿势，径直竖起了两根手指："两件事，一好一坏，你要先听哪个？"

虞兮枝开始提心吊胆，还没来得及思考到底要先听什么，对方又思忖着开了口。

"嗯……好事也说不上很好，坏事也说不上很坏。"

虞兮枝："……那就先听听说不上很好的好事吧。"

"虽然没人发现，但你确实破境了，从炼气初期进入了炼气中期，根基挺稳，没什么问题。"

虞兮枝根本想不起来自己什么时候破境过。

这些天在昆吾山宗，也不是没见过别人破境。诚然，她修为是低了些，但大家也就是前、中、后或者大圆满的区别罢了。但饶是如此，破境的时候，通常也还是会闹出来些不大不小的动静。

风起云涌，祥云霞光，都是常规操作，动作小点儿的，再不济也能卷一阵小狂风出来。反观她，这两天最让大家瞩目的事情，要么是和高修德、徐教习争论，要么是……饭味儿太香。

"破境了……不是挺好？"虞兮枝疑惑地挠挠头。

"怀笃亲传，炼气中期，挺好？"白衣少年挑眉，"你确定？"

虞兮枝心道就是挺好，每天进步一点点，成长足迹看得见嘛。她下意识点头，然后又在对方的眼神中默默摇了摇头。

"那……说不上很坏的事情又是什么？"她咽了口口水，小心问道。

白衣少年看她已经像是在看一个十足的咸鱼了："除了我，没有人可以看穿你的境界。"

虞兮枝一愣。

"虽然不知道为什么会这样，但看起来，我的血遮盖了所有本应落在你身上的感知。所以你破境的时候，和我一样，不会有天地异动，不会有天劫，却也……不为人知。"对方弯下两只手指，声音里有了促狭和轻快，"理论上来说，这种效果每过一段时间就会消失，可偏偏我的血里有毒，如果你不常来喝一碗，就会像刚才那样，吐啊吐啊，就死了。"

这段话信息量太大，尤其是最后那句"吐啊吐啊，就死了"实在冲击力太大，虞兮枝大脑有那么一瞬间的宕机。

白衣少年兴致盎然地看着她，他看着表情陷入了某种空白呆滞的少女，眼中笑意渐敛，手指微并，黑夜遮盖了他指间缭绕的剑意，更压住了他在这样的笑意和兴致勃勃之后的杀意。

他当然早就看出来了，虞兮枝似乎根本没认出他就是千崖峰的主人，昆吾山宗的小师叔，谢君知。

当初怀筼师兄领着她和虞寺回来的时候，他曾经远远地看过她一眼，那个时候的团子头小豆丁倒是长开了不少，虽然眉眼依然稚嫩，但她三庭五眼比例极好，再加上那双笑眼和颊边的小梨涡，再怎么也比师兄后来带回来的那个小女孩儿顺眼些。

也许是这种顺眼，让他愿意多费点儿时间在她身上，而不是在第一时间直接掐断她的脖子。

谢君知有点百无聊赖地搓了搓手指，像是压根儿忘了自己也才比对方年长几岁的事情。

他很好奇，也很百思不得其解，前几日，她到底是怎么进入他的心魔幻境的。是妖域派来的奸细？又或者是太清峰那位的……某种试探？

所以他故意直说了自己血的问题，还说得清楚明白又细致，甚至透露出来了点儿其他人都不怎么清楚的信息量，但凡虞兮枝有任何一点想要做什么的想法，都必定逃不过他的眼睛。

他紧紧地盯着虞兮枝，发丝些许散乱的少女眼神慢慢重新聚焦，落在他身上，再眨了眨。

半晌，她饱含敬佩地，缓缓感叹了一声："……好牛的血。"

少女的声音带着十足的喟叹和敬佩，还有种谢君知所不能理解的复杂情感——要虞兮枝自己来解释的话，大约就是某种类似于"哦豁，修仙世界不讲基本法已经到了这种地步了吗？"的感慨。

谢君知一时之间被虞兮枝话语中的真情实感震住了。

这些年来，怎么说他的人都有。

他从拥有记忆开始，想要杀他的人就和想要救他的人一样多，几乎所有知晓他血的秘密的人，要么被他杀了，要么被怀筠和那些老怪物们杀了，又或者早就死在了当年与妖域的那场蚀日大战之中。

活着的人里，知晓这件事的，除了那些世代效忠昆吾山宗的人之外，只剩下了面前的这个少女。

甚至她知道的还比其他人更多点儿。有一说一，他的血……是挺厉害。

谢君知听过许多对他血的评价，其中不乏语意相同的。

但他还是第一次听到像虞兮枝这样的语气。

"是吗？"他不知何时停下了搓着的手指，连带着其中蓄势待发的剑意都悄然在空气中散去了大半，他下意识问道。

"我修仙是想要求真正的大圆满的。"虞兮枝诚恳道，"虽然我现在只有炼气境，但我知道，想要道心圆满，哪怕不说，也不能说谎。所以我说牛，就是真的牛。"

顿了顿，她又觉得自己对修仙界实在是知之甚少，也或许不同人的血有不同的效用，于是打了个补丁："……至少我是这么觉得的。"

谢君知盯着她的眼睛，少女的眼神澄澈明亮，不似作伪，她的眼中没有他见过的那些龃龉肮脏、心机算计和自作聪明。

她不知道他究竟是谁，所以在看他的时候，看的只是他，就是他。

谢君知微微抿了抿嘴。他有点难以形容自己现在的心情，这种心情有些许陌生，让他忍不住心生了些想要逗弄她的恶劣趣味。

"掌门真人的弟子，从此在所有人眼中就停步在了炼气初期，再无寸进，由此带来的风言风语和诋毁，你受得了吗？"谢君知慢慢问道。

虞兮枝却根本没像他想的那样露出迟疑之色，反而蓦地笑了出来："忘了自我介绍了，我叫虞兮枝，是掌门怀筠真人的二弟子。"

看到谢君知微愣的表情，虞兮枝突然想起，对方大约是雪蚕峰后山不问世事只爱摆弄药材的长老，不认识自己，不知道自己的那点儿事也是正常。

于是她继续解释道："这位……朋友，你可能有所不知。我当年进昆吾山宗，本就是因为师尊看上了我阿兄的根骨，而我赖着阿兄不让他走，这才硬是靠着厚脸皮进了宗门。"

说到这里，虞兮枝叹了口气："后来啊，好不容易引气入体，要登昆吾云梯了，半路我就上不去了，是我阿兄拖死狗一样，把我拖上来的，所以我才能顺利地继续留在内门。"

她毫无负担地将自己比喻成"死狗"，语气轻松中，隐约还是有几分落寞，她摊摊手，冲谢君知笑了笑，安慰道："你看，这不是巧了吗？我已经是大家眼中的废物了，风言风语、冷嘲热讽我早就受过啦，之后如果也依然是这样，又有什么所谓呢？我还不是活得好好的？所以……其实也没什么大不了的。"

"人都是有虚荣心的没错，能听到夸奖的时候，谁也不想要被骂。可是也不能因为这样，就为了别人的看法而活着。"说到这里，她的眼睛悄然亮了亮，"况且，你想，如果所有人都以为我还是炼气初期，但实际上我早就已经筑基期了，等到选剑大会的时候，我岂不是能扮猪吃老虎，打爆那些曾经看不起我的人？"

谢君知神色复杂地看着她，竟然觉得她的话无法反驳。

半晌，他才说："……你能不能有点出息？就算做梦，也做得大点儿？"

虞兮枝没反应过来："什么？"

"距离选剑大会还有两年，你就只想筑基？"谢君知垂眸，他突地笑了起来，他本生得如清风明月，可这一笑，却似带了某种引诱。

他一边说，一边从芥子袋里掏出了一个漂亮的雕花琉璃碗，伸出手腕悬于上方，并指为剑，在手腕上轻轻一划——殷红的血液顺着他冷白的肌肤落下，滴在琉璃碗中，他却似乎完全感觉不到疼，只是脸色更白，而后压抑不住一般，咳嗽了几声，这才继续道："要我说，想要打爆所有看不起你的人……"

039

琉璃碗很快续满，他两指在自己的伤口上一抹，他的手腕便又重新恢复如初。谢君知将琉璃碗用三根手指端起，稳稳地递到了虞兮枝面前。

虞兮枝下意识接过来。

琉璃碗衬得殷红的血更红，她忍不住拧了眉头，发现这血与她想的不一样，竟然没有非常浓郁的血腥味。

对方递过来，毫无疑问，目的是让她喝了。

谢君知目光灼灼，虞兮枝又想起了刚才钻心的痛，以及对方"吐啊吐啊，就死了"的形容，再听到对方压抑的咳嗽声，她愈发觉得这血不喝不行。

伤口沾血的事情，也不是对方故意的啊，当时谁能想到会这样呢？她后来也不是没怀疑过，但反复回忆了当时的情况，她觉得，对方还是因为知道自己的血有问题，所以急着擦掉，却没料到她手上有伤。

……说到底，还是她当时多了一嘴，问他要不要擦血惹的祸！

事已至此，虞兮枝只能心里一横，仰头就喝。

谢君知这才漫不经心地将刚才说了一半的话继续了下去："就先定个大宗师的小目标吧。"

"……咳……咳咳咳！"虞兮枝差点没呛出一口血来，"大……大宗师？！"

渊沉大陆的修仙者有十二个大境界，每个境界则分为前、中、后和大圆满四个小境界。

而十二个大境界又被均匀四分，被冠以了特别的名字。

开光、炼气和筑基这三个境界被称为"朝闻道"，取"朝闻道，夕死可矣"之意，称"小真人"。

结丹、元婴和化神这三个境界则为"伏天下"，称"真人"。到了这个境界，便已经可以呼风唤雨，翻云覆雨了。

一些小门小派的掌门也不过是结丹境，元婴境堪称大能，再往上，也就只有三道五派的掌教和有门派底蕴的老怪物们是化神境了。

再向上，近乎传说般的炼虚、洞玄和大乘三境，才是所谓的"大宗师"。大宗师往上则是入神、万劫、通天等传说中的境界，称为"逍遥游"。

而她面前的这个白衣祖宗，张口就是让她到大宗师境界？

虞兮枝非常想掐着对方的脖子猛摇一顿，再冲着对方耳朵大吼一声"你醒醒"。

偏偏对方的眼神平静，语调随意，说起"大宗师"的时候用的定语还是"小目标"，很难不让虞兮枝想起某位首富语调随意地说小目标是"先赚他一个亿"这事。

"你不是想要打爆所有曾经看不起你的人吗？"谢君知挑挑眉，似是不明白她的惊讶何来，"按照你刚才的描述，你觉得你的师尊看得起你吗？"

虞兮枝艰难地咽下口中的这份血腥，顿时感到一直压迫在体内的那股痛感散去了大半，她整个人都轻松了起来，连带着歪斜在地上的坐姿都变得不那么难受了。

她直起身子，回忆起了那日小师妹夏亦瑶失踪后，怀筠真人对自己横眉冷对的样子，这才干巴巴道："应该是……看不起的吧。毕竟我也没有什么可以被看得起的地方。"

"怀筠是化神大圆满，你想要打爆他，当然得大宗师。"谢君知理所当然道。

虞兮枝欲言又止。不是，她格局小，暂且想的也就是打爆些同门，教习什么的……脚踩师尊、拳打昆吾之类的事情，她是真的没有想过啊！

她内心有连绵不绝的吐槽，但对方说得又极有道理，语气也过分笃定，她竟然一时不知道该说什么好。

"也不用太惊讶，大宗师有什么难的。"谢君知勾了勾唇角，似是对她的反应非常满意，并为之感到愉悦，"我教你。"

虞兮枝脑子里全都是疑问，祖宗您上嘴皮下嘴皮一碰，说来就来？牙不疼吗？您要是真这么厉害，为啥还要让怀筠当掌门？篡权夺位不香吗？

"不早了，回去吧。"谢君知站起身来，又抬手掩唇咳嗽了几声，夜色中，他的一袭白衣显得格外单薄了些，他转身就准备走，但又顿住了脚步，回头看了虞兮枝一眼，"啧，炼气境就是麻烦。"

虞兮枝觉得无语，吃他家大米了？怎么就麻烦了？

下一秒，她就看到站在前方的白衣少年抬起手，随便折了一根树枝，看也不看地冲她扔了过来："踩上去，送你回去。"

高危职业
二师姐

虞兮枝不太理解，她低头看着停留在她面前的半干不枯又格外短小的树枝，欲言又止了半天，再抬头的时候，面前空空如也，又哪里有半点白衣少年的影子。

树枝在原地等了会儿，似是没感觉到人站上来的重量，抖了抖。

虞兮枝硬是从一根树枝上看出了些不耐烦来。

她觉得自己多多少少有点疯了……可能就是喝多了白衣疯子的血，也沾上了他的气质吧。

踩上树枝的时候，虞兮枝又哂然一笑。都敢去妄想鱼跃龙门，两年大宗师了，可不就是疯了？踩个树枝算什么，就算现在飘在她面前的是一片树叶，一缕青烟，一根猫毛，她虞兮枝也敢一步跨上去！

虞兮枝第二天醒来的时候，脸色十分难看。

她翻身而起，看到放在桌子上的那一截树枝，想起了前一天夜里的事，脸色顿时更加难看了。

前一夜，她嗤笑着自己，一步跃然而上，只当自己在荒唐的夜，喝了荒诞的血，做了荒谬的梦。

直到半干不枯的树枝乘风而起。

刹那间，浓稠的夜被撕开，踩在她脚下的明明是小树枝，但小树枝自己似乎并不是这么想的。

小树枝觉得自己是千崖峰下十里孤林，是骁勇的风，是所向披靡的剑！

虞兮枝被这份速度与激情给吓傻了。

小树枝根本不管被风刮得零乱的虞兮枝，它穿梭过云层，掠过夜巡白鹤，嚣张地擦过剑冢上空的无数剑意，竟然还未碎！它又一口气扎入暮永峰，在无数夜修的昆吾弟子惊恐又怀疑自己眼花了的目光中，精准无误地悬停在了虞兮枝寝舍的门前。

极致的快紧接着绝对的静，虞兮枝觉得自己五脏六腑都要翻滚出来了，她双腿颤抖着扶墙进门，一嘴的血腥味都被吹没了，才碰到床就直接栽在了上面。谁又能想到，再睁眼的时候，小树枝还能稳健地自己上桌呢？

虞兮枝眼神涣散，飞快穿衣洗脸，逃避似的绕墙而过，拎起烟霄剑匣

042

就想夺门而出。岂料小树枝不依不饶，在她出门的瞬间腾空而出，稳稳地停在了她面前。

虞兮枝想，这续航，实在厉害。

"树枝兄弟，昨夜你就辛苦过了，今日实在不必继续劳累。"虞兮枝好言相劝。她已然不管树枝能不能听懂，自己的行为离不离谱，她权当树枝是个传音器，能让白衣大佬听到她的话，"你在家中稍事休息，我晚间一定回来。"

树枝悬停不动。

虞兮枝："……是这样的，你或许有所不知，我们太清峰弟子去学宫，必须步行过迷雾林淬炼剑意，哪怕是筑基期弟子也不得御剑。"

小树枝这才有所意动，微颤片刻，又平地升高一截，到了虞兮枝面前。

虞兮枝揣测片刻，不太确定地抬手握住了小树枝。

小树枝没逃。显然是想要和她一起去上课了。

她就这么握着也实在是奇怪，虞兮枝思忖半晌，干脆抬手将自己的发簪拔下来，换上了小树枝……

所幸这次小树枝似乎没有异议，老老实实地蜗居于她的三千青丝之中，仿佛昨夜张扬肆意的剑意只是一场梦。此时此刻，它只是绕指柔的小意发簪。

昆吾的炼气期弟子不许用玉。大道质朴，饭都不给吃，发簪自然也只准用木。

但虞兮枝修仙前，是青芜府虞家的嫡长女，修仙后，是昆吾掌门的亲传徒弟，太清峰大师兄虞寺的亲阿妹。她随手换下的簪子虽是木制，用的却是最名贵的未夏海沉香木，熏的是皇亲国戚才用得起的磐华香。又什么时候用过半干不枯的小树枝？

一路上所有见到虞兮枝的人，脑中都冒出了这个想法。人人都知她是何做派，所以这截树枝便格外扎眼。无数目光落在她身上，再扫过小树枝。

"是虞家破产了，还是二师姐转性了？"

"……比起这两种可能性，我更愿意相信是二师姐疯了。"

"又或者出门太着急，忘记梳头，所以随手从路边折了树枝别在头上？"

043

如此窃窃私语如影随形，虞兮枝只当没听见，但小树枝却似乎对这种万众瞩目极为满意骄矜，盯着它的弟子们也逐渐开始陷入沉思。

……硬是从一根小树枝上看出了些惬意和愉悦，他们自己是不是也疯了？

虞兮枝不关心其他人的想法，她被目光洗礼也不是一日两日了，要说疯，也是昨天先从小树枝上看出不耐烦、光天化日之下还和小树枝聊天的自己更疯一些。

她走过迷雾林之时，林中树枝微颤躬身；她走过药田之时，万亩良种叶片微卷；她走过悬泉瀑布之时，剔透水珠悬而不坠。她路过紫渊峰，那山头到山脚的整齐树冠抖落一地叶片。她从太清峰底走上学宫，云卷云舒，日丽风和，花团锦簇。

小树枝得意扬扬盎然自得，虞兮枝却浑然不觉。

她黑发随步伐摇，步履之中自有韵律，身后剑匣精致却并不多么结实，烟霄在其中被颠簸得晃来晃去，与剑匣边缘碰撞出一些比叮叮当当更暗哑的声音。

鸟鸣愈盛，剑意如花香四溢，小树枝急摆，将四散剑意齐齐搅散。依旧是乾坤朗朗，大道迢迢。虞兮枝只觉得今日的宗门内，灵气好似比平时汹涌些，也许是哪处灵脉今日格外卖力输出？

这样一路走去，她已是炼气境后期。

学宫依然熙熙攘攘，虞兮枝照例准备去上一层，却在下三层的位置停了脚步，好奇道："高师弟，你怎么在这里？"

与下三层的内门弟子站在一起的，正是素来自恃亲传弟子的身份，不屑与其他人搅在一起的高修德。

高修德转头看向虞兮枝的时候，正是一副脸红脖子粗的状态，乍一看到虞兮枝那张亲切含笑的脸，显然是前几日的余威尚在，高修德先是下意识想要后退，然后才像是想起来什么一样，提了嗓子："二师姐，你应当也听说了吧？剑冢凶气太盛，小师妹伤及根基，怀薇真人要为她请西雅楼楼主调养身体！"

虞兮枝心道自己这几天过得太过丰富精彩，甚至都要忘了还有小师妹这件事，无论从未来的恶毒女配还是从二师姐的角度来说，她都无端有几分心虚。

不过心虚是她的事，也不必让高修德知道，于是她道："那又如何？"

这一次，不待高修德答话，已经有内门弟子不服喊出声："为何要请？是我琉光峰的丹不如那西雅楼吗？是我峰济闻真人不如那西雅楼的楼主吗？小师妹的病，为何要交由他人之手，这岂不是……岂不是……"

"岂不是灭我们威风，助他人志气！"有人看他说不下去，主动气接过话头。

"对！"

"就是！怎可如此！"

一片义愤填膺中，大家这才发现站在楼梯外的少女并没有说话，不由得纷纷敛声，向虞兮枝看去："二师姐，你觉得呢？"

"我觉得？"虞兮枝怡然一笑，"我觉得，你们如果这么不服，就去太清峰正殿门口长跪，去怀薇真人的住处质问，去向西雅楼楼主下战书呀，难道你们觉得吵赢了一个高修德，就能改变什么吗？"

众人鸦雀无声，她说的那些事情，他们想都不敢想，却被对方轻描淡写地说了出来。

高修德拧眉，心道听起来二师姐像是向着自己说话，但最后一句怎么又像是在拐着弯骂他？

虞兮枝继续柔声细语道："你们有本事，就去治好小师妹的病，师母自然不用再请西雅楼楼主，琉光峰也自然不会颜面扫地。若是做不到，就都闭嘴去修炼吧。"

她不欲继续停留，举步登楼："……修炼到自己能够做到为止。"

下三层内门弟子怔然无语。

他们一起看着楼梯的位置，二师姐的道服下摆依然是亲传乃至内门弟子中最干净的，干净到上面只有一朵小黄花。

高修德默立半晌，提起道服长摆，冷哼一声，也追上了虞兮枝的脚步。

他也是昆吾山宗弟子，平素最以自己雪蚕峰峰主亲传弟子的身份自傲，

045

刚才与琉光峰的内门争高下时，他的内心又何尝不在挣扎？

雪蚕峰遍布药田，他自小便尝遍百草，随师尊济良真人下山开医馆，行善积德，如无意外，日后他在医术上的造诣定当不浅。

怀薇真人要去请西雅楼楼主了，说明琉光峰不行，雪蚕峰也不行。他也想争这口气，可是要被治的人……是小师妹。

高修德下意识抬头看了一眼走在他前面的二师姐，道服勾勒出少女纤细腰肢，而腰肢被黑发覆盖，再向上则是挺直的背脊，如松柏苍翠。

昔日那个被一逗弄就眼底飞红的怯懦二师姐不知何时早已消失，他这样仰头看着面前二师姐的身影，耳边还是她方才的话语，脑中生不出半分遐念，只觉得二师姐步履从容，高山仰止。

小师妹……就从不会这样。

小师妹她像是灵动的兔子，又像是山间的精灵。她笑起来的时候像是人间四月芳菲的花，让人见之则想要这份明媚永存，而她不笑的时候，却仿佛人间四月连绵的雨，教人心头痛惜，想要擦干她眼中盈盈的水汽。

想要为这样的小师妹治病，不想要她难受……有错吗？他是雪蚕峰的亲传，却对小师妹的病情束手无策，只能求助于外援，又……有错吗？

高修德想不明白。他不可能去太清峰正殿门口长跪，不可能去怀薇真人的住处辩驳，更不可能去向西雅楼楼主下战书。他想要小师妹快点好起来，却也不想自己的宗门蒙羞。

高修德出身逐云城高氏，历来便是修仙大族，他家门兴盛，家世雄厚，而他踏入仙门便成亲传，一生顺风顺水，掐指算来，这竟是第一次知道，人生竟然还有如此的两难之境。

他这样想着，踏着二师姐走过的台阶，一路而上，又突然想起，二师姐其实也比小师妹年长一岁，今年也不过堪堪十四罢了。

他再抬头，目光落在了二师姐头上。青丝中，有一根粗糙到不甚和谐的小树枝。二师姐侧头，小树枝便也侧身；二师姐颔首，小树枝便也跟着颤动。

高修德开始陷入沉思……硬是从一根小树枝上看出了鄙夷和嘲笑，他是不是疯了？

虞兮枝在想小师妹治病这事儿。

原书里也是有这段的。

小师妹夏亦瑶虽取得名剑潇雨，然而终究根基尚浅，剑冢煞气与杀气还好说，不假他人之手，怀薇真人与怀筼真人夫妻伉俪联手，还是可以压制一二，坏就坏在潇雨剑只能剑主自行压制。

剑是好剑，可惜夏亦瑶压不住。最关键的是，雌雄双剑一日不合璧，双剑的主人便每日受噬心之苦。

男主程洛岑虽也饱受此痛，但他有"老爷爷残魂"傍身，自有上古不传之秘法仙决庇护，虽然此痛也屡次让他吐血垂危，但却也只是他登天路上的小挫折罢了。

可夏亦瑶这边，就不那么幸运了。她从此便孱弱娇嫩，三步一咳嗽，五步一趔趄，眉尖微蹙，手抚胸口，看上去竟是比传说中那位镇守剑冢，被剑气所伤的小师叔更加病入膏肓。直到程洛岑一剑银河落九天，踏月扶摇，站在她的面前才结束她的痛苦。

换句话说，不管那位西雅楼的楼主会不会被怀薇真人请来，小师妹这病都是治不好的。

也是，本命剑偏偏会反噬自身，除非舍了这剑，又有何法可医？

虞兮枝好奇的是另一件事。小师妹难道自己不知道吗？如果知道，又为何任凭怀薇真人去请西雅楼楼主？如果不知道……难道是潇雨剑还没觉醒剑灵？

不应该啊，她明明记得原书里，潇雨剑的剑灵是一直都醒着的？

夏亦瑶脸色苍白。她默不作声地饮下漆黑药汁，再吞下乌黑药丸，还未说话，已有人怜惜地塞了糖渍乌梅在她嘴里："我的瑶瑶受苦了，改日我让济闻试试，能不能炼出甜味的药丸。"

说话的女子一身浅紫道服，绾着妇人的发髻，不施粉黛却依然丽色惊人，看起来三十出头，声音极是怜爱，正是昆吾山宗掌门怀筼真人的道侣，怀薇真人。

怀筼、怀薇，本是同宗同源的师兄妹，他们的师尊正是昆吾山宗上一

047

任的掌门心离真君。两人是真正的青梅竹马，这一生顺风顺水，风光无限，偏偏携手这么多年来，未有子嗣。

要说修仙之人，本就淡情寡欲，不少宗门的掌门都会笑称，将门下弟子视若己出，怀筠与怀薇也说过同样的话，但只有极少的人知道，这对掌门夫妇是真的想要子嗣，却无果。

怀筠真人的亲传弟子里，虞寺与虞兮枝出身不凡，家族人丁兴旺，双亲健在，修仙之人断凡缘讲究顺其自然，他们寿数本就极长，在为长辈风光送终后，这份尘缘自然会断，也不必强求。

虞兮枝下面，还有一个三师弟，名叫易醉。这易醉，来头还要更大些，乃是紫渊峰某位长老的遗腹子，最关键的是，他的母亲也并非无名之辈，而是白雨斋那位斋主的亲妹妹，若非易醉自己沉迷剑道，白雨斋是绝不可能放他来剑宗的。

就只有夏亦瑶这个无父无母的孤儿小可怜，能够让怀薇抒发一番拳拳母爱。

"西雅楼的谈楼主已经接了我的帖子，想来已经快到了。"怀薇真人轻拍夏亦瑶的后背，为她顺气，"瑶瑶再忍耐几日，事情就会有转机了。"

夏亦瑶的手指无意识地抓紧被褥，她当然知道自己的症结何在，这些天来，琉光峰济闻真人和雪蚕峰济良真人已经快要住在这里了，但也没找出个法子来。

别说是西雅楼的谈楼主，纵使是大罗金仙来，若是没有专门的秘法，恐怕也会束手无策。

潇雨剑的剑灵在她脑子里懒洋洋地絮絮叨叨。

"还在犹豫啊？利弊我都给你讲得很清楚了。"

"不想劳师动众的话，干脆你就碎了我，你碎不动，就让你师母来碎。你我相处时间不长，灵根不会严重受损，几日就养回来了。本命剑嘛，又不是什么稀罕东西，剑冢里一抓一大把。"

"要么，你就直说是怎么回事儿，你师尊师母就不用拉着面子去请人了。也正好昆吾山宗山高人多，多点人帮忙去找你的情郎，好让你们两个人都早日脱离苦海。"

夏亦瑶抿嘴。

十三岁的少女本就懵懂，但潇雨剑天天在她耳边，叽叽歪歪，她便也跟着幻想了起来。拿着另一半剑的他应是怎样？是名门之后，宗门新秀，抑或……是美，是丑，还是平平无奇？

夏亦瑶猛地回过神来，在心底叱道："什么情郎，胡说八道。"

潇雨剑吹了个口哨，也不反驳，没了声音。

夏亦瑶何尝不知道潇雨剑说的这些大道理。可剑冢取剑是怎样大的机缘，潇雨剑纵使有剑灵，也无法理解。它自己对生死无所谓，她却不想失去本命剑。

她悄然看向放在剑架上的细剑，长剑入鞘，尤清冷曼丽，藏锋后依旧让人目眩神迷，她不由得想象自己持剑的样子。

为了那个样子，她就算再病几日，几年，又有何妨？

她想要本命剑，想要昆吾山宗这一代第一个剑冢取剑的名号，也想要一线生机。她不想去管那个什么情郎，也不想去管昆吾山宗与西雅楼之间的恩怨。

西雅楼楼主是师母要为她请的，她只是一个不知病因、难以医治的病人而已。不是吗？

夏亦瑶蜷紧手指，睫毛轻颤，冲着怀薇真人露出一个楚楚可怜的笑容，细声细语："嗯，谢谢师母，是亦瑶不济事，让师母费心了。"

"你这孩子，总是这样客气。"怀薇真人说话间，神色微动，伸手从半空捏碎一个传音符，倾听片刻，喜上眉梢，"谈楼主已经到了，只说许久不来，想吃一碗瞿云郡的面，明日便上山！"

潇雨剑轻鸣，声音比细声细语更弱，满屋温馨，唯有剑架寒光凛凛，似不屑，似感慨，又似叹息。

太清峰后殿里欢喜非常，虞兮枝却在叹气。她发现自己断粮了。米缸里空空如也，菜篮里只剩残叶。内门送菜的大叔今日不来，这也就算了。最糟糕的是，门口还蹲着一只讨饭的橘猫。

橘猫胖得可爱，腮发得极好，明显是个男孩子。橘猫一双金瞳带着明显的疑问，尾巴也不耐地甩动，敲打在空空如也的小瓷碗上，嗲声嗲气地

049

张嘴发出了一声："咪？"

虞兮枝心道：行了，她懂了，再苦不能苦猫咪。她决定下山一趟。胖橘看懂了她的打算，犹豫片刻，缓缓走上来，敷衍地蹭了蹭她的裤脚，留下了几根猫毛。

昆吾山宗并不阻拦弟子下山，只是天色已经不早，虞兮枝匆匆拿了一袋灵石，负剑就下山了。

昆吾山乃是山系，以太清峰为中心，绵延方圆数百里。如此大宗于此镇守，山下瞿云郡自是繁荣昌盛，应有尽有。往常虞兮枝下山，都要虞寺陪同，说来这还是她第一次一个人出门。奈何她此次是来屯粮的，万万不可让虞寺知道，否则挨骂罚站都是小事，恐怕接下来一段时间都要被盯梢，不得烧火。于是她并没有从紫渊峰买传送符下山，而是径直去了外门，带了帷帽，随便找了个弟子，用两块中品灵石换到了传送符，还谨慎地换了一套崭新的外门弟子外袍换上，这才捏了传送符，到了瞿云郡城之中。

夜幕微垂，天边有火烧云的余韵，瞿云郡的天空稠蓝，红瓦上却尚有霞光金边，叫卖声、吆喝声、嬉闹声声入耳，有的店家已经提前燃起了灯火，于是灯罩的五颜六色也倒映在青石板路上，一派人间风味。

晚上出来买菜，绝不是好选择。正常买菜，都要挑清晨，越早越好，那时的菜，还会带着刚采摘下来时的露珠，有泥土的新鲜气息。

昆吾山宗在此，连带着这一片土地与露水都沾了点儿灵气，凡人吃了自然强身健体，延年益寿，便是还未辟谷的散修，也极喜爱。而这样的菜，最好是从路边散户手中购买。现在这日暮四合之时，农民们早就回农舍了。

所以虞兮枝只能走进一间米面粮油菜俱全的杂货铺子看看有啥剩余。

既是铺子，规格自然比散户高了不少。这处本是瞿云郡上一任郡守的政绩之作，意在让达官贵人家的夫人小姐也进进菜铺子，了解民生和农作物，体会农民的劳苦。

当然，在上一任郡守调任后，这菜铺子就对大众开放了。总有人会在日暮时分突然紧急需要些什么的。有时是紧急缺了葱、姜、蒜，有时是突然少了一味菜，又或者家中突有访客，临时需要加菜。

铺子菜，价格自然水涨船高。掌柜早就练就了眼力，一眼就能看出踏入门槛的人要什么，不要什么。站在那边的少女穿着昆吾山宗的道服，明显是外门弟子，道服边空空荡荡无花，多半还未引气入体。

也是，引气入体的昆吾弟子哪个还需要吃饭？又要亲自来买菜，而且清晨不来，只挑傍晚，挑拣起菜的姿势又娴熟，恐怕是外门极不受重视的小弟子，直到这个时候才有时间偷溜出来。

掌柜心里有了计较。

虞兮枝不知掌柜如何看法，她挑菜精细，却并不翻拣，也不会专门去掐枝叶的根，好与不好，她一眼便能看出来，不一会儿就堆了满满一篮子的菜，然后便站在了生肉案子面前。

"猪后腿肉两斤，前腿肉两斤，肋排三斤，两只鸡，五斤牛大骨……"她如数家珍般清脆报出所要肉名，再补充道，"烦请将后腿肉切片，前腿肉切条，肋排剁小，鸡肉剔骨。"

站在生肉案子后的屠夫将刀在手上转一圈："那可得加钱。"

"啊。"她轻呼一声，似是没想到这一手，半晌才问，"加多少？"

"三块灵石。"这次答话的，是一直揣手在旁边看的掌柜，圆脸掌柜语气虽笑，其中却饱含深意，"这位……小真人，是初次下山，不知我们铺子的规矩吗？"

穷酸外门累死累活能攒下几块灵石？买个肉还要求这么多，真当自己是内门亲传的小真人啦？

虞兮枝却不答，对圆脸掌柜的明嘲暗讽无知无觉，她又出了会儿神，然后突然问道："这隔壁是做什么的？"

屠夫下意识道："是一家面馆。"

言罢又心想，果然是第一次下山的土包子，竟然连罹云郡最著名的一家面馆都不知道。

隔着帷帽，他们看不到虞兮枝脸上露出的恍然大悟和欣喜的表情。她迫不及待地转身，然后又想起什么似的，扬手扔了三块灵石过去："再称三斤米、三斤面。我去隔壁吃碗面，吃完回来结账。"

圆脸掌柜眉头微皱，心道下品灵石也分好坏，坏灵石他可不要。更何况，隔壁一家面馆今天有大人物来，又哪里是你去了就能吃到的。

他思绪未尽，灵石已经入手。整整齐齐三块饱满漂亮的上品灵石。

再抬头，少女的衣袍恰消失在了门口，跨门槛时抬起的鞋底纤尘不染。

虞兮枝站在隔壁门口的时候，才知道，原来一家面馆，是真的叫"一家面馆"。

面馆门面不大，也不太干净，是市井人间的味道，这味道细密香软，却极有穿透力，刚才各种味道乱飞的菜铺也无法掩盖这种味道，走到近处再闻，更是让人食欲大增。

虞兮枝哪里受得了这等诱惑，当即上前一步，就要挑帘入内。

"站住！"

"什么人！"

两道剑光一左一右同时向着虞兮枝面门袭来，她向后仰身，堪堪避开，帷帽帽檐却被斩裂了一个小口子。

现在吃个面都这么刺激了吗？

虞兮枝下意识这样想道，迎面而来的剑意未散，还有些咄咄逼人，她来不及多想，反手便要抽剑。指尖触及烟霄之前，小树枝却已经先一步到了她手上，任她一握，再反手前劈！剑意激荡，那两人合击竟也不是这一击之敌，冲散的剑意飘散出去，将一家面馆的门帘彻底卷开，露出内里光景。

面馆正中摆了一张桌子，桌子之外的地方被人站满，桌子上却只有一人落座。

中年男子模样的那人对外门的动静恍然不觉，眉眼平静，只用筷子挑起宽薄面条，溅起面汤两三点，四溢香气在他一颔首之间，被尽数纳入口中，好香。

门帘重新落下，虞兮枝沉浸在刚才惊鸿一瞥的一碗面条中，半晌才发现，自己手里不是烟霄，而是小树枝，难怪刚才手感怪怪的。

"胡闹。"她不由得低声道，重新抬手绾发，将小树枝插回了发髻之中。

她说的是小树枝，声音也低，逼退她的持剑人却早已炼气，耳力惊人，听得清清楚楚，闻言脸色顿变。

"竖子敢尔！"

"说谁胡闹？！"

又是两声怒叱从帘内卷出来，这一次，虞兮枝终于看清了，发声的，是一对双胞胎少年。

左边的少年眉间有红痣，脸色极臭，右边的少年眉梢有疤，脸色极冷，看上去像是不太和谐的镜像。

虞兮枝拧眉。

"吃碗面，还要先打败你们吗？"她有点不解地问，又伸头去看面馆里面，却被双胞胎兄弟看到动作，这俩少年顿时重新挽了剑花，怒目而向。

看也不让看？虞兮枝终于意识到了情况不对。

这条街，不应该这么安静。这家面馆，也不应该只有一碗面。她能闻到后厨里，小火慢炖着的浓郁汤汁，以及搓揉好、只待客人点面后再拉开的面团，还有满碗的蒜苗与碎肉丁。

可汤汁咕噜，却也只能在锅中受委屈，面团微涨，却也只能继续发酵，蒜苗微蔫，碎肉丁寂寞。这伙人，是临时起意来的，临时封了街，堵了店，只为那人吃一碗面。

"你们不是昆吾弟子。"她这次终于摸到了烟霄剑柄，握住却并未拔剑，她看着双胞胎兄弟的动作，微微拧眉，"昆吾禁令，在罼云郡，任何修士都不得随意当街拔剑，不得当街御剑。刚才倘若进来的，只是一个凡人，岂不是此刻已经葬身剑下了？"

她缓缓抽剑，似是感慨："没想到我也有要管这种事的一天。第一次做这件事，还有点生疏。"

烟霄铮然出鞘，照亮红痣与疤眉少年略微有些惊愕的脸，她挽剑："既然这里是罼云郡，昆吾脚下，我身为昆吾弟子，又不巧遇上了这样的事，那便不得不拔剑了。"

红痣少年与疤眉少年心道一声"放屁"，当我们认不出你昆吾外门弟子的衣袍吗？谁知道你是不是从哪里听到了我们楼主要来这里的风声，自以为能一步登天，想要来求指点的？

更何况，看面前少女拔剑的样子像模像样，起手却是天下人尽知的昆

053

吾入门清风流云剑，再细看，少女竟似还未引气入体。

双胞胎兄弟对视一眼，都从对方脸上看到了晒笑。

就算昆吾山宗在三道五派中稳居魁首，但也轮不到一个昆吾外门弟子来向西雅楼的内门亲传说教！

更何况，他们的背后，可是西雅楼的谈楼主！

谈楼主是你们昆吾山宗请来有事相求的，你这个不知天高地厚的外门弟子，又是从哪里窜出来的？

三道剑光在一家面馆前交错。

双胞胎兄弟只想给少女一个教训，倒也不想闹出人命，出剑都收了几分力。

可二人都是西雅楼二楼主的亲传，母胎里就一起长大，心意相通，出剑更事半功倍。

虽然两人分别敛了大半功力，但两个炼气中期的人敛力，加在一起的剑意，也已经超出了普通的炼气中期所能承受的程度！

双胞胎兄弟的脸上平静轻松，仿佛已经要看到少女被劈烂帷帽，狼狈后退吐血的样子。

却见如秋水般的剑光划破稠蓝夜色，竟是比万家灯火更加耀眼，少女分明还是那一招清风流云走天下，但只是这样的起手，就已经将对方两个炼气中期递来的剑气搅散开来！

虞兮枝是看出两个人都是炼气中期了的，好巧不巧，白衣祖宗说了，她也是炼气中期。

大家都是炼气中期，又是在昆吾山宗的地盘，她有何惧？

于是剑气愈盛，剑意更浓，清风流云分明是最基础的剑，在修士眼中，最基础的剑也就是用来吓唬凡人的，然而此时此刻，持剑的人却丝毫不觉得自己用这套剑来对上西雅楼亲传的太上丹阳剑有什么问题。

因为她只会这套剑。

少女眼眸明亮，仿佛自己拿的是昆吾剑，用的是昆吾山宗无上妙法，她迎面对上双胞胎兄弟的剑光，不避不让，一剑斩落！

剑落，青石板与长剑碰撞出一声脆响。

"承让。"虞兮枝收剑，剑却并不回鞘，就这么拎着剑向前走去。

快要踏足门楣之时，她又顿住了脚步，些许不悦地回头。

被她用最基础的剑法打落了长剑的双胞胎兄弟还在怔然无语，她等了半天也没有等到回应，不由得叹了口气："真是没礼貌。"

"你们当应我一声'受教'。"她说话极不客气，偏偏语气轻柔，如春风拂面，"我再说一次，昆吾禁令，在瞿云郡，任何修士都不得随意当街拔剑，不得当街御剑。不知你们还要在瞿云郡多久，但希望你们以后拔剑之时，多想想为何拔剑，想想我这句话。"

她用剑柄撩起门帘，大大咧咧地走进去："老板，我要一碗面。"

虞兮枝已经站在了一家面馆里。刚才仓促一瞥，她只看到了桌子和面，直到此时，她才看清这桌子以外站着的人，全都穿着同一门派的道服。

好霸道一门派。虞兮枝心中感慨一声，径直拎了凳子到唯一的桌前，礼貌道："这位先生，介意拼桌吗？"

一碗面还未见底的中年男人眉目温和，他一身素黑道服，衣边有合掌宽的白色勾边，于是袍上素黑的肃杀顿时被稀释，深不见底却并非不可窥视，他颔首："不介意。"

顿了顿，他又和悦道："进来吧，技不如人，不怪你们。"

门帘再卷起，双胞胎兄弟二人低头从外走进来，看到虞兮枝竟然就这样与楼主坐在同一张桌子上，顿时又要发难，却被谈楼主的视线制止。

掌柜在柜台后敛声问道："客官要什么面？从细到宽，有毛细细的三细二细，韭叶大宽三棱子。"

"三细，再加一个牛肉丸子。"虞兮枝很快点了菜。

掌柜很快进入后厨，现场于是除了谈楼主吃面的咀嚼声，再无其他动静。所有人都将目光悄然放在虞兮枝身上，大家心中对她都有各自的揣测，但几分钟过去，她竟似完全没有向谈楼主开口的意思。

就好像……她真的只是来拼桌吃一碗面的。但怎么可能？

西雅楼谈星净谈楼主，当之无愧的当今第一丹修，以丹入道，以丹证道，如今已是化神后期的真人了。

丹修不同于剑修，如果说剑修是一群只有武力值的疯子，那么丹修便

055

是人见人爱的香饽饽。一颗小小的丹丸，可以助修士跨过天堑门槛，可以让不稳的根基更稳，可以直接将开光期用丹药灌到筑基，还可以理疗内伤，调养经脉。

而这世界上最好、最精粹、纯度最高也最有效的丹药，便是谈楼主炼出来的。

谈楼主的丹，一丹万金。

偏偏天下人都知道，这位谈楼主性子平和儒雅，是有名的好说话，所以过去，有不少人编了身世悲惨的故事，从他手里骗走了许多价值不菲的丹药。从那以后，西雅楼就开始对所有意图接近谈楼主的人进行严格的控制，以防这位恻隐之心极强的楼主再次被骗。

谁曾想，竟然在今时今日，在昆吾山宗脚下瞿云郡的小面馆里，让昆吾的外门弟子这样大咧咧闯了进来！

多少人想要见他一面都极难，更不提能与他坐同一张桌子！最关键的是，这位丹修大能，至今都没有找到合意的亲传弟子。

丹修一道，从某种意义上来说，极讲究天分。谈楼主平时处事随意，为人随和，被骗去一两颗丹药也不甚在乎，但在选择传人这件事上，却格外挑剔严格。如此一来二去，竟已经过了许多年，他还没遇见一个合意的人。

所以想方设法要见到谈楼主的人，不是求丹，就是想要求师。

这一日负责执勤的所有西雅楼弟子心里都"咯噔"一声，有人已经决心等回到西雅楼，就去领罚了。

有谁会为了一碗面，就向西雅楼拔剑呢？什么昆吾禁令，都是想要进来的幌子吧？有谁会来吃面，还带着帷帽，不敢以真面目示人呢？

除此之外，大家心头还有另外的疑问。

昆吾山宗的外门弟子，竟然能用最基础的清风流云剑打败二楼主的亲传弟子了吗？要知道，那对双胞胎可不是什么草包，否则也不可能被选出来，随谈楼主此次出行的！

按照西雅楼弟子原本的设想，这两兄弟合力，理应也只有那位惊才绝艳的昆吾大师兄才能与之匹敌。就算方才有所收手，又怎么可能……会被一个外门弟子了击落手中之剑！

所有人都在等虞兮枝说话。谈楼主虽然看似在吃面，其实也在等。

但他们什么也没等到。虞兮枝端坐不语，店家不出几分钟便端上来了一碗热气腾腾的面，外加一个装着一颗半个拳头大小的牛肉丸子的小碗，道："客官慢用。"

果然是一碗好面，一清二白三黄四绿，一应俱全。

虞兮枝这才动了，她在所有人讶异的眼神中，毫无负担地摘下了帷帽，露出了一张天然带着三分笑意的素净小脸，她拿起筷子，真的就这样挑起了面，再吹吹热气，埋头开吃。

一屋子人鸦雀无声，有人盯着她绾发的小树枝，有人盯着她的面，也有人盯着她的手。这么多的目光下，她吃得很平静，并没有因为这份寂静而束手束脚的样子，好像天然就如此安静。

一碗面吃完，她再去尝牛肉丸子，吃了两口，微微拧了眉，却依然极认真地吃完了。

然后，她擦了擦嘴，重新戴上帷帽，径直向后厨走去。

一屋子的人面面相觑，不免揣测她究竟要去做什么，有人上前半步，压低声音："楼主，要去看看吗？"

谈楼主也好奇，他不阻止，就是默许，于是有人悄然跟到了后厨门口，探出一只眼睛。

虞兮枝刚刚挽起袖子洗了手，开始在案板上认真搓丸子，一边搓一边神色认真道："你看我用力的方式和搓丸子的方向，这样搓出来的丸子保准比之前的牛肉丸子更好吃。你家的丸子，酱汁味儿到了，但肉还是散了点儿，换成这种方法，销量一定能翻倍。"

掌柜开始还有些不信，直到看到虞兮枝手中的牛肉丸子浑圆饱满，下锅煮了再捞上来后凝而不散，再下口一咬，顿时眼中一亮，这才拱手道："多谢这位小真人愿意将此秘方告知小老儿。若是小真人不嫌弃小老儿的面，从今往后，凡是小真人来，小老儿便做东。"

"吃一碗面，付一碗面的钱。"虞兮枝摇头，"要谢我的话，希望下次我来，能吃到这样搓出的牛肉丸。"

掌柜自然连连点头。

057

虞兮枝爽快付钱，转身欲走，余光却看到了掌柜放在旁边的剁肉刀，顿时眼睛一亮："好刀。"

她盯了一会儿，才问道："可否借我一用？"

门口偷听的人已经躬身在谈楼主身旁，带着些疑惑开口："未见异常，只教了店家牛肉丸子的搓法……又说要借刀。"

借刀！

这人肯定是借刀来找楼主！

说话间，又见虞兮枝已经急急走了出来，她看也不看人，径直走出去，不一会儿，又拎着菜篮子和一筐肉进来，直接进了后厨。

西雅楼众人满头雾水，一开始还端着架子，忍到这会儿，各个都想涌到后厨看她在干什么，却见少女弯腰拿出去了骨的鸡肉，手起刀落，借刀竟是为了剁肉。

修仙之人多从小就被选入门派之中，根骨上佳者更是早早就入了内门，又哪有人摸过这样的生肉？他们看着虞兮枝嫩白漂亮的小手毫不顾忌地拎着肉，都露出了一言难尽的表情，显然极是鄙夷。

然而为了知道虞兮枝到底想干什么，他们又不得不看。

于是一群炼气境的小真人就这样围在了庖厨之前，就像是里面有真君在传道授业解惑一般，警惕地看着虞兮枝……剁肉。

刀与案板碰撞出均匀的节奏，不食人间烟火的小真人们还是第一次听这样的声音，一边觉得刺耳一边又觉得顺耳，一边觉得粗鄙一边又觉得少女收起刀落的样子中或许有他们还没观察出来的大自在。

靠剁肉能吸引谈楼主吗？这是什么另辟蹊径的法子……等等，这么说的话，她岂不是已经成功地吸引到了他们的注意力吗？！竟然心机至此！

虞兮枝是真的在剁肉。

这里店家的刀和案都不错，她现在剁好，团好猫饭丸子，回去就可以直接喂给胖橘猫吃，最关键的是，不用再自己打水洗案板。

无论是哪个季节，昆吾山的山泉，都是真的透心凉。

剁好肉，自然要搓丸子，虞兮枝搓得又快又好，整齐放在店家递过来的盒子里："下次下山还你盒子。"

再抬头，她也被堵满门口的人吓了一跳。

她这个人，做起一件事的时候，总是全神贯注，看书如此，练剑如此，搓丸子……也是如此。

店家掌柜已经被门口密密麻麻的人吓得站在了角落，而她，现在才发现。

她思忖片刻，觉得这群人应该不是在看她。有什么小真人会这么无聊，跑到后厨门口看人剁肉呢？八成是孩子们都饿坏了，被后厨炖锅里的香气吸引来的。

可怜天下修仙人，连顿饱饭都吃不上。

"……劳烦让让？"虞兮枝抬头，她已经重新戴好了帷帽，自然也遮住了她眼中看向这群可怜孩子时的同情。

身材娇小的少女一手提着一大篮子的菜，一手拎着几串生肉，看上去就像是小巷子里为操持生活早早当家的少女，偏偏她背后还背着剑匣，显得有些不伦不类。

大家下意识让开路。

虞兮枝本想直接走的，结果发现坐在桌边的那人竟然还没吃完面，微微拧眉，心道这些修仙之人真是修到连常识都没有了吗？不由得好心提醒了一句："面要趁热吃，否则会泡软，味道就不好了。"

这是她入面馆以来，对谈楼主说的第二句话。

满屋子的人都猛地提起了精神，虞兮枝以为接下来要提出什么要求。

谈楼主颔首，再看向她，却见虞兮枝似乎真的毫无留恋，拔腿要走。他平生竟然第一次有了一种忍不住的感觉，不由开口问道："你还有别的话要说吗？"

西雅楼众人顿时紧张起来。若她只是要个固元丹什么的，也就算了。但凡有过分的地方，他们一定……

虞兮枝却只觉得这个人好生奇怪，同桌吃个面而已，萍水相逢，连缘都算不上。她想了想，觉得自己明白了什么："后厨还有我搓的牛肉丸子，比店家的好吃，你可以尝尝。"

言罢，她头也不回地出了店门，于夜色灯海之中飘然而去，再于无人

059

之处将一众菜品收入芥子袋中，捏碎传送符，回昆吾山宗蒸猫饭去了。

面馆里。

谈楼主已经吃完了那碗面，正好赶在了这碗面最佳的风味散去之前。

修仙之人已经不在意饱腹，他来吃面，也不是为了口腹之欲，而是因为十几年前的那场蚀日之战拉开序幕前，他曾在这里，吃过一碗面。

当时，他已经有了天下第一丹修的美誉，只是堪堪踏入化神，还未稳固境界，是以当那些明明已经辟谷炼虚、洞玄、大乘境的大宗师们坐在屋中央吃面时，他只能蹲在门边看着。

后来，他也被分了一碗面。

再后来，吃面的人只剩下了他。

世间竟已再无大宗师——至少在明面上来看，就是如此。有人端来了牛肉丸子。之前虞兮枝示范着揉了三个丸子，老板吃了一个，她自己吃了一个，还剩这最后一个。

汤汁融入牛肉丸子，原本光顺的丸子显得更加饱满鲜亮。棕红色丸子散发的香味将整个房间都填满了，一众人都神色复杂地看着那个牛肉丸子，一时之间还是有点不太能接受虞兮枝就这么走了的事实。

难道真的只是来吃一碗面？难道她真的不知道自己面前的人是谁？

谈楼主却看着面前的丸子，越看眼睛越亮，原本还带了些放松的身体慢慢紧绷起来，他目不转睛地看着丸子，身上原本收敛着的化神境大修士的气息也悄然泄露出来了一些。

化神境，早已化全身境界于天地之间，非心神激荡到了极致，又怎可能露出半分异样？

他身后的两位元婴期的长老也看出了什么，目光一齐放在了那个平平无奇的牛肉丸子上："这是……"

"是。"话意未尽，谈楼主已经笃定道。

"看清楚了？"元婴期长老再问。

"一清二楚。"

元婴期长老的声音已经带了颤抖："您……您确定？！"

"我确定。"谈楼主盯着那个丸子，仿佛要将那个丸子盯穿，他为人儒雅随和，但在此时此刻，也还是忍不住长笑一声，似是自得，似是惬意，又似是感慨，"谁能想到，我会在昆吾山宗脚下的面馆里等到呢。"

谈楼主当即起身："不等明天了，现在就上山。"

顿了顿，他又停住了前迈的脚步："不妥，这样显得太过急切，万一被昆吾山宗发现了这个苗子，琉光峰的小老儿定要与我抢夺。不能急，这事儿谁也不准说出去！"

说到最后一句，竟是动了神念。

化神期一念，"不能说"这件事的禁锢便直接套在了这间屋子里所有人身上。

满屋西雅楼弟子面面相觑，不知所以，只了解了那牛肉丸子果真是不一般，但大家探头也看了半天，丸子还是丸子，却也看不出有什么不同之处。

还是双胞胎兄弟憋了这么久，终于忍不住了，上前半步："楼主，这丸子，究竟有什么不同寻常之处？是她故意留下给您看的吗？"

谈楼主双手负于背后，声音里带着不加掩饰的快意："你们看出她的境界了吗？"

宣平与宣凡两兄弟对视一眼："看不出，只觉得还未引气入体，又或者刚刚引气入体，左右只是个外门弟子，却能一剑击落我们的剑，实在是令人想不通。或许她只是借了外门弟子的衣袍，实际是……筑基期的小真人？可也实在没听说过，除了虞寺之外，昆吾山宗哪还有年龄这么小的筑基期小真人？"

"不怪你们。"谈楼主笑着摇头，"我也看不出。"

满屋俱惊。众所周知，境界一事，从来阶级分明，以上制下，宣平与宣凡看不出，或许说明对方是筑基期。

可谈真人已是化神期，是当时已知的巅峰境界了，除非现在站在他面前的是大宗师，否则又有谁能让他也看不穿呢？

"或许……有什么秘法？"元婴期长老再回忆，竟发现自己也未曾看穿少女的修为，惊疑不定道。

"哪有什么秘法。"谈楼主笑意更深，"几根猫毛罢了。"

061

高危职业
二师姐

猫毛？什么猫毛？猫什么毛？和猫毛有什么关系？西雅楼中人面面相觑，心中脑中全是问号，却不敢再问。

不敢再问，心中却有一声"果然"。

果然，这丸子就是探路石！这少女迂回了这么久！当真是以退为进，心机深沉不测！只有元婴期的两位长老似是明白了什么，脸上露出了似是不可置信，又隐约有几分恐惧和担忧的神色。

谈楼主的笑意却越来越深，他抬手拿起了那枚已经微凉的牛肉丸子，任凭酱汁流了自己满手。

"这丸子，真是圆啊。"

夜黑星垂，风静云止，一家面馆里，有的弟子惊愕难言，有人兀自不平，还有人盯着那个牛肉丸子，却怎么都看不出来什么，只觉得再看下去，自己这些年努力辟的谷都要付诸东流了。

但所有人都明白一件事。谈楼主觉得刚才的吃面少女，能继承他的衣钵，甚至当场就想站起来去昆吾山宗抢人。可是凭什么？凭她丸子搓的好吗？丸子搓的好，丹药就一定能搓好吗？！世界上哪有这种道理？

等到了昆吾山宗，他们一定要看看，这个吃面少女，究竟是何方神圣！

第二章

虞兮枝已经换下了那一身外门弟子的衣服，这会儿正郑重地站在自己的床前。

这一趟出门，虞兮枝一共花出去了三块上品灵石、两块中品灵石和两块下品灵石，果蔬铺子的老板在她取菜的时候，恭恭敬敬地找了两块上品灵和石九十八块中品灵石回来，虞兮枝当时看也不看，直接扔进了芥子袋。

但回到山头喂完猫，她也还是要数一下的。

昆吾居，大不易。

这话其实对亲传弟子来说并不适用，所有亲传弟子自享一份供奉，宗门对这些最有可能成为宗门未来的弟子从不吝啬，昆吾山宗身为仙门之首，底蕴深厚，绝不会亏了任何亲传弟子的修炼所需……但也只是修炼所需。

像虞寺这样的修炼狂人，修仙界闻名的昆吾大师兄，他的日常所需便是修炼所需，可虞兮枝不一样。

虞兮枝……或者说原主，是不修炼的，否则也不可能只是堪堪炼气。按理来说，像她这样疲懒的亲传弟子，早就应该被打出山门了，可她有个好哥哥，看在虞寺的面子上，大家虽然对她态度微妙了些，到底还没到要出手赶人的地步。

更何况，她非常有自知之明，既然不修炼，便也不去领自己的那份定

063

额供奉，久而久之，发放灵石丹药的琉光峰弟子都快要忘了，太清峰还有这么个二师姐了。

但人既然活着，又哪能没有花销。

原主身上的灵石都来自虞家。虞家本就是名门，她又是嫡长女，还有个让家族子孙世世代代蒙荫的兄长，家里自然是大袋大袋地将灵石运到她这里来。

可是再大的名门，到底只是凡人之家，凡人通行的货币自然不是灵石，而凡人获取灵石，则需要用大笔的财富去换。

原主可以这样接受虞家的供奉而毫无愧疚，但虞兮枝不行。

无论从哪个角度来说，她赚取灵石都要比虞家简单，抑或说投入产出比会更高，修士该做的事情，不应该让凡人承担这份责任和成本。

已经收了的灵石，她不会退回去，但她也不会再要虞家的这份供奉。

这件事是虞兮枝之前就打算好了的，她写信解释了此事，只待一月下山一次的信童将信带去。

按照这里的换算规则，一块上品灵石可以兑换一百块中品灵石，一块中品则可以兑换一百块下品灵石。灵石不仅可以作为修仙界的流通货币，更可以在灵力枯竭的时候，捏碎作紧急补充之用，比如，一块上品灵石就可以补满炼气境大圆满境界消耗一空的灵气。

按照昆吾山宗的定额，外门洒扫弟子每月只能领到三块下品灵石，内门弟子则是三块中品，亲传三块上品。如果想要更多，就要去紫渊峰任务堂接任务自己赚灵石，这也是试炼日常的一种。

虞兮枝搓搓手，终于上前一步，掀开了床板。床板下有整整齐齐五个芥子袋。探入神识，每个芥子袋里都整齐地放着一百块上品灵石。

虞兮枝："……"

无论从哪个角度来说，她都是当之无愧的太清峰富婆。

好像懂了为什么原主每天躺着发呆，不思进取不想努力了呢！

她重新盖好床板，躺下的姿势都比平时更加虔诚郑重一些。

她睡的，不是普普通通木板床，而是富婆的财宝箱。

她今天花了四块中品灵石和两块下品灵石，她想去做任务补齐一下，让自己身上的第六个芥子袋也变成整整齐齐一百个上品灵石。

一家人，就要整整齐齐的。

"强迫症"不怎么舒服地入睡了，梦里都在给灵石凑整。她第二天起了个大早，在同门羡慕的目光里，安然吃了肉馅小馄饨早饭，烙了一打肉馅饼，用油纸装好塞进芥子袋，再蒸了足足两笼猫饭丸子，将自己所有的碗都拿出来，每个里面放了三个，在墙角下一字排开，再特意锁了门，这才向着紫渊峰的方向奔去。

去做任务这件事，当然不仅仅是为了给变成了零钱的灵石凑整。

就算没这件事，虞兮枝也是打算走这一趟的。不仅仅是为了更快更好地了解这个世界，还是为了更快地提升自己的实力。

她既是剑修，理当以战养战。

早上学宫里例行有徐教习的炼气课，学宫也另有规定，出任务的弟子可以不来学宫上课，徐教习瞥了一眼虞兮枝空空如也的座位，微微皱眉。他以为是她偷懒不来，怎么也想不到虞兮枝居然也会有去紫渊峰任务堂的一天。

不光是徐教习，紫渊峰任务堂理应也想不到她会来。

今日在任务堂执勤的，恰是紫渊峰那位已筑基的沈烨师兄。

全昆吾上下都知道，这位师兄惯常都是没个样子的，要么耷拉着眼皮打瞌睡，要么跷着腿打盹，白瞎了一张不亚于虞寺那张渊沉九千万少女梦中情郎的英俊脸蛋。

但今天，沈烨正襟危坐，背如雪松，声如洪钟，看到虞兮枝一步踏进来，甚至还露出来了个营业式微笑："虞师妹，你来了。"

虞兮枝的脚步微顿，颇为狐疑地看了一眼沈烨。

沈烨与虞寺交好，是以她非常明白，这位师兄平素里是什么样子，今日他打招呼的方式确实十足奇怪。

有点像是沈烨知道她要来，专程等着她似的。

但很快她就将这个一闪而过的念头抛之脑后，人生最忌讳的事情之一便是自作多情，虞兮枝从来没觉得自己有多重要过。

但沈烨既然认真和她打招呼，她也认真回了礼，这才道："沈师兄，

065

有什么炼气初期可以接的任务吗？"

出于各种考虑，虞兮枝并没有打算让其他人知道自己的真实境界。当然了，此时此刻的她也不知道，自己以为的真实境界，和事实上她的真实境界，竟然也是不同的。

沈烨保持着那个看上去与他气质不怎么相符的笑容，飞快地挑拣出了三张木牌："这不是巧了吗，这里有三个正好适合虞师妹的任务，一个是去青芜府，一个是去青芜府……咦，怎么还有一个也是去青芜府？看来师妹与青芜府有缘，看来要是想接任务，这趟出行是在所难免了。"

青芜府在昆吾山宗的北边，和罹云郡虽然接壤，但青芜府是个偏狭长的地区，近处下山向北策马三天也能到，要说远处，青芜府是与卯月海接壤的，从昆吾山宗御剑也得大半天，若是坐马车，足足能走几个月。

任务堂的内门任务一般分为两大类，对内和对外。

对内则是不出山，或是帮各个峰的长老跑跑腿，摘摘草药什么的轻松活，这种活一般比较费时间，赚的不多，但好处有二，一是没什么危险，二是能接触到平时难见面的各位长老和教习，若是有机缘，多得几句指点，也是值当的。

对外则是出山，任务地点更是遍布整个大陆，或是皑皑雪山之巅，或是万里草原之内，或是市井之中，内容更是五花八门，从捉妖押镖到寻宝找人，不可一概而论，共同特点是耗时不定。宗门的木牌上虽然会有危险性评估，但不排除其中会出现评估错误的可能性。

虞兮枝有足足六百块灵石的压箱底，委实不缺钱。更何况，她再不受重视，也好歹占着太清峰亲传的名额，也没有其他峰的长老和教习敢越过太清峰指点她。

炼气境中期的昆吾弟子本就可以在山下独当一面了，她本就打算下山的，但一口气抽中了三个同样地点的，还是让她有了一种微妙的、类似于"这也太巧了吧"的情绪。

虞兮枝顿了顿，这才问道："分别是什么？"

沈烨悄然咽了口口水，背脊更加挺直："分别是捉妖、捉妖……和捉妖。"

"……青芜府可真是好多的妖，高家的人是不顶用了吗？"虞兮枝哑然片刻，终于忍不住道，"既然如此，随便给我一个吧。"

沈烨几乎肉眼可见地松了口气，急不可耐地递过来一个木牌，动作间竟然带了点儿僵硬和不易觉察的恭敬。

虞兮枝拿了木牌作势就要走，走了两步又飞快转身："沈师兄的三个木牌难道都是同一个任务？"

刚刚放松下来的沈师兄毫无防备，大惊失色顺口道："你怎么知道？"

虞兮枝："……"

沈烨："……"

沈烨脸上的"营业式微笑"挂不住了，取而代之的是恨不得给自己一巴掌的懊悔表情，他倔强地维持着最后的僵硬："可能是天冷了，弟子们多有怠懒，这个任务许久无人来接，可那边又催得紧，师兄这才出此下策。"

虞兮枝捏着木牌看他，她若是面无表情抑或气势汹汹，沈烨都有办法，偏偏她天生一双笑眼，这样看过来就像是带了点儿没有恶意的促狭，让他分外手足无措，她看看外面的艳阳，顿了顿："好冷的天。"

还好虞兮枝显然并不在意这其中细节，她确实觉出了几分奇异，但也并没有什么深究的想法，只这样扫了沈烨一眼，便向门口走去。

却有一道阴影倏然笼罩了几乎半个山头，再缓缓向前移去，虞兮枝顿了顿脚步，仰头向外看去。

此时正是正午时分，日光透过昆吾山宗的护山大阵再倾泻下来，耀眼便去了三分，忽有剑舟从天边而来，便将剩余的七分尽数遮去。

剑舟此物，驱动动辄需上万灵石，也只有三道五派这样修仙界真正的巨擘，才有足够的底蕴驱使。通常情况下，也只有最盛大的门派比剑大会，抑或是其他盛事时，三道五派才会派出剑舟。

更何况，是这么大的剑舟。

几道极浩瀚雄浑的剑影从各峰纷纷掠出，悬停在了剑舟面前。

沈烨也闻声迈出了任务堂，一走出堂门外，他又重新散漫下来，两人一起盯着剑舟半晌，还是沈烨先开了口："啧，西雅楼真是好大的声势。"

他语调平静散漫，但再细听语意，却满满的都是不屑——尤其是在知道来者是西雅楼的那位第一丹修谈楼主的时候。

"是师母下帖子请他们来给小师妹看病的。"虞兮枝似笑非笑地挑眉，不说是，也不说不是，"难得昆吾山宗也有求人的时候，换作是三道五派的哪个门派，会真的静悄悄来，静悄悄走呢？"

这话难听了些，却也是实话——昆吾山宗这些年来，仗着自己是三道五派之首，又是剑修，在一些小事情上磋磨看低其他门派的事情做得实在是不少。

难得有机会扳回一局，想来就算是渡缘道和太虚道的和尚和道士们，也不会咽着这口气不出。

沈烨依然是那个语调，嗤笑一声："你们太清峰的小师妹……着实金贵。你什么时候下山？"

"这就准备下山了。"虞兮枝收回目光，将木牌在手心拍打两下，"再晚，如果让我阿兄知道了，恐怕这任务就不归我了。"

顿了顿，她突然问道："妖……难杀吗？"

沈烨眉梢一跳。

妖与人，与天下生灵又有什么区别，只要出剑够快，剑势够足，境界够高，纵使是大妖也不是一剑之敌。可如果当真如此简单，内门弟子这些年来，也不会有这么多人死在妖族手下了……当年修仙界，也不会因为抵御妖族而陨落了所有大宗师。

他从恍惚中回过神来，又想起面前第一次出任务的少女又不是孑然一人，他在瞎担心什么呢。"或许难，或许不难。"沈烨看着她，"但剑心所向，自然所向披靡。祝师妹此去，一路顺遂。"

"可我只会最基础的清风流云剑。"虞兮枝道。

沈烨眼皮抽了抽，心道你任务牌都捏手里了再问这个是不是太晚了？虞兮枝下一刻就自己笑了起来，她旋身抱拳，不再看那艘悬停在半空的巨大剑舟，将神识探入手中的任务木牌中，从木牌的小芥子中取出一张传送符，背身冲沈烨挥挥手，就这么扬长而去了。

剑舟向山内，她向山外。

沈烨看着她负剑的背影彻底消失在视线里，这才松了口气般转过身，却发现，原本坐在帷帽之后的那个人不知何时也已经站在了门口。

那人冷白的手里扣着另一块木牌，他一眼都没看悬停的剑舟，只目光温和地看着沈烨，分明是暖阳天，他却好似极寒的冰，偏生他唇边的微笑依然是温和的："故事编得不怎么样，还好她好骗。"

沈烨恭敬转身，一礼到地："小师叔。"

无论西雅楼此次来昆吾的派头目的在哪里，既然来的是那位谈楼长，那么昆吾上下自然都要出来礼见。

太清峰正殿熙熙攘攘，五峰峰主和长老占据了大半个正殿，另外半个殿则是被整整齐齐的亲传弟子占满。

"不是吧？不是吧？不是吧？这种场合二师姐也不来？"面容清隽白皙的少年压低着声音，一点也没掩盖自己语气里的阴阳怪气，在虞寺耳边压低声音，"她就不好奇这位丹圣长什么样吗？"

虞寺还没说话，这个揣着手、没什么站像的少年又将目光移到了站在怀薇真人身后，如鸢尾花的少女身上，"啧"了一声："要是堂堂正正喊师母一声干娘，我也就敬她是个识时务的，都是同门师兄妹，她在那儿搞什么特殊？"

"易醉。"虞寺眼含警告地扫了矮他一头的少年一眼，少年虽然嘴上向着周遭发起了无差别攻击，但显然对这个大师兄还是非常尊重的，被一眼扫过之后，乖乖闭了嘴。

"你二师姐她……"虞寺难得露出了点儿头疼的神色，显然也是被这件事气得不轻，"在紫渊峰领了个任务，下山去了。"

太清峰三师弟易醉露出了见鬼一般的表情，他欲言又止了半天，实在是忍不住，崩出来几个字："去……送死吗？"

虞寺："……"

易醉比他和虞兮枝进师门还要再晚一年，再加上他身份实在太特殊，昆吾山宗没人敢训斥他，白雨斋他更是横着走，从小就有点养歪了。

这位三师弟不开口还好，看上去还是正经的清秀少年，昆吾山宗灿烂明朗的未来……一开口，山崩地裂，嘲讽拉满，阴阳怪气，没有人可以在他的嘴贱下活过三个回合。

069

虽然亲阿妹被人这么说很不爽，但虞寺不得不承认，他乍一听到这个消息的时候，脑子也冒出过这个想法。

"前几天，她还是跟我学剑了的。"虞寺哑然半晌，到底还是要为虞兮枝挽尊的，也就是那一次虞兮枝的样子，让他感受到了几分安心，"也不是毫无还击之力，我问沈烨了，她领的是最简单的除妖任务，开光境后期都应付得来，她好歹也炼气了，应该能行……吧。"

"学剑？学了什么剑？清风流云剑吗？"易醉下意识开了嘲讽，然后就看到虞寺的表情微微一僵，顿时意识到了什么，倒吸了一口冷气，"……不是吧，真是这套？"

师兄弟二人面面相觑，相顾无言，奈何昆吾门规早有写明，除非主动求援，否则其他人不得打探任务内容，不得擅自外援，虞寺纵有再多担心，也只能默默咽下。

左右也不应当出什么大问题，昆吾山宗的任务木牌里都有两张传送符，一张包送到，一张则是送回，如果打不过，捏了传送符逃命就是了。

性命总是无忧的，其他的，等虞兮枝回来了再收拾她。

虞寺如此安慰自己道。

太清峰大阵开，剑舟缓缓驶入，悬停在太清峰外，谈楼主带着一众弟子稳稳落地，拂袖收舟，再缓步走入正殿之中。

太清峰正殿静默无声，所有昆吾山宗弟子都敛了神色，挺直背脊，沉默地注视着西雅楼来客。

在昆吾弟子想象中，这是一场他们与西雅楼弟子无声的较量，这里是昆吾主场，他们必不能输。

然而原本想象中应当肃杀冷冽、甚至露出蔑视之色的西雅楼弟子虽然队列还算整齐，但各个却都在……探头探脑。

有人抑制不住地想要回头看站在正殿之外的内门弟子，也有人敛着眉头，在亲传弟子之中小心扫过，就像是在找人。

昆吾弟子满心疑惑。

找人？找什么人？难道是有人出任务的时候和他们遇上过结了梁子，所以这次西雅楼才这么声势浩大，看病是明，寻仇是暗？

各峰亲传弟子眼神微暗，心道这就让各个当口的师弟师妹们要多注意，谨防这群西雅楼的不速之客下黑手。

怀筠真人当然也注意到了这群西雅楼弟子们的异常，他略一思忖，只当是两方弟子日常多有碰撞，结了私怨，便并不放在心上，兀自笑面迎上谈楼主，一番寒暄客套后才遣散了亲传与内门弟子，关了殿门说正事。

怀薇真人震袖行礼："还请谈楼主看看，我道侣的这位小徒儿前些日子得了大机缘，进了一趟剑冢，被剑气所伤，本以为有灵气冲洗经脉，自会好转，可这些日子竟然越发重了些，总也不见好。"

这些说辞怀薇真人在书信中就已提及，谈楼主踏入正殿的时候，早已看见站在她身后的白裙少女，以他的眼力，自然一眼就看出来，夏亦瑶身上的病，丹药可压，但不可根除。

他脚步微顿，本想推脱，却又想到昆吾内外门有八千弟子，要不动声色地在昆吾山宗的眼皮子底下找一个人，可不是一两天就能完成的事。

于是谈楼主郑重向前几步，微笑道："这病确实不简单，看来是要慢慢调，小姑娘可要多吃点苦了。"

西雅楼上下都想要找的那个吃面少女，已经背剑下了山。

捉妖任务大同小异。

妖域祸乱人间已有数千年历史，每隔几个甲子，修仙界便要与妖域爆发一次大战，而今距离上次堪称惨烈的蚀日之战已经过去了十五六年，自然又有小妖潜入人间，为祸一端。

蚀日之战后，修仙界损失惨重，妖域也不例外。过去的仙门之中，除妖是绝无可能让弟子单独出行的，而今的弱小妖族却已经衰落到了比凡人稍强的地步，有时甚至不用仙门出手，村里强壮的猎户们齐心协力，也能制服之。实在无法处理的，才会求援于仙门。

虞兮枝手里的这个任务，位于青芜府西南边的棱北镇，木牌顺着神识传来的资料上显示，当地驻守的外门弟子的寻妖罗盘近来一直震动不已，却始终无法真正确定方位，但棱北镇并未发生任何血案抑或伤人事件，想来此妖或许灵智未开，又或许尚未成年，完全是炼气境初期可以应对的。

高危职业
二师姐

树影婆娑，虞兮枝顺着青石板长梯下山，这会儿已经快要到山脚下，不远处村镇的青砖白瓦都已经跃入眼中，她却突然停住了脚步。

看起来过分单薄的白衣少年静静地站在台阶最下沿，黑发如瀑，只用一只白玉簪绾起，侧脸如玉。虞兮枝见过他出剑时极汹涌的气势，也见过他捏着别人脖子时极冷峭的杀意，却是第一次看到他这样安静地站在一边的样子。

身形看起来……怪孤零零的。

虞兮枝心底这个念头一闪而过。

他侧脸极漂亮，肌肤冷白，眉眼却并不清淡，少年模样的人站姿有点散漫。似是听到了她的脚步声，白衣少年回过头来，正对上了虞兮枝惊疑不定的目光。他上下打量了她一眼，微微勾唇："炼气境后期了，离大宗师不远了。"

虞兮枝心道：这祖宗的数学是不是不太好？

她看着对方，目光恰落在对方手中，只觉得那只冷白的手里握着的东西有些眼熟，而她的神识也正好读到任务木牌的后半部分。

"青芜府棱北镇任务建议人数：二。"

她看了白衣少年一会儿，突然明白，自己刚才在任务堂觉察到的那点儿奇异的气氛是怎么回事了。

如果她头上顶着一个"一"的话，那么对方头上就比自己多了一横。

她抿嘴一笑，欣然走下最后几层台阶，揶揄道："你怎么拿着和我一样的木牌？是为了加快我成为大宗师的进度吗？"

谢君知足足比她高出一个头，虞兮枝走到他面前，便要仰头看他，显得下巴尖尖的，笑起来时，脸颊上的小梨涡愈发明显。谢君知莫名有点手痒，他忍不住在任务木牌上摩挲了一下："为什么不直接捏了传送符过去？"

"昨天吃了碗面，味道很好。"虞兮枝如实道，"今天想来看看，镇子里有没有别的好吃的。"

谢君知微怔："你不是才吃了碗小馄饨？"

虞兮枝更怔，错愕后是莫名的羞恼，她脸颊微红："你怎么知道……况且那是早饭，现在要去吃的是午饭！"

谢君知欲言又止："所以，你一日要用三餐？"

虞兮枝觉得对方大约是要像虞寺一样说教自己了，修仙之人讲究无垢，垢从口入，引气入体后，排出的一身污秽中便有许多是吃食时摄入的，他想要她到大宗师，想必是要逼迫她辟谷。

更何况，寻常人家养生一点的，都要讲究过午不食，女孩子更是吃得极少，哪有像她这样一餐都不能落下，连芥子袋里都装着烙好的肉饼的呢？

她心中思绪万千，却听到旁边那人若有所思道："我记得这个镇子上有一家三甜碗做得不错，要试试吗？"

虞兮枝有点不可置信地抬头，她有许多话想说，最终却在跟上对方脚步的时候，换成了一句："为什么你也可以接炼气初期的任务？"

"因为没有人知道我的修为。"谢君知慢悠悠地踩在青石板路上，他像是出门踏青的公子，每一步都走得悠闲随意，"也没人敢来探查我的修为。"

虞兮枝斟酌了一下语言："可……修炼的时间越长，修为自然会越高，不是吗？"

"太清峰后山的长老哪个不是数百岁的老怪物了？就算是你的师尊，踏入修道至今也有三百多年了，还不是停留在伏天下，不得寸进？"谢君知一时之间没意会到她的意思，只摇了摇头，反驳道，"修炼的时间越长，修为高不高不一定，只有脸皮会越来越厚。"

虞兮枝瞠目结舌。

她觉得对方是雪蚕峰不出世的长老，但既然对方不表明身份，所以她也没有表现得太过尊敬。而她这个问题，本意当然不是想要听到这样的回答，而是在于委婉地提醒对方——就算没人看得穿，但你是长老的话，没人会觉得你是炼气境吧？炼气境是当不上长老的吧？

还是说，这段话的精髓在最后一句，他是靠脸皮厚才能说自己是炼气境？才能和自己做炼气境任务的？

谢君知说完这番话后，半天没有得到回应，再侧头去看，就看到了虞兮枝疑惑的眼神，他这才后知后觉地反应过来了什么。

他在三甜碗的门口顿住脚步，神色古怪，似笑非笑地拉长音调："哦——你是觉得我也是那些老怪物中的一员，对吗？"

杏仁茶、莲子粥和糖蒸八宝饭的甜腻香气卷在空气里，虞兮枝只是闻着都觉得舌根发甜，这样铺天盖地香气中，白衣少年向她俯下身，笑吟吟道："可我……和你哥哥一样大啊。"

虞兮枝怔然看着他。

谢君知离她太近了，近到她可以看到他细腻冷白的肌肤，看到他鸦羽般的睫毛，黑黢黢的瞳仁，她甚至觉得他有鼻息扑打在自己的额头上，又或者三甜碗的热蒸汽从烟囱里倒卷向了她，惹得她全脸都有点微热。

"对了，一直以来都忘了自我介绍，我叫谢君知。"

虞兮枝深吸一口气，脑子里更是一阵浑浑噩噩。

行吧，她悟了。

这位谢姓祖宗，脸皮确实是，真的厚。

青芜府，棱北镇。

蹲在凳子上的青衣少年愁眉苦脸，死死盯着放在木桌上的罗盘。

那罗盘只掌心大小，针尖一点微红，往日里，这点红静静悬浮，是这片青铜上唯一的殊色。

但此时，针尖绕罗盘飞旋，那抹红变成了一条摇摆的曲线，看上去触目惊心。

"怎么可能呢？"青衣少年拧着眉头，"寻妖罗盘上个月才检修过，绝无可能出错，可为什么会无法锁定这妖的位置呢？"

"黄梨，别盯着看了，看也看不出什么子丑寅卯。"有人在床上翻了个身，声音里带着倦意，"宗门已经传音了，有内门弟子接了任务。"

名唤黄梨的青衣少年蔫巴巴地"哦"了一声："阿寇，你说我们什么时候才能引气入体，登上云梯，真正成为昆吾的内门弟子啊？"

阿寇的声音更困了些："你怎么和那个程洛岑一样，一天天净想着修仙。现在这样的日子不好吗？有饭吃，有地方睡，每个月有银子拿，家人也在身边。你要真想修仙，依我看，还是睡着了做梦比较快。"

燃着的蜡烛被窗缝透来的风吹得微微摇曳，黄梨像是被阿寇提醒了，他等到阿寇的眼睛完全合上，发出均匀的呼吸声后，这才悄悄裹了两个干饼，拉开门，放在了和衣睡在门旁小巷中的少年旁边。

黄梨出去后，飞旋的罗盘却悄然停滞了片刻。

摇曳的微红针尖轻颤，旋即指向了酣睡的阿寇，而短暂的停顿后，复又开始飞快地旋转，就像永不停歇的流光，又像绣娘手下飞舞的红线。

三甜碗果真味道不错，虞兮枝连喝三杯苦荞茶，才将甜滋滋的腻味压下去些许，等捏了传送符，到了棱北镇，那股甜腻腻的味道居然还存了一小半在嘴里。

虞兮枝看了一眼谢君知，后者当着她的面，将三甜碗扫荡一空，这会儿看起来却像是丝毫没有被齁住的样子，大概是爱惨了甜食。

棱北镇附近并无修仙门派，是以此地灵气并不多么浓密，反而因为临着司幽江，空气十分潮湿。

此时正是午后，阳光歪斜着照下来，往来之人都带着遮光的斗笠，汗珠与潮气一起黏在肌肤上，水产的腥气又和潮气混杂在一起，店铺的叫卖声带着点午后的困顿，只有从江边码头传来的号子声依然清亮。

昆吾山宗做事一向霸道，在棱北镇设点也没什么要认真遮掩的意思，一间绸缎铺子就开在棱北镇衙门的斜对面，进来出去的人，都可以看到铺子门上的那个满大陆都认得的飞剑标识。

知道的人一眼就能看出，这是昆吾山宗的产业。再门儿清一些的，便能头头是道地说出来，这是棱北镇昔日某位老爷在送某儿孙入昆吾山宗的时候，捐的产业。昆吾山宗真不愧是天下第一大宗，给了这老爷庇佑，收益还和这家人对半分，真是神仙做派。

除了棱北镇的绸缎铺子之外，满渊沉都有昆吾山宗通过这种方式得来的铺子，从脂粉绫罗到肉铺、铁匠铺，比比皆是。

"是这家吧？"虞兮枝站在门口，抬手摸了摸浮凸在门框上的飞剑标识，这才挑起门帘走进去。

黄梨与阿寇正在拨算盘，见到虞兮枝身上的道服，顿时神色一喜。黄梨率先迎了出来："可是宗门来的小真人？"

虞兮枝和谢君知拿出任务木牌给他核对，黄梨翻掌取出一个罗盘，翻到背面，将木牌嵌入其中，有白光走了一遭，没出什么异样，黄梨的神色顿时轻松了许多："两位小真人里面请，稍事休息，稍后还要请两位跟我来一趟，昆吾道服目标太大，恐怕会……"

他的目光在虞兮枝裙边的飘摇小黄花上停留了一瞬，艰难补完最后的话语："……打草惊蛇。"

说完这句，他又下意识去看谢君知的衣角，结果这位的衣角比虞兮枝还要更干净，一清二白什么都没有。

黄梨："……"

这两位，是真的新手吗？！可这里，绝不是什么新手村啊……

黄梨有苦难言，再看到虞兮枝头上插着的寒酸小树枝，愈发觉得这两个倒霉孩子八成是被内门之人排挤，所以才拿到了这个任务的。

从来都是目标明确的抓妖任务最是简单，像这一桩，他们守了这么多天，连妖的影子都没见过，显然变数极多。

然而两位小真人来都来了，黄梨暗叹口气，他人低言微，说多错多，只暗自心道，若是遇险，他到底对这里熟悉，只能努力保护一二。

希望事情不要向他所想的方向发展。

既然是开在镇衙门附近的绸缎铺子，自然也是棱北镇最大的铺子。虞兮枝挑花了眼，眼睁睁看着谢君知进去又出来，从一身白衣换了一身压纹白衣，她还在选衣服。谢君知也不急，只托腮坐在一旁看她，虞兮枝被盯得手指微顿，恰停在了一件浅黄襦裙上。

"这个颜色不错。"谢君知似是知道她心中犹豫，慢悠悠出声道，"你或许可以试试看。"

虞兮枝有个毛病。她非常不喜欢别人替她做决定。

如果谢君知这句话换成"你试试"，抑或其他更强硬的语调，她可能眼神都不会给一个，但偏偏对方语调轻缓柔和，完全是真的在给她提建议，而决定权依然在她的手上。

虞兮枝对这个语气很没有抵抗力，她低声应了，很快换好了，只见铜镜里的少女笑眼弯弯，娇俏可爱，她皮肤又白，非常适合穿这样明亮的色彩，看上去不像修士，更像是出游的富家小姐。

但既然是专门为宗门中人准备的，这套衣服当然自有不同之处，这黄襦裙比寻常襦裙要稍短，看起来像是裙子，其实是方便行动的裙裤，连材质都用的是可防一般刀剑劈砍的特制软绸，确实不错。

黄梨还捧了一盒玉发簪法器来，虞兮枝刚抬手，又想到了自己头上是不太好伺候的小树枝，于是微笑婉拒了。

黄梨这才将情况娓娓道来："罗盘是一周前的清晨出现异样的，我是第一个发现的人。"黄梨谨慎地捏了隔音符，"但这段时间我拿着罗盘，走遍了整个棱北镇，罗盘也还是在无规则地旋转，可明明不久前才检修过，罗盘应当是没有问题的。所以到目前为止，仍未确定妖气来源，也并不知道究竟是何种妖物作祟。"黄梨边说，边将罗盘递出。

绯红的指针果然绕着罗盘飞旋，硬是勾出了一个流光溢彩的红圈。

虞兮枝也是第一次见这种罗盘，她觉得有趣，于是问道："可以给我看看吗？"

黄梨递上罗盘，虞兮枝将罗盘捧在手心，忍不住用一根指头去拨指针，却被一层天然的力阻隔在了外面，怎么都碰不到那根针，只得悻悻收回手指。

"寻妖罗盘上有秘法。"谢君知顺势将罗盘拿了过来，他五指修长，有意无意将整个罗盘都盖住了，自然也盖住了罗盘在被他触碰到的一瞬，指针的颤动和近乎疯狂旋转的异样，他再移开手的时候，罗盘那一瞬间的异样已经消失，"就是为了防止像你一样的人戳它。"

虞兮枝眼睁睁看着谢君知的指头也在上面无意识般抠了抠，心想你自己不也忍不住，表面却不戳破："所以我们现在要怎么办？"

"什么怎么办？"谢君知却带了点惊愕地睁大眼："任务不是你接的吗？"

虞兮枝与谢君知四目相交，电光石火间，虞兮枝明白了他的意思——这位祖宗八成是山上待腻了，下山转一圈，顺便监督她的任务进程，或许会出声指点，让她在关键时刻破个境，但虞兮枝别想要靠他完成任务，最多把他当个保命的外挂，说不定还是一次性的那种。

奋斗还要靠自己，想走捷径要不得。没有困难的任务，只有勇敢的枝枝。

按照老祖宗的说法，她不知何时都炼气后期了，想当初，虞寺炼气后期的时候，衣摆上的小花都快绣不下了。没道理到了她，炼气后期就成了花架子——当然，虞兮枝总觉得这位祖宗上下嘴皮子一碰，自己说破镜就破境了，就仿佛同宗门师兄妹辛辛苦苦努力练剑悟道是个笑话，所以虽然那日在面馆门口击落了双胞胎兄弟的剑，但虞兮枝对自己的境界还是有些存疑。

到底能不能行，还要看斩妖的剑够不够快。

这两个人在这里窃窃私语，黄梨在旁边偷偷看着，先是愕然虞兮枝居然第一次见寻妖罗盘，随后又听到这番对话，心底已经给他们点了根蜡烛，整个人都蔫了起来。原来竟是第一次出任务的菜鸡，要完。还过他还是先祈祷这俩人根本找不到妖，再捏符请昆吾支援吧。

黄梨的愿望单纯质朴，但虞兮枝必不能让他如愿。她将剑匣塞进芥子袋，还戴了个帷帽遮住脸，这才走了出去，看上去就像是没带侍女偷溜出来的富家小姐，再加上跟在她后面的漂亮白衣少年，看起来像小姐溜出来私会情郎的剧情。

棱北镇并不多大，虞兮枝问黄梨要了份地图，同时拒绝了黄梨引路的好意。等到夜幕微降的时候，她已经将整个镇子都走了个遍。

确实如黄梨所说，罗盘就像是坏了一样，一直在她手中微颤，一刻未停。

虞兮枝最后停在了司幽川边。

水流湍湍，江面宽且深，河堤与河边建筑都留有每年汛期被淹的水渍痕迹，此时天色已晚，码头的船夫都在收纤，再将这一天出江捞出的水产从船上拖下来。

虞兮枝就在看这些水产。

形形色色的司幽川特产鱼类在网里甩着尾巴，河鳅看起来鲜美肥腻，河蚌个大饱满……虞兮枝边看，边暗暗咽了口口水，又悄悄掐了自己一把，让自己集中注意力，别就知道吃吃吃。身后传来一声轻笑，一直默不作声跟在她身后的谢君知毫不顾忌形象地在她旁边蹲了下来："你是在选今天的晚餐吗？"

虞兮枝有一瞬间的心虚，但她飞快正色道："寻妖罗盘没有坏，只能说明妖气四处都是。万物都有源头，既然妖气四溢，源源不断，自然要找到这个源头。"

"所以你觉得妖族会藏在这些臭鱼烂虾里？"谢君知单手托腮。

"也不是很臭很烂嘛，也说不定这些河鲜就是妖族后裔，所以看起来格外好吃？"虞兮枝发散思维，胡言乱语，她想了想，上前几步，扬声道，"阿叔，这河蚌怎么卖啊？买的多能便宜吗？"

谢君知看她毫不介意船夫们身上的泥泞，一家一家地边聊天边问价格，这家买条鱼，那家买半斤蚌，最后真的提了一小篓子水产，还高高兴兴地冲他远远招了招手。等谢君知走过来才知道，虞兮枝不知说了什么，竟然哄得一家船夫盛情邀请他们去他家吃炒河鲜。

船夫姓刘，刘家嫂子炒得一手好河鲜。锅中食物的声音和诱人的香气一起从不怎么严实的门板后传来，刘船夫两杯酒下肚，话匣子也打开了："一看你们就是外地来的，不懂咱们这里的河鲜怎么做最好吃，就让你们嫂子露两手给你们看。咱们这群船夫啊，每天都在江上漂，平时难见个人影子，难得你们不嫌弃咱们这里寒酸，肯来坐坐，你看左邻右舍家的孩子都好奇着呢。"

果然有探头探脑的小孩子向里张望："刘叔家今天怎么这么舍得？难道也像是曹老头家一样突然发达了？"

"你刘叔今天只是有客人来啦。"刘嫂子笑眯眯应道："哪有曹老头的好运，随手一挖就挖出宝贝呢？这世界上哪有那么多宝贝可挖。"

小孩子眼巴巴望着锅上蒸的鱼："可是我娘说，曹老头真的一挖就是宝贝，就好像咱们棱北镇遍地是黄金。我爹昨天也扛着锄头去了，结果石头把锄头崩了个裂口，回来被我娘一顿好揍。"

刘嫂子被逗笑，旁边的其他小孩子也笑成一片，虞兮枝听了，搓了搓手指，若有所思地道："那位曹老头……真的这么好运？"

"也就是这几天的事情，那曹老头不知道交了什么好运，前一天还好好地跟我们一起出江打鱼，第二天就撑船去了别处，等到晚上回来，好家伙！"讲到精彩处，刘船夫一拍大腿，"竟然抱了根金条回来了！那可是真正的黄金啊！咱也上牙咬了，千真万确！钱庄验了，也说确实是黄金！"

"曹老头有说过是从哪里找到的吗？"

虞兮枝给刘船夫满上一杯酒，她想要问问这些船夫，近来江边有没有什么新鲜事或者怪事，却没想到还没主动开口，就已经有了如此收获。昆吾山宗降妖手册上清清楚楚写着，物之反常者，必为妖。曹老头这样莫名的挖宝经历，绝对有问题。

刘船夫一饮而尽："这种事情，哪可能告诉我们。但那天之后，曹老头就满镇子乱跑，据说还去了几趟镇子外。去做什么了，咱也不知道，他只带着他那个儿子。每次回来的时候，衣服里都鼓鼓囊囊一大包，也不知道里面是什么好东西。"

"倒是奇了，这位曹老头住在哪里呀？我也想去看看他挖宝。"虞兮枝托腮倾听，完全是一幅好奇的少女样子。

说话间，刘嫂子已经将新蒸的鱼端上桌了，鲜香的味道顿时充盈了整间破旧小屋，刘船夫等着虞兮枝先动了筷子，也不由分说地给谢君知碗里也夹了一筷子鱼肉，这才开口。

"嘻，这要是七日前，他还住在我们隔壁。但现在，人家已经买了大宅子，住到城东头富人巷子去啦。"刘船夫唏嘘道。

虞兮枝笑眯眯听刘船夫微醺后的话语，用完饭，待刘嫂子扶刘船夫进内屋休息的时候，在桌子上留下了一小把碎银子。她起身到院边，先用寻妖罗盘比画了两下，再左右看了看："嗯……隔壁，是左边的隔壁，还是右边的隔壁呢？"

她到门口左右看了一眼，只见两边院门都锁着，她随便挑了一边，翻身而上。

谢君知看着虞兮枝干净利索的动作，脸上慢慢有了一丝疑惑。不出一会儿，虞兮枝又在一片鸡飞狗跳和谢君知疑惑的眼神中飞快地跃了回来，难得有点脸红："赌错了，这边有人，看来曹老头是住在另一边。"

谢君知这才跟在她身后，从另一边的院墙翻了过去，终于忍不住疑惑道："请问这种事情为什么要赌？"

虞兮枝回头："不赌怎么知道哪边没人？"

谢君知欲言又止："你的神识呢？"

虞兮枝这才反应过来：是哦，我的神识呢？

过了一会儿，空无一人的破落小院子里响起了少女犹豫的声音："那个，请问，大宗师进阶教程里，包括神识的妙用这堂课吗？"

凡人有六感，修仙者有七。神识的运用，对于修仙者来说，就像是凡人会听、会闻、会识物一样自然。晨间的露水用眼睛去看，是水；去闻，是微涩花香；去听，是水珠与叶片摩挲的微小声音；去尝，是清凉浅甜。

而这些，都需要靠近和接触。只有用神识，可以于数米乃至千里之外，便知其色，辨其味，感受其浩瀚或精微。

虞兮枝一直觉得自己的感知较之以往，总有哪里怪怪的。如今听到谢君知的话语，才恍然：那个不甚和谐的存在，是她的神识。

她站在破破烂烂的荒废小院中，第一次尝试控制自己的这一份感知，破瓦上的灰尘斑驳，墙角的小草探头，她的感知浩浩荡荡如土匪过境，将小院顷刻间扫了个遍，然后停在了某个有缺口的木盆上。

有丝缕妖气从木盆的缺口渗透出来，再散入空气之中，她的神识在那里停留半晌，这才后知后觉地开了灵视——开灵视也是谢君知紧急提升班的教学内容。虞兮枝学得极快，却还有一些不太适应。

如果神识是感知万物细微的话，开灵视就像是直接步入另一个平行空间。

周遭的一切倏然褪色，变成喑哑昏旧的晕黄与惨白，她能看到山河天地的脉络与各种奇特色彩的气运。

"世间万物皆有灵。"谢君知的声音在她身侧响起，"虽然不知道上课的时候你都在干什么，但这些内容，教习应当都是讲过的。"

虞兮枝心想，谁知道原主在干吗，大概是在家里研究鱼肉饺子的馅怎么剁才最细腻，又或者绣花的针法从哪个角度穿刺才最完美吧。

"首先有一点你要明白，无论开不开灵视，你所看到的，都是同一个世界。"谢君知在她侧头的同时，不动声色地向后半步，从她的视线范围中移开，转而引导她去看更远的地方，"树木之外有色彩，是草木之灵，山川湖泊也有色彩，在这些之上，有浩瀚的流动，随着境界的提升，你会看得越来越清晰。但切记，只看你能看到的，不要去窥视更深一层的存在。"

虞兮枝随着他的声音"看"：山川草木自有色，或雀跃，或沉默，而所有的色都被更汹涌缓慢的另一股力拨动，她可以隐约看到方向，但再想进一步的时候，只觉得脑中与眼眶同时剧痛，竟然忍不住后退了半步。

谢君知抬手将她稳稳扶住："这就是窥视的后果。那些流动是山河气运，你的境界到了哪一层，才能看到哪一层的事情。强行去看，是要付出代价的。望气之术乃窥天道，故而从无高寿，白雨斋和太虚道横死的望气师恐怕已经可以填满磐华湖了。"

虞兮枝咽下胸中闷气，这才重新睁开眼。她不再去看那些，而是重新看了一圈破烂小院。

她看小院，却也自然而然"看"到了隔壁刘船夫家。她看到了人的色彩，看到了家禽牲畜的气运，自然而然便会发现这些融入天地之间的气之外的那些特殊的东西。

"看到妖气了吗？"她的目光重新落在有缺口的木盆上，谢君知的声音响了起来，"修士都觉得妖气污秽如深渊，一望便知。"

灵视状态下看和单纯用神识去看，所感知到的妖气是不一样的。神识只能有种被触动的感觉，但灵视则看得清清楚楚。妖气是突兀而浓郁的深色。那种颜色并非一成不变，而像是各种色彩混杂在一起，从而变成了流转的浓稠气体。

谢君知一直看着虞兮枝脸上的表情，少女有点怔怔地盯着那片她第一次见到的色彩，却并没有露出像别人那样厌恶压抑或嫌弃的神色。

"为什么妖气污秽？妖的气，玷污了山川万物的气吗？"虞兮枝好奇道，她甚至俯下身，仔细地看着那份浓稠，还从旁边找了根木棍，试图拨拉一下那份妖气，但显然，这种视线中存在的"气"，并非实物真正能够触碰的，"妖的眼里，人会不会也是这样的？"

谢君知没有说话。

虞兮枝想要回头去看他的时候，听到谢君知低低地笑了一声："你可知，这个问题若是被你的师尊听到，你就要去戒律堂了。"

"可你不是我的师尊。"虞兮枝并不紧张，她发现小木棍不管用后，就把木棍扔到了一边，但还是摸了一把木盆的缺口，甚至还俯下身闻了闻，这才被腥味熏了一脸，露出了难忍的表情，"我师尊才不会教我怎么用神识和灵视……这个上面有妖气，曹老头想必是招惹到了不该招惹的东西，我们要去城东他现在住的地方看一看，应该会发现一些东西。"

她一边说，一边起身关了灵视。与神识不同，开灵视对修士来说也是一种负担，长时间开灵视对灵力的消耗极大。

"怀筠连这些都不教你，那他都教过你什么？"

谢君知随她走出破烂的小门，似是随口问道。

"教我……"虞兮枝有点卡壳，她仔细回忆了一番曾经见过怀筠真人的场景，发觉不是因为夏亦瑶被训斥，就是因为夏亦瑶被责骂，"教我爱护小师妹？"

谢君知一言难尽地看了她一眼，还准备要说什么，眼神却倏然微变。

虞兮枝也意识到了什么："那是……"

棱北镇总共就这么大，既然有了目标，两个人脚程自然加快，说话这会儿已经距离城东不远。城东本就是棱北镇富商与官老爷居住的区域，各个大宅子之间都隔着相当的距离，人口堪称稀疏。

然而此时，一眼向着城东的方向望去，神识所至，却有血光！

虞兮枝和谢君知对视一眼，一直被扣在虞兮枝手中的寻妖罗盘颤动得更是厉害，两人不再隐匿速度，足尖一点，便向前飞掠而去！

愈近血气愈浓。虞兮枝在崭新的宅子前停下脚步，匿了身形，正要翻墙而入，面前的正门却轰然大开，胳臂血淋淋的中年男人踉跄从中倒退而出，面上狰狞，怒喝道："我得不到的，你们也别想拿走！当初说好了一人一半，如今你们贪了我那份不说，竟然还想砍我的胳膊！"

"二叔，瞧您说的什么话？"有青年男人拎着染血菜刀一步步走出来，笑容满面，语气却阴森森，"二叔，您这胳膊里有什么，您自己不清楚吗？当初可是您自愿要这么做的，如今要反悔，自然另当别论了。"

"当初你们说好的！要送我幺儿上学堂，要为我大儿谋官职，结果呢？！"被称为二叔的中年男人怒道，"结果我大儿摔死在山间，我幺儿坠马断了一条腿，曹康你还是人吗？你……你简直丧尽天良！"

"天良又有什么用呢？能换钱吗？"曹康不以为然地再向前一步，好言相劝道，"曹老头啊，我既然尊称你一声二叔，就多劝劝你好了。这样天天好酒好菜，日子不比过去好多了，儿子没有了，还可以再生嘛。二婶身体不好，二叔也还可以纳妾嘛。我也不想让二叔难办，不如……你再想想？"

曹康的声音慢条斯理，手中的菜刀却已经比画在了踉跄中跌落在地的曹老头的胳膊上："只要你还能为我们寻一天的宝贝，你就依然是我们曹家的座上客，这样不好吗？为什么一定想逃呢？你看看这些街坊邻居，各个都大门紧闭，你以为他们收了你的礼，就会来救你吗？"

这个满身是血的狼狈男人，竟然就是刘船夫口中的曹老头！

曹老头狼狈至极，他身上分明绫罗绸缎，却已经泥泞染血，浓郁到化不开的妖气从他经络寸断的手臂伤口中丝丝缕缕地透了出来。

曹老头显然被曹康逼到了极致，他愤怒地看着白面粉皮的曹康，似有千言万语，最终却化成了一声怆然冷笑："那鳖……是我捕上来的！那些宝贝也是我找到的！是我的！你们所有的这一切——都是我的！！"

虞兮枝突然有点晃神，她突兀地觉得这一幕莫名有点熟悉，却又想不起来在哪里见过。

而就在她恍惚的这一刹那，曹老头那条血肉模糊的手臂像是突然有了自己的意识般，发出了一声如孩童般的尖叫，猛地涨大，向着曹康的面门袭去！

虞兮枝猛地回神，她本就准备好了从芥子袋里拔剑，结果刚才一愣神情况又紧急，她不知抓了什么东西就直接掷了过去——一张肉馅饼带着无双剑意，散发着葱油香气，所向披靡地糊在了曹康脸上，堪堪挡住了巨大手臂的一击！

空气一时之间陷入了某种诡异的寂静。

长街尽头，向着曹老头新宅奔袭而来的黄梨握着手中的剑，一边赶路一边低声嘱咐身边的清隽少年一会儿听他指挥，不要冒进。

谢君知手中扣着的小石子尚未破空，曹康惊愕的眼睛还没睁到最大。

妖异手臂似是难以置信自己击中了什么一般，保持着出击的姿势，停留在了原地。

少女带了三分尴尬七分痛心的声音慌慌张张地响起。

"啊……我的肉馅饼。"

"有肉馅饼的味道。"一道声音在暮永峰响起，"你们昆吾的内门弟子还有人偷吃吗？"

一众昆吾弟子捏着手里的剑柄，面上分明已经愤怒到了极点，却因为怀筼掌门的禁令而死死忍着。

"你们来暮永峰有何贵干？"高修德冷冷道，"暮永峰乃是我昆吾弟子休憩打坐之处，还望诸位西雅楼的仁兄勿扰。"

宣平冷笑抱剑："扰了吗？我们扰什么了？我们只是路过而已，你们怀筼掌门自己都说了，我们西雅楼留宿期间，就当昆吾山宗是自己家。禁地我们一处未闯，你们修炼我们一人未扰，不过随便逛逛，怎么，自己家怎么还有我们去不得的地方？"

高修德暗自咬牙，他正要说什么，眼睛却一亮："大师兄！"

"大师兄来了！"

"是大师兄！"

虞寺紫玉冠高束，背脊笔挺地从分开的昆吾弟子后走出来，不卑不亢向着宣平、宣凡两兄弟一抱拳："诸位是想要参观暮永峰吗？"

见到他，宣平与宣凡到底收敛几分，宣凡从鼻子里"嗯"出一声："只是路过罢了，看不看不就那么回事儿。"

"如果要参观，也不是不可以。只是此处乃是宗门弟子居住之所，难免有许多隐私。如果参观，还请不要贸然进门，也不要大声喧哗，也有些弟子喜欢在寝舍内打坐，刚才我一路过来，就看到了三四个入定的师弟师妹。"虞寺客气道。

扰人入定是会影响到大道的，他这样一说，西雅楼弟子脸色都微变。

虞寺这话，说得极妙。他们无法探究这话中真假。

若是真的，只是这么一片，就有三四人入定，足可见昆吾山宗弟子的根骨之好，悟性之高。

若是假的……他们也不敢堵上自己的大道去验证这一遭。

宣平自然也想到了这一节，只得冷哼一声："虞大师兄客气了，既然有人入定，我们自然不便打扰。"

他转身要走，顿了顿，却还是些许咽不下这口气，忍不住嘲讽道："只是好奇，修炼清净之地，竟然也有肉馅饼的味道。如此六根不净，昆吾山

085

宗长此以往……"

宣平拉长了音调，阴阳怪气地向着传出味道的小院看了一眼。

宣平当然不是故意要和虞寺对上，他平素里也不是这样的人，只是这肉饼的味道实在是让他产生了一丝怀疑。

会不会……那个穿着外门弟子衣服的少女，其实是内门的？

可他又不好明说，只得用这样的法子，逼虞寺自己透露些什么。

虞寺顺着他的目光看去，却幽幽叹了口气。

他这口气叹得感情丰富，堪称百感交集，西雅楼弟子不由得再度向他看去。

"不瞒诸位，舍妹实在贪嘴难改，顽劣异常，修为确实让人羞于启齿，停滞不前，不堪大用，没想到让诸位操心了。"虞寺温文尔雅，叹气连连，眼中忧愁不加掩饰。

西雅楼的几个女弟子不由得微微揪心，觉得就算要找谈楼主想要的那位弟子，也不该闹出这么大的动静，还扯出虞大师兄不成器的那位妹妹。

羞于启齿、停滞不前、不堪大用。

这三连痛心疾首的形容，若不是失望到了极点，有谁会这样说自己的阿妹呢？这种人，又怎么可能是谈楼主要找的那位一剑斩落宣平、宣凡手中剑的人呢？

他们早有耳闻，昆吾山宗虞寺大师兄有个毫无存在感的妹妹，占着怀筠掌门的亲传弟子名额，却毫无寸进，简直就是这位虞大师兄光华璀璨人生中唯一的黑点。

虞大师兄都这么可怜了，你们还忍心揭他伤疤？

西雅楼众人各个面露不忍与惋惜，与虞寺见礼，成群从虞兮枝的小木屋侧走过，连头都懒得回——自然也不会看到屋檐下成排的小碗和碗中那些眼熟的猫饭丸子。

曹家宅院门口摇曳的灯笼下，肉馅饼在曹康脸上糊了一脸，却奇迹般地没有碎裂，就这么静止了片刻后，才缓缓落下。

从未有一张肉馅饼在坠地的时候，受过如此这般的瞩目。

黄梨旁边衣衫破落却面容清隽的少年在看到肉馅饼的同时皱起了眉，他的脑中有一道苍老的声音在兀自絮絮叨叨："小辈，鳖宝狡诈机警，极难遇见，极难捕捉，但有一弱点，便是贪吃。只要你听老夫的，用你怀中油饼诱之，那鳖宝必定会落入你手。寻常人用鳖宝极难不起贪心，最终难逃被反噬的下场，但老夫有一法子，可将鳖宝练成仙宝……"

如果虞兮枝此时此刻也能听到，一定很快就能认出来，这就是那个传说中"老爷爷残魂金手指"的声音。

黄梨带来的少年，正是原书的男主程洛岑。

他这一路上都在被游说扔出那个油饼。少年紧紧抿着唇，不说相信，也不说不相信。

这个入驻在他神魂之中的残魂老头一直在叨叨个不停，显露出一副天下所有事都尽握手中的样子。

虽说当初捏碎了那个瓶子，同意让这老头与他并存时，程洛岑是有不成功便成仁的想法的。

修仙乃是大道之争，若是这点破釜沉舟的魄力都没有，他这种一无所有的人，也趁早不要妄想修仙此事了。

可谁能想到，这老头居然话这么多！

他被吵得脑子疼，偏偏两人还不够熟，而对方虽然虚弱，却明显拥有许多与他鱼死网破的手法，他想让老头闭嘴，委婉提醒了几次未果后，只好自己先闭嘴了。

他一言不应，"老爷爷金手指"还准备再说什么，声音却倏然顿住。

他们一起看到了那张肉饼。

紧接着曹老头的妖异手臂上有什么东西猛地伸了出来，一把将堪堪要碰到地上的肉饼提住了。

那是一根细瘦如枯树枝般的铅灰色长臂，突兀地从曹老头血肉模糊的手臂上横斜出来，因为夜色的遮掩，如果不是目力极佳，甚至都看不到那根手臂。

就在长臂伸出来的同时，曹老头的整条胳膊都像是瞬间萎缩了一般，血肉瞬间枯萎，而这样的枯萎眼看就要顺着他的臂膀蔓延到他的身体……

虞兮枝终于摸到了剑。

"你看我说鳖妖贪吃你还不信，一张肉饼就引出了它！你快……"老爷爷残魂在程洛岑脑子里激动地嚷嚷，然而他话还未说完，一道剑光已经从侧面飞掠而上！

虞兮枝只会清风流云剑。

这剑简单，总共也不过五式，其中一式便是向前劈刺，她去掉了所有与前后剑招的承接和蓄势，就这样简简单单地拔剑，再递剑。

曹老头已经衰败的手臂被一剑斩断！

污黑的血从断臂之处喷涌而出，但原本几乎要蔓延到他脸上的颓败之势也蓦地停止。

断臂之上，有一黄帽蓝身、手臂一高一矮的妖物乍现。它似乎可以随意控制自己四肢的长度，这会儿它已经将肉馅饼握在了手中，那馅饼分明比它的头还大，然而这妖物张嘴的时候，却能直接将嘴咧到近乎与整张脸同样的大小，露出满嘴血牙，一口将那肉馅饼吞了下去！

这一系列动作妖物做得行云流水，不过刹那便将肉饼吞了下去，还有空舔了舔手指，眼看就准备溜。

虞兮枝已经换了剑势，回剑一击而下！

"哎呀——要糟！这等宝贝若是一剑斩之，真是暴殄天物！昆吾山宗几百年过去怎么还是这么不讲道理！"老爷爷残魂急得跳脚，恨不得自己能上前挡住虞兮枝的那一剑。

程洛岑微微捏拳，他就算想要做什么，也做不了什么，他才堪堪在老爷爷残魂的指点下引气入体，又怎可能在昆吾山宗的剑下抢什么猎物。

然而就在此时，异变突生。

虞兮枝一剑落下，妖物却倏然化作了一团黑雾，飘然散去，竟是早有防备！末了还留下了一声小孩尖锐的笑声，听起来竟然像是嘲笑。

到底是第一次捉妖，虞兮枝不由得微微一愣。

"灵视。"谢君知一巴掌拍晕了因断臂痛得死去活来的曹老头，向着黄梨使了个眼色，又不知从哪里掏出来了根绳子，将吓蒙了的曹康与曹老头绑在了一起，随后出声提醒道。

虞兮枝开启灵视，提剑，足尖一点，已飞掠出去十余米，就这样追着妖物一路而去！

谢君知紧随而上，与虞兮枝并肩而行："是鳖宝。"

"鳖宝是什么？"虞兮枝紧盯着地上蜿蜒的妖气脉络。

"鳖宝极为罕见，多长于千年古鳖腹中，捕获后植入体内，以血肉饲之，便可以驱使它寻宝。"谢君知解释道。

虞兮枝出行之前并非什么功课都没做，只是她看得认真却匆忙，看白描的图像实在是与实物差别巨大，这会儿听到谢君知提醒，脑中书页急翻，终于调出了一个与刚才匆匆一瞥的妖物实在不太像的图像。

书上白描的是一个揣手的富贵小妖，鼻子是鼻子，眼是眼，而刚才她看到的，是枯藤老树昏鸦，血盆大口吃瓜……她没被吓到，还记得拔剑，已经是超常发挥了。

也难怪曹老头一夕暴富。

这鳖宝十分奇特，以血肉供养后，供养者便可以透视土地，看到潜藏在各处的财宝。这些天，曹老头四处奔波，显然是在以命换财，将这棱北镇扫荡了一空。

而根据刚才的对话，也许是曹老头乍富后，被家中恶戚盯上。曹老头一辈子在江上漂泊，心思简单，恶戚连哄带骗，曹老头便当了真。结果他辛辛苦苦寻宝，到头来，发现自己不过是个工具人，本质上和犁地的老黄牛没有区别。

那鳖宝沿着地底一路飞蹿，看路线似乎是想要回到司幽江中去。它显然对这一带十分熟悉，这样下去它定会逃脱。

虞兮枝撇撇嘴，叹了口气。

谢君知还在疑惑她为何叹气，就见她从芥子袋里，又掏出了一个肉馅饼。

谢君知："……"

"此去便是荆棘末路，你且去，我会为你报仇。"虞兮枝深情款款对着肉馅饼道，随即提气飞掠，硬是赶到了鳖宝之前，然后毅然甩出了那张肉馅饼！鳖宝果然妖气一滞。虞兮枝等的就是这个须臾。

089

同是天涯贪吃客，相逢何必曾相识！她衣衫翻飞，单手持烟霄，从半空一剑而下！

细碎的裂纹从青石板上窸窸窣窣如蛛网般裂开，虞兮枝这一剑竟然深入地底，吞吐的剑气牢牢地将鳌宝钉在了剑尖上！

鳌宝发出了一声尖锐的嘶鸣，手却仍紧握着肉馅饼，待虞兮枝提剑捞出这妖物时，这才发现自己竟是贯穿了鳌宝的整个上颚！

烟霄虽不是什么有器灵的仙宝，但也是在昆吾山宗的剑冢里淬炼过的，又岂是鳌宝的牙齿能撼动的。鳌宝的尖牙不断啃噬剑身，发出刺耳的摩擦声，然而烟霄上甚至连痕迹都没有留下。

这是虞兮枝第一次这么近的距离接触妖。

她有点好奇地支着剑，歪头打量着在剑尖上不断挣扎的鳌宝。

也许是知道挣扎无用，一旦被剑气锁定，又没有凌驾于对方之上的实力，便再也无法逃脱，鳌宝半张着嘴，慢慢停止了挣扎。

这样一看，它又与画册上的样子有了几分相似。

它的五官好似用刻刀于泥块上雕出来的，粗糙却传神，鳌宝的眼好似白芸豆，并没有瞳仁，但却能感受到一份注视，它有些徒劳却始终努力地捏着那份让它上当的巨大肉馅饼，口中还继续发出着"嘶哈——"的声音，却因为剑气贯穿上颚，已经无法完成进食。

渊沉大陆的人与妖天然对立，她手中这一只，无疑是虽有用但弱小的那一类。也因为这份弱小，鳌宝惯常会将自己彻底隐匿起来，这才极少出现于世人面前。

虽然弱小，但显然，鳌宝依然有着生而为妖的天性——惑乱人间。

这个词乍听似乎太绝了些。

可是倘若无人来管，有第一个曹老头，还会有其他王老头、李老头……怀璧其罪，更会引来更多的势力争斗。渊沉大陆如此之大，数千年沉淀之下，土地山川之中自然埋藏着无数不为人知的财富。

且不论那些前辈大能留下来的秘境灵宝，对凡人来说，仅仅殉葬品就足够让人眼红疯狂了。

"要杀了吗？"虞兮枝转头看向谢君知，"我这一剑下去，它会死吗？

说起来……杀妖是不是要掏妖丹？"

鳌宝明显能听懂她的话语，闻言不由自主地颤抖了起来。

它慢慢看向谢君知，却不知看到了什么，原本颤抖的身体微微一僵，随即悄然蜷缩了起来，似是看到了什么不可置信的事物，它想要表达什么，却只能发出同一种尖锐的"嘶哈"声。

"怀筠连这个都没有教过你吗？"谢君知面无表情地抬手，拎起鳌宝的后领子，声音轻巧，"捉妖入袋，交还宗门。像这种比较有用的小妖……自然会被扔去紫渊峰，投入滚滚业火之中，炼成宝器。"

虞兮枝是真的不知道，她吃了一惊，打量鳌宝的表情顿时丰富了许多："这妖还有此等妙用？"

谢君知觉得虞兮枝实在有趣。

她的衣摆上只有一朵小黄花，虽然明显是跟着虞寺混来的，但她在昆吾山宗这样的地方，即便是耳濡目染，也应当对妖深恶痛绝。

可她在看到妖气的时候并不厌恶，反而多有好奇，还问他妖气为何污秽，与人又有何不同。

她拔剑的时候毫不犹豫，下手果决，扔肉饼的时候反而痛彻心扉，仿佛割肉。好似天大地大，她的肉馅饼最大。

最后抓到了妖，竟然问他怎么办。

他以为她会说那些诸如"妖也是生灵"之类渡缘道的秃驴们爱挂在嘴边的、悲悯天人的天真话语，所以故意将过程也描述了出来，只等她脸色微变。

然而虞兮枝却完全出乎了他的预料。

她像是有善恶观，又像是没有，又或者，她心中自有自己对这个世界的认知。

他想到这里，忍不住偏过头咳嗽了几声，压住自己因为觉得有趣而差点溢出的笑意，故意问道："你不觉得这样很残忍吗？"

"当然觉得。可是，蒸螃蟹的时候，要活蒸。"虞兮枝眼神认真地看过来，仿佛他问出了什么奇怪的问题，"吃醉虾的时候，要新鲜活吃。如果所有时候都要顾及残忍与否的话，人生岂不是步步为笼？"

她看鳖宝在谢君知手中老实极了，忍不住也伸手拨弄了一下鳖宝头上凸出来的一块，获得了对方的怒目相向："人类被妖抓住的时候，下场想必也不会多好，甚至有过之而无不及。那么反之，我为什么要觉得残忍？"

谢君知看着少女脸颊边的小梨涡，有些莫名出神。她神态认真，说话间，小梨涡若隐若现。

"今天是我抓住了它，所以我活着，它要完。改日如果我技不如人，要完的便是我。弱肉强食，强者为尊，宗门里尚且如此，这个世界不更是这样吗？"她从芥子袋里掏了掏，找出了捕妖袋，将鳖妖连同肉饼一起扔了进去，"更何况，我还给它吃了我整整两块肉馅饼呢。"

谢君知看着她，终于忍不住笑出了声。

虞兮枝收紧捕妖袋的袋口，不太熟练地打了个结，结果不小心打了个死结，破罐子破摔地就这么扔进了芥子袋，然后才看了眼谢君知："说起来，怎么感觉出了宗门，你就不怎么咳嗽了？是身体大好了吗？"

远处黄梨已经处理好了曹老头那边的收尾工作，正向这边赶来。谢君知收了笑意，顺着虞兮枝的话语又咳嗽了几声："未曾。"

虞兮枝：疑惑。您这咳嗽是否过分收放自如了些？她还未来得及说什么，手中沉寂下来的寻妖罗盘却又微微一颤。

她抬眼看去。

黄梨带着两个人终于到了她面前，到底不过是凡人，黄梨大喘气几下才恢复正常，他看向虞兮枝的眼神已经带了几分敬佩："曹老头我已经送去了医馆，还好你下手及时，郎中说无大碍，但恐怕以后是不能再出江了。曹家整个都已经被控制起来了，他们离妖太近，全部沾染了妖气，明日我便去做妖气驱散。"

他看到虞兮枝的眼神停留在他身边的两个人身上，这才后知后觉自己忘记介绍了。

"这位是阿寇，和我一样，是昆吾山宗外门弟子，派驻在棱北镇已经一年有余。"

他又将站位靠后一点的少年往前微微一带，笑出了一口白牙："这是我的好兄弟，程洛岑，是个刚刚引气入体的散修，若是有缘……"黄梨带了点儿不好意思，顿了顿才道，"还希望两位小真人有空的话看看，能不能引荐他入昆吾山宗，做外门弟子。"

虞兮枝慢慢转过头，看向了面容清隽的少年——程洛岑。

这三个字如晴天霹雳，炸得虞兮枝拿剑的手险些微微颤抖。这……不是那书里男主的名字吗？！她与程洛岑对视几秒，突然福至心灵地想起来，为何她会从之前开始，就觉得有哪里有点熟悉了。书里，本就是程洛岑用一张油饼收服了这鳖宝的，关她虞兮枝什么事！

敢抢原书男主的宝贝，她虞兮枝，可真是……可以，很好，胆子很大。

有那么一瞬间，虞兮枝有冲动把鳖宝掏出来，扔到程洛岑脸上，让他忘了自己、忘了今日，只当白捡了这个宝贝，让他和他的老爷爷残魂继续浪迹天涯，挖宝寻财。

他做他的男主角，她走她的恶毒路，大路朝天，各走一边。

虞兮枝暗暗深呼吸，平复了一下心情。是了，程洛岑确实有这么一样可以为他指路的秘宝，此时回忆起来，不正是他在引气入体后获得的吗？

引气入体不过为开光境，程洛岑获得鳖宝的过程，当然不如虞兮枝这么顺利。

她隐约记得剧情里，昆吾山宗并没有来人，于是曹老头被反噬后，鳖宝继续植入了曹家其他人的血肉之中，等到黄梨等人终于发现妖气来源，匆匆赶到时，整个曹家庄已经宛如阿鼻地狱了。

吞噬了如此多血肉的鳖宝自然也比现在更加难对付，在老爷爷残魂的指点下，程洛岑狼狈至极地与鳖宝周旋，过程堪称惊心动魄，一波三折。最后在程洛岑拿出一张油饼引出鳖宝，终于将其一把活捉的时候，虞兮枝还因为这个出戏的油饼笑出了声。结果一转眼，她自己就扔出了肉馅饼。

好一个五十步笑百步，好歹油饼比肉馅饼便宜起码两个铜板呢。

她亏了。虞兮枝心思急转，原本的剧情里，拿到了鳖宝后的程洛岑应当将这小妖炼成仙宝，对昆吾山宗面对如此惨状却拒不来人的情况感到愤怒，从而对这些大仙门感到愤怒与质疑，为未来一剑挑翻这些宗门埋下伏笔。

结果现在，她抽了任务牌子，抓了鳖妖，活生生把程洛岑的这条觉醒线给毁了。

如果她是原书女主的话，此时此刻恐怕已经愧疚得哭了。可惜，她是一个只要程洛岑强大并逆反起来就会死的女炮灰。她对于取程洛岑性命、毁他前程什么的没有兴趣，小说的男主自然都是气运之子，就算过程变了，结果八成也不会有偏移。而她若是真的这样做了，说不定还会遭到某种反噬。

所以，她只能装作什么都不知道，悄悄拨动一下时间线。比如，让程洛岑进入宗门，没时间去那些大大小小的秘境，顺便推迟一下获得鸩羽剑的时间。她也不想小师妹难受这么久的，可是，谁让小师妹好起来以后，就距离她领便当不远了呢？又或者说，谁让她拿的是恶毒女配剧本呢？

她想参加宗门的试剑大会，想去看看这大千世界的秘境，想见识更多的妖，也想认识三道五派更多的人，参加十年一次的比剑盛会。她不想死，想逃脱自己的命运，不想掺和"龙傲天"的证道之路，更不想在"龙傲天"和"玛丽苏"的故事中拥有姓名。

所以她在短暂的错愕后，眨了眨眼，迅速换上了亲切的笑容，看向程洛岑："哇哦，这位道友是自己悟道成功，成功引气入体的吗？这可真是太厉害了！你想要进入昆吾山宗吗？"

程洛岑有一瞬间的恍惚。

他天生敏锐，所以直觉地感受到了虞兮枝在一瞬间对他的情绪变化，但他还没来得及分辨那道情绪是因为什么而转变起来。

鹅黄衣服的少女笑眼弯弯，梨涡深深，歪头问他要不要和她成为同一个门派的人。

老头残魂聒噪的声音在他脑中响起："这小丫头捣什么乱！别去！去那里做什么！老夫什么都知道，不比一个破烂山宗好得多！昆吾山宗有什么好的！老夫自能带你开天辟地道遥游，想当初，老夫入神万劫的时候，昆吾山宗的开山宗主都还只是个毛孩子！"

"你会被发现吗？"程洛岑突然在心底问道。

"非逍遥游不能发现老夫！这点自信老夫还是有的！"老头冷哼一声，哼完又觉得不对，"你问这个干甚？你想干什么？你等等……进了宗门你可就没这么自由了！想去那些秘境还得拼个资格，傻孩子你可不能把路走窄了！"

程洛岑却自动屏蔽了老头的话，他的眼中只有虞兮枝刚才漂亮的一剑，那看起来普普通通的剑法，但在少女手中，却干净肃杀，仿佛能够破开这世间所有的阻碍。

他脑中有剑光无双，眼中有少女梨涡笑语。

"是的，我想。"程洛岑沉沉开口，他倏然抬眼，迎上虞兮枝的目光，又重复了一遍，"我想进入昆吾山宗。"

老头残魂惊呆了，在他脑海中比之前更加聒噪千百倍地大声叱责起来，一旁的黄梨却目露欣喜之色："阿岑！真的吗？你想通了？你愿意和我一起去昆吾山宗了吗？"

程洛岑没有理他，只目光灼灼地看着虞兮枝："我可以知道，你的修为几何吗？"

他想要知道，要到什么境界，才能挥出那样的一剑。

老头残魂快要被他气死，听到这个问题，更是要背过气去："混球小子，你想知道她什么修为问我不就行了吗？这小丫头……"

聒噪的声音一顿。

"咦？不对啊，这小丫头不对啊，为何我看不穿她的修为？"老头残魂似是震惊到了极点，"如今宗师陨落，世间再无逍遥游，就算老头我衰落至此，也绝无可能看不穿一个骨龄只有十几岁的小丫头的修为啊。可她身上为什么看起来灵气竟然如此汹涌？十几岁的小丫头怎会……是我眼花了吗？"

程洛岑听着老头不可置信的声音，沉默不语地盯着虞兮枝。

他的目光太过专注又灼热，虞兮枝有点莫名心慌，但她面上不显，听到这个问题后，只笑吟吟道："等你到了昆吾山宗，进了山门，自然就知道了。"

自是热情友好，又留足了让程洛岑进入宗门的钩子。

虞兮枝自觉回答完美，却有点顶不住程洛岑的目光，她有意无意后退两步，正好躲到了谢君知身后，然后才小声道："那个……我有引荐人的权限吗？"

095

"你觉得他有什么值得引荐的地方？"谢君知似笑非笑道。

"额……"虞兮枝总不能说，此人日后会如何如何厉害吧？她结巴片刻，终于找了个理由，"你看，他年纪轻轻无人指点就自己引气入体了，这里灵气又这么稀薄，不比外门许多弟子都强许多？我昆吾山宗正需要这样的人才！"

"哦？是吗？"谢君知像是这才见到这个人般，正眼打量了程洛岑一眼。

程洛岑的目光一直追着虞兮枝，自然看到她站在了一位白衣公子身侧。

程洛岑向来自诩自己长相不俗，也不得不承认，白衣少年实在是过于出众，他眉眼精致锋利，神态却温和从容，仿佛世间万事入他眼，却不在他眼中。

脑中老头疑惑嘀咕虞兮枝的声音一顿，又倒吸一口冷气："咦——为何这一位，老夫竟也看不透！骨龄分明也是十几岁，怎么会……"

老头残魂碎碎念，显然被这样接二连三的看不穿打击到，陷入了某种自我怀疑之中，半晌都在重复一句"不可能啊，怎么会这样"，而程洛岑却迎上了谢君知看过来的那一眼。

那一眼真的像是随意扫过来的一眼。但程洛岑在这个瞬间，只觉得自己仿若被什么极凌厉的剑风刮过，整个人都僵硬在了原地，然而他心中自称无所不知、无所不能的残魂老头却好似对这个情况浑然未决，兀自沉浸在自己的情绪之中。

下一秒，谢君知冲他温和地笑了笑，于是冰融雪消，程洛岑的手指能重新动了，仿佛刚才的一切都只是他的幻觉。

他看到白衣少年转过头，对鹅黄衣衫的少女点了点头："既然你想，就给他一张传送符吧。"

虞兮枝才要掏木牌，却蓦地有一道声音响了起来。

"凭什么？！"

一直默不作声的阿寇突然猛地抬起了头："凭什么我在外门辛辛苦苦做了这么久，到头来，却是这个不知道从哪里窜出来的家伙能引气入体，还能直接被带去昆吾山宗？！"

沉寂的寻妖罗盘在这一瞬间猛地振动了起来，原本就暗沉的天色遮天蔽日地黑了下来，月亮被云层遮住了大半，只留下了小半个黯淡的轮廓。阿寇双目赤红，露在外面的手指已经变成了焦黑的爪状！

"阿寇？！"黄梨惊愕后退半步，他实在是不能明白阿寇为何会说出这样的话，也不明白日夜睡在自己身边的人，为何会突然变成这个样子，"你……你怎么会这么想！你之前不是还说，在棱北镇挺好的，有饭吃，有地方睡，每个月有银子拿，家人也在身边……吗？"

"如果我有选择，谁会想要在凡人的身躯里度过这一生！既然见过长生的样子，又有谁想平庸度日再去死？"阿寇仰头，那焦黑之色已经顺着他的手臂向上蔓延到了脖颈，再将他的下颚变得尖利如兽，顷刻间，阿寇的身形已经增大了两倍有余。

"我也想成仙，成为宗门的内门弟子，而不是在这种破地方苦苦熬着，浑噩度日！"

他一步前踏，大地震动，竟将青石板地一脚踏碎！

天色已晚，码头却依然有稀疏的人影。

如果说之前虞兮枝一剑直入地底，路人还只当是武艺超群的仙师路过此处，但此时看到江边赫然而起如此庞大的一只妖物，路人早已被吓破了胆，顿时惊叫四起！

谢君知俯身按地，一道结界从他手下倏然扩张，顷刻间便将这一方天地笼于其中，隔绝凡人于其外。

虞兮枝握剑，甚至已经摆出了起手式，然而阿寇却并不向黄梨或虞兮枝的方向攻击，反而径直冲向了程洛岑！

程洛岑险而又险地辟过阿寇的第一击，接下来的躲闪便从容了许多。阿寇毕竟刚刚入妖，所有攻击在老头眼中都犹如慢动作回放，自然会提前指引程洛岑向何处闪避。

"这是……妒津吗？"虞兮枝握紧烟霄，这样两米多高的怪物在面前，足够让人心生畏惧，她转了转剑柄，小幅度无意识地抖了抖剑尖，显然是在比画用清风流云剑中的哪一式攻击更加有效。

妒津最喜妒忌不平之气，是最常见的妖物之一，毕竟人心本善妒，最是此等妖物孕育成长的温室。而妒津也是群居妖族，一城之中，但凡有一只妒津乘虚而入，便会极快吸引其他妒津一并而来，曾经甚至有妒津占领了整座城市，并将一城众人蚕食殆尽之事。再等到修仙者来时，不得不含泪屠城灭妖。

虞兮枝回忆起《万妖图鉴》上的描述话语，深吸了一口气。她低头看向不断疯狂振动的寻妖罗盘，终于后知后觉地意识到了一件事。

这棱北镇中，引得这罗盘振动不止的，本就不是那鳌宝，而是这不知在此潜伏许久的妒津！与鳌宝不同，鳌宝附身后，人虽断肢，却尚且为人。而妒津附身后的妖人，只有一个结局——成为丧失神智、被妒忌驱使的半妖，最后被妒津蚕食殆尽，成为孕育妒津大妖最好的养料。

"这城里……还有多少妒津？"虞兮枝脸色微白，低声问道。

似是回应她的话，她手中的寻妖罗盘开始飞速旋转，殷红指针几欲飞出罗盘，虞兮枝在回头望向棱北镇的同时，开了灵视。

冷月如雪，整个棱北镇妖气冲天，几近漆黑。妖气隐匿于黑夜中，令人不安。

虽然还没有阿寇这样巨大的妖身出现，但这样别样极致的静，依然成了港口混乱尖叫声中最奇诡的背景。

"清风流云剑只怕还是简陋了些。"谢君知布了结界后，缓缓起身，他向虞兮枝伸出手，"可否借你的剑一用？"

虞兮枝怔然向他递出烟霄。

不远处，天运之子程洛岑被阿寇追赶得在结界中狼狈逃窜，他想要反击，却没有一柄自己的剑。

原书里是否也有这一幕，虞兮枝已经想不起，也不想去回忆了。

她只看着白衣少年轻巧地拎着她的剑，上前两步，微微侧脸："看好了，杀妖要这样杀。"

一剑霜寒。

虞兮枝曾经见过这样的剑意，那是她靠在迷雾林的树边，刚刚在记仇小本上写下一连串的名字，再起身迷茫入山林后，一步踏错时，他就是这样将雾气劈开的。

今夜，他又将月色斩断。

谢君知的剑意与他整个人的气质都非常矛盾。他喜白衣,身形挺拔却单薄,黑发如瀑却温顺,眉眼锋利却恹恹不振的样子,唇边总有温和的笑容。这个人时不时还会歪头咳嗽,虽然咳嗽声总是带了点漫不经心,但依然让人觉得他似乎生来病弱。然而所有这类画面,在他握住剑的时候,便会彻底碎裂。

他剑气如游龙,如虹光,畅快淋漓却又隐含某种肆虐。从他起剑时,剑势便是盛极,而这样的盛,仿佛永远都不会衰退!

明明是同一柄烟霄剑,在她手中就只是剑,但在他手中,烟霄却像是他身体的一部分,他之所指,便是剑之所向。

妒津妖人的弱点在四肢,只有斩落四肢后,它的脖颈才会露出脆弱的一面,否则极难一剑锁喉斩之。

谢君知的剑当然可以斩,但他并没有直接冲着妒津的脖颈而去。既然说了要让虞兮枝看,他便要她看仔细。

于是他这一剑,自下而上,翩若惊鸿般,先斩落妒津妖人的双腿,再起手翻腕划过双臂,最后干净利落,一剑破之!

待到他这一剑收势落地,妒津妖人才停止向前攻击程洛岑的动作。

程洛岑向后翻滚,堪堪躲过妒津妖人凌空劈下的爪子,正待老头提醒它下一步的攻势,却听老头长叹一声:"好霸道的剑意。不必躲了,它已经死了。"

程洛岑一愣:死了?

他念头落下,那妒津妖人才顿住了所有动作。它的四肢与头颅一起显露出了过分平滑的伤口,再四分五裂地碎了开来!

谢君知翻手扔去一张火符,于是业火熊熊燃起,妒津妖人的血甚至还未渗透地面,便被一路蜿蜒烧起的火焰吞噬殆尽,不出一会儿,就成了一缕轻灰。

肉体凡躯自然不会这么快烧尽,但被附身成妖再身死后,妖人便会成为干枯如木制的存在,若不以火烧之,任凭自生自灭,那么这具妖躯便会重新化作妖气融入天地之间,变成滋养妖物的养料。

"看清楚了吗?"燃烧的火色与黯淡的青烟中,谢君知慢慢走过来,他倒转剑柄，递过烟霄。

虞兮枝怔然接剑。

她确实看得一清二楚，甚至没舍得眨眼。只是明明知道谢君知已经放慢了剑速，为她一笔一画演示，如教孩童学字。可她还是觉得那一剑太快，也太盛。

起剑太快，出剑也太快；剑意太盛，杀意也太盛。烟霄在她手中微微发烫，这样的一剑，足以让任何剑感到兴奋。

而谢君知似乎想要再说什么，却倏然抬手掩唇，止不住般咳嗽了几声。他也许是消耗颇巨，本就冷白的肌肤在这样的一剑后，看起来更加苍白，他微微提气，压下咳嗽，这才重新直起腰来。

"杀妖的时候，就不要想着它是否还是人类了。"他语气轻巧，语意却森然，阿寇化身的妒津妖人既然已死，他掌心合拢，便将此处的结界收了，再转过虞兮枝的肩，让她看向镇中，"阿寇是这个镇子的妖母，剩下的妖崽，就都交给你了。"

随着他的话语，结界从他所站立之处铺开，硬是将毫无修为的凡人与妖物隔绝开来。

他一人开一城的结界，本应消耗巨大，但他的神态却是轻松的，只是越来越多细碎的咳嗽之意涌上来，让他忍不住抬手又压了压唇。

与性别无关，第一只寻妒而来，进入棱北镇的妒津妖人，便为妖母。妖母会召集同伴一并前来，而因为妖母第一个找到了合适的寄宿之处，所以剩余所有受其感召而来的妖都会天然成为它的妖崽。妖崽在吸食妖气、人之血肉精气的时候，会强制地分一部分给妖母，是以妖母永远都是群居妖族之中最强大的一只——却也不是谢君知一剑之敌。

朦胧夜色中，镇中蛰伏的妒津妖人终于因为阿寇的死而苏醒，尖叫四起，不断有妖人身影于夜幕中凸显，而在所有的妒津妖人都站直的瞬间，它们竟在一个刹那同时抬起头，直直向着虞兮枝的方向看过来！

虞兮枝悚然一惊。

这是她的战场。

谢君知说剩下的都归她，便是不会再出手帮她。她握紧了剑，踏前一步，深吸了一口气。与现在这般场景相比，追击鳌宝甚至连热身都算不上。

她有猜到这份任务是谢君知故意为之，她抓鳌宝时还在疑惑，这任务真的是新手向？虽然有误打误撞扔出肉饼的巧合运气在其中，但竟然如此简单就让她得手，实在是有点奇怪。

现在看来，她要面对的这一切，才是真正的考验。

地面震动，夜风吹拂，少女头上的小树枝微微颤动，她握剑的手也微微颤动。

妒津妖人开始朝她的方向跨步奔跑而来。

比起紧张，虞兮枝的心里更多的是某种难以言喻的兴奋。或者说，她的这种微微颤动，就像是在面临某件自己等待许久的仪式时，不自觉流露的期待和激动。

"这是你早就知道的吗？"她轻声问道，"所以你才会带我来这里，对吗？"

谢君知不知道从哪里掏出了一大把火符，理所应当道："你在前面杀，我在后面烧，分工明确，动作快的话，天亮前就可以杀完了。"——竟是直接忽略了她的问题。

可是此时天黑不过半个时辰，听到谢君知的话，虞兮枝还没来得及拔剑，就眼前一黑。

"不是，等等，真的要杀到天亮吗？未免数量也太多了吧！"虞兮枝倒吸一口冷气。

"多吗？你再晚来几天，恐怕我连这结界都不用开，必须直接屠城了。"谢君知显然没有什么同理心，末了，还好心提醒道，"来了哦。"

说话间，距离最近的妒津妖人已到堪堪数米的近前。

虞兮枝微微闭眼，在脑中重新过了一遍谢君知方才的剑招。

烟霄起。鹅黄衣衫的少女足尖轻点，身体已在半空，起手虽还尚且青涩，气势不足，但剑势却足够充沛！

斩第一只妒津妖人时，她还不能做到连贯的一剑，但她不断地在出剑与收剑中调整身形，继而不知疲倦般重新蓄满剑势。

101

她不甚熟练，却足够心神凝聚。既然要做，就要尽力做到自己力所能及的最好。无关其他，她喜欢挥剑时畅快淋漓的感觉，喜欢自己提剑便所向披靡的感觉。

有朝一日，她也想斩出谢君知那样的一剑。

她满心满眼只剩下了谢君知方才剑意圆满的那一剑，于是她手下的剑也越来越快，越来越锋利，却也越来越从容。

程洛岑狼狈却努力地爬起来，他想要将黄梨护在身后，却发现早已有结界将尚未步入修行之人隔绝在外。

他怔然抬头，无数压顶黑影奔腾而来，大地震动，夜色深沉，然而剑光不断划破夜色，极快之时，竟然近似白昼。

有业火如莲华忽明忽暗，白衣少年闲庭信步般跟在挥剑的少女身后，他随手扔火符，将轰然坠地的妒津妖人烧成灰烬。他时不时还会出声说几句什么，看上去似乎对环伺四周的那些形容丑陋的妒津妖人毫无情感也毫无畏惧，他分明手中无剑，本人却已经像是最锋利的剑。

老头残魂在后方看得啧啧称奇："哦哟，说实话，这女娃子的悟性真高，简直不亚于你。这么多妒津，得杀一整夜吧？刚才只是看了一遍那剑式，这会儿已经模仿出了七七八八。虽然老夫看不透这丫头的修为，但显然没看错她身上的灵力。修士也是人，一般人谁能支撑这么久？也就是她身上自带这么厚重的灵力，才能让她一杀一整夜。啧，年轻真好。"

"这是什么剑法？"程洛岑的眼瞳中全是剑光，他无意识地握紧了拳头，却无法掩盖眼中的憧憬。

"这便是昆吾剑了。"老头长叹唏嘘，"虽然昆吾开山老祖在我的时代实在是后辈，但后生可畏，你可知昆吾山本是一体，而如今连绵山峦，便是那老祖当年硬生生用剑劈出来的？我的年代与昆吾毕竟还是有些隔阂，这剑法我叫不出名字，但这剑意，便是昆吾剑意。你仔细看，仔细记住，既然你已决意入昆吾，学学这样的剑意，倒也不错。"

"那……怎么才能有这么厚重的灵力？"程洛岑哑声问道。

"这个倒是简单，找个大宗师吸一波，差不多吸干了，也就有了。"老头语调轻松，"可惜这世间已无大宗师咯。"

说到这里，老头的声音却又突然顿了顿。

他似是这才发现自己话语中有那么多前后矛盾的地方，卡了半晌才缓缓开口道："……等等，世间既无大宗师，这丫头身上哪来的这么多灵力？有这么多灵力，看她出剑，为何也不过朝闻道的境界而已？……这究竟是为何？怪哉，怪哉！奇也，奇也——！"

"那刚才那一剑呢？又是何等境界？"程洛岑有些听不懂老头的絮叨，只径直盯着前方的剑光人影，再问。

"那一剑，也就是伏天下罢了，厉害，却也不足为奇。这男娃看起来和你差不多年龄，老夫虽看不出他的修为，且猜他是结丹境好了。斩个尚未彻底成熟的妒津妖人，纵使是妖母，结丹也绰绰有余了。怎么说呢，确实惊才绝艳，但你有所不知，上古时代，像他这样年纪轻轻就伏天下的人不要太多，老夫我见得太多了。收起来，还是这女娃身上的奇事更多。"老头絮絮叨叨，疯疯癫癫，"想不通啊，真是想不通啊……"

程洛岑眼底微亮，下一刻，却不知想到了什么，抿了抿唇，突然问道："老头，若是你先遇到他们，你还会选择我吗？"

老头一愣："他们？什么他们？"

"你少装傻，就是他们。"程洛岑若有所思，"你说她天赋极高，说他惊才绝艳，若是你先遇见他们……"

"放屁！人生的境遇哪有如果！"老头残魂暴喝一声，将程洛岑从这样的迷障中喊醒，"大道之上，可与人比，但不可执着于比较！永远有人比你优秀，永远有人崛起，如此瞻前顾后，怎么争大道先机！老夫选择了你，便是与你的缘分，又与他人何干！不过是遇见这实在怪哉的小丫头，总觉得这情况我在哪里听说过，一时之间想不起，多感慨两句罢了，你可千万不要才引气入体，就遭了魔怔，走火入魔。"

程洛岑瞬间从刚才的想法中惊醒，这才知道自己过去太孤陋寡闻，此时见如此天纵奇才，竟是着相了。

这边程洛岑怅然无语，老头残魂穷思极想；另一边，虞兮枝却苦不堪言。

她的剑势越来越流畅，显然已经摸到了谢君知方才那一剑的门槛，然而每每她正要得意，谢君知的声音总能准确无误地出现。

"偏了一分。"

"慢了一瞬。"

"你在杀妖，不是剁骨头。"

"切口不够平滑，剑意再平顺一些。"

"当你手中有剑的时候，心里便不要胡思乱想，每一剑都要用尽全力。身为剑修，在战场上，你永远不知道自己有没有机会再出下一剑，你明白我的意思吗？"

没有人这么指点过她。

她过去怠懒，纵使是虞寺，也因是她阿兄，见她肯摸剑便高兴至极，又哪会说什么重话。

她的师尊乃是昆吾宗主，天下仙首，本就当她是"买一送一"，失望几次后，几乎都快忘了自己还有这样一个亲传徒弟。

太清峰教习虽多，喜欢夏亦瑶而天然莫名讨厌她的却有大半，她抓住了一个徐教习的把柄，却还有陈教习、李教习、刘教习。更何况，所谓教习，最高也不过结丹，道心并不多么圆满，很难在修仙一途大道争锋，所以才来做教习，享一份教习的福利——若非如此，谁不想当长老享清福，被供奉呢？何苦来消耗心神与才朝闻道的弟子们打交道呢？

只有这位谢姓祖宗在她身后，语调虽冷但孜孜不倦。她不知他这样对她，究竟是出于什么目的，又为何如此，兴许是来自于她沾染了他的血，被他牵连后的某种歉意？也或许只是在后山待久了，实在无聊，顺手为之？

但至少此时此刻，她愿做他手中畅快淋漓的那柄剑。

虞兮枝已经数不清自己到底杀了多少妒津妖人，她的眼前只剩下了自己的剑光，耳中只有剑气划过的声音、妒津妖人倒地的声音、火烧的声音，还有谢君知的指点声。

到了后来，东方有光微亮，她一剑斩落，再抬头，这才发现自己竟然已经从城西到了城东尽头。

她的背后一路灰尘，面前却一片坦途。

剑气不散，最后一声倒地与火苗同燃，而谢君知……已经很久都没有说话了。

她转头，恰逢最后一只妒津妖人燃烧成灰，火光堪堪湮灭，清晨的第一缕光照在她的身上，谢君知撑了一夜的结界悄然散去，少年冷白英俊的脸在晨光中展露。

这样的一夜过后，棱北镇的露水蒙灰，树影模糊，路面有砖块破碎，有屋檐倾圮，无数人因心中生妒而死去，却有更多的人毫发无损地活了下来。

风起，她微乱的额发与谢君知的发梢一起被吹动，她的脸与他的面颊一起沾了火后起的浅灰。

他冲她微微一笑。

"你一夜连破了两境，从炼气后期再圆满，现在已是筑基前期。"谢君知看着她，笑容温和，话语漫不经心，却好似一切都早已成竹在胸。而这样的语气，便显得他格外目空四海，"你看，筑基也没什么难的，大宗师也是如此。"

"你做得很好，恭喜筑基。"

"让我看看是谁在这里大放厥词？！"一道厉喝于学宫之中响起，身着昆吾道服的少年拍案而起，向身侧怒目而视，"筑基也没什么难的？宣平，你可真是好大的口气，那你倒是筑一个给我看看啊？"

整间学舍气氛凝重。

西雅楼的人已经在昆吾山宗住了一周有余，用昆吾山宗弟子的话来形容，这群人简直像是蝗虫过境，他们不知道西雅楼到底要做什么，但看起来，西雅楼的人似乎像是想要踏足昆吾山宗的每一座山头，甚至还在千崖峰下转了两圈。

要不是剑冢的剑意毫无保留地直接刺伤了试图迈步的宣凡，直接吓退了所有弟子，恐怕小师叔的那份清净都要被打扰了。

越是这么想，昆吾山宗的弟子就越是愤怒。

小师叔辛辛苦苦一人守一峰，以身压那满山剑气，而他们，竟然连同辈的别门派弟子都拦不住！

真是……憋屈至极！昆吾山宗以剑证道，在这渊沉大陆，又何时受过

105

这等委屈！

高修德已经数不清自己有多少次想要与这些西雅楼的弟子掷剑决斗了，只是每每这样之时，他总记得掌门真人要他们与西雅楼弟子和善相与的话语。

毕竟小师妹……还要仰仗那位谈楼主。若是仗着这里是自己的地盘，欺负了西雅楼的弟子，万一气走了谈楼主，无人给小师妹治病又该如何是好？

"你让我筑基我就筑基，那我多没面子。"宣平却不吃高修德这一套，坐在蒲团上晃啊晃，笑容看起来可恶又刺眼，"高兄，有本事你先来啊，兄弟在此，承让，承让。"

高修德深呼吸，再深呼吸。

刺耳的笑声不断在学舍里响起，宣平似是觉得这样还不够，又或者逗他很有意思："高兄，咱们也认识一周多了，上过同一堂课，走过同一段路，还看过同一本书。不得不说啊，你们昆吾山宗确实人杰地灵，瞧瞧，我卡了大半年的境界，来了昆吾山宗，这就一跃到炼气后期了，要是你们小师妹再多病几天，说不定我还能更进一步，冲到大圆满再筑基，也去上二层看看？"

西雅楼众人笑声起，好不肆意快活。

昆吾山宗弟子面色铁青。

宣凡被剑气伤及肺腑，乍听严重，可西雅楼以丹药著称于天下，小师妹有伤尚且要拜托他们，区区肺腑之伤，又怎可能影响到西雅楼二楼主的亲传弟子。

剑冢剑气纵横凌厉，修为不够者正面迎之，自然遍体鳞伤。但若受之而不死，这样的剑气却是淬体练意最绝佳的存在。

否则，为何每日昆吾山宗的内门和亲传弟子都必须从迷雾林走一遭呢？

是以宣凡与宣平二人虽擅闯剑冢不成反被伤，然而这伤却非祸，而是天大的福气。

原本只是炼气中期的二人，竟然双双于客舍之中破境，一夜之间，昆吾山宗霞云聚了再散，停了又起，天亮时，这对双胞胎兄弟已是炼气后期。

西雅楼众人自是大喜过望，谈楼主更是亲自护法，并掏出了两颗千万人垂涎的太微丹，分别赏赐了下去。

太微丹炼丹成本极高，其中要用到几味如今已经不存于世的稀有材料，开炉时失败率也高于其他丹药，在十大有价无市丹药排行榜上，足以排到前几位，有起死回生、白骨生肉之效。

这要是在西雅楼内，他们爱怎么赏赐怎么破境都无所谓，偏偏所有这一切，都是在昆吾山宗眼皮子底下发生的。

昆吾弟子眼红得牙痒痒，然而禁令在身，若是他们强闯剑冢，下场可是要去戒律堂的，又怎会像对待西雅楼这些人一样，轻轻拿起，轻轻放下呢？

不知不觉中，大家对于小师妹病情的关注和垂怜程度，被这份对西雅楼弟子的不服与隐忍给冲淡了。

情绪惶惶的，还有夏亦瑶。她实在是没想到，当时温文尔雅、随和亲切、笑意盎然地对她说着"这病确实不简单，看来是要慢慢调，小姑娘可要多吃点苦了"的人，竟然如此真实。

吃点苦，原来就是字面意思上的，吃点苦。

那些丹药丸子，是真的……很苦。

夏亦瑶来到昆吾山宗后，也不是没有调养过身体。最弱之时，师母怀薇真人还找了凡间的著名郎中来喂了她几副中药，尽管那些奇珍异草也没一个不苦，但之后吃两颗糖渍梅子也就压下去了。

直到她尝过谈楼主的药，她才知道什么叫世间至苦。再甜的糖渍梅子，也盖不住谈楼主丹药的苦。

夏亦瑶觉得自己尝到了这辈子的苦。她从来不知道一个人居然还能被苦到号啕大哭。

偏偏师母似是见惯了她这样，还不太好意思地和别人说什么"这孩子娇气，每次吃药都得我哄着"。

夏亦瑶抹着眼泪："师母，这药是真的太苦了，真的……"

"好了好了，良药苦口。"怀薇真人慈爱地揉着她的头，"谈楼主，让你看笑话了。"

夏亦瑶："……"

不是，真的不是，师母有本事你尝一口，一口就知道了啊！这药不是人能吃的啊！！要不是对方是谈楼主，她简直要怀疑，这人是专门来整她的！

而且，她的问题是因本命剑而来的，吃药……根本就没用的！可这个谈楼主不知用了什么法子，竟然真的让她的状况看起来减轻了些，怀薇真人自然大悦，说什么也要盯着她喝药，她连偷偷倒掉的机会都没有。

夏亦瑶泪眼婆娑，欲言又止却又无人诉说，只能悄悄瞪一眼端坐在窗边只笑不语的谈楼主。却不知谈楼主表面挂着随和的微笑，其实心里也烦得不行。

乱七八糟的珍稀药材也用了，昆吾山宗的人情也赚够了，足够他以此为条件，拐一个宗门弟子去西雅楼了。

结果一周多了，这群没用的弟子竟然还没找到人。真是岂有此理。

昆吾外门八千，内门亲传林林总总也没有上万人，那日面馆，少女也摘了帷帽，一张脸露得清清楚楚，修仙之人记忆力本就不错，更何况，那少女的长相，绝对是让人过目不忘的那一种。

怎么会……就是找不到呢？谈楼主烦的事情，还不仅于此。他在昆吾山宗不知不觉留的时间有些太久了。他到底是渊沉大陆排名第一的丹修，一举一动都牵动着无数人的心。他答应来昆吾山宗，老家伙们都能猜到，他这是想让昆吾山宗欠他一个人情。但也仅此而已。谁又能想到，他会待这么久呢？

待这么久，难道是因为他真的在呕心沥血地为怀筠的小徒弟治病？什么病能让他都这么束手无策，治了这么久都没什么用？难道还要他消耗修为不成？

如果是这样，那么这位谈楼主，究竟想让昆吾山宗欠他多大一个人情？又为什么要这么大的一个人情呢？

如果不是这样，谈楼主又为什么要在昆吾山宗这么久还不走呢？是被挽留，是他自愿，抑或……还有别的可能性？比如，被扣押？又或者，谈楼主自己想要做什么？

短短一周的停留，已经让整个渊沉大陆五派三道的老祖宗们全都将目光投掷了过来，无数人推算着谈楼主此举的用意所在，无数探子在罹云郡来回，甚至白雨斋的那位红衣老道似是意识到了什么，已经在来昆吾山宗的路上了。

谈楼主下意识觉得那个红衣老道，是来和他抢徒弟的。

毕竟如今，五派三道里，也就只有他和红衣老道还迟迟收不到合意的亲传弟子，论猜他的心思，红衣老道敢说第一，便无人敢说第二。

谈楼主深吸一口气，心绪不宁之时，到底还是有几分自信。

那少女分明就是在他面前搓了丸子，无论有意无意，总之缘分一事，妙不可言，凡事也该有个先来后到之顺序，难不成他还能被那红衣老道抢了徒弟不成？

丸子搓得好的人，都是手艺人。他们手艺人，才懒得握笔画符，啧。既然找不到，他便再试试去一家面馆碰碰运气。

念及此，谈楼主慢慢站起身来，他冲着怀薇真人歉意一笑："又馋了，还想去吃碗面。"

"结界是剑道，也是符道。世上有剑意，也有符意，万物归一。"谢君知不紧不慢道。他左右看看，似是想要从树上随手折一根小树枝，还没抬手，虞兮枝用来盘发的小树枝已经按捺不住地自己跳了出来，落在了他的手上。

"哎呀！"虞兮枝的长发倾泻下来，她抬手去抓，却没来得及，只得任凭小树枝雀跃飞走，她叹了口气，从芥子袋里翻了翻，没翻到簪子，只翻到了一双筷子。

虞兮枝："……"

也不是不可以。

她慢慢抽出一根筷子，将长发重新挽起，再以木筷固定。

"你还真是不挑。"谢君知握住小树枝，看了她头上的筷子一眼。

"都是木头，难道还要分高低贵贱吗？"虞兮枝满不在乎道，"我用

109

沉香木的时候，别人也未能高看我一眼，这个世界，终究还是谁的剑最快，谁的拳头最大，谁就最厉害。"

那日屠尽棱北镇的妒津妖人后，他们又在镇中留了几日，向镇长交代情况，处理剩下的事情。虞兮枝这才知道，原来昆吾山宗的名头这么好用。

棱北镇的那位镇长前一天夜里就已经意识到了什么，第二天真正见到风尘仆仆的小真人，又惊又怕的样子才缓解了许多，再听虞兮枝一说昨日之事，镇长差点表演一个当场眩晕。

之后的收尾赈灾与修补工作都是由黄梨操持的，这位黄姓的外门弟子年纪虽轻，做起这些事情却驾轻就熟，格外可靠。阿寇的事情似是对他触动极深，原本活泼外向的黄梨似是想用这些灾后重建的忙碌事情填满大脑，这样就不必去想阿寇。

比起才来到棱北镇的虞兮枝和谢君知，黄梨到底已经在棱北镇生活了许久，除了阿寇之外，还有许多成了妒津妖人的，都是他的朋友。

在一切尘埃落定，虞兮枝和谢君知准备带着程洛岑回昆吾的时候，黄梨深呼吸了许多次后，终于说出了那句他早就想说出口的话："我……我也想修仙。我也想要回昆吾山宗，我想引气入体，我想在下次遇见妖的时候……能够早点发现。"

如果能够早点发现，或许，他就能发觉阿寇的不对劲。又或许，他就能早点救下更多人。

虞兮枝答应了。

一行四人并未直接回昆吾山宗。离开了棱北镇后，黄梨明显从棱北镇的死亡阴影中走出来了不少，整个人恢复了不少往日的活泼，找话题的能力极强，让虞兮枝少了许多面对程洛岑的尴尬。

所以，虞兮枝决定奖励黄梨一碗面，毕竟外门弟子不比身为亲传的她，纵使其他人看不惯她烧火做饭，但她仗着虞寺阿妹和怀筠掌门亲传的名号，在这些方面娇纵一些，也无人敢当面指责。可黄梨回了外门，再想吃面，就极难了。

谢君知一路随手挥舞着小树枝，和她随意比画了几个符意，再将小树枝递回她手中，虞兮枝回忆片刻，也重新比画出来。

隐约有"噼啪"的破空之声随着两人一路走，一路绽开。

黄梨和程洛岑走在靠后的位置，也想看过来，然而才投来视线，便觉得眼眶酸涩，竟忍不住要落下泪来。

一家面馆就在眼前。

虞兮枝收了树枝，随意向头上一插，丝毫不介意自己头上的筷子旁边多了根树枝后看起来有多好笑。她还有空回头说了一句："这家老板是接受过我的指点的，独家秘制牛肉丸子，绝对好吃。对了，我还喊了我阿兄来，我阿兄就是……"

"哟，这不是虞寺虞大师兄吗？大师兄还不辟谷？怎么也跑来吃面啊？"一道声音从面馆里混着香气一起飘了出来。

"这题我会，你们还记得暮永峰当初有个飘着肉馅饼香气的寝舍吗？听说虞大师兄还没辟谷的阿妹出了趟任务，终于要回来了，所以大师兄是特地来这里等的吧？"另一道笑声随之响起，"大师兄啊，家家都有本难念的经，来，多吃两个丸子，这家的牛肉丸子是确实好吃。"

"说起来，我们还没见过太清峰的这位二师姐呢，巧了，今日正好得以一见，也让我们开开眼。"

虞兮枝微微皱眉，觉得这声音有点耳熟，却想不起在哪里听过。

这一路走来，程洛岑与黄梨自然已经知道了虞兮枝的身份，这会儿乍一听到这面馆中对她毫不掩饰的贬低和嘲笑，都变了脸色，悄悄看向虞兮枝。

却见少女眉梢都没抖一下，似是对这样的恶意早已免疫，又或者那一声声的嘲笑从未入过她心。

她自撩开门帘，一步踏入，笑意盎然、神态自若迎上所有人的目光，声音清脆："阿兄，我回来了！"

而就在她开口的同一时间，一家面馆角落不起眼的位置，有黑衣男子揭开了头上的幂篱，收敛了多时的气息慢慢散开，他看向面前大放厥词的西雅楼弟子们，脸色极为难看："飘着肉饼香气的寝舍？"

两道声音同时响起，再同时落下。

西雅楼弟子先是被少女清脆又莫名耳熟的声音惊醒，才要向着门口望

111

去，又被惊雷般乍起的声音吓住，不敢置信般向着面馆角落看去。

虞兮枝却已经率先看到了西雅楼那身眼熟的道服，不由得带了几分疑惑地皱起了眉头："怎么又是你们？你们该不会在这里一碗面吃了七八天吧？再好吃的面，连着吃，也会觉得腻吧？"

殿内穿着西雅楼道服的弟子闻言，心头顿时一酸，险些落下泪来，万万没想到，最体谅他们的，竟然是她。

他们在昆吾山宗遍寻"吃面少女"无果，思路自然也打开了许多，将搜索范围扩大到了附近的小镇，而一家面馆自然也成了蹲点之地。

面连着吃，当然会腻。但是腻又怎么样？总不能进店坐着不吃面吧？

早上一碗面，中午一碗面，晚上一碗面，再好吃的面都得被这样的吃法糟蹋。

西雅楼弟子寻人自然有分工，有在昆吾外门扫荡的，有在内门试探的，还有仗着自己修为高贸然去剑冢，如宣平、宣凡两兄弟，除此之外，当然还分了一些出来，在面馆和罹云郡巡视。

这几拨人是按修为划分的，修为越低，任务越外，自然不会有什么轮班的说法。于是，是以宣平、宣凡到了炼气后期，内门的永远鬼打墙，外门的苦着脸一无所获，他们驻扎在面馆的……一直吃面。

她终于走进来，在虞寺开口前，已经环顾了一圈周围，话锋一转："散发着肉馅饼香气怎么了？吃你家大饼了？我辟不辟谷关你们什么事？你们哪个门派的啊？管闲事管到我阿兄头上来了？"

虞寺当然知道虞兮枝在西雅楼的人来之前就已经领了个任务跑了，不认得这里的人也是正常的。

他虽也对西雅楼众人这几日的做派多有微词，但虞寺到底大师兄做惯了，为人本就四平八稳，又常常被"容人之量""切莫斤斤计较""后辈顽劣些，也不是什么大事"一类的叮嘱束缚，久而久之，肚子里不能撑船也撑伞了，是以心态还算平稳。

可虞兮枝不会。如果她和虞寺一样的话，剑匣侧面就不会随时放着一本记仇笔记了。她受冷嘲热讽惯了，当面背后说她的人都太多，听见了，她就记下来，有机会就报一报。

骂她，她可以等等再喷回去。但是骂虞寺不行。

虞寺是她的阿兄，是她战斗在与原书男女主命运抗衡第一线的最大盟友，更是她穿这个世界后，第一个，也始终给予她关心和温暖的人。

于是虞寺还来不及和她讲这两天昆吾山宗的情况，再讲一声师尊怀筠真人的禁令，就见虞兮枝抬手卸了身后的剑匣，往旁边沉沉一放："是哪个人刚刚说要见我的？还说家家有本难念的经？开眼有什么意思……"

话到最后半句，她的手已经按在了烟霄剑柄上，先是扬眉冲店家的方向一笑："老板，给我身后这几个人各来一碗面，加丸子。"

然后，她才扬起下巴，继续了刚才的话，阴森森一笑："……来，让我来和你们切磋一下。"

说话间，她不动声色地向身后看了一眼。

果然，随她进来一家面馆的，只有惴惴不安又盯着她欲言又止的黄梨和暗自警惕的程洛岑，谢姓祖宗也许是不愿意露面，不知何时已走了，看黄梨的样子，八成是谢某人走之前让黄梨给她带句类似于他先走了之类的话。然后黄梨就被她阴恻恻摸剑的样子吓住了。

西雅楼的弟子们也被吓住了。

他们进退两难。

虞兮枝太好认，且不说那张实在是漂亮得过分的脸，除了她也没有别人会随手在头上插根树枝……虽然不知道为什么，这会儿树枝下面还挨着根筷子，但总之，他们遍寻不到的吃面少女，近在咫尺。

打是打不过的，吃面少女和宣平、宣凡两兄弟对上都像是切菜，又何况是他们。

可要退……他们代表的是西雅楼的颜面，少女的手都在剑柄上了，这在修仙界，四舍五入已经是发出决斗邀请了。

这可如何是好。

大家忐忑又惶恐地对视一会儿，再后知后觉地想起他们不仅大敌当前，刚才分明还听到了另一个人的声音。

再战战兢兢转过视线，只见刚才还怒不可遏的黑衣男人竟然不知怎么想的，又带上幂篱，收敛了一身气势，重新坐了回去。

113

西雅楼弟子："……"

谈楼主，您说话倒是别开了头就没结尾了啊！要找人的也是您，这会儿人都到眼前了，要怎么办，您倒是给个准话啊！

谈楼主有苦难言。

他方才刚刚乍露气息，才说了一句话，就感到了不对。

白雨斋红衣老道的气息似有若无从远处飘来，显然是正在路过此地前往昆吾山宗去。若是他动静闹得大一些，那红衣老道未必不会感受到他的气息，掉头冲他而来了。

那红衣老道来意不明，但想来没什么好事，此处人多口杂，更是凡人之地，在此掀起波澜，未免不妥，也不美。他两次来面馆，两次遇见虞兮枝，缘分天定。既然已经找到了人，那大局自当已定，收徒之事，也不急于此刻此时。总不能在一家面馆自报身份，这也实在有失身份。

年轻一辈的弟子，是该琢磨琢磨，提前见识一下剑修的险恶，也是好的。念及此，谈楼主心情终于平顺了许多，不动声色地冲着西雅楼弟子点了点头，继续低头吃面了。

本就奇香的面，此时看来更顺眼，更香了呢。

西雅楼众人："……"

楼主他没有起身也没有说话，但他点头了！点头是什么意思啊！是要他们被她打吗！

这厢虞兮枝却已经等得有些不耐烦了，她晃了晃手腕，于是剑柄便与桌沿碰撞出了更加不耐烦的声音，黄梨与程洛岑拉开凳子坐下，店家手脚麻利地上了面和丸子。

这些日子以来，一家面馆日日都有修士往来，店家已经对这种剑拔弩张见怪不怪了，还能见缝插针地冲着虞兮枝一笑："小真人来啦，这丸子您快尝尝，有那味儿不？"

虞寺万万没想到虞兮枝竟然与这店家相熟，对方还要让她品鉴近来最出名的牛肉丸子。与店家相熟倒无关紧要，但以她的修为轻易向这么多人放狠话，是不是太轻狂了？他眼神有疑惑，但他到底还是什么都没说。

虞兮枝首先是他的阿妹。她闯祸，有他兜底；她做了错事，他在人后再训斥她便是，此时西雅楼弟子环伺，虽然气氛有些奇奇怪怪，但虞寺绝不会在人前让虞兮枝难看。

虞兮枝不知道，但虞寺知道，坐在墙角的那位，正是西雅楼的谈楼主。他虽然不知这位谈楼主为何会在此处吃面，但对方既然重新戴上幂篱，敛了气息，想来是不愿被认出来。

既然如此，他自然当作没看到。谈楼主纵容自己弟子胡闹，他难道就不能纵容自己阿妹了吗？

虞寺微微勾了唇："看来阿妹这次下山一趟，修为有所精益。"

为首的西雅楼弟子叫李胜意，不过开光后期修为，此刻手抖如筛糠，面上忍住不显，说话的时候却忍不住牙齿打战："你……你就是太清峰那个烙肉饼的二师姐吧？啧，打……打就打！你瞧不起谁呢！"

烙肉饼的二师姐刚才确实有些不耐烦，但面上来以后，吃面就是第一重要的事了。她这会儿二话不说已经在吃丸子了，边吃边口齿不清地说了句什么。

西雅楼众人一个字都没听清，只能面面相觑。虞寺正襟危坐，口齿清晰地将虞兮的话翻译了一遍："舍妹诚邀诸位到宗门试剑台一战，择日不如撞日，今天就挺好，诸位既然已经吃完，不妨先走一步，她吃完就来。"

西雅楼众人神色木然："我等就在这里等二师姐用膳完毕。"于是无数目光扫射过来，全都停留在了虞兮枝吃面的这一桌。

来这个世界之前，虞兮枝什么样的镜头都面对过，对于这种无数视线的洗礼早已习惯，她坦然处之，毫无障碍，但同桌的其他人就不一样了。

"嚯，这阵仗，这群西雅楼的小毛崽子们真是不知自己几斤几两，还想和她比剑？只会单方面被毒打。"程洛岑垂着眼，颇有点不自在地吃面，面很好吃，四面八方的目光却太折磨人，脑中的老头也在叽叽歪歪，"你对面这个小子，是这小丫头的哥哥？好家伙，竟是一副天生剑骨，有此后生，昆吾山宗又是几百年的好日子啊。"

程洛岑一筷子戳开牛肉丸子，埋头一咬，肉汁的香气中带着点面汤的鲜香，两种混合的汤汁裹着肉香一起在他口唇之中蔓延，一口下去，程洛岑差点要眼眶湿润，只觉得此生虽志在大道，早已暗下决心摒弃身外之物、口腹之欲，可这丸子……是真的好吃。

好吃到老头聒噪无比，他也觉得顺耳了不少。

老头残魂看得见吃不着，本也不以为意。然而看虞兮枝吃面，竟然越看越觉得实在太香了，老头觉得自己舌头有些痒，依依不舍移开目光，又看到了角落里的谈楼主，不由得"咦"了一声。

"你又'咦'什么？"程洛岑喝下一口汤，腹中暖暖，脾气也好了许多，主动问道。

"角落那个黑衣服的，是个化神境真人。"老头一眼便看了出来，"化神境也来吃面？还是醉翁之意不在酒，难讲，难讲。一会儿他们若是真的要比剑，你可一定要去看，虽说是虐菜局，但有老夫在，自可以为你讲一番这西雅楼与昆吾山宗的不同。"

程洛岑沉沉应了，心里却道，他入了昆吾山宗后，想来也只能混个外门，又怎么能去看这等比剑。这想法一直持续到虞兮枝畅快淋漓吃完一碗为止，既已约好地点，便理也不理馆中其他人，喊着虞寺一剑拖三人摇摇晃晃地向着昆吾山宗御剑去。

虞寺欲言又止："我有多带不少传送符。"

虞兮枝信誓旦旦："有人这辈子都没感受过天上飞的感觉，阿兄啊，这可是积累功德的时候！"

虞寺："……"

黄梨两股颤颤，心底却还是激动的。这可是昆吾山宗大师兄的剑！就算回了外门，他也能和别人吹一辈子，他可是坐过大师兄御剑的人！

程洛岑故作镇定，垂在两侧的拳却是悄然握住。修仙之人，不就是上天入地无所不能吗？眼下，他竟是可以上天了吗？

虞寺当然知道这就是虞兮枝找的借口，他懒得戳穿，也不觉得这有什么，于是掐诀御剑而起。

西雅楼众人目瞪口呆。

只见虞寺的长剑如一叶扁舟行于天，舟首少年身姿挺拔，舟尾少女站得极稳，显然习惯了这种蹭剑之事，少年左右手各轻巧地提着一人的领子，就么保持了奇异的平衡，然后向着昆吾山宗的方向御剑而去。

李胜意大开眼界，叹为观止："还能这样的吗……"

吃完了面的谈楼主不知何时站在了他身边，也抬头看着前方四人的影子，负手感慨道："想不到如今还有人能一剑御四人，此等盛景我已经多年未见了。"

李胜意不知应当先吃惊谈楼主竟然与自己一个开光境弟子平和聊天，还是诧异他话语中的意思，但身体和脑子的反应到底是诚实的："什么？还有别人这样做过？"

"当年与妖域大战，确实有这种阵型出击。"谈楼主似是想起了什么有趣的事情，"你别看这样子滑稽，实际一人分神御剑，其余三人自由搭配音修、符修抑或剑修，一旦成阵，杀伤力极大。"

前方四人已经消失在天边，变成了穷极目力也看不清的黑点。少年喏喏半晌，干巴巴道："那可真是厉害啊。"

顿了顿，李胜意还是忍不住小声道："楼主，我……我真的要去与那位二师姐比剑吗？"

谈楼主敛了神色，温和地看了他一眼："你说呢？"

话音落，谈楼主的身影已经消失在了原地，连风都没有带起来。

李胜意默默看着空无一人的身侧，苦涩重复："我说呢？"

他说个锤子。……如果有选择，他选择时间倒流回去，让当时的自己闭嘴，什么也别说。让你话多！就你话多！

昆吾山宗的试剑台也不是时时刻刻都开放的。比剑这事，虽不禁止，却自有一番流程。

先要去紫渊峰试剑堂登记，再由试剑堂的执事分头行动，一队去通知全昆吾山宗，一队搬着桌椅、板凳、纸张去试剑台旁边，等着试剑双方来签字画生死免责押，还有一队去请戒律堂和雪蚕峰的执事和长老来做裁判和看护，等到一切都安排妥当，才能正式开始。虞寺径直"一拖三"到了紫渊峰试剑堂。

试剑堂近来挺热闹。

掌门怀筼真人确实说了，不许昆吾山宗弟子与西雅楼弟子不友善，但

117

高危职业
二师姐

没说这期间，昆吾弟子互相之间不能内斗。被西雅楼众人惹得冒火，昆吾众人无奈之下，只得相约对垒，泄泄火气，是以这段时间试剑台的比剑几乎没停过。然而纵使此处早已门庭若市，虞兮枝和虞寺一起走进来的时候，试剑堂还是诡异地安静了片刻。

"我眼花了吗……那是太清峰二师姐吗？"

"看错她也不能看错大师兄啊，这是大师兄要来和人比剑，还是二师姐？我竟不知哪一种更让人诧异。"

"大师兄筑基以后就没和宗门内的弟子比过剑了吧？这是要重出江湖了吗？谁这么大胆子敢和他比？"

"……二师姐有生之年就没比过吧？我们要见证历史了吗？说起来二师姐不是下山去做任务了？这是回来了？那任务成功还是失败了？"

"你们等等，我有个大胆的猜测，该不会是二师姐要和大师兄……"

四周有人窃窃私语，没有人会无缘无故来试剑堂，而这两个人无论是谁出现在这里都足够奇怪，更何况是两个人一起。

虞兮枝只当一个字也没听见，径直走到登记口："请问今天还有比剑空档吗？"

执事从惊愕中回过神："一个时辰后试剑台便空出来了。"

虞兮枝点点头："我要和……"

她说到一半，哑然片刻，这才想起自己自信约架，却连对方来路都不知道，只得看向虞寺。

虞寺会意补上后半截话："西雅楼的几位小真人比剑。"

满堂俱惊。

执事吓得笔都掉了，在纸上洇出一大片墨："和……和谁？！"

虞兮枝沉思。

那些人竟然是西雅楼的人，又或者说，果然是西雅楼的人。可是他们怎会在此停留如此之久？没记错的话，原著里，他们分明来了就走，还差点因此与昆吾山宗结仇的呀？

不过话说回来，她都把"龙傲天"男主拐到宗门里来了，西雅楼多待几天或许也不多么奇怪。

118

"和西雅楼的几名小真人。"她重复了一遍虞寺的话,"名字我忘记问了,但我说了地点,一会儿画押时再问便是。"

执事欲言又止,心道太清峰这位二师姐果然胡闹,可她胡闹,怎么向来最端正稳重的虞寺也跟着胡闹起来了?

他还想说什么,虞兮枝却根本没想那么多,已经转身走了。她本就是来通知一声的,比剑决斗是双方的事情,双方都同意了,那拔剑便是。难道还要第三个人同意才行?哪有这样的道理?

却不知在她出了试剑堂后,堂内议论声轰然沸腾。

二师姐要和人比剑?有人要和西雅楼的弟子们比剑?

天啊,是二师姐要和西雅楼的弟子比剑!

这三个消息的惊悚效果呈递进式,飞快地从任务堂飘了出去,几乎是瞬间就席卷了整个昆吾山宗内外门。

既然还有一个时辰,足够虞兮枝去任务堂交了任务,再安置一下黄梨与程洛岑的事。

这一日执勤的,依然是沈烨。

耷拉着眼皮的沈烨师兄正在打瞌睡,就见数日不见的少女打着帘子进来,他困意全无,顿时坐得笔直端正。

沈烨探头看了半天,虞兮枝身后跟进来了两个陌生面孔,然后是虞寺。

帘子落下,沈烨这才慢慢呼出一口气,重新揣着手耷拉下来了眼皮:"哟,这么快就回来啦?"

虞寺将沈烨的异样尽收眼底,不动声色地多打量了黄梨与程洛岑一眼。

虞兮枝对这些暗潮涌动毫无察觉,她径直从芥子袋里掏出来任务木牌,再将寻妖罗盘也一并交给了沈烨,正准备简短说一下当日棱北镇的情况,又想到了什么,回头看了一眼黄梨。

从入了昆吾山宗,黄梨就一直在紧张。他之前虽然也在山中,但一直都是外门弟子,这还是第一次御剑上天,还直接被带到了内门来,一路上都在小心翼翼地东张西望,又想多看看,又怕自己样子太土,坏了虞兮枝名声。

虞兮枝此时看他,是要他来说。黄梨不傻,他知道这是虞兮枝给他机会。

他掐了掐手心,上前一步:"这位小真人好,我是外门驻扎在棱北镇的弟子黄梨。此次棱北镇一共出现了两种妖物。一是鳖宝，已经活捉来，在虞小真人的芥子袋中了。二是妒津。"

"妒津？！"虞寺一惊，愕然看向虞兮枝。

"虞小真人一夜斩尽棱北镇所有妒津妖人。"黄梨的声音不断，平稳清晰，"共以火符烧毁一百二十六只妒津妖人的尸体，后一周，于当地官府协助下，修复所有损毁房屋道路，凡人有轻伤三人，无重伤，无死亡。"

沈烨慢慢坐直身体，黄梨说得十分清晰，咬字更是清楚，但越是如此，他越是觉得对方说的每一个字都如同惊雷般在他脑中炸开。

"一百……二十六只妒津妖人？"沈烨难以置信地重复出这个数字。

虞兮枝头也没抬，伸手在芥子袋里掏啊掏，终于找出了装鳖宝的袋子，一并放了沈烨面前："寻妖罗盘有数字记录，不会有错的。"

任务堂当然不止沈烨一个人，刚才还在埋头整理任务木牌的所有人都抬起了头，不可置信看向虞兮枝，再忍不住将目光下移到她裙摆上有且只有一朵的小黄花上。

柔弱无助的小黄花对上一百二十六只妒津妖人。怎么可能？所有人都怔然无语，脑中冒出"不可能"三个字。

只有虞寺眼角微红，抬手摸了摸虞兮枝的头："有受伤吗？"

虞兮枝转了个圈，笑眯眯道："没有！"

"真的没有？"虞寺看她确实无恙，这才松了口气，欣慰道，"枝枝长大了，阿兄很高兴。"

众人似乎明白这位二师姐为什么是这样的性格了呢。有这么一位好阿兄，是谁都会恃宠而骄啊！

大师兄，她说什么你就信什么吗？！你难道完全不觉得她堪堪炼气的修为能杀这么多妒津妖人，很蹊跷很不可能吗！

"你就真的这么相信了吗？！"有人这样想，也忍不住问了出来。

黄梨被问得涨红了脸："是我亲眼看到的！绝无虚言！确实是虞小真人一个人杀的！"

虽然阿寇是另外那位真人杀的，但既然他临走之前特地嘱咐了自己，那么黄梨便绝不会透露半分信息出来。

然而他人轻言微，无人理会，大家依然在等虞寺的回应。

虞寺递去莫名其妙的眼神："不是她杀的，难道是你杀的？"

众人一时无语。

"沈兄，后续结算就交给你了，枝枝还要去试剑台比剑，就不久留了。"虞寺摆了摆手，就要离开。

沈烨大梦初醒般下意识追问："比剑？谁和谁比剑？"

"枝枝啊。"虞寺理所当然道，"和西雅楼的弟子比，再不去要迟到了，先走一步。"

昆吾山宗四处都是惊呼。

无数人向着试剑台的方向涌动，不出一会儿，试剑台周遭已经座无虚席，再向外圈，也已经围了个水泄不通。

"你听说了吗？终于有人忍不住要和西雅楼的那群人比剑了！老子等这一天可太久了！打！打！狠狠地打！"

"……话虽这么说，但你知道是谁和他们比吗？"

"管他是谁，打了就是，难道我们剑修还打不过他们一群炼丹的？"

"那个，听说，额，是太清峰那位二师姐。"

空气中一片寂静。

"啊这……"

"嗯……怎么说呢……就……"

一片欲言又止中，又有人眼尖道："西雅楼的那两兄弟带着人到了！"

宣平与宣凡大摇大摆而来，脸上故意写满了不满与不屑："听说有人要和我们西雅楼的弟子比剑？二师姐？哪个二师姐啊？是太清峰烙肉饼的那个二师姐吗？"

跟在两人身后的弟子配合地笑成一片。

昆吾山宗众人面面相觑。他们占据主场优势，气势虽足，人数虽多，换成是谁，他们都开口就能喷回去。

可怎么偏偏就是这位二师姐呢？她……她那炼气初期的修为，据说都是虞寺大师兄做任务换了丹药回来，硬生生堆上去的啊。

输人不输阵，可他们眼看就要输人又输阵了。

高危职业
二师姐

二师姐啊二师姐，您清醒一点，认清自己一点不好吗？现在这样就，就很尴尬。

昆吾弟子尴尬，已经到了试剑台边的李胜意等人更尴尬。

宣平、宣凡两兄弟与驻守内门的那些弟子各个眼高于顶，压根儿没把他们放在眼里，从出现到现在也只是扫了他们一眼，连个说话的机会都没给过他，所以他根本没有机会把这位二师姐究竟是谁的情报告诉他们。

一想到当初那位二师姐就能以"平平无奇的一剑"斩落他们的剑，再听到宣平、宣凡一口一句"烙肉饼的二师姐"，李胜意就尴尬得忍不住脚趾抠地。

他甚至忍不住想要扔一句"吃你家大饼了？"出去，捏了捏手心，到底还是忍住了。

戒律堂的执事、雪蚕峰的长老以及来围观的教习都目露不悦。

徐教习眸色沉沉地站在人群中，心道这个虞兮枝真是不知分寸，难道她不知道，如果输了，就是丢尽了昆吾山宗的脸吗？

更何况，她好歹也是掌门亲传弟子，欺负人家开光境的弟子，算什么本事？就算赢了，昆吾也是面上无光！真是胡闹！胡闹极了！

突有一道声音急道："小师妹……是小师妹！小师妹也来看比剑了！"

徐教习一愣，回头看去，果然看到脸色微白娇弱如柳的少女怯生生顺着分开的人群走进来，她眼中含了几分水意，面上却带着焦急："是……是二师姐要与人比剑吗？"

"你怎么也来了？"徐教习拧着眉走上前，下意识就想从芥子袋里取大氅出来，以免少女受风。

然而他才取出大氅抬头，夏亦瑶身后已经有七八个人，人手一张大氅，面面相觑。

徐教习："……"

夏亦瑶咳嗽两声："不碍事的，我已经好很多了。"

顿了顿，少女重新抬头，眼中带了坚韧与焦急之色："二师姐来了吗？不然……不然我来替二师姐比！她，她一定不是故意要这样的！"

她声音不大，却足以让许多人听到，于是她的话语飞快被传出去，昆

122

吾众人看向娇弱少女的表情都带了怜惜。

小师妹都病成这样了，还要来替不懂事的二师姐兜底，真是……人比人，气死人啊。

这位二师姐，真是面目可憎，不知好歹！

宣平、宣凡还是第一次见到这位小师妹，只见少女泪光莹莹，柔若扶柳，眼中却带着坚韧，实在是让人见之心喜，也忍不住心酥了几分，只是他们才要开口，就有一道剑光自天边而来。

虞寺一剑拖三，面无表情御剑而来，也许是这一剑之上的人太多，向来喜欢在见到御剑之人时前来捣乱的白鹤群都掉头逃跑，于是虞寺连弯子都不用绕，就这么直截了当地落在了试剑台。

既已筑基，虞兮枝耳力自然极好，将夏亦瑶的话听了个全。

按照原书剧情，小师妹夏亦瑶与程洛岑的第一次相见，应是在程洛岑想要入昆吾内门，登昆吾天梯的时候，两人金风玉露一相逢，鸦羽与潇雨齐鸣，便胜却人间无数。

她悄悄看了一眼被虞寺提在手里的程洛岑，在心里小声道了个歉。

她也没想到夏亦瑶会来，这相遇可真不是她安排的，程洛岑大兄弟，让你用这种不太美观的方式出场，可真是对不住了。

但比起这些……

虞兮枝从剑上一跃而下，轻巧踩在试剑台上，声音比夏亦瑶还要更柔三分："哎呀，这不是小师妹吗？师姐比个剑而已，怎么会惊动你呢？可别吹风受凉了！徐教习，你拿着大氅就给师妹披上呀，愣在那边做什么。"

徐教习："……"

夏亦瑶咬住下唇，挣脱徐教习的大氅，声音恳切："二师姐，你……你切莫逞强，我替你比这一场也可以的！我知道你肯定不是故意要惹师尊师母生气的！"

这话说得，知道她不是故意惹师尊师母生气，所以由她替她受这一场，之后责备也由她主动来背，这可真是赚足了同情分。

虞兮枝在心里直呼"茶艺大师"，表面却比她更诚恳三分："小师妹此言差矣，不过是比一场剑而已，你放心吧，师姐是绝不会逞强的。"

昆吾弟子面露不屑，夏亦瑶更是追上前半步："可是……"

虞兮枝虚与委蛇三句后，已经有点不耐烦了，但她神色愈发真诚，声音愈发温柔："师妹莫怕，是不是这些西雅楼的弟子欺负了你？他们真是太可恶了，就让师姐来为你报仇！"

不欣夏亦瑶瞠目结舌的反应，她已经轻巧避开了对方伸过来的手，漫不经心转过头，目光扫向在看清她脸后已然惊呆了的宣平和宣凡两兄弟："咦，你们怎么也在？难道也想再和我打一场？"

昆吾众人还在思考这句没头没脑的话是什么意思时，虞兮枝已经转身在画押纸张上随手签了名，拍了拍手。

"来，拔剑吧。"

第三章

"瑶瑶呢？"怀薇真人看着空无一人的床榻，声音微冷。

怀薇真人门下当然有侍女侍奉，侍女自然也不是凡人，而是已经开光却年龄稍大，根骨并不多好，更没有什么家世的小真人。

若是在外门，也能浑浑噩噩一辈子，但来做掌门道侣怀薇真人的侍女，只要真人手指缝漏出来点儿好东西，抑或平时随口指点一二，那么有朝一日达到炼气筑基也不是不能想。

怀薇真人的大侍女叫姜贞，刚刚年过二十，受怀薇真人的点拨，迈过了炼气的门槛。她闻言微微躬身，一头青丝被一丝不苟地梳在脑后，面容更是平静到古板，看上去倒像是三十出头一般："回真人的话，夏小真人听说试剑台会有一场与西雅楼的比剑，所以急急赶去了。"

怀薇真人表情骤变："怀筠不是说了不允许？是何人如此大胆？！"

姜贞躬身更低，这才道："听说……是刚刚完成任务归来的虞小真人。"

"虞寺？这孩子一向稳重，怎么会做出这种事情？"怀薇真人转头看向姜贞，疑惑蹙眉。

"不，是另一位虞小真人。"

怀薇真人足足愣了好几秒，这才想起来，确实有另一位虞小真人，于是拧眉更深："你是说虞兮枝？她做任务？她做什么任务？她炼气了吗就做任务？”

她竟是差点忘了还有这么一个人。

“是的，她去青芜府棱北镇做了任务，活捉一只鳌宝，共杀妒津妖人一百二十六只，临走前应是炼气初期。”姜贞声音平稳，有条不紊逐一回答了怀薇真人的问题。

怀薇真人伸直去拿糖渍梅子的手微微一顿：“炼气初期？一百二十六只妒津妖人？你知道你在说什么吗？荒唐！”

姜贞只负责转达，欠身不语，只听怀薇真人嗤笑连连，末了还看向她：“姜贞，你也是炼气初期，让你去杀妒津妖人，别说一百二十六只，一只你杀得吗？”

“杀不得。”姜贞眉毛都没动一下，到底能不能杀根本不重要，她见没见过、知不知道什么是妒津也不重要。

重要的是，怀薇真人现在想听什么。

怀薇真人露出“我就知道”的表情，冷哼一声：“还有鳌宝，此妖甚是罕见，《万妖图鉴》最后几页才有记录，难道她看完了整本图鉴？否则如何知道此妖的弱点，再将其生擒？可笑至极，再去查查，是否有人帮她。”

言罢，她又露出了几分不屑，她并非顶尖明艳的美人，兴许是位高权重得久了，脸上自然有一种时刻保持的尊严感。而在这样的面容之下，加上不屑的表情，便显得有些刻薄了：“听说那个红衣老道又来找怀筠下棋了？我看他就是闲得慌，走，我们也去看看。”

姜贞后退两步，跟在怀薇真人身后，急急道：“真人留步，掌门真人和斋主真人……也都往试剑台那边去了。不仅如此，据说谈楼主也去了。”

“谈楼主也去了？”怀薇真人脚步一顿，脸色顿时更难看了：“定是觉得我昆吾山宗欺人太甚，去给他的弟子主持公道去了！走，我们也去看看，这个虞兮枝，真是太不知天高地厚了！上次害瑶瑶下剑冢，没罚她真是便宜她了！这次定不能饶！”

试剑台下一片鸦雀无声。

宣平、宣凡颤然无语。

红痣疤眉，一个因惊愕而黯淡，一个因错愕而高挑。他们搜遍了昆吾山宗每一个山头，几乎要将这群山踏遍，简直快要怀疑吃面少女到底是不是真实存在了。

结果到头来，对方竟然好像，就是他们时常挂在嘴边的那个"烙肉饼的二师姐"？

二师姐您都这么厉害了，还烙什么肉饼？！不对，应该是：二师姐您都这么厉害了，为何整个昆吾山宗提到您的时候，都觉得您平平无奇，还一脸不屑？

是昆吾山宗坏掉了？还是……昆吾山宗竟然已经恐怖如斯了？！

跟着宣平、宣凡起哄的西雅楼弟子们瞳孔剧震。

有人已经转头，向着李胜意的方向怒目而视，心道你是不是早知如此，那你为何不说。后者只当看不见，心仿佛被默念"吃你家大饼了"六字心经，脚趾"抠出太清峰正殿"，心里为即将而来的比剑感到悲切的同时，却莫名有一丝快意。

不起眼的小人物，一夕变得璀璨夺目之时，都会有这种快意。

李胜意矛矛盾盾，尴尴尬尬，心仿佛被掰成两半，一半如春风拂面，一面如崇山峻岭。

签字画押完毕，李胜意苦涩放下笔，整理衣衫，向着虞兮枝一礼到底，认真问道："此战难免，在下西雅楼李胜意，开光后期，前来讨教。还想请问，虞二师姐是什么修为？"

"她能是什么修为？"有人先虞兮枝一步开了口，声音全都是嘲讽，徐教习冷声道，"堪堪炼气罢了，是你捡了便宜，太清峰亲传弟子里，就数她实战经验最少，对敌经验最薄，就算是你赢了，也不代表昆吾的剑不如西雅楼。"顿了顿，他声音更严厉几分，"怀筠掌门明令说过，要对西雅楼弟子礼让三分，虞兮枝，你先犯禁令，若是又输比剑，你可想好后果了？"

徐教习上次在虞兮枝手里吃了一亏，暗地里恨得牙痒痒，想扳回来想疯了，好不容易有这个机会，当然不会错过。他这话，明眼人听起来都懂。拉踩虞兮枝当然是一方面，但更重要的则是，为了昆吾山宗的面子。

在他眼中，虞兮枝当然是必输。那么他提前出来铺垫这一句，输了以后，昆吾山宗面子上也不会太难看。早就说过了啊，虞兮枝不行，和她比，

127

你赢了也没什么大不了的。

徐教习自觉此话得体无比，听得懂他话中语意的昆吾弟子也暗暗点头，已经有人运灵气，在体内冲刷经络热身，只待一会儿虞兮枝败了，便旋身而上，为昆吾山宗挽尊。

无人注意西雅楼弟子面面相觑，神色奇异，目露尴尬，欲言又止。

却有人突然出声："徐教习，你知道你为什么迟迟无法结丹吗？"一道懒洋洋却满是嘲讽的声音响了起来，"真当自己是太清峰管事了吗？我瞧你来这一会儿，又是给小师妹递大氅，又是担心我二师姐的，道心如此，结丹堪忧啊。"

这声音竟是从高处来的。

大家循声看去，才见来人太多，树上竟然影影绰绰，从下向上看去，只见一双双沾着泥土的脚底在枝头乱晃。

别人都是一根树枝挤着坐几个人，只有说话少年一人斜倚，独占一整根树枝，位置更是全树最好的那一枝，视线毫无树叶遮挡，却恰有枝叶遮阳。

少年懒懒散散，看上去是个漂亮清隽、让人见之心喜的少年，一开口却是阴阳怪气："既然徐教习这么担忧，我倒是有一法。西雅楼的教习不也来了两位吗？不如徐教习一会儿也和他们比画几下，就算我二师姐输了面子，想必也有徐教习帮忙赢回来。"

徐教习气急："……你！"

他敢开口闭口地拉踩虞兮枝，一是仗着虞兮枝不受掌门真人夫妇喜爱，二是虞兮枝境界确实不够看。

可说话的人，是易醉。后台又硬，脾气又劣，炼气还大圆满，只差一步筑基。他倒是想怼，但太清峰上下谁人不知易醉那张得不得理都不饶人的嘴，他徐教习想要在嘴巴功夫上赢了易醉，恐怕还得修炼个一百年。

虞兮枝倒是没想到这个三师弟竟然会拐弯抹角地为自己说话，颇为意外地看了对方一眼，不料易醉敏锐地捕捉到了这一眼，抓着她的目光，先天三分嘲讽，后天三分担忧地问："二师姐，大师兄除了清风流云剑，还教了你别的吗？"

虞兮枝坦然摇头："未曾，阿兄只教了我这个。"

易醉仔细看她一眼，似是在想什么，随即，他慢慢坐直身体，足尖一点，竟是从树上一跃而下，落到了虞兮枝身侧，再朗声一笑："昆吾清风流云剑，还请西雅楼诸位指教！"

听到清风流云剑的名字，宣平、宣凡不知想起了什么，脸色白了，却又突然记起自己已经炼气后期的事，心情又稍好。

易醉这一声过分洪亮又抢戏，虞兮枝欲言又止，最终还是在内心叹了口气，心道不与"中二少年"争高低。

无论李胜意在一家面馆如何，又为何此时画风突变，但既然他以礼待她，虞兮枝自然不能直接拔剑，于是认真回礼道："昆吾山宗太清峰虞兮枝，请赐教。"她一跃而上试剑台，对着李胜意做了个请的姿势，垂眼抽剑。

试剑台的结界四四方方升腾而起，李胜意抬手握剑，眼睛微微发亮，心道无论如何，自己也是学过西雅楼剑法的人，就算输，也要将这一剑漂亮地挥出来！

"李胜意。"宣平突然开口，竟是准确地叫出了他的名字，"你下来，我来。"

他开口的同一时间，宣凡已经如李胜意方才一样，向着高台上的虞兮枝一礼："西雅楼二楼主亲传，宣凡，幸而刚刚突破至炼气后期，还请虞小真人赐教昆吾清风流云剑！"

两个人几乎是同时出声。

这些日子，双胞胎兄弟快要在昆吾山宗横着走了，谁人不知他们在剑冢的那一遭因祸得福，竟是破入炼气后期，已位列西雅楼年轻一代最出色的弟子之列，据说在西雅楼，除了那位早已筑基的大师姐谈明棠能管得住他们，其他弟子都拿他们没办法。

而现在，这两个人，竟然都想和那个废物二师姐比剑？这是想要故意羞辱昆吾山宗吗？！

李胜意脸色颓败，心道自己竟是连出一剑的机会都没有吗？

昆吾山宗许多人又变了脸色，正待说什么，却见虞兮枝用拇指挑出佩剑几寸，又抬腕将剑压了回去，发出一声清脆的摩擦："还记得上次我说过什么吗？"

129

宣平、宣凡微愣，思绪飞速回转，脑中掠过诸如"三细，再加一个牛肉丸子""面要趁热吃，否则会泡软，味道就不好了"之类的话语，心道这些与现在又有什么关系。

两人还在认真思考，少女的声音已经又响了起来："真是没礼貌。"

她带着点无奈，语气却依然是柔和的，就像是脾气很好的长辈在教育不懂事的后辈一般："在罨云郡教了你们，昆吾禁令，不许在凡人地界拔剑。现在再来教你们人生重要的另一件事。"

"这世上，多数事情都要讲究一个先来后到。"她用手指随意地敲了敲剑鞘，"除非不要脸，非想要抢先来的那个人的东西。"

宣平、宣凡自然明白她的意思。

剑修的剑是要淬的，这种淬，一方面当然是时刻待在身边养剑，另一方面，就是与人战。

剑是用来杀妖斩敌的，一直收在鞘里，算什么剑？

与人战，尤其是越级战之，只要不死，便是机遇。宣平、宣凡入了剑家，反而因祸得福，也是此理。

而他们此时此刻，无疑是在抢李胜意出剑的机会，不要脸的行为。

宣平、宣凡微白了脸。一旁的小师妹夏亦瑶也悄悄咬了咬下唇。

她不就是那个……后来居上，抢了二师姐身上所有关注的人吗？二师姐这……这是在隔空说她，不要脸吗？

试剑台众人心思各异，虞兮枝却懒得再想再看，从她第一次说拔剑到现在已经耽误太久，剑心剑意一而鼓，再而衰。

她既然要比剑，无论对手如何，她在握住剑的时候，脑中便会响起那日斩杀妒津妖人时谢君知的话语。

于是少女垂眸，手重新握剑，眉目已是一片沉静："请。"

清风流云剑，共五式。前两式清风，后三式流云。

实在是平平无奇的入门剑法。

虞兮枝的起手也平平无奇。是所有昆吾弟子都知道的那一式清风。然而她起身则如流云，杀过一百二十六只妒津妖人的烟霄再出鞘，已有杀气漫天！

李胜意也出剑，然而剑意才凝，剑才举到面门前，对方的剑光就已至眼前！他睁大眼，想要看清那剑光，却只看到自己的剑铮然碎开，噼里啪啦掉落在了试剑台的青石板地上，像是砸落在夜晚安静窗棂的秋雨，又像挂在家乡屋檐上摇摆的那串风铃。

剑光却没有停，而是擦着他的鬓侧而过，硬生生打在试剑台边的结界上，激得站得近的弟子们额发向后，如风袭面，这才堪堪停下。

这哪里是清风！哪有这么肃杀酷烈的清风！

昆吾弟子怔然无语。可这确实就是清风。她起手到停手，甚至只是清风的第一式，是风才起，便停。

"抱歉。"虞兮枝拎着剑，看向李胜意，"碎了你的剑。"

李胜意嘴唇微动，脸色苍白，显然还没有从刚才那一剑的震撼中回过神来。听到虞兮枝的话，他下意识便要苦笑一声，说技不如人，虞兮枝收不住剑意，也不是她的错。

但虞兮枝先一步继续道："你在一家面馆对我阿兄出言不逊，所以这剑，就当你的赔罪吧。"

原来她不是无意的。对剑修来说，碎剑等于打脸。

虞兮枝知道，并且打碎了他的剑。她说抱歉，是因为剑本无辜，只可惜，是他的剑。

她出剑前行礼，比剑时认真，这与他李胜意这个人无关，她无论何时，对谁，只要握剑，便会全心全意，一丝不苟。

只有碎剑，才是针对他。

台上台下一片寂静。

李胜意拎着只剩剑柄的断剑，风吹过他的道服，他觉得冷，觉得羞愧，却也觉得这件事不能这样结束。

于是他默然收剑，转身向着虞寺的方向，认认真真一礼，道歉道："虞小真人，对不起。"

"无妨。"虞寺摇摇头，眼中却带了一丝笑意，突然道，"恭喜。"

大家还在想他为何突出此言，却见站在试剑台上的李胜意周围忽有风动。

摇摆的树枝停滞了片刻，试剑台结界开，有光从云层后洒落，灵气悠然，

131

铺散在李胜意身上。

少女一剑，剑碎风动，只为一歉。

少年一歉，连破两境，直至炼气。

"好！好啊！这一招清风流云，真是妙哉，妙哉！"

更远一些，在昆吾弟子们看不见的地方，红衣老道拍掌叫绝，他红衣穿得并不如何整齐，一张脸也并不怎么老，偏偏留了一脸的小胡子。唇上一小片，连绵到下颚一小撮，再与下巴的长须连成一片，正够他抚须长叹。

"这可真是，踏破铁鞋无觅处，得来全不费工夫啊。"红衣老道眼中有光，身体忍不住地前倾，"妙啊，妙啊！"

怀筼微微拧眉，这白雨斋斋主向来放浪不羁，行为举止更是多有荒唐之处，此刻此等夸张作态，怀筼早已见过许多，但他心中虽然不喜，　脸上却还是挂着微笑："真人何出此言？不过是一招清风流云罢了，确实威力大了些，却也……"

"你不懂，你不懂。"红衣老道怡然打断他的话，竖起一根手指，摇了摇，"嘘，她是不是还要继续打，让我再看看，再看看。"

怀筼真人咽下后半句话，心中却疑窦丛生。

白雨斋出符师，符师中又有大阵师，以符入道，以符悟道，而符之一道，在天地间，在山水中，在七感外。

有人生来便觉得世间由无数线条构成，山川草木是线，屋檐层峦是线，雨雪风雹也是线，顺着这些线，伸手一画，便是符，将符连起来，便成阵。

但更多的人，终其一生也看不到这些线，更感受不到天地之间的符意。

这种感知，无关境界，无关年龄，非后天锻炼所能及。

红衣老道看似荒诞不经，其实是这世间一等一的大符师，也是真正的大阵师，世人或许敢招惹一位剑修，却从未有人敢在符师这里自讨苦吃。

剑修出手，雷霆一剑，杀既死。符师一怒，千符万剐，生不如死。

白雨斋有许多符师，不少阵师，红衣老道却还没找到一个合心意的徒弟。

而他刚才说什么……踏破铁鞋无觅处，实在是很难不让人往这个方向去想。

怀筼真人眼底沉沉，思绪万千，开口却是另一番话："易醉的修为近来多有增益，想来距离筑基也不远了，他确实适合修剑。"

他本意是给红衣老道一个交代，毕竟易醉是红衣老道那个宝贝妹妹的儿子，若不是易醉执意学剑，白雨斋就算养个悟不到符意的废人，也不会让他来昆吾山宗，更何况易醉本就符剑双修。

岂料红衣老道却冷笑一声，竟是丝毫不给面子："啧，剑有什么好，孩子不懂事，非要修剑。等他长大就懂了，打打杀杀的事情，非要自己亲手来做，无趣，无趣。"

怀筼真人向来让着红衣老道三分，当然不是怕他，而是因为易醉的娘虽然是红衣老道的妹妹，他爹却是昆吾山宗某位在蚀日之战中战死的师叔。这位易师叔风流倜傥自不必说，引得老道妹妹与他私奔，却始终不进行合卺大礼，甚至在妹妹分娩之日，都因醉酒而缺席了。

也因此，红衣老道向来对昆吾山宗唾弃得很，要不是易醉在这边，红衣老道只怕这辈子都不愿踏足此处。

可他前些日子才来过，今日便又来，来了也什么都不做，只在这里看一场弟子无趣的比武，又有何意？

"既无趣，又何必在这里看我山宗弟子试剑。"让三分归让三分，事关剑修名声，怀筼真人便不再退，也冷笑一声，"不如真人早点回家算了。"

"回家作甚？"红衣老道却仿佛听不出他话语中的嘲讽之意，漫不经心摆摆手，"老道我看的不是剑，你不懂，你不懂啊。"

怀筼真人心道我不懂昆吾剑，难道你懂？你一个臭画符的，你懂个……末了那个粗俗的字眼还没道完，霞光便已结出一片，那名不见经传的开光境西雅楼弟子，竟然原地破境。

红衣老道大笑，喜意更浓："怎么样，我说妙，那就是真的妙。"

李胜意也觉得妙极。

来昆吾山宗之前，李胜意不过是西雅楼内门普普通通的开光境弟子，说普通，也比外门摸不到引气入体门槛的弟子好许多，说特殊，开光境那可真是修仙界满地都是的不值钱白菜。但随着那句道歉出口，李胜意觉得一直卡在自己丹田之内上不下的那口气豁然而出，顿时神清气爽。

再睁眼，他已经从不值钱的白菜，变成了颇为值钱的翡翠白菜。

有人破境，全昆吾山宗自然都有所感，尤其是此时此刻在试剑台周围，目睹了李胜意破境全过程的众人。

破境什么时候变得这么简单了？

为什么这个人……道一歉就能破境？如果真的这么简单就能破境的话，他们愿意天天对着虞寺说对不起！

"剑有意，这份意，便是心意。"虞寺看着已经炼气初期的李胜意，点头道，"你顺了这份心意，机缘既然到了，破境自然水到渠成。"

李胜意深吸一口气。

炼气境吸入的空气好似都与开光境不同，他感到的天地之细微更多，万物之灵动更盛，世间与他原本平淡无奇的人生一并豁然开朗。

少年撩摆，退后半步，先礼虞兮枝，再礼虞寺："西雅楼李胜意，受教。"

虞兮枝是第一次目睹破境的过程，她有点好奇地看着树枝摇摆，白鹤翻飞，不远处的飞瀑凝固一瞬再重重摔下的情景，心道原来别人破境真的会有这么多祥瑞。

她神识外放，感受到这世间欢喜，自己的心情自然也好了许多，不偏不倚受了这一摆，笑眯眯冲李胜意道："好说，好说。"

言罢，少女随意抖了抖持剑的手腕："那么，刚才还有谁排队来着？"

这一剑既出，又有谁敢再用刚才的那般不屑话语说她？

此一时，众人与方才的想法又有不同，面色更是各异。

此前，西雅楼弟子只觉不敌，连宣平、宣凡都不是对手，又是谈楼主话里话外隐约看中的人，他们没找到人也就罢了，这些天真是没少嘲讽这位烙肉饼的二师姐，此刻见她对李胜意拔剑，只吓得脸色微白。

而昆吾弟子则觉得必败无疑，不仅会输，还会输得很难看，人人都不想看到那一幕，觉得昆吾即将颜面不保，这位二师姐瞎胡闹，以后就算是在紫渊峰戒律堂关个十年八载也是好的，也少给大师兄拖后腿。

而现在，徐教习等人愕然张嘴，只觉得眼前一幕光怪陆离，不似真实。

一个炼气初期弟子的一剑，怎么会恐怖如斯？怎么会……让人破境？

是巧合吧？！一剑而已，难道还能剑剑气势如此？！

134

更何况，虞夕枝什么时候会这样的剑了？！这怎么可能！

昆吾山宗众弟子神色各异，有如徐教习一般不可置信的，有念及自己方才话语，脸上火辣辣的，也有悄然动了心思，心道这一剑，开光就炼气，我上我也行的。

至于西雅楼那边，大家面面相觑片刻后，有一声乍然划破了空气。

"虞二师姐！我也排队！还来得及吗？！西雅楼弟子项温，只求一剑！"

"我也排队！西雅楼穆里！"

"西雅楼邱兴平！"

一迭次的声音连串响起，破境面前，没有面子可言，谁不想像李胜意一样连破两境……不，哪怕是顿悟到破境之意都是天大的机缘了！

更何况，听说谈楼主觉得二师姐丸子搓得好，想收回去做徒弟来着，这样的话，二师姐，就是他们的二师姐，大家的二师姐了！求未来二师姐出一剑，不丢人！

此间一想通，顷刻间，西雅楼弟子竟是三言两句如报数般喊完了自己的名字，一哄而上，将一旁执事案上的一整沓生死都分了个干净，画押如舞剑，还有师妹心细如发，挨个给每个人的生死押上编了号，只等虞夕枝一个一个叫号。

小师妹夏亦瑶显然是完全没想到事情会发展成这样，她在西雅楼众人都报号完毕后，才颇有点难以呼吸般，偏头咳嗽几声，面颊嫣红："师姐这一剑，真是厉害呢。"

"有眼睛的人都能看出来，倒也不必你来说。"易醉不知从哪里摸出来一把瓜子，这一会儿已经嗑了一小片瓜子皮，"小师妹啊，有人教过你吗？夸人的时候啊，要真心一点。"

夏亦瑶微微垂下眼眸："三师兄，我哪里不真心吗？"

易醉微微一笑，挑眼看她："你有真心吗？"

夏亦瑶神色微怔，眼眸轻眨，露出一片迷茫："三师兄，你在说什么？"

两人对视片刻，又同时移开目光，只当刚才的对话没有发生过。

易醉到底不甘心，嘟囔一句："夸清风流云厉害？一群白痴！是剑法

135

厉害吗？厉害的明明是人。"

一直蹲在一边的黄梨紧皱的眉头也终于松开少许，他从进了昆吾山宗开始，就一直非常疑惑，为何在他眼中厉害如斯的虞小真人在别人眼中，竟然声名狼藉，人人鄙夷。

而程洛岑更是因为蹲得比较近，所以将易醉和夏亦瑶的对话尽数听到了耳中。

他有点好奇地抬眼扫了一眼娇嫩可人盈盈眸光的少女，心头泛起了一阵颇为奇异的感觉。

老头残魂依然在说："哟，这小姑娘长得真好看，不过好看也不能当饭吃，不看也罢。还被剑气伤了，伤成这样也不断剑，贪心不足。还是二师姐有趣些，刚刚她那一剑，我说的你听懂了吗？她的剑中有符意，而这符意来自前几日她斩妒津妖人的时候，那个白衣小子的指点。少看点人家姑娘，那剑你看懂了吗？"

"我连剑都没有，看不看懂有区别吗？"程洛岑收回目光，压下心底一点奇异突兀的感觉，他觉得自己的目光像是莫名要被夏亦瑶吸引似的，但他的内心分明有些抵触这种吸引，却依然忍不住要看过去。

可看了也觉得寡淡无味，会哭、会撒娇、会温柔的少女满地都是，二师姐这样一剑千秋寒的，才……才什么呢？

程洛岑竟有点不敢往下想。

"都说了老夫知道无数上古秘境，待你炼气筑基，最近的秘境也就要开启了，到时候，区区一柄剑罢了，还不是手到擒来！"老头不知少年心绪与烦恼，说到这里，又一阵哀叹，"只可惜你要入昆吾，若非如此，以散修身份混入其中才最为佳，现在你要怎么争夺去秘境的名额哦！"

程洛岑这两天听多了老头的哀叹，这会儿只当没听见，径直抬头看向虞兮枝。

虞兮枝也被西雅楼弟子这一系列操作弄得有点呆住。

李胜意是因为破了心中魔障，灵气自然积累，心念随经脉齐通，才有了这般效果，与她的剑又有什么关系？

西雅楼的试剑排号已经到了七十八，她为何要做慈善地挥这七十八剑？

136

但她心中写满问号，脸上也没有显露出来半分，只另辟蹊径道："我与李小真人比剑，是因为他奚落了我的阿兄，我心中不悦。你们呢？你们骂我阿兄了吗？若是没有，无冤无仇，我为何要与你们比剑？若是你们想看清风流云，这场间所有昆吾同门都可以展示，不如大家即兴挑选对手？"

西雅楼弟子心道那哪能一样，长了眼睛的人都知道，那根本不是什么剑法的问题，而是握剑的人的问题！

项温情急之下，大喊一声："我没骂过！但我可以现在就骂！"

众人大惊，心想好你个项温，竟然如此不要脸。为了破境，连昆吾山宗的大师兄都不放过！放着那个大师兄，让我骂！

虞寺也微微一顿，万万没想到事情会向着这个方向发展。

眼看有人真的要荒唐酝酿开口，宣平、宣凡到底是西雅楼弟子领袖，一人低喝一声"都闭嘴"，另一人已经旋身而上试剑台，再开口，声音中也带了几分灵气，硬是将这一片荒诞的喧嚷压了下去。

"上次虞小真人赐教时，宣平不过炼气中期，现如今又侥幸到了炼气后期，还请小真人……再赐教！"红痣少年朗声抱拳。

虞兮枝"哦"了一声，她对没礼貌的人本能不喜，但既然宣平现在态度这样，她便也既往不咎，只问道："你骂过我阿兄吗？"

宣平一室。

少年涨红了脸，他当然骂过，不仅骂过，要说骂虞寺这事儿，整个西雅楼的人加起来恐怕也没有他们兄弟俩骂的多。

无他，昆吾山宗虞寺大师兄实在太过出名，简直是压在同辈人头上的一座大山，每当自觉惊才绝艳之时，再想起头上还有个仿佛永远追不上的虞寺，之前的意满志得便宛如一场笑话。

都是心高气傲的少年，背后悄悄放几句狠话，实在常见。但这样当众被问出来，却也实在……尴尬。

宣平咬牙："骂……骂过。"

似是觉得这样筹码不够多，反正都承认了，宣平干脆破罐子破摔："不仅骂过虞大师兄，还骂过你，也骂过昆吾山宗。我骂过，宣凡也骂过！"

"哦。"虞兮枝应了一声，又仔细问道："骂得多吗？"

137

高危职业
二师姐

宣平深呼吸："……多。"

"那你且等我片刻。"虞兮枝抬手，从剑匣旁边摸到一个小本子，翻开，再认真地翻开新的一页，在页眉工整写下"骂了阿兄"，然后写了宣平、宣凡两个名字，再竖起纸页，仔细吹干，也不怕透光的时候，被对方看到。

仔细做完这一系列事后，虞兮枝这才重新站起来，郑重道："你听好了，骂我可以，骂昆吾也无所谓，反正也不止你一个人骂。但是，骂我阿兄，天诛地灭。"

她不悦地看着宣平："你一个人不够看，还是像上次一样，你们俩一起上吧。"

顿了顿，她又补充道："但我也不想当你们的磨刀石，所以这次如果再输了，记得以后都不要骂我阿兄，也不要冲我拔剑了哦。"

宣平、宣凡被这一番话说得脸上无光，但心中竟然并不多么愤怒——要说的话，也许是第一次在一家面馆被批评时，就已经尴尬愤怒过了，她被虞兮枝训斥多了，竟然已经有些习惯了，此时细品甚至还莫名觉得有点亲切。

两人不再多说，翻身上试剑台，对视一眼。

到底是心意相通的双胞胎兄弟，这一眼，两人已经决定，依然用之前那一式西雅楼的太上丹阳剑。

上一次虽败，但一来是他们轻视了对手；二来，也确实收了手。

当然，比剑一事，输了便是输了，其他都是借口。

但这一次，两人升了小境界，再来挑战，不敢掉以轻心，同时也为了能破除上一次不够尽力而产生的心魔桎梏。

炼气中期未尽全力的一击不够，那炼气后期呢？尽全力以后呢？

她……是否还能接得住？试剑台结界再起。

宣平、宣凡认真行西雅楼剑礼，两兄弟长相极像，却因为疤眉红痣而又有不同，两人身长挺拔，面容清隽，都穿着西雅楼道服，这般礼数周全时，看上去倒是赏心悦目，整齐漂亮。

虞兮枝依然是那个握剑的姿势，虚行一礼，平静道："请。"

上一次，她说"请"的时候，众人不以为意，不屑一顾。这一次，众

138

人屏息凝神，全神贯注，甚至有昆吾小弟子手心微微出汗，也不知是怕宣平、宣凡接不下一剑，还是怕虞兮枝败下阵来。

谁不知道宣平、宣凡两个炼气后期同时出剑，剑势几乎可至筑基，恐怕就算是虞寺大师兄，也要认真对待！

虞兮枝……她就算能挥出刚才的那一剑，现在能行吗？万一刚才是侥幸呢？是提前吃了什么丹药呢？她……她不是才炼气初期吗？

大家心头各有所想，又期待又隐约慌乱，也不知是期待谁赢，慌乱谁败，而宣平、宣凡却已经起剑。

试剑台上的太上丹阳剑与那日一家面馆门口的截然不同。

西雅楼出丹修，即使用剑，也是丹剑双修，说是"丹阳"，自然也要有丹。那一日，两人过分轻敌，剑光还未起手，便已经被虞兮枝先声夺人。

此丹非彼丹。太上丹阳剑，其意说白了，就是把对手当成丹，一招一式取炼丹之时的萃取、入火、控火之流程，是从丹之一道中提出的剑意。

丹修当然本不用习剑，只可惜觊觎丹药的人多了，便也不得不防身，是以这式太上丹阳剑的简化版，便是西雅楼弟子的入门剑法，而宣平、宣凡作为二楼主的亲传，所习得的，自是最完整的太上丹阳剑。

易醉蹲在旁边，吐出一口瓜子皮，眼神微亮："引气归元。"

剑光乍亮，只如沧海扁舟，火中取栗。

"……好剑！"老头残魂赞道，"这两小子嘴巴讨厌了些，倒是确实习得了此剑精粹，这便是西雅楼太上丹阳的起手式了！两小子境界弱了点，基本功却着实不错。接下来别看剑，看他们的步法。"

虞兮枝不知何为太上丹阳，但她神识所至，心念微动，只觉得此剑醉翁之意不在酒，虽然宣平、宣凡距离自己尚远，但那剑仿佛就在眼前，于是她足尖一点，向后急退——

下一刻，她之前所站之地果然有剑气横扫而过！

少女在半空掠过一道弧线，才要落地，却若有所感，向侧面急摆。

两道剑光堪堪顺着她身侧划过，虞兮枝落地，剑光再欺身而上！再避，再上！

"这一招叫'仙人指路'，太上丹阳妙在剑，这步法却更是有趣。用

139

这步法绕着丹炉炼丹，自有一番韵律，说是可以提高成丹的概率。说是真，也确实是可以，西雅楼的老道们炼丹有一套。"老头残魂咂咂嘴，"可惜了，小丫头看起来还是见识浅了些，会的东西少了些，或许要躲不过下一招'七星朝斗'了。还以为能让你见识一下最后的那招'九转还丹'，看起来是没有机会咯。"

虞兮枝在剑光中闪避，每次都险而又险，看似节节败退，台下人一片惊呼，甚至有人觉得败局已定，李胜意到底不过开光，身为太清峰二师姐，欺负一个开光境，赢了就是光彩吗？现在还不是原形毕露？

但虞兮枝却一边躲，一边在等。她不知这是什么步伐，却知道步伐是步伐，剑是剑，她要斩的不是步伐，而是剑。她在等对方出剑，对方也总要出剑。

所以，仙人指路后，便是七星朝斗。

宣平、宣凡齐齐起手，剑光揽动，刹那间，仿佛有七道星芒同时闪耀，向着虞兮枝的方向爆卷而来！台下已经有人不忍再看。还有什么看头，那个少女分明被压到现在都没有机会拔剑。

虞兮枝却眼睛微亮。

同时斩断一大片什么的，她最擅长，那一夜斩妒津妖人时，她初时要出两剑，末了已经可以一口气斩三只妒津了，那可是一剑击破十五处，如今区区七点寒芒，又算得了什么？

烟霄终于出鞘。

她起手仍旧是清风流云，但清风未起，剑已经变了方向。

众人以为自己又要见一次清风，却见那剑盛如骄阳，甫一出鞘便已是最爆裂刺眼的战意和杀气！

既有骄阳，星芒自然碎裂。

七星朝斗，也依然是七星，就算是八星、九星，星光再盛，又如何能盖过朝阳？

宣平、宣凡更是惊愕，他们认不出这是什么剑法，却能感受到这其中的酷烈之意，心道怎会如此，哪有剑法毫无铺垫，一上来就是杀招！不需要蓄剑意的吗？这人不讲武德的吗？！

虞兮枝才不管那么多，她见得少，出剑便只一剑畅快淋漓，一气呵成！上一瞬，七星倏亮，锋芒毕露。下一刻，剑意起，七星皆碎。

宣平、宣凡颤然无语，分落在试剑台两侧，眼神微直，哪有刚才意气风发的样子。

片刻，台上只剩剑落之声。

宣平、宣凡还保持着握剑的姿势，但剑却已经掉在了地上，还微微弹起，再落，再出一声清鸣。

四野俱寂，剑鸣清脆悠长。

程洛岑悄然擦去掌心汗珠，在心底冲老头残魂道："看来，确实是看不到你说的那一式'九转还丹'了，可惜，可惜。"

他说着可惜，语调却轻松揶揄，哪有半分可惜之意。

"承让。"虞兮枝这才轻巧落地，反手收剑入剑鞘。少女的声音平淡如水，清脆如铃，似乎这样一剑太过寻常，丝毫没有半分赢了宣平、宣凡后的骄傲或自得。

就好像她从未觉得自己会输。

比剑既已有结果，试剑台的结界自然打开，微风终于落在少女脸上，拂动了她鬓边发丝，再拂过她发髻上的小树枝和木质筷子。少女面容俏丽，面色平静却自有三分笑意，让众人因这一剑而生出的些许高山仰止，瞬间化为心头溪流上雀跃跳动的晶莹律动。

宣平、宣凡怔然无语，半晌，两人缓缓收了姿势，深吸一口气，向着虞兮枝的方向心服口服行礼："受教。"

两兄弟终于学会了说这两个字，虞兮枝觉得这两人虽然可恶，却也孺子可教。

这剑自然就算比完了，大家觉得虞兮枝这一剑比刚才的剑更惊艳，这场间多的是炼气境弟子，且不论初期中期，便是大圆满，也不敢说自己能出这样的一剑！

然而纵使如此，大家的心里却憋着什么，终于有人忍不住开口："虞……二师姐，你刚才这一剑，根本不是清风流云剑！"

虞兮枝循声望去，却见一张陌生面孔。她摇摇头，承认道："确实不是。"

"可……可二师姐方才分明说，只会清风流云剑。"夏亦瑶的声音轻柔响起，些许的结巴，让这一声质疑显得柔弱又怯生生，"又怎会……"

"三师弟问的是，大师兄是否只教了我清风流云，我回答了是。"虞兮枝歪头疑惑，"阿兄教了我清风流云，我便只能会这一招吗？我什么时候说我只会清风流云了？是只有我阿兄可以教我剑法吗？又或者说，我……不可以学其他人的剑？"

她语速不快，一连串反问却接连砸在众人身上。

有人微懵，西雅楼弟子还在想为何亲传弟子只会入门剑，但听二师姐意思，又为何只有虞大师兄教她剑？昆吾山宗的教习呢？说好的昆吾学宫呢？

夏亦瑶却心道，这是你学不学别人剑的问题吗？这分明……分明不是昆吾剑吧？就算是，也绝对不是他们学过的昆吾剑吧？她心里这样想，却不能这样说，这样说，就显得她落了下乘。

但她不说，自然有人替她说。

徐教习沉沉开口："我且问你，你从哪里学的这一剑？"

虞兮枝晃晃剑匣，不紧不慢道："怎么，徐教习也想和我比一剑吗？"

徐教习脸色一室，厉声道："我问你的是——从哪里学的这剑法？这分明不是昆吾剑法！你身为昆吾弟子，掌门亲传，竟然偷学不是昆吾的剑法？！"

虞兮枝本以为他问这问题，是因为自己学习超纲了，却不料对方扔出来了这样一段话。她不知道谢君知教她的这剑法为何名，是何来历，只知道斩妖极好，破敌极快，是杀妖的剑，又或许，也是杀人的好剑。

"徐教习对昆吾所有剑法都烂熟于心吗？你说不是昆吾剑，就一定不是昆吾剑吗？"虞兮枝也不生气，只耐心极好地反问道。

"又或者，昆吾哪条明文规定，说昆吾弟子不能学昆吾以外的剑吗？还是说，我只能用清风流云剑？"虞兮枝看着徐教习，轻声再问，"我看古籍，看剑诀，看到不是昆吾的剑，便要合上书页，闭上双眼，将刚才看到的记忆也一并忘却？"

"我去做任务，杀妖时，觉得这剑法好用，便拿来用了。今日与宣平、宣凡对阵，觉得这剑能破他们的剑，便出了这一剑。"虞兮枝站在试剑台上，手有意无意搭在剑柄上，气势渐盛，"我比剑之前，徐教习担忧我给

142

昆吾丢人，说我实战经验最少，对敌经验最薄，而我赢了，徐教习不恭喜我，却来指责我用的剑？"

说到此处，虞兮枝声音倏然拔高，她昂首立于高台之上，环视四周，终于忍不住冷笑了一声："我却不知，剑宗之剑，竟然如此狭隘？！"

徐教习脸色微变，还要说什么，虞兮枝已经一眼看了过来。

"我乃昆吾弟子，我出的剑，就是昆吾的剑！"

"你好大的口气！"

"说得好啊！"

两道声音同时响了起来，又同时安静了下去。

徐教习看向易醉，易醉也看向徐教习，门内其他人看看徐教习，再看看易醉。

徐教习眉头微皱，易醉却坦然移开视线，仿佛看不到他的脸色，也没听到他说的话，只顺着自己刚才的话使劲鼓了鼓掌："二师姐，说得好！昆吾弟子出的剑，不是昆吾剑，又是什么剑？这天下的剑，只要握在昆吾人手中，就应当是昆吾剑！"

徐教习被怼得窝火，气道："胡说八道！难道她现在用太上丹阳剑，太上丹阳剑便也是昆吾剑了吗？"

"不是吗？"易醉终于正眼瞧他了，却仿佛在看什么白痴似的，"我虽然会白雨斋的符，但我既然穿着昆吾道服，我就算画符，也是用昆吾纸，昆吾笔，画的便是昆吾的符，有问题吗？"

另一边，怀筠和红衣老道听到这边的辩论也忍不住气愤。

"荒唐！"怀筠真人低声怒道。

"臭小子！这个臭小子！"红衣老道听清了易醉的话语，忍不住臭骂一声，盖住了怀筠真人的声音，"看我不打烂你的屁股！"

"易醉这话，是过分了些。"怀筠真人顿了顿，敛了些怒气，硬带了三分歉意，"白雨斋的符，自然永远是白雨斋的。"

"糊涂！"红衣老道却拍案，"你怎么也和那个白痴教习一样？太上丹阳剑自然是太上丹阳，但只要名字不变，这剑握在谁的手里，就是谁的剑！难道谁还认不出这是太上丹阳不成？！你不明白这其中的区别吗？这

143

剑法属于谁和是谁挥剑，这是两码事！倘若我用太上丹阳剑一夕杀穿了妖域，世人自然觉得，是我白雨斋斋主做出如此功绩。难道还关太上丹阳剑什么事？还会觉得是西雅楼的剑厉害而不是我红衣老道厉害？"红衣老道冷笑一声，又叹道，"那个白痴教习，别不是后山哪个长老的亲戚吧？连这种道理都不懂吗？放着这样的教习去教你的亲传弟子，怀筠，糊涂啊！"

怀筠真人被这样一顿劈头盖脸地数落，脸色也变得不好起来。

红衣老道说的道理他不懂吗？他的那一声"荒唐"，本就是在骂那个不知轻重的徐教习！这倒是让红衣老道顺口说中了。

那徐教习确实是太清峰那位徐长老的侄子，资质平平，结丹已经是超常发挥，本不应有教习之位。然而徐长老的徐家一家子都不是修仙的料，也只有这个不上不下的徐教习还可以。

更何况，徐教习的父亲当年也是死于那场蚀日之战，两个面子加起来，怀筠真人才点了头，让他做了教习。

也正是因为这样，对徐教习的不当言行，他总是睁一只眼闭一只眼。

至于徐教习为何如此针对虞兮枝，他倒也能猜到一二。

虞家与徐家都在青芜府，曾经并称为两大世家。既然在同一州府，实力又不相上下，两边的摩擦自然不少。两大世家表面谦躬礼让，私下谁都看不起对方，小动作也不少，是以两家人早早就结了些恩怨，谁也不服谁。

早些时候，徐家还能与虞家抗衡，这种不服也就趋于平衡。蚀日大战后，徐家修仙的那些先祖与虞家先祖都死了个干净，倒也还算实力均衡。问题就出在，徐家后继无人，虞家却出了个天纵奇才的虞寺。

虞寺惊才绝艳，势不可挡，又是大师兄，徐教习当然不可能给虞寺什么脸色或使什么绊子，于是这些下作行为，就全部用在了虞兮枝身上。

平时虞兮枝默不作声，黯淡无光，徐教习顺手找碴几下也就算是泄了火。但如今，这虞家，除了虞寺，竟然又有一个虞兮枝崭露头角！

这怎能不让徐教习又妒又恨！

可惜平日里，怀筠真人到底琐事太多，也不知徐教习过分至此。

就算虞兮枝顽劣了些，懒惰了些，到底也还是他怀筠的亲传弟子，更何况，在今天出了这样两剑后，谁敢再说她半句不是？

他平时对这些亲传弟子的关心确实不太多，也许是虞寺太耀眼，怀薇真人又一口一个瑶瑶，易醉身有靠山自不必说，不知不觉他就忽略了虞兮枝。以往确实有觉得这弟子懒惰、不堪大用的印象，之前夏亦瑶入剑冢的事，他心中对虞兮枝也颇有微词。

但在所有这些之前，甚至在成为昆吾山宗掌门之前，他到底是一个剑修。

剑修见剑欣喜，他自然也不例外。

他作为师尊，见虞兮枝那一剑，自然与有荣焉，又哪里轮得到徐教习这种人出来质疑？！

而且那一剑，他总觉得有些眼熟，似是在哪里见过，却一时之间没能想起来。

只是怀筠真人平日里素来低调又沉稳惯了，还怪爱面子，闻言只冷哼一声，末了还要反驳一句："你既然如此想，为何又要骂易醉？"

红衣老道冷哼更响，理直气壮道："这臭小子抢了我的台词，不该骂吗？"

"老怀啊，刚才那一剑你总该看清了吧？那几道线，画得可真是妙极！眼中无符，心中却自有符意，这天资，我看比易醉那臭小子还要好几分。"红衣老道有点迫不及待地搓了搓手，"这孩子与其放在你这里被这么多有眼无珠的白痴奚落，不如……"

他后半句还没说完，便被试剑台传来的一声女声打断了。

"怎么，说你好大的口气，还说错了？"怀薇真人御剑悬停，目露不悦，"易醉，你先闭嘴。虞兮枝，你以为你是谁，就敢说自己便是昆吾剑了？"

虞兮枝知道怀薇真人对她多有不喜，却不料竟然如此直接表达了出来。她盯着怀薇真人看了片刻，笑了起来。

少女笑得轻柔又温和，怀薇真人心中莫名一抖，总觉得这笑容哪里见过。

但还没等她想起来，虞兮枝便认真向她行了礼，这才规规矩矩道："回真人的话，我没当我是谁，但我确实是昆吾山宗掌门怀筠真人的亲传弟子，太清峰，虞兮枝。"

她只说到这里，但所有人都明白了她的意思——连掌门真人的亲传弟子，都不配说自己的剑是昆吾的剑了吗？那还有谁配？

连她都不能说的话，那昆吾内外八千弟子，又有谁手中的剑，是昆吾剑？！

怀薇真人居高临下地看着少女头上简陋不讲究的小树枝和筷子，心中的不喜更浓，正要再说什么，却有一道温和而笃定的声音先一步响了起来。

"既然怀薇真人觉得她用的不是昆吾剑，便当是西雅楼的剑，如何？"谈楼主不知何时站在了试剑台边。

他似乎并不觉得这样抬头看怀薇真人有什么关系，神色自若却隐约露出了化神境的几分气势，向来温和至极，仿佛毫无脾气的谈楼主就这样注视着御剑的怀薇真人，竟隐约有了几分不悦和咄咄逼人的气势。

怀薇真人一愣："谈楼主此话何意？"

"西雅楼缺这样的剑，我也缺。"谈楼主笑得温文尔雅，"但我看，昆吾似乎不缺。"

原本还在慢条斯理看戏的红衣老道一愣，急急忙忙拉拢衣襟，一跃而起，满地找鞋："他什么时候来的！他这话又是什么意思？！他难不成想要和老道我抢人不成？！臭家伙！"

这话说得可就极不含蓄了，怀筠真人终于验证了心中所想，心底一沉，还要再问什么，下一瞬，一袭红衣已经没了踪影。

怀薇真人微微拧眉，她御剑而下，落在谈楼主对面地上，只觉得谈楼主这话没头没尾，没上没下。她虽然隐约想到了一个意思，但又觉得不可能。

谈楼主确实没有亲传弟子，全修仙界都知道他要求极高，那么多天资过人的弟子都不入他眼，虞兮枝又怎么可能？

她还要再问，却有一道红影闪过。

"我白雨斋才缺！少跟老道我抢人，是我先看上的！"红衣老道停在了虞兮枝面前，将少女的身影挡了个严实，"你不要过来啊！"

易醉吓得瓜子从嘴里掉出来："舅舅？你怎么来了？"

红衣老道瞪他一眼："臭小子，这还看不懂吗？收徒啊！还不滚过来帮忙？！"

谈楼主在看到红痕的时候，心里就暗道不妙，再听到红衣老道的这句话，眼前顿时一黑，心道怕什么来什么，这个混球果真不是来看热闹的，就是来和他抢徒弟了！

"我偏过来，你奈我何？！"谈楼主说着，当真向前了半步，"什么你先看上的！你倒是说说，你什么时候看上的？能有我早？！你要是有我早，我谈字倒过来写！"

"我管你！我现在离她近！是我的！是我的！就是我的！"

"一派胡言！是我的！"

"我白雨斋的！"

"我西雅楼的！"

两个人剑拔弩张，一个吹胡子瞪眼，一个撸袖子冷哼，毫无斋主与楼主风范，更没有天下第一丹修与第一符修的气场，更像是指着对方鼻子骂架的山野村夫。

谈楼主，手已经握了几颗丹药，心道自己蹲了这么多天，要是这老道与他抢，他就将这几只毒丹塞进老道嘴里。

红衣老道悄悄捏了几张困字符，心道这谈楼主再向前半步，他就把这符扔出去，然后再把虞兮枝一溜烟扛回白雨斋。

西雅楼众人这会儿激动起来，互相对视一眼，心道谈楼主您可算来了，既然您来都来了，收了人，就让未来的二师姐给我们淬淬剑意，增进一下同门感情呗？

昆吾众人则是满目惊愕。

见过虞兮枝那一剑后，大家隐约都觉得，这位二师姐哪里变了，她不再是之前大家以为的那样懒惰又无用了，不少曾经骂过、质疑过她的人，脸上心里都还火辣辣的，结果未曾想到，竟然还会出现这样一出抢人大戏！

谈楼主在昆吾山宗待了有一段日子了，大家也算熟悉了。而在易醉喊出那一声"舅舅"后，又有谁不知道这红衣老道是谁？

而现在，这两个人，要收二师姐做徒弟？！

可二师姐……不是剑修吗？

怀薇真人在听到红衣老道真真切切地说出"收徒"二字的时候，整个人就已经愣住了，这会儿再看到谈楼主竟然也来抢人，更是觉得不可思议至极。

"你们……什么意思？"怀薇真人不可置信道，"你们想收她做亲传

147

徒弟？"

吵架气势被倏然打断，红衣老道心道关你屁事，谈楼主心道与你何干，转过头的时候，却到底留了几分面对元婴境真人、怀筠掌门道侣时的客气。

"不行吗？"

"正是。"

两道声音同时响起，两人又同时转过头，一个冷哼，一个微笑，寸步不让。

"两位，虞兮枝已经是我的亲传弟子了。"又有一道声音姗姗来迟，怀筠真人脸色带着些无奈，但更多的则是藏掖得不怎么好却"无意"露出来了的几分"得意"，"又哪里有让给你们的道理呢？"

昆吾众弟子齐齐躬身拜礼，心中却已经震惊到麻木。

徐教习更是觉得恍恍惚惚，他看看红衣老道，看看徐教习，再看看落地的掌门真人，只觉得这世间怎会如此荒谬。

那炼气都难，频频逃课，还不辟谷的不成器虞家女，竟然被这么多人抢着要？！

是他疯了，还是这世界疯了？！

徐教习身体微抖，实在难忍："虞兮枝分明刚刚炼气，怎可能有如此修为，定是服用了什么一夕爆发的丹药！各位真人千万不要被她所骗！"

"给我闭嘴！"怀筠真人终于忍不住喝道，"你以为你是谁？服没服药，我们看不出来，偏偏你能看出来？！"

徐教习脸色煞白，强掐手心："刚才那一剑……那一剑分明带着沾过血的杀气，还……还请诸位真人明察！"

"我用这剑，杀了一百二十六只妒津妖人，我的剑上有血，剑意有杀气，这不是理所应当吗？"许久都没有说话的虞兮枝从红衣老道身后探出头来，眨眨眼，"难道徐教习杀完妖后，还能做到片叶不沾身？佩服，佩服。"

"你说谎！你一个只有一朵黄花的人，怎么可能杀那么多妒津妖人——"

"任务堂刚刚核实完毕，太清峰虞兮枝于棱北镇斩妖一百二十六只，擒妖一只，共计一百二十六朵黄花，十朵黄花为一橙，十朵橙花为一红，是为一红两橙六黄花。"沈烨的声音沉稳响起，少年收了平日懒洋洋的姿态，

148

腰背笔直，恭敬向着怀筠真人与怀薇真人的方向一礼，手中托盘上，正工工整整放着小花。

沈烨看向虞兮枝，微微一笑："恭喜师妹。"

徐教习脸色已是难看至极，咬牙道："那又如何，虞兮枝，那一剑，就是有问题！你到底是和谁学的！那分明不是昆吾剑！"

"和我。"

一道平淡至极的声音打断了徐教习的声音。白衣少年慢慢走来，他声音分明不多大，说完这两个字后，还抬手掩唇，轻咳嗽了两声，却足以在一瞬间吸引所有人的注意力。

少年抬起病恹恹的眼，他周身都是纵横剑气，距离他近一些的弟子甚至忍不住向后倒退了几步。他眉目之间有着压抑不住的锋利，神色温和，声音带着笑意却颇冷。

他不看徐教习，却看向了另一侧，直呼其名。

"怀薇，如果你觉得她不够格，那么我呢？"

"我的剑，配称为昆吾剑吗？"

这世间宗门林林总总大大小小数不胜数，最著名的只有五派三道。

除了儒、释、道这三道之外，其余五派，各有不同。

昆吾剑修，白雨为符，西雅有丹，宿影炼器，西湖天竺则为音修。

第一丹修在西雅楼，第一符师在白雨斋，宿影阁有天下最好的器，西湖天竺那位闭关的掌门若是乐音起，天下无人敢说擅琴。

按照这个推论，第一剑修自然应当在剑宗昆吾，当然也确实在昆吾山宗。但却不是昆吾山宗的那位掌门怀筠真人。

要说起来，昆吾虽是仙门之首，但这与昆吾山宗此时此刻的这位掌门毫无关系，昆吾靠的完全是千年底蕴——那些惊才绝艳的大能前人们前赴后继为这世间流的血，挥的剑，以及留下来的这一座昆吾山脉。

若非那场蚀日之战，前任昆吾掌门连同门派所有大宗师一并战死，原本应当承剑的那位大师兄也在大战中不知所踪，昆吾山宗的承剑哪有这位还没迈进大宗师门槛的怀筠真人什么事？

又有他那个心胸狭窄、偏激无趣的道侣什么事？世上哪里还有让这种人当掌门夫人的事？

其他四派三道都暗暗嗤笑此事，但昆吾山宗在怀筠这样纯粹的守成之辈的领导下，依然继续着自己无法撼动的仙门地位，自然是因为昆吾依然有剑。

所谓有一人守一峰，一人守一冢，靠的便是这天下第一剑，否则，又如何压制那满山满冢的剑气与杀意？或者说，又有谁能压制这样的煞气？

天下第一剑修在昆吾，在千崖峰，在剑冢边。

便是那位五派三道闻之色变的小师叔。

世人都以为那位传说中的昆吾小师叔是白眉长须，又或者是面带病容的中年大叔，否则怎会有这等心性，能挥出那样的剑，能枯守这样的峰。

只有见过他本尊的人才知道，这位小师叔，年轻得让人吃惊，甚至还是个十几岁的少年。

而现在，这位少年站在这里，轻描淡写问，他的剑，配被称为昆吾剑吗？

知晓他身份的人心中不约而同地冒出一个问题：如果连他的剑都不是昆吾剑，昆吾还有剑吗？

怀薇真人万万没想到他会来，被当众这样反问了一句后，她脸色微白。

按照年龄来说，谢君知自然应当是后辈。然而他辈分奇高，与怀筠同辈，按理来说算是她和怀筠真人的师弟，该唤她一声"师嫂"抑或"师姐"。

怀薇从未从他口中听过这两个字，却也不敢不满，不敢要求，甚至不敢露出异色。

守剑冢的是他，天下第一剑是他，真正撑着昆吾的，也是他。

就算他现在不喊她"怀薇"，而是"白痴"，她也得硬着头皮应了。这也就罢了，可虞兮枝的剑，竟然是他教的？！

他们之间，又什么时候有了交集？他不在千崖峰守冢，什么时候变得这么乐于助人好为人师了？

怀薇又羞又恼，一时之间竟然不知该说什么。

"谢君知？"虞兮枝看着白衣少年，颇为吃惊。自然不是吃惊他会说这样的话，她已经领教过许多次这位谢姓祖宗说起话来口气有多大了。她吃惊的是，他竟然会出现在这里。她以为，他不想要任何人知道他们之间的关系，甚至不想让人知道他们认识，抑或见过。无论是颇为"饮鸩止渴"的喝血解毒、还是大放豪言的"一波冲到大宗师"再打翻所有看不起她的人，这些言论事迹仔细说来，都怪见不得光。然而他却出现了这里，毫不在意地说她的剑，是他教的。是为了……给她撑腰？

"放肆，你竟敢直呼小师叔的名讳！"一道声音低喝道，徐教习一边惊愕于这位神龙见首不见尾的小师叔为何此时此刻会出现在这里，刚才说的话又是何意，一边已经下意识训斥道。

虞兮枝思绪被打断，心头微愣。什么小师叔？她还在拧眉，谢君知已经不紧不慢地走到了近前，说话更是不疾不徐，根本不似训斥，而像是认真的询问："她想喊我什么，关你什么事？你又是什么东西？"

大声呵斥问"你是什么东西"时，别人只会觉得此人会破口大骂是因为气急败坏。但当这句话用如此平静的语调说出来时，才是真正令人难堪，就仿佛在对方眼中，被询问的人，真的不是什么东西。

徐教习一瞬间涨红了脸，正要再说什么，却见谢君知停下了脚步，向着红衣老道和谈楼主微微行一礼，再看向在后面探头探脑的少女："虞兮枝，出来戴花。"

他语气太过寻常，而寻常则意味着熟稔。

可与昆吾小师叔熟稔，便是最大的不同寻常。

直到此时，才有人从最开始的震惊中回过神来。昆吾弟子们在恍恍惚惚中俯首见礼，有此起彼伏的声音响了起来。

"见过小师叔。"

"见过小师叔。"

虞兮枝心神微震，她先是在心底重复了一遍"小师叔"三个字，总觉得哪里不对劲，脸上便也缓缓有了惊愕，下意识道："小……师叔？"

"嗯。"谢君知点头表示自己听到了，已经抬手从沈烨手里将那一红两橙六黄花拿了起来，又想到了什么，"是不是少了一朵黄花？还有擒妖一只呢？”

沈烨倒吸一口冷气，抖着手飞快地从芥子袋里掏了一朵黄花出来，双手递给谢君知。

对方这才满意，掀起眼皮，看向还在愣神的虞兮枝："你不过来，是要我过去吗？"

昆吾弟子以花论功，更可以花换资源。这花不仅仅是实力的象征，更像某种硬通货。一妖记一花，公平公正得很。

但凡出任务，有斩妖记录的，任务堂核实后，便会由当日执勤负责的那位师兄捧花前来，当着众人的面为其昆吾道服的衣摆边加上这一次新叠加的花。

是以"认真擒妖，努力冲花"，一直是昆吾人的口头禅。而为道服加花更是大家日常生活中最喜欢围观和被围观的场景。

虞兮枝见过同门进行加花仪式的场景，当时还伸着脖子凑了好一会儿热闹，再看看自己衣摆上可怜巴巴的小黄花，心底不能说不羡慕。

只是这会儿轮到自己，兴许是围观的人太多，阵势太大，这一小会儿发生的事情太杂，所以反而有点莫名的不太好意思。

但想归想，她还没想清楚谢君知这个小师叔，到底是什么小师叔，她的脚却有自己的想法。

所有人都觉得这仪式当由沈烨师兄来做，却见谢君知拿了那几朵花，便没有还给沈烨的意思，竟然就这么蹲身下去。

冷白的手执起一红两橙七黄花，少年垂下鸦羽般的睫毛，旁若无人般在少女衣摆下方认真摆放叠花。他的动作并不怎么娴熟，但却足够有耐心，于是少女的衣摆从一片荒芜变得红红橙橙，好不艳丽。

不是什么大事的事情，硬是让谢君知这一蹲一簪，变成了让白雨、西雅、昆吾三掌门，天下第一丹修、符修一同等待注视，天下第一剑修亲自动手的仪式。

便是前一年西雅楼那位大师姐的成年礼，也没有如此大的阵仗。

就算是最大胆的人，做最大胆的梦，觉得自己有朝一日能成为昆吾掌门，也不会有人觉得，这世上还有人能让小师叔主动俯首弯腰蹲在地上，揪着衣袍，认认真真叠花。

这种事情是真实存在的吗？那个人……真的是真的小师叔吗？

西雅楼没见过谢君知的弟子更是怔然无语。

昆吾山宗的天下第一剑，竟然……为何……看起来和自己差不多年龄？是故意维持了这样的外貌，还是真的如此年轻？如果是后者……

西雅楼的弟子觉得不敢往下去想，只怕人比人，气死人，道心受阻，剑意不稳。

虞兮枝低头看看自己逐渐华彩的衣摆，觉得自己有话想说。

于是她偏过头，看向徐教习，摊手道："现在不是只有一朵小黄花了。"

——她有花了，所以剑上有血，妖是她杀的。

有问题吗？

一片寂静中，谢君知终于工整地簪好了最后一朵花，满意地站起来："现在确实不是只有一朵小黄花了。"

虞兮枝说那句话的意思，是单纯与徐教习呛声。但谢君知同样的一句话，却仿佛在说，现在虞兮枝，不仅仅只有她一个人在这里了。

红衣老道搓搓手里的符，心道这困字是用不了了，天困地困，也困不住这看上去病恹恹的小子一剑，脸上已经带了笑意："许久不见谢小师叔，小师叔近来身体可好？没想到虞小真人的剑居然是你教的，真是妙哉，妙哉。"

几乎是同一时间，他话音刚落，谈楼主也已经拱手一礼："谢小师叔，好久不见。上一次的丹丸不知是否有用？这次我也带来了新的，只是还没来得及送来，谢小师叔可以试试看，这次的是否比上次更好些。"

"多谢两位关心，依然是老样子，谈楼主的丹丸也十分有用，只是我这身体确实不太争气。"谢君知边说，边抬手轻咳两声，绝口不提教剑的事，"听说两位想要收徒？"

红衣老道眼睛微亮："正是。"

谈楼主颔首："确实如此。"

怀筼真人满怀希望看向谢君知，心道到底是昆吾人，下一句想必就是要替他婉拒这两位的好意了。

却见谢君知微微颔首，声音依然温和含笑："那么在争徒之前，为何不听听她自己的意见呢？"

虞兮枝看向谢君知。

所有人都在叽叽歪歪，昆吾众人欺她辱她自不必说，虞寺、易醉、黄梨虽然站在她这边，三人却也堵不住众口，红衣老道与谈楼主前来也不过是争夺。

只有他站在她面前，轻松堵住众口，觉得这事应该由她自己决定。

红衣老道与谈楼主微微一愣，也觉得自己方才实在是心急了一些，两人转过身来，看向虞兮枝："丫头，你怎么看？"

"吾乃白雨斋斋主许淮望，化神大圆满，十几年前蚀日之战中侥幸不死，虚得天下第一大符师、大阵师之名。"堂堂白雨斋斋主，竟是放下身段，认真自荐。他素来荒诞，放浪不羁，此刻却正了神色，背了手，认真看向虞兮枝的眼，"若是跟老道我学符，便是老道我唯一的亲传弟子，从此以万物为线，以天地为阵，世上有千万字，便有千万符。老道自然带你周游天下，此后无人再敢看你不起。"

声音到末了，竟是带了几分杀气："如有人再敢如今日这般，先来会会老道手中这千万种符。"

"我这边倒是没有斋主的豪情壮志。"谈楼主儒雅一笑，"那日在一家面馆，看到小真人丸子搓得不错，而我也正好缺一位亲传弟子，更盼西雅楼能多一个二师姐。为丹修者，恐怕此后便要绕着一口炼丹炉，上天入地寻药，枯燥也有趣。可以时不时炸一炸丹炉，炼一炼毒丸子，也可慈济天下，也可随心所欲，天下一道，皆在一丸之中。"

"对了，我叫谈星净，化神后期，西雅楼此任楼主，别无所长，但丸子也搓得不错。"

两道音落，所有人都觉得自己已经被震到麻木无语，人人都看向虞兮枝，在等她的决定。

怀筠真人想说自己的亲传哪能这样被人抢走，这世上岂有这样的事！却对上了谢君知悠悠看过来的眼，不知怎的便咽回了到嘴边的话。

怀薇真人憋得难受，欲言又止，心道就算你虞兮枝多了几朵花又如何？

画符的和炼丹的莫不是眼瞎看错了？

却被怀笃真人一眼压住了到嘴边的刻薄话。

虞兮枝看看温和期待地向她递来目光的红衣老道和谈楼主，再看看吃瘪的怀薇真人，不可置信的小师妹夏亦瑶和徐教习，再看向一侧目露喜意与鼓励的虞寺和易醉。

她心底微涩，有喜意，明知自己应该谦虚一下，可有谢君知在这里，她却突然莫名很想任性一番，得寸进尺一点。

于是她露出微羞笑意："丹我也没有炼过，符我也没有画过，剑我也还没修好。"

少女面带惴惴，说出来的话却恰恰与之相反，简直堪称大胆至极。

"所以……我可以都学吗？"

易醉一直蹲在旁边，在最初看到了自家舅舅的震惊后，心理素质极好的少年很快就开始继续嗑瓜子了，甚至还在红衣老道自荐的时候，非但没点想要帮忙的意思，还兴致盎然地轻念了两句"打起来，打起来"。

结果打架没看到，易醉些许失落，却又听到了虞兮枝这么一句。

易醉怔然咬碎一颗瓜子壳，心想：好家伙，我直接好家伙！

我符剑双修已经觉得自己是不世出的天才了，结果我二师姐开口就是炼丹、画符、舞剑我全都要？

向来自信到自负的易醉觉得自己的人生观受到了冲击。

也正是这份冲击，让他完全没意识到周遭陷入了颇为诡异的沉默和安静之中，他习惯性地又捏了枚瓜子塞进嘴里。

"嗑嚓——"

嗑瓜子的声音打破寂静，所有人都向蹲在地上的少年看来，易醉被这么多目光惊醒，下意识道："你们看我干什么？我能符剑双修，为何我二师姐不能搞三门？"

大家心道，看你是为了听你说这个吗？不都是因为你嗑瓜子的声音太响了吗？

怀薇真人更是忍不住睨了一眼易醉，心道这孩子平时离谱点就罢了，

155

怎么这会儿没点眼色？昆吾不要面子的吗？你这句话一出来，还让人怎么反驳？

易醉向来对恶意目光不在意，却十分敏感，他懵懂抬眼，正好撞上怀薇真人那一眼，被其中的怨毒惊吓，甚至有些怀疑自己是不是看错了。

师母怎么会用那种眼神看他？

这边易醉还在惊愕，红衣老道却像是被易醉刚才的话提醒了一般，一拍手："是哦，易醉这个臭小子都可以修两门，枝枝为何不可？"

——竟是已经自然熟地亲昵喊起了"枝枝"。

易醉心道什么叫他也可以，还没愤怒瞪眼，谈楼主也已经叹了口气："也好，不如就先和我回西雅楼，无聊想画符的时候，便去白雨斋坐坐。"

红衣老道被对方这样的论调惊呆了："老谈，平日里我还觉得你是个厚道人，没想到你竟然用最真诚的语调，说最不要脸的话！我看还是直接来我白雨斋好，搓丸子的事情，茶余饭后搓搓也就行了！"

"写写画画，才是消遣。"

"难道你要枝枝一个小姑娘天天守着你那破炉子？你是想熏黑她的脸吗？枝枝，相信我，跟着这糟老头子去炼丹，会变丑。"

"……你才糟老头子，你有脸说我？你刮胡子了吗？"

虞兮枝一开始还有些许忐忑地捏着拳头，只怕被训斥一声"不知好歹"，转眼却听到了两人又为了她先去哪里后去哪里寸步不让毫无形象地吵了起来，心情终于放轻松了下来。

她虽然早已习惯所到之处遍地轻蔑无视，对自己在宗门中毫无存在感的事情也没什么太大的感觉，但这一路来，听了太多恶言恶语与质疑，心情也总不会太好。

如果说刚才挥出的两剑中，也有她的些许沉闷，那么现在看到面前此景，少女终于忍不住"噗嗤"一声笑了出来。

谢君知一直静静地看着你争我抢的两个人，听到虞兮枝这一声笑后，终于转过头来，看向她："你也还是想学剑的，对吗？"

他声音并不多大，但他一开口，红衣老道与谈楼主脸红脖子粗的争论也自然停下，都向着他的方向看来。

虞兮枝点头，眼睛亮亮地看向他："想。"

谢君知看着仰头的少女，她笑眼弯弯，梨涡浅浅，发丝在刚才的比剑中有一些微乱，让他莫名有些手痒，想要为她拨开遮眼睛的那两缕。

他这么想，手也确实动了，临到半路却觉得不妥，于是硬生生改了方向，拨了一下她头上的小树枝。

不知为何，红衣老道与谈楼主的争夺让他有些心烦。

虞兮枝还要他的血解毒，她的剑也是他教的，这世界上也只有他一个人能看穿她的修为，凭什么她要和他们走。

谢君知这么想，神色便沉了沉，他拨完小树枝，突然道："那你愿不愿意来千崖峰？"

虞兮枝有点愣住。她刚才经历的冲击一下子太多，这会儿听到千崖峰这三个字，这才有点后知后觉地从混沌的意识中摘抄出来了些关键词。

谢君知问她要不要去千崖峰。谢君知是小师叔……谢君知，是千崖峰的昆吾小师叔？！

虞兮枝怔然看着谢君知温和却病恹恹的眼瞳，在其中找到了自己呆若木鸡的影子。

小……小师叔，不是那个，恐怖如斯、毁天灭地、心狠手辣的全书黑化大反派吗？而现在……她头上插着对方给的小树枝，面前站着问她要不要去他山头的大反派——傻孩子们，快逃啊！

逃个榔头，她才是那个傻孩子。虞兮枝还在这边恍惚，怀筠真人更是微愣地看向谢君知。

昆吾小师叔一人守一峰久了，所有人都觉得这是理所应当的事情，甚至忘了，他其实也算是昆吾一峰的峰主，有开山收人的权力。至于虞兮枝是怀筠真人亲传这件事……且不论早在大家看到虞兮枝境遇的时候，就已经自动忽略了这件事。就说现在，红衣老道也抢了，谈楼主也出声了，都是天下第一，那他谢君知便也问问，又有什么不可以呢？

"这……这恐怕不合规矩吧？"徐教习呆愣问道，"她毕竟是掌门真人门下……"

"师兄，可以吗？"谢君知根本没看他一眼，径直转向怀筠的方向。

他说着"师兄"二字，后面则是语调上扬的问句，听起来却分明像是在说"可以吧"，甚至他这样问怀筠，也不过是看在掌门这一头衔上，象征性地问一句罢了。

开不开山，他当然有决定权。有谁规定，千崖峰就只能住一个人呢？

更何况，最关键的是，千崖峰距离剑冢太近，纵横的剑气贯穿丛生，又有谁能在这样的环境里居住，就算能短暂地住下，又能坚持几许呢？

红衣老道与谈楼主自然也想到了这一遭。

可是与此同时，剑冢淬体所带来的好处也是意想不到的。

宣平、宣凡只是被剑意一刺，便能原地破境。而谢君知若非这么多年都在千崖峰，又怎么会这么小的年龄便有如此高绝的剑意？白雨斋与西雅楼都有千年沉淀，却也不得不承认，论修炼，这世间无处能及千崖峰。他们既然想要收亲传弟子，自然处处为虞兮枝考虑，希望她好，怕她不好。

只是虞兮枝……她可能明白这其中关系？明白了，又是否能坚持下去？两人都想劝，却也不知如何开口为好。

怀筠动了动嘴唇，心中微苦，在他看来，亲传哪里还有另从二师甚至三师的？可偏偏红衣老道与谈楼主都不按常理出牌，那老道荒唐惯了，怎的连谈楼主都……

他还在整理自己的想法时，虞兮枝却已经想明白了。

原书里，她是恶毒女配，他是黑化反派，地位半斤八两，不相上下。一定要说的话，可能还是她越级高攀，她充其量是个主角垫脚石，小师叔才是真正的翻手为云覆手为雨。

别看她现在不知为何被谈楼主与红衣老道看中，走了原书中没有的情节，但她始终要牢记，小师妹那柄剑下一刻或许就会穿过自己的胸膛，要了她的狗命。

她，还得再练练。

没有什么地方比女主对照组之处更适合她了。

很显然，夏亦瑶走的就是原书剧情，看她不爽，还得师门爱护，与她天然对立，毫无和解的可能性。既然如此，她投向大反派一方，简直不能更合情合理。

所以她重新看向谢君知，深吸一口气，认真道："我愿意。"

红衣老道与谈楼主对视一眼，事已至此，两人谁也没争到，反而有了同病相怜的感觉，但一码归一码，虞兮枝愿意去，他们反而没什么意见。

太清峰和千崖峰能一样吗？留在太清峰是蹉跎岁月，去千崖峰，那便是另一片天地！

红衣老道清清嗓子，从袖中掏出一只紫檀匣子："这无垢仙匣与我心意相通，可传音传物，其中有笔也有纸，你且拿着。既然你决定要去千崖峰，便用过水镜授课也无妨，每月你下山来一趟白雨斋便好。"

谈楼主则是端出了巴掌大一只小炉："这缠丝鼎乃是我几年前游历之时，偶得的一块好料，便在从极之渊以渊中业火煅造而成，本就是想缘分到了，便交给我的亲传弟子，如今终于能拿出手了。另外还有这三颗天枢三元回丹，便当做拜师礼吧。"

众人看得眼热，这两人能拿得出手的，岂是凡物。怀薇更是一眼认出来，红衣老道手里拿的，是他蕴有一方空间的本命符盒，而谈楼主这边，且不论那丹炉如何，便是天枢三元回丹，已是神品仙物！

两人说完，齐齐看向虞兮枝。

谢君知又轻轻拨了一下她的小树枝，声音带了笑意，显然是因为虞兮枝方才的回答而心情极为愉悦："还愣着干什么，还不拜师？"

虞兮枝这才如梦初醒，她抬手重新绾了头发，再认真整理了衣服仪容，这才上前一步，沉沉跪下，额头触地，朗声道："两位师尊在上，请受徒儿虞兮枝，一拜！"

西雅楼弟子看着少女俯身，眼中都有了显而易见的欣喜，宣平、宣凡你推我搡地上来，认真与虞兮枝见礼，还顺势介绍道："巧了，二师姐到了西雅楼，也还是二师姐，大师姐谈明棠是咱们楼主的女儿，虽然没有拜在楼主门下，却当得大师姐的名分。"

眼看西雅楼这边热热闹闹，红衣老道只恨自己只身前来，毫无气势，只得冲易醉使眼色。

易醉只得硬着头皮上来："嗐，那个，二师姐啊，咱们白雨斋，你也是二师姐，上面也还有个姓轩辕的大师兄，是我娘的徒弟。辈分确实乱七八糟了些，你多多担待。"

这边热热闹闹，亲亲切切，昆吾山宗的弟子却怅然若失，心头奇奇怪怪，有种说不上来的感觉。

分明二师姐，也还是昆吾的二师姐，可就是哪里不太对劲了。

他们今天才知道这位素来被看不起的二师姐如此不凡，还没来得及为昔日的风言风语致歉，她就已经一步走到所有人都无法够着的高度！

这世上还有任何一人如她一般，同时入三位天下第一的眼吗？

她过去就不曾在意过这些，也或许在无人的夜痛哭过，但往事已如云烟，此后又有谁敢说她半句坏话？

虞寺向着谢君知行礼："舍妹就拜托小师叔了，只是以后虞寺恐怕少不得叨扰千崖峰，还得先请小师叔原谅。"

易醉也凑了过来，他平时嘴里不说，但哪个剑修的梦想不是成为小师叔这样强大的剑修？以往没机会，如今居然有生之年等到了谢君知开山，他便也厚脸皮道："那个，小师叔，你看我怎么样？你和二师姐两个人在千崖峰也怪不方便的，缺人打个下手不是？不如，顺便带上我？"

"跑……跑腿我也可以的！"一道紧紧张张的声音响了起来，黄梨涨红了脸，"我也愿意！"

还有一道声音也一并响了起来："在下程洛岑，随二师姐从棱北镇而来，也想入千崖峰！"

这两个人之前没什么太多的存在感，这会儿乍一出声，许多人都吓了一跳，心道你们两个未免也太看得起自己了吧，易醉也就算了，千崖峰是谁都能进的地方吗？

徐教习憋了太久，虞兮枝如今身份高绝，易醉他也惹不起，这两个毫无来历的家伙难道还不能说两句？他拧眉看过去："你们以为自己是谁？千崖峰是你们想去就能去的吗？"

小师妹夏亦瑶脸色煞白，她看着这几人的身影，心中不安，忍不住道："师娘，我……我是不是也能……"

"荒唐！你忘了剑冢之气如何伤你的吗？"怀薇真人低声喝道。

黄梨和程洛岑脸色微变，却不料谢君知先开了口："你是真的很吵。"徐教习没想到自己呵斥两个外门也会被说，不可置信地看向谢君知。不知为何，他突然有了一丝不祥的预感。

"你不说话，我还险些把你忘了。"谢君知像是想起了什么，重新看向怀筠，"师兄，这个人……你如果不处理，我来也可以的。"

徐教习脸色煞白："你……你什么意思？"

"没什么意思，只是不想再看到你而已。戒律堂现在谁管？"谢君知感叹道，"徐家也曾家风清明，不想到这一代，竟然沦落至此。"

听到"戒律堂"三个字的时候，徐教习就瞳孔剧震，他看到人群中有人越位而出，冷漠高大的昆吾执事向着他的方向而来，微一抱拳，"小师叔有令，徐教习，得罪了！"

言罢竟是真的要动手。

徐教习这才真正慌了神："你们干什么？！我在昆吾执教十五年，没有功劳也有苦劳，你们怎么可以这么对我！我徐家还有老祖在太清峰后山，你们不怕我老祖责怪吗？！"

戒律堂一群执行者，才不管他说什么，只管直接动手。

怀筠真人叹了口气："徐教习，你折磨我的亲传弟子，确实无法无天了些，去戒律堂思思过吧。"

徐教习哪里肯依，挣扎间，咬牙捏碎了与徐家老祖的那张求救联络符，嘶声大喊："老祖救我——"

有风忽起。

太清峰飞鸟惊起，天色微暗，一沙哑声音随着雪亮剑意破天而起："谁人伤我徐家孩儿？当我徐家无人吗！"

众弟子惊惧仓皇退后，眼疾手快的执事已经飞快将结界打开，却也来不及将所有弟子都保护其中。

剑意乍起便已到了紫渊峰试剑台，那剑光竟似十年磨一剑，乍现便怒意蓬勃！

徐家老祖自太清后山起，持剑暴怒震慑而至！

161

高危职业
二师姐

有人不忍再看，觉得戒律堂那几人好生无辜，恐怕就要顷刻间身首异处；却也有人猛地睁大了眼。

一道雪亮无匹的剑从九天而落，不避不让，径直对上了徐家老祖暴起而来的剑意与身影！

两道剑意相遇，却甚至没有什么碰撞。

徐家老祖的剑意仿若见到了什么可怖之物，只是后起之剑的剑锋便已经将其彻底搅碎殆尽！

谢君知甚至没有拔剑，他手中拎着一截不起眼的树枝，只是随意一挥，便已是如此浩瀚声势！

"后山闭关十八年，就闭出来个化神境，你徐家确实无人。"谢君知看向太清峰方向，面无表情道，"还是我太久不出剑，连你这种东西也敢在我面前拔剑了？"

一片鸦雀无声。

徐家老祖被一剑逼退，甚至足尖都还未沾到紫渊峰的地，便掉头重回太清峰去了。

大家震撼无语地看着谢君知手中那一截小树枝，心道……这便是所谓天下第一剑吗？

小树枝好像有点眼熟？

再仔细看，二师姐头上好像只剩下了筷子，没了小树枝。

谢君知出了一剑，脸色冷白，又是抬手掩唇，一阵咳嗽。只是往常他这样咳嗽之时，总有人觉得他病弱令人担忧。

此时此刻，便是他的咳嗽，也带着披靡的剑气。

红衣老道叹服鼓掌："几年不见，谢小师叔的剑意越发精纯了。"

谢君知微微颔首表示谢意，又看向黄梨与程洛岑的方向："想来便来。"

他抬手将小树枝插回虞兮枝发簪中，负手飘然向前走去："走了。"

虞兮枝微微一顿，一手拿着无垢仙匣，一手托着缠丝鼎，旋身冲红衣老道与谈楼主盈盈一拜，便跟在谢君知身后，向着千崖峰的方向一路而去。

虞寺对虞兮枝的决定没有意见，但也还是担心，自然也要去看看。易醉眨眨眼，试探地看了红衣老道一眼，红衣老道飞快使了个让他赶快跟上

162

的眼神，于是易醉一溜烟跟上。

黄梨与程洛岑对视一眼，都从对方眼中看到了巨大的惊喜，连忙抬步。

千崖峰开，昆吾剑出。

风里还裹着些细碎残留的剑意，打在所有人脸上，令人感到微微刺疼。

去往千崖峰的路不远，也不近，要翻过几座山，再过几处林，剑意越来越盛，但路却是越走越坦。

光从云层中透出，洒落在几人身上，分明还是那身昆吾道服，分明还是那位二师姐。

可二师姐，已经手握昆吾剑。

第四章

夜幕初降，店家门口纷纷挂上了灯笼。

年关将近，前几日的雪还未彻底消融，远山暮雪白头，城中却早已将雪扫干净了，只是地面到底还是结了冰，行人走得十分小心，也正是因为这样的出行困难，不少店都门庭冷落。

但总有一处从来都是灯火通明，在门外看神秘低调，掀开门帘，再报上暗号，便柳暗花明又一村，见识这世上永恒不变的热闹。

骰子与碗壁、筒壁碰撞出高高低低的声音，牌九推出稀里哗啦的喧嚣，吆喝与叫骂齐飞，挽起的袖子与穿梭的衣摆共一色，灯火长明，不舍昼夜。

这里正是赌坊。

厚重的门帘撩起再落下，高大魁梧的武师在墙边列成一排，一刻不放松地盯着场间一切异动。

赌坊这地方，太容易让人红了眼，脏了心，让活生生的人变成亡命的妖。

此间老板既然敢揽赌坊的生意，自然也要有所防备，不能让旁的客人扫了兴，伤了身。

于是不断有人被武师冷漠地用脏布塞住嘴，一把拖出去扔在地上，再顺着冰溜踹一脚。

冰冷路滑，鼻青脸肿嘴塞布的人被冷风惊醒，面露惊恐一路前滑，在路人店家的笑声中一头栽进前方的雪堆，这才恍然知了今夕何年，自己方才做了什么事，出了什么丑。

个子较矮的少年看着从自己脚边滑过的人，忍不住抽了抽嘴角，压低压粗声音问身侧人："你确定是这里？"

稍高的少年打探了消息来时，是一副老子见多识广的样子，这会儿真见了这场面，眼角也忍不住抽了抽："是这里没错。"

较矮的少年略微迟疑道："行吧……那来都来了……"

于是稍高少年清了清嗓子，上前两步掀开门帘。小厮上前，笑脸相迎："两位是来打尖，还是住店啊？"

嬉闹怒骂声一起从内里传出来，与打尖、住店毫无关系，偏偏小厮说得理直气壮，末了眼神还在两人身上转了一圈，毫不掩饰的打量之意。

稍高的少年对这样的打量本能不悦，却也压了下来，只压了嗓音道："不打尖不住店，不上山不下海，只想走一段路。"

小厮眼珠微转："哟，这倒是奇了，不知是何路？"

稍高少年道："花团锦簇的那条路。"

"原来是这条路，好说好说。"小厮再抬头，已是换了副笑眯眯的嘴脸，"两位这边请——"

稍高少年回头看了眼较矮少年，等后者先迈步，他才跟了上去。

原来两人，正是易容成了男子模样的虞兮枝与易醉。

两人穿得低调普通，黑压压一片，没有压纹，没有装饰，虞兮枝扮男子，易醉压了面容几分俊色，便是扔进人群里也应当普普通通，无人识得。

小厮先入赌坊，带着两人在人群中娴熟穿梭，将叫骂摇骰之声甩在身后，期间虞兮枝还多次抬手，在探头探脑看热闹的易醉头上拍了好几下。

小厮停在一堵墙前，敲敲打打，于是墙上有门开，露出了赌坊后的一条路。

路挺黑，是一条狭长不知通往何方的甬道，这路与花团锦簇不沾边，但入口路边也还是放了两盆蔫了吧唧的野花，看起来颇为敷衍。

虞兮枝与易醉对视一眼，小厮在旁边笑意盎然："便是这条花路了，

165

两位请。"

虞兮枝默念"来都来了"四字心经，抬步。

所谓"花路"，当然不是什么字面意思，虞兮枝与易醉如此大费周章，易了容改了口音，从昆吾山宗，连捏四张传送符跑到逐云城的此间赌坊，自然不是来赌的。

赌坊从来都只是明面生意，赌坊背后总有那么一条密道，这密道通往的，便是渊沉大陆最神秘黑市的某一间分舵。

这世间有宗门，便有散修，而黑市便是散修交换资源、情报，抑或杀人越货拿灵石的地方。

当然，说是如此，不少宗门大派见不得人的交易也是扯着黑市这层遮羞布，在这里暗中进行的。

此处不问来源，不问去处，一手交钱一手交货，出了黑市，谁也不认识谁，谁也没见过谁。

甬道狭长逼仄，却足够两人并肩前行，虞兮枝感到有审视的神识在两人身上一扫而过，这种黑市交易看似自有规矩，井然有序，但这种井然背后，自然是要有大修士在此坐镇震慑，而此时这道神识，是提醒，也是明面交底。

甬道另一头，自是另一番模样。

与想象中自由市场里的吆喝叫卖不同，这里竟是一间间挂着黑色门帘的房间，看不到内里动静，甚至毫不透光，门帘拉上则为有人，门帘大开处，可见房间内里简简单单，一桌一人。

虞兮枝向着敞开的一间而去，她与易醉才走进去，便觉有一道隔音符升腾而起，背后的黑色帘子自然合拢。

桌后那人也并不是真的人，而是纸符人。纸符人乍看与真人无异，据说灌注了许多灵气的纸符人甚至难辨真假，但此时此刻，虞兮枝面前这只显然只有最基本的功能：指一指面前桌上白纸黑字的交易须知，再将一侧托盘拿起，只等来人将要交易的东西抑或求购的需求放在盘子上。

交易须知简单粗暴，无非是买定离手，钱货两讫，出了这门，便只当这世间没有发生这件事。

虞兮枝对着易醉点点头，于是少年抬手从芥子袋里掏出了一丹一符，放在了盘子上，又拎笔用左手歪歪扭扭写了四个大字。

"量大管饱。"

虞兮枝扫了一眼，微微一愣："这个表达用在这里，是不是不太对？"

易醉下笔时觉得自己这词用得精妙精准，下笔后也觉得哪里不对，哪有卖丹时说管饱的？又不是辟谷丹，管什么饱？而且那符也不是用来捕猎的，都怪这些日子，他在千崖峰过得过分安逸，吃吃吃，就知道吃。

易醉赧然撕掉这张纸，重新提笔，写下"量大货足"四个字，这才将纸条放在了纸符人手中托盘上，敲了两下桌子。

纸符人持盘而去。

小黑屋重新陷入寂静。

易醉东张西望，却也看不到外面，想说话又怕被听到，只得压了一丝灵气，传音入密："二师姐，能有人买吗？"

虞兮枝坐姿老成，一只手不紧不慢地扣在桌子上，传音回他："总有傻子的吧？"

易醉："……"

左右也无事，虞兮枝继续道："买卖东西的时候，不能把别人当傻子，却也要把他们当傻子。该宰就宰，不能手软，但是，也不能太过分。要有演技，敌不动，我不动，只要你我演得够好，就足够唬住绝大多数的傻子。"

易醉心情复杂："……行吧，话说回来，那丹和符到底有没有用？"

虞兮枝挑眉看他："你在质疑我？"

易醉移开视线，心道这也不怪他。

这世上有千种丹、万种符，这许多都在虞兮枝手上，她想炼什么不成，偏偏搞了个一梦入定丹和一贴入睡符出来。

这两样东西还是一整套，在床头贴符服丹，便有一定的概率在梦中进入修仙之人求之不得的入定状态，梦中入定，梦中破境，梦中悟道，黄粱一梦后，再睁眼，发现梦既是真，妙哉妙哉。

但这里也说了，只是有"一定的概率"。

易醉悄悄翻了个白眼，心道入定有何难，想入的时候走路也能入，发呆也能入，看书也能入，干饭也能入——二师姐做的饭真好吃……为什么

167

高危职业
三师姐

又说到吃了。

总之，买的人一定是白痴！

虞兮枝突然问道："饭好吃吗？"

易醉吓了一跳："你怎么知道我在想什么？"

虞兮枝恨铁不成钢地看了这位师弟一眼，语重心长道："阿醉啊，你知道我们千崖峰有多缺钱吗？咱们小师叔虽然不穷，但也不能总是掏他的家底对不对？都是筑基的修士了，也要有点赚钱养家的意识了，你说是不是？"

顿了顿，她看到易醉眼神发直，这才放柔了语气："咱们要是再没点营收，别说你，连小橘猫都要断粮了！还想继续吃香的喝辣的，一会儿有人来询价问效果，你就好好儿给我表演入定！"

易醉心道若是你对效果十拿九稳，又何必拎我来以身试丹。

虞兮枝不急不慢把手扣在桌子上，心道当初上千崖峰的时候，走得肆意潇洒，谁知道去了才知道，千崖峰只有清泉一口，木屋几间，除了剑冢浩浩荡荡无数剑气，竟然是真正的千山鸟飞绝。

她还记得自己当时与谢君知的对话。

"你……就住在这里？那你每天都在干什么？"

谢君知看她一眼："修仙人自然每天在修仙，不然你在做什么？"

虞兮枝想想自己早中晚三餐顿顿不放过的每一天，竟然无言以对。

好在那黄梨还没引气入体，吃饭便是刚需。

而他刚好出身平凡农家，对开坑开荒一事竟是熟稔得很，每天磕着丹药抵御缭绕的剑气，一口血一口丹的，硬是在千崖峰垦出了几亩农田，让这里从一片荒芜变得生机勃勃，也硬是在某日举起锄头的时候，以农入道，日出开光，日落已是炼气。

时间转眼已是半年多，这期间什么都好，就是莫名其妙不知为何，一个个原本辟谷的修仙人都变成了"干饭人"。总是花谢君知的用谢君知的，让人怪不好意思的，好不容易她搞了点新发明出来，总要出来抓些小白鼠实验一番，顺便还可以给千崖峰增加收入。

两人传音入密中，纸符人已经回来了，纸符人身后还跟着个穿了黑市

168

执事服、胸前挂着一个"刘"字的微胖修士。

刘执事看到显然过分年轻的两人，心中思绪微动，面上却不显，只冲着两人微微一礼："两位小真人的这丹和符倒是见所未见，闻所未闻，又说量大货足，想来应当不太吝啬一丹一符。入定一事，玄之又玄，我等确实还从未见过能助人入定之物，难免疑惑。若是两位……"

他话未说尽，客客气气，但无非就是一个意思——不信。

这世上还从未有过能够助人入定的手段，便是从前的大宗师们，也只是负责传道授业解惑，以神识试探引导，怎么可能有入定丹？

要是真有这东西存在，这修仙界岂不是要大翻天？

西雅楼都没有过这种丹丸，你们两个小辈不知从哪搞来的丹丸，就来这里坑蒙拐骗，当黑市是什么地方了？

刘姓执事一张白净面皮笑意盎然，心中却道，啧，看这两个小骗子如何露馅。

却见两个小骗子一个气定神闲，一个大言不惭，略皱了皱眉，指了指旁边："这种地方怕是不好入眠？"

刘执事心道这可真是把自己当回事，却依然笑道："两位也知道此处是何处，多有不便，既然是来做买卖，买家总要看到点效果。两位小真人可否体谅一二？"

"行吧。"易醉露出不耐烦的表情，随手抄起桌子上的丹，往嘴里一塞，再将符向额头一贴，顷刻间便向后靠在了椅背上。

刘执事自然也不是凡人，自然能看出真睡假睡，见易醉确实呼吸平稳，心道这符也算是真，难道这两个小骗子觉得真假参半，在这黑市就能蒙混过去了？

再看这睡着少年刚才的姿态，倒像是什么大家族里受不得委屈偷跑出来的公子。也说不定是偷了这丹与符出来，花光了钱，来这里胡说八道碰碰运气？

关注这间小黑屋的，也不止身在此处的刘执事一人。

那纸符人捧盘出去后，是要到黑市那几位长老处走一遭的。既然借了黑市的便，自然也要卖黑市几分好，所有经由此处流转的东西，都要先过一遍黑市。

黑市不会压价，但要一份优先购买权。

所以刚才，几位长老也是看到了这看上去平平无奇的丹与符的，本不怎么在意，却被附带的那张纸正面的"量大货足"和背面的物品名吸引了。

这会儿也有几道视线带着兴趣注视着这边。

没人觉得这事是真的，却有人觉得丹药看起来火候、成色都不错，所以没事干便看一眼，也好奇这来黑市胡闹的熊孩子要怎么收场。

而小黑屋中，刘执事还在揣测，却忽见少年的呼吸微顿。

少年仿佛陷入了某种绝对的安静之中，他坐在那里，便自然有一种玄而又玄的感觉，又宛如一个天然的漏斗旋涡，想要将这方天地所有的灵气都尽数吸纳入体！

稠黑的门帘无风自动，刘执事的眼睛越瞪越大，他不可置信地看着显然已经飞快地进入了入定状态的少年，半晌说不出话来。

这……这就真的入定了？！这未免也太轻易了些吧？！

黑市后几位注视这里的长老猛地起身，对视一眼，都从彼此的眼中看到了震惊……那少年的入定绝对是真！换句话说，这丹药……这丹药……竟然也是真吗？！

虞兮枝也不站起身，她依然是那副气定神闲的样子，只压低声音，微微一笑："刘执事，您觉得如何？"

刘执事舔了舔嘴唇，狭长的眼中有光亮起，他恨不得立刻往自己头上也贴一符、嘴里也塞一丸，还没回话，门口却已经传来了敲门声。

黑帘微动，白发长须的长老面色激动，一步踏入。

修仙讲辈分、讲修为、讲境界，却向来不讲年龄。这黑市虽然有元婴境的大修士坐镇，但走入的这位白发长老却也不过筑基。

修仙者寿命自然比凡人长许多，但这份"长"，自然也是有限度的。引气入体，寿命便拉长几倍，到炼气筑基，再长几倍，依次递增，修为越高，越与天地日月同寿。

而修为停滞不前者，随着时间的推移，自然也总会走到寿数的尽头。

这位白发散修，显然便是在筑基境蹉跎许久，竟已须发全白。

他一双眼睛死死盯着入定的易醉，绕着易醉的椅子左右绕了几圈，手指微抖："真的入定了……"

他沉吟片刻，随即旋身看向虞兮枝，眼中已有疯狂之意，声音嘶哑地道："这丹与符有多少，我全要了！"

刘执事这才从震惊中回过神来，急急道："陈长老，这……这恐怕不合规矩啊！按理来说，是先要看楼里要不要的。"

陈长老却不理她，眼中疯狂之色更胜几分，死死盯住虞兮枝："楼里出多少，我开价双倍！"

他寿数已到尽头，左右不过三年，散修一生，也有不少积蓄。然而积蓄再多，也得有命去花，他觉得自己活了这许久还不够，还想要活更久。

可他穷尽办法，也没能摸到破境的门槛。

原因无他，年轻之时，他机缘巧合下有过几次入定，这才将境界抬了上来，可后来，他竟是再也没有入定过一次！

陈长老原本十分绝望，心道这是天将亡他，不得不服。不料柳暗花明，竟然让他遇见了如此奇妙的丹丸！

"陈长老，刘执事。"虞兮枝不慌不忙道，"有一事先要说清楚，这一贴入睡的符效果自然是好，可一梦入定丹就不一定了。"

"我试验了许久，却也只敢说有三成概率入定罢了。原本咱们钱货两讫，这里又验证了这份入定功效，这话我说也可，不说也无罪。但修仙之人讲究因缘，终究是我手里卖出去的丹丸，所以要将丑话讲在前面，若是无效，便是运气问题，与我二人的丹丸无关。"

直到此时，刘执事的脸色才真正变了。

他一开始就看出，那边入定的小真人是境界高于他的修士，却看不出这位一眼就知是女扮男装的少女的情况，却见小真人处处对她恭敬，便也尊称了一声小真人。

然而他心底是不以为然的，甚至以为这是哪家大小姐带着护卫出来瞎胡闹玩来着。可此时听虞兮枝所说，这丹……竟然是出自她手！

这世间不缺丹师，可各门各派所供奉的丹师也只是按着丹方，按部就班地炼些于修为有益的丹丸罢了，毕竟越高级的丹丸成功率就越低，时常

171

高危职业
二师姐

有用了一炉天地灵宝，最终除了炸平半个山头之外一无所获的事情，大家炼那些上古灵丹的时间还不够，哪有时间搞别的？

而此刻在他面前的这位少女，却炼出了此前从未有过的丹药！

刘执事神色一肃，态度变得与初时截然不同，他向着虞兮枝认真行一礼："这是自然。小真人请开价。"

虞兮枝哪知道这东西能值多少钱，但她对如何出售却早有想法："这丹丸不单独出售，十枚一组，定价也并不太高。"

刘执事到底在这黑市中经营多时，立刻明白了虞兮枝的意思。这丹药并不保证一定有用，每一次服丹，便宛如一次抽奖。一组十枚丹药，便是十连抽。运气好，甚至能十连中，运气不好之人，咬牙也要再来一轮试试。这便像是在赌坊之中赌博一般。越是不中，越是不服。而这效果，绝非散卖所能达到的。

物以稀为贵，她手握这样惊天动地的东西，却乔装来黑市卖，显然是缺钱又不想别人知道。她甚至可以单颗拍卖出手，这样来钱更快更直接。可她显然更加深思远虑，十颗打包出售价格自然会低，但购买之人更有机会体验到入定，只要尝到甜头就会忍不住继续买下去……

这……正是量大货足时的最佳选择！

这份眼光与取舍，刘执事打心底里觉得佩服，他还要再说什么，虞兮枝已经继续道："我希望这丹丸只由黑市出售，最关键的一点是……我希望这丹丸，只卖散修。"

刘执事一愣。旁边的陈长老却几乎落下泪来。

散修一生何其苦。

除去一些天生不羁爱自由的修士，大部分散修都是因为入门年龄太大，错过了根骨最佳的年龄，从而被各大门派拒之门外，不得不从此如流浪狗般翻食门派不要的"垃圾"，拼命汲取凡间稀薄的灵气，于秘境之中孤狼般厮杀，甚至活下来者百中唯一，能活下来都不容易。

而现在，有人竟然说，要将这样的好东西，只卖散修？这……这人，便是被称为一声"散修之光"也不为过！

虞兮枝却不知陈长老这许多思绪，她只是怕自己搓丸了的手法被认出来，又怕这丸子成功率太低，又或者太高，这都容易引起宗门注意力，从而顺藤摸瓜抓到她。

兹事体大，刘执事权限不够，拿不下主意，正准备告礼去问大掌柜，却有一道带着激动的声音直接传音入了他耳中："要，多少都要。她的条件全都可以答应下来！再给她一块黑牌作为诚意！"

刘执事这才有了主心骨，道："小人斗胆建议，既然以这样的形式出售，那么这丹丸，或许可以定价为十枚上品灵石一组，与睡符搭配出售。一应包装与宣传均由我方承担，分成按小真人所说的来。唯有一条，一批卖完后，我们会接预定订单，还请小真人按时按批完成，及时交货。如若小真人有别的事，也请提前告知我们，以防客人不满。"

虞兮枝心道黑市不愧有成熟的商业模式，刘执事这一番话，她也觉得没有问题。眼看易醉快要醒来，虞兮枝再算算时间，觉得差不多了，于是干脆利索点头，再扔了一个芥子袋出来："这其中有一百颗丹丸，一百枚符。之后你们如何炒价不关我事，我只希望无人知晓这丹丸来历，以及，我需要预付款。"

"这是自然，黑市若无这份口碑，恐怕也早已人走茶凉。"刘执事双手接过芥子袋："还请两位小真人稍候。"

虞兮枝既然已经说得清楚明白，陈长老自然不会为难，左右东西已经在楼里，他这就寸步不离地跟去，再双倍买来便是。

归来时，刘执事手中已经多了一个芥子袋："一共九十枚上品灵石，请小真人查点。另有九十枚上品灵石的订单预付款灵石三十枚与传音符若干，不知小真人工期是？"

"工期啊。"虞兮枝笑意微深，"要看其中一味原料的产出时间，想来不会超过两个月。"

刘执事自然无异议，两个月已经比他想象中的时间短多了。他再掏出一张黑色令牌递过来："这是黑市黑牌，小真人拿这块牌子，以后来黑市买卖时，买可打九折，卖则多一分。"

坐在一侧的少年从入定与入睡中醒来，他慢慢睁眼，伸了懒腰站起身来，神清气爽，却有不满："你们这里灵气也太稀薄了吧？入个定感觉自

173

己快要被憋死了。哟，这不是黑牌吗？"

虞兮枝不甚在意地将牌子递给他，然后重新目光灼灼看向刘执事。

刘执事心道该说的都说完了，黑牌也给了，难道还要签字画押盖手印吗？可黑市之所以为黑市，便是因为不留证据，口头协议却从不毁约，难道这位小真人不知道？

这样想着，他便试探问道："小真人还有别的事情吗？"

却不料虞兮枝道："我刚刚给装丹丸的芥子袋呢？用完记得还给我。"

易醉大吃一惊："这都要？"

虞兮枝更加吃惊："一个芥子袋值十块灵石，为何不要？"

两人面面相觑，刘执事飞快去取了芥子袋回来，又想起一个问题："日后兴许多有叨扰，还想请问这位小真人尊姓？"

虞兮枝倒是没想到还有这一遭，她私卖丹丸，说出去是要被宗门处罚的。钱她收，但这锅决不能她自己背，所以她清了清嗓子，恳切道："免尊姓夏。" ——夏亦瑶的夏。

风雪之中，一高一矮两道声音稳稳远去，刘执事目送两人背影消失，心情十分复杂。

那少年嫌此间灵气稀薄，显然常在灵气充沛之地，定然是大宗门的弟子，却偏偏对少女恭敬谦逊，明显是少女地位更高。

所以……有哪个宗门的亲传女弟子里，有姓夏的吗？刘执事心绪飞转，觉得要去查一查。

毕竟这黑市，不仅易物，还卖消息。

有了灵石，下一步自然是去采购。

采购自然不用在逐云城这么远的地方，两人找了个无人处，散开神识，确认无异，便捏了传送符辗转回罹云郡。

重新踩在罹云郡熟悉的青石板路上，易醉这才长长地松了口气："我刚刚入定入得还不错吧？但是二师姐，你为何要说自己姓夏？"

虞兮枝也悄然松了口气，黑市她也是第一次去，刚才装模作样讨价还价的时候她镇定自若，这会儿手心倒是有了薄汗："什么夏？谁姓夏？"

易醉："……？"

行吧。

"小师叔若是问起，我们为何今日采买格外阔气，要如何作答？"易醉将罩在外面的一层纯黑衣袍脱下，露出内里的昆吾道服。

"就说是斋主师尊提前给你的压岁钱。"虞兮枝扯谎不打草稿。

易醉欲言又止，心道自己这么大年龄早就不收压岁钱了："不是，那个，二师姐……虽然入冬了，但现在距离过年也还有大半个月……"

"大半个月，四舍五入就是明年了。"虞兮枝丝毫不慌，摆摆手，"快去买东西。"

她边说，便抬手将脸上乱七八糟的易容物搓揉下来，再抽了张符纸将这些易容用具谨慎烧掉，还重新拿出了一个做了明显标记的芥子袋，将易醉与她的黑色衣袍一并塞了进去，再芥子袋套芥子袋地收好了，这才安心。

这半年来，易醉已经从最初不食人间烟火的小少爷，迅速转型成"生意人"，如今拿着虞兮枝的购物清单买起东西来，手脚麻利，动作轻快，还会捏着鼻子与摊主砍价几个来回，最后总能砍掉几块下品灵石的价——讲道理，易醉自己也不知道自己为何会变成这样。

就很突然，他在到了千崖峰后，总有种莫名的，与昆吾山宗割裂开来的感觉。小少爷心高气傲，既然心中这样想，便也这样做，干脆连他自己的那份份例都没有再去领过……然后他就发现，自己不领这边的物资，也不好意思向白雨斋开口付钱。

日子越来越快乐，却也越来越拮据，事到如今，他竟然变成了一个穷鬼，砍掉的这几块灵石落入自己口袋中时，易醉还有种在抠抠搜搜中自力更生的诡异快乐。

两人购物速度飞快，不一会儿就装了满满两芥子袋的东西。

天色太晚，雪色茫茫，纵使修士对温度并不如凡人敏感，却也总想要些慰藉，比如吃上热气腾腾汤水淋漓的一碗面。所以等捏符回到千崖峰的时候，剑气比雪色更盛地扑面而来，但汤底的香气已经笼罩了整个山头。

黄梨兢兢业业蹲在地上，拿着小扇子扇火，时不时还要扔两个小火符进去填着，身边还窝着一只烤火的橘猫。橘猫已经半闭上了眼睛，只有一

175

条尾巴慵懒起伏，显然是此处比别的地方惬意太多的温度让它舒服不已。

更远一点的地方，程洛岑刚刚加固了一圈罩在耕地上的棚子，正在检查防风保温符纸贴得牢不牢固——若是让旁人来看，恐怕会十分惊愕。

符哪能这样用？！且不论符师每一笔都要灌注灵气进去，便是控笔走符，每一下都需要心神绝对灌注。花同样的力气，写什么符不好，谁会写这么多防风保温符啊！更何况，写符用的纸墨笔都是特制的，虽说也分等级，但仔细看去，那大棚上贴的符，分明用的是最好的沧浪纸，最贵的风栖墨，任哪个符师来看，恐怕都要跺脚叹息，直呼暴殄天物。但千崖峰众人对此毫无所觉，似乎觉得这样理所应当。

更平坦一些的地方，有几间坚固漂亮的小木屋。小木屋门口，有一人持一卷书，坐姿不怎么端正地歪在椅子上，正慢慢翻过一页。

千崖峰有阵，有人来，阵便会动。

黄梨看到谢君知抬起眼，便知道虞兮枝与易醉回来了，于是飞快起身下面，等虞兮枝一路走来坐在桌边的时候，黄梨的面已经端到了桌子上。

于是四散的所有人都自觉坐在桌边，自觉拿起筷子，倒醋的倒醋，加辣油的加辣油，撒葱花的撒葱花，一片热气蒸腾里，话匣子便也打开了。

"这次怎么去的时间比上次还要长些？"黄梨端上来一盘肉丸子、一碟凉卤牛肉，这才坐了下来，先是巨细无遗地报了一遍今日花销，才拉着眉毛，颇为愁苦地说了一个让人心忧的资产余额，这才问道，"是年关近了，比平时买东西要难吗？"

"还好，还好。"虞兮枝吹一口热气，镇定自若胡编乱造，"只是这次要的几样东西比较难找，花了点力气罢了。今天有什么别的事情吗？"

易醉一声不吭，埋头吃面。

黄梨被这样提醒，才想起来："倒是确有些事。"

他起身拿来了张帖子："明年开春便是三年一次的昆吾选剑大会了，今日紫渊峰送了通知此事的帖子来，要我们统计一下报名人数。"

虞兮枝筷子微微一顿。

这半年在千崖峰，日子过得悠然惬意，她每日练剑、炼丹还要画符，而千崖峰剑气横溢，她也同样是一口血一口丹坚持着。这才半年过去，她竟然就已经有了要结丹的迹象。

修炼的日子过得太惬意，她竟然险些忘了这件事。

选剑大会这事，原书里也是有的。

宗门大比，自然是弟子们争奇斗艳，各显神通，以期一鸣惊人的时候。所谓十年磨一剑，选剑大会便是剑露之时。

这样熙熙攘攘的盛典，与原主的关系并不多大，她堪堪撑过几轮，就遇上了小师妹夏亦瑶，理所当然败北，夏亦瑶没手下留情，所以原主输得非常狼狈，也是这一次，正式埋下了原主怨怼女主的伏笔。

这些内容当然只是一笔带过，这一次选剑大会真正堪称名场面的事情有两件。

第一是夏亦瑶第一次出鞘潇雨剑，艳惊四座，声名也悄然传开。而原书男主程洛岑也是后来在听说这件事后，总觉得故事中少女用的剑与自己的剑有些许相似，这才来到了昆吾山下。

第二则是，在这次选剑大会上，昆吾山宗的掌门怀筠，在看了夏亦瑶的剑后，一夕突破了化神境大圆满，一步跨入炼虚境，成了蚀日之战后，第一个真正的大宗师。

夏亦瑶的剑也因此被蒙上了一层神秘的色彩，甚至有人称之为悟道剑，于是不断有各个宗门的长老与掌门前来拜谒，只为观一剑。

后来也不知道是不是因为她有"女主光环"，来看剑的十个人里总有那么两三个还真的破境了，于是夏亦瑶名声更盛，真正开启了自己"龙傲天"文中"玛丽苏"女主的一生。

"我们要参加吗？"黄梨又问。

"这不是废话吗？"易醉已经翻了个白眼出来，"你平时不出山，认识的人少，可能不知道。半年前那一出之后，宗门里盯着咱们千崖峰的人多着呢。紫渊、雪蚕、琉光三峰想要找二师姐问剑、试丹、比符的人，不知凡几……而且还有你。"

黄梨大吃一惊："我？"

177

"就是你，不仅是你，还有程洛岑，白捡了狗……运，才能一步从外门和'外门都不是'，直接踏入千崖峰。"到底是在吃饭，易醉硬生生憋回了那个不怎么雅观的字眼，"这可是千崖峰！多少人眼睛都酸出血了，就等在选剑大会把你们打得满地找牙了！"

说到这里，易醉冷笑一声："不过他们盯着我们，想和我们比剑。小爷我也盯着他们呢，选剑大会好啊，看小爷我怎么去打他们个落花流水。"

虞兮枝咬一口肉丸，心道原书里，易醉也是小师妹的手下败将，小师妹还一剑斩断了易醉的那柄本命剑，之后书里连他的戏份都没了，只说"灰溜溜回了白雨斋疗养"，便没了下文。再出场，恐怕都是全书后半截，虞兮枝没读完的故事了。

黄梨明显陷入了紧张之中，面吃了一半便放了筷子："我……我只会犁地，小师叔还说我的本命武器就是锄头，这……"

虞兮枝有些犹豫。

她本身是个垫脚石炮灰，要为自己的命运与主角而战，若是只有她一个人，她自然毫不犹豫拔剑。

可她没道理带着黄梨和易醉一起去硬碰硬，也没道理拖着原本不出世的谢君知为她背书。

黄梨在原书里甚至没出现过，易醉这种程度的炮灰，说不定避开剧情便能幸免于难。至于程洛岑……

她悄然看了少年一脸。清隽少年依然沉默寡言，也不知他体内的"老爷爷残魂金手指"还活着没？总之按剧情，他不该在这里，也不该向夏亦瑶举剑。当初她也只是想悄悄拨动点时间线，也未曾想到最终变成了如今这个情况。

万一程洛岑与夏亦瑶硬碰硬，碰出什么问题了，又当如何是好？

不然……她还在思忖，谢君知的声音已经响了起来。

"锄头怎么了？我看锄头挺好。"谢君知夹起一片牛肉，浸入热汤之中，吸饱汤汁，慢悠悠道，"你能一人一锄犁几亩地，这宗门又有几人可以？就算是雪蚕峰那群种药的，又有几个人能比得上你？"

他肤色依然冷白，一屋子的热气似乎也不能让他温暖起来，谢君知捞起一筷子面，任凭蒸汽模糊他的视线："选剑大会的彩头是入剑冢选剑，头名奖励是一千块上品灵石，次之则为五百。除此之外，还有一项五峰对战，峰战胜出的奖励是翻新正殿。"

一屋子穷鬼倏然停下了筷子，眼神微微发亮。

只听谢君知继续道："巧了，千崖峰正好缺一座正殿，也缺一千五百块上品灵石。"

谢君知三言两语将选剑大会的奖励分配了个清楚，画饼画得又大又圆，大会奖励仿佛已经是千崖峰的囊中之物。

大家眼中的剑不再是剑，而是一块一块层层叠叠的灵石，这山头不再是山头，而有一座辉煌正殿平地而起。

于是这一锅面吃得像是什么动员大会，风雪萧瑟的剑气也浇不灭千崖峰众人骁勇向富的干劲。

冬日无地可耕，黄梨空挥了几千下锄头，修仙人本应无垢，但也许是以农入道，所以格外亲近自然，易醉原本还在他身后斜靠着凭本事入定升级，结果硬是被黄梨这一身的汗味熏到夺门而逃。

程洛岑目光坚韧，在崖边闭眼盘膝，罡风剑气肆意冲打在他身上，老爷爷残魂有气无力地指点着他，沉默寡言的少年灵气流转，不断冲刷着体内经络，悄然在风雪中入定。

在窗边看书的谢君知神识外放，笼罩着整个千崖峰，将剑冢千万剑气收敛其中，他倏然向着崖边扫了一眼，若有所思地看着程洛岑的背影，眸色微深，随后又收回目光。

所有人都在为了脱贫努力，虞兮枝自然也不例外。

她面前立着红衣老道和谈楼主合资从宿影阁购买的定制水镜，恐怕是全修仙界最大的一块，足足有半面墙之巨。这俩人平时见面就扯头花，有了虞兮枝调节，倒是难得的平和了下来，一周每人两堂课，谁也不能多，谁也不能少。

谈楼主的身影出现在水镜后，两边一人一炉，一老一少神色严肃，各自盯着面前燃烧的业火。

虞兮枝青丝高盘，袖子高挽，一丝不苟，几缕灵气轻柔递出，绕着那小丸子揉揉捏捏，不断将揉碎了的灵药一层一层涂上去。

炼丹一事，目的便是提纯和升华药性，无数种灵药灵宝混杂在一起，会碰撞出不同的奇妙反应和效用。纯度越高，效用自然越好，所谓丹药质量，指的便是纯度。

往常炼药，被公认为最权威最有用的提纯法，便是用太上丹阳的步法节奏向炉内投药。然而千崖峰虽然灵气充沛，但灵气之中总有剑气肆虐，虞兮枝也试过用太上丹阳步伐向炉中投掷灵药，然而投掷过程中，那灵药便已被空气中的剑气冲刷一通，药效直线下降。

她炼废了不知多少炉丹，熬了不知多少不眠之夜，捏碎了不知多少废丸子，芥子袋里买材料的灵石更是如流水般浪费了许多，无数次失败后，她才想出了如今这样的办法。

事实证明，穷才是激发创造的第一生产力。此路当然可行，只要有足够大量的灵气与足够多的耐心。这法子不仅可以在千崖峰炼丹，而且炼出废丹和炸炉的概率也会大大降低。

谈楼主试验一次后，神色严肃，只觉得这实在是颠覆丹修的淬炼之法，心道自己果然没有看错人，此等奇思妙想与创造之力，当得起他谈星净的传人。

虞兮枝的"十连抽入定丹"便是以这个方式炼制的。而现在她炼的这一炉，比炼入定丹时，还要全神贯注。

无他，虞寺要结丹了。而这一炉，就是用来给虞寺渡劫后培元固本用的。

蚀日之战后，这还是年轻一辈弟子里第一次有人冲击结丹境，整个昆吾山宗上下都有些许紧张和期待，怀筠真人流水般赏了无数天灵地宝，但抗雷劫却还是要靠虞寺自己。

原书里，虞寺结丹时是出了点状况的。

具体是什么，虞兮枝记不清是书中没说，还是自己看书不认真忘了。但总之，如此惊才绝艳的虞寺之所以后来被"龙傲天"劈了，就是因为结丹的底子没打好。

虞兮枝不允许意外发生。就算程洛岑现在看起来已经距离主线剧情十万八千里远了，虞兮枝也没有掉以轻心。

所以除了这一炉丹药，虞兮枝天天都在试验怎么抗击雷劫。

她先是学了画雷字符，从小雷字到大雷字，一开始劈在黄梨的肌肉上，黄梨都觉得像是挠痒痒，到后来，一雷劈下去，电闪雷鸣，白鹤乱飞，整个昆吾山宗都要往千崖峰看一眼，以为有人历雷劫。然后，她画了厚厚一沓对抗雷劫的各种符，边用雷劈自己，边试验这些符的效用，硬是让自己在被雷劈焦之前，亲身试验出来了十几种最有效的符，并各画了几十张出来，现在就等着这培元固本丹成品后，一并给虞寺送去。

谈楼主眉头微皱，却也还有工夫闲聊："阿枝啊，上次的入定丹卖出去了吗？"

"第一批已经出手了，这两天还要炼一批。"虞兮枝应道，"就是在师尊推荐的那处黑市出手的，黑牌也拿到了，大师姐最近要用黑牌吗？"

"她过两天自己来找你拿，正好观礼虞寺破境，机遇到了，说不定也会有所感悟。"谈楼主说话间，神色一喜，"有了！"

却见水镜另一端，丹炉之中业火翻卷，谈楼主出手如电，几道灵气打出，将其中的丹丸仔细护住，再一翻腕，纯白丹丸已在手心，显然成色极好。

虞兮枝忙里偷闲递去一眼："恭喜师尊。"

谈楼主捏着丹丸，神色带了一丝美意："你这入定丹的方子果然不错，上次送来的那一丸，助我摸到了化神大圆满的边。为师这就去闭关了，再见当是大圆满。"

原来他手中这才是真正的"一发入魂"入定丸，而虞兮枝卖出去的，不过是这一枚丹丸的边角料罢了，虞兮枝还要再说一声恭喜，谈楼主却已经透过水镜，一眼望了过来，猝不及防问道："阿枝啊，你到底是什么境界了？"

悄无声息已经筑基大圆满的少女神色镇定，这问题不仅谈楼主爱问，红衣老道也经常诈她一诈，她稳稳抬手，又扔了一味灵药进炉："别问，问就是炼气初期。"

谈楼主才不信她的胡话，心道炼气初期能有你这么多灵气？能挥出当初那样的剑意？能全神贯注这么久、炼出这样那样一炉丹药？

偏偏虞兮枝身后的门就在此时开了个缝，一只圆润的橘猫打了个哈欠，

181

躬身伸懒腰，舔舔爪，走到虞兮枝脚边，轻巧地缩成一个团。

于是谈楼主话到嘴边又咽了下去，他神色复杂地看了一眼那只橘猫，又想起了自己听说过的一些确定是真的事情，一些不确定是真是假的事情，以及一些大约是假的，但谁知道到底是不是假的事情，顿时心情更复杂了。

既然这么复杂，谈楼主便不打算告诉虞兮枝令她徒增烦恼了，挥挥手闭关去了。

虞兮枝这一炉丹炼了足足三天，谈楼主有本事将丹成时的异动以灵气遮盖，她可没有。

于是丹成之时，所有人都看到千崖峰上空有霞光遮天，像是雷劫，却又不像，只有雪蚕峰的人一眼认出，那是极品丹成时的天地异动！

雪蚕峰上，高修德酸极了，他心道二师姐满打满算入丹道不过半年，竟然就能炼出极品丹丸了吗？

太清峰正殿中，刚刚轻喝一声，挥出一路剑芒的夏亦瑶呼出一口气，回首看向千崖峰的方向，咬了咬下唇，忍不住地开始咳嗽。

而坐在太清峰后山竹林中的虞寺正好睁眼，周身灵气已至圆满，只等一步结丹，成为这渊沉大陆最年轻的伏天下……

虞寺在等，全昆吾的弟子也在欢歌载舞地等。

有人等他伏天下，也有人在等年来。

修仙之人讲究斩断尘缘，但这份斩断自然不应刻意，毕竟修仙之人寿数绵长，尘缘自然会断。于是外门弟子一年忙碌到头，也有不少人选择在此时告假回家探亲，看看家中老母，更补贴一份家用。

内门和亲传弟子想要观虞寺破境，以期一份感悟；外门弟子左右也只能远远看到天地异变，有人选择留下，有人则想要回家。

黄舜禹便是想要回家的人之一。

他辛辛苦苦一年，也还没有摸到引气入体的门槛，但黄舜禹心态极好，左右在大宗门打工赚灵石，再换成凡间货币，虽然辛苦一些，倒也并不很亏。

黄舜禹家在青芜府西北方向的越北城，是紧挨着空啼沙漠的一个小镇，一年到头风沙极大，纵是昆吾山脉灵气逼人，也没将他被风沙吹得粗糙的微黑肌肤养回来。他今年收益不错，咬咬牙，第一次换了两张往返的传送符，也好节省一些路上的时间。

既然不用颠簸，黄舜禹便想要带点瞿云郡这边的特产回去，他在郡府中走走逛逛，觉得年味已是极浓，脸上不由得为这人间烟火心生欢喜，眼看东西置办得差不多了，他正准备走，却看到街边有人在卖小蛇。

瓦罐小青蛇，瓦罐色彩秾丽，丰富的用色碰撞出神秘又奇异的风格。不少小孩子蹲在旁边看那手指粗细的小蛇弯曲扭动，眼中全是好奇。

不知怎的，黄舜禹的目光停在小青蛇上，便有些移不开。

那是沙漠之中难得一见的绿色。

他忍不住向那边走去，心道这么多小孩子喜欢，自己的阿妹阿弟一定也会觉得好玩。沙漠中只有粗如水桶、长若盘天古木的沙蛇，哪有这么可爱的小东西。

于是他弯下腰问道："老伯，这小蛇怎么卖？"

面容都遮在帷帽中的老伯哑声道："一块下品灵石三条。"

黄舜禹犹豫片刻，觉得有些贵："我只想要一条。"

老伯不耐烦："一条不卖。"

有小孩子嘻嘻哈哈笑着让阿娘买蛇，于是阿弟阿妹的笑颜也闪过黄舜禹眼前，少年咬咬牙，掏出一块下品灵石："那便……来三条吧。"

少年捧着三只瓦罐走入风雪之中，直至无人之处，这才捏了传送符，往越北城去。再看方才的屋檐之下，空空荡荡，黑漆漆，无光的灯笼被风吹得微微摇摆。

哪有什么卖蛇人，又哪有什么稚童欢声笑语。

五派三道都有人来观渡劫，恰逢年关，便是门派之间，来了也自然要走走礼。

毕竟来的都是各门派中的佼佼之辈，一群筑基后期和筑基大圆满的修士在太清峰正殿排开，都想来看看虞寺这劫要怎么渡，以觅得自己渡劫的一份机缘。

就算是为了这个目的，五派三道也要为之带上合乎礼数的天材地宝。

太清峰正殿熙熙攘攘，人声嘈杂，唱礼声绵延不绝。怀筠真人喜气洋洋，

183

他这掌门之位是如何来的，懂的都懂，过往五派三道尊的都是掌门的剑，唯有到了他这里，大家敬的却是昆吾山宗和小师叔的剑。

怀笃过去没想过能成掌门，一心向道，心无大志，向来觉得自己能到元婴、化神就此一生也不错，结果一朝当此大任，倒是有心突破一下，可惜琐事缠身，无暇修炼，竟然似乎真的要困在化神。

就算他心志不远，但到底站在了这个位置，眼界自然与从前不同。他时常听到奚落他这掌门之位得之不正，以及调侃他是渊沉大陆"最牛捡漏人"之类的话，虽然这种话听多了也就麻木了，但心头也总憋着一股气。

而现在，五派三道为他的亲传弟子虞寺而来，怀笃只觉得自己从未如此扬眉吐气过，笑意从眉梢抖到发梢。

怀薇真人作为掌门的道侣，自然也在正殿招呼陪伴，夏亦瑶也被她带在左右，这半年来，少女虽然依然咳嗽不断，却似乎已经适应了这种带病状态。为了次日观礼，少女特意上了妆，看上去更是娇俏动人，惹人喜欢。

五派三道中，"五派"指的是昆吾山宗、白雨斋、西雅楼、宿影阁与西湖天竺。而"三道"则为儒、释、道三道，儒为九宫书院，释为渡缘道，道便是太虚道了。

各门派来的并不都是掌门，也有地位颇高的长老，此时各门派各色道服齐聚一堂，许多人眼中都目露感慨之色。

红衣老道自然是要醉翁之意不在酒地亲自来一趟的，他与虞兮枝虽然周周水镜相见，授课效果也不错，但总不比真实的见面。昆吾山宗又不是他家，总不能随时都来，三天两头下拜帖，他自己也嫌麻烦，只得凑了这个机会来。

此刻老道看着面前盛景，感慨道："一晃眼十七年过去，这还是五派三道第一次这般聚首。"

侍奉一边的，正是白雨斋那位大师兄轩辕恒，轩辕恒生得风流俶傥，与红衣老道一般，穿一身红衣，一双桃花眼微挑，便见西湖天竺那边的几位女修面容微羞。但听到红衣老道的话语，轩辕恒自然肃了神色："原本五派三道十年一次比剑，可惜上个十年，人丁凋落，自然取消了。想来这个十年，下个十年，再下个十年，总能再现修真界往日盛景。"

红衣老道才说了一句不错，却听轩辕恒话锋一转，探头探脑："不知哪位是二师妹？总不能是怀薇真人背后那位吧？那位看起来……"

他话到此处，恰逢夏亦瑶走近见礼，少女笑容柔软嫣然："见过斋主，这位便是轩辕大师兄了吧？久闻大名。师娘特意为二位安排了视角最佳的位置，还请这边来。"

夏亦瑶腰肢摇曳，带路向前，轩辕恒总不好当着人家的面继续评论，只是话说一半，憋着难受，铤而走险，传音入密道："……像是我前几日在画本子里看到的白痴女主角。"

"白痴女主角"浑然不觉，她犹有病容，虽妆容遮盖，却总会显出几分娇弱之态，修仙界本男女大防不严，昆吾山宗更是曾出过几位叱咤风云的女掌门，是以大家都不觉得女修一定要柔弱，几个门派里有名的师姐更都是以泼辣著称，此刻大多数人看到夏亦瑶这般，顿觉格外惹人怜惜。

然而萝卜青菜各有所爱，显然这位外表实在漂亮的白雨斋大师兄并不喜爱"病秧子美人"这一款，而白雨斋上下更是如出一辙的不讲究嘴下积德，大师兄兴致缺缺地移开视线，只觉得面前少女还不如窗外涌动的风与瀑布好看。

红衣老道二人到时，谈楼主已经落座了，他身侧正端坐着一位眉目与谈楼主三分相似的少女，少女面色严肃，倾身向前，紧紧盯着前方崖底，便是身侧来人，也浑然不觉。

轩辕恒眼睛一亮，拉了椅子坐在旁边："谈大师姐，瞅什么呢？给我也看看？"

身着西雅楼道服的少女正是谈楼主的独生女，西雅楼的那位大师姐谈明棠，她看也不看轩辕恒，便知来人是谁："自然是看二师妹。"

轩辕恒微愣，顺着她的视线看去。

昆吾山宗位于昆吾绵延八百里的山脉之中，太清峰便是其中最高绝的主峰，背后自有山峦层叠，而虞寺的此次渡劫之处便选在了这些层峦之中。

少年心无旁骛，对太清峰正殿的动静毫不关心，他体外体内灵气一并流转，若是开了天眼灵视，便可见汹涌灵气涌动，天地气韵悄然汇聚，云层中有雷电蓄势闪烁，只等时机一到，便轰然而下。

185

天地灵宝在他周身成阵，渡劫并非不可借助外力，尤其这是十几年来第一个筑基入结丹的，天雷蓄势都蓄了三天之久，足以可见天劫将有如何之威力。是以这许多阵法，便是为了尽可能替他挡一挡。

修仙之人目力何其好，再仔细看去，便见少年不远处的大石头上，蹲着一个穿着昆吾道服、发饰简单的少女。

少女手里捏着厚厚一沓符，左扔一张，右甩一张，粗看毫无章法，细看却像是在以符为阵——竟是要在怀筠真人设的阵之外，再成一阵！

轩辕恒眼睛越来越亮，神色也越来越肃，拢在袖口里的手指忍不住搓了搓，只觉得有些手痒，只恨此刻身在昆吾，不能大手一招，便有师弟师妹抬上笔墨纸砚，让他淋漓酣畅写上几字。

等他手痒到了极致，已经忍不住手指微动，在袖口中乱划。云锦微微裂开之时，崖下虞兮枝也终于扔出了最后一符。

符阵成，少女似有所觉，飞快捏了传送符，眨眼间便出现在红衣老道身侧，还未来得及见礼，天色便骤暗，传来了"轰隆隆"一声。

蓄了这许久的雷劫终于图穷匕见，从云层后轰然而下！端坐地上的少年猛地睁眼。

雷劫浩瀚而下，有人感慨回顾自己当年破境之时；有人第一次见此场景，不由得呆愣当场；有人只觉得天地苍穹，自己如沧海一粟，战栗不已；也有人觉得天地如此，战意无穷，热血沸腾，恨不得自己也站在昆吾大师兄身侧，与他共同抗击这天地之力。

站在阵中的少年青衣烈烈，无风自动，束发的紫玉高冠岿然不动，他抬手放在剑柄上，腰背笔直，只等雷来，便拔剑而上！

这样浩然的声势下，无人注意，有黄色符纸发出细微的噼里啪啦的声响，符意纵横，悄然成线，再成面，在第一道劫雷轰然而下时，倏然展露出了阵形！

只见七七四十九贴黄色符纸齐飞，符意强烈到那些平时根本见不到的线都乍现而出，雷光轰在符阵上，便顺着那些细密的符线被瓦解开来，再泄漏到天地灵宝阵上时，只变成了一条条细如蚯蚓的雷。

虞寺当然知道刚才虞兮枝在外面做了些什么，她提前有告知他，虞寺只当阿妹一番好意，自然不会拒绝。

自朝闻道入伏天下，是大境界之变，共有足足九道劫雷，怀筠真人说过，天地灵宝阵可扛去劫雷四成威力，且极有可能在最后一道雷前溃散，虞寺早已做好了生扛雷劫的准备。

然而此时，他剑意充沛，战意满心，浩瀚雷劫却只在他穹顶轰鸣，甚至没有挨到他的紫玉发冠。

虞寺有那么一瞬间的怔忡。他阿妹搞的这个符阵……这么厉害的吗？

然而破境到底是破境，分神只是一瞬间，雷劫既然已下，劈中渡劫人，自然是雷劫优胜，未劈中，便是人定胜天，金丹自结。

虞寺归元守神，只觉丹田之中微暖微亮，纯净浑圆的金色丹意乍现！

劫雷接二连三而下，七七四十九道黄符纸逐渐被劈焦劈烂，从四十九变成三十九，再变成二十九，但符阵未散。经过符线引导的雷电被疏散入山崖之中，将周遭一片山林都劈得一片焦黑，漏下去的雷从蚯蚓个头，逐渐变粗，天地灵宝阵摇曳晃动，有雷落在了虞寺身上，却始终如隔靴搔痒，不痛不痒。

转眼已是八道天雷过去，虞寺体内金丹已经初步成型，金色从他体内透出，青衣英俊少年轻喝一声，长剑铮然而出，竟是拔剑而上，一跃出阵，迎着最后一道天雷而去！

西湖天竺抱琴的女修们担忧轻唤，夏亦瑶更是抓紧了怀薇真人的袖子："师母，大师兄他……他怎么……"

少年与雷战，与天地战，昆吾剑意纵横天地之间，与雷光同亮，观礼的无数热血少年少女心潮澎湃，轩辕恒更是一步跨出，站直了身体，衣袖已零落破碎不堪，竟是在观礼中心有所悟，筑基圆满。

无人发觉，捏符归来的少女静静地站在原地，那些黄色纸符每碎一片，她的眼眸便越亮一分，待虞寺一跃而出，带所有黄符入雷中，携符意与剑意斩天雷，金丹大成时，少女若有所思地低头，看向了自己。

她的丹田内，也有漂亮浑圆金丹悄然转动，竟是于这份盛大典礼中，也悄然破了境。

观礼人数众多，虞寺金丹大成，自然是修仙界盛事，没想到白雨斋大师兄轩辕恒观礼有得，眼看竟然也快要结成金丹，更有其他五派三道弟子若有所得，一时之间恭喜声连绵不绝，霞光此起彼伏竟似有些"乱成一团"。

与此同时渊沉大陆四处的任务牌子不断地传向紫渊峰任务堂。

十七年前蚀日之战，妖域与人间皆业火冲天，妖皇身殒，天地恸哭，修仙界也为此付出了巨大的代价。而今修仙界休养生息，缓了口气，终于有新一辈弟子修成伏天下，妖域自然也恢复了力量。

任务堂这段时间收到的异事比过往两年加起来还要更多些。

沈烨持剑，远远见虞寺金丹成，放下心来，留了一份贺礼在虞寺寝舍门前，便持剑带两位师弟向空啼沙漠而去。

他手中捏着任务牌，上面小字流光，仔细看去，似有"蛇""蛊"二字闪烁。

恭贺虞寺的人自然不少，也有人看到了虞兮枝符阵的精妙，想要讨教一二，走近却发现少女早已被西雅楼和白雨斋的弟子团团包围。连怀筠真人和怀薇真人也被隔绝在外。

于是来搭讪之人发觉自己向前一步便是白雨斋大师兄轩辕恒的冷笑冷眼，平移一步则有西雅楼大师姐谈明棠似笑非笑的表情，显然并不想让别人给虞兮枝添麻烦。

大家碰了一鼻子灰，自然不再自找没趣，宿影阁与西湖天竺来的都只是长老，弟子也都心高气傲，更何况，来凑虞兮枝这边凑热闹，不如去恭贺虞寺破境。

不说别的，金丹期的少年站在那里，又长得如此出众，一众女弟子都悄然心动，不由心道找道侣当找昆吾大师兄。

却见虞寺气息刚稳，便从芥子袋中飞快掏出一枚丹丸，吞服了下去。

有女声袅袅而来，西湖天竺遮面的少女柔声道："恭喜虞大师兄一步金丹，不知这味丹丸是？"

虞寺已经重新梳好长发，紫玉冠端正高悬，他认出来人，与之见礼："风师妹竟然也来了，不过是一颗培元固本丹而已。"

出声的正是西湖天竺那位以琴音殊色名动天下的小师妹风晚行。坊间传说，她出行时总有倾慕者跟随，有一日因追随而来的男弟子太多，街道拥挤不堪，无数弟子被踩成重伤。风晚行此后便始终带着面纱，只留一双美目在外。

此刻她一眼扫来，虞寺周围已经有几位男弟子目露痴迷之色，风晚行轻笑一声："掌门真人真是细心极了，什么都为你准备好了。"

"却也不是。"虞寺却摇头，"这是我阿妹炼的。"

这话乍一听，像是在炫耀什么，如今天下谁不知昆吾二师姐虞兮枝一人事三师，丹符剑三修。刚才在虞寺破境前甩手布符阵，这会儿已经有一群人去恭贺红衣老道喜得高徒，谈楼主脸色自然微微落寞，虞寺就像是在为这位天下第一丹修挽尊一样。

然而虞寺神色平淡，吃丹丸如同吃糖豆，吃了第一颗，还有第二颗，风晚行目瞪口呆地看他前前后后往嘴里倒了七八颗丹丸，脑中诡异地出现了"量大管饱"四个大字。

风晚行当然不是来问虞寺在吃什么的，自然也不是第一次见虞寺，几年前某次出任务时，她便已经见过虞寺一剑破妖的样子，当时她便芳心暗许。如今再见，当年的少年已经成了这般温润俊逸模样，风晚行心跳不已，只想多与他说几句话。

只是她还没有开口，已经有另一道声音怯生生柔弱弱响起："大师兄，这是我给你准备的贺礼，还请师兄笑纳。"

风晚行心道竟然还有人比自己声音更柔两分，再定睛一看，便见夏亦瑶目光盈盈看着虞寺，手中更是捧着一个绣工上乘的香囊。

小师妹见小师妹，自是好戏纷呈。都是门派里凭本事赚来千娇百宠的小师妹，轮得到你来抢我的戏？

于是虞寺还没抬手，风晚行便以扇掩唇，带了三分诧异地娇笑一声："若是不看，我还以为这是凡间小女孩送的礼，虽然不知道大师兄什么地方能用到，却也有心极了。"

她是在冷嘲热讽夏亦瑶这礼实在寒酸，拿不出手，而且虞寺浑身上下干干净净，哪有用香囊的习惯？

夏亦瑶脸色顿时微白，还没还嘴，却见风晚行已经笑意盎然地取了一只精美的盒子出来，当着虞寺的面打开，露出了内里气息古朴的灵宝："这

189

盏小须弥灯送给大师兄，听说大师兄要破境入结丹，晚行特地去兑了这盏灯来，愿大师兄此后入定修行的每一个夜晚都无心魔叨扰，唯有光明相随。"

虞寺的目光落在那盏灯上。

风晚行在准备贺礼的事情上，当然是下了功夫的。

她出身名门，见多识广，自然知道这小须弥灯的妙用。朝闻道时，这灯不过是普通的灯而已，但对于伏天下的真人来说，修炼时有这盏灯在侧，不仅能提高入定的概率，更能祛除心魔，破除一切迷雾。

这一局，自然是她赢了夏亦瑶。呵，一个臭香囊，也配和她争？

风晚行正这样想着，却见夏亦瑶竟然还有后手，她柳眉轻蹙，掏出一个漂亮的长条锦盒，打开后，里面放了整整齐齐十颗漂亮丹丸和十张黄符："香囊不过是一番心意，这才是我要送的贺礼。这是近来颇为有名的一梦入定丹与一贴入睡符，希望师兄修为再上一层楼。"

虞寺微微一笑，也不矫情推辞，虽然看那一梦入定丹的眼神有些许奇特，但还是两边都收了："多谢二位师妹，也愿你们早日破境。"

礼也送了，便不好再赖着留下，风晚行悄悄瞥了夏亦瑶一眼，心道昆吾这小师妹与自己可真是棋逢对手，不料这一眼正遇上夏亦瑶暗暗看向她，眼中同样写满了不屑与轻蔑。

两位小师妹眼神一触即分，再抬眼，已经重拾温柔笑意，各自在心底狠狠记了对方一笔，一个向东一个向西去了。

这边两位小师妹难分伯仲，那边虞兮枝一边满口答应给轩辕恒也来一套避雷阵法，一边将风晚行与夏亦瑶的明争暗斗尽收眼底，心道自己阿兄到底不愧是渊沉"七千万少女的梦"，如今又结成金丹，想来今夜又有无数少女无眠。

当然，除此之外，她更在意的是夏亦瑶送出的那份礼物。"一抽十连丹"短短几天竟然就已经流传开来了吗？虞兮枝搓了搓手指，又想到前一天黑市那边送来的三百份订单，心道果然没有人可以抗拒抽卡的乐趣，尤其是这种"十连抽"。

隔壁老王中了，你酸不酸？对门老李有了，你眼红不眼红？她想着自己即将拥有的进账，笑弯了眼睛，陪两位师尊与大师兄大师姐闲聊一阵后，便告辞回千崖峰炼丹去了。却不知道自己虽然胡乱报了一个"夏"字，但这份引人入定的功德却不会认错人，天地间有丝丝缕缕的金色气流悄然汇入昆吾山宗的气运中，再一点一滴落在她的身上。

她一路这样走到千崖峰山脚下，却见一道白衣站在路的尽头，所有人都在祝贺虞寺，而天上地下，只有谢君知一人看到她体内微转的那颗金丹。

"恭喜伏天下。"白衣少年微微一笑，"距离大宗师的小目标又近了一步。"

橘猫从他身后窜出来，在虞兮枝脚边蹭了蹭，发出嗲里嗲气的一声猫叫。

虞兮枝俯身抱起橘猫，任凭对方的尾巴在自己身上乱甩："我真的永远都不会有雷劫吗？"

"也不是永远。"谢君知与她并肩前行，"等我的血压不住你的修为，雷劫就会发现你，锁定你，再试图劈死你。

虞兮枝大惊失色："那我还能苟活多久？"

"等你到逍遥游，就要被劈了。"谢君知神色淡定。

虞兮枝顿时放下心来："那看来我还不会轻易被劈，想来还有很久，别说大宗师了，我觉得伏天下就挺好。"

谢君知侧脸看她，带了几分笑意："有多好？"

虞兮枝扔剑出鞘，一脚踩上去，竟是就这样稳稳御剑上九天，她轻笑一声："这么好。"

谢君知负手在背后，轻轻咳嗽两声，看着少女在千崖峰十里孤林上肆意御剑，一步一步向峰顶走去，他明明可以一瞬而至，却又觉得这样边走边看也不错。

十里孤林料峭风寒，雪满枝头，地上却没有断枝，似乎因他心情不错，树枝也微微抖动舒展。

虞兮枝在半空转过一个弯，扔了不太安分的橘猫在地上，又悬停在了谢君知身边："小师叔呀，你到底是什么修为？"

"等你能只靠自己走出那个山洞，我就告诉你。"谢君知慢悠悠道，"打一场？"

少女双腿微颤，险些从烟霄上掉下来，她脸色发白，显然是又回忆起了那些被吊打不堪的画面，心道那哪里是打一架，分明是自己被打。纵使如此，她也还是咬牙道："打就打。"

于是谢君知毫无征兆地抬手，依然是从十里孤林中随意折了一根树枝，信手就向着还在半空的虞兮枝一劈而下。

虞兮枝娴熟地抱头鼠窜，剑意在她身后一路追撵，她好不狼狈，连退几里，这才敢出剑。

谢君知当然教了她剑。他把她扔进了千崖峰后的一个山洞之中。

山洞里什么也都没有，只有一盏灯、一壁剑痕。

初来时，只一眼便觉满目刺痛，便是静坐其中，也能感到纵横缭绕的剑意，仿佛有人将千崖峰上空那些剑气压缩到了这一方山洞之中。

谢君知会陪她来，他什么也不说，只在旁边看书，有时看剑诀，有时看山野趣闻，唯独不看她。

她只能一个人战那些剑意。

静止时战，挥剑时战，呼吸时战，满壁缭绕的剑意显然并不是出自同一人之手，有的温和，有的暴戾，还有的冷漠锋利，一次次，她被剑气伤得遍体鳞伤，躺在冰冷的洞穴地面上，身后只有书页翻过的声音。

于是她开始学做疗伤的丹丸，画防御的符纸，学如何抵御那些剑意，再试着挥出一样的剑意，她梦里醒来都是漫天剑痕，剑痕再变成线，连成片，最后再压缩成丹丸。

旁人只知一人三师好生厉害好生猖狂，却不知她这半年加起来，没睡过一场好觉。

烟霄从脚下卷入手中，虞兮枝足尖点树梢，再腾身而起，这才敢对着已经消散了些许的剑意迎面而上。

谢君知出剑从来不留情面，他这一剑斩得与那时对上徐家老祖时的一剑也不差多少，当时徐家老祖已经化神，尚且落荒而逃，她虞兮枝又如何能敌。还好此处是千崖峰，虞兮枝每退一米，都不断有其他剑意稀释他的剑芒，是以她这样急退几里，已经能接下这一剑。

结丹境与筑基境自然不同，烟霄才入手，虞兮枝就觉得自己浑身灵气已经沸腾！

虞兮枝挥剑。剑芒剑意齐齐吞吐，巨大的压迫感从谢君知的剑风中迎面而来，无论面对几次，再见时都总觉得恐怖，虞兮枝硬生生接下这一剑，强撑了几秒，周身的符便寸寸碎裂，到底还是忍不住，喷出了一口血。

血啊，吐着吐着，如果没死，也就习惯了。

虞兮枝从雪地里起身，不甚在意地用足尖拨了拨雪，遮住一片绯红，娴熟从芥子袋里掏出丹药倒进嘴里，脸色顿时好了许多，她高高兴兴地重新御剑而起："谢君知你看，这次我只退了五里地！结丹果然真好！"

白衣少年已经快要走到山顶，他似乎对她喊他什么都没有意见，正准备说什么，却听到太清峰方向有一声低沉的钟鸣响起。

满山白鹤飞鸟被钟声惊起，一些人停下手中的事情，惊然而起，看向太清峰方向，但更多的人则是没反应过来这是怎么了。

毕竟这钟声已经沉寂了太久，久到新入门的弟子都以为太清峰的钟楼便只是钟楼，那口悬挂其中的巨大的钟，只是因为钟楼需要一口钟。

太清峰的钟，当然不是普通的钟。

那是一口命钟。

所有昆吾山宗弟子拜入内门或亲传时，都会藏半缕魂魄于钟身之上，如有弟子危在旦夕，便会如此刻这般，钟鸣满昆吾。

虞兮枝怔然回头。

又是一声钟鸣。

白鹤乱飞，空气轻颤。

紫渊峰有人急急御剑而来，还未到太清峰便已经大喊道："沈烨师兄发了求援符，空啼沙漠有蛇妖现世，恐难支撑，请求师门支援！"

昆吾五座峰头，除去千崖峰实在特殊之外，其他四座峰头都各有年轻一辈的弟子独占鳌头。太清峰是虞寺自不必说，昔日便已经艳惊四座，如今金丹成，更是名满天下。

除了太清峰之外，紫渊峰沈烨，雪蚕峰池南，琉光峰师姐江重黎都是各个峰头最先踏入筑基之人。若此时钟鸣是因为其他弟子，大家兴许还不

193

会这么惊愕，然而出事的，竟然是紫渊峰的沈烨师兄。

新一辈的弟子大多年纪轻轻，除妖任务出得虽然不少，衣边小花也有满满当当绕了衣袍一周的，但最多不过受点轻伤重伤，几颗丹药下去，便生龙活虎。

虽然也经常听老一辈说过往日修真界与妖界战时的激烈甚至惨烈情况，平日读典籍上课时，教习也严令所有人都要将《万妖图鉴》倒背如流，可到底没有亲身经历过，大家背也背，看也看，却始终没有什么别的感觉。

直到此刻。

各个峰都在议论。

"沈烨师兄……？是紫渊峰那位沈烨师兄吗？天哪！他没事吧？"

"师兄不是已经筑基中期……怎会连他也……！"

"我还从未见过人发求援符，每次出任务的时候，任务牌里的求援符我都没碰过。妖族……不是很好杀吗？怎么会连沈烨师兄都解决不了？如果连他都难以支持的话，那岂不是……"

没有人敢往下想，但所有人都悄然将目光落在了金丹初成的虞寺身上。

此时五派三道还未离开，来者都听到了钟声与这一声报，怀薇真人眉头微皱，心道不能多等几个时辰，待送客之后，再来吗？这下其他门派岂不是会觉得昆吾连小妖都无法处理？

几位掌门与长老却似乎压根儿没往怀薇真人担忧的方向去想，只不知想到了什么，尤其在听到殿内昆吾弟子私语所说，这位出任务的弟子已经筑基中期时，不由得悄然互换了一个眼神，神色微微凝重。

来报弟子已经落在太清峰正殿，气息不稳地说清楚了来龙去脉："此次去往越北城空啼沙漠边天洒镇的，共有紫渊峰沈烨师兄、郑成许与宁双丝三人。其中沈烨师兄为筑基中期修为，其余两位皆为炼气后期。当地驻守外门弟子上报时，任务牌上有提及蛇妖、蛊虫，并且标注了极危，所以沈烨师兄才决定亲自走一趟，没想到……"

紫渊峰峰主韩以春御剑而来，来报弟子看到自家峰主，险些哭出声来："韩峰主，救救沈烨师兄吧！"

几乎是同一时刻，已经有人忍不住出声："大师兄已经结丹了，大师兄去的话，一定可以救沈烨师兄回来的！"

不少人都有类似想法，一时之间人声嘈杂。

夏亦瑶正巧还在虞寺身边，盈盈一礼："大师兄，恐怕如今……也只有你能去救沈师兄回来了！"

"胡说八道！"却有另一道女声娇喝，轻纱掩面的少女穿过人群，挡在了虞寺面前，风晚行寸步不让地看着殿中人，竟是已经快要急哭，"虞大师兄才刚刚结丹，需要休息！否则会道心不稳，对以后修仙有损的，大师兄你不许去！你们怎么能逼他去——！"

钟声余音未消，千崖峰枝头的雪簌簌而落，谢君知对此似乎毫不关心，出了那一剑后，他便负手登了山顶，已经捧了自己近日看的一卷书在手，反而易醉几人神色微微不安。

老头残魂近日一直无精打采，显然是觉得此地让他无法大施拳脚，但到底与程洛岑神魂相连，该指导时也不吝啬话语。此刻听到钟声，老头竟然也不怎么意外："是命魂钟的声音，果然有人出事。"

"你为何说果然？"程洛岑问道。

"妖域与人间之战每一甲子一轮回，战后万物凋零，百废待兴。凋零的万物，自然是真的万物。废，当然也是两界皆废，"老头残魂悠然道，"你以为为何此时放眼修真界，竟是无一大宗师？妖域妖皇陨落，此刻想必便连妖王与小妖王都罕见，是为万物均凋零，两界皆废。"

程洛岑神色微动，似是想到了什么："那虞大师兄此时结丹……"

"正是如此。"老头残魂娓娓道来，"他结丹，则意味着这一个甲子，修真界开始兴，与此同时，妖域自然也开始兴。此前见不到强大的妖族，也见不到真正强大的修士，但此后……"

老头残魂轻笑一声，未尽之意已经昭然若显。

此后修真界虚弱但太平的日子恐怕将一去不复返，所有宗门的弟子都将见到何谓真正的血与火，他们将在不断地失去同门的过程中逐渐从梦中醒来，从安乐之地走出，从天真蜕变，变得冷血冷漠，手起刀落毫不留情。

看到程洛岑似是被这件事冲击得不轻，老头笑意更深，趁热打铁道："看来这次昆吾山宗要派人增援了，不如你混入队中，中途悄悄离开，我带你去附近秘境历练一番，也好应对未来那些风风雨雨。"

老头就是随意一说，这样的提议他做了不知凡几，全都被程洛岑冷冷拒绝，却不料这次，少年看着御剑从山下直冲而上的少女，似有所觉般应道："好。"

虞兮枝踏剑破空，刚刚接了谢君知一剑，此刻不免还有些气喘，但她却顾不得平息："我要去一趟太清峰正殿，你们有人愿意随我同去吗？"

易醉被一声钟鸣惊醒，此刻还有些浑浑噩噩，听到虞兮枝这句，这才反应过来："是出了什么事吗？"

当然是出事了。

她终于想起来原书中虞寺便是因为结丹初成，还未稳定道心，便带着昆吾山宗十八名弟子连夜入越北城追杀蛇妖，最终一行十九人，竟然只活下来了九人。

虞寺虽是昆吾大师兄，却也不过是个十几岁的少年，此番以战养意，经此一战从金丹初期，破入后期，一剑屠尽空啼沙漠，但也因为太多次目睹同门的死亡而险入心魔，落了个道心不稳金丹微裂的下场，此后虽然也一路走到了元婴、化神，却总不是大圆满。

但虞兮枝当然不能这样与易醉说，她只道："命魂钟响，自然是出事了，想来或许有同门罹难，请求宗门支援，刚才我隐约听到了沈烨二字，所以我想去看看。"

她没有说全，但大家都已经懂了，这里的"想去看看"，自然不是想去太清峰看看，而是去现场看看。

沈烨师兄是什么修为，连他都出事，也只有琉光峰江重黎与雪蚕峰池南这两位修为比他更高一些，然而池南是丹修，不善战斗，江重黎虽然于符之一道已有小成，却也还有更好的人选来带队——虞寺。

千崖峰的人都没问过虞兮枝是什么修为，但没有人会觉得她真的只是炼气初期。而此时，她要去，他们便也想去。

易醉提剑匣，黄梨将锄头上的土擦干净，程洛岑沉默起身，大家一起看向了在木屋屋檐下看书的小师叔。

谢君知挑眉："看我干什么？"

易醉这才想起来小师叔要在这里守山，若是他走了，这剑冢剑意乱窜，恐怕不出半天，整个昆吾山宗就要死伤大片，有点讪讪地挠了挠后脑勺："我们能去吗？"

"想去就去。"谢君知的语气就和当初说"想来便来"时一样随意，甚至眼皮都没有抬一下。

虞兮枝转身想走，却又觉得谢君知这样从极热闹到极安静，难免寂寥。

于是虞兮枝从剑上跳下来，冲几人招招手，掏出来几只手掌大小的纸符小人，把每个人的灵力都灌了进去，又点了眼睛，便成了满地乱跑的小枝枝、小易醉、小黄梨与小程洛岑。

"我们会尽快回来的。"虞兮枝看着小枝枝一路跑去撩橘猫的胡子，惹得熟睡的橘猫懒洋洋睁眼，一爪盖下，却被灵活闪避的画面，不由得有了几分笑意。

谢君知不料她还有如此奇思妙想，神色复杂沉默片刻，也拿了一张纸符，灌了自己的灵气进去。

于是雪白纸符变得立体生动，竟是活生生变成了一个黑发白衣的小谢君知出来，相比之下，虞兮枝的几只小人就只是在奔跑的纸人，而谢君知这一只，则宛如缩小版的小师叔。

小谢君知不要人碰，只轻轻一跳，便跃至虞兮枝肩头端正坐好，还从袖子里掏出了一本等比例缩小的书卷，像模像样看了起来。

"这里面分了我一缕神识，与他说话等于和我说话。"谢君知说得直白又直接，"早去早回，别死了。"

于是烟霄倒卷而起，易醉也踩剑跟上，黄梨虽是炼气，却也无师自通地学会了御锄头，他也不问程洛岑，胳膊一拉，就将寡言少年拽上了锄头，四人浩浩荡荡往太清峰正殿去了。

四只纸人与四人性格相似，小枝枝试图挂在橘猫胡子上荡秋千，小易醉在旁边鼓掌加油，小黄梨傻笑，小程洛岑变成纸人也颇像是石头。

谢君知垂眸看了一会儿，突然嗤笑了一声。

他站起身，白衣几乎与远处千山暮雪融为一体，下一刻，小程洛岑、小黄梨和小易醉已经被他反手扔进了还在噼啪作响的火炉中，他的手要伸

197

向小虞兮枝时，橘猫却突然警觉般，掀起眼皮看了他一眼，慢慢弓起身。

"怎么？橘二，你是真的喜欢她做的猫饭？还是你真把自己当成一只猫了？"谢君知歪头看着橘猫，长发倾泻下来，极致的黑与极致的白在他身上对比强烈。他抬起手，毫不在意橘猫后退两步又冲他夅毛猛"呲"了一声，将小枝枝的纸符人拿了过来。

橘猫以为小枝枝要落得与其他几只纸符人同样的下场了，却见白衣少年的指尖有灵气注入纸符中，顷刻间，扁平化的小纸符人便变得生动起来，活脱脱一个缩小版的虞兮枝。

然后，他也不把纸人还给被他唤作橘二的猫咪，将小枝枝扔在了自己肩头，又抬手咳嗽了两声，坐回了刚才的位置，继续看书去了。

小枝枝坐在他的肩头，眨巴眨巴眼睛，又抬头看到他垂下来的发丝，忍了又忍，还是没忍住，抓住了对方黑色如绸的长发，一路滑滑梯到了他的衣襟前，又抓住他的衣襟攀爬，最后在他胸口找了个合适的位置，抱着他的头发，竟是就这么睡了。

炉火噼啪，冬夜未至，翻飞的风雪不一会儿便挂满峰头。

银装素裹中，虞兮枝破开风雪，御剑直入太清峰正殿。

这边风晚行还在与众人对峙。

少女已经快要被逼出了眼泪，她死死咬着下唇，看着面前众人："你们为何一定要他去？你们自己破境之后不用休息吗？况且，这可是从朝闻道到伏天下！你们没看到刚才的雷有多可怕吗！"

"风小真人，这是我昆吾内部之事，除妖本就是吾辈分内之事，便是我们不说，大师兄也会去的。"有人高声道，"不劳烦小真人费心！"

"你们怎么能这样！"风晚行涨红了脸，还想再说什么，西湖天竺那位随行的长老已经急急而来，低声喝道："风晚行！这里是昆吾山宗，容不得你胡闹！"

"可他们……他们这分明是在毁大师兄修行前程！"风晚行不服道，"难道昆吾山宗惊才绝艳的天生剑骨，便要如此浪费吗？！"

怀薇真人心道这小辈怎的如此不知趣，增援伏妖一事自然要诸位峰主长老商量后再行，关风晚行什么事？

要不是风晚行的母亲是西湖天竺那位出了名不讲理又护短的风长老，她今天便要好好教训一下这个小姑娘。

似是知晓她的心意，夏亦瑶已经冷然开口："风小师妹，大师兄乃是我们昆吾山宗的大师兄，我们珍之敬之，又怎会有你所说这样的事情！还请风小师妹慎言！"

与许多人对峙，风晚行还有些不太擅长，毕竟西湖天竺多音修，而音修虽然也有主杀伐之律的，却哪有此时此刻满大殿的剑修目光震撼，她能撑到现在，全靠一腔执拗与不服。

但这会儿夏亦瑶既然开口，她便只用对付她，风晚行顿时精神一振，声音已经压柔了几分，细听还带了些颤抖与哭腔："夏小师妹怎会这样误会我！我也只是想要大师兄好啊……"

美人落泪，众剑修弟子平时都是剑中来，剑里去，夏亦瑶师妹柔柔弱弱已经足够惹他们怜爱，此刻又见另一位明艳动人的小师妹，不由得有些心软。

夏亦瑶心道这个风晚行好生狡猾，竟然以柔克刚，然而她刚才已经冷然开头，现在再垂泪也不便，恰好一阵咳嗽之意涌上心头，她借势掩唇虚弱咳嗽几声，声音却也还是倔强的："多谢风小师妹好意，我们——"

她话未说完，却有一道剑意直冲而来，将她的后半截话以风雪之势压了下去，却见太清峰那位二师姐去而复返，竟是直接御剑入了正殿！

夏亦瑶第一反应是，竟然还有人敢直接踩剑入正殿，然后才突然一愣。

虞兮枝……她何时会御剑了？！这才区区半年过去，难道她已经筑基了？可是千崖峰那边，从未有过筑基的异象啊？！

虞兮枝本意也非冲撞太清峰正殿威仪，她只怕来得太晚，也顾不得那么多了，此刻见到虞寺还在，而他面前站的竟然是西湖天竺那位小师妹，她不由得一愣。

怀薇真人无法训斥风晚行，但虞兮枝可以，她双目微竖："虞兮枝，你好大的胆子——！"

"阿兄！"虞兮枝一身风雪，直奔虞寺而去，竟是丝毫没有理睬怀薇

199

真人，"沈烨师兄是不是出事了？"

风晚行一颗心吊在了嗓子眼，心道不是吧不是吧，连虞寺的亲阿妹也要虞寺去？剑修们真的就这么硬来？难道是她真的不应该挡在虞寺面前？

却听虞兮枝下一句道："阿兄，你听我的，你先好好稳固境界，我先去那边接应师兄。三日后若是我没回来，你再来寻我。"

"胡闹！"一道沉稳男声响起，神色难看的紫渊峰峰主韩以春终于忍不住打断了这群小辈的吵嚷，沈烨是他最得意的亲传弟子，此时生死不明，最着急的自然是他，"沈烨筑基中期尚且难敌，就算你一人三师，却也不过半年而已，你又是什么修为？就夸下此等海口？！"

怀笃真人方才与一众别派的掌门长老在后殿品茗，这时才刚刚走出，命魂钟早不响晚不响，偏偏瞧准了这样的时机，他也眉头紧皱："虞寺，事急从权，虽然你刚刚结丹，本应稳固境界，但既然筑基中期也难应对，恐怕也只有你能走一趟了。此外，各峰都挑些同为筑基炼气的弟子，与虞寺同去，切忌不可逞强，有事立刻回禀宗门！"

竟是三言两语已经定下了，要让虞寺走这一趟了。

虞兮枝御剑而来，此刻还未收剑，她深吸一口气，想要压下心头的气，然而剑气却已经开始在烟霄上吞吐。

怀笃的目光沉沉投来，此时别的门派尚有人在，他自然不会像上次那样将威压直接投注下来，然而虞兮枝却仿佛回到了那日她被冤枉，在大殿上与人争辩却无用之时。

又有剑落在了正殿门口，穿着昆吾道服的少年大咧咧嗤笑一声："什么事急从权，若真是事急从权，这昆吾上下难道就只有我大师兄一个结丹境了吗？那么多吃供奉的长老与教习呢？！都闭死关闭到没了关只剩下死了吗？"

"大胆！"

"你竟敢顶撞掌门真人！"

几道怒喝同时响起，待人想暴起却发现站在门口说话的人竟然是易醉。

虞兮枝霍然转身看去，却见易醉撸了撸袖子，他"毒舌"惯了，舌战群雄更是家常便饭，这会儿见此场景，便已经准备好了要战斗。

他是红衣老道妹妹的孩子，自小便在各派长老掌门的胡子上滑滑梯，别人要考虑后果说的话，他想说便说了："顶不顶撞也不是你说了算的，要师尊说我顶撞，我才算顶撞。再说了，我是为了昆吾好啊，你们想想，这么多年了，修真界才新增了一个结丹境，结果呢？你们这么快就想要我大师兄出任务，很难不让人乱想呢。"

满殿太清峰教习面色微尬，心道自己虽然也有金丹元婴，但金丹不整，元婴缺胳膊少腿……他们只会教书，真要打起来，去了岂不是送死？

竟是没有一人站出来。

虞兮枝再看向微微紧张却依然站在易醉身后的黄梨和已经默不作声将手放了三块下品灵石和一把的剑柄上的程洛岑，突然微微一笑。

她与那时相似，却又完全不同。

那时她孤身一人，天上地下，只有虞寺一人愿意挡在她面前。现在，换她挡在虞寺面前，而她也已经不是只有自己一个人。

于是她再朗声开口："师尊，我愿去寻沈烨师兄！还请让我阿兄稳固境界，休息三日！"

虞寺的内心也在挣扎，他自然担心沈烨的情况，他素来与沈烨交好，如今听到沈烨出事，自然恨不得立刻就去。但他也确实情况特殊，刚刚破境，境界不稳，金丹初成，他甚至还不知此时自己与之前有多少区别，也是真的需要时间来适应。

但这份适应，当是由宗门给他喘息的时间，绝不应该由虞兮枝替他去！

"枝枝！"虞寺上前，冲着少女递过来的目光轻轻摇了摇头，"空啼沙漠此时状况不明，你去实在太危险了！还是……"

"阿兄去就不危险吗？凭什么危险就要你去？"虞兮枝一步不让，飞快地打断他的话，再拜一次怀筠真人，"还请师尊让我去！"

紫渊峰峰主韩以春急得跺脚："现在你们争的每一分每一秒，沈烨情况却愈发危急！既然如此，不如由老夫亲自走一趟！"

"不妥！"怀筠与怀薇同时道，后者之前的话语被打断，脸色早已难看至极，"老韩，你都是一峰之主了，怎么还是这样的暴脾气？沈烨递的

201

是黄色求援符，说明还尚可支撑，再说了，若是次次都有峰主长老前去支援，新一代的弟子如何成长起来？"

顿了顿，怀薇真人声音严厉道："虞兮枝，平日里你胡闹也就算了，此刻沈烨危在旦夕，你怎么还在这里拖延时间？你以为自己是什么修为，你去了根本不是救人，而是添乱！"

却有一道声音响起，红衣老道不知何时从后殿到了前殿："她是什么修为，你不问怎么知道？"

谈楼主从他身后步出，声音温和："是啊，一问便知。"

虞兮枝心道好你个红衣老道，好你个谈楼主，竟然在这个时候还不忘给我挖坑。

岂料韩峰主懒得再问，他深吸一口气："原谅老夫救人心切，沈烨孩儿是我唯一的亲传弟子，老夫知或许会损虞寺金丹，却也只得自私一回。但既然你想去，那么，若是你能接老夫一剑，老夫便同意你去！"

虞寺更急，心道韩峰主的一剑哪是虞兮枝能接住的。他上前两步，想要劝说，却见少女抖了抖剑身，挑眉傲然一笑："请。"

"得罪。"韩以春救人心切，是以顾不了太多，只想一剑给这个不知天高地厚的少女好看，不要再阻着虞寺去救人，于是出手一剑便是紫渊峰的无上绝学四圣剑！

剑锋冲天，周围一片惊呼，风晚行遮面的轻纱被剑风吹起，露出少女秾丽的面容，她心道这位二师姐真好，满宗门恐怕也只有这位二师姐是真心对虞寺的，她若是能成为虞寺的道侣，想来可以与这位小姑子相处极好，只是剑修当真粗暴，竟然就这样在殿中拔剑。

殿中不少弟子出身紫渊峰，自是一眼便认出了四圣剑的剑意，心道韩峰主是真的不留情面，却也算得上坦坦荡荡。

怀薇也不料韩以春说拔剑，竟然就真的这样在昆吾正殿中拔剑，她微微避开扑面而来的剑锋，心中竟然有一丝快意，只想看看夸下海口给她难堪的少女如何应对。

难道真以为自己会御剑就天下无敌了？

虞兮枝不知这是四圣剑，却觉得这剑意有些熟悉。她被小师叔关在小山洞里，见过许许多多的剑，其中似乎便有这一种。

之所以说似乎，是因为她见的那一道，比面前这一片剑意更加居高临下，更加浩荡，也更加凌厉。她被那道剑意正面击中过，倒在地上咳了好几片血出来，却也因此仔细辨别过这剑意的走势，试着以同样的剑意与之相碰，再败再咳血，再起身再战。

面前这道剑意虽与山洞里的不尽相同，似乎弱了不少，但她既然与之战过，便自然而然翻腕抬手，挥出同一片剑意！

"……四圣剑！她怎么可能也会四圣剑！"有紫渊峰的弟子认出虞兮枝的起手，惊呼道。

虞兮枝敢不避不让与韩峰主的剑意相撞已是令人吃惊至极，可她为何竟然也会四圣剑！

他话音未落，两道剑意已经在半空相撞。

四圣剑，镇八方。

此剑浩瀚隆重，起手缥缈，落剑却极沉，刹那间，仿佛整个地面都向下垂了三分，四面八方的剑意重重压下，让人难以呼吸。

然而这样的沉重却被另一份沉重直接击中。于是沉重的禁锢被打碎，剑气如碎片般散开，沉默下压的剑意真的就这样被压在了地上，再也不得起身！

剑意如山，然而既然地崩山塌，石碎树倒，剑意自然不再。

四圣剑破。

红衣老道眼中有了一丝微惊却了然的笑意，显然从这道剑意中看出了什么，谈楼主轻轻勾唇，心道难怪虞兮枝的培元固本丹要一炼一双，原来竟是如此？

这剑剑意饱满，气势充沛，那么她想去空啼沙漠，自去便是，不过一场历练而已。

韩峰主愕然睁大眼，却见对面的少女似乎比他还要吃惊。

"韩峰主，你为什么会这个剑法？"虞兮枝脱口而出。

正殿中紫渊峰弟子诧异之际，心道这话怎么是你先问出口，这四圣剑

203

分明是紫渊峰不传之秘，应该是韩峰主反过来问你才对，结果你在这里先发制人？！

正有人张口欲喝，却见虞兮枝神色些许犹豫，语气却是诚恳道："你会的似乎不太全，我建议你去千崖峰找小师叔重新学一学。"

韩以春深吸一口气。他掌紫渊峰的四圣剑至今已有十几年，若是当年前任紫渊峰主来说他剑意不全，他尚能低头，然而十几年过去，他自觉剑意已经甄至圆满，又岂有被虞兮枝这样一个小真人指责的道理？！

然而他堂堂元婴真人的这一剑，也确实是被虞兮枝一剑破之！

他的剑意沉厚，四圣剑要镇八方，不沉厚如何做到震慑八方？然而虞兮枝刚才那一剑，却分明轻盈甚至更灵动！

轻盈如何镇八方？轻盈为何会破他的镇八方？！而她……竟然让他去和千崖峰那个小子学剑？

纵使谢君知有天下第一剑修之名又如何？他韩以春学四圣剑的时候，谢君知都还没出生！

他的剑……错了吗？

直到此时，他才像是听到了方才红衣老道与谈楼主的声音，怔怔问道："你是什么修为？"

"近来千崖峰共有三次破境。一次为易醉师兄破入筑基，一次为黄梨师弟炼气，一次为程洛岑师弟炼气。"夏亦瑶的声音轻轻响起，"确实……还没听说二师姐有破境……"

"既然我没有破境，小师妹你喜得名剑又许久了，不如你去？"虞兮枝侧脸看向夏亦瑶，冷冷一笑，见到对方些许躲闪的眼神，她笑意更深，说话却极为不客气，"如果你不想去，就闭嘴。"

"二师姐，你……你怎可这样说我！"夏亦瑶不忿咬唇道。

"奇怪，二师姐为何不能这样说你？"风晚行心中大呼痛快，表面却娇滴滴疑惑道，"嗯？难道二师姐说错了什么吗？"

夏亦瑶怒目瞪向风晚行，后者一副"哇哦你在瞪我？我好害怕呀"的样子，虽然轻纱掩面，眼中却已经诉尽委屈与害怕，显然只要她再多说一句，就要落得一个"欺负外门小师妹、惹其落泪"的声名。

既然已经让夏亦瑶闭嘴，虞兮枝不欲在她身上继续浪费时间，也不欲回答韩峰主的问题，只径直道："我接住了韩峰主的一剑，也请韩峰主信守承诺，让我阿兄休息三日！"

韩以春只顾出剑，想要逼退这位不知天高地厚的弟子，岂料对方竟然不避不让接下了这一剑。他虽然心焦，此时却突然意识到，紫渊峰确实无人可派。

后山长老多数都在闭死关，其他人或在十七年前那一战中重伤，又或是那一战中牺牲之人的亲眷，也不是不能去请他们，但此次事态虽急，却也不至于此。

至于那些教习……韩以春觉得让他们去，恐怕只是送死，毕竟既是教习，多数擅教，而不善战。

偌大昆吾，竟然无人能去。

韩以春也是经历过若干个甲子的人，虽然每个甲子的大战后，都总有相似的情况出现，但每一次遇见，却也难免总是有心无力。

他深吸一口气，再看向面前接了他一剑、主动请战的少女，眼神已经变了许多。

所有人都想退，只有她要进；所有人都觉得她不行，可她却愿意接他一剑；眼前少女脸色苍白，不顾众人质疑反对也要护自己阿兄无恙。

昆吾有这样的弟子，才是日后的希望。他刚才竟然昏了头，向这样的弟子挥剑！

韩峰主在心头叹了一口气，正要再开口，却有人先他一步。

"枝枝，别说了。"虞寺上前一步，冲虞兮枝摇摇头，顺手将她挡在了身后，"我是昆吾山宗太清峰大师兄，我去本就是应该的。既然师尊开口，虞寺自然赴汤蹈火，纵金丹碎裂，灵根尽毁，也应在所不辞。更何况，伏妖本就是吾辈修仙天职所在，岂能逃避？"

"阿兄！"虞兮枝急道。

虞寺却冲她微微一笑："阿妹刚才的一剑很好，便是我，恐怕也很难接住，所以，你愿意与我同去吗？"

虞兮枝微愣。

205

怀筠真人脸色这才稍微好了些，正要再说什么，却见虞寺倏然肃色正容，朗声道："愿意与我去一趟空啼沙漠的同门请出列。此去迢迢，想来凶险万分，但只要虞某还在，便必定努力护诸位周全！"

钟鸣到现在，太清峰正殿发生的所有事大家都看在眼里，有人惶惶不安，有人若有所思，却也有人心急如焚，义愤填膺，只觉得易醉之言实在在理，恨不能替大师兄去。

此刻听到虞寺的话，顿时有人慨然出列！

"紫渊峰陈南君愿同行！"

"雪蚕峰孟西洲愿与大师兄同去！"

"太清峰陆之恒请战！"

一片声音此起彼伏响起，虞兮枝不经意一数，竟然已经十七人，加上她，正好十八。再念及原书剧情，她心头难免一时酸涩，难道自己这般努力，却也无法改变什么吗？

虞寺一一扫过众人面孔，似是要将这些面孔记入脑中，他不再多说什么，只重重一点头，就要撩袍向外而去。

一道声音姗姗来迟却铮然响起。

"雪蚕峰高修德……愿同去！"

虞兮枝猛地回头。那个处处与她作对、暗恋小师妹的高修德，怎么会……？高修德也不知道为什么自己此时此刻会站出来，他从大家让虞寺增援时，心底就莫名憋了一肚子气。刚开始，他也无法分辨自己的这份心情究竟为何，直到此刻他终于理解了。

喊出自己名字的时候，高修德还有些莫名羞赧。但在话音落后，他却觉得心头一轻。刚才郁结于心的那些情绪一扫而空，他仰起头，在所有人或诧异或不可置信的目光中，再次扬声重复："雪蚕峰高修德，请战！"

"还有我。"易醉从门槛上直起身来，自然而然跟上，又向着拎着锄头捏着剑柄的两人一挥手，"愣着干什么，走了。"

虞兮枝慢走两步，却见跟着虞寺出去的人远不止十八人，再加上她，一众昆吾弟子气势昂然，人人负剑，衣袍边各色小花翻飞。

"大师兄！二师姐！"一道清脆声音响起，风晚行追了出来，她红衣猎猎，在虞寺与虞兮枝回头的时候，竟扬手将面纱揭下，翻腕扔到了空中！

明艳美貌少女席地而坐，膝盖微曲，抱琵琶于怀，纤细手指拨出一串美妙音符。

嘈嘈切切，大珠小珠。

少女双手翻飞，轮扫琴弦，雪峰琴音起，杀气惊破阵。她喊了虞寺与虞兮枝，却什么也没说，只奏了一曲《破阵》。

琴音如冬日破冰，如高山落瀑，更如战场烈马嘶啸，北风战旗扬起，千军万马撼地，卷起遮天砂石，所向披靡，一往无前！

太清峰正殿许多人心潮涌动，神色复杂，有人开始想自己当初究竟为何入剑道，有人深吸一口气，终于下定决心般，踏向前一步，也欲跟上。

然而昆吾二十三人的身影已经消失在山巅的风雪之中。

再抬眼，已是黄沙满目。

"沈师兄，你不要管我们了。"郑成许咳出一串血沫，他下意识想要抬手掩唇，手臂动了动，这才想起来自己双臂已断，虽然还未丢掉剑，却再也挥不出一剑，"你一个人……还有机会逃，若是带上我们，就真的……"

沈烨眼中全是血丝，他沉默不语，仿佛没有听到郑成许的话，只发狠般从芥子袋往外倒东西，七零八落的小瓶子掉了一地，他一个一个捡起来，像是不要钱般往手心里倒丹药。

小村已是一片废墟，他们赶到后就马上护送尚未被蛇妖附身的村民离开，然而有村民因为仓促逃命，忘记带家中老伴的牌位，非要回去拿。这一回去，便将他们带入更危急的境地。

宁双丝便是为了护送那位村民，在归途之时，被地底乍然涌现的巨大蛇尾直接卷至半空，再重重摔落了下来。

《万妖图鉴》沈烨早已倒背如流，他一眼就认出了那翻甩的青色蛇尾上的花纹为土瓶，却又怀疑自己眼花了。

土瓶蛇妖向来只有手指粗细，多蓄养于瓦罐瓷瓶之中，因貌态可憎，常作小儿玩物。但此妖物生来带有诅咒，若被有心之人捉拿，则可诅咒他

207

人人丁凋零、家族衰败、离奇死亡，只是妖之所以为妖，诅咒成功时必有反噬。

可就算反噬，也不过变为蛇妖，是上身人形、下身蛇状的妖人，又怎么会巨大至此！

沈烨思绪飞转，剑却已经铮然起，然而他再快，也还是没能追上宁双丝坠下的躯体。

修仙之人的身躯自然比凡人强硬许多，但也难耐这样巨大的蛇妖重重一击！前一刻还活生生的师弟现已满身是血，竟是被那蛇妖一击之下，打得脊骨全碎，再落地之时，已经无法调集灵气作缓冲，只得就这样从高空直直落地。尘埃与血渍一起溅开，沈烨眼睁睁看着宁双丝就这样倒在了血泊之中，再无声息。

另一边，郑成许还在组织村民撤退。待他终于护得最后一名村民上了官府撤退的马车，再布下结界将此地彻底笼罩后，才得空回头问道："沈师兄！宁师兄还好吗？！"

然而也正是这一回头，又有蛇头于沙丘之外瞬息奔袭而至，他感到腥风，回剑去挡，却只见到巨大獠牙一口咬下！

沈烨还没能接受这边的情况，却又听得另一边的惨叫！蛇妖一击必中，中即游走，闪电般缩回头，竟是就这样重新潜回了地下！

沈烨将两人拖到了村民尚未完全倒塌的房中，宁双丝生死不知，他却也硬生生撬开对方的嘴，塞了丹药进去，再强迫自己镇定下来，去找止血续肉的丹药。

然而他到底是第一次见这样惨烈的场景，郑成许的血顺着地面流过来，空气里那种属于蛇妖的腥臭气息似乎越来越浓烈，沈烨只觉得视线中一片猩红，手也忍不住颤抖起来。

"不是这个，也不是这个。"沈烨喘气，一个一个看瓶子，却始终找不到那瓶解蛇毒的药。

求援符他已经捏了有一刻钟了，此刻宁双丝与郑成许这般情况，想必太清峰命魂钟也已经敲响，他们……他们只用撑到宗门派出救援。

沈烨不断说服着自己，又塞了一把丹药进郑成许的嘴里，再将一整瓶的外伤丹粉洒在他的双臂上止血："郑师弟，你别怕，宗门很快就会有人来，我们都能活下来，我们都会活下来，你……你坚持住！你一定要坚持住！"

原本安静一片的村落也有了些许的声音，地表微颤，仿佛有什么庞然大物于地底游过，而那样的声音细听却仿佛不止一处。

安静的时间越久，代表蛇妖蓄势的时间越长。

沈烨终于在一片狼藉的药瓶中找到了解蛇毒的那一瓶，脸色不由微喜。

几乎是同一时刻，巨大的蛇头吐着信子，不知何时，悄然逼近。

蛇妖有灵智，已经发现是结界将其困于此处，想要出去，自然只能解决放置结界的人。蛇瞳凝成一条黑线，静静注视着屋中之人，在蓄势许久后，终于再次发动了攻击！

沈烨仓皇回头，獠牙却已到了近前！少年心中闪过一丝绝望。面临死亡前的一瞬总似无限拉长，沈烨心道自己如今筑基中期，年方十九，前途无量，韩峰主还说马上要传他四圣剑中的第三剑，可惜……

一道亮若秋水的剑光从天而降，熟悉的四圣剑气一镇八方，竟硬生生挡住了那蛇蓄势的一击！

有那么一瞬间，沈烨还以为是韩峰主亲自来了，否则怎么会在他想到四圣剑的时候，面前竟然就真的出现了这一剑。

但他很快就意识到了不对。这道剑意，与韩峰主挥出的剑，完全不同。

如果说韩峰主的剑，是厚重的山脉，那么他眼前这一剑，便是山脉中陡峭锐利的峰！蛇头被剑意切割，口鼻齐齐碎开，淬毒的牙尖被剑风扫到，顿时出现了巨大的裂痕，巨蛇发出一声奇异的尖啸，便要如之前那般退去。

沈烨死里逃生，没有反应过来，还保持着仰头向外看的姿势。却见熟悉的昆吾道服从天而降，青色与剑色一起划开天幕，数道剑光一起当空而下！

"七寸！你往哪里劈呢！斩七寸！"

"老子怎么知道这蛇有多长！七寸在哪里？"

"不管了先砍吧，砍到哪里算哪里！这么多人一人一剑我不信没一个七寸！"

209

高危职业
二师姐

嘈嘈杂杂的声音从四面八方而来，沈烨怔怔地看着无数昆吾弟子持剑而来，硬是拦住了那蛇的去路，不分青红皂白就是一顿乱劈！

又有雪蚕峰的弟子带人直直冲入房里，高修德也没见过这么多血，但他到底是行药之人，脸色苍白，手却也还算稳，飞快给郑成许包扎伤口止了血，中途还有空说一句："沈师兄，金玉断续散虽然好用，但撒这么多也真的没有必要！这药也还是很贵的，我们不能这么败家！"

他又伏地捏了宁双丝的口鼻，再渡了灵气进去，在宁双丝体内走了一圈，喜道："宁师弟没死！快来个会浏光诀的，和我一起给宁师弟疗伤！"

"来了！"顿时有人奔来，在高修德的指导下，先给宁双丝嘴里塞了丹药，再与高修德一前一后，打了浏光诀进宁双丝体内。

灵气游走一遍又一遍，宁双丝本已毫无血色的脸逐渐有了生机，睫毛微动，虽还不能此刻就苏醒，但至少性命无忧。

沈烨看着面前忙碌翻飞的衣袍，进进出出的熟悉或不熟悉的面孔，心中升起暖意。虞兮枝踩剑低悬，看向他这边，挑高了音调，含笑道："沈师兄，尚能剑否？"

她背后，虞寺一剑斩下，竟是硬生生将那蛇躯割开了一半！

沈烨深吸一口气，心头悸动，他微微闭眼，觉得刚才一直堵在肺腑之间的郁气倏然消散，他也不管散落一地的丹瓶，只重新握起了剑。

少年霍然而起。

"是谁刚才用了四圣剑！看看我这一剑又如何！"沈烨朗声一笑，已提剑而出，他身后有昆吾同门，身前更有好友并肩而战，他沈烨，又有何惧！

剑若游龙起。

既然那么多人都去斩蛇妖，虞兮枝便悄悄后退了几步。她挡住了蛇妖蓄力已久暴戾无比的第一击，消耗实在太大。刚才虽然冲沈烨笑着喊话，但那是为了振他士气，她转身找了个无人处，小声咳嗽了几声，将涌上来的腥甜压下去，又倒了颗丹药出来咽下，这才脸色好了起来。

一直蹲在她肩头默不作声的谢君知小人眨了眨眼："你是不是忘了自己也才破境？"

虞兮枝都快忘了自己肩头还有这个玩意，声音近在咫尺，又是谢君知

210

的声线……不，准确来说，是比谢君知稍微稚嫩一点的声线，她还是吓了一跳，侧头却又发现小纸符人脸色严肃，一双眼睛病恹恹，简直将谢君知的形态学了个十成十。

只是这样子若是谢君知本尊，自有一番他独有的气质，然而此刻纸符小人只有巴掌大小，再严肃也是一张包子脸，实在可爱。

左右纸符人不过一缕神魂，若是不特意将精神投注在这边，也不会知道这边发生了什么。谢君知在千崖峰还要分更多神识去压制满峰剑气，哪有时间管自己。

念及此，虞兮枝忍不住搓搓手指，然后抬起一根食指，在小谢君知——姑且称为小知知——脸上，"啪"地弹了一下。

小知知惊愕地睁大眼，显然没想到她居然这么胆大包天，半晌才抬起一只手捂住自己的包子脸。

千里之外，千崖雪峰上，窝在椅子里看书的少年眉头微蹙，眼神微顿，做出了与小知知一样的捂脸动作。

"我也才破境又怎么样？"虞兮枝笑了一声，"我们剑修，不就应该在以战养战，以杀养剑，再以血淬意吗？我实战经验满打满算也只有与你去棱北镇那一次，如今正是大好机会。说起来，是只有我能看到你吗？不然为何其他人看到这么小个谢君知坐在我肩头，都没反应？"

小知知沉默了片刻，才道："我不想被发现的话，谁也看不到我。"

虞兮枝"哦"了一声："那小知知好厉害哦！"

小知知又是一噎，不可置信道："你叫我什么？"

"你是缩小版的谢君知，当然是小知知了。"虞兮枝既然缓过一口气，便重新提剑，边走边道，"比如我是虞兮枝，留在千崖峰陪小师叔的，就是小枝枝。"

她说得颇有些乱七八糟，又因为谐音而有些难懂，但小知知显然听懂了，一张包子脸上的表情复杂极了，但见虞兮枝提剑要去看看那只方才袭击沈烨而此刻已经被昆吾弟子斩得七零八落、死得不能再死的蛇妖时，他倏然开口："这里不止这一只蛇妖。"

虞兮枝顿住脚步："蛇一般不是独居动物吗？"

高危职业
二师姐

"……你也说了动物，谁告诉你，妖是动物？成了妖的动物，还是动物吗？"小知知冷然道，"更何况，现在是冬天。"

蛇喜独居，但冬天却会聚集在洞穴里。倘若蛇受到惊扰，那么从洞穴中涌出的，自然是在此聚集的所有蛇群。

那倘若，不止一个洞穴呢？

虞兮枝刹那间便想通了关键，脸色微白，再抬眸去看远处。

这是天酒镇外的村落，已经距离沙漠极近，最边一户人家甚至半边房子都已经落在了黄沙之中。天酒镇外有城墙高垒，城门此刻早已紧闭，城墙上方隐约有寒芒现，显然是当地驻守的士兵，一旦有突发情况，也总要百姓先走。

冬日无艳阳，天空虽亮，却是灰白色的一片，越北城这边称这种天为白夜，是说白日无光，却亮如夜。

在这样的天幕下，空啼沙漠浩瀚无垠，一眼望去，只有涌动的风沙顺着空气扑面而来，沙丘起伏，黄沙更远处则是更深的黄褐，与看不到尽头的沙漠深处连成细细的一条黑线。

虞兮枝只是眺望一眼，目光却突然顿了顿。

窸窸窣窣的声音极远，远到她几乎觉得是幻听，但她却真切地看到那一条黑线，似乎动了一下。

虞兮枝心头一跳，直觉有哪里不对劲，来不及多想，已经平地御剑而起，迎着风沙而去！

"枝枝！"虞寺看到她的动作，忍不住喊了一声。

"我去看看！"扔下简短的话语，虞兮枝如离弦的箭般，向着大漠深处而去！

程洛岑喘了一口粗气。

他从凡人引气入体开始，也并不一帆风顺，能够拿到老头残魂，也是九死一生误入秘境，以命相搏换来的机缘。

他睡过冬夜的冰窟、泥泞肮脏的小巷，也走过满是血的路，却从未有过家的感觉。

212

可千崖峰像家。他甚至可以在练剑之后有一碗热面吃，在想睡的时候有一间属于自己的房间，想笑的时候可以大声笑。千崖峰上的雪，在他心里都是暖的。

在千崖峰的这半年太安逸，他已经很久没有闻见过血的味道了。

蛇妖的血带着腥臭，不少昆吾弟子根本没见过这么多血，有人上一秒还在强撑着嬉笑，下一秒就捂着嘴去一旁吐了，这么多剑斩下去，巨大的蛇妖有一长段都被斩成了肉泥，看起来狰狞又恶心。

老头残魂啧啧道："真是弱不禁风啊，这就吐了，这要是与妖域作战，此等场景遍地都是，我看他们有多少东西吐！倒是你，还愣着干什么？去挖妖丹啊！这么大的蛇妖，还是变异妖种，妖丹实在珍贵，乃大补之物！赶快的，一会儿蛇潮就要来了，再摘妖丹就来不及了！"

程洛岑站的位置很巧，就在蛇头之下，妖丹的位置。

只要他伸手提剑，就可以将妖丹摘出来，此时大家一片混乱，有战妖之后的懈怠，更有恶心的后遗症，如果他动作快，甚至不会有人注意到他做了什么。

掏妖丹的事情他也不是第一次做，少年眸光微动，抬剑直接撕开了蛇妖外层，出手如电，将那鹅蛋大小的妖丹握在了掌心。

然而他突然看到，一袭青衣御剑，向着沙漠深处而去。

"这小姑娘，啧。"老头残魂也顺着他的目光看过去，"刚才挡了这蛇的一击，也是够生猛。这等蛇妖，蓄力一击，几乎是元婴境修为的一击了，再加上承受了之前在太清峰时候的那一剑，她还能撑到现在，真是了不起。"

"你说什么？"程洛岑提剑的手微微一顿。

"什么我说什么？"老头残魂道，"我说的不都是你看见的吗？你不会以为她接了那两下之后，真的安然无恙吧？丹药可以强压下去没错，不过老夫虽然看不穿她的境界，但她总不能是大宗师吧？那个掌门也不过化神，我看她剑意大概是伏天下，却应当还没有到元婴。化神以下，连接这样两击，一般人光是闭关恐怕都得闭个小半年……"

"那她……为何要向着沙漠中去？"程洛岑打断老头的絮絮叨叨，只盯着御剑而去的背影，少女速度极快，顷刻间已经变成了天边的黑点。

213

"还能是因为什么？"老头翻了个白眼，"都说了蛇潮要来了，这么多人，看来也只有她发现了。你快收好妖丹，老夫知道一秘境，恰好在这空空的沙漠里，一会儿蛇潮来了，这群傻小子定然被冲散，你也假装失踪，我们正好去秘境里走一遭！如果我没记错，那秘境中有好剑，还有几样天地灵宝，运气好的话，一趟你就筑基了，不比你在昆吾山宗傻傻吹剑风好？"

程洛岑却怔然不语。

什么秘境，什么好剑，什么天地灵宝。他只听到了一句，她受伤了。

程洛岑握着妖丹，血从他的臂膀流下，手心中的妖丹滚烫，其中有黯淡光芒流转，虽不是什么上古大妖的妖丹，但在这种妖域凋零的时候，却也足够珍贵。

"二师姐！"他突然高呼一声。

炼气境的少年也不过刚刚学会御剑，他的剑不过是三块下品灵石一把的铁剑，此刻被他踩在脚下，却硬是有了绝世名剑的气势。

"哎？你干吗？你做什么去？你有病吗？！"老头惊疑不定喊道。

易醉也回头："程洛岑，你做什么？"

"送妖丹！"

少年头也不回，踩剑冲入黄沙漫天。

易醉愣了愣，也御剑而起："这小子突然发什么疯，你等等我——"

第五章

沙漠深处，黄沙弥漫。

虞兮枝神识散开，灵气遍布身外，将漫天沙尘挡在身外。

少女踩剑，仿佛沧海一粟，在这样的广袤大漠，她与那些空气中翻飞的沙粒并没有本质的差别，如果距离足够远，甚至连一个黑点都不是。

在天地如此威压下，人之力实在不堪一提。但人却总要试着与之相搏。

虞兮枝踩着剑，灵机一动，从头上拔了小树枝下来。

"我见你上次用了小树枝当剑，所以这树枝是不会断的，对吧？"虞兮枝垂眸看向手中的小树枝，它一副缺水的蔫蔫样子，顿时有些担心。

"你觉得它会断，它才会断。"小知知在她肩头坐着晃腿，"你觉得自己的剑会断吗？"

"当然不会。"虞兮枝脱口而出，然后愣了愣。

小树枝依然蔫蔫的，看上去甚至不堪这风沙一击，但虞兮枝看向小树枝的眼神却已经变了。

她懂了小知知话里的意思。无论手中是什么，她既然想要以之为剑，就要相信自己手中的剑。

"我想斩开这片风沙，看清风沙深处有什么。"她平举起小树枝，微微一笑，"请你帮我。"

215

小树枝蔫蔫枯枯，她剑气却浩然精纯。窸窸窣窣的声音混在风沙涌动之中，风沙涌动，少女以树枝为剑，一剑斩落。若是琉光峰主在此，定然要与当时紫渊峰主韩以春一样讶异，因为这是琉光峰亲传的点星剑。

世间繁星浩瀚，逐一点去徒增烦闷，我自一剑斩之。此处大漠风沙高，我欲见明月，我欲见清风，所以我挥剑！

小树枝被剑气充盈，雀跃不已，它在虞兮枝头发上横插了这么久，除了在一家面馆那次之外，从未被她挥舞过。这样的朝夕相处，它与她早已气息相通。

她请剑，它便应。

于是十里风沙，一剑开。

"欸，你等等！"易醉到底境界高些，轻而易举就追上了程洛岑，与他并肩齐驱，"你要去哪里？送什么妖丹……"

他话音未落，却已经看到程洛岑半只染血的袖子和他手中鹅蛋大小的晶莹之物。

易醉诧异："这么大？"

他到底家学渊源，一眼就看出这妖丹既然如此之大，只能说明刚才那只蛇妖比他们想象中的还要更加厉害一些。然而他们挥剑斩之的时候，却意外顺利。

人多自然是主要因素，但关键的是……蛇妖最凌厉的那一击，被挡了下来。

"那确实是得补补。"易醉眼神发直，他见过无数奇珍异宝，当然不把这种妖丹放在眼里，但转念他就眼神奇特地看了程洛岑一眼，"小程兄弟啊，你这么舍得？"

在易醉眼里，程洛岑虽然直接入了千崖峰，但小师叔似乎只是觉得千崖峰多两个人三个人无甚区别，并没有真正收徒。是以程洛岑到底没有真正在昆吾山宗拜师过，甚至命魂钟里都没有他的神魂在，严格意义上来说，他连昆吾外门弟子都不算，只能称一声"小程兄弟"。

程洛岑当然知道这是易醉的试探，但他脸上甚至连多一丝的犹豫都没有，只如块石头般转脸，面无表情地抬手指向前方："一颗妖丹而已，你看那里……"

他话音未落，手指的方向却已经有剑光亮起！十里风沙硬是被逼退，露出了漫天沙色之后的那条已经变得粗壮的黑线。

无数蛇头与小蛇缠绕在一起，蛇身弯曲，层层叠叠，绿色与黑色堆积，黄沙与猩红蛇信糅杂，那远处的黑线，从近处看，竟是可怖的蛇妖群！

蛇妖群顺着风沙向前涌动，一眼望去，密密麻麻，不知凡几。点星剑破开风沙，剑势却未尽，浩浩荡荡向着前方蛇群而去！

"这么多？"虞兮枝也被面前斑斓蛇群惊到，这样的场景让人难免有些生理性恶心，她抬手压了压胸口，硬是忍住了涌上来的那股呕吐感，再一眼扫去，竟然就看到了三四条与方才斩落的那只蛇妖一样巨大的蛇妖！

少女愕然悬于半空，她又想起了原著的内容。刚才她还在想，如果只是那一只蛇妖的话，兴许是会有人轻伤，又怎会落到原书里所说"一行十九人，只有九人幸存"的境地。

原来他们要战的，是这么多的妖兽！

也难怪，虞寺能在金丹微裂后，还能扶摇而上，继续破境，入元婴，再化神——是因为他的血沾了足够多的血，是因为他杀了足够多的妖，如果连他都不能破境，才是真正的天道不公！

可是，空啼沙漠浩瀚万里，人迹罕至，就算其中有妖，又怎会突然在这一日，这样向天酒镇方向大规模移动？

难道是因为空啼沙漠里面发生了什么？又或者说……这些蛇妖，是在躲避什么更恐怖的东西？

"空啼沙漠里，除了沙子还有别的东西吗？"虞兮枝下意识问道。

小知知道："起码也得有仙人掌？"

虞兮枝："……"

"不是，这么多年，就没有人去沙漠深处看看吗？"虞兮枝抬手就在小知知脸上又弹了一下，"修仙界一天到晚都在干吗？"

"也不是没有。"小知知捂着包子脸，神色诡异地看了虞兮枝一眼，"越是人迹罕至的地方，越是危险。而这种危险，通常来自人。"

"来自人？"虞兮枝疑惑道。

高危职业
二师姐

"有些上古大能，为了彰显自己的厉害，就喜欢在这种地方搞点秘境。"小知知的声音里带了嗤笑，"空啼沙漠上空甚至无法御剑横穿，一个个秘境的禁锢实在太多，光是越北城这一片，我听说过的秘境没有十个也有八个。"

"……秘境这么不值钱吗？"虞兮枝咋舌。

她一剑破风沙，剑意未绝，于是这一剑又将冲在最前面的蛇妖顷刻间斩断！落成一地尚在蠕动的蛇尸。蛇吃同类，蛇妖依然习性相近，然而此时此刻，它们却对满地蛇尸视而不见，继续如黄沙滚滚向前而来！

不多时，就在虞兮枝与小知知说话间，蛇妖群竟然已经快要到近前。

"二师姐！"易醉终于赶了上来，向来养尊处优的少年当然没有见过这等场景，易醉脸上写满了崩溃和强撑，"怎么会有这么多蛇妖！这是谁捅了蛇妖窝吗？！"

"别管是谁捅了，总之必须尽快让所有人知道。"虞兮枝看向易醉，又看到了程洛岑，"你们怎么跟上来了？"

三人一并驱剑回程，程洛岑默不作声将妖丹放到了虞兮枝面前："你脸色不太好。"

他手顿了顿，却又突然发现自己握着妖丹的手还血气冲天，妖丹上也还沾染着些血肉，顿时有些赧然地收回来，取了一块手帕擦干净，这才重新递了过去。

虞兮枝神色复杂地看着程洛岑递到自己面前的妖丹，沉默片刻："你来就是为了给我送这个？"

脑中老头残魂已经快要闹翻天，程洛岑如石头般的面容却没有更多表情，他只点头："是的。"

"我不是很确定这只蛇妖究竟有多强，修炼了多少年。我在棱北镇杀妒津妖人时，那么多只，却也没有半颗妖丹。"虞兮枝看着他，"妖丹十分难得，有些大妖的妖丹甚至只是拿着，便有疗伤的功效。我看你手中这颗，恐怕便是如此。昆吾没有要交战利品给师姐抑或师尊的传统，既然是你拿到的，便理应是你的。所以，你……真的要给我？"

她解释得越是认真，程洛岑就越是不敢看她，他也说不清究竟为何，

218

但不敢就是不敢。

所以他微微低头，固执地伸着手，继而重复："是的。"

虞兮枝看看他的额发，这位"龙傲天"男主无疑是好看的，这种升级流的男主向来隐忍又刻苦，这两个特点也确实在他身上表现得淋漓尽致。

没有几个人能忍受千崖峰崖边的罡风冲刷，偏偏他半年如一日坚持，练剑自不必说，便是做起千崖峰那些杂事，也从未抱怨过，一声不吭，却动作飞快，如果不是还记着他是原文的"龙傲天"男主这事，虞兮枝几乎要觉得这是一个普普通通又努力的同门了。

她始终记得夏亦瑶会杀了她，就如记得"龙傲天"程洛岑之后会一剑捅了虞寺一样。

"你盯着他的时间是不是有点太长了？他脸上长花了，还是头发拔丝了？"冷不丁一道声音突然响起，小知知些许稚嫩的"谢君知音"响起，"一颗妖丹而已，你先拿了疗伤，沙漠里还有那么多，你砍了再还他便是。"

小知知既然不想被看到时便不会被看到，那么不想被听到的时候，自然也不会被其他人听到。

虞兮枝心道也是。

程洛岑之后会怎么样，那也是之后的事情，至少此时此刻，她觉不出他有什么恶意，似乎真的只是想要将这颗妖丹送给她疗伤。

虞兮枝沉默的时间有点长，于是程洛岑本以为虞兮枝还要继续推辞，却不料少女笑了一声："既然如此，那我就收下了。"

虞兮枝接过妖丹，她也是第一次见这东西，隔着手帕尚不觉得如何，但手指刚刚触到，她便觉得体内灵气微微沸腾，之前被丹药压下去，却依然明显的几分不适也慢慢被抚平。

也许是她的脸色之前实在不好，这会儿恢复太快，易醉也忍不住凑过来："这么神奇吗？我也想试试！"

"你试试什么？"虞兮枝躲过他伸过来的手，"想要自己去杀蛇妖，后面多得是，现在调转剑头还来得及哦。"

"我就摸一下！就一下！"易醉锲而不舍，"不是吧，二师姐，你不能这么小气吧？"

219

虞兮枝与他笑闹，却也不是真的不给，快要回到村口时，她到底还是让易醉拿着看了看，又回头笑着看向程洛岑："谢谢你啦。"

程洛岑抿抿嘴，老头残魂已经骂得没力气了，嘴里一直重复"兔崽子"三个字，他看着易醉捧着妖丹左右转看，悄悄握了握手里只值三块下品灵石的剑："对师姐有用就好。"

谢也谢过了，虞兮枝便不再将这件事放在心上，径直前去，急着与虞寺等人商量对付蛇群的对策。她一手拿着小树枝，经剑气冲刷，小树枝非但没有折断，反而神清气爽硬挺起来，剑意缭绕。她没有别的簪子，便任凭一头青丝披在肩头。

身后蛇群肆意，少女长发被风吹起，不经意扫过程洛岑面前……也不经意间，糊满了肩头小知知的脸。

"那是……蛇群？"有人怔然看着天边逐渐粗壮的黑色长线，脸色苍白，喃喃道。

虞兮枝简短说完自己御剑去看到的蛇群状况后，所有人都向着大漠边缘看去，刚才因劫后余生而略感轻松的氛围荡然无存。

"高修德。"时间紧张，虞兮枝干脆直呼其名，"你挑三个雪蚕峰的同门，先把宁双丝和郑成许带去天酒镇，再请一次师门增援。告诉天酒镇镇守，任何村民不得出镇门一步。人送到后，留两个人在镇子里照看他们，其余两人回来，随时准备救伤员回去。"

顿了顿，她又想起之前在太清峰发生的事情，又拿了几张传音符塞进高修德手里："如果师门不应，试试这几张。"

高修德知道事态紧急，顾不得问太多，将所有传讯符全部塞进芥子袋，飞快点了几个名字，四个人两两一组，扛着受伤的两人飞快而去。

"这么多蛇妖，我们杀得完吗？"紫渊峰陈南君攥紧了剑柄，虽有战意，但面对如此之多的蛇妖，依然忍不住有些畏惧。

"只要硬着头皮去杀，或许也不是杀不完。"虞兮枝甩甩头发，到底觉得在风沙之中这样散着头发不太方便，抬手绾发，顺便在侧头的时候收获了小知知愤怒的眼神。

虞兮枝莫名其妙与之对视一秒，丝毫没意识到问题所在，移开视线继续绾发，然后娴熟地将小树枝卡了进去，继续道：“但也不是没有别的办法。”

“什么办法？”虞寺微微拧眉。

“众所周知，秘境开启时，破坏力总是惊人的大。”虞兮枝在所有人惊愕的眼神中继续道，“好巧不巧，空啼沙漠里的秘境似乎还挺多。”

“是……是似乎有秘境不错，我家老祖飞升之前就在这里搞了个秘境，我们孟家人都知道，但也都没人敢来。”雪蚕峰孟西洲开口道，少年眉目间难免带了几分犹豫，“但老祖飞升的时候，已经通天，他留下的秘境……我们一群炼气、筑基的人去，岂不是找死？”

有人摇头反驳道：“可二师姐的想法我觉得也没错，我们只有二十三人，去掉高师兄他们，再加上沈师兄，也就是二十人。二十人要如何鏖战蛇群？又和找死有什么区别呢？与蛇妖战死，也是死，入秘境，反而九死一生，说不定另有机遇呢？大道之争，这次的事情看似近乎死局，但谁知会不会反而是我们的机遇呢？”

“对！说起来选剑大会之后宗门的奖励不就是前几名一起入秘境吗？”又有人附和，“我们这算不算提前开奖？”

“宗门挑选的秘境是五派三道同入，也有大长老坐镇，以水镜观之，尽量将危险控制在合理范围内，可这里……谁知道是什么级别的秘境？”

一时之间，二十来人各持己见，有觉得与其可能是死，不如闯秘境，殊死一搏的；也有觉得应当力战蛇群，撑到支援到来的。

但自始至终，无一人说要退。

“我们分头行动。”虞兮枝下了决定，打断所有人的声音，“愿意战蛇群的，与我阿兄一队，愿意试试开秘境的，跟我走，但必须会御剑。”

虞寺眼神微顿，他下意识想阻止虞兮枝，但话到嘴边又被压下。无论是去哪边，危险程度都不相上下。

虞兮枝确实不想虞寺涉险，天大地大，她阿兄自然最大。她不想要虞寺来，所以宁可自己走这一遭，面对未知的危险，尽管她自己也是金丹初成。

可现在，她看到了这里究竟有什么。纵使不开灵视，远处的妖气也已经冲天。而她到底是昆吾山宗太清峰的二师姐。她身后的这些师弟师妹们信任她，也信任她的阿兄，所以无论是她，还是虞寺，都要背负起自己应有的责任。

这份责任与宗门无关，也有关。

宗门给予他们地位，给予了他们一片灵力充沛，剑诀超然的修炼之地，也给予了他们比其他人更强的能力。无论宗门中人如何待她，也无论这到底是不是书里，此时此刻，她既然手持剑，能斩妖，便自然要将弱小之人护于身后。

身为宗门大师兄与二师姐，当如此。手中既然有剑，也当如此。兄妹两人对视一眼，都从对方眼中看到了同样的意思。于是便不用再说更多的话。

二十来名弟子迅速分好了队，虞兮枝御剑起，冲着虞寺微微一点头："阿兄。"

虞寺看着踩剑而起的少女，心绪复杂，他总想要将她护在身后，怒其不争，恨其懈怠，然而此时此刻，看到昂然骁勇的少女，他却又想要回到从前。

"活下去。"少年嘴唇翕动半晌，最终只说了三个字。

虞兮枝却神色一变，飞快冲下来捂住他的嘴："阿兄，什么也别说，回头见便是，走了走了。"言罢，她显然像是怕虞寺不听话，再说什么，逃也似的第一个御剑而出。

小知知刚才被头发糊了满脸，然而虞兮枝显然没意识到这件事。这会儿小知知脸色依然不太好，但到底没忍住，开口问道："为什么让他什么都别说？"

"所有说大战回来就要回老家种地的人，最后都没回来。"虞兮枝神色认真，显然对这类玄学事件十分看重，"所以每次分别的时候，就当与平时一样就好了，千万不要说什么奇奇怪怪的话，否则真的很容易出事的！"

"……谁给你的勇气让你觉得，像你现在这样勇闯秘境，不会出事的？"小知知抱着膝盖，坐得极稳，少女肩头其实消瘦，但再快的风似乎也吹不走他，"你知道秘境在哪里吗？"

"不知道。"虞兮枝老实道，但很快又扬起一抹笑，"可我有你呀，你肯定知道的对不对？再说了，就算不知道，随便闯一闯，总能遇见吧？"

不等小知知再说什么，易醉和沈烨已经一左一右跟了上来，既然虞寺要守天酒镇，又是为了救沈烨而来，沈烨自然知道虞兮枝对虞兮枝的宝贝程度，自觉咬牙跟了上来："我们等下路过蛇群，要不要试试看，能不能引开一部分？"

"蛇喜血。"易醉飞快记起来了《万妖图鉴》的内容，"可就算现在我们割伤口出来，对于这么多的蛇，血也太少了，去哪里找大量的血？"

他话音刚落，一行七人都微微一愣，然后似是想起来什么一样，缓缓看向了越来越近的蛇妖群。

"杀几条不就有了？"同出身于太清峰的陆之恒嘿嘿一笑，"大的蛇妖杀不掉，我看这里小的还挺多，泼个几十里的血应该不成问题。"

黄梨也默默握住了锄头："这儿的蛇可比刚才的好杀多了，至少能一眼看到七寸。"

力所能及引开一路的事情就这么定了下来，其余几人自觉御剑而下，虽然刚才决定要跟着虞兮枝出发的时候，大家也还是有点怕，逼近蛇妖群的时候，更是有一种天然的畏惧，但到底身边有同门在，你一言我一语，恐惧便卸去了许多。

再握住剑的时候，大家心头都有了一丝明悟。面对恐惧最好的办法，自然是直面它，再斩碎它！

沈烨跟在几人后面："分散一点！不要被蛇尾扫到！只斩小蛇，我们的目标不是杀蛇妖，是血！多砍点伤口出来！不要太浪费灵气！"

于是无数剑光触到蛇妖即分开，大家都非常谨慎地选择了在尾端的蛇妖，只求一击必中，不死也行，起码也得重伤。

"我带了锁妖绳，老陆帮我一把！我们拖着这条蛇走！瞧这血，我快要被熏吐了！有没有什么不用鼻子就能呼吸的办法？"

"还有这一招？！兄弟们，还有人有绳子吗？"

"老黄兄弟，你这锄头，有点不一般啊！这可真是一锄头一个准，平时用这锄头锄地，不怕直接把地戳穿吗？"

黄梨一锄头一蛇，勤勤恳恳，动作简单却显然有效极了，出手堪称稳准狠，锄头带起剑气，再从蛇尸中带出一整片的血："我们千崖峰的地，是真的硬，我这辈子没锄过这么硬的地。"

对方肃然起敬："原来如此！"

偷袭蛇妖的行动中，程洛岑也穿梭其间，老头残魂在听说虞兮枝要闯秘境后，重新活了过来："闯秘境好啊！你带他们去最近那个！那个我熟，那个秘境一开，动静极大，这点蛇妖全给它吞了，就是可惜了这些妖丹……算了，比起秘境里的宝贝，这些妖丹又算什么。"

"在哪个方向？"

老头嘿嘿一笑："你们运气好，现在前进的方向，恰好有个混元秘境。"

"算你运气好。"小知知冷哼一声，"前面就有个混元秘境，是化神期真人突破成真君的时候，一着不慎，身殒此处，临死前搞出来的秘境。那人是散修，身上不少破烂宝贝，若是进去，应当会有些收获。"

这世上秘境众多，修士有境界等级，秘境自然也分等级。从低到高有化骨、混元、平天、星极、问缘五等，问缘之上还有逍遥游的大能留下的秘境，称为无涯。

如果是化骨秘境，恐怕硬闯时会造成的动静不够大，若是平天秘境，炼气筑基去闯又实在危险了些，混元秘境正是刚好。

眼看大家的撒血行动非常顺利，前排奔袭的蛇妖自然被引诱，后排竟然有大半蛇妖也耐不住这样的味道，再加上几人不断下落再起，在许多蛇妖身上割裂开了剑气，实在是招惹了许多蛇妖，一时之间，御剑的七人身后竟然多了一长串蛇妖，合起来，也是黑压压一片。

猩红蛇信吞吐，窸窸窣窣，大家初时还觉得恶心，杀了这么半天，竟然也就适应了，还有人开始评头论足。

"这到底是什么妖？我看着像是土瓶，但这种体型和攻击性，却更像是爆身蛇。"易醉拎着一具死得不能更死的蛇尸，一脸嫌弃，御剑飞得飞快，"讲道理土瓶不是多出没于雨林吗？到这种沙漠里来做什么？"

"会不会是这两种蛇融合起来了？"有人大胆推测，却非常接近真相，"这沙漠里到底有什么，会让这些蛇变成这样？"

"有什么我不知道，但必须得有秘境！"易醉大喊一声，向来娇生惯养的小少爷实在是受不了手里的蛇了，"秘境！你快来！我宁可在秘境里流血，也不想提着这玩意儿了——"

他边喊，边冲在最前面，黄沙漫天，白夜沉沉，空气似乎并没有什么变化，但易醉却觉得自己猛地撞上了什么。

空气中倏然有了一阵肉眼可见的波动。

既然村子已经废弃，又被巨蛇从地底翻涌而过，想来此处就算要继续住人，也必须重建，于是虞寺迅速带人在村头以墙体筑成了一道防守的壁垒。

"是我的错觉吗？我怎么感觉涌过来的蛇，似乎比第一眼看到的时候少了不少？"孟西洲探头地看出去。

"我觉得应该是二师姐他们引开了一部分蛇。"去而复返的高修德紧盯着前方，手下却不停，飞快地给所有人都发了一颗避毒丹药。他以前每次提及虞兮枝的时候，都极尽嘲讽，甚至还动过些龌龊的念头，但这一切，都在他决定来空啼沙漠的时候烟消云散。

再看到虞兮枝带着人义无反顾向着沙漠之中而去，只为求得一条生路的行为后，高修德看着少女的背影，心头更是懊恼又自责。

但他面上不显，只继续道："宗门已经接到了我的传讯符，或许增援已经不远了。"

"所以二师姐给的另外几个符是？"孟西洲顺口问道。

"二师姐背后还有白雨斋和西雅楼，你忘了吗？"高修德活动了一下手腕，又找了布条，直接把剑绑在了手上，"自然是给这两处的传讯符。更何况，易师弟也是白雨斋的人，我猜这两处应当也会派人来支援。"

说到这里，高修德与孟西洲对视一眼，显然都想到了之前在太清峰的一幕。

若是平日里，他们还能笃定宗门一定会尽快赶到。

可今日是五派三道难得齐聚的日子，对于偌大剑宗来说，他们的此次除妖，也不过是每日上百任务中普普通通的一个罢了，要说这蛇妖，却也并没有那么难杀，真的出现了之前的问题，不过是因为几人修为实在不够高罢了。

既要宴请五派三道，又要来支援此处，宗门第一剑宗的形象何在？难道他们连这样一处妖潮都处理不了？

这些都是大家平时从来不会考虑的问题，然而此刻，想到这些，孟西洲心情愈发沉重了一些，悄然又紧了紧手里的剑，心道这般的妖潮，想必不是第一次，也绝非最后一次，大家总不能次次都靠虞大师兄千里奔袭。

与其去细想宗门的一些做法背后的原因，还不如握好手里的剑，早日破境，早日独当一面，让命魂钟不会为自己而响。

蛇潮黑压压瞬息便至，蛇尾带起风沙漫天，腥味扑面而来，初时还无法接受，然而人类的嗅觉永远是最容易适应环境的，不多时，大家竟然觉得空气本就该是这样的味道。

虞寺一人站在简易的堡垒之上，却并不握剑。既已金丹，自然可以御飞剑。他还不熟练，但既然面前有这么多蛇妖供他练手，他自然要先试上一试。

少年紫玉发冠高束，道服随风而起，衣摆原本缀满的深色小花在猎猎起舞，而此时，他抬手，飞剑自起。

剑入蛇群，血渍迸射，长剑灵巧地在密密麻麻的蛇群中穿梭，每一次改变方向，都会斩断无数蛇身，无数的蛇扭曲缠绕在一起，实在难以直接找到七寸，既然如此，便一柄斩之！

他只是一人站在那里，却有万夫莫开之势。

昆吾弟子们本觉得自己身在天下第一剑宗，见过的剑自然是天下最多，然而直到此时此刻，大家才发现，原来虞寺这样的剑，才是真正的剑。

不杀妖沾血，不配被称为剑。遇敌只躲在壁垒之后，不配被称为剑修。

飞剑势如破竹，原本躲在堡垒后的少男少女们被这样的剑气激荡，却也依然冷静，蛇妖来前，虞寺已经将众人分为了两组，一组上时，另一组便可休息调息，半个时辰一轮换。

于是少年浴血，持剑入妖群。他们身前仿佛是看不到边的厮杀，背后是他们要守护的人类。

战无可退。

所谓秘境，"秘"之一字自然不能是摆设。

易醉感到了这样的震动后，顿时意识到了什么，他带了些喜色地回头，正准备说什么，却倏然发觉，自己碰到奇特空气壁的那只手似乎变得有些透明。

白夜之下，阳光不盛，但易醉确信自己绝没有看错。

"停下——都停下！"易醉回头喝道，"不要过来！这里有问题！"

于是六道剑光齐停，同行的琉光峰师妹孙甜儿离他最近，一眼就看到了他的状态不对："易师兄，你的胳膊怎么回事！"

"我好像撞到了什么！这东西把我困住了！"易醉想要后退，却感觉有一股莫名的力吸引着自己，他分明悬停于毫无障碍的半空中，却仿佛被什么东西黏住，半边身子都动弹不得。

而被一行人引来的蛇妖群却已经浩浩荡荡到来，易醉悬停的位置十分尴尬，小蛇妖自然触碰不得，但好巧不巧，蛇妖群中有两只体型巨大的头蛇，若是跃起而击，恐怕能咬掉易醉的腿！

易醉感到了强烈的危机感，他灵气瞬间充盈全身，试图在自己的手臂之外，以灵气将自己与肉眼不可见之存在隔开，然而灵气出体，却仿佛入了泥沼，竟然一去不复返。

眼看蛇群将近，易醉不让他人靠近，便也只能自救，少年沉下心来，微微闭眼。汹涌的灵力和剑气同一时间从他的手臂上迸裂开来！

空气中的波动更加明显，纵使还有一段距离，虞兮枝也明显感受到了这阵动静，向着前方猛冲的蛇群似是觉察到了什么，竟然刹那间停下了前进的动作，全部竖起了身体！

秘境外壁不过是震慑，易醉若是不动，不过一炷香时间，便可恢复原样，自行离去。然而他越是挣扎，天地之间这样的震荡就越是明显！

直立起来发出尖啸的高高低低的蛇头看上去密密麻麻，易醉看得头皮发麻，心中发狠，干脆一剑向着前方空中劈下！

一阵轰隆的声响仿佛从地底而来。

老爷爷残魂倒吸一口冷气："现在的小孩子都这么没常识吗？！他碰到了秘境外壁，越是这样，越是会被吸进去！而秘境也会对外进行反噬！"

他话音未落，易醉躯体的透明已经向着他的身体蔓延开来！

227

"易醉！"虞兮枝惊呼一声。

天动地摇，易醉倏然消失在了所有人眼中，然而剩下的六个人还没来得及上前，面前上一秒还平静的沙丘猛地坍塌，而这样的坍塌似乎没有尽头，原本矗立着沙丘的地方塌陷成了一个深不见底的旋涡，而旋涡周遭的沙子就这样顺势旋转了起来！

于是旋涡越来越大，离得近的蛇妖已经被吸了进去，有外圈的蛇妖掉头欲跑，然而沙地塌陷只在顷刻间，几乎是瞬间，这一片的蛇妖就被这样的旋涡全部吞噬殆尽！

旋涡带起风，风卷沙涌，瞬间模糊了所有人的眼睛，只有神识能感受到周围还有生息存在，沈烨大声喊着虞兮枝的名字，却发觉自己的声音才出口，便被风沙带走。

虞兮枝尚能稳住自己的身体，她咬牙，又要试着抽剑斩风沙，却听肩头小知知悠闲道："倒是让你赌对了，蛇妖是没了，但易醉也没了。"

"……"虞兮枝沉默片刻，"我要去找他，他是跟着我出来的，我不能丢下他。"

"这倒也由不得你。"风到底吹乱了些少女的头发，有发丝沿着她鬓边散落而下，落在小知知脸上，他抬手抓了一缕，在手里转圈玩。周围分明惊涛骇浪，千钧一发，他的声音却清晰平常，细品似乎还有几分戏谑，"你们都要被吸进去了。"

话音未落，旋涡风沙倏然又扩大了几分，虞兮枝眼前一黑，已经和其余几个人一起，被吸入了其中！

黑暗并没有持续很久，虞兮枝觉得自己像是穿过了什么，空气中的干燥感与沙粒不知为何竟然好似越来越稀疏，反而有泥泞般的湿气扑面而来，随之而来的还有厚重的泥土与树叶的味道。

她眼前猛地有了光亮。

沙漠之中的混元秘境，竟然有亭台楼阁，江南水榭，小桥流水，荷叶连天。

虞兮枝单膝跪在木桥上，惊疑不定地环顾四周，却见这里竟然是一处大到几乎看不到边的私宅，白墙乌瓦，乌瓦之外有高耸的巨大树木，遮天蔽日，竟是似乎将这处宅子彻底环绕了起来。

就像是雨林之中，突然出现了这样一处奇怪的宅子。

如果此时有南天浮贺家的人在场，定然会十分惊讶。因为此处宅子布置，竟然与贺家老宅的一砖一瓦都一模一样。

但贺家老宅之外，可没有这么茂密的雨林。

再去努力回忆，或许会有人想起，贺家有位偏房的老爷，二十多岁突然痴迷修仙，疯疯癫癫从家中离开，从此再也没有回去。

从极嘈杂到极静，虞兮枝还是恍惚了一瞬。但这样的极静，很快就被更多的声响打破。

熟悉的窸窸窣窣声从四面八方而来，雨林大树摇摆，枝叶颤动，有蛇头倏然从黑瓦上方露出了头！

虞兮枝悚然一惊，才握住剑，却见蛇头往前一探，而白墙黑瓦之上，不知有什么禁锢，那蛇头仿佛撞到了什么极坚固之物，不得寸进！

不等虞兮枝放下心来，就有越来越多的蛇头从墙壁上探了出来，高高低低，一齐向着空气中的结界撞击起来！

白墙黑瓦上的结界显然十分坚固，在这样的连番撞击下，竟然没有摇晃半分，虞兮枝悄然握紧了剑，这些蛇，似乎至少现在，应当暂时撞不进这里来。

"这群蛇，是铁头蛇吧？"虞兮枝看了一会儿，站起身来，啧啧称奇，她又突然想起了什么，向自己的肩头看去，抬起一根手指揉了揉小知知的头，"小知知，你还活着吗？"

纸符小人面无表情抬起双手，抵住她的手指，不让自己的头被碰到："虞兮枝，你说话就说话，不要动手。"

虞兮枝觉得小知知还怪假正经的，假意答应，转眼就充耳不闻，又抬指，在他脸上"啪"地弹了一下，这才肃了神色："这是秘境里面吧？这宅子虽然似乎还挺有品位，但不太对劲。"

小知知："……"

你有在听我说话吗？！

虞兮枝下了木桥，试着想要御剑腾空，看看其他人是否也都在宅子各处，然而才提气，却发现此处显然被下了禁空诀。

小知知正想让她试着放开一下神识，却见少女提了一口气，双手合拢在嘴边做了喇叭状。

"有人吗——"

大宅虽空旷，但显然四面八方都是禁锢，于是虞兮枝这一声后，声音回弹在那些肉眼看不见的结界上，再加上她这一嗓子气沉丹田，还带了灵力，所以格外响亮，竟然有了回声。

"有人吗——"

"人吗——"

"吗——"

余音绕梁，然而宅子空空静静，只有墙外铁头蛇撞头的声音，吵得人头疼，木桥下的荷花池水也缓慢流动着，但更像是一潭死水，只靠阵法维持着生机。

"好像没人耶。"虞兮枝挠挠头，一时也分辨不出是结界阵法挡住了她的声音，还是真的没有人。

她面前是九曲回廊，回廊之后才能进入老宅区域，她两侧都是荷花池，身后则是傍水而修的花园，虞兮枝前后环顾一圈，有点拿捏不定："小知知，你说我应该往哪里走。"

小知知不太想理她，又怕这个不按常理出牌的少女再抬手给他脸上来一下，两相权衡，最终还是闷闷道："用你的神识探一探。"

虞兮枝恍然大悟，这才惊觉自己把仙侠修成了武侠，但她也不尴尬，反正她不尴尬，尴尬的就是别的人。她这才将方才被卷入之时，在自己周身缠绕了一圈的神识层层放开，小心地向外递去。

这一探，她才发现，此地灵气竟然甚是充沛，只是这种充沛莫名带着一股灯尽油枯的味道，颇像是大厦将倾前的回光返照，也不知能撑多久。

虞兮枝把自己的感觉和小知知说了，获得了纸符小人的一声嗤笑："你觉得支持一个秘境运转的，是什么？"

"灵石？灵气？"虞兮枝没思考过这个问题，这会儿不太确定道，"不然还会有别的什么吗？"

"没错，是灵气。"小知知点了点头，"秘境其实就是一方小世界，每一位到了化神境的修士都会拥有自己的领域，将这个领域填充并扩大，便会成一方独立的小世界。而支撑这方小世界的，自然便是灵气。"

秘境自然不可乱闯，每个秘境都有主人，而主人的性情不同，有的性情温和，秘境也不过是想要福泽后代，秘境之中自然不会设下太多机关陷阱。

但修士之中，更多的则是脾气古怪之人，也有许多大能认为留下秘境、再由秘境取宝，天然就是一种磨砺，怎可太轻易？

人人都是大道争锋，千军万马独木桥地走过来的，如果在秘境中有性命之忧，只能说明此人实力不够，运气不佳，死了便也死了，是以这种秘境之中往往艰难险阻重重，每一步都有可能落入机关暗算之中。

虞兮枝小心翼翼地用神识探路，身后生机盎然，身前一片死寂，无论哪边都透着一股奇异。她思忖半晌，还是向着宅院的方向走去。

小知知继续道："有人说，这世间的灵气是恒定的。修士陨落后，体内的灵气自归天地，重新汇入山川湖海，再由雨露降落。换句话说，修士还活着的时候，体内有灵气，挥剑可用灵气，这是自然。但死后留下的这些秘境，本来就都有限期。"

"灵气可以被阵法、被独立小世界聚拢困住，但这种聚拢，从来都不是永恒。或许秘境可以存在比凡人的生命还要长许多许多的时间，但终究有尽头，既然你感受到了灯枯油尽，那么这个秘境，距离这个尽头，应当不远了。"

虞兮枝看着墙外还在锲而不舍的铁头蛇，心头有了一丝担忧："有多远？"

"可能是现在，下一刻，也可能以数年计算，全凭运气咯。"小知知晃着腿，双手撑在身后，"不过我可以告诉你，强行闯入秘境，对于小世界来说，是一种被发现的提醒，换句话说，会加速秘境的坍塌哦。"

说话间，虞兮枝已经走出了水榭，她刚要迈入九曲回廊，却突然想到了什么，回头看向了荷花池。

"来都来了，救易醉是一方面，当然要试着看能不能搜刮一下此处的宝贝，这样的话，就算秘境塌了，也无所谓。"

她边说，边分出了一缕神识，向着荷花池探去。

刚才她发觉花园方向确实有生机存在，但到底微弱，花园中的草木似乎还有些生机。

但荷花池，她还没有探查。

她的神识才刚刚沾到荷叶，就见荷叶竟然好似若有所觉般轻颤了一下，虞兮枝不知看到的是错觉还是真实，受惊般猛地缩回了神识。

"你在干什么？"小知知看她微微皱眉，也跟着拧眉问道。

"荷花刚才是不是动了？"虞兮枝下意识压低了声音。

"……你刚才喊'有人吗'的时候那么大声，现在小声有什么意义吗？"小知知忍不住吐槽，随即很快明白过来虞兮枝在干什么，"你在用神识探水池？"

虞兮枝点头："总觉得哪里有些奇怪。"

小知知"唔"了一声："墙外有蛇，水下……"

他话音未落，虞兮枝的神识恰巧已经重新轻点在了水面上。肉眼看不穿被荷叶覆盖厚实的湖面，但神识可以。

湖水并不清澈，神识一入便直觉如泥沼，淤泥深厚，却并非无底，神识轻而易举穿透了淤泥，然后便顿住。

小知知没有说完，但他不知是有意还是随口的话语，却显然是真的。

淤泥之下……真的是蛇。斑驳的花纹在蛇身上蔓延，粗大交缠的蛇身平平静静地在淤泥下黑不可测的水域中游走，极致黑暗与静默之中，神识看到的画面让人感到生理性反胃和畏惧。

那蛇身竟然比在天酒镇外看到的要更粗许多，很难想象此刻站立的地面之下还有这样的巨大妖物！

虞兮枝险些拔腿就跑。

见多了这玩意，麻木之下，是更浓的生理性恶心。

"蛇羹挺好吃，但谁要拿这种蛇做羹，谁就是脑子有病。"虞兮枝捂住嘴，压下涌上来的反胃，顺便将自己想要寻宝的念头也压了压，若是在别处还好，倘若要战蛇妖才能拿到宝贝，她宁可不要。

小知知心道别人嫌恶心，有千百种表达方式，怎么到了你这里，好似不能吃的食材都不是好东西？念及此，小知知忍不住生了些戏谑的心思：

"但我倒是听说，蛇妖的肉比普通的蛇类更加鲜嫩。"

虞兮枝不可置信看过来："谢君知，你是变态吗？连妖都吃？"

小知知心道：就离谱！无事小知知，有事谢君知，这个虞兮枝，脑子里到底都装了些什么？

猝不及防被说了，坐在木屋外的少年神色复杂，甚至连书都看不进去了。

白衣少年沉默片刻，站起身来，将书随手扔在了身后的椅子上，倏地笑了一声。纸符人是小知知，和他谢君知又有什么关系？

虽然这么想，但身在千崖峰的小师叔显然也看不进去书了，他站在崖边，顿了片刻，从怀里将正睡得极香甜的小枝枝拎了出来。

手掌大小的少女睡眼惺忪，突然离开温暖之处，打了个寒战，半睡半醒间睁开眼，看到谢君知的脸，于是眉眼弯弯，露出了一个不设防的傻笑。

谢君知面无表情地看了小枝枝片刻，抬手屈指，在小纸符人脸上如法炮制，"啪"地弹了一下。

小枝枝似是对他的动作感到了惊讶，猛地捂住脸，瞪大了眼。

这本是一个简单的吃惊动作，然而谢君知硬是看着这个表情，脑中出现了"谢君知，你是变态吗？"的语音。

这语音还不仅仅只有一遍，只要小枝枝表情不变，就一直在他脑内循环。谢君知面无表情，心情却有些复杂。又觉得弹的那一下，有种奇异的上瘾感；又知道如果再来一下，恐怕这小纸人表情就要定格凝固在现在这样，那么他脑中的语音就定然无法停下来。

两相权衡，谢君知的理智和情感大战了八百回合，最终，少年又抬起手，给小枝枝脸上又来了一下。

虞兮枝猛地捂住脸，她总觉得自己的脸颊有点痒，于是屈指挠了挠，小知知看到她的动作，事不关己地转开头，好似什么都不知道——谢君知在做什么，关他小知知什么事呢？

脸微痒不过是小插曲，虞兮枝挠完也就忘了，她悄然加快了步伐，只想赶快离荷花池远一点。既然知道了荷花池下有什么，那么以此类推，青石板下甚至整个庄园之下都极有可能是蛇妖，真是太可怕了！

虞兮枝打算尽快找到其余的同门，然后马上就走，决不能多留，就让

233

这些蛇妖与蛇妖缠缠绵绵好了。

她这般想着，一脚踏上了九曲回廊。

九曲回廊既然九曲七回，自然不止眼前虞兮枝看到的这一截而已。易醉被倏然吸入此地后，身后虽没有荷花池，墙边也没有什么铁头蛇，却也是在这处宅子之中，他小心翼翼探出神识，又连着开了偏房好几扇门，却见庭院深深，房屋中布置精巧却有厚厚一层灰。秘境自然不可能住人，所谓落灰，也不是真正的灰，而是秘境主人当初就想要一些这样的灰尘落下罢了。

易醉到底见多识广，幼时便随着红衣老道云游过一段时间，加之他记忆力超群，此刻打量这些建筑与摆设，心中便有了一点猜测。

这种建筑风格，像极了南天浮那边的人喜爱的样子。而南天浮有雨林，雨林中多蛊、多蛇、多毒。甚至因此，那边还有一个专门的职业——驱蛇人。

驱蛇的驱，是驱使的驱，而非驱赶的驱。

念及此，易醉觉得自己对这宅子的主人有了些许了解，并开始回忆自己印象中，驱蛇除了用笛子、箫、木哨子等东西之外，还可能用什么。

他边想边走，眼前也出现了一条九曲回廊。

"你们倒是好运气，这秘境气数已尽，所以才能让你们这般轻易就进来了。"老头残魂道，"这里果然是南天浮贺家的秘境，小子，你赚了。"

"外面的蛇都被卷进来了吧？"程洛岑却不理他，只看着墙外林立的蛇头，"除了来追我们的这一队，另外的蛇呢？这个秘境的力量足够淹没那些蛇吗？"

老头残魂只想翻白眼："够了够了，瞧你操的这点心，大道之争，怎可如此仁慈！这天地之间灵气有限，你要知道，在场的所有人，都可能是瓜分你本该拥有的灵气的竞争对手！他们是死是活，你做做样子在意就行了，搞得和真的一样。想我刚认识你的时候，你冷酷样子甚得老夫喜爱，怎的在昆吾山宗半年时光，性情就变了呢？！"

"人总是会变的。"程洛岑森然道，"若是你反悔，再找其他宿主便是。"

老头哑然，他当然不会告诉他，自己实则会一门望气术。

望气一术，望的是天命，看的是气运，乃窥探天意大道之术，消耗甚巨，然而程洛岑靠近他身侧时，他若有所感，硬是拼了许多力气，开了望气术，看了他一眼。

他看到了程洛岑这小子身上有东来紫气，浩浩荡荡，他一生开过许多望气，却从未见过如此沉厚的紫！

便称其一句"气运之子"也不为过。

这才是他挑选了程洛岑最重要的原因，而这段时间的相处，也确实某种程度上验证了此事……除了入昆吾山宗实在出乎意料。

老头沉默的时候，程洛岑却没有停下脚步，枝叶花朵不断伸出来，刷蹭着他的面颊，少年只觉得烦躁，毫不留情抬手打开，只想尽快找到失散在秘境其中的其他人。

他走出花园，恰看到荷花池另一侧，少女踏上九曲回廊的背影。

"二师姐！"

少年低呼一声，不敢大声，生怕惊动了什么，但脚下却不停，一路穿梭，只想尽快追上。

黄梨、沈烨、孙甜儿、陆之恒四人也都落在了不同的地方，有的人遇见了蛇，也有人周遭一片寂静，大家惊魂不定，都没有贸然行事，只小心找路，却兜兜转转，面前都出现了朱红廊柱，精巧顶画和繁复雕刻。

如果仔细去看，便可以看到顶画细细密密，靛青、绛红、苍碧、紫檀，无数栩栩如生的蛇绘成滚滚一片，而这些蛇簇拥着一名穿着黛绿衣衫的男人，呈俯首帖耳状。

竟似万蛇朝圣。

回廊九曲深深，好似没有尽头。

虞兮枝一边和小知知闲聊，一边向前走，只觉得周围虽然过分安静了些，却也算是风平浪静，如果不是身处秘境，四面环敌，几乎称得上是悠闲。

平素里谢君知到底是小师叔，虽然他们开始认识的方式有点问题，尤其是每个朔月都还是要喝一碗对方的血，颇有一种奇异的依附和被饲养感，导致虞兮枝虽然比其他人更清楚谢君知的厉害，但对谢君知却生不起应有的对长辈的敬意，所以时不时就忍不住对对方直呼其名。

但千崖峰到底并非只有两个人，大多数情况下，她还是随别人一样，认认真真喊他一句小师叔的。

但现在，小知知的存在，似乎奇异地淡化和模糊了这层界限。

"小知知，你说谢君知现在在干什么？"虞兮枝拎着剑，随口问道。小知知心道虽然刚才也说了，谢君知做的事情和小知知有什么关系，但真的就这样将他和谢君知割裂开来去问，小知知还是莫名有些不爽。

但虞兮枝似乎也并没有想要等他回答的意思，只径直道："你说，如果他在的话，会怎么破开这个秘境？"

"当然是一剑斩之。"小知知脸上露出了这题我会的表情。

"剑修果然粗鲁。"不料虞兮枝感慨道，"竟然连秘境也要劈，不讲道理的吗？"

小知知莫名其妙："有朝一日剑在手，劈尽天下'道理狗'，这话你没听过？"

虞兮枝神色复杂，心道这话听过才不对劲吧？不等她回应，又听小知知挺胸骄傲道："这世上，没有劈不开斩不断的东西，只有不够锋利不够强大的剑。"

虞兮枝悄然停下了脚步，她看了看手里的剑，再看看面前莫名其妙似乎望不到头的回廊，眼睛亮了亮。

小知知微愣，似是明白了她要做什么："不是，你等……"第二个"等"字还未出口，少女已经剑起。

横竖不过是木质的红柱回廊罢了，她未踏上回廊之前，只觉自己一路向前，不出半炷香便可通过，然而此时，她走过的路却分明像是被拉远了一样，走不到头！

她找不到原因，也还没有能够看出这里是否有阵法的实力。但好巧不巧，她手里有一柄剑。她是剑修，也可出剑。于是剑光锋利。

虞兮枝用的是山洞教学里，某天将她一剑从地上抽飞的剑法。剑风极细，甚至细到不似剑风，而像是鞭——那种上面缀满了尖锐利刺、以灵气震之便可寸寸张开的长鞭。长鞭如刀，灵气也如刀的长鞭。

虞兮枝所有挨过的打之中，这是最疼，也是留下红痕最久的一剑，换句话说，这一剑，因为切面小而凝聚，所以贯穿力最强，用来劈断这木质回廊，再好不过！

粗鲁剑修无路可走，便挥剑。

浩瀚到不似结丹真人所能拥有的灵气倾注在剑光之中，这方圆的灵气顷刻间仿佛要被这样的一剑直接抽空，而九曲回廊……自然是真的断了。

这种断，并非是建筑物的坍塌，而是空间的断！上一步还在回廊深深之中，下一步便一人一剑，站在了此宅院的主宅门前！

她的剑光太过霸道，竟是直接将这九曲幻象斩破了开来——又或者说，本来以她的修为，剑光再盛，理应也很难在化神境大圆满的秘境中达到这样的效果，然而此秘境的主人显然对剑修并无了解，搞了诸多弯弯绕绕的陷阱，却不料有人会暴力答题，是以唯独少了一道这样的结界！

原本还在九曲回廊里转圈的其余六人都被剑光惊醒，以为触发了什么机关，结果再抬眼，竟然天旋地转，然后就见到了站在最前方台阶下的熟悉背影。

"二师姐！"此起彼伏的声音带着惊喜响了起来。

虞兮枝猛地回头，脸上有喜色，却突然想到了什么："都站住！不要过来！"

易醉脸色微变，显然是因为这句话想起了自己之前的经历，顿时顿住了脚步，略带紧张地看向虞兮枝，手已经下意识伸向了剑柄。

却见少女警惕地扫过每一张脸："秘境多傀儡魍魉，一人说一个能证明自己的事情，说对了才是本人。"

众人面面相觑，却又觉得有道理，只是一时之间无人开口。

还是易醉清清嗓子，先开口道："咳，那我先来吧。我师娘想要孩子，要不到所以喜欢小师妹，又因为觉得二师姐是要和小师妹抢资源的人，所以不喜欢二师姐。"

这一点虞兮枝当然心知肚明，却不料易醉竟然也看出来了。但在场的其他五个人都不约而同露出了"听到了不该听的八卦"后的表情。

震惊，就是震惊。

孙甜儿心道都修仙了，还执着于传宗接代，掌门夫人是觉得家里有皇位要继承吗？

掌门之位向来都是能者任之，难不成这位掌门夫人还想搞子嗣连任制？那也要问问千崖峰那位小师叔手里的剑答不答应啊。

沈烨从前一直觉得，是虞兮枝确实不喜修炼，在整个昆吾山宗的新一代入门弟子中宛如异类，所以才不受掌门夫妇喜欢，结果没想到竟然是这种……嗯……实在降智又匪夷所思的原因。

他又想到之前虞寺在某个月黑风高的夜里，难得饮了酒，对他说，人生为何总是两难全，他想敬爱师尊，疼爱幼妹，然而两厢却不对付，他在中间，好生为难。

黄梨悄悄捏了锄头，心道自己身为凡人的阿婶都知道孩子的事情是缘分，求不得，修仙之辈中竟然还有这等俗货？

昆吾掌门夫人，就这？就这？

陆之恒莫名和程洛岑对视了一眼，都从对方眼中读到了些震惊和不屑，然后彼此悄然藏好情绪。

虞兮枝自然也有一瞬间的不自在，但易醉说的到底是事实，于是她"嗯"了一声，再看向其他人。

沈烨想了想："可能也算不上秘密，韩峰主……也就是我师尊，他的四圣剑，剑意与你有区别。而我兴许境界不够，竟然觉得难辨高下。"

"见过我之前那一剑，你是真的。"虞兮枝点头，"顺便告诉你，为了来救你，我和韩峰主在太清峰对了一剑，说不上输赢，但我接住了他的剑。"

沈烨惊讶地微微张开嘴。

陆之恒沉思片刻："之前在暮永峰，二师姐每次做的饭都很香，尤其是早上的鸡汤小馄饨，馋哭我。"

虞兮枝："……"

孙甜儿早就想好了："琉光峰内门加亲传一共五十二位女弟子，其中四十八位都喜欢虞大师兄！"

空气有了一瞬间的诡异安静，随即，三道声音同时响了起来。

"凭什么！"

"我差什么了？！"

"那还有四位呢？"

孙甜儿理直气壮看向易醉："凭大师兄好看又勤奋，从来不阴阳怪气别人，还是第一个结丹的人！"

她再一言难尽地看了看沈烨："沈师兄，您也不是不好，就是……站在虞兮枝师兄身边的时候，对比实在是太鲜明了些。"

顿了顿，她再回答虞兮枝的问题："那日二师姐比剑，有其中三位在场，她们见过谢小师叔后，就……"

易醉向来崇拜小师叔，闻言并不奇怪，甚至觉得比大家都喜欢虞寺要好接受了，只好奇追问道："还剩下的那个人是谁？说起来为什么你这么清楚？"

"当然是因为，剩下的那个人是我。"孙甜儿挑眉。

易醉恍然大悟，又问："那你喜欢谁？"

孙甜儿微怒："关你什么事？我为什么要告诉你？"

两个人大眼瞪小眼，其余几人到底都是少年，都在暗自羡慕虞寺有这么多人喜欢，自然便没有人注意到虞兮枝有些过分的吃惊和时间有点过长的发呆。

小知知不知何时手里多了一根虞兮枝掉落的头发，他抬手一抖，头发便变得笔直，然后他拿着这样笔直的头发丝，隔空戳了戳虞兮枝的脸。

发丝太细，戳了好几下虞兮枝才感觉到了微痒，抬手挠了挠脸，回过神来，只觉得自己的反应实在是大了些。

喜欢小师叔很奇怪吗？好像也并不。

抛去修仙这件事本身来看，大家确实是十几岁的少男少女，心生情愫实在再正常不过。

修仙又不是修无情道，非要人断绝七情六欲。再说了，无情道那玩意儿是人修的吗？都不用说别的地方，渡缘道每年还俗的和尚还少吗？

只是大家不觉得，喜欢这种辈分的人，就像是爷孙恋吗？

虞兮枝压下心底的奇奇怪怪感觉，再看向黄梨和程洛岑。

黄梨挠了挠头："第一次见二师姐时，我说的第一句话是，可是宗门

239

来的小真人？"

程洛岑觉得自己好像没什么可以用来证明的事情，难道要说黄梨的面煮得好，自己三块下品灵石的剑童叟无欺？

少年思忖许久，带了些许犹豫地看向孙甜儿："那三位师姐应当没有机会。"

孙甜儿露出了疑惑的神色。

程洛岑字字珠玑："根据我的观察，小师叔眼里只有二师姐一个人类，让她们放弃吧。"

虞兮枝："？"

小知知："？"

易醉原地跳了起来："程洛岑你是假的吧？！小师叔看我也很像在看人啊！你在说什么？！"

"很像，终究与'是'有区别。"程洛岑冷酷无情道，又安慰了一句，"也没什么，还有我和黄梨陪你。"

易醉："……"

不是这个问题啊！

孙甜儿神色古怪地看了程洛岑一眼，又看了虞兮枝一眼，心道这种事情整个昆吾山宗不都心知肚明吗？特地说出来又有什么意义呢……又或者说，因为这话是从千崖峰传出来的，所以格外具有佐证意义？

她还想再去看虞兮枝。

虞兮枝却已经转过了头，不知怎的，她声音似乎有点不自在："都没问题。那么现在我们要推开这宅子的门，面对未知的陷阱，但也可能拿到秘境的秘宝，或者还是找离开的路？那样最安全。"

"来都来了。"大家都在，自己也没事，沈烨又恢复了平时有些倦懒的样子，声音也跟着拉长了，于是听起来就更像是什么老年夕阳红组织观光时、遇见不怎么喜欢的风景或活动的时候会说的话，"不拿点宝贝，回去都不好意思说自己进过秘境。"

七个人都举步站上了台阶，几人互相对视一眼，脚步微动，重新换了换站位。

240

昆吾有剑，也有剑阵。而剑阵，正是七人成阵。

无论开门会遇见什么，如果一个人挡不住，那七个人呢？

如果一道剑光无法匹敌，那么一座剑阵呢？

昆吾剑阵，是和清风流云剑一样，是入昆吾后必学的入门剑阵。

虽说简单又基础，但也确实是所有演化出来的昆吾剑阵最初的雏形和基础，若是连这座剑阵都做不好，更难一些的恐怕就更学不会了，是以学这剑阵，某种程度上，也是筛选学剑人慧根的方式之一。

程洛岑虽然直接上了千崖峰，黄梨和易醉却也教了他这剑阵，再加上他学的时候，老头残魂指点了两句，所以他还算是娴熟。

原本虞兮枝要站在剑阵最前面，当最尖锐的那柄剑，但剑锋总是最危险的，沈烨既然抱了帮虞寺看着虞兮枝的想法，自然不会让她去冒这个险。

于是沈师兄站在剑阵最前面，深吸一口气，到底压住了一脚踹开面前宅子大门的想法。

昆吾学宫里有专门的秘境礼仪课程，沈烨学得挺认真。

取秘境之宝前，要向秘境的主人打招呼，隔空致谢。入秘境的任何门，尤其是一看就是宅院的门前，要敲门再推。

否则有些格外注重这方面的秘境主人，会因为觉得来者没有礼貌而刻意刁难来者。

左右问一声也不会有什么，不问却有可能送命，所以昆吾山宗要求弟子凡门必问。

于是沈烨抬手，在雕花木门上敲击三下，扬声道："此间主人，叨扰！"

这才运了些许灵气在手，伸手按在门上。灵气是试探，灵气入门，并没有任何异样，雕花木门上没有什么亮起的纹路，雕花似乎只是雕花。

沈烨悄然放心了一些，随即手腕用力，向前一推——

"吱呀"一声响。

七人持剑，并非只向前方，而是各守一方，环顾四周。

面前宅院依然是宅院，那门看上去漂亮，但到底年久失修，推开的时候，还与地板摩擦出了一身颇为刺耳的响声。

241

而就在门开的瞬间，断后的易醉却低低惊呼了一声。

"怎么了？"虞兮枝下意识压低声音——四面八方都有剑阵中人在看，她全神贯注时，不应向其他方向去看，以防自己的这一路破防。

"九曲回廊重新出现了。"易醉深吸一口气，"这到底是个什么东西啊？怎么像是在追着我们跑！"

门开的同时，原本被虞兮枝一剑斩断的九曲回廊仿佛空间折叠般，突兀地又出现在了庭院台阶之下的路上！而且仔细去看，竟然是不止有一处回廊，因而红柱长廊交叠重复，形成了让视觉产生模糊幻觉的景象！

但既然门已开，便要向前进，而非瞻前顾后。

沈烨迈步，剑阵随之动。

房间内有尘埃扑面而来，此外还有些奇异的味道，说不出在哪里闻过，但细细去想，又觉得很陌生。

大宅有高高的门槛，沈烨撩袍抬腿，一脚踏入。在他的脚触及地面时，青石地板突然出现了一道殷红的纹路。

更多的殷红细线从那条纹路延伸出来，在地上飞速爬行蜿蜒出奇异的图案，所有人都看到了那还在行进中的图纹，只是无人认出这是什么，却莫名被吸引，盯着图纹，一时之间竟然忘了反应。

断后的易醉眼中，重叠模糊的九曲回廊也逐渐清晰起来。少年有点疑惑地揉揉眼睛，一时之间无法判断，究竟是眼花还是现实如此。

坐在虞兮枝肩上的小知知却在看清那些图纹后，神色倏然凝重起来："退！"

虞兮枝一个激灵，从刚才被图纹吸引而无法转移视线的感觉中醒来，几乎同时便厉声开口："沈师兄，退出来！"

沈烨如梦初醒，就要抬脚，却觉得仿佛脚下有千斤重，几乎无法动弹！

老头残魂也神色慎重起来："没想到啊，竟然会在这里看到这种阵法！这阵法可谓邪异至极，这人是想让你们做他复活的嫁衣啊！"

程洛岑还没问他到底是什么意思，却见虞兮枝猛地单手撑地，张开了一个结界！

几乎就在结界将这幢宅院与外面隔绝开来的同时，九曲回廊仿佛活了一般，狠狠地向着前方撞来！

红色廊柱仿佛红色獠牙，而四方的廊口仿佛变成了血盆大口！

易醉眼睛发直，只觉得这一口是当着自己的头咬下。

九曲廊柱撞击在结界上的同时，虞兮枝身体猛地震颤了一下，她抑制不住喉头的腥意，哇地吐出了一口血来！

"二师姐！"几道声音同时响了起来。

却见虞兮枝猛地抬头："阵眼就在这间房子里，不要碰到地面，去找！否则这个阵法会将所有人都吞噬进去！"

她的耳边，小知知的语速极快，更是难得的慎重："这混元秘境，并非普通秘境。除了福泽后人的两种秘境之外，还有第三种。"

"这秘境的主人，虽然身殒，却未魂散。"

元婴期修士尚且能在危急时刻吐出元婴，以身死换取元婴的生机。只要元婴在，死一次最多也不过掉些修为，并非真正的陨落。到了化神，此等手段自然更多。哪怕只有一丝魂魄在，便能有各种手段助其复活。

而这些手段，自然要借助许多外力。如果是大宗门，化神期修士有神魂一缕，自然会搜寻资源，凑足各种苛刻的条件，聚集无数灵气，助其复活。但散修便不一样了。修仙之路孤独非常，大半散修吃尽了常人难以想象的苦，甚至极难相信他人，更枉提将复活这种身家性命交到其他人手里的事情了。

是以有一些散修，亦或者说，有缘曾经看过一些阵法的散修，会在临去前，自己为自己将来的复活，设下秘境复活阵。

此等阵法乃逆天行为，手段各异，但总归逃不开一条路——要拥有灵气修为的新鲜血肉来献祭。又或者，夺舍。

所谓新鲜血肉，自然是指活人。

沈烨刚才一脚踏入激活的阵法，便是此等邪恶之物！

这秘境的主人，竟是想要以他们的性命为献祭，换得自己的一线生机！

倘若不是虞兮枝一剑斩开了九曲回廊，恐怕他们走着走着，便会走入某种不可逆的消亡之中！

但这种阵法并非无法破解，只要能够拿到阵法主人的本命物，便可以

243

灵气覆盖气息，骗过这方空间世界，让阵法停止，甚至打开秘境。虞兮枝一嗓子喊出，还有人在想不接触地面，又不能御剑，要怎样在宅屋内搜寻时，程洛岑已经动了。

少年身法轻盈，他只点了入门前的地面，再轻蹬一脚门边，顷刻间已经绕过了大半房间。

这房间的陈设也很规整，虽然心知肚明这些陈设之中便有许多宝贝，毕竟老头像是报菜名一样说着那些宝贝的名字。然而事态紧急，他只想取阵眼宝物。

九曲回廊狰狞蓄势，再次撞过来，结界与之碰撞，撞出天崩地裂般的声音，程洛岑于是更急。

就在此时，虞兮枝些许虚弱的声音从门口传了进来："你看看有没有什么特别不同寻常的东西！"

程洛岑刚要掠过屋内书房，却猛地一个回旋，直接站在了桌子上。

桌子上有笔墨纸砚，纸上泼墨，有仕女图栩栩如生，画面上。少女黑发如瀑，微微侧脸，低眉含笑。

砚墨微干，笔毫凝固，纸张泛黄，并没有什么特别之处，也没什么值得程洛岑停下的地方。

他的目光却依然落在紫檀木的书桌上。

书桌上，莫名其妙，有一口锅。一口一看分量就不轻，厚底大径的……锅。

小叶紫檀木的桌，极是风雅，应有茂林修竹，狼毫沾墨。

是以在看到锅的同时，程洛岑还思考了片刻，是否这锅不是锅，而是这个造型的砚台，那黑也不是锅底的烧炭黑，而是饱沾的墨。

然后，他低头抬手在锅外沿刮了刮，刮落了一小撮锅底灰。

如果说程洛岑之前并不认识这是什么的话，在千崖峰的这段日子，他洗锅烧水打下手的次数足够多，脸上手上衣襟上蹭到锅底灰的概率也足够大，是以他飞快断定，这……还真是一口锅。

老头残魂也在盯着那口锅，他总觉得，这锅有些眼熟，却又一时之间想不起来，只凭直觉提议道："你用旁边的笔敲一下锅边。"

这老头残魂虽然话多，平时冷嘲热讽大言不惭更是许多，但到底知晓自己与他一荣俱荣，一损俱损，确实从未害他。

于是程洛岑拿起笔，在铸铁大锅的边缘，用笔杆一敲。

"嗡——"

敲击声并不清脆，甚至算得上是低沉，但那声响却好似音波，一圈一圈荡漾回旋出去，竟然余音不绝。

那声音穿透性极强，所有站在门外的人都听到了，大家正在好奇这是什么声音，却见原本汹涌撞击着结界与宅院白墙乌瓦的九曲回廊和无数蛇头，突然出现了一瞬的静止。

房间里的屏风恰好转开些许，从沈烨的角度看过去，正能看到程洛岑站在桌子上敲锅的样子。

"不是吧……"沈烨震撼道，"敲锅居然能有用？！"

易醉距离虞兮枝撑开结界的边缘最近，原本受到的视觉冲击最剧烈，此刻一停，他倏然听到了沈烨的话："什么敲锅？谁在敲锅？"

但这个问题问出口，大家都反应了过来——是刚才那一声奇特的声音。

陆之恒声音微颤："程师弟，有用！再敲！"

果然，那一声再次响了起来。如果说方才的第一声只是带着犹豫的试探，那么第二声就是真正的敲击！

闷声中带了些许的铿锵，瞬间九曲回廊竟然向后急退数十米，微微颤抖，廊柱下压，似是畏惧这声音！

"再敲！"

结界消耗甚巨，虞兮枝吐了一口血，又含了半口在嘴里，这会儿压力一松，她原本紧绷的神经顿时松懈了许多，竟然向前跟跄了几步，混着之前的血，一口吐在了主宅的门槛上！

殷红的血顺着门槛缓缓流下，有一缕悄然落入了困住沈烨的法阵之中。

须臾之后，红光大盛。

沈烨被这样的红色骇然惊到，下意识再试着抬脚，却发觉方才束缚住自己的压力竟然不知何时悄然消失了，顿时飞快从门槛内退了出来。

程洛岑已经提着锅抓着笔，从书桌上一跃而下。锅到底是个容器，老头残魂刚才又报了太久菜名，于是程洛岑在回程中，一路咬牙用身体撞击

245

花架小桌，再以锅盛坠落宝贝，硬生生就这么装了一锅的宝贝，在红光笼罩整个宅院之前，落到了门槛之外。

红光愈盛，眼看众蛇复又蠢蠢欲动，虞兮枝眼疾手快从程洛岑手里抽出笔，抬手再敲！她手中有血，于是那血渗入笔杆之中，玉质笔杆碧中绕红，洁白笔尖更是骤然血红！

她敲锅，于是这血便一并甩了几滴在锅上，锅底漆黑，锅身铁黑，但那血却悄然渗入了锅内！

老头残魂看得清楚："这锅看起来奇奇怪怪，却果然是宝物，竟然滴血认主了。"

这世间的灵宝自然也分三六九等，一为先天，一为后天。再自上而下，各有天地人和四等，天级之上，则不分先天后天，分为混沌灵宝与造化灵宝。而人级与和级灵宝都不能认主，唯有天级、地级与混沌造化灵宝，才能滴血认主。

换句话说，这锅与程洛岑随手拿的笔，至少也是后天地级灵宝！

血既已渗入，便是认主。灵宝之主敲锅，威力自然非比寻常。

于是那一敲，便如洪钟。

锅底铮然，锅内其他灵宝被音波震起再落下，于是在一击之后，更有余吟噼里啪啦响起，形成一整片的敲击音！

初听程洛岑敲锅，还没什么感觉，但这一次，众人纷纷捂耳扶额，只觉得宛如被重击！

黄梨抬手摸鼻子，竟然有鲜血顺流而下。

再看周围那些蛇，墙壁之外近似少了一半，而那方才还蠢蠢欲动的九曲回廊，更是幻影微散，向后急退，几近消失。

虞兮枝自然也发觉了问题。

"这锅这笔，看来都是你的了。"小知知是纸符人，自然不会被音波影响，他看着那黑漆漆的大铁锅，神色复杂，口气揶揄，"好大一口锅。"

虞兮枝神色复杂地看锅，半晌，伸手拎锅，将内里的东西随便倒在地上，也许是因为已经滴血认主，所以这锅看似厚重，入手竟然极轻。

她抓着锅耳，将锅提起，顺着光线仔细打量了半天。

锅底锅内都黑得彻底，黑得绝对。锅内还有些许发亮，就像是油光淬炼了许多年一样，是一口身经百火的好锅。

她在看锅，其他人也在看她提着锅看锅。

敲锅能退敌，纵使再不可置信，在场的所有人也都意识到了，程洛岑拿出来的这锅，是灵宝。

只是不知，是哪位炼器大师如此无聊，竟然炼了这样一口锅出来做灵宝……或者是某处天然形成的先天灵宝，竟然形状如锅？

虞兮枝提着锅，宛如提着锣；握着笔，宛如握着锣锤。

小知知的声音幸灾乐祸："还能咋办，敲吧。"

几乎是同一时间，虞兮枝叹了口气："还能咋办，敲呗。"

比起其他一些使用条件苛刻如必须大量灵气、境界等级限制、抑或一段周期中只能使用一次的灵宝来说，这锅……确实非常亲民。

事已至此，昆吾剑阵也没什么维持的必要了。

虞兮枝一马当先，向前一步，一锤敲下。

宅院外蛇妖挣扎扭曲，口吐白沫，妖力低微的蛇妖甚至已经被震死。已经有了些许灵智的蛇妖目露惊恐，好似回忆起了什么恐惧的事情，转身便要逃，却被音波桎梏，蛇身颤抖蜷缩。

荷花池下，庞大身躯发出低声呜咽，近似蛇泣，然而大蛇边哭，却边默默地从荷花池里游弋而出，匍匐在地，向着锅声发出的位置逶迤而来。主宅之内红光大盛，却盛极转衰，那血红阵法闪烁跳跃，却好似被什么东西天然压制住了，不甘心地悄然变暗。

虞兮枝向来是一个比较会脑补的人。

她想过很多自己勇闯秘境的样子，有的骁勇，有的狼狈，甚至在方才见到那许多蛇与荷花池黑暗中的蛇纹时，也模拟过许多自己浴血奋战的英姿。

更何况，原著里，是有关于虞寺在这空啼沙漠之中大战的描述的。

虞兮枝早就做好了心理准备，甚至有重伤的觉悟……结果，谁能想到，事情居然会发展成，她提锅前进，一夫当关万夫莫开，敲锅如敲锣？

就离谱，这秘境，真是离谱。

247

少女面无表情，唇角似笑非笑，似喜似悲，一锤又一锤敲下。

"铿——铿——"

少女身后六人面面相觑，一手持剑，一手抱着方才程洛岑席卷的灵宝，跟在锅声之后，神色恍恍惚惚，一时之间不知道自己是谁，身在何方，在做什么。

秘境……原来是这个样子的吗？小知知在虞兮枝耳边已经绷不住般笑出了声，小小纸符人抱着肚子，笑得前仰后合，毫无形象，显然是觉得面前一幕实在滑稽。

虞兮枝被吵到不行，想说闭嘴，但自己也想笑。于是少女露出忍俊不禁一抹笑意，却还未出声，笑意便凝固在了嘴边。

荷花池破，水榭楼台全部被掀翻，她在淤泥之下用神识探得的那巨大蛇妖，匍匐在地，显然是没想到会在半路遇见她，四目相对片刻，突然冲她吐了吐蛇信。

距离太近，蛇信太长，两厢都没控制好距离，眼看猩红扑面而来，虞兮枝一惊，下意识抬手以锅为盾去挡。

巨蛇目露惊恐，显然恐惧到了极点，然而蛇信冲力太强，还未反应过来，已经"啪嗒"一声，点在了锅上。

万物静止。

跟在虞兮枝身后的六人面露惊恐，已经拔剑出鞘，准备咬牙一战。然而下一刻，那巨大蛇身倏然变小，顺着粘在锅上的蛇信，变得只有手指粗细，被困入了黑锅之中！

虞兮枝愕然端起锅，低头去看。却见那蛇竟然也没挣扎，就这么直挺挺地躺在了锅底，目露绝望，似乎在被这锅碰到的时候，就已经预料到了现在的结局。

与此同时，虞兮枝的识海中，突然出现了一道身影。男人一身黛绿，凤眼细长，眉眼流转之间便有风流，便是称之为美人也不为过。然而美人一手提锅，一手拿锅铲，笑意盎然地看向虞兮枝："看来是你拿到了我的传承。小姑娘，吃蛇羹吗？"

虞兮枝："……"

对方已经颠锅焯水，挥舞着铲子："我姓贺，出生南天府贺家，乃化神境大圆满。我的名字并无所谓，临死前也没什么别的想法，平生更是无甚所长，不过略会做羹，便觉得这一口蛇羹的做法，若是失传于天下，实在可惜。若是你想，我便告知你这蛇的种种做法，若是你觉得修仙之人，自应辟谷自虐，我们之间便无话可说。"

末了，对方笑意盎然看过来："小姑娘，要学吗？"

虞兮枝脑子里出现了自己之前才说过的"蛇羹挺好吃，但谁要拿这种蛇做羹，谁就是脑子有病"，再看看自己手里拎着的锅，自己神识里出现的这位明显是秘境主人的贺姓修士，神色复杂。

居然真的有人用这些蛇妖做羹？

难不成那些蛇妖惧怕这锅的原因，便是因为这位贺真人，曾经为了吃蛇羹，所以抓了太多的蛇妖，做到了真正的……把蛇妖吃到溃不成军，闻风丧胆？

若真是如此，这位贺真人，也确实……好家伙。

半晌，虞兮枝神色复杂道："倒也不是我要不要学。"

在她识海中的，是贺真人留下的一缕残神识，虽然贺真人已经身殒，但残神识只会出现在手持阵眼之人的识海之中，反应行动都与本人无异。

此时此刻，贺真人显然没想到会等来这样的反应，挑了挑眉："此话何意？"

虞兮枝微微一笑。

少女挽起袖子，露出纤细手腕，再活动活动手指："只是很巧，我也……略会做羹。"

贺真人足足愣了小半炷香的时间，来消化虞兮枝究竟说了什么。

他刚才的问题，其实陷阱密布。

贺真人，当然不是什么教人做蛇羹的好人。

散修若是好人，恐怕在这个大道争锋，抢夺灵气灵宝的世上，活不过炼气境。而贺真人既然能一骑绝尘，一路化神，在他的时代，不知手上沾染了多少人的鲜血，甚至可以说，他是踩着无数人的尸骨，才走到了化神境大圆满的境界。

高危职业
二师姐

他自然不是什么普普通通以饭入道的修士，他是蛊修。

名门正派自然走正道，但散修却不拘一格，机缘到了，缘分有了，以什么入道的都有。但这其中，却有三种道，最为人不齿。

鬼修，魔修与蛊修。

鬼修掘墓挖坟，行走于阴森之地，打扰长眠之人，聚怨气、鬼气于一身，曾经有鬼修硬是凭一己之力，将海晏河清搅得鬼影重重。

魔修炼魔功，而魔功的灵气运行与境界升级之法，喜走捷径，常有吸人功法、抢人功德之事，令人不齿。

蛊修阴毒，行不轨之事，心机深重，常年与虫蛇毒物为伴，甚至有人以身饲虫，只为养出最好最大的蛊，实在是邪异又令人作呕。

可就算无人知晓贺真人的身份，与蛇妖日夜相处之人，又岂是简单好相与之辈？

狡兔三窟，贺真人为自己的复活做了好几手准备。主宅阵法乃是献祭之阵，而此时问虞兮枝这个问题，意在夺舍。

若是虞兮枝刚才回答想学，那便是某种言语许可，纵使主宅中的红光并未吞噬到什么，但既然她想，贺真人要教她，便会顺着神魂入体，进而夺舍她的身体，将她作为他复活的容器。

而若是虞兮枝不想，那么整个秘境大阵，就会视虞兮枝为偷拿了灵宝的敌人。不学，要这锅做什么？不是偷就是抢来的，当集全阵之力诛之，而贺真人也会在她的神识之中，出其不意，直接进行摧毁式攻击，再令其躯壳。

贺真人想得极好，若是入秘境之人为名门正派，想必定会严厉拒绝做蛇羹的提议，若是散修，兴许有人拒绝，也有人同意。但无论是哪一种，总之殊途同归，都是他赢。

这计策堪称万无一失。

然而贺真人人算不如天算，却唯独没有想到还有虞兮枝这种，撸了袖子要和他切磋的。

神魂到底不是本体，贺真人被这突如其来的变故搞得愣在了原地，却见虞兮枝已经反手颠锅，顺手将笔插在了发髻中，再拔剑，显然已经跃跃

250

欲试了，打算以剑切蛇，焯水过肉。

被困于锅底的巨蛇其实乃是贺真人驯服的蛇中，最巨大、最有攻击力的，它甚至已经开了灵智，在妖域也是可称为小妖将的强大存在，本是贺真人留下，对来者进行恐吓抑或一击必杀的最大武器。

然而御妖者，总要害怕被妖反噬，所以那锅便是能够降服这蛇的灵宝，也是贺真人给自己留的后路与底牌。

结果此时，虞兮枝磨剑霍霍，眼看就要将他的百年心血一剑切之！

贺真人顾不得其他，只得紧急喝止："外面有那么多条蛇，为何非要炖这条？"

虞兮枝理所当然："这条恰在我锅里，我为何要去抓其他的蛇？"

贺真人："……"

"你可知怎样的蛇妖好吃？"贺真人决定走另一条循循善诱之路，"蛇妖与蛇不同，上乘肉质的蛇妖，是……"

"奇怪，谁说我要吃了？我若是想要吃蛇羹，难道不会去买正常的蛇吗？为什么一定要吃蛇妖？"虞兮枝却打断了他的话。

贺真人愣愣："可你说要做……"

"我只是为了给你证明，我蛇羹做得不错，又没说做了要吃。"虞兮枝说得坦然，"贺真人，若是没问题，我就先动手了？"

贺真人心塞无比，如果是本尊在此，恐怕要气得吐血。

这边两人于神识之中对峙，在其他六人眼中，虞兮枝便是突然静止在了看锅的姿势上不动弹了。

"……那个，二师姐看的时间是不是太长了些？"陆之恒不太确定地挠挠头，"这锅，这么好看吗？难道看着看着，还能入定？我也盯着看了够久了，什么也没看出来啊。"

此时周遭危机尽除，九曲回廊早就在虞兮枝猛烈地敲锅攻击下消散，周遭铁头蛇们也稀稀疏疏，便是黄梨一锄头一个，不出半个时辰大约也能尽数除去，至于刚才那骇人巨蛇，此刻已是锅中小蛇。

六人神色各异，方才他们经历了从听了一耳朵八卦后的极震撼，到沈

251

烨被阵法困住的极惊恐，再到程洛岑敲锅、虞兮枝无意中滴血认宝、以锅退蛇的极愕然，再到虞兮枝拎锅开道的极滑稽，突遇巨蛇的极恐惧……剧情却急转直下，巨蛇入锅，宛如泥鳅。

情绪片刻之间如此大起大落，六人觉得竟然和大战一场后一样身心俱疲，只想原地坐下。

这么想，大家便也这么做了，几人各坐一方，将僵硬不动的虞兮枝围在中间，为她护法。

"也或许不是入定。"沈烨思忖半晌，"这锅倘若真是秘境阵眼，这秘境主人总要出来相见，其中或许……另有玄机。"

大家便也不多想，专心护法，调节气息。

而老头残魂盯着那锅想了这么久，终于灵光乍现，一拍大腿："我想起来了！！"

老头的声音逐渐激动："这锅竟然是无念瘴锅！这笔是天照笔！无念瘴锅乃是先天地级灵宝，早年有逍遥游道君不忌口，喜吃食，以此锅炖了许多妖族，那锅之中的黑，乃是妖族被炖杀时的怨气聚集而成。后来，道君飞升，无念瘴锅下落不明，直到怨气凝妖，祸害一方，这才被渡缘道的和尚们带回去，冲着这锅念了整整百年的经，才将怨气散去。"

"既是如此邪物，为何不直接毁去？"程洛岑声音微森。

"毁去？！"老头声音陡然拔高，"你小子，和别人抢灵宝空手而归，暴殄天物你重拳出击。这锅是先天灵宝，那笔更是一代大符修越玠的符笔，画符时，可调动天地之力！这两样东西，本都是你找到的，应当属于你！你可知这小姑娘夺了你的机缘，抢了你的灵宝？"

"我要一口锅一支笔做什么？"程洛岑却奇道，"更何况，她无意之中先滴血，说明这本就应该属于她。"

老头残魂到底不甘心："若是你一人入此秘境，你当如何？"

"若我的剑足够强大，自然一剑毁之。"程洛岑理所应当道。

老头残魂："可你看，这里有这么多灵宝……难道事后不会后悔吗？"

"若是我毁了这里，又怎么会知道这里有什么灵宝，谈何后悔？"程洛岑摇头，"你这个糟老头子，没有逻辑。"

老头被他噎得吹胡子瞪眼，冷哼一声，他既觉得这小子太过自傲，大道之中，自傲至此，怕是要错过许多机缘，又转念心道，既然已经拜入昆吾山宗，机缘所至，还去了显然是最不错的千崖峰，总不是散修，自傲一些，不被磋磨掉性子，保持一颗本心，倒也是好事。

神识之中，虞兮枝看着那贺真人，三番五次阻止她向锅中蛇下手，已经觉察到了不对劲，只是她面上不显，依然笑意盎然："贺真人，若是不做蛇羹，那我不然……就先走了？"

贺真人暗自咬牙，心道自己在此处已经等了如此之久，无念瘴锅也已经滴血认主，他竟然还被逼到这种地步，幸好他还有最后一手！

于是变故突生。

他既然御蛇，功法便也如蛇，黛绿转浓，消散开来，丝丝缕缕蜿蜒如闪电般向前突进，猛地渗入了虞兮枝的神识之中，竟是试图顺着她的神识攻入她的丹田五脏之中！

虞兮枝虽在笑，其实早已暗生警惕，贺真人此举反而让她有了一种预料之中的感觉，少女不慌不忙，剑斩神识的事情她还没做过，但她除了剑，却也还有别的手段。

少女将手里偷偷攥住的一大把黄符向半空一扬——

朗朗乾坤，绵延不断的雷电自天而降，汇成粗粗一股，猛地击在了虞兮枝身上！

沈烨、孙甜儿与陆之恒大惊失色，在雷电中心的少女分明毫不设防，被这样的雷击中，后果不堪设想！

再去看一侧，却见易醉、程洛岑、黄梨老神在在，丝毫不慌，脸上露出了司空见惯的表情。

孙甜儿颤声："二师姐……被这样劈，为何你们竟然毫不担心？"

"你们有所不知。"易醉竖起一根手指，淡定地左右摆了摆，"还记得大师兄渡劫之时，二师姐布的符阵吗？为了试验那道阵法的功力，二师姐天天用雷符劈自己，要说抗雷能力，恐怕二师姐便是当之无愧昆吾第一人。现在这道算什么，更厉害的，我们也不是没见过。"

蛇怕火惧雷，惊雷起，无念瘴锅中的巨蛇下意识将自己团成了一个圈，

253

瑟瑟发抖。

　　贺真人与蛇为伴，自然而然也有了蛇的习性，更何况，他陨于化神到炼虚境的劫雷之中，此刻自然本能畏惧雷电。更何况，寻常人用雷符，都是一张一张地撒，哪有这小姑娘这般，一扬一大把的，她难道不怕自己被劈死吗？！

　　然而他已退无可退，只得咬牙向前，心道自己若被雷劈，这小姑娘也逃不开，便是看谁死谁活，殊死一搏了！然而贺真人到底忘了，自己虽然曾是身经百雷的化神真人，此刻却只不过一缕神魂。

　　符雷轰然落下，虞兮枝沐浴其中，神色轻松，甚至连她头上的小树枝都轻轻摇摆，好似在哼歌，毫不在意。

　　贺真人的神识左躲右藏，却终究躲不过这样粗壮的雷！

　　雷电蜿蜒，追着劈杀贺真人的神识，贺真人堂堂一代化神大圆满境界的邪恶蛊修，布下此等蛇阵秘境，心机重重，心心念念百年之后携妖蛇蛊重归渊沉大陆，却终究……倒在了不按常理出牌的少女的一大把雷符之下。

　　轰然雷鸣后，秘境主人已死，秘境自然大开，距离坍塌也并不多远，周遭蛇妖早已吓破了胆，四散溃逃，却被其他几人提剑斩杀，他们甚至还有余力去掏掏妖丹。

　　也不知这最后一瞬，贺真人是何想法，也许是真的不想自己的秘制蛇羹大法失传，最后他竟然将自己的心法与记忆传承给了虞兮枝。

　　这位贺真人原来出身南天浮，南地多潮湿，多雨林。贺家作为南天浮第一世家，本就擅蛊，蛊本是凡人手段，修仙界并不过多干涉，岂料有人以蛊入道便也算了，竟然有人以蛇妖为料，炼出妖蛊。

　　妖蛊横行，这贺真人机缘巧合之下，得了这口锅，自然如虎添翼，愈发如鱼得水。他喜蛇，便炼蛇为蛊，更圈养了数千条蛇，蛇再繁衍，林林总总，竟然不多时就有了数万之量。

　　所有的蛇妖都怕被他炖杀，而此人饭前喜敲锅而唱，所以此间蛇妖听到敲锅的声音，便自然畏惧，更何况无念瘴锅本就是无上灵宝，音波自然也是攻击，蛇妖祖祖辈辈都听这敲击，惧怕便印在了骨子里。

　　至于那天照笔……在这贺真人手中，更是离谱。当年越庆道君用它写符，这贺真人，用那笔写食谱。而今这本饱沾墨汁的《贺氏羹汤》便静静躺在无念瘴锅中，或许因为是天照笔所写，所以这食谱，自然也带了些符之力。

虞兮枝神色复杂，拿起那食谱，翻开一页，抑扬顿挫地念出上面写的字。

"我有一锅，锅之大，一窝怪蛇放不下，需剁骨放辣，再架两个烧烤架。"

"一个蒜香，一个微辣。"

混元秘境开启的一瞬，风云俱变，沙漠白夜低悬，沙潮涌动，不见天日。

虞寺等人在此前也是苦苦支撑了一段时间的，当时蛇潮已到近前，自然要拔剑战之。

一行十几人，修为毕竟高低不同，虞寺虽然已经结丹，但也是刚刚迈入伏天下的门槛，还不够纯熟，而面前这些蛇妖，正是他稳定境界、磨剑练手的好东西，尤其是那些明显妖力更盛的大蛇妖，对他来说，正是极好的猎物——但这是在他只用顾及自己一人，不必分心去救不慎卷入蛇群中的修为相对较低的同门的情况下。

大家都各自去伏过不同的妖，但并没有谁一次性对付、甚至遇见过数量如此众多的妖族。

昆吾剑阵七人一组，人数却也凑不够两组，是以虞寺便要格外关注另外不成阵的几人，但也兴许正是这份分心，逼迫他将自己的极限一升再升。

高修德带着的雪蚕峰四人小队反复奔波于天酒镇和虞寺面对的战场之间，他不断向远方望去，心中忐忑担忧，却又有期待。

担忧虞兮枝一行人的安危，却也期待她能够早一点如计划那般触发秘境，然而秘境开时，天崩地裂，也必然会波及距离近的所有人，纵使此番无事，却也还要再面对入了秘境后的重重危险。

高修德没进过秘境，但他到底是逐云城高家之后，家中祖上不少大修士，秘籍众多，不谈雪蚕峰的后山便有高家老祖，便是其余五派三道，也多有高家子弟的身影。如此家世，他自然对秘境知晓得比其他人更多一些。

世间秘境，从来危险重重，机关密布，九死一生。就算有沈烨师兄在，而虞兮枝……二师姐……她虽然好似并未破境，但却在去了千崖峰后，显然修为变得精纯了起来，可纵使如此，他们也从未入过秘境。

255

高危职业
二师姐

高修德在情绪复杂的同时，心头却也在恨自己境界到底低微，若是平时修炼能再刻苦一些，再努力一些，兴许现在就能帮上更多的忙。

他正这样想着，手下不停，给前方撤下来的一位紫渊峰同门的手臂疗伤，无意中向着沙漠深处望了一眼。

却见风沙狂涌，天色骤变，整个沙漠似是变成了要将一切都吞噬的旋涡！

"退——！都退后！"虞寺注入了灵气的声音传入每个人耳中，站在最前方的少年张开结界，全力抵抗被沙漠变故惊到、开始不要命般向前猛冲的蛇群。

然而人力终究有限，撑开如此规模的结界，虞寺的灵气不多时便消耗一空，眼看危在旦夕，近在咫尺的蛇群却都被那旋涡吸入一空！

所有的喧嚣骤停。

沙漠变得空空荡荡，若非地面上还有赤红的血渍，简直要让人觉得刚才的一切都不过是一梦。

"二师姐……成功了吗？"孟西洲愣愣道。

少年的左手臂方才一时不慎，被蛇妖獠牙剐到，衣袍尽碎，鲜血直流，正有一位雪蚕峰的同门在为他疗伤，沉绿的色彩缭绕在他的手臂上，高修德又塞了疗伤丹丸在他嘴里，是以少年的声音还有些口齿不清。

蛇妖被吞噬，危机也算是告一段落，但没有人的神色变得轻松。

"看起来……应当是成功了。"有人应道，声音也有些惊讶，"秘境开启的威力，竟然真的如此之大。"

虞寺体内灵气已经消耗一空，他掏出几块上品灵石捏碎，飞速给自己补起了灵气，而高修德之前捏的传讯符召唤的援手也终于赶到。

白雨斋和西雅楼的大师兄轩辕恒和大师姐谈明棠都带着几名筑基弟子来了，轩辕恒神色是难得的严肃："来之前回宗门点了几个人，才赶过来……枝枝呢？"

谈明棠虽然没说话，但显然也是同样的意思。

虞寺第一次觉得有口难开，但他到底还是将来龙去脉解释了一遍："……总而言之，此刻秘境应当已开，但空啼沙漠此地本就秘境众多，她究竟入了哪个秘境，也很难说。就算去找，恐怕也极难。"

谈明棠看着虞寺一手一枚上品灵石，脸色又难看，赶紧递了丹药过去："按二师妹的方子炼出来的培元固本丹，原本一颗就够了，但看你现在的情况，多吃一颗也不算浪费。"

虞寺本欲拒绝，听到是虞兮枝的方子，沉默片刻道："那我就却之不恭了。"

丹修讲究静心守丹，常常会有数日甚至更长时间才会一炉丹成的情况，这位西雅楼的大师姐谈明棠在炼丹时极沉稳，但或许炼丹消耗了她所有的耐心，所以在其他时候，她性子就格外急。

如今见到虞寺不推辞，直接吃，谈明棠心底舒畅许多。她在西雅楼是说一不二的大师姐，却也时常听同门私下里将她与虞寺相比。

一个丹修，一个剑修，其实并无可对比之处，谈明棠初时并不在意，但听到的次数多了，难免厌烦，也对虞寺生不出什么好感。

此刻虞寺不磨叽，她看虞寺也顺眼了些，口气自然不再那么生硬："既然二师妹在秘境，我们焦急也无用，而秘境之中多有奇异，有时时间流速也与外界不同，无法估算二师妹等人出秘境的时间。我看诸位多疲惫，不如先回天酒镇休息整顿，再做打算。"

轩辕恒远望了沙漠片刻："你们先回天酒镇，我去看看这大漠中是否有符意，这么多蛇聚集在这里，总觉得太过刻意。"

众人对此并无异议，此间没有人比轩辕恒更懂符，而此刻蛇妖不再，只要不入大漠太深，应当都不会有危险。

虞寺并未多叮嘱，轩辕恒也是白雨斋大师兄，他多说的话，反而会有种叮嘱后辈的感觉，定然会引起对方不适。

于是轩辕恒带着两名白雨斋弟子御剑而去，西雅楼众人则是协助高修德等雪蚕峰弟子检查众人伤势和身体状况，一行人随后带着疲惫往天酒镇而去。

空啼沙漠黄沙万里，在秘境开启又坍塌后，此刻已经恢复了宁静，只是大漠到底风沙涌动，再平静也有大风搅动，轩辕恒有些洁癖，此刻见到这样的狂风骤沙，脸上自然露出了些不适。

"贺师弟，你家最擅御蛇，又曾听说有位先祖在这里陨落……我在想，

257

这蛇潮涌动与你家这位先祖是否有关系。"纵使身上裹了厚厚一层灵气隔绝风沙，轩辕恒还是有些难受地捏了捏鼻子，"可南天浮未免与这里气候差距太大，他为何会选择此处？"

贺姓师弟名为贺谷，少年稳稳御剑跟在轩辕恒身侧："关于这一点，倒是也有传闻。"

"什么传闻？"

"这位偏房的老祖……喜好特殊。"贺谷斟酌着语句，尽量让自己的描述显得正常一些，"养蛇养蛊其实都很讲究，也很耗费心神，但老祖据说丝毫不在乎这些，他喜欢将不同种类的蛇下了药，再将它们扔在一起，以期诞生混种的后代。"

"最开始的时候，他还止步于用普通的蛇，成了修士后……他便开始用蛇妖。妖族到底有所不同，成功率比普通的蛇要高出不少，老祖心花怒放，更是变本加厉。"

贺谷努力说得委婉一些，但轩辕恒已经懂了个十成十，他神色复杂了片刻，显然是不合时宜地对贺谷所说的场景进行了一番过于生动的想象，顿时有些承受不住了。

但这传闻若是真的，倒是也能对这里出现的蛇妖解释一二。

可惜他们到底来晚了一步，没能亲眼看到那些蛇，否则究竟是不是与贺家老祖有关，便一目了然。

大漠空荡，御剑瞬息数十里，轩辕恒并未感受到什么符意，再向深处去，便有可能碰到别的秘境了，是以轩辕恒顿了顿，再以神识扫了一遍，却无发现，这就准备回撤了。

但他的神识才准备收回来，却微微一顿。

"咦？"轩辕恒微微一顿，"好像……这个方向，有一点很淡的符意？"

他话音刚落，却见滚滚符雷从天而降，空气中出现了肉眼可见的波动，前方原本空荡的沙漠仿佛有什么小世界降临，而粗壮的雷则硬生生将那小世界给劈开了！

贺谷看得呆愣："雷符竟然这么厉害……吗？以后出门行走，我要多画点雷符！"

轩辕恒也有些许错愕，但他很快想起了这位二师妹隔着水镜拉着他通宵改进雷符，力求让雷符更粗更壮更强的那些不眠之夜，以及对方一次又一次让他试试效果后，他被猪油蒙了心，居然依了她的话，结果被雷劈得痛不欲生的痛苦往事。

记忆清晰又让人恼羞成怒，于是轩辕恒有些羞恼道："一次扔出去三五十张雷符，当然会有这种效果。"

贺谷倒吸一口冷气："谁人能有这么大的手笔？三五十张雷符，写也要写大半个月吧？"

毕竟纸符在写的时候，是要在笔中灌注灵气，又要全神贯注，可谓消耗甚巨，再加上成功率的问题，寻常符修一日画三张成功的符，便会力竭，便是轩辕恒，一日挑战的上限也不过七八张罢了。

提到这个，轩辕恒眼前又出现了虞兮枝日画十符还能生龙活虎练剑炼丹的样子，他只想让贺谷闭嘴："一会儿你自己问问她。"

贺谷一脸不解："问谁？"

他才问出口，却见前方小世界几乎肉眼可见地坍塌，而风沙之中，有少女御剑一骑绝尘冲了出来。

少女姿容秾丽，衣袍翻飞，意气风发，她眉目之间有剑气杀意，却偏偏一双笑眼，便让剑气也变得缱绻。只是她手中莫名端着一口黑色的锅，头上更是不讲究，插着根小树枝，还有一支笔。

少女身后，一行六人一字排开，有人撩袍放满了一颗颗硕大晶莹的妖丹，又有人怀抱肩扛灵宝，浩浩荡荡气势汹汹而出。

贺谷目瞪口呆看了半晌，他大约猜到了最前面的那位应当就是二师姐，之前也听到了二师姐带人闯秘境，以求一线生机的事情。

当时他内心对这位还未谋面的二师姐可谓崇敬至极，只觉得修仙人当如是。

此时此刻，此情此景，少年只觉得内心有什么东西奇怪地坍塌了，终于还是忍不住道："他们这是……打劫归来吗？"

这问题轩辕恒答不上。

无他，他也还没去过秘境，只从书里和宗门内老人口口相传中听过秘境内的场景，所知之事，无外乎狼狈浴血，险象环生，便是出秘境时缺胳膊少腿也是常见之事。

至于灵宝争夺……更是夸张一些，那些秘境主人多为老祖，当初他们得到灵宝时便腥风血雨，此番传承下去，自然也要考验后人一番，据说每一种灵宝的夺得都险阻重重，那么在置于秘境中时，谁也不想让别人就这么轻易拿到——凭什么我当时出生入死，死了便要造福后人？我是什么不求回报的圣母吗？

总之，一来二去，灵宝前设下各种陷阱机关的传统就这么世代流传了下来，仿佛成了一种默认的设置，提起在秘境夺宝，大家脑中自然而然就会出现艰难险阻、九死一生的样子。

但现在，对面御剑而来的七人组一个个都扛着抱着各样灵宝，最前面的虞兮枝更夸张些，竟然还拿了口锅来装，除此之外，别以为他看不出来，连她头上发髻里插的笔都是灵宝！已经放不下到只能插在头发上了吗？！这……就算是打劫回来，也不一定能这么盆满钵满吧？！

御剑而行，虞兮枝瞬息就到了白雨斋几人面前，轩辕恒正待说什么，却见虞兮枝丝毫没有停下的想法，就这么直接与轩辕恒擦肩而过，带过一阵微腥的风，只留下一句：“恒师兄，你傻了吗？快逃啊——”

理论上来说，虞兮枝当然应该喊轩辕恒一声“大师兄”，但到底因为她还身在昆吾山宗，这么喊，很容易让人误解为在喊虞寺，所以虞兮枝从一开始就这么喊他。她御剑不停，身后六人更是一刻不顿，路过的时候，轩辕恒和贺谷还听到几个人在闲聊。

易醉声音崩溃：“我要被这堆蛇妖妖丹熏死了！！这东西为什么不能被扔进芥子袋啊！我带了十八个芥子袋呢！”

沈烨咬牙：“你给我坚持住了！从秘境带出来的灵宝都要等彻底检查过以后才能入芥子袋，芥子袋是空间容器，说白了也是小世界，若是容纳不下，容易造成空间动荡，甚至形成小爆炸，极为危险。从这里到天酒镇，想来不过两炷香时间，屏息！”

孙甜儿已经用灵气堵住了鼻子，是以说话的声音格外闷：“话说回来，我们刚刚到底搜刮干净了没？程师弟，你确定没什么遗漏吗？”

"……孙师姐，用搜刮一词，未免太过直白了些。"程洛岑的声音有条不紊响起，"左右这秘境也炸了，或许用'抢救'更为妥当。"

几人的声音就这么掠过去，轩辕恒眼看前方秘境坍塌就要波及此处，也连忙带着贺谷等人掉头，跟在了几人身后。

贺谷脸上还是一副没有从刚才的信仰坍塌中回过神来的表情，又或者说，后来他听到的这几句话已经彻底让少年陷入了迷茫之中。

"那个……"

"啊……这……"

"大师兄，我……"

贺谷几次开口，却又咽了回去，反而是轩辕恒先开了口。这位白雨斋见多识广的大师兄也终于绷不住了："他们什么意思？妖丹能用堆来形容吗？一年前姚胥踩了狗屎运，遇见了一只有妖丹的妖，当时他拿着妖丹回来，冲我炫耀了好久——结果现在，妖丹就这么不值钱了吗？"

这还没完，轩辕恒的声音又急又气："还嫌熏！嫌熏给我啊！让我承担这份苦恼啊！搜刮秘境？抢救灵宝？这群人到秘境里到底是做什么去了？"

"还有这个虞兮枝，都是师妹了，还不知道拿几颗妖丹来孝敬师兄的吗？但凡懂事一点……哼！"

轩辕恒眼馋得要命，死死盯着孙甜儿、程洛岑几人怀里的妖丹，眼睛都要红了，是以就没有觉察到，在最前面的虞兮枝一个大转弯，并行在了他旁边，猛地开口："恒师兄？"

轩辕恒差点被吓得直接从剑上掉下来："你……你干吗？"

虞兮枝声音温柔："来给师兄孝敬几颗妖丹啊。"

轩辕恒眼前一黑。他平素里红衣偶傥，走的是嘴毒人高冷的路子，虽然白雨斋内的许多同门都知道他是什么德行，可他还从未在虞兮枝这边露过馅。

当时隔着水镜就宛如人心隔肚皮，就算那会儿被虞兮枝忽悠着用雷劈自己，轩辕恒也把持住了。却不料竟然在此刻，一腔吐槽抱怨被正主听到，彻底翻车，塌了"人设"。

高危职业
二师姐

　　轩辕恒干笑两声："是……是吗？"

　　虞兮枝说给就是真的给，她笑眯眯递过一口锅："您挑。"

　　轩辕恒表面矜持，内心早已乐开了花儿，偏偏还要端着点，就这么点了点头，虽说虞兮枝这个给妖丹的方式豪迈又奇特了些，但成大事者不拘小节，一想到能够回去用一把妖丹当弹珠，狠狠打姚胥的脸，轩辕恒就手痒得不得了。

　　少年向着锅里探头。虞兮枝的锅里，确实放了妖丹，而且还不少。

　　她既然得了这口锅和这支笔，自觉已经是天大的机缘，其余灵宝自然不愿私吞，她也不知还有什么东西会不会莫名其妙被她滴血认主，所以硬是把其他所有灵宝都塞进了其他人的手里。

　　所以她这锅里，就放了满满一锅妖丹。

　　那小蛇被困在锅中，不得妄为，此刻便蜷在锅底，被一锅妖丹的重量压得无法呼吸，眼冒金星。

　　最关键的是，一锅妖丹的气味，妙不可言。

　　轩辕恒刚才就觉得易醉喊妖丹腥臭难忍是矫情，这会儿大喜过望，自然忘记提防，于是一探头，将这一锅妖丹的味道，一鼻子吸了个十成十。

　　红衣少年晕过去的瞬间，这锅里，没有一颗妖丹是无辜的。

　　"大师兄！"贺谷惊慌失措看向前方突然瘫软的红衣少年，眼疾手快，一把托住，又有人急急向下俯冲，将轩辕恒失控的飞剑攥住，再上来将轩辕恒的另一只臂膀扛住，"大师兄怎么了？！"

　　虞兮枝收回锅，露出无辜笑容："可能是被这么多妖丹吓到了。"

　　她笑眯眯单手拎锅，从锅里随便抓了两个妖丹，给扶轩辕恒的两个人一人扔了一个："拿着玩。"

　　目睹了全程的贺谷拿着轩辕恒可望而未可及的妖丹，很想给被妖丹熏晕过去了的大师兄点根蜡烛。

　　一行人满载而归，虞寺等人虽然在天酒镇里休憩，却也轮番有人站在城头看着沙漠的动静，自然早就看到了一行人冲破风沙而来。

　　于是等在天酒镇的众人翻身而起，大家这会儿都把伤口翻开了看了，雪蚕峰与西雅楼的同门各用妙法，一时之间还有些较劲的意味在里面，是

262

以诸位昆吾弟子各个看起来都又绑绷带又涂丹丸粉末的，还有人手持治疗灵宝，就这么歪七扭八地都站在了天酒镇的墙头。

虞兮枝等人觉得自己在秘境中似乎只过去了不久，但外界竟然已经过去了整整一天一夜，难怪多少有些疲惫。

虽说刚才在回程路上，大家也听说了留下来的同门也没事，稍微放心了些，但这会儿真正见到熟悉的面孔，大家这才终于松了一口气。

天酒镇的此次清缴蛇妖任务，才算是告一段落。

虞兮枝看着站在正中央的虞寺，心绪难平。对她来说，这一次，有着更重大的意义。

原书的剧情确实是白纸黑字的书写，但也似乎并非真正的不可撼动。

她可以悄悄拨动程洛岑的时间线，让他在本该被人殴打、历练磋磨的时候，到昆吾山宗来。她自问，从头到尾，她都只是试探着邀请了对方一句罢了，并未强迫对方做任何事，但很显然，现在的程洛岑虽然性格与书中无二，但人生走向似乎也悄然有了些变动。

她也可以……让结丹后的阿兄，道心圆满，丹意精粹。

一场厮杀大战，不但没有让少年金丹微裂，反而已然稳固了伏天下的境界，甚至隐约已经摸到了结丹境中期的门槛。

她那些被雷劈焦、被山洞中剑意鞭打吐血、熬着红眼苦守着的日子……都不是白费的。

虞兮枝微微闭了闭眼睛，让自己心头涌动的酸涩味道平复下去，突然开口道："小知知，我很高兴。"

坐在她肩头的小知知或许是这世间唯一看到了她眼角微亮液体的人，小纸符人盯着那一滴晶莹看了片刻，突然站起身来，它的身高刚抬手就够触碰到她的眼角。

纸符人虽然被谢君知注入了无上灵气，甚至化出了人态，但纸符到底只是纸符，它这样去擦，那一滴液体便渗入了他的手上，慢慢将他的整只手都浸泡软化。

但小知知绝口不提，只悄悄用另一只手拉了拉袖口，将这只已经被泡软变形的手盖住，再没事人一样重新坐了回去。

263

他动作太快，虞兮枝根本对他的动作一无所觉，只捧着锅，重新露出桀然笑意，御剑向着虞寺的方向冲去："阿兄——！我平安回来了！"

虞寺也心潮涌动，他与虞兮枝不过分开了不到两日，往日他去出任务，甚至有过数日不见的经历，但此次到底凶险难测，看到虞兮枝安然无恙，大敌又已除，虞寺心情自然不同。

只是他目光顿了顿，停在了虞兮枝手中的锅上。

"你还随身带口锅？"虞寺实在没忍住，脱口而出，"两天不吃就这么饿得慌吗？"

虞兮枝身后几人下意识想说这锅不是用来做饭的，却又突然懂了虞寺的意思，再想到了虞兮枝当时在暮永峰的一日三餐，一时之间竟然无言以对，没说出反驳的话来。

谈明棠拿了药丸在轩辕恒鼻下晃了晃，轩辕恒面如土色醒来，再看向那口锅的表情已经变得难看无比，这位从未丢过如此大脸的白雨斋大师兄神色复杂，余光又看到了搀扶自己的两人竟然一人一颗妖丹，心头一梗，差点又晕过去。

虞兮枝欲言又止，她想说不是这样的，阿兄您听我解释，但腹部倒也真的有了一阵分不清是饿意还是馋意的咕噜作响，顿时让她觉得似乎解不解释也就那么回事，毕竟确实也到了饭点。

而就在此时，又有一道声音小心翼翼地响了起来。

穿着昆吾外门弟子道服的少年跪在墙下，身影几乎要被阴影吞噬，他伏得极低，声音虽大，却带着显而易见的颤抖和一丝不易觉察的哭腔："我是昆吾山宗外门弟子黄舜禹，关于此次蛇妖的事情，我……我有话想要对大师兄说！"

一时间，大家都停下了交谈，向墙下看去。

虞寺微微拧眉，对方点名找他倒也不奇怪，他在昆吾山宗的声望较之其他弟子，确实要高不少，又因为他性子好，并没有什么架子，所以平素里找他的人非常多。

但此时此刻，到底不是昆吾山宗内。而对方一开口就是与蛇妖相关。这不得不让他留了几分心。

虞寺的神识已经在黄舜禹身上扫了好几遍，却并未感到什么异常，但他到底谨慎，便开口温和道："这里没有外人，有什么话，直说便可。"

黄舜禹显然极不善面对这么多人，他还想说什么，但虞寺的声音却带了一份安稳的力量，少年匍匐在地，沉默片刻，竟是爆发出了一阵难以抑制的呜咽。

那呜咽痛极，仿佛是某种不可承受之痛，压抑许久，如今终于爆发，不可收拾。

虞寺一愣，从城楼掠下，俯身轻轻拍了拍黄舜禹的肩："你还好吗？"

黄舜禹捂着脸，悲恸痛哭。

他想说的实在太多，却又不知从何说起，他自责难眠，无数次想要一了百了，却又转眼想起那时自己被推开，阿娘说的最后一句话。

"活下去。"

可他不配活下去，他给家乡带来了这样的灾难，万死难辞。但他又必须活下去，背负如此多的血债和罪孽，他活着本就是对自己的惩罚。

这诸多心绪，他无从开口，却知道自己必须说清，终于咬牙强压住情绪，先是再次详细地自我介绍，连自己的住宿在外门哪一山哪一间都报了个清楚，这才断断续续道："那日，我出宗门，想要在年关回家，看看我阿娘和阿妹阿弟，在瞿云郡某条街……买了三条蛇当礼物。"

他虽然有些许结巴，话语中也带着些越北城的口音，但还是将事情说得清清楚楚。

少年觉得碧绿小蛇可爱灵动，大漠儿女多豪迈，玩物也非常不拘小节。沙漠各种样貌狰狞的爬虫都是他们的玩具，是以黄舜禹当时并不觉得以蛇作玩具有何不妥，就这样带着瓦罐与三条小蛇回了天酒镇外的那个小村。

小村甚至无名，人口不过百人，如今清点，竟然已有小半消失。但几日前，小村还热闹非凡，一派年前景象，张灯结彩，剪纸贴窗。

在昆吾山宗修仙的儿子满载而归，黄家上下都高兴不已，黄舜禹将带给所有人的礼物发完，最后将小蛇递给了自己的阿弟阿妹——而这，也是他最为后悔的一件事。

小儿玩此等生灵，总是不怎么温柔，阿弟拿着两条蛇尾乱甩，结果被

265

那碧绿小蛇咬了一口，被阿娘看到后，阿娘气得将那两只小蛇直接一刀剁了。等到晚上阿妹回来，却说自己手里的那条小蛇钻入沙海跑了。

黄舜禹的声音带了颤抖："再后来……就有蛇妖来了，我虽然还未引气入体，但记性向来不错。所以，尽管那蛇妖变大了那么多，我还是能认出来，那就是……那就是阿妹手里跑丢的那条蛇。"

再后来的事情，黄舜禹不说，大家也知道了。

易醉脸上带了悲戚之色，看着至亲在自己面前被吞噬的滋味，刻骨铭心，痛彻心扉，更何况，这份灾难竟然是自己带回来的，黄舜禹恐怕这辈子都要活在悔恨之中了。

他全家身死，只剩下了他一个人。

说完这一切后，黄舜禹的呜咽也到了尽头，已经到了哭无可哭的地步，少年近乎麻木地跪在那里，慢慢抬起了头。

孙甜儿倒吸了一口冷气。

刚才说那些话的时候，大家只觉得他哭腔浓重，上气不接下气，说得断断续续也不奇怪，但直到此时，大家才看到，少年半张脸都已经被蛇妖咬伤，一只眼甚至已瞎，嘴边撕裂着巨大的伤口，上面零星撒着些聊胜于无的伤药，伤口甚至还没结痂。

所有人都被他的伤口吸引，更为他所说的事情所震惊。

轩辕恒心道若是如此，那卖蛇人是谁？为何选中了黄舜禹？这一切难道都是阴谋？但又是谁要布下这样的阴谋？越北城……或者说，天酒镇里，有什么重要的东西吗？

谈明棠指尖微动，已经在芥子袋的瓶瓶罐罐里挑拣了起来，心道这个药是给修士的，凡人之躯恐怕用不了，等下还要看看他体内是否还残留有蛇毒。

陆之恒与贺谷则是眼眶微湿，颇有些感同身受的难受，十分担忧这名黄姓弟子的未来。

虞寺却在想，为何一开始只是手指粗细的小蛇，去了沙海之中不一会便变成了他们来时见到的庞然大物。倘若这蛇一开始不过是普通的蛇，怎么能这么快就可以成妖再变得巨大？但倘若不是，那蛇从头到尾就是那么大，只不过之前在瓦罐之中，未显露真身，那么现在居然现在还有了一门卖妖的生意？

只有虞兮枝眼神微顿，她距离虞寺不近，手里还拿着锅，来不及做别的，干脆抛了一锅妖丹，就这么把锅向着虞寺的方向扔了过来——

就在同一时刻，变故突生。

黄舜禹等的就是自己抬起头后，虞寺这怔忡的一瞬间。又或者说，这已经不是黄舜禹了。

他脸上的所有伤口在同一时间齐齐迸裂开来，有浓绿的汁液从他脸上与七窍里迸射而出，直直向着虞寺的面门攻击而上！

比起"黄舜禹"这边的动静，虞寺更先感觉到自己脑后的风声，下意识回躲，而这一躲，自然也躲开了"黄舜禹"对他的攻击！

大黑锅就这么不讲道理近乎蛮横地砸了过来，将"黄舜禹"喷出的毒液全部挡住，顺带直接"哐当"一声，砸在了对方头上，"黄舜禹"一击未遂，本欲再来一次，岂料念头才起，就已经被黑锅猛砸得晕了过去。

黑锅没有乱飞，就这么顺着"黄舜禹"倒下的方向，直接扣在了他的头上，再与地面碰撞发出一声闷响。

直到这一连串的声音结束，大家才刚刚反应过来，而虞寺也已经飞快地布了结界，将"黄舜禹"整个笼罩在了其中。

易醉大惊失色："他……他这是怎么了？"

虞兮枝摇摇头："不知道，我只是恰好开了灵视，看到了他身上的不对劲。"顿了顿，她有些迟疑问道，"人……是可以变成妖的吗？"

没人知道现在的"黄舜禹"到底是什么，黑锅扣在他疮痍遍布的脸上，他整个人又被虞寺的结界围住，大家都盯着他生死难辨的样子，再想到自己刚才听完故事后的心情，一时竟然有些茫然。

"那他……刚才说的事情，是真的吗？"陆之恒讷讷问道。

"是不是真的，查一查便知道。"虞寺到底是大师兄，此刻已经冷静了下来，"孟西洲，你带几个人去问村民。包括黄舜禹的生平，家人，平日表现，都问清楚一些。"

267

高危职业
二师姐

轩辕恒刚才也被吓了一跳，这会儿往结界上连贴了几道符，顿了顿，又咬牙拿出一张符，伸手入结界，将符扔在了"黄舜禹"身上。

却见洁白纸符落下，刚刚触及对方身躯，便倏然焦黑，再变成灰烬消散。

虞兮枝似是觉察到了些符意："这是……"

轩辕恒脸色难看："这是辨妖符。"

剩下的话便不必再说。辨妖符都黑成这样了，自然只能说明一件事。

黄舜禹，已经是妖。那么问题便回到了最初，虞兮枝问的那句话。

人……是可以变成妖的吗？

268

第六章

千崖峰。

暮雪千山中，少年白衣单薄，他低头轻轻咳嗽，肌肤冷白，却又不像是被冻的。他坐在静室之中，面前是千金难求的冻花茶具，每一只冻花小杯中都是不同色彩的花，仔细去看，赫然是昆吾弟子衣袍边的那种。

此时这些姹紫嫣红的花朵被冻在小小的茶杯中，再有滚烫清澈的茶汁注入其中，于是花色微变，极是好看。

那茶也非凡品，是磐华茶林中一年只产三斤的磐华茶，那水，则是千崖峰后山山巅最纯洁的雪化成，这样的茶叶与水，沏得的茶自然满室清香，然而少年却百无聊赖地拎着茶壶，用这样的茶水洗杯子。

半晌，他突然嗤笑了一声。

"人会变成妖吗？这是想提醒谁什么事情？"他重复了一遍千里之外有人问出来的这个问题，动了动腿，操了一把在他脚边取暖的橘二，"你会变成人吗？"

橘二的尾巴乱甩，抬头看了他一眼，眼神又无奈又像是在看神经病，仿佛他问了什么愚蠢至极的问题。

谢君知显然被这样的眼神气到，冷哼一声，低头往橘二的尾巴上浇了点儿茶汁。

温度太低，茶汁早已不滚烫，然而猫不喜水，水珠才碰到橘二的尾巴，橘二就乍毛般跳了起来，冲着谢君知"呲"了一声，显然是对他的恶劣行径十分不满。

"算起来，你没吃猫饭丸子有好几天了。"谢君知对橘二的愤怒视而不见，悠然收回手，继续浇他的茶杯，又看了一眼在自己怀里睡得四仰八叉的小枝枝，"我也有些馋蛇羹了。蛇又怎么样，蛇妖又怎么样，好吃最重要。"

橘二眼神虽然还是愤怒的，但却已经忍不住伸出舌头舔了舔嘴角，又抖了抖胡子，抬爪将自己被淋湿了一小撮的尾巴捞过来，认真抱着舔了起来。

这世间有万种生灵，山川草木有灵，人妖动物也有灵。灵是灵气，也是灵智。

可山川草木不能为人，动物不能成为草木，妖要混入人间也要伪装，但伪装终究本质未变，是以人……又怎么可能会变成妖？

辨妖符若是半黑半白，则为妖人，便是虞兮枝之前见过的妒津妖人那般的存在，妖人是被妖寄生后化成的，但本质终究是人，又何曾有过现在这样，纯粹成妖的？

轩辕恒抿唇不语，半晌，又拿了几张辨妖符出来。

无论是人是妖，被黑锅扣住的少年的境界都不会太高，至少不会高出轩辕恒的辨妖符所能识别的范围。

可十来张辨妖符下去，却无一例外化作了焦黑灰烬。

轩辕恒有点愣，毕竟这种事情已经违背了他惯常的认知，他正要再试试，却有什么碰到了他的脚，他低头一看，这才看到了满地的妖丹——虞兮枝刚才事急从权，将满锅妖丹直接抛了满地，这会儿也才刚刚反应过来，左右黄舜禹的事情也不是他们几个人上下嘴皮碰碰就能解决的，所以她这会儿回头，喊着让大家帮忙捡一下妖丹。

轩辕恒垂眸看着近在脚边的妖丹，弯腰捡起，在手里搓磨两下，心道原来妖丹在手是这种感觉，倒是仿若真的有某种被滋养的感觉。不过他既没受伤又没怎么出力，这种感觉便不多么明显。

他搓了搓妖丹，心道这弹珠不过如此，却又突然想起来了自己曾经在某本书中看过的故事。

"辨别他到底是不是妖……或许还有一种办法。"轩辕恒突然开口道。

虞兮枝扔了锅扣在黄舜禹身上，一时半会便不太想捡回来，再去面对那张千疮百孔了的脸，是以这会儿捡了妖丹没处放，便随意地堆在了一边的地上，闻言转头："恒师兄，你的辨妖符难道不好使？"

"倒不是好不好使的问题……"轩辕恒深吸了一口气，结果又被妖丹的味道熏得皱了皱鼻子，"只是我实在想知道，这究竟是为什么。"

说话间，孟西洲已经回来了："去问过了，黄舜禹刚才所说的有关他家里的情况确实是真的，之前他也一直在人群里，是看到了我们，这才过来的。全村都知道他在昆吾山宗修仙，虽然是外门弟子，却也一直是老黄家的希望和骄傲。"

轩辕恒顿了顿，继续说了下去："如果他从头到尾都是那个黄舜禹，那么他为何会变成妖？如果当初从昆吾山宗回天酒镇的是妖，那么他为何会知道黄舜禹的生平？"

这些问题其他人并非没有想到，虞寺本想要带着黄舜禹直接回宗门，再看宗门内的长老与诸位峰主怎么说，毕竟他们见过的妖还太少，并不知道这个情况要如何处理。

"我们到目前为止杀的所有妖，都有明显的妖族外貌。"虞寺当然明白轩辕恒的意思，"但如果妖族已经能够伪装成人，甚至掩盖天性，隐瞒这么久……"

他的话没说完，但所有人都明白他的意思。

虽然他们未见过，但在学习妖族相关的知识时，包括《万妖图鉴》中都有写，大小妖王与妖皇级的妖族，都是可以拟态人形的，纵使混入人类中，只要不主动暴露，就极难被发觉。

可不论妖皇，还是小妖王，相对人类修士的境界，也足有化神期的实力，又怎能是他们可匹敌的？

倘若黄舜禹真的是这等级别的妖族，纵使此时不知为何被一锅砸晕，生死难辨，那么如果还有别的同等级的妖族呢？届时修仙界要如何应对？

高危职业
二师姐

　　虞兮枝沉默片刻，心道原书里妖王级的妖出现，大约要到男主程洛岑伏天下的时候了，身为"龙傲天"男主，越级而战自然是避免不了的。小妖王相当于化神，"龙傲天"的越级而战也不能太离谱，所以理应是在元婴时开始战的。

　　而此时此刻，程洛岑刚刚炼气大圆满，距离筑基尚且一步之遥，更别提元婴了。就算按原书的时间线，此时此刻，他也绝无可能一步就进入元婴期。

　　但这番话自然不可能说出来，虞兮枝微微拧眉："恒师兄，你刚才说，还有一个验证的办法，是指……？"

　　轩辕恒抛了抛手里的珠子："把妖丹扔给他。"

　　"妖族可以通过吞噬妖丹而增长功力，但妖人却不能。我用灵视看，觉得他还没死，所以……我想试试。"

　　虞兮枝慢慢站起身，走到轩辕恒身边，她一手从芥子袋里掏了一大把雷符出来，另一只手按在了烟霄上，颔首："好。"

　　轩辕恒沉默地看了她片刻，心绪难言，少年想说什么，却又觉得说什么都是多余，于是干脆伸手，将那枚捡起的妖丹扔了进去。

　　妖丹骨碌碌滚过去，所有人都屏息看着这一幕，悄然按上了剑柄。

　　圆润光滑的珠子碰到了锅，发出了"铛"的一声响，再被回弹回来少许，如此反复几次，终于沿着锅边静止下来。

　　竟是什么事都没有发生。

　　杀气缭绕在空中，然而杀意目标却了无生息，就仿佛已经真正死去。

　　大家不敢掉以轻心，又仔细等了半晌，开了灵视去看，却见黄舜禹身上的妖气越来越淡薄，虞寺于是咬牙撤了结界，飞快抖开了最大号的捕妖袋，一囵囵地将黄舜禹直接兜了进去，动作娴熟到站得这么近的虞兮枝都没看清黄舜禹的脸变成了什么样。

　　既然进了捕妖袋，便是小妖王也无法逃出升天，大家看着虞寺系上袋子，这才慢慢松了口气，将手从剑柄上拿了下来。

　　虞兮枝这才将黑不溜秋的无念瘴锅捡了起来。

　　刚才扔锅的时候没怎么讲究，是锅口朝下，将黄舜禹扣在了里面，这

272

会儿翻过来以后，里面被困住的小黑蛇居然还在，或许是觉得这么久都没被炖，黑蛇也不那么绝望了，开始在里面胡乱游走。

这会儿看到虞兮枝突然向内里望来，小黑蛇在害怕与讨好中犹豫了片刻，显然是觉得选择后者前途更光明，顿时立起来点头示好。

这蛇在巨大的时候，极为可怖狰狞，但变成这样大小，竟然还有点憨态可掬。

可惜虞兮枝这会儿见到任何这个形状的生物都有点生理性厌恶，顺手扯了块布，将整个锅都包了起来，拎在了手里。

这下天酒镇的事情算是真正告一段落了，大家商议一番，决定多留在此处休整一日，等有些伤势比较重的同门缓过这口劲，再回各自宗门。

虞兮枝随手将无念瘴锅放在了虞寺桌子上，表示里面有蛇，自己晚上会睡不着，然后和谈明棠交换了一个彼此都心知肚明的眼神。

夜黑风高，天酒镇到底是越北城最靠近荒无人烟的空啼沙漠的镇子，此时又是冬日的夜里，年关将近，不少商家都已经拉门打烊，筹备过年去了，到了夜深时，整条街更是寂静。

两道身影落脚无声地并行，甚至没有光给他们拉下影子。

"师姐，你确定是这个方向？"虞兮枝的声音从黑色帷帽下传了出来。

"你有所不知，天酒镇这地儿虽然偏僻了些，但这里的黑市还挺有名。"谈明棠的声音从另一只帷帽下响起，"这间黑市我自然也不是第一次进，一会儿不要太惊讶，这里与你上次去过的黑市不太一样。"

她边说，边娴熟地带着虞兮枝拐入小巷深处，果然不远处，有灯笼照亮了冬夜，散发出冷白的光。

再走进，熟悉的赌坊声与摇骰子喧嚣同时入耳，笑容满面的伙计迎上来："两位是来打尖，还是住店啊？"

谈明棠一段话说得顺口极了："不打尖不住店，不上山不下海，只想走一段路。"

伙计一甩袖子："哟，这倒是奇了，不知是何路？"

却听谈明棠没说之前易醉说过的那句，而是换了一句："落英缤纷的那条路。"

"原来是这条路，好说好说。"伙计笑眯眯扯了一嗓子，转身引路，"两位这边请——！"

赌坊自然全天下都没太大区别，就连沿着墙根站着的一排武师都像是一个模样刻出来的，伙计带着两人灵活穿梭，虞兮枝上次还忍不住四处乱看，这次就有经验多了，只略略扫了一眼。

随即，她用灵气细细压了一道音传过去："师姐，落英缤纷和花团锦簇的路……有什么不一样？"

"你有所不知，黑市总共有三条路，一条花团锦簇，一条万紫千红，一条落英缤纷。"谈明棠解释道，"花团锦簇你见过了，规规整整，算得上是黑市中最讲究的路，万紫千红是公开拍卖场，有人拍昆吾山宗小师叔穿过的袜子，也有人拍不出世的天级灵宝，至于落英缤纷……"

她笑意盎然道："你自己看。"

随着她的话，眼前豁然开朗。

开放式摊位鳞次栉比，每一个摊位后面都有人，有人带着帷帽，也有人不带，但究竟用的是不是自己的一张真面容，却也不一定。

许许多多散修模样的人穿梭其中，时不时在某个摊子上停下来，左看右看，讨价还价。

"三块下品灵石，一口价卖了，小兄弟，看你也是个识货人，黑市一线牵，珍惜这段缘。"

"五块灵石？！你这也太贵了吧！一块卖不卖？不卖拉倒。"

"骗你做什么？说是真的就是真的，这就是从一套十个里面拆出来的单个一梦入定丸！什么？包不包入定？你怎么不问我包不包你逍遥游？爱买不买，不买拉倒。"

几个摊位的声音一起冲入耳中，虞兮枝当然一眼就看出那入定丸是假的，心道居然还有拆卖变单抽的，大家把握商机的能力还挺强。

也许是面前如同菜市场般的热闹场景和大家讨价还价弄虚作假的声浪实在足够震撼，虞兮枝在心底先吐槽完了菜市场，才后知后觉地转头看向谈明棠："……等等，什么小师叔的袜子？"

274

谈明棠一副吃惊的样子："袜子怎么了？难道他不穿袜子吗？"

虞兮枝："……"

倒也不是。

少女很难形容自己的心情，并且在跟着谈明棠向前走的路上，开始心不在焉地默默回忆谢君知穿没穿袜子，如果穿了是什么颜色，而这个问题根本不能细想，容易越想越歪，袜子乃贴身之物，而除了袜子之外，贴身之物还有别的东西，比如……

"童叟无欺！我说有就是有！你且说你要昆吾山宗小师叔身上的哪一件物什吧，就算是小师叔的……"看起来五大三粗的散修嘿嘿一笑，压低了嗓音，"亵裤，我这里也有货哦。"

虞兮枝舔了舔牙，忍不住向那个方向看去。

然而头转了一小半，鬓边的头发却一疼，小知知面无表情地拽着她的头发："你想看什么？"

小知知的声音虽然稚嫩了些许，但这样冷冷说话的时候，就是谢君知本知，虞兮枝猛地转回头，目不斜视往前走，心跳得飞快，有种被本人当场抓包的奇妙感觉。

她不回答，小知知冷笑一声："有本事回头，你有本事回答啊。"

虞兮枝非常想硬骨头地说一句"想看小师叔亵裤"，但话到嘴边，虞兮枝发现自己哪怕只是对着小知知的面隔空说，也做不到，只得乖乖地闭了嘴。

这落英缤纷路的黑市实在是过分热闹，买家卖家直接面对面，真货假货全靠一双眼，摊位是黑市设好的，谁来谁占，自然也有没占到的人蹲在路边，一张草席放一堆宝贝，虞兮枝本以为这种随便的放法，定然也没什么好东西，不料一眼看去，竟然也有些不凡之物。

"散修身上多有杀人越货而来的灵宝，为了防止被认出身份，自然着急脱手。便是有看上的，也不建议你买。毕竟其中有时会有五派三道弟子的灵宝，若是被认出，说自己出入黑市上不得台面，说对方不是自己杀的，却也没有证据，各种糊涂账算不清。"谈明棠又道，"所以我来这里一般都是出手，很少购入。"

275

这话说得在理，虞兮枝本来只是看看而已，闻言更是多了几分谨慎。

一路上，虞兮枝见到了卖假的单拆一梦入定丸的，卖昆吾大师兄虞寺的同款紫玉发冠的，还有卖小师叔贴身之物的若干铺子，除此之外，其他五派三道出众弟子的同款物件更是层出不穷。

虞兮枝觉得自己起码听到了七八次谈明棠的名字，人人都说自己手里的是谈大师姐的手搓丹丸，但走在她身前的少女眉梢都没动一下，显然是早已司空见惯。

这次她与谈明棠来黑市，当然并非一时兴起，而是另有要事。

谈明棠熟门熟路找到穿着管事衣服的人，翻开手腕亮了亮手中的黑牌，果然飞快被引到了黑市一侧的小房间之中。

管事殷切端上茶点，又拿着黑牌去验，再回来时，脸上堆叠的笑容更深了几许："不知两位哪位是夏小真人？"

"她。"

"是她。"

两道声音同时响起，虞兮枝和谈明棠用指头互指对方，面面相觑片刻，同时收回手指："我们都是，我姓夏。"

谈明棠："我也姓夏。"

虞兮枝露出些许夸张表情："哇哦，那可真是好巧！"

管事："……"

好在此间管事见多识广，笑容不变道："正巧让夏小真人知晓，一梦入定丸销量十分好，我们已经又接到了数百订单。除此之外……"

管事恭恭敬敬奉上了一个芥子袋，虞兮枝却不接，只让他放了自己面前的桌子上："这是何物？"

"小真人的入定丹助我家少主一朝入定结丹，这是我家主人的一点谢意，不成敬意，还希望夏小真人笑纳。"管事笑道，"少主在筑基期徘徊了四十年有余，如今终于如愿以偿，可以踏上伏天下的新征程，主人说了，这点谢意不过杯水车薪，日后有什么好事，定然少不了小真人一份。"

"那就替我谢过你家少主了。"虞兮枝并不推辞，她并非毫无良心，她至少在每个十组一份的一梦入定丸中都放了一颗几乎能必中的丹丸，而现在，这份丹丸的效用已经开始凸显。

与谈明棠一起过目了接下来的订单量后，虞兮枝只暂接了两百枚的量，并且向掌柜讲了所谓限量限定发售的饥饿性消费原则，掌柜自是聪明人，很快就想通了这其中关键，飞快回禀去了。

等到管事再红光满面的回来，又将一只上一次分成所得的灵石芥子袋交给虞兮枝清点完毕，谈明棠这才开口道："我还有事想要打听。"

掌柜转了转眼珠："普通情报一条十枚上品灵石，特殊情报……就要看有多特殊了。当然，黑牌主人可以打八折。"

虞兮枝微微一笑："倒也不是什么特别特殊的事情。"

她边说，边从怀中掏出了一盒一梦入定丸放在桌上："还请掌柜帮忙查查，这一份入定丸，都过了谁的手，最后又是哪位买主买走的。"

桌上赫然是夏亦瑶送给虞寺的那一份入定丸。

这一梦入定丸卖得比黑市想象中的还要更好几分，若是这丸药颗颗都保证入定，那也不过是炒个天价，随即再被真正有钱之人垄断罢了，可这入定丸从一开始就说了，保不齐这一盒十颗中到底有没有真正有效的。

结果兴许是这种不确定性，激起了许多人赌一番的心态。

既然要赌一番才能成，这一梦入定丸的价值自然降低了些，许多真正有钱人哪有这个时间去做这等不确定之事，如此一来，反而让这一梦入定丸就这样真的流入了市场。

虞兮枝比所有人都知道这种抽奖的上瘾感，如今看到这滚滚订单自然也不意外。但她在卖出第一粒丹丸的时候就说过，只卖散修，不卖五派三道，那么夏亦瑶送给虞寺的这一盒，又是从何而来？

也是为了防这一手，黑市在每一盒售出丹丸的包装盒上都有精巧标注。

听了虞兮枝的话，掌柜递了传讯符过去："如有消息，会立刻传讯给您。"

顿了顿，掌柜到底好奇了一句："这盒丹丸……有什么问题吗？"

"有人将这丹丸拆开了再研究配方，也是非常正常的事情。"虞兮枝易了容，还带了帷帽，但她看向掌柜时，后者依然感到了来自上位修士所有的威压，"入定一事，确实可遇不可求，倘若掌握了时刻入定的妙法，想必逍遥游也不过咫尺，掌柜您觉得呢？"

掌柜一听便知其意。

这家掌柜虽不是虞兮枝上次卖丹丸时的那一位，但能够在各个黑市做掌柜的，自然都是一家人，更在同一套情报系统之中，自然早就交换了消息，并推测这位未曾自报家门的夏小真人是来自五派三道之中的。

她拿了丹丸来溯源，想来极有可能是，这丹丸已经违背了她当初所说的只卖散修的约定。

掌柜本以为不过如此，刚才一问，也只是想要确定一下自己的推测，却不料竟然听到了这样一番话！

这种事情也并非是第一次。

以前谈楼主还在世间行走时，时常被人骗走丹丸，有些是真的需要那一颗丹丸救命，却也有用心不纯的。

有人将药丸骗回家后一点点磋磨下来，试图从那细碎粉末中辨出其中有哪几味用料，又是几分火候。一次不行，次次试验，纵使没有谈楼主的手艺，多试试，哪怕只有谈楼主丹丸小半功效，便也值钱了。

谈楼主一丹千金，功效小半，一丹三金，物美价廉，天下散修千千万，没钱的总比有钱的多，只要有效，来买的人也自然千千万。

有人一锤子买卖开张吃一年，也有人薄利多销，日积月累也能攒成一方富豪。

却见虞兮枝笑了笑，继续道："也不是不让大家炼丹。只是我这丹丸中有一味药，八荒四合，也只有我一个人有。丹丸十连一组，买方确实在买的时候就知道，很有可能十丹皆空，但倘若假丹流入市场，恐怕会变成百丹皆空，到时候，对你我的声名恐怕都会有损害。"

她说得如此直白，自然是要敲打这黑市幕后真正的主人。

黑市为利而开，自然也为功德。这种功德不比其他，为散修提供这样一个相对还算有秩序的交易之所，虽说是各取所需，但到底算是约束了市场，更有一份保障。而入定丸的市场若是乱了，再想拨乱反正，可就不容易了。

所以刮粉末看配方、做假丸子的事情，黑市不仅要去查封，自己也不能起这个念头。

几人在这小房间中交谈，自然也有神识一直注视着这边，将虞兮枝方才的话语尽数听了去。

好巧不巧，今日黑市的那位长泓少主，竟然在这条黑市之中向来最相对无序的落英缤纷路。

满室茶香，端坐在茶台后面的少年一身棕色的广袖长衫，修长的手指轻轻拎起一只漆黑的茶杯，放在鼻端闻了闻茶味："比去年的磐华茶差了三分，磐华雨林的养茶人该换一批了。"

少年长得丰神俊朗，星眉剑目，骨相极佳，仪态宛如出尘的贵公子，但他坐在那边，最先让人注意到的，却并非这些，而是他空空如也的头顶。

竟是个英俊的和尚。也不知长泓究竟是法号，还是真名。

茶室门口的地上跪坐着一名衣衫漂亮的侍女，她沏了茶后，便退在了那处，闻言只深深俯身，表示听到了。

黑市的这位少年和尚便是掌柜嘴里所说的那位"吃了入定丹后成功突破"的少主了，掌柜说他入定结丹，自是藏拙，他实际已经元婴，只是到底身份惹人，不得不往低说修为——毕竟昆吾山宗的大师兄也才结丹，他一个黑市散修的少主，凭什么这么快就元婴？

长泓听着虞兮枝的话，神识却并未冒昧去一探那帷帽下的面孔，只觉得这少女压着嗓子说话，还挺有趣。他的面前是茶台，茶台边缘正是一颗被破成了两半的丹丸。

既然磐华茶较往年逊色，长泓便也失去了品茶的兴趣，他捏起一枚入定丸，轻笑了一声："有一味八荒四合只有她有的原料？我倒是好奇，究竟是什么？"

"要问问看吗？"跪坐在门口的貌美少女轻声问道。

——这里她说是"问问看"，自然不是普通的提问与回答，黑市之所以为"黑"市，自然也有些不可言说的手段。

"陈掌柜说了，这炼丹的人理应来自五派三道之中。这五派三道里，姓夏的人，不知凡几。可诸位化神真人的亲传里，姓夏的，却只有一位，你知道是谁。"长泓却没有应她的问题，声音却微冷，"你在黑市几年了？"

貌美少女不解其意，只俯身更低："三年。"

"三年啊。"长泓感慨一声，少年声音清朗，放软了语气时便自带了一份奇异的韵味，貌美少女便是听了许多次，再听也忍不住觉得动听，然而下一刻，却有茶水破空而来，直接泼了她一头一脸。

便是逊了往年三分的磐华茶，也名贵至极，却被他就这样直接泼到了貌美少女身上："才三年，你就觉得黑市可以抓昆吾山宗掌门的亲传弟子来拷问了？是谁给了你这样的底气？是我这个渡缘道的弃徒天下无敌了，还是黑市散修已经嚣张到不怕昆吾剑阵了？！"

天气虽冷，可黑市少主所在之处，当温暖如春。然而这位名唤长泓的少年显然并不畏寒，这茶室除了茶台滚烫，空气却极冷。

于是这茶水泼下去，初时滚烫，不出须臾，便成了极寒。

貌美少女不过刚刚引气入体，甚至连开光初期都不太稳，体质较凡人也不过好了些许，此刻被这样一冷一热相激，牙齿微颤，姿容狼狈，却努力镇静道："是渡缘道不知好歹，不识少主能耐，倘若他们知道少主此时真实境界，定悔不当初。"

长泓说方才那句话时，脸上显然有怒容，但在听了少女这句话后，火气果然消去了不少，他冷笑一声："渡缘道道貌盎然的老和尚们，所图甚大，手法肮脏却又要以释法作为幌子，口口声声苍生慈悲，遮羞布下不知儿多龌龊事。"

顿了顿，他再看向门口少女，声音重新温和下来："但我既已入魔，他们若是知晓此事，想必是会悔，却不是你说的那种悔，而是后悔当初为何没有直接杀了我。"

"怀筠掌门的亲传弟子，有些旁人没有的材料，也是正常。"长泓将桌上切割开的丹丸捏碎，再一弹指，自有幽火燃起于他的指尖，将那枚丹丸烧去，"给几位长老说一声，不必研究了。"

貌美少女弓身称是，这才缓慢退了出去，净了头面，再将长泓少主的话传达出去。

茶室内，长泓却还在沉思。

"那么她自己炼丹的时候，是否知道哪一颗丹丸，一定可以入定呢？如果知道的话，这些丹丸，又在谁的手里呢？怀筠？怀薇？又或者……虞寺？"

要说的话，要做的事，要拿的钱全都拿了，便也到了告辞的时间，虞兮枝与谈明棠不便久留，虞兮枝虽然好奇，却也只草草逛了逛这菜市场般的市集，只是将要出这黑市的门时，她突然想起来了一件事。

这市集既然是散修的天下，自然在原书中，对于原主程洛岑来说，便是如家一般的存在。

她记得程洛岑在某个如同市集的黑市里，也有一段机缘。

"师姐，等我片刻。"她喊住谈明棠，"我去去就来。"

谈明棠只当她初次来这种热闹黑市，便也由着她去了，自己也在附近的摊位随便逛逛。

虞兮枝当时翻太快，记不清关于这一段的具体描述，却记得这机缘的具体内容是什么。说来老套，是有少女卖身葬父，但既然能在黑市这种地方卖身，少女自然也是修士，但是堪堪引气入体，不知从哪里打听到了黑市的入口，便这样进来了。

程洛岑当时也不过是看到有人意图欺辱这位少女，所以才出手相助，少女葬父之后，自甘当了程洛岑的侍女，后来书评区还形成了两股势力，一派觉得应当让这位侍女上位成官配，另一派自然力挺冰清玉洁小师妹。

能让读者觉得应为官配的少女自然不简单，又换句话说，能够追随"龙傲天"男主的侍女当然不会真的只是一位平平无奇的少女。

虽然初遇时，她不过引气入体，但后来一番波折后，才发现，这少女竟然是先天剑骨。

虞兮枝既然想起来了这段剧情，便觉得要去碰碰看，会不会遇见这位名叫云卓的先天剑骨的姑娘。

倒也不是为了抢程洛岑的机缘，而是她觉得自己不能想起来这少女要被人欺辱，却就这么转身走了。毕竟本应来救她的"龙傲天"这会儿理应正在天酒镇的客栈里打坐修炼，抑或睡得正香呢。

281

高危职业
二师姐

　　她打乱了"龙傲天"的时间线，许多事情兴许变得不可控了起来，但她也不想真的有人因此罹难。

　　这样想着，她便顺着这黑市的边缘向前走。

　　黑市边缘都是小地摊，散修形形色色，却少了正常摊位那种吆喝叫卖的劲头，也稍显冷清了一些，虞兮枝随便扫过，也见了几件灵宝。

　　黑市光影重重，人群比肩继踵。

　　而虞兮枝以为应当在天酒镇客栈里乖巧练剑的少年一身黑衣，正停在一处摊位面前。

　　程洛岑也是翻墙出来的。若是虞兮枝和谈明棠再晚片刻，恐怕就要和他在客栈的墙头相遇，面面相觑。要说这黑市，他其实比虞兮枝还要更熟悉一些。毕竟在进入昆吾山宗之前，他都还是个散修，出入这等地方，再自然不过。

　　别人入黑市，还有可能挑到假货，又或者被有三寸不烂之舌的散修骗了，但他不同，老头残魂对灵宝的嗅觉极灵，隔着八百米都能闻见灵宝的气味，有他在，程洛岑是断不可能在黑市吃半分亏的。

　　走这次这一趟，一方面自然是在千崖峰这半年，程洛岑到底也还是攒了些灵石的，比起他做散修时可要阔绰多了。另一方面，则是虞兮枝将所有妖丹都清点了一遍，均匀分给了在场的所有人。

　　一共三十来个人，竟然最后每个人都分到了十枚妖丹。

　　妖丹这东西，无论什么时候，都是好东西。

　　程洛岑并不觉得拿着烫手，他也是出了剑杀了妖的，无论是在去混元秘境的路上，还是在秘境之中收尾掏妖丹时，他都出了许多力。而且掏妖丹这种事情，其他人做的时候还有些嫌脏难以下手，那最后收缴的几百妖丹里，起码有四分之一都是他一手掏出来的。

　　既然是他应得的，自然由他随意分配。

　　昆吾山宗马上就要开选剑大会了，他总不能拎着自己三块下品灵石的破剑上比武台。

　　若是败在技不如人，当然心服口服，可如果败在剑不行，被人一剑斩断，那恐怕会气得呕出三升血。

282

他看过大师兄的剑，也看过二师姐的剑，自然觉得自己确实剑不如人，夺得头筹恐难肖想，但总要争一争之后入秘境的名额。

黑市买剑，需要眼力见儿。

老头残魂并不太支持他来，哼哼唧唧："让你去秘境，你不去，我知道一秘境里有绝世名剑，好得不能再好，便是在昆吾剑冢里，也能排名前十的那种。那剑你不要，非要来这里买别人用过的剑。啧。"

"秘境里的绝世名剑就不是别人用过的了吗？"程洛岑不为所动，"不过是武器罢了，你看小师叔，用根树枝也是一样的。我需要一柄剑，不过是因为我现在还不够强罢了。"

"能一样吗！"老头残魂不服气地反驳，"他的境界连我都看不出来！你呢？！"

"我也会有那样的一天的。"程洛岑站在一处摊位面前，垂眼看着上面摆着的剑，这些剑虽然比三块下品灵石的破剑要好许多，但到底也不是多么惊才绝艳的东西，老头残魂根本懒得出声。

程洛岑转了一圈，总也看不到顺眼的。他也不强求，正准备随便拿一柄试试，眼神却顿在了边缘摊位旁边的位置上。

"哟，都是修士了，还有人卖身葬父？"一道尖细的男声笑了一声，"小真人，去接点委托，帮凡人杀两个人，不就有钱了？怎么还搞这一套？"

少女盘腿坐在地上，脖子上挂着个写着"卖身葬父"的牌子，闻言抬起头来，露出了一张秀丽却面无表情的脸："我卖的就是这个身。你有想杀的人吗？"

尖细声音的瘦脸修士一愣，随即颇为不屑地打量了一番对方："我想杀谁，我自己有手，而且就你这点修为……也想替我杀人？"

"给钱，我就去试试。"少女仰着脸，"别的没有，但我有这条命。"

瘦脸修士的同伴闻言也乐了："小姑娘，听你这话就没杀过人吧？凡人之间杀人，只要拼命就能赢，但修士之间……我只要一根手指，就能按死你，懂吗？"

少女不避不让地看着他的眼睛，从怀里掏出一把短刀，还是那句执拗的话："给钱，我就去试试。"

283

瘦脸修士笑出声："好心提醒你不听，既然这样，我倒有个让你赚钱的法子。看你也长得水灵，陪小爷我一晚，别说葬父，便是父母合葬，我也给你搞得隆隆重重，妥妥当当。"

他边说，便俯下身，意图去捏一把少女的小脸："怎么样啊？"

少女豁然拔刀出鞘，刀刃尖利，竟然真的险些将收手不及的瘦脸修士划伤。

原本只是一时兴起找个乐子，结果这样一来，瘦脸修士反而冷笑一声，再动手，便是意欲动真格了。

黑市之中自然禁止私斗，但瘦脸修士既然被惹怒，到底是散修，又有朋友在旁，哪能折了面子？便是拼着被黑市逐出门外，再三月不许入的下场，也要教训面前这个不识抬举的小姑娘！

这修士已经炼气，虽然不会御剑，但机缘巧合得了半本剑谱，是以虽然未拔剑，出手已经带了剑意，又岂是少女能挡得下来的！

程洛岑微微拧眉，到底在这一手落下去之前，抬剑用剑鞘挡住了瘦脸修士的手："适可而止。"

此间来往的修士众多，也不是没有别人注意到这边的动静，但修仙人，最怕的就是沾染些奇怪的因果，是以大多各扫自家门前雪，只装没看见、没听见，恨不得离得远远的。

瘦脸修士也没想到，竟然真的会有人站出来。他神色不悦道："这位小真人又是哪里来的？你确定要插手这件事？"

"我说了，你适可而止。"程洛岑挡在少女面前，"堂堂炼气境的小真人，来欺负才开光的人，脸上不害臊吗？"

"咦？"虞兮枝突然顿住了脚步，狐疑地向着某个方向望去，"我是不是听到了程洛岑的声音？"

坐在她肩头的小知知百无聊赖地玩她的头发："你以为只有你一个人会在月黑风高夜跑出来逛黑市吗？你再逛逛，说不定还能遇见许多熟人。"

"五派三道的弟子也这么喜欢散修市场吗？"虞兮枝有点心虚地摸了摸鼻子，毕竟她也是险些被这琳琅满目迷了眼的人之一，"足以可见修仙的生活是多么的无趣，多么需要调剂。"

她又走了几步，果然看到了程洛岑的身影。

虞兮枝不太担心对方会认出自己，毕竟她易了容还带着帷帽，要是照镜子，恐怕自己第一眼都认不出自己是谁。

程洛岑正挡在一位少女面前，与两名其他修士在对峙，场面剑拔弩张。

虞兮枝眨了眨眼。这剧情兜兜转转竟然还是发生了。

看来，她会改变一些事情，却也会有一些事情还是按照原剧情向前走。

不过，既然程洛岑已经站出来，便也没她什么事了，或许回昆吾山宗的时候，要多一个人了。

她转身欲走，却听小知知道："好一个先天剑骨。"

"你一个纸符人也能有这样的眼力？"虞兮枝奇道，"谁是先天剑骨？"——她当然知道是云卓，但自然不能表现出来。

小知知不过随口一说，他更在意的是虞兮枝的话，也不回答后一句，只不满道："我是纸符人怎么了？你看不起纸符人吗？你还不一定能打过我呢！"

两个人似乎都不太在乎什么先天剑骨，小知知虽然是谢君知的纸符人，但显然谢君知并没有什么好为人师的爱好，更没有为昆吾山宗寻找好苗子的想法，倘若此时此刻有任何一个门派的任何长老在，都会欣喜若狂，立刻将先天剑骨收为亲传。

可惜虞兮枝知道那少女理应与程洛岑有关，而小知知对此更是无意，于是虞兮枝已经转身，向着黑市门口的方向走去，将程洛岑和少女抛在了背后，原书里程洛岑就可以很好地处理好这件事，自然不必她操心。

所以此刻她就专心与小知知斗嘴："哇哦，我们小知知这么厉害吗？我打不过的话，留在千崖峰的小枝枝能不能打过你呢？"

小知知瞪她一眼，被她阴阳怪气的语气气得不想说话，虞兮枝轻笑一声，抬手弹了一把小知知的脸，在摊位找到正在与散修摊主讨价还价的谈明棠，这就回客栈去了。

第二日，再见程洛岑的时候，少年身边果然多了一个眼熟的少女。

易醉摸着下巴左右打量："我说小程啊，大战之后，大家都累死累活，怎么你还生龙活虎，生机勃勃，还有时间……"

高危职业
二师姐

当着少女的面，易醉当然不会说太过粗俗的话，只是他眼中的揶揄几乎快要显露出来了。

好在这位名叫云卓的少女似乎天生比较冷漠，见到易醉这样说，竟是耳尖都没有红，反而上前一步，挡在了程洛岑面前，颇为凶狠地又掏出了那柄小刀。

"你这是……带了个保镖回来吗？"易醉装模作样举手表示无辜，向后退了半步，打趣了一句，随即正色道，"宗门发了传讯符，韩峰主驱剑舟来接我们了，你想好要怎么处置她了吗？"

程洛岑也在头疼这个问题，他不过是看不过眼，所以才出手相帮，随即好人做到底，帮这少女葬了生父，左右也没花几个钱。然而对方说，既然他无人可杀，她便要在他身边待到他需要她出手的时候为止。

这少女年龄虽小，但固执极了，显然是不达目的不罢休的性格。程洛岑只得由着她来，但他自己到现在都还没在昆吾山宗拜过师，也没抽神魂上那命魂钟，当初入入宗门都是虞兮枝点了头才进的，实在也难再开口问虞兮枝宗门是否还缺人。

易醉就喜欢看程洛岑进退两难的样子，他嘿嘿笑了一声，语调不太正经，话到最后，却饱含深意："咱们千崖峰也不是不能多一双筷子，满峰只有二师姐一个女孩子，也怪不方便的，带去也好给二师姐做个伴。不过，既然是你带着的人，出了什么问题，自然便也要你来担保。"

程洛岑心道自己与她也不过萍水相逢，带去千崖峰做什么，能在外门当弟子就不错了，万一惹了小师叔烦，岂不是得不偿失？

不过他的烦恼也不过一会儿，空中便有轰然声响传来。天酒镇中镇民瞠目结舌，甚至有人已经忍不住跪在了地上。

巨大的剑舟破天而过，以一种凡人无法想象的姿态悬浮在九天之上，白夜虽不见太阳，却也有光。然而这剑舟却恰似将这光拦住，于是剑舟的阴影便被拉长再投射下去，恰将一众匍匐的百姓都笼罩其中。

剑舟悬停，韩峰主从舟内提步而出，站在舟头，衣衫烈烈，宛如九天飞仙，高高在上。他低头看向已经整齐站在空地的一众昆吾弟子，神色稍缓："诸位辛苦了。"

286

剑舟高悬，声势浩然。

虞兮枝之前，见过一次西雅楼的剑舟，这还是第一次见到昆吾山宗的剑舟。

剑舟此物，要以大量灵石驱使，轻易不会动用。韩峰主此次以剑舟来接他们回去，也不知是他自己坚持，还是宗门到底觉得未派增援而有些许愧疚。

五派三道自然已经各回各家，否则就有在昆吾山宗看热闹的嫌疑了，虽说大家对于昆吾山宗的一些行径各有想法，但昆吾到底还是那个剑宗，明面上的力量且不说，还有在各个峰后闭关不问世事的长老们，以及千崖峰的那位小师叔。

笑话看看便是了，昆吾内斗是内部的事情，对外的时候，昆吾从来都还是那个最不讲道理，一剑斩天下的剑宗。

更何况，昆吾山宗还有许多剑舟。

剑舟自然并非只是简单的交通工具，又或者撑排场用的，否则叫舟便可。加了剑一字，自然是因为，这剑舟，四面皆置剑阵，只要触动舟内机关，便可激活层叠剑阵。只要灵石不断，剑舟不毁，那么剑阵便会一直运行。

修仙界与妖域大战时，便时不时可以见到这样的剑舟翱翔于天空之中，与那些长了翅膀的大妖族周旋。每艘剑舟自然会有大修士镇守，但倘若大修士陨落，普通炼气弟子只要掌握诀窍，也可以自行操纵剑舟，继续进行攻击。

当然了，这里的炼气弟子，必须是修了昆吾心法与剑法的昆吾弟子，而操纵剑舟的方法，自然也与之有关。其他宗门的剑舟自然也是同理。

昆吾既是剑宗，剑舟便自然形似长剑，锐不可当，整个天酒镇也没有足够宽敞的空地让剑舟降落。韩峰主原也没有打算停留，于是昆吾众人与轩辕恒、谈明棠等人作别，随后便御剑上了剑舟。

虞兮枝却停在原地没动，她看向程洛岑："你要带她回宗门吗？"

程洛岑方才还在为难，此刻却已经做了决断："她硬要跟着我，这是她的决定，原本与我无关。但事情到底因我而起，所以我告知了她我的名

287

字和宗门。至于入不入宗门、去不去瞿云郡，都由她自己选择，她若是想去，她便自己去，若是能入宗门，便自己入。她入了宗门去哪里，也要看她自己的造化和本事了。"

这一段话说得有些许绝情，却也合情合理，并无毛病。他救了她，是他随手为之，以安己心，并非真的想要她以身作什么。

这件事对于程洛岑来说，便理应到此为止。云卓后续要如何，与他程洛岑又有什么关系呢？

既然程洛岑这样说，虞兮枝自然不会干涉。原书里，程洛岑也是说了类似一段话给云卓，并且与她分道扬镳，是云卓三番五次追上来，并且在追的过程中越来越强，终于变成了足够站在他身边的人，这才留下来的。

既然如此，便也没什么别的好说的，虞兮枝御剑而起，正要问程洛岑上不上来，却见少年取剑，抛起再落于其上，细看，已经不是那柄三块下品灵石的剑了。

"妖丹换的？"虞兮枝扬扬下巴，"这剑不错。"

眉眼向来冷漠的少年闻言，终于露出一点笑容："三颗妖丹换的，我也觉得挺值。"

话题到此为止，两人御剑上剑舟。剑舟转头，阴影从横变竖。匍匐于地的凡人中，胆子大些的，有抬起头看的，只觉心中震撼。原来这便是修仙者，所以那么多人才会削尖了脑袋挤破头也想要成为修士。

御剑翱于天，御舟行云端，便是瞬息千里，才打坐屏息，还未来得及看清这剑舟上层层叠叠的剑阵是如何运行，驱使这剑舟向前的灵石是如何消耗的，昆吾雪峰已在眼前。

剑舟直入太清峰。

正殿前空旷一片，剑舟落下，正殿门开，韩峰主从剑舟上一跃而下，意气风发，各峰内门亲传及教习从正殿中鱼贯而出，只想看看韩峰主究竟为何坚持要用这剑舟，是有人重伤，还是当真收获丰盛至此。

在剑舟上时，沈烨就已经简短向韩峰主说了那空啼沙漠中的情况，韩峰主听得眉头紧皱。他自然担忧至极，却也觉得金丹期的虞寺既然去了，便理应大局在握。

却不料还是险象环生，他们竟然硬闯了一遭秘境，才将危机解除。

这事不能细想，却又由不得人不细想。

若不是虞兮枝非要去，那么定然无人有如此决心魄力和奇思妙想去闯秘境并以毒攻毒地破敌。那么如此一来，昆吾弟子只能枯守天酒镇，一场鏖战，而蛇妖凶恶，便是胜了，恐怕也是会损失惨重。

他又怎会像现在这样，看到大家整齐地站在这里。

韩峰主第一次对怀筠真人的选择和做法有了看法，他心疼自己的亲传弟子不假，却也心系昆吾山宗的未来。

宗门未来，不在他，也不在怀筠，而在虞寺，在虞兮枝，在沈烨，在易醉，在蚀日之战后，新成长起来的这一辈弟子身上。

弟子当历练，但也不是这么个历练法！

韩峰主有一肚子的话，但也不会当着这许多昆吾弟子的面说，见这许多人，只朗声笑道："空啼沙漠，蛇妖数千之众，已尽数被我昆吾弟子绞杀！虽有人重伤，却并不危及生命，历练走过这一遭，见过生死，染过鲜血，我昆吾弟子，来日可期！"

随着他的话语，高修德几人以担架抬着负伤未愈的宁双丝和郑成许从剑舟上下来，神色穆然，随后跟着的有人头绑绷带，绷带渗红，有人手臂不自然垂落，手骨曲弯……他们形容虽不整洁，甚至狼狈，但他们的目光却极亮，眼神却极锐利。

之前请战相随虞寺之时，这一众少年少女便已战意浓郁，而此时，这份浓郁之中，还多了血色与杀气。许多昆吾弟子都出过任务杀过妖，并非养于高塔之中，但很显然，此刻扑面而来的杀意，来源于真正的战场。

"哟，这么多人迎接我们呢？"易醉撑着剑舟的边缘一跃而下，稳稳落地，挑起一抹笑，"怎么，是来看我们负伤多严重，还是来看我们以血洗过的剑，如今有多利？"

他说话向来尖酸又张扬，这句话一出，其他未请战的昆吾弟子中有些自然觉得羞愧，吾辈修仙之人，该战时却退缩，是为不该。可也有人暗自觉得他实在是指桑骂槐，说话难听至极，不过是杀了一回妖，便要如此嚣张吗？

289

高危职业
二师姐

怀笃真人有其他事务缠身，这才刚刚赶来，不料才落地，就听到了易醉这一句，神色不悦地看向易醉："易醉，虽然你身份特殊，但也要记得自己是昆吾弟子，该有同门之谊，怎可以以这种心思去想人？"

易醉也不反驳，只朗声称是，随即才正色道："掌门师尊说得对极了！我们昆吾虽有五峰，却为一心，这一心，是剑心，却也是团结之心。一方有难，当八方支援。"

怀笃真人脸色稍霁："难得你有这份心性。"

然而下一刻，却听易醉话锋一转："沈烨师兄有难，我们二十三名昆吾同门慨然而去，我二师姐不惜与韩峰主对剑，也要顾这同门之谊。然而蛇妖千余众，我等死守天酒镇，杀钝了剑，杀空了灵气，用光了传讯符，二师姐开秘境，入秘阵，九死一生，我们殊死搏斗的时候，昆吾山宗的增援在哪里呢？"

他语调并不像是指责，语气甚至算得上轻松，然而他分明字字喷血，声声是怒，正要再说，剑舟上却又有少女轻盈落下，虞兮枝不赞同地看了他一眼："易醉，别乱说。"

易醉心道我怎么乱说了，又不想当着大家的面反驳虞兮枝，正要不服气地哼一声，却听虞兮枝声音轻快接道："谈大师姐和恒师兄不是带人来帮我们了吗？"

易醉心道还是你懂得杀人诛心。

虞兮枝声音并不小，足以让在场的所有人听到。能被她称为谈大师姐的是谁？被她喊一声恒师兄的又是谁？自然是西雅楼的大师姐和白雨斋的大师兄。而虞兮枝和易醉是谁？是昆吾山宗弟子。

昆吾山宗请本门增援不来，只得另请他派。

虽说虞兮枝一人三师，但到底是先拜的怀笃真人，是昆吾弟子，此次灭妖之地越北城，也是归昆吾山宗管的地界，杀妖也是昆吾山宗的职责。

结果昆吾山宗无增援，他派却来了增援。还有什么比这更打脸的吗？

于是易醉看着众人愈发精彩的脸，不由得轻笑一声，拱手道："师姐教训的是。"

"修仙界本是一家，杀妖也不是我昆吾一家的重任，修士人人有责嘛。"

290

虞兮枝眨眼笑道，"想来掌门师尊也是这般想法，不会怪罪西雅楼与白雨斋越俎代庖，是吗师尊？"

她这话看起来像是给怀筠真人台阶下，但事实上却也是在正大光明地给他下套。

大道之争，修士人人争锋，门派之间看似互敬互重，但事实上泾渭分明，平素里虽然也多有往来，但在地界划分这件事上，却有着极其明确的界限。这份界限，是五派三道正儿八经坐下来在桌面上谈过，并且签过契约协议后定的。

是以严格来说，除非恰好路过，其他五派三道的人，是不许在昆吾山宗的地界出手灭妖的，否则便是违背了这份契约，抢了昆吾山宗的功德。

怀筠真人无法说"是"，也无法说"不是"。他当然知道轩辕恒和谈明棠到天酒镇走了一遭的事情，而这也正是他没有继续再派增援的原因。若是一金丹，如此众多筑基，这五派三道中三派的精英弟子都无法将这一处小小妖潮击退，那么等到甲子再至，真正的大战到来之时，修仙界战也别战，不如直接投降得了。

年轻一辈的弟子需要历练，需要长剑染血，需要早一点见识牺牲与死别，越是这样，他们才越能成长起来。为此，他情愿折损一些弟子，来换取另一些的飞速成长。哪怕会因此招致愤恨与不满，也无妨。

昆吾剑宗之所以剑如此之强，剑意如此之盛，本就来源于此。心中不忿、不满、不服，剑意才会浓。

他不是第一个这样做的昆吾掌门，也不是最后一个。当年他是太清峰亲传弟子之时，便也有过与如今这一批昆吾弟子同样的心情。他也曾见过同门身死、苦求无援、问天无门、告地不灵的情形。他那时有多恨昆吾掌门，后来在成为昆吾掌门的时候，就要承受多少恨意。

这是他接过这一重担的时候，就必须承受的。

可知道归知道，如今看到这些承载着昆吾未来的弟子以这种神色看他，以这种话语逼他，心绪到底难平。

除此之外，如果是普通弟子增援，他还能睁一只眼闭一只眼，让这事大事化小小事化了，可惜这两位是西雅楼和白雨斋的大师姐和大师兄，普

291

通弟子还能以不懂规矩搪塞过去，这两个人身为师门表率，怎能如此？

纵使他们同时也是虞兮枝的师兄姐，但那也是虞兮枝个人的关系，断无昆吾山宗要看在虞兮枝的颜面上，去顾及这一层的道理！

然而易醉和虞兮枝这两人一唱一和，你一言我一语，竟然就这么轻描淡写地将此事定性为"修仙界和和美美是一家，一方有难八方支援"。偏偏他还无法反驳，各大门派之间有明确的地界划分图，这种划分是老祖宗定下来的，约定俗成，千百年都没有变过，理应是各门各派都心知肚明谙熟于心的事情，各自井水不犯河水便是。总不能拿着地图跑到人家门口说，"你们越界了"，这样事情就会很尴尬。

是以怀筠真人原本打算以此事为筹码暗示，在下一轮的灵脉分配上，从西雅楼和白雨斋手里多抠两条出来。

而灵脉，才是真正决定宗门是否能长久的事物，一个门派断不是一个两个天资过人的弟子撑起来的，凤毛麟角之下，更有坚实的大批中层弟子支撑，而培育这些中层弟子，靠的自然便是绵延不绝的灵气。

可他若是此刻辩驳了虞兮枝的话，不仅就否认了自己刚才的态度，更会让人感到不齿。

掌门难当，早知今日，真是谁爱当谁当。太清峰后山那些狗长老定是早知如此，才会在那时互相推却，最后将这个担子撂在了他身上。

怀筠真人心底恼怒，虞兮枝这几句话，是为了给师兄师姐求情没错，却也让他的计划落了空。

讲道理，那红衣老道和谈楼主从自己手里抠灵脉的时候，也没见因为虞兮枝这个弟子在昆吾山宗而手软过。

但他面上不显，依然是平静温和模样："既然步入仙途，杀妖灭妖便是己任。吾派弟子有此觉悟，有此剑心，想来大道可期。既已平安归来，就好好回暮永峰休整。此番艰辛，我已知晓，按照我昆吾历来的规矩，会对此番前去的弟子论功行赏。"

他不正面回答，却也没有否认虞兮枝的话，虞兮枝自然不相逼，只和其他弟子一起躬身行礼，再高呼一声"恭送掌门"。

说是回暮永峰休整，但怀筠一走，整个太清峰就热闹了起来，各峰弟子纷纷涌上来，围住自己相熟的本峰同门，问这问那。

"都让让，让让，宁师弟和郑师弟要去雪蚕峰疗伤，别挡了路。"高修德的声音里有少许的不耐烦，但更多的则是自得，"有什么事儿一会再说，天大地大，两位师弟的伤耽搁不得！"

往日里，捧着拥着高修德的人也不少，好歹他也是雪蚕峰的亲传弟子，但此时此刻，他自然能感受到，大家看向他的眼神里多了一份敬重。

"高师兄，这可是你说的，送了两位师弟去后，我们就在殿门口蹲守你了。"有人笑道，"师兄可要将此间事宜仔细说给我们听听，让大伙开开眼界！"

"是啊是啊！听说你们还去了一遭秘境，是真的吗？秘境里面是什么模样？"

"拿到灵宝了吗？灵宝前真的一步三陷阱吗？你们有受伤吗？"又有师妹担忧道，"可要让师尊好好为大家检查一番，不要伤了灵根才是。"各峰都热热闹闹，虞兮枝有意喊虞寺到千崖峰一坐，但转念又觉得不妥，正在思忖如何是好时，却听一道娇滴滴声音响起。

"大师兄。"一直在人群中的少女终于走上前来，冲着虞寺盈盈一拜，再看向虞兮枝和易醉，"二师姐，三师兄，此番辛苦了。"

真是夏亦瑶。

少女说两句话，便咳嗽三声。修仙之人体魄自然强盛，便是此刻峰峰白首，雪渍翻飞，大家也不过换了有一层薄薄夹袄的冬日道服，可夏亦瑶的领边却多了一圈白狐围脖，身上还有一件厚重大氅，若非她佩剑，看上去竟像是寻常人家平时足不出户的小姐。

"师妹的身体似是一直都没养好。"易醉向来不太待见这位师妹，见到她如此病弱的样子，却也不会说什么重话，"这么冷的天气，还是养好病再出来。"

"我也想去和你们一起出任务杀妖兽，可惜师娘不让我去。"夏亦瑶却苦笑一声，见到易醉露出了些许不以为意的表情，她也不恼，反而重新笑了起来，"三师兄不要太小看我，我近来剑法可是颇有长进。"

那边各峰簇拥一片，太清峰的内门也想凑上来嘘寒问暖，然而虞兮枝

293

和易醉虽然名义上还是太清峰的亲传，却已经去了千崖峰，于是场面变得些许微妙了起来。

此时夏亦瑶上前，大家便凑过来隔着小段距离观望，只想等夏亦瑶打开局面，便也上来问几句。

这样一来，夏亦瑶身侧天然便是一片空旷。

却见夏亦瑶说完那句话后，竟然微微一笑，也不解开大氅，就这么直接潇雨出鞘！

剑气清丽铮然，在太清峰正殿划出一道漂亮剑光。

程洛岑站在稍远一些的位置，自然也正看着这边，老头残魂比他更早一点注意到夏亦瑶，不由得奇道："喔，这小姑娘还活着呢？"

"此话怎讲？"程洛岑早就忘了老头说过的话，下意识问道。

"我不是和你说过吗？她手里那剑，是名剑，却也是对剑。"老头残魂道，"那剑叫潇雨，另一柄同音不同字，名为鸮羽，这会儿指不定在哪个秘境里扔着。她一日不见鸮羽，便会一日受潇雨折磨，可惜她不愿意碎剑，仍然要用这潇雨剑，说自讨苦吃也好，说心气甚高也罢……喔，倒是好剑！"

最后一声感慨的时候，夏亦瑶大氅翻飞，衣摆转开一个绮丽的弧度，手中剑光缭绕，竟是瞬息之间连斩数十，剑光久久不散，而她却已经落地收剑，发丝飞扬，笑容明媚，从剑气之中便可看出，她虽然久病不愈，可竟已经筑基！

紫渊峰有四圣剑，琉光峰有一念玄符剑，雪蚕峰有渡业丹剑，太清峰自然也有自己的剑。

"太清望月第四式。"易醉抬手鼓了鼓掌，"几日不见，师妹精益至此，可喜可贺。"

"前几日刚刚突破了筑基，现在我也已经筑基啦！"夏亦瑶笑得灿烂，"也终于可以用出这太清望月第四式了。"

虞兮枝心底突然有些预感，果然，下一句，夏亦瑶便眨了眨眼，向她递出了视线，道："如今大师兄已经结丹，我与三师兄都是筑基，却不知二师姐……"

听到这一问，虞兮枝反而有种"果然如此"的感觉。却不知这是夏亦瑶自己想知道，还是在代谁一问的，但她当然不会实话实说，闻言只微微一笑："我有没有破境，小师妹不应该很清楚吗？"

夏亦瑶当然一直关注着千崖峰那边，她一个人的力量自然不足以知晓许多，但毕竟她在太清峰正殿，事关重大的议事她自会避开，但门派内其他消息，却没有人比她更清楚。

她当然知道千崖峰这半年来破境异象密集，无论是黄梨的以农入道，程洛岑的一夜炼气，还是易醉走着睡着吃着都能入定，如今也已筑基后期的事情，她全都第一时间知晓了。

唯独关于虞兮枝的修为，她竟然一无所知。

可她若是没有破境，便还是炼气初期。然而炼气初期怎么可能会御剑翔于天，怎可能接住韩峰主的四圣一剑，又怎可能大漠奔袭，破秘境，再安然而出？

"恭喜小师妹筑基，想来师妹不日便将伏天下。"虞兮枝内心毫无波动，笑容愈发真挚，"如果没有别的事，我便先走一步。"

她到底是师姐，言尽于此，便微微一笑，转身拂袖欲走。

"等等！"夏亦瑶突然道。

虞兮枝带了些愕然回头。

却见披着白狐大氅的少女嫣然一笑，笑容虽娇美，说出来的话却带了些挑衅："二师姐，选剑大会见。"

虞兮枝驻足看她。

按照原书剧情，潇雨剑第一次出，应是选剑大会。剑也是要养的，太清望月尤其如此。

太清峰作为昆吾主峰，且不论此任掌门夫人如何，但剑，当然毫无疑问，是天下最锋利最霸道的剑之一。

太清望月的剑气要养、要藏、要蓄。只等剑意最浓之刻，再拔剑而出，一剑封喉。

虞兮枝与她四目相对，再微微一笑："小师妹，你的剑很好，希望两个月后的选剑大会上，还能看到你的太清望月。"

她说得随意，却意味深长。

夏亦瑶先是心底微慌，却又下意识觉得虞兮枝这话没有他意。

虞兮枝作为亲传，自然也要学太清望月，可她究竟才疏学浅境界低下，理应到现在也只会第一式，又怎会知道这第四式的秘密？难道是虞寺或者易醉告诉过她？可这剑到底是太清峰不传之秘，亲传剑从来都只可切磋，却绝不可私相授受，他们到底是太清峰亲传，不会做出这等糊涂之事。

今日确实是她冲动。过去她总是众星捧月，如今她自然不甘心黯淡无光，便是她刚才那一剑，看似是少女肆意之举，便是师尊师娘来，也只得说她一句"胡闹"。可那一剑出，直到现在，其他各峰的人也还在止不住地回味和看她。

夏亦瑶自然得意，一洗自己在太清峰正殿养病偷懒的声名，这才出言试探虞兮枝，并悄然夹杂几分挑衅。却不想虞兮枝平平淡淡一句话，就正中要害。

她在这边心绪难平，虞兮枝却已经重新笑开，竟是重复了一遍她刚才的话："选剑大会见。"

言罢，头上插着不讲究小树枝的少女潇洒地摆摆手，还不忘带着千崖峰的众人先去剑舟里取了之前放在一边的灵宝，这才盆满钵满，高高兴兴热热闹闹向着千崖峰的方向御剑而行。

"真的不用先去紫渊峰登记一下吗？"黄梨做外门弟子的时候，就对外门弟子应遵守的各种规则倒背如流，如今上了千崖峰，他也摸不清自己身份，但谨慎起见，也找了内门《清规》来看，条条框框记得清清楚楚，出言提醒道，"《清规》第一十八条下注二有写，秘境灵宝各自所有，但为避免灵宝有禁锢限制，抑或其他问题，要先去紫渊峰……"

"什么禁锢限制问题？我们小师叔难道看不出来吗？"易醉满不在乎道，"老黄啊，你还是太年轻，知道每年紫渊峰那群贪心教习长老能从弟子们手里抠多少灵宝吗？"

黄梨大吃一惊："堂堂大派，竟然如此？没人管的吗？"

"越是堂堂大派，这等事情才越是多。层层级级，想要申诉上报这件事，恐怕三年后也到不了掌门峰主耳中。"易醉摊手，"你等着瞧，这次随我们去的，除了那几位亲传，其他内门弟了手里的十颗妖丹，最后还能剩多少。"

"哟，老程，你这新剑不错，好眼光！"易醉聊完那边又聊这边，突然又想起来什么，"是的，老程，你还没真正入昆吾，改天师兄带你去办个登记。现在反悔还来得及啊，到时候再说可就晚咯。"

——显然是此次漠中一行，生死与共，并肩而战，易醉终于认可了这两位的存在。

"不后悔。"程洛岑平静御剑，看着前方雪峰，熟悉的缭绕剑气愈近，几乎能割裂肌肤，他却微微一笑，"我不会后悔的。"

几道毫无遮掩的声音就这么顺着空气传入夏亦瑶耳中，她有些怔然地站在原地，看着几人消失的方向，眼中难免带了点怅然。

她突然反应过来，到底虞寺并未跟去，再回头想说什么，却见戴着紫玉发冠，背着古朴剑匣的大师兄已经离她数十米远，背脊挺直，黑发如墨，正在监督紫渊峰众人清点妖丹。

几位师弟师妹在他周围，有条不紊安排各项事宜，他们说的每一个字她都能听懂，却又听不懂。

现在又哪有半分她插足的地方？

千崖峰满地妖丹。

虞兮枝专门留了一枚格外圆的，滚给橘猫玩，然而小猫咪一爪按住妖丹后，并没有出现虞兮枝想象中的小猫绕着圆球翻滚跳跃活泼可爱的样子，橘猫抱着妖丹竟然就这么卧了下来，还冲她发出了一声熟悉的"咪啊啊"叫声。

少女有些许失落地蹲下身，挼了两把猫头，踩着雪先去做了猫饭，看着橘猫胃口极好地吃了，这才重新洗干净手，熬了高汤，开始择菜摆盘，将前一日买回来的肉仔细切片腌制。

除夕之夜，当热热闹闹，红红火火，自然应当吃火锅。

易醉带程洛岑和黄梨去紫渊峰做了登记，这会儿两个人身上都换了崭新内门弟子的夹袄道服。易醉还挺心细，给自己和虞兮枝都多领了两套亲传道服回来，又向着小师叔的方向瞅了半天，悄悄也给小师叔准备了一套。

除夕之夜，吃火锅人多才热闹，于是虞兮枝又喊了虞寺、沈烨一起来。

喊的时候，恰巧陆之恒、高修德、孟西洲、孙甜儿都在附近，孙甜儿大着胆子说了句自己也馋，于是也获得了一张火锅桌旁的椅子。

白雾绕山中，红泥小火炉，高汤的香气慢慢传出去。

雪峰烟火，十里孤林便显得不那么孤，而沾了人间的味道。

千崖峰还没有正殿，便是有，在正殿中吃火锅，似乎也冰冷无趣。木屋虽小，也难不倒众人。

虞兮枝忙着调火锅底料，其他人便在外面平地再起一间木屋。窗户透亮，黄梨搓搓手，从口袋里仔细拿出几张精致的红色窗花剪纸出来，偷偷摸摸贴在了各个木屋的窗子上。

他还想自己会不会把屋子弄得太有人间烟火气，结果一回头，就看到易醉站在凳子上，给屋檐挂灯笼。

红纸灯笼上还写了字，墨汁饱沾，铁画银钩，符修的字总是赏心悦目，易醉给每个灯笼都题了千崖二字，仿佛生怕别人不知道这是千崖峰。

宽敞木屋搭好，还差圆桌，易醉在自己芥子袋里掏掏找找，竟然真的找到了一张与简陋木屋的气质不太相符的雕花紫檀大八仙桌出来，沉沉地落在了木屋中间，又东拼西凑，掏了十来张各种木质的椅子出来，数一数，竟然恰好足够。

奇道："为何师兄芥子袋中有这么多椅子？"

椅子当然是用来坐的。

易醉时时刻刻都容易入定，状态说来就来，有时靠着大树，有时倚着栏杆，站着实在太累，于是便往芥子袋里塞了椅子。

入定后，总要醒来。有时醒来腰酸背痛，有时尾骨微硌，找不到旁的原因，便换把椅子试试。如此一来，易醉就养成了收集椅子的习惯。这习惯他本来觉得没什么，但今日一口气掏出来这么多椅子就显得他有些不对劲了。

但这些他当然不想解释，只微恼道："椅子不多，你们坐什么？"

黄梨心道没想到易醉师兄平日里不着调，私下里竟然这么顾家。程洛岑没说话，对着桌椅木屋起了驱尘诀，又接过易醉递来的特制火符，给四周墙面贴了些，将小木屋烘热。

千崖峰没有人不吃辣，于是这锅底便是全红锅。

起油烧热，炝了葱、姜、干辣椒，入花椒、八角、香叶、桂皮等爆香，再入豆瓣酱。油转红加高汤再炖，最后再漂上去几颗青花椒。

有剑光从夜色中来，千崖有剑阵，今夜剑阵开，是以几道剑光得以给风雪添彩，最后降落在皑皑雪峰之巅。

所有的菜和肉都上了桌，易醉瞅着在那边剑光乍起未落之前，飞快地又从芥子袋里掏了一小把东西出来，先是往自己胸前一按，满意端详一番，然后强硬地按在了程洛岑和黄梨身上，随后凑到了虞兮枝面前。

"二师姐，你看看我，和平时有什么不一样吗？"

虞兮枝透过火锅的热气看他："……老了一岁？"

易醉："……"

"不是，别的，别的地方！衣服什么的！"

虞兮枝仔细打量："你换了新的夹袄道服？有帮我领一套吗？新年我也想换新衣服。"

"领了领了。"易醉忙道，又一顿，"也不是这个！还有点细节！"

虞兮枝这才慢了好几拍地看向他胸前。

原本空空一片的地方，有了一个漂亮的白底红字的小徽章，上面有笔锋漂亮的两个篆体小字——千崖。

易醉看她盯着看，这才露出一抹笑，伸出手摊开手心："来一个吗？"

虞兮枝盯着他的手心看了一会，伸手将里面的两个字拿起来，贴在身上，又伸手，"还有吗？"

易醉一愣："啊？"

"小师叔的，你忘了吗？"

易醉当然有准备多的，闻言连忙抓了好几张新的出来："小师叔愿意贴吗？"

"愿不愿意，总要问问。"虞兮枝把大勺递给易醉，"看着点汤。"

少女并未径直向懒洋洋靠在白虎皮毛软垫上的谢君知走去，而是先进了房间。房间里，是吃饱了肚子正靠在炉火旁边打盹取暖的橘猫，而它的肚子上四仰八叉地靠着两个纸符小人，一个用它的尾巴当被子，一个把它

299

的后腿当枕头，都睡得不省人事。

虞兮枝俯身，给两个纸符小人胸前各自贴上了"千崖"小胸标。

这胸标不过两个指节长，在人身上显得并不多么起眼，但在纸符小人身上却明晃晃的。不过易醉一手好字，便也不显得有多突兀，反而还挺好看。

然后，她才拉开门，向着灯火之下的另一人走去。

易醉看着火锅汤底大好，吆喝黄梨来端，再绕着锅子放了一桌子菜，摆好碗筷蘸料，这边菜上齐了，虞寺等人恰好御剑落下。

少女冲着谢君知伸出一只手，手心躺着千崖二字："要贴一个吗？"

谢君知抬眼看她，少女一双笑眼里盛满了他的影子，手中胸标上写着千崖二字。

他自然一眼就看到了她带着的胸标。再转眼，屋檐前红灯笼摇晃，黑字矫若惊龙，竟是处处"千崖"。

易醉、黄梨和程洛岑招呼大家过来吃饭的声音已经响了起来，千崖峰赫赫大名，但真正上这峰顶，对大家来说都是第一次，沈烨等人本以为会有剑气四溢，都做好了上山即吐血的心理准备，却不料竟然与路过迷雾林时的感受差不多。

"小师叔今天多分了些心神，压了大半剑气下去。"易醉压低了些声音，"是怕剑气将你们伤得太重，毕竟新年第一天就重伤，怎么也不是个好彩头。

压了大半剑气也有迷雾林的感觉，平时这些千崖峰的人究竟生活在什么样的剑气之中？也难怪在天酒镇外，他们的剑光就是比别人更亮些。

易醉话锋一转，已经开始努力挺胸，力求让别人看到自己胸前的设计，再引大家去看灯笼："看见我这灯笼上的字吗？"

"看见了看见了，是千崖。"沈烨耷拉着眼皮，"改天我就去给我们紫渊峰也搞一批去，没道理就你们千崖峰有。"

"是千崖，却也不仅仅是千崖。我写的字，当然是符。"易醉挑眉一笑，"知道是什么符吗？"

沈烨摇头，孙甜儿到底出身琉光峰，上前仔细端详一番，却也不解其意，递来了疑惑的目光。

易醉得意道："是吃不饱不许下山的符。"

于是少年振臂一挥，吆喝着大家进小木屋围锅而坐，大家早就被香气勾得食指大动、馋虫翻滚，哪里还记得什么辟谷，笑笑闹闹向着屋内走去。

还有人进屋前看了一眼谢君知的方向，正见白衣少年微微一笑，抬手从二师姐的手中拿过了什么东西。

两个人距离极近，从这个角度看去，像两个人身影重叠，让人眉心一跳，竟然不敢再看。

谢君知将那两个字也贴在了自己胸前，他一身白衣，除了白，便是黑，瞳色黑黑，发色鸦黑，唯有唇与胸前千崖两个字是红，再这样勾唇，便是雪夜中的殊色无双。

"千崖啊。"他站起身，有点懒散地抚了抚衣袖上的褶子，这才向着小木屋走去。

他神色虽怏怏，但千崖峰四处是灯，年味浓烈，光在这热烈的氛围之中，他冷白的面颊也多了些微红。

谢君知被广袖遮住的手指微微搓了搓，他站在木屋外，听着里面的欢声笑语，突然停住了脚步。

虞兮枝站在他身后："怎么了？"

谢君知又回头看了一眼雪峰，再透过窗户看向小木屋内。

从他站在这千崖峰起，这里便从未如此热闹过，他度过的每一个年夜都与普通雪夜并无不同。

积雪又融，飞雪再停，春芽出的季节也与千崖无关，十里孤林之所以是孤林，便因为孤林四季不变，肆意的剑气下，寸草不生，也只有暖阳落下，却无飞鸟拍翅。

这般灯笼高悬，火锅美酒的普通过年景象，他竟是第一次体验。而这一切，居然起源于橘猫给他身后少女的一爪。

谢君知觉得有趣，可他静静地这样注视了木屋内片刻，却应道："只是有些不忍打扰。"他年龄不大，辈分却高，所在的千崖峰也高，剑又要比千崖峰更高。

若是不知他身份还好，知晓的人，谁在他面前不是恭恭敬敬，甚至连"小师叔"三个字在他这里，都变成了一个敬称。

301

虞兮枝没料到他竟然在为这件事苦恼，心道这位谢姓祖宗在大多数时候都很大佬，却又在某些时刻显得格外温柔又青涩，竟然像个普通男孩。

她上前一步，推开门，让屋内热气和火锅香气一起翻涌而出，露出一桌子人有些许局促却依然灿烂惊喜的笑容。

易醉最先嚷嚷道："小师叔，来吃火锅啦，你不来，老黄都不给我们片肉！非说现片现涮才新鲜好吃！孩子馋哭的口水要从眼睛里流出来了！"

谢君知眨了眨眼，人间烟火的气息粘在他的睫毛上，再落在他胸前的千崖二字上。

他身后有一只小手轻轻推了他一把，将他从屋外风雪中带入这红锅鲜肉、毛肚、黄喉之中。

他才坐下，身侧的少女已经夹了块绵糖糕递给他："趁热吃，一会儿凉了就没这个味道了。"

谢君知下意识一口咬下，满口甜香，少女又起身，给每人盛了一碗冰汤圆解辣用。

落座时，恰好黄梨片的肉滚好，十来双筷子瞬时争先恐后入红锅，红油翻滚，筷子打架，易醉眼疾手快地从沈烨筷子上抢了一块肉，又被虞兮枝螳螂捕蝉黄雀在后地夹走。

虞兮枝在易醉和沈烨咬牙的目光中，将肉放进了谢君知的油碗里，露出了"有本事你们从小师叔碗里抢肉啊"的得意表情。

帮谢君知抢了，自然还要为自己而战，虞兮枝又挽了袖子重新加入抢肉战局。

黄梨刀起刀落，薄肉翻飞，筷子乱战。

孙甜儿又从芥子袋里掏了几坛果酒出来助兴，白桃的香气缭绕，在香辣中又混入一味甜。

寒冬风雪夜，辞旧迎新年。

谢君知靠在易醉精心挑选出来的最舒服的一张椅子上，只觉得压着这满山的剑气虽然格外辛苦麻烦了些，和这些人一起度过的每一天都比自己

302

过去十几年的人生加起来还要更吵闹些，指点他们功课时说的话也格外多了些。

但也似乎是一件趣事。

第七章

　　雪再厚也总会消融，千崖有十里孤林，但昆吾山宗却总会有嫩芽舒展，山林渐绿，冻瀑涌泉。

　　紫渊峰从山头到山脚那宛如一剑削平的树木全都重新披上新叶，紫渊弟子忙上忙下去修那树冠的时候，便是昆吾山宗选剑大会拉开帷帽之时。

　　十年磨一剑，一朝出剑时。选剑大会再不亮一亮剑，又有谁能看到你的剑？是以宗门上下几乎所有人都在报名。亲传弟子自不必说，都想要争一争最高的位置，再抢一抢入秘境的资格；内门弟子有天资略差却格外刻苦的，也想在这一次机会中一鸣惊人，让师门看到自己，得到重用，平时修炼时也能多一份资源。

　　至于外门弟子，但凡是引气入体了的，自然想要得一份眼缘，说不定就一跃入了内门。若是尚未觅得那条修仙之路的，却也有专门为他们开设的对垒，往年总有人在这样的对垒中突然得悟开光，是以大家都抱了一分期待的心情。

　　更何况，在这仙山环绕中多年，便是这一生都无法引气入体，回到凡人的世界做个武夫，也是绰绰有余。

　　于是紫渊峰光是统计单人战、双人战、三人战和剑阵战的报名人数和队伍，都用了整整七日……等到终于理顺比赛章程，向着各峰分发章程，再让各峰开会叫所有弟子到场并了解赛制后，迎春花竟已大盛。

各峰弟子都开始勤学苦练，毕竟出剑讲究手感，谁也不敢懈怠，甚至还有人压力越大、入定越快，选剑大会开始前夕，竟然又有几人突破到了筑基。

其他弟子看得眼热，连夜啃了几口柠檬，又重新拎起了剑。

千崖峰自然也剑光闪烁。

这剑光来自剑冢，也来自易醉、黄梨和程洛岑。

单人战肯定是要报的，双人战也不能落下，这三个人居然两两一组报了三队，又三人一组报了三人战，嘴上说着重在参与，眼睛里闪烁的却是"都不要脸报了四支队了，怎么也得搞个名次出来"。

昆吾剑阵有七人阵，三人配合虽好，却总觉得差了点什么，于是试图看看能不能搞个阵出来。

于是小师叔折了树枝，随意比画两下，易醉、黄梨和程洛岑醍醐灌顶。

原来剑阵为阵，要七人不过是因为七道剑光看起来壮丽些，而且若开启创新阵时有人弱了也有另一人补，便能生生不息。昆仑剑阵对组成剑阵的阵中人修为要求不高，所以才是基础剑阵。

那么只要够强，三人也能成阵。

既然是三人剑阵，便不能再叫昆吾剑阵，当然要起名为千崖剑阵。

小师叔沉默了片刻，似是觉得就这东西也要冠个千崖的名字，有些不妥。但看了几日三人在峰顶练剑阵，却到底也未出声反对。

三人练完，易醉收了剑，喘了口气："老程，可以啊，准备啥时候筑基啊？"

程洛岑抖了抖剑尖，笑道："不急，大圆满也还可以更圆满一些，时候到了，就破境。"

易醉挑眉，心道还是黄梨老老实实比较可爱，是什么就是什么，脚踏实地、勤勤恳恳，程洛岑这小子真真假假、虚虚实实，说话天然一股大佬味道，时常搞得他这个师兄想要耍帅都无处下手。

就比如刚才这句，虽说他知道对方没有这意思，但细品就觉得他在暗示自己当初破境太快。而且什么叫"时候到了就破境"，破境是你家门口

305

的坎子吗？你想跨就跨？

易醉再转念一想，自己筑基的时候，程洛岑这家伙恐怕还不知道在哪里挖泥巴呢！

然而这个念头带来的快乐还没持续多久，易醉又意识到了一件事。

人家玩泥巴，他就筑基了。现在人家快筑基了，他依然在筑基期，不过是从初级到了大圆满，他又有什么值得骄傲的？

还有这个老黄，看起来憨厚可爱，没什么灵根，否则也不会一开始只在外门待着，结果在这千崖峰待了不到一年，引气入体不说，如今竟然也突飞猛进，到了炼气后期。

按照这个速度来看，怎么都是他败了！

从小到大都被喊"天才"、入定轻易如吃饭的易醉倏然被比了下去，心里不由得闷了口气，大师兄天生剑骨天纵奇才也就算了，二师姐不说天资如何，除夕那顿火锅之后，二师姐每天都气若游丝，命悬一线，被小师叔、红衣老道和谈楼主三个人轮番折磨，进步不快也难。

凭什么这两个分明像是二师姐随手从路边捡来的人……也这么强？！

易醉闷闷地转了话题："说起来，咱们有几天没见二师姐了？"

"五天？七天？"黄梨掰了掰手指，竟有些记不清了，"上一次出来，她匆匆忙忙吃了碗面，在地上躺了还没两炷香，就练剑去了。"

"你们说，现在二师姐打得过大师兄吗？"程洛岑好奇地问了一句，"有人知道二师姐到底是什么境界吗？"

三个人面面相觑，一起摇了摇头。

明明一剑已经破风雪，但他们却从未见过二师姐招来破境的异象，但要说二师姐还是炼气初期，几人又是断然不信的，可真的有人能破境没有异象吗？

"……等等，有人告诉二师姐，明天就是她的第一场单人战了吗？"易醉突然想起来一件事。

黄梨："……"

程洛岑："……"

易醉·拍脑壳："要完。"

三人挂念的二师姐此刻正如真正的死狗一样躺在冰冷的石窟地面上。

然而"躺尸"时，还能觅得几分安宁，虞兮枝即使是躺着，也有剑意在她四肢上肆虐。

翻书声稳定地响起，谢君知不近人情道："是你自己想要学太清望月的，这剑一共七式，这才第六式，你就不行了？"

虞兮枝咬牙翻身而起："说谁不行呢？剑修不能说不行！"

她抖抖烟霄，倏然抬剑，挡住一道剑意，却被直直逼退几步，再跌坐在地上，止不住地咳嗽了起来。

好巧不巧，她咳嗽的同时，谢君知也抬手掩唇，轻咳了几声。虞兮枝转头看他，突然问道："小师叔，你咳嗽该不会是因为这满山剑意吧？"

谢君知不说是，也不说不是，只抬眼看向她："你说呢？"

虞兮枝觉得当然是了，她坐在地上，明明累得一根手指都快抬不起来了，却又在下一道剑意来时灵巧避开，再举剑向前，她也不坐起身，就这么凌空虚点，竟然便有数十道剑光从她的剑尖绽放，将前方的剑意点碎——若是夏亦瑶在此处，一定会惊讶到尖叫出声。因为虞兮枝这样随意挥出的剑招，竟然便是她要养剑许久才能斩出的太清望月第四式！

虞兮枝显然没有因为自己能出这一剑而骄傲，她又咳嗽了两声，突然笑了起来："那我们这样，算不算染了同一种病？"

她笑声懒懒，笑容却灿烂，只是没笑几声，又开始咳嗽，边咳嗽边从怀里掏丹丸，结果才拿出来，一道剑意倏然而至，她人躲开了，丹丸却碎了。

虞兮枝："……"

笑不出来了，这是最后一颗了！

她总不能把谈楼主给的天枢三元回丹用在此时此刻吧？只能自认倒霉，心道嗦点儿丹粉也聊胜于无。

却有一只手伸到了她面前。

虞兮枝下意识搭上谢君知的手，借着他的力从地上站了起来，她尚不解其意，他却并没有放开她。

"既然你觉得我们是同一种病，那么……你想感受一下满山剑意吗？"谢君知歪头看她，微微勾了勾唇。

307

他唇角勾起的弧度有傲然，却也有些自嘲和不屑，但所有这些情绪都并不是针对她，而是针对这些剑意。

千崖峰的剑意，来自剑冢浩浩荡荡的这千万剑。

谢君知说这山洞里有六十六种剑法剑意，她到现在也才学了其中一半，另一半也还要靠谢君知压着。

可这剑冢中，千万种剑有千万种剑法，千万种情绪，却全都落在他一身。而现在，他问她，想不想感受一下这满山剑意。

虞兮枝看着身侧少年冷白英俊的脸，他睫毛如鸦羽，眼瞳中是她的影子，她笑，他眼瞳中的她便也在笑，她眨眼，他眼瞳中的她便也眨眼。

她突然有些心跳加速，也不知是因为即将要试试这满山剑意而忐忑，还是有别的什么原因，她想了想，问道："我会死吗？"

"有我在，自然不会。"

虞兮枝又道："有个问题我想问很久了，为什么一定是你？"——如果原书她看得足够认真，或许能知道这个问题的答案。但她毕竟在看到自己"下线"后，便草草翻了了事了，只知书后半的反派便是这位昆吾山宗的小师叔，却连他的真名都没注意。

他本应与她无关，可既然有关了，她总想要问问。

她问得没头没尾，谢君知却听懂了："选剑大会，你得魁首。"

虞兮枝顿了顿，她的脑中飞速闪过宗门之内的所有弟子，末了，少女终于神色复杂点头："好。"

但这还没完，对方又道："五派三道比剑，你也得魁首。"虞兮枝脑中飞过的人影于是更多，她熟悉一些门派，却有更多的门派不熟。但重点在于，五派三道比剑之时，按照原著剧情，便是她被夏亦瑶戳个对穿的身殒之时。她练剑如此认真，最初的目的便是反抗这样的命运，根本没有想过要去拿名次或拿魁首，毕竟活着或许就不容易了。

但她看着谢君知的眼睛，什么都没说，只抿嘴笑了笑："好。"

谢君知似是这才满意了："到时候我便告诉你，为何是我。"

山洞极寒，他的手便也极冷，虞兮枝在这里待久了，身上也没什么温度，是以纵使被握着手，她也没感到特别。

然而谢君知话音才落，握着她的手竟倏然升温。

他握紧她的手，可虞兮枝还没来得及感受这一份奇异的触感，便有浩浩荡荡、凛凛冽冽的剑气、剑意、剑光向着她劈面而下！

她本以为自己在山洞里直面的剑意已如江河，但此刻，她才知自己所见的不过涓流，而现在，她要面对的，是海天一色，而漫天漫海都要向她倾覆而来！

她无法呼吸，却又用力呼吸，她神魂寸裂，却又咬牙努力想要多坚持一瞬，而真正让她多坚持了一瞬的，是谢君知握着她的那只手上的一分暖意，以及他带着她，抬手折枝，再向着这山这家，斩下的一剑。

白虹夜见，白空贯虹。气如白虹，是为天。

有人看地，觉得仿佛脚下峰动；也有人倏然看天，觉得朗朗晴天，阳光分明已经盛极，怎么方才似是更盛了些。

恰巧路过迷雾林的人只觉得心神不宁，方才刮过自己肌肤的剑意竟然浓烈到比教习演示剑法时的全力一剑还要更强一些。

在太清峰后山竹林刚刚收了剑的虞寺睁眼再闭眼，丹田内有金丹飞旋，他轻轻嗅了嗅空气中的剑味，眼神微顿，长剑重新出鞘，再挥剑，剑意愈浓。

满山白鹤乱飞，又扰起一路鸟鸣，花叶乱颤，树枝微抖，树干却仿佛被剑意所压，向着某个方向悄然齐倒，再缓缓回弹。

有人琴声乱又弦断，有人下笔写符入剑意，也有人一炉丹成霞云出。

四峰峰主豁然起身，有后山长老从入定中睁眼，看着满山满峰剑意纵横，再看那一剑如白虹贯空，将那些剑意尽数斩碎，眼神复杂，心情更甚，手指却忍不住遥遥描绘着那剑。

千崖峰上的三人怔然不语，发丝乱舞，束发的头冠和簪子尽碎。

橘二尾巴上的毛胡乱岔开，变成了一个橘黄色的鸡毛掸子，如果有人仔细盯着它看，便会看到橘二爪子微伸，眼瞳微缩，金色的眼仁中似有薄红闪烁。

满山如此沉默了许久，易醉才仿佛大梦初醒。

"我练的是剑吗？是对着空气乱戳吧？"少年刚才就满心闷闷，这会儿见了这样一剑，这种闷气竟然仿若要撑开他的胸膛！易醉深吸一口气，不服气又服气至极，抬手就想抽剑。

"不好，拦住他！"程洛岑心底，老头残魂却倏然喊了一声，"他要结丹！"

程洛岑手比心更快，一把按住了易醉的手："师兄。"

易醉的剑意从指缝渗出："你拦着我做什么？"

他境界比程洛岑高，此刻更是剑意锐利，竟然直接割破了程洛岑的手，但程洛岑并未因此松开："师兄，入定自观。"

"你放开我。"易醉怒道，"我观不观，关你什么事？！"

这边两人对峙，堪称剑拔弩张，另一边黄梨却突然扔了锄头，大笑三声："锄头好啊！锄头妙啊！我黄梨的这一亩三分地啊！"

风云涌动，灵气倒转，霞云聚再散。

黄梨笑声停，已经筑基。

破境会带动破境，易醉心中羡慕又更怒，剑意便更饱更浓，于是黄梨引来的彩霞还没散，便倏然转深。

无数人看着千崖峰的方向，看到白虹剑光，看到彩云漫天，又见黑云压顶。

"这黑云我是不是在哪里见过，怎么有些眼熟？"雪蚕峰上，高修德挠挠脑袋，低声喃喃了一声。

孟西洲离他太近，到底听见了这一句，他思忖半晌，带了点颤音："虞大师兄破境……"

他没说完，但高修德显然已经懂了他的意思，两人猛地对视一眼，都从对方眼中看到了震惊和不可置信。

同样的对话还分散在整个昆吾山宗的各个峰，所有人都看着那样的黑云，怔然不语，却又无一例外地想起了虞寺伏天下的那一日。

难道又有人要结丹？

如果真的是结丹，究竟是千崖峰上的谁要伏天下？

千崖峰的人……做好准备了吗？

千崖峰的人当然没做好准备，不仅没，还很慌张。

黄梨从自己一朝筑基的美妙感觉中回过神来，抬头就发现天黑了，再看身侧，却见易醉脸色微白，剑意四溢，而程洛岑按着他的那只手，已经鲜血四溢。

黑云中似有雷光探头，点点闪闪，仿佛在等易醉这剑意出鞘，便轰然砸下。

"三师兄，你可千万忍住！"黄梨大惊失色，"咱们啥也没准备，这雷要是劈下来，你不死也得残啊！"

易醉这会儿再大的怒气都要被天上蓄势待发的雷劈没了，他这才后知后觉反应过来，自己胸口闷闷的原因竟然不是生气，而是筑基大圆满得太满，快要溢出来了。

此时此刻，他剑意也盛，怒意也足，灵气也旺，简直进退两难，若是硬生生收起这剑意，恐怕要once一口血吐出来到内伤，但要真的拔剑战这天，易醉虽然想让老黄抓紧时间"呸呸呸"三声把乌鸦嘴闭上，但也不得不承认他说的大概率是对的。

进也是半死，退也是半残，剑修哪能说不行，易醉一咬牙，再看向程洛岑流血的手和眼睛，就准备背水一战！

就在此时，他突然觉得脚下有什么毛茸茸热乎乎的东西，蹭了蹭他。

橘二靠在易醉腿上，蹭得极其不走心。

别的猫蹭人，都是为了留下独属于自己的气味，一般会用头反复用力蹭蹭，然而橘二就只是靠着，然后有一下没一下地甩着尾巴。

它的尾巴依然参毛，但也兴许是因为参毛，所以掉毛更多，在蹭易醉小腿的时候，便沾了许多猫毛在易醉的裤脚。

易醉喜猫，平时撸猫一事，虞兮枝第一，他就是第二。然而橘二显然更喜欢虞兮枝一些，他只能追在橘二屁股后面，卑微求摸。

难得橘二主动一会儿，却是在这种时候。易醉一声苦笑，心道什么时候了，他哪有心情撸猫，蹭他做甚？这猫真是蹭得不是时候，但凡早一点晚一点，他一定撸到橘二臣服于他的撸猫手法之下不可自拔才罢休。

但随即他就愣了愣。这一剑出，这漫天雷光剑影，万物皆伏，怎么这橘猫毫无反应？虽然它尾巴也参了，但表情却依然平静无聊，蹭完他，还蹲坐在旁边舔了舔爪。

311

念及此，突然有一缕阳光破开雷云，倏然洒落在了几人身上。

雷云未散，只是被阳光冲开，那道口子不大，似是随时会重新合上，但渡劫的压力却也瞬时变小。

"芥子袋！掏我的芥子袋！快点！"虽然不知道发生了什么，但易醉还是敏锐地感觉到了什么，抓紧时间喊道，"上面画了个王八的那个芥子袋！"

黄梨奋力找到"王八袋"，对着芥子袋上的简笔画皱了皱眉头，飞快从里面掏出了一沓符箓，还有看不出用途的灵宝若干。

"那是我娘给我准备的渡劫用的灵宝！我也不知道怎么用，反正先扔在我周围！程洛岑，你可以松开我了，紫色那个瓶子里的丹丸捏碎洒在伤口上，见效极快。"易醉语速极快，"符箓你听我指挥，别乱……"

"给我吧。"一道疲惫狼狈至极的声音倏然响起。

头发披散，形容憔悴，脸色奇白堪比小师叔的少女鬼魅般出现，摇摇晃晃向着易醉走来，她伸出的手抖得厉害，接过符箓，扔符的时候却稳定无比，几下就布了与那日给虞寺一样的避雷阵。

虽然她如此姿态，但看到她出现，易醉的心顿时大定，尤其是那日见过这避雷阵的威力，一腔担心顿时少了大半，还有心思道："二师姐，你怎么变成这样了？"

虞兮枝掀眼皮的劲都没了："少废话，好好渡劫，马上是伏天下的人了，稳重点。"

易醉顿时闭了嘴，眼睁睁看着少女又捡起黄梨慌慌张张毫无章法扔了一地的灵宝，仔细摆了摆，这才跟跟跄跄后退了几步，然后抬手捂住嘴，发出一顿惊天动地的咳嗽。

易醉大惊："二师姐，你怎么咳得和小师叔一样？"

虞兮枝还没回答，天空那一丝奢侈的光线已经消失。

雷云压顶，千崖峰乌黑一片，少女微哑却掷地有声的声音响起："易醉，拔剑。"

少年蓄势许久的剑终于出鞘。

惊雷劈落。

上一次虞寺渡劫，宗门提前准备了许久，还专门挑了太清后谷的风水宝地，准备可谓充足。

以易醉的身份和地位，自然不应如此怠慢，然而他自己都不知道自己要破境，等到察觉，劫雷已经来势汹汹，势不可挡了，所以只得这般仓促简陋。

可破境便是破境，劫雷可不会管这些，只管一雷接一雷，劈个天崩地裂。

虞兮枝疲惫俯身，将橘猫抱起来，再向远一点的地方掠去，还不忘嘱咐怀里的胖猫："以后见到这种事情躲远点，知道吗？"

等到了屋檐下，她精疲力尽放下猫，随意靠坐在了地上，一头黑发散落，额前还有几缕凌乱头发。

"哎呀，我倒是忘了。"突然有人低呼了一声。

虞兮枝吓了一跳，勉强抬头，看向旁边。

依然一袭白衣无尘的少年毫无坐姿地歪斜在他的椅子上，冲她眨了眨眼："好像还没有人在千崖峰破境过，倒是我疏忽了。不过……看样子，这雷怕是要惊动这些剑意了。"

前方劫雷轰鸣，因为距离太近，所以吵得人耳朵微鸣，但谢君知的声音却毫无障碍地传入她的耳中。

谢君知刚才握着她的手，带她一剑破开山洞内重重剑意，再眨眼，竟然已经在孤林之中，那满山剑意如山如海，如天如地，沉甸甸压下来，再被劈开。然而劈开也只是劈开，剑意终究不散。

一剑后，虞兮枝已经天旋地转，在孤林里吐了小半升血，看到劫云雷布，这才撑着一口气回来——甚至她都不是自己御剑回来的，而是谢君知将她抱……或者扛回来的。

除了那一剑实在美妙，其余的都实在不是什么非常美好的回忆。

但此时看到谢君知的表情，虞兮枝若有所感，心底警钟大作，却突然有了一丝不祥的预感："……所以呢？"

谢君知果然歪头，冲她微微一笑："这满山剑意你也见识了，就这么回事。帮我扛一次也是扛，两次也是扛，多来两次，你就是后天剑体了，这么多年来，许多人往剑冢凑，却从来没有一个人成功。不如你来试试看，你觉得呢？"

313

虞兮枝看着少年黑漆漆的眼，她体内缭绕凌乱的剑气未散，正如刀子般割着她的五脏六腑和四肢，刚才帮易醉布阵，再带着橘猫离开，她已经是强弩之末了。

此时再听到谢君知轻轻巧巧让她"多来两次"，一时之间又急又怕又怒，偏偏后天剑体听起来实在太香了，所以她心底莫名还带了点儿跃跃欲试。

这些情绪太过复杂，一时之间，竟让她眼尾带了点湿意飞红。

雷光再劈，黑云下，光亮乍起又灭，惊鸿一瞥中，少女肌肤如他一般冷白，唇色是不正常的殷红，她眼神委屈，手指却在不安分地抠着剑柄。

"谢君知，差不多就行了，你不要太得寸进尺——"

"再来一次，我是有多少血才够吐！"

少女的声音被雷声吞噬，她给易醉布下的黄符微散，又一道雷轰然而下，却听谢君知不为所动，声音还带了点儿催促："早就说过了，吐着吐着，如果没死，也就习惯了。再说了，你喝了我那么多血，也总要做点什么。"

"快来，剑冢的剑意快要冒出来了。"

剑意雷鸣缠绕，天动地摇，昆吾山宗人人惊愕，心道这雷劫怎么比虞大师兄那次更加可怖，方才分明还有暖阳覆身，这会他们离了几个峰头，怎么还是感觉到寒冷。

直到有人脖子微酸，突然回头。

"……你衣服怎么破了？"

"等等，你们衣服怎么都破了？！这批道服质量这么差的吗？"

"……我衣服为什么也破了？！"

大家这才恍然低头，随即恍然变惶然，还好方才所有人视线都被吸引，根本无暇顾及周围，足够大家发现后飞快掩住自己。

有长老担忧地从闭关洞穴中站起身来，再在洞口看到与自己一样被惊动的其他长老，对视之时，难掩眼中的担忧之色。

怀筠真人豁然起身，他神色凝重，看着千崖峰的雷鸣剑色，抬手几次，终于按住了自己腰侧的剑柄。

然而那剑气却倏然一轻。

遮天蔽日的黑云骤松，雷劫的最后一下终于沉沉劈落，劫云开，剑气敛，千崖峰的大阵似是开了一瞬，又重新合拢，艳阳从黑云后重新探头。

黑后乍亮，许多人都不甚习惯地遮了遮眼，这才突然感觉光线似乎并不如之前那么亮了，也不知是真的不那么亮，还是因为见过一道更亮的白虹剑光而觉得天下光亮此后皆难入眼。

方才的惶惶如同青天一梦，烟消云散。

再抬眼，千崖峰还是那个沉默锐利的千崖峰，直至此时，才有人后知后觉反应过来，刚才自己心头的惧，并非是因为看到了渡劫雷光，而是因为千崖峰迎接雷劫时不经意间流出的一些剑气。

只是"些"便已经让人遍体生寒。那么请问千崖峰的那位小师叔，到底究竟有多强？

众人眼中极强的小师叔在咳嗽，他旁边歪斜的少女在惊天动地地咳嗽。

谢君知咳嗽，是因为平素里压着剑意，只需要暴力镇压便可，纵使此刻易醉将剑冢激起了些涟漪，也不会出什么乱子。偏偏他一时兴起，让虞兮枝来试一试，于是分了心神，放一大半，再压一小半，恰恰将剑意控制在让虞兮枝剑气淬体却又不致死的地步，所以现在有点咳嗽。

至于虞兮枝咳嗽，当然是因为她已经半死不活。她觉得剑气快要了她的命，但猛烈程度却又偏偏堪堪停在她快失去意识之前，不上不下，格外折磨。

虞兮枝一时之间竟然分不清到底是被小师妹一剑穿心更痛，还是在这里躺着受这种折磨更难过，只想在咳嗽里咳空自己满心心酸——如果她有错，请让雷劫来惩罚她，而不是让她躺在这里被剑意翻来覆去地切割！

而刚刚破境的易醉以为自己也会被塞一颗培元固本丹，结果等了半天，金丹稳固，劫云尽散，暖阳晒得他的头发都烫了起来，他却什么都没等到。反而是高高低低的咳嗽声一起传入了他耳中。

易醉一惊，也顾不得为自己的结丹自喜，匆匆向着虞兮枝和谢君知的方向奔去："小师叔，二师姐，你们怎么了？！"

虞兮枝有气无力地摆摆手："没……咳咳……事。"

易醉心道这也不是没事的样子，当然，他到底想不到，谢君知刚才做了些什么。易醉再想了想，只当虞兮枝变成这样，是因为自己，顿时有些赧然："第一次渡雷劫，实在是没有经验，我竟然也不知道自己已经到了渡劫的时候，若有下次……"

"别在千崖峰了，随便找个别的地方吧。"虞兮枝沧桑道，好不容易连贯说完，又是一串咳嗽，"你看哪个峰头不顺眼，就引雷去劈。"

这题易醉还真会，他眼睛微亮："那我下次便去太清峰正殿的屋檐上渡劫。"

虞兮枝没想到这话他居然也能接，这会儿也懒得管，只无奈冲他摇手："爱去哪里去哪里，没事就自己去入定稳固境界吧。"

易醉看着二师姐真的一副蔫蔫模样，竟似比自己渡劫前扔符的时候还要憔悴几分，忍了又忍，到底还是从芥子袋里掏了个宝贝的盒子出来，捧到虞兮枝面前："二师姐，这是我娘用尽手段从谈楼主那里骗来的天枢三元回丹，只有一颗，不然给你用了……"

"你哪只眼看到她要用这药了？"然而虞兮枝还没出声，谢君知冷冷清清的声音就响了起来，"她是缺胳膊断腿还是半个头没了？"

易醉一脸"啊这……"的迷茫模样，举着盒子踌躇片刻，又从善如流地缩回了手："小师叔言之有理，二师姐四肢健全活蹦乱跳，想来确实是不用，那我就先去给我娘和我舅舅通个信，再稳固稳固境界，不……不打扰二位了！"

虞兮枝想剜谢君知一眼，却又想到对方心狠手辣，保不齐挖自己一眼泄愤，谢君知冷笑一声，再让她走一遭剑气，于是悻悻作罢，又想起来什么，抖得厉害地从怀里摸了个瓶子递出去："培元固本丹，自己倒两颗吃，再给黄梨一颗。"

易醉睁大眼："他不过筑基，用不到这丹吧？"

"你的丹还是我的丹？让你给你就给，哪来这么多废话。"虞兮枝没精打采扫他一眼，"都是破境，怎么就不用固元培本了？再说了，你从小在灵宝灵石池子里泡大，黄梨呢？孩子基础本来就没你好，怎么，还嫉妒上了？"

易醉哪敢说自己之前真的是有些嫉妒他，说多错多，语塞片刻，抓住瓶子，麻溜跑了。

跑到一半，他脚步顿了顿，觉得自己好似忘记了什么，但金丹圆润，在丹田静静旋转，他见之心喜，迫不及待跑去散播喜讯，顿时将自己本来要告知虞兮枝的事给忘了。

不远处黄梨和程洛岑对视一眼，黄梨心道易醉待了这么久，都有空来扔给自己一颗培元固本丹了，该说的肯定都说了。

程洛岑则是有些羡慕地看着那丹丸，心道自己若是在打擂台的时候破境，是否也能混到一颗。

总之一来二去，竟然谁也没告诉虞兮枝第二天要比赛的事情。

少女这些天过得狼狈，已经不甚讲究，这会儿也没什么体力讲究，竟然咳着咳着，就靠在门板上睡着了。

剑意流窜，洗刷着她的经脉。少女体内本就有浩瀚无匹的大量灵力，然而这些灵气混沌萎靡，是以她自己竟然也浑然不觉，只到她这样睡过以后，那些灵气才悄然探头，与她体内缭绕的剑气缠绕对垒。

这样的对抗让少女愈痛，然而剑气灵气碰撞后，剑气更纯，灵气更浓，她眉头微皱，却有一只手伸过来，在她上空悬了片刻，到底垂手抚平了这样的皱眉。

橘猫慢慢凑过来，看着她露出来的一截胳膊上的伤，犹豫片刻，低头伸出舌头舔了舔，于是那伤瞬息愈合，少女的肌肤重新恢复娇嫩。

它还要再舔，却被一只手突然捏住了后颈肉，直接提了起来。

谢君知面无表情地提起橘猫，再将它顺手扔到一边，面色微有不悦："当初你一爪挖烂她的时候，怎么不知道舔伤？现在来舔有什么用？"

橘猫平稳落地，有些委屈，低低"喵"了一声。

左右此时无人，谢君知又想起来一事，看向橘二："所以那个时候，她能进我的心魔秘境，是因为你？"

橘二双眼滚圆，胡子微颤，耳朵悄然下压一点，眼睛里写着"可这和我橘二又有什么关系呢"，耳朵却透出了两分心虚。

它本以为谢君知又要生气，却只听到了一声微叹，白衣少年难得上前蹲下，捏了捏它的脖子，又挼了一把它的毛，声音冷且嘲："你想出去，我也想，你被困在这里，我又何尝不是呢？就连去秘境，也只能扔纸符人，真是无趣极了。"

　　说到无趣，他神色微动，侧头看了一眼睡得不太安稳的少女，像是在看无趣生活中唯一的乐趣似的。

　　云遮艳阳，艳阳过午，又西沉，天色由暗至深，再有微白探头，谢君知竟然就这样守了虞兮枝一夜，直到感受到她体内紊乱的剑气逐渐平息，同时那一大波足以将她直接送到大宗师的灵气也悄悄缩回了头。

　　少年搓了搓手指，思忖片刻，到底还是摇了摇头，自言自语道："还不是大宗师的时候，倒也不急。"

　　千崖峰静静一片，易醉前一夜就狂喜乱跑，回了趟白雨斋，黄梨和程洛岑前一天夜里就在孤林中练剑，这会儿天亮，对自己用了个去尘诀，便趁着剑意浓，径直向着选剑大会主会场去了。

　　这选剑大会自然还有个开场式，掌门真人自然也要说几句振奋一下人心，内外门弟子少见掌门的，目露憧憬，心怀壮志，只觉得热血沸腾，恨不得下一刻就拔剑为昆吾。

　　其他四峰热热闹闹，熙熙攘攘，内外门手拉手都能绕紫渊峰两圈。唯独千崖峰这里空空荡荡，冷冷清清，甚至连面前竖着的牌子都别的峰头新许多，显然是才做出来的。

　　黄梨和程洛岑在会场与春风得意归来的易醉碰头。三个人揣手抱剑听了一会儿，左耳进右耳出，程洛岑总觉得有过分炙热的目光落在自己身上，回头看了三四回，却也没从黑压压人群中发现什么。

　　赛规宣读完毕后几个分割赛场的结界起，观赛席涌入各门弟子，紫渊峰韩峰主袖袍一挥，又有四面巨大漆黑石峰如刀削般光滑立起，矗立四面，赫然将书写各个赛程的名次。

　　虞寺趁着人多，凑了过来："昨天是谁破境？"

　　易醉得意一笑："大师兄，想不到吧，我也结丹了，等到咱俩对决，指不定鹿死谁手。"

　　"恭喜。"听说不是虞兮枝，虞寺还是微愣了一下，但很快，他就重新露出了笑容，又上下打量了一下易醉，见他无恙，这才点点头，又问道，"那枝枝呢？我记得一会儿有她的比赛？"

"应该一会儿就来了吧？黄梨，她是不是跟你说她不想参加开幕式？"易醉顺口问道。

黄梨一愣："为什么要和我说，不是师兄你去通知她的吗？"

两人对视片刻，突然意识到了什么，一起看向了程洛岑："你……告诉二师姐今天有比赛了的，对吧？"

程洛岑愕然："黄师兄不是说，易师兄已经说过了吗？"

易醉："……"

黄梨："……"

要完。

五六张传讯符如不要钱般同时点燃，大家十万火急叽叽喳喳的声音一起响起来，效果堪比在耳边搭了个咿咿呀呀的戏台子。

虞兮枝一个字都没听清，但也着实被吵醒了。

天色竟已大亮。又何止大亮。

白晃晃的日光照耀在她身上，虞兮枝睁眼的一瞬间就被刺到了，她猛地坐了起来。

选剑大会期间，学宫休课，于是天心铃便被借了出来。

此时铃声满昆吾，让人精神一振，纵使千崖峰距离学宫距离很远，竟然也有铃声顺着空气飘了进来。

虞兮枝这一觉，半晕半睡，她实在是太久没有这样休息过了，这会儿还有点反应不过来，听到铃声，下意识就觉得自己要迟到了。

刚才嘈杂的传讯符此刻突然安静，却又因为她毫无回应，所以又有人点了一张。

"二师姐你快来紫渊峰！你的比赛要开始了快来啊啊啊啊啊！！"

什么紫渊峰？什么比赛？

虞兮枝在原地恍惚了足足小半炷香的时间，脑中这才走马观花般闪过了这几天发生的所有事情，又在回忆起剑意淬体时，忍不住在艳阳下打了个寒战。

她下意识侧头，却发现原本应该坐着谢君知的地方空无一人，这才松了口气，抬手给自己身上捏了个去尘诀，终于重新神清气爽了起来。

319

高危职业
二师姐

她长发披散，绾发的小树枝也许是遗落在了剑意纵横的山洞里，虞兮枝这会儿根本不想踏入那个噩梦般的山洞半步，于是便随手抓了那只天照笔出来，挽了头发，这才不慌不忙回了传讯符："什么比赛？"

"什么什么比赛！！二师姐，你是傻了吗？！选剑大会要开始了，还有小半炷香就到你了！！"

小半炷香也就是虞兮枝刚才发呆的那么点儿时间。昆吾山宗之内不许捏传送符，她再怎么快也不可能那么快就到。

虽然没怎么在意自己的比赛时间，但赛制她是知道的。

因为报名人数太多，所以单人赛一共被分成了五轮。第一轮名为"自由擂台赛"，一人在比赛擂台上，连赢三场，则可晋级下一轮小组赛。

三场后，可选择继续守擂或放弃。

如果继续守擂，后续则由各峰弟子主动挑战，连胜至十场，可直接晋级十六强。

而三场之内，如果两连胜接一败，则自动排入再挑战一次擂台的队列之中，但若是一胜一败抑或出场便败，则面临直接淘汰。

换句话说，想要有晋级的机会，至少也要两连胜。也有人觉得这赛制太过霸道，若是有实力不俗的人一上来就遇见强敌，岂不是一场也赢不了？

但这是昆吾山宗千年传承下来的赛制，加上参赛人数实在众多，非要说公平，那自然是单循环积分赛制最公平，可这么多人单循环，恐怕半年过去都比不完。

所以比赛便多了结界限制，以对垒两人的境界更低一方为基准线，将另一人的境界也压到相同境界来比。

这一举措看似是对高境界弟子的压制，其实也不尽然。选剑不过是门派之内的切磋，若是出了这门派，日后入秘境，或者对上一些大妖之时，时常会遇见境界压制一类的秘法，若是提早有了这类经验，便是好事。

现在虞兮枝如果不在半炷香内赶到，就要被算作自动弃权，输一场就等同于要直接输了。

选剑大会魁首什么的，也不过虚名，虞兮枝想要的是脱离原书剧本，不要被小师妹夏亦瑶一剑穿心，参不参加其实并不太重要。

320

但她答应了谢君知，要去搏一搏魁首。所以她必须要去。

"二师姐怎么说？能到吗？"黄梨急得搓手，"这可如何是好？"

易醉一脸绝望："二师姐问我什么比赛？她是完全不知道选剑大会今天就要开始了吗？！小师叔到底对她做了什么？平时也是挺机灵的一个二师姐，怎么传讯符里的声音听起来呆头呆脑的？！被打傻了吗？"

"但如果这一场不来的话，是要被视为自动弃权的。"程洛岑抿唇道。

虞寺心中也有些火气："是紫渊峰通知比赛的人没有说清楚，还是怎么回事？"

"大师兄你不懂。"易醉悲怆道，"都是我的错，昨天我破境，二师姐因为我遭了不少罪，说起来，都怪我！"

说话间，擂台已经清空，下一轮对垒的另一人已经面无表情地抱剑站在擂台一边，盯着虚空中悬浮的紫色计时沙漏，沙漏有半人大小，也是平时学宫里练剑上课时计时用的。

平素里看的时候，只觉得紫色砂砾漏下的速度奇慢无比，距离学宫下课遥遥无期，然而此时，在千崖峰众人眼中，这沙漏的流速仿佛比平时快了数十倍不止！

"对面的是紫渊峰的弟子。"易醉看清对方胸前两个小小红色篆字，微微拧眉："沈师兄在哪里？能找他帮忙说一声延时吗？"

那日沈烨见到他写的"千崖"二字后，竟然真的又来求了"紫渊"，紫渊峰内外门上下弟子算得上是全昆吾最多，但沈烨到底是紫渊峰的大师兄，统筹动手能力极强，就这么硬生生让紫渊峰人人胸前都有了字。

结果这样一来，其他几个峰也不乐意了，琉光峰也会符，济闻真人亲手用太微符笔写了琉光二字，银钩铁画地出现在了每一个琉光峰弟子胸前。随即雪蚕峰济良真人厚着脸皮，在琉光峰正殿坐了大半天，也要了雪蚕两个字来。

至于太清峰，怀筼真人无暇顾及这等事情，虞寺见大家都太想要了，而说到底，易醉和虞兮枝还都是太清峰弟子，既然易醉写了千崖和雪蚕两个峰，干脆便让虞兮枝起笔再写了个"太清"得了。

分发的时候，大家都高高兴兴，只有夏亦瑶听说这字是虞兮枝写的时候，手指微顿，但或许是怕被虞寺看到后多想，到底还是咬着牙贴在了胸前。

但从此，她看自己道服的时候，眼神心底总是多了几分郁闷。

现如今，昆吾弟子人人胸前都有胸标，来源是哪个峰头，一目了然。

易醉这话说了也是病急乱投医，宛如没说，总不能让沈烨师兄去游说对方自动弃权，比起那样，还不如让长相到底与虞兮枝有四五分相像的虞寺扮女装来得靠谱。

沙漏很快见底，紫渊峰弟子带了些疑惑地扫了一眼易醉方向，但时间既然已到，他自然抱剑上台。

担任裁判的陈执事一挥手中的旗，朗声道："紫渊峰王沽对战……太清峰虞兮枝！"

"等等！"易醉眼睛一亮，敏锐抓住这拖延时间的契机，"怎么是太清峰虞兮枝呢？当是千崖峰才是？"

陈执事微微蹙眉："易小真人也登记于太清峰名下，何来千崖峰一说？"

"可我与二师姐已经近一年没有回过太清峰了！"易醉理直气壮道，"以及，不是易小真人，而是易真人。"

陈执事微愣，周围来观战的弟子也微微一怔，这才后知后觉知晓——

原来前一日千崖峰那动静，真的是结丹破境的劫雷！

而那劫雷，竟是易醉引来的！

易醉如今，已经不是什么小真人了，而是伏天下的易真人！

昆吾连出两位结丹，这是昆吾之幸。

陈执事回过神来，露出真心笑容，拱手道："恭喜易真人结丹。"

他旋即又直起身，露出一抹苦笑："我等也知易真人和虞小真人近来都在千崖峰，也受小师叔指点颇多，但……我也不过是小小陈执事，这对战花名册，也还是从我的上峰处领得的，两位的战绩究竟划分何处，也并非我说了算。此事既然有待商榷，不如等之后再说，战绩总也不会作假，届时要归哪边，划去便是。"

倒是一位八面玲珑的陈执事，他姿态摆得如此之低，倒让易醉不好发挥，然而易醉的目的并非真的要个结果，只是想拖延时间而已，他正要再说，却见那陈执事又张望了一圈："虞小真人怎么好似没来？"

易醉："……"

再故意多说，恐怕拖延的目的就要被看出来了。程洛岑干脆破罐子破摔地行礼："这位陈执事，我们师兄弟疏忽，忘记告诉二师姐今日比试的事情，刚刚才发了传讯符告诉她。只是千崖峰距离紫渊峰到底也有一段路途，纵是御剑，也需要一炷香时间，不知是否……"

"比赛便是比赛，通融自然是不可以的。"一道冷哼响起，一位端着紫砂大茶杯的白胡子长老跷着腿出声道，然后在易醉倏然转头看过来的视线里微怒道，"看我做甚？我只是个看热闹的罢了，不过这热闹看了几十年，还从未听说过能有延时的。此时已经过了开始时间了，既然不来，便算作弃权好了！"

台上紫渊峰王沽本来就抱着想要看看这位二师姐到底是何能耐的心情上场的。

那日，虞兮枝战紫渊四圣剑，他并不在场。后来也听了同峰的其他人惊为天人的描述，王沽心里一直憋着一口奇怪的气，也许正是因为这样，他这半年进益飞速，竟然已经筑基。

听到自己擂台赛居然分到了虞兮枝的时候，别人看他的眼神带了点节哀，但他自己却是暗喜的。他倒要看看，这位被传得如此厉害的二师姐，究竟是真厉害，还是假厉害。

擂台上有境界压制境界，但既然此时台上只有王沽，那么自然便悬停在筑基境。

易醉不悦地看着那位长老，长老不服输地瞪回来，周围观战弟子一片嘈杂，有说再等等的，也有说算虞兮枝输的，陈执事折了个中，笑眯眯道："按照正常判输赢规定，总要倒数十声。请紫渊峰王沽小真人拔剑——"

既然无对手，拔剑后便开始计数。

"十——九——八——"

陈执事声音不快不慢，千崖峰众人面如木色，觉得大势已去，就等着回千崖峰被二师姐用剑狂劈臭骂了。

易醉心道二师姐我真的尽力了，要打要骂咱们回峰里，他易醉绝对打不还手骂不还口，呜呜。

323

高危职业
二师姐

紫渊峰爆出一小阵欢呼。毕竟王沽已经筑基，也算是紫渊峰重要的战力之一，一开场就折在虞二师姐手里，紫渊峰可谓损失惨重。

岂料此刻峰回路转，竟然能让王沽遇上这等好事？

王沽虽然有些可惜无法对剑，却当然也乐意能够轻松取胜，脸上不由得露出了一抹笑意。

"四——三——二——"

千崖峰众人默默绝望闭眼，虞寺叹了口气。却有一道剑光，抢在陈执事说出那声尘埃落定的"一"之前，豁然贯穿了结界！

王沽心中一凛，下意识举剑，出剑便是自己最强的一剑！

两剑相撞，陈执事最后一声在舌尖转了一圈又咽了回去，悄悄在身侧擦了把汗，而王沽则是眼神微顿，竟是被那道剑光压倒后退了三步，险些直接一步跌下擂台！

那一道炫目的剑光之后，大家终于回过神来，易醉激动握拳，心道二师姐是不是给剑上贴了十七八个加速符，不然怎么会这么快到现场。

然而剑光微落，大家终于能看清擂台上的动静时，却又愣了愣。

王沽对面，哪有什么人影，竟然只有一柄剑。

一柄烟霄剑。竟是人没到，剑先到了。

擂台四周一片安静。片刻后，才有窃窃私语四起：

"我去，还能这样的吗？"

"剑确实是能比人快的……但是这样能算吗？有明确的规定吗？"

"不能吧？总要有人握剑，才是真的剑吧？"

"倒也未必，剑也总是人的剑，既然能御飞剑，确定这是二师姐的剑的话，大概也没什么问题？"

八面玲珑如陈执事一时也有些不知所措。

易醉心中先是冒出了"二师姐此举妙啊，骚啊"的念头，抢在陈执事回过神之前先开口道："我二师姐来了！比赛可以正常继续了！"

"你二师姐哪里来了？！这只是一柄剑而已！"紫渊峰有弟子不服嚷嚷，"难道你要对着一柄剑喊二师姐吗？"

岂料易醉脸皮极厚，大言不惭："这又有什么不能！二师姐！我是你

324

的宝贝三师弟易醉啊！"

烟霄剑很给面子，冲着他的方向点了点，像是在回应。

易醉得意扬扬，双手叉腰："看，我说的吧，这就是我二师姐……！"

"……你！"紫渊峰弟子万万没想到有人这么不要脸，竟然自称宝贝，还对着一柄剑这么喊，不由气急，又想起刚才为战局出声的那位长老，转身看去，"长老，难道这也能作数吗？"

却见踮着脚的长老一吹胡子："怎么不作数？剑修剑修，见剑如见人，当年昆吾鼎盛之时，五峰峰主开会根本不必真人聚首，只用佩剑相见相聚，再传音议事，省时省力。开会都可以如此，为何比剑不可？我看啊，当然作数。"

易醉没想到这糟老头子竟然会赞同自己，不由得多看过去了两眼。

端着紫砂养生茶杯的长老喝了口茶，敏锐注意到了他的视线："看什么看？你这个小后辈，就知道盯着前辈看，真没礼貌！"

易醉能屈能伸，既然这长老向着二师姐说话，那就是二师姐的人了，闻言也不气，极狗腿地飞速从芥子袋里摸了漂亮盒子包装的二两茶出来，恭恭敬敬送到长老面前："是小子无礼，这二两雨前磐华给您赔罪。"

天下茶出磐华，谢君知那日浇橘二尾巴的是一种，雨前磐华则是另一种名贵茶种，易醉这漂亮盒子包得严密，自然没有茶味泄露，但盒子上却有特殊的雨前磐华印记，那长老喜茶，自然一眼便懂。

长老嘴上冷哼："油嘴滑舌，谁要你的茶赔罪。"

手确是毫不客气地收了茶。

于是易醉顺势在长老旁边一坐，吆喝道："既然这位看了上百年、几十届选剑大会的资深长老都说了，那么理应按长老说的来，台上比赛继续，见剑如见人，大家观赛愉快！"

还有人不满，然而台上王沽却已经自觉面上无光了。

人手持剑，面对面比剑，自然正规正式，全力以赴。

这样遥遥御剑，自然也是剑法的一种，然而剑离自己越远，修士对剑的操控力自然越弱。

换句话说，无论虞兮枝是什么境界，她这样人未出现，只一柄剑在这里与自己对垒，天然就等于削弱了小半乃至一半战力，而他自诩不服，想

325

要与这位二师姐切磋一番，剑下见高低，方才却险些被一剑逼出擂台！

王沽深吸一口气，让自己平静下来，再抬眼，已是一片认真。他起剑。

有风徐来，有剑骤出！沉沉压压四面而至，顷刻间便笼在了那烟霄剑之上！

他认可这剑为敌，而剑本狭长，四圣剑剑意浩瀚，他本只学了皮毛，也无法完全做到对人用出这剑与剑意，但对剑时，却恰好将这样体积小之物全然笼罩于剑意中！

"是四圣剑！王沽师兄竟然也学了这剑！"台下有人眼尖认出，"果然，学剑一途总是公平的。王沽师兄虽不是亲传，但进步飞速，又筑了基，剑意精纯，潜力无限，韩峰主自然不拘一格降人才！"

紫渊峰弟子悄然握剑，心中更生几分向往，心道自己只要足够努力，也有像王沽师兄这样的一天。

端紫砂茶壶的长老满意颔首："不错不错，这韩老儿终于想通了，不再捂着他的四圣剑像是孵蛋了，昆吾的未来在于弟子，不在他手里那柄破剑。"

易醉心底微惊，心道这长老口气真是好大。韩峰主身为紫渊峰的峰主，手中怎可能是破剑？

紫渊掌外门杂事，更掌戒律任务二堂，韩峰主手中的剑，名为千仞，取"千仞之高，人不轻凌；千钧之重，人不轻举"之意，是紫渊峰历任峰主之剑，若是剑有排名，这千仞剑足以排入当世名剑前列！

易醉不由得试探道："这位长老不知是从何峰出？"

白胡子长老顿时警觉："干什么？想问清楚小老儿的地界，然后来寻我吗？我可告诉你，送出手的东西，断没有要回去的道理！"

易醉冤枉："不是，长老，您听我解释！"

擂台之上，烟霄剑于四圣剑意中轻颤，似是想要四面突围却一筹莫展，一时之间，竟真的被这四圣剑意困于其中！

王沽脸上微喜，心道自己这剑虽然稚嫩，却果然没白学。所以那日虞兮枝又怎么可能破了韩峰主的……

他心中念头还未定，却见下一刻，烟霄微顿。

烟霄剑身偏窄，然而在它停顿的这一瞬，却有渺渺剑意从剑身张开。

那日，虞兮枝挡住韩峰主的四圣剑，也是用了同样一剑，大家睁大眼，以为烟霄剑还要以同样的方式反击，却见那剑微微回旋，剑意倏然锐利起来，几乎要刺伤人眼！

"太清望月第三式！"虞寺眼睛微亮，忍不住上前半步，"这一剑，竟然可以这么用吗？"

他话音刚落，烟霄剑身上的剑意已经为自己辟开了挥舞的狭小空间！

于是剑身微颤，向着四圣剑意挥舞而下！

王沽到底刚刚筑基，四圣剑也不过学得皮毛，甚至还没有接触到剑域的概念，还不知道自己这样维持剑意困住烟霄便是在维持剑域。过去他也不是没用过这一剑，但到底没有坚持过这么长时间，此刻额头已经冷汗淋漓，再被这样的剑意一击，顿时有些不稳。

"王沽师兄！撑住啊！"有声音从场边响起，紫渊峰有弟子站起身来，为王沽打气。

而王沽也真的因为这样的声音而多支撑了片刻，却也只是片刻。太清望月平地而起，在半空划出了锐利的月牙剑意，宛如倒钩般，将四圣剑意从内而外彻底击溃！

四圣剑意如碎屑散开，然而那月色剑意却绵延不绝，锐不可当，继续向着王沽而去！

王沽回剑而挡，不住后退，终于挡住了那一道剑意，他脸色苍白，还来不及想下一步回击，烟霄剑却已经悬停在了他的面门之前。

他挡住的只是一道剑意，却终究不是烟霄剑。

少年怔然无语，他看着烟霄剑半晌，那剑微窄，一看便是女孩子喜爱的那种轻剑，然而剑上剑意却并不轻，无人持剑，他却仿佛可以透过这柄剑，看到本应持剑的那个人。

他连剑都打不过，更何况那个人呢？王沽慢慢收剑，看向烟霄剑，认真一礼，正色道："我认输。"

而直到此刻，天边才终于有一道身影乍现。

虞兮枝衣袂翻飞，踩着一根新折的小树枝，终于从天边如流星般翩然而至，风风火火道："我赶上了吗，赶上了吗？"

众人方才还沉醉在烟霄剑精妙绝伦的剑意之中。

有人心想这位二师姐据说依然是炼气初期，炼气初期怎可能会御剑而战，又怎可能会一剑便胜筑基初期的王沽，所以她到底是什么境界？

又有人暗自描绘那剑，心道原来太清望月第三式可以这么用，太清峰传言说，太清望月前三式都是基础剑式，不比清风流云剑厉害多少，看来这可真是一派胡言。

许多人的怔然又被御枝而来的少女一句话打破，所有人都向着天边望去，少女脚下的树枝浅绿却秃，额前发被风吹开，露出一张火急火燎却依然带笑的漂亮小脸，怎么看都不像是能挥出刚才那般剑意的人应有的样子。

……甚至有人在想，会不会这就是烟霄剑自己挥的自己，而不是这位笑得过分可爱的二师姐在操作。

易醉简直要热泪盈眶、喜极而泣，少年长长地松了一口气，心道自己之前疯狂拖延时间的举动果然是对的，希望二师姐看在这份面子上，回去打自己的时候下手可以轻一点。

却听旁边的紫砂茶壶长老"咦"了一声，老头子刚才还在抖腿，这会儿似是惊愕，腿都不抖了，仔细看了眼虞兮枝："她踩的是树枝？哪来的树枝？"

"应该是她扔了剑来这边，自己却又要御剑，而千崖峰十里孤林，所以随手折的？"易醉合理推测道，"树枝有什么问题吗？"

却见糟老头子慢慢将跷起的腿放了下去，声音慎重又震惊："十里孤林的树枝她也敢折？"

易醉奇道："为何不敢？二师姐之前头上的簪子一直都是十里孤林的小树枝啊，有什么问题吗？更何况，我看小师叔每次折得都很随意啊？"

"他折和你们折能一样吗？！"长老怒道，说到簪子，这位长老又下意识去看了一眼虞兮枝头上的簪子，却见那里竟然插着一支笔。

"天照笔？！"长老拧眉，神色更多了几分不可置信，"你这位二师姐什么来头什么家世？怎么什么都往头发上插？"

易醉挠头，不解其意："小树枝和破笔有什么好大惊小怪的？"

他不知这长老为何如此在意小树枝，毕竟许多人眼里，虞兮枝从前的簪子才非凡品，换了树枝后，不少人都小声嘲笑过。而他出身白雨斋，还不会说话就在各种笔堆里乱抓，自然并不觉得天照笔有什么。

长老被他的轻描淡写气得胡子乱抖，刚才收了易醉的茶，才看他顺眼了两分，此刻那两分顺眼尽数消散，长老冷哼一声，喝了口紫砂茶杯里的茶："无知！"

既然虞兮枝来了，易醉自然不必再蹲在这位长老身边，他听到对方这么说，也懒得再说什么，只高高兴兴起身，跑去和虞寺迎接从天踩枝而落的虞兮枝了。

虞兮枝稳稳落地，王沽认输，结界自然收拢，于是烟霄剑便也转了个圈，回到了她身边。

她伸手取剑，却并未收剑回鞘，只是新折的小树枝有点长，无处可放，于是她便抖了抖灰，将小树枝塞进了芥子袋里。

赢了自然要守擂，她冲着虞寺微微点头，再带了点"你等着我回去收拾你们"的神色，看了易醉、黄梨、程洛岑三个人一圈，这才抖了抖剑，冲着王沽拱手："承让。"

王沽本应下擂台，但真正看到虞兮枝后，却到底抿了抿嘴。

"虞二师姐。"他忍了又忍，还是没忍住，开口问道，"不知是否能知道，二师姐现在是什么境界？"为何只是御剑，便能直接胜了他？他毕竟已经筑基，难道二师姐已经不知不觉到筑基后期，又或者筑基大圆满？

既然那千崖的雷劫是冲着易醉师兄去的，而除此之外，昆吾便只有虞寺大师兄那一次雷劫，王沽觉得自己已经在穷极想象力了。

倘若真的如此，那么二师姐想来距离跨过那道坎也应当不远了。

掐指一算，各峰竟然都已经有不少人卡在了筑基大圆满的境界，只待契机到，再临门一脚，跨过那道天堑，再去见那伏天下的新世界。

王沽暗自有些丧气，本来觉得自己能够筑基，已是佼佼者，但掐指一算，自己还是井底之蛙。

"你觉得我是什么境界，我便是什么境界。"虞兮枝却不答，只抿嘴笑了笑。

高危职业
二师姐

　　她到底已经结丹了，又跟着谢君知练了这许久的剑，看了许多书，自然早就明白了各个境界之间的区别。她虽然破境无声，但自己却总也有所觉。

　　所以不用谢君知提醒她，她也在睁眼的一瞬知道，被这满山剑意割了一遭，后天剑体还没成，但她已经从结丹中期直接到了结丹大圆满。

　　王沽沉默片刻："难道二师姐已经伏天下？"

　　"那要看我是否有机会和我阿兄对上了。"虞兮枝不说是，也不说不是，只脾气很好地应道。

　　也不是她要故意这样端着不说，只是要说，还要再解释自己为何破境却无异象等等，结丹之前还好，不过是些霞云漫天一类的动静罢了，可若是伏天下却无劫雷，那只怕要颠覆修仙界的认知了。

　　多一事不如少一事，不到迫不得已，虞兮枝还是选择先不说。

　　"那我便拭目以待。"王沽拱手，"败在二师姐手下，王沽心服口服。"

　　少年抱剑，从擂台上一跃而下。

　　陈执事这才举旗："太清峰虞兮枝胜！紫渊峰王沽出局！下一位，雪蚕峰施天！"

　　却见被点名这位，竟然正是方才理论最大声，反对以剑替人的那一位。少年脸上还带着些不忿，但判决都已下，他也知道自己再反对也是无用，于是提剑道："刚才晋级的是你的剑，不是你这个人。我只和你的剑打。"

　　周围顿时一片哗然。

　　"这话说得倒是也没错……我竟然找不到角度反驳。"

　　"就……按照刚才的说法，剑便是人，要和剑比……便也是和人比了吧？"

　　"话虽这么说没错，但是有一说一，谁都知道亲手执剑，才能施展全部的实力，施天这样……等于变相削弱了虞二师姐的战力啊。"

　　"是啊，难不成是觉得自己肯定打不过？但有一说一，败在一柄剑之下，也不是什么光彩的事情啊？"

　　"对，王沽那样不算，我觉得他败得挺光荣。但自己说出来要和剑打，确实实在是……"

　　周围议论纷纷，每个人说得都在理，又全都有些站不住脚，于是大家

330

的目光又落在了陈执事身上。

陈执事心道自己造了什么孽，要被分到这个擂台做裁判执事，他端着摇摇欲坠的笑容，看向虞兮枝："虞小真人怎么看？"

虞兮枝神色有些古怪地看着烟霄剑。心想难道这就是传说中的"这是一柄成熟的剑了，可以自己帮主人打擂台"了吗？

"我倒是都可以。"虞兮枝也不生气，冲着对面的施天微微一礼，"这位施师弟这么看得上烟霄，我便御剑来比。只是……"

她话锋一转："如果施师弟是因为自己的剑意与王师弟类似，对剑更好出手的话，我自然没有什么意见。选剑大会，名次当然重要，但切磋之中有进步，知道天外有天，人外有人，才是选剑大会真正的意图。所以，倘若施师弟是觉得，对上我的剑，比对上我的人胜算更大几分的话，恐怕要教你失望了。"

场边紫砂壶长老喝了口水，暗自点头，心道倒是还有明白事理的弟子。而施天被她说中心中所想，脸色微变，但话既然已经说出了口，便覆水难收。施天微微转剑，在胸前一横："还请二师姐出剑。"

此出剑非彼出剑。

虞兮枝似笑非笑看他一眼，言尽于此，便也不多说，留了剑在场中，自己则退去了场边，却也不下擂台，只找了个最边缘的角落盘腿坐下，又想起来什么："等一下。"

陈执事正要挥旗："怎么了？"

"为什么我还是太清峰虞兮枝？"她坐直身体，抬手拉了拉自己胸前的衣服，让上面的"千崖"两个字迎上了阳光，"看这里。"

她指着那两个字："下次请说，千崖峰虞兮枝。"

陈执事心道这师姐弟怎么一模一样，却免不了将刚才的车轱辘话再重复一遍。本以为虞兮枝会和易醉一样勉强同意，却见少女思忖片刻，再次开口："之后怎么样我不知道，也管不着。但是接下来十来场比试，想来都要叨唠陈执事了。还请陈执事在之后的比赛中，记得改口。"

竟是开口就准备打满十场，直接晋级十六强。

言罢，她转回头，再看向面前少年，微微抬手："请。"

331

高危职业
二师姐

　　陈执事有苦难言，然而虞兮枝说话虽不是命令句，却已经足够强硬，陈执事只得应下，再抬手挥旗："千崖峰虞兮枝第二场，对战雪蚕谷施天——！"

　　既然是师姐，当然不会比师弟先出剑。

　　烟霄顿在半空，划过一个小半圈，起了个防御的起手式。

　　施天的境界比刚才的王沽要高出一些，他是雪蚕谷亲传之一，之前与高修德交好。后来高修德跟着虞兮枝去了一趟空啼沙漠后，回来就和他们这些昔日的兄弟们疏远了不少。

　　对此，施天一直颇有微词，并且暗自对虞兮枝有些怀恨在心。他抬手拔剑，心想王沽是筑基初期，无法战胜她。那么……换作他这个筑基中期呢？可有一战之力？

　　看到虞兮枝第一场顺利赶上，黄梨几人终于松了口气。

　　虽然还想继续看，但这自由擂台赛，并非只有这一个擂台，而是数十个擂台一起开始的，是以他们的比赛也快要开始了。

　　程洛岑拎着剑，不快不慢地向前走。

　　他平素里都在千崖峰，同一峰的风景第一眼看是新奇，看久了便会索然无味。然而他心性极好，堪如磐石，从未感到过烦闷。

　　可老头残魂早就急坏了。

　　老头子虽然也极为欣赏程洛岑的性格，修仙之人当如是，只觉得这小子不愧是他当初一眼看中的好苗子，恐怕无论是散修还是在宗门之中，都能走出一条属于自己的路。

　　但它只能看程洛岑周遭之物，却不能离开他。

　　老头子当年在秘境里被封印了千年，憋到要死，本以为找了个散修小子，可以重看这美妙世间，大江南北。结果还没看什么，就跟着程洛岑一起，天天看孤林吹剑风，无聊到快要长毛。

　　此刻人声鼎沸，人潮涌动，老头残魂觉得自己八百年没见过这么多人了，一时之间兴奋激动宛如重回十八岁。

　　"快看那边那个女修，真是小家碧玉，格外惹人喜欢。"老头残魂喷

332

啧评论道，"你也快回头看一眼，也是血气方刚的小子，平素里天天在千崖峰对着虞丫头一个人，审美不疲劳吗？欸，这个也不错！这个女修还在看你，你快回她一眼！"

程洛岑不为所动："多一眼少一眼有什么区别吗？修仙当清心寡欲这话当初不是你千叮咛万嘱咐我的吗？"

老头讪讪道："我也是怕你被迷了眼睛，哪里晓得你小子这么清心寡欲……呸，依我看，渡缘道那群和尚里，有大半兴许还不如你。"

顿了顿，老头又连着"呸"了好几声："大好的日子，提那群秃驴作甚，白坏了我的好心情，看姑娘，好多姑娘！"

程洛岑敏锐地感受到了什么，不动声色问道："老头，为何你提到那些和尚，就这么生气？"

"能不生气吗？当年就是那群秃贼……"老头残魂突然意识到了什么，飞快住了嘴，"哼，你小子想套我的话？我偏不让你知道！"

但又走了几步，老头却倏然叹了口气："也不是不能或是不想让你知道，而是这世上的许多事情，知道便是牵绊，牵绊便是业。你境界太低，太早知道这种事情，与你大道无益。我指点你颇多，与你本就命运相连，等你到了该知道这些事情的时候，想避开恐怕也无法避开。"

"什么时候我才能知道？"程洛岑并未露出半分畏惧的神色，当初答应这老头残魂寄宿于己身时，他便已经想过所有后果。残魂所说，自然也是其中一件，倒也不算是骗他，"大宗师？又或者逍遥游？"

老头残魂的正经劲儿却又消失了，他冷哼一声："好高骛远，还喜欢扮猪吃老虎，你倒是先伏天下啊！"

说话间，程洛岑已经到了擂台边。

恰逢执事喊出他的名字，程洛岑翻身上擂台，看向对面清丽少女。

少女胸前贴着太清二字，显然是太清峰内门弟子，又听执事喊出她的名字，原来便是太清峰内门赫赫有名的纪家长女，纪香桃。

又听得旁边有人嫣声唤道："香桃，看你的了！"竟然是夏亦瑶的声音。

同在太清峰，纪香桃素来与夏亦瑶交好，又因为千崖峰众人当日落了太清峰面子，是以向来对千崖峰颇有微词，与夏亦瑶私下里更是说了许多千崖峰的坏话。她们不敢骂那位小师叔，对易醉也有些忌惮，但其他几人当然任她们胡说。

程洛岑自然便是被攻击的对象之一。

每个擂台的出场弟子虽说是随机，但也是提前就出了名单的，是以纪香桃早就知道，若是自己胜了第一场，便要遇上这位千崖峰的程洛岑。

千崖峰除了那位小师叔，有四个人。

易醉她打不过，虞兮枝那日在太清峰正殿的出剑确实厉害，剩下的黄梨和程洛岑，一个上千崖峰之前还没引气入体，一个才炼气，没道理她遇上一个一年前才开光的人，还打不过吧？

纪香桃如今已是筑基后期，少女早就打定了主意，要狠狠地收拾一番这个程洛岑，给千崖峰点颜色看看！

执事一挥手，境界压制的结界笼罩下来，纪香桃本以为自己会被压到炼气，已经想好了要用什么剑法，然而才将手放到剑柄，却突觉不对，猛地看向程洛岑："你是什么境界？"

程洛岑向来寡言少语，千崖峰纵使人数极少，他也总是最不起眼的那一个。

然而此时，纪香桃发问，少年再抬头看过来，纪香桃这才倏然发现，这个名叫程洛岑的少年，竟然轮廓如刀削，剑眉星目，生得一副如此好的相貌。

他这样看过来的时候，纪香桃的心竟然沉沉一跳，却见少年面无表情道："筑基。"

两个字，足以将纪香桃从刚才奇异的心动中惊醒。

她深吸一口气，再也没了之前的轻视，却也还是忍不住道："千崖峰到底给你们吃了什么？！才不到一年，为何你就能连跃这么多境界！你又不是亲传弟子，小师叔分明没有真正收徒！"

老头残魂前一刻还在哼哼唧唧说这小姑娘生得也不错，嫌程洛岑太冷淡，这会儿听到这话却又仿佛被踩了尾巴："那小子那么点年龄，收什么徒？！更何况，你怎么就不是亲传！你可是我的亲传弟子！哼！"

程洛岑眉头都没皱，他看着纪香桃，平静地抬手放在剑鞘上，突然微微一笑："那又如何？"

"雪蚕峰，济良真人亲传弟子，施天。"站在虞兮枝……或者说烟霄剑对面的少年自报家门，长剑出鞘。

既是亲传，施天自然是学了雪蚕峰的渡业丹剑的。

要说天下最有名的几式丹剑，一为西雅楼的太上丹阳剑，另一则是昆吾雪蚕峰的渡业丹剑。

虞兮枝既然得了谈楼主的亲传，自然已经学了太上丹阳剑。而她在那山洞中所学的剑法里，有各峰的各种剑，也有其他门派的剑意剑法，却唯独少了渡业丹剑。

无他，所谓丹剑，真正的剑意中，自然要有丹丸。

山洞里空留剑痕剑气，哪有那么多丹丸长存？既然见过烟霄剑与王沽那一场，那么施天起手便毫无保留，全无试探。

他手中的丹丸微碎，再被剑意搅开成粉末，少年剑意浓，竟然不走最寻常的连招。

"携丹剑！"

"望河汉！"

"尽洗却！"

在旁边抖腿的紫砂壶长老低声换出这三式的名字，露出一抹笑意："能将这三式串在一起用，若无人指点，倒也是妙。"

虞兮枝不知渡业丹剑正常的顺序应当是何，却也能看出施天并非是从起手式出剑。

施天这三剑，剑意极浓，丹意又混在浓烈剑气之中，说来丹意此物在对战之时，对剑自然无用，但对持剑的人常常会起到出其不意的制胜效果。

虞兮枝没有持剑，但到底在场中，下意识屏了呼吸。说是烟霄剑对战施天，可烟霄是她的剑，自然依然是她在御剑。

这三剑来势汹汹，她便一退再退，竟然连着用了三式防守。

她退，施天便进。

三式用尽，施天再变幻招式。依然是渡业丹剑，却是另外两式。

"暗香散！"

"笑浊世！"

335

渡业丹剑一共七式，他的境界不够，习得五式已是难得，惹得周围雪蚕峰弟子惊呼连连，同是亲传，恐怕其他弟子如高修德，也只习得了前四式！

而他这一剑"笑浊世"出，漫天丹意聚于一点，再倏然迸裂开来，竟然要将这一方空间都笼于这丹意之中！

同门不可残杀，他此刻用的丹便不过是普通的丹丸。真正对战时，换成毒丹效果还会更佳！

施天虽然只是筑基，却竟然好似已经真正掌握了渡业丹剑的前五剑！

"好剑！"有人忍不住低呼一声，"也幸亏只是剑与他对战，若是真人，又要如何抵挡这漫天丹意？刚才他要与烟霄剑对战的时候，我还以为真的如二师姐所说……没想到反而是二师姐占了便宜？"

烟霄剑似是被漫天丹意震慑，微微颤抖，施天五式尽出，再挥剑，就要直接打落烟霄！

"咦？没了吗？"坐在角落的虞兮枝却突然道。

眼看施天的剑便要碰到烟霄，烟霄退无可退，似是真的要败下阵来。

退无可退，便也不再退。

漫天有丹意，但空气却倏然微湿。

那湿润带着些沉重，仿佛春夜细雨，又仿佛悲恸夜哭带来的疾风骤雨。丹粉漫天，然而既然水意起，丹粉遇水，自然便不再轻盈！

"笑浊世"剑意未尽，却已经被黏结的丹粉丹意牵连，似是笑不出这一声浊世了。

施天的剑将要碰到虞兮枝的剑，却在这咫尺之时，成了天涯。

烟霄微颤，水意带着丹粉簌簌而下，但水意便是剑意，簌簌而下的丹粉随着烟霄剑意，竟然如同被湍急水流卷起，反而回头向着施天劈头盖脸而去！

"江梅仙去！"

端着紫茶壶的长老豁然起身，愕然看向虞兮枝："这世上竟然还有人会江梅仙去！"

虞兮枝不知道什么是江梅仙去，她起手此剑，中途却倏然换了剑意。

烟霄是剑，没法捏碎丹丸。但这水意之中有丹粉，虽然粘腻了些，可黏着丹粉的，是烟霄的剑意。

于是烟霄剑意收，再出剑。

丹粉重新漫天，竟也是一式"笑浊世"！

第八章

你笑浊世，我也笑浊世。

你笑这世道浑浊。

我笑……这丹丸搞得人难以呼吸。浊是真的浊，就算是虞兮枝这种常常在丹炉旁边熏着的丹修，也有些笑不出来。

虞兮枝捏着鼻子，冲着烟霄剑的尾巴道："搞快点。"

然而所谓丹剑，自然是丹修防身所用，但丹修悟道悟剑，到底是从炼丹中所得，丹剑一道，自然可以杀敌，可终究还是要用于炼丹之中。

正如太上丹阳剑中的步法是配合向丹炉中投递炼丹材料的节奏一般，这丹剑这样扬起丹粉，自然也不是无的放矢，不过是因为施天少了最后两式收剑，才显得这丹粉飞扬，无序混乱。

所以虞兮枝要烟霄剑搞快点，而烟霄剑似是也对这种空气有些不喜，于是漫天丹粉在它的剑意中纷纷扬扬起，再沉沉落下，竟然就这么扬了施天满头满脸。

所有人都看出虞兮枝中途换了剑式，竟是用了刚才施天的剑法。

"难道二师姐刚才并非在躲，而是在学？"有人轻声道，但随即又否认了自己的话，"但怎么可能……！若是剑法只用看一遍就能学会的话，亲传剑法又有什么意义？各个门派行走的时候，又有谁敢出剑呢？"

也有不少人抱着和他一样的想法，但下一刻便见烟霄剑将所有剑意一收，劈头盖脸地将那些黏结的丹粉丹意扔到了施天身上。

"这总不是渡业丹剑了吧？"有人神色一轻，"这一剑倒是看起来颇无章法，云里雾里的。"

施天心底骇然，身法却不停，然而不停，也没能躲过这些丹粉，等他身影停时，烟霄剑已经悬在了他的额头之上。

少年已经不复上场前的意气风发，他有些颓唐地握着剑，发丝里遍布丹意，声音惊愕："你……你怎么会云雾里？！"

虞兮枝愣了愣，台下的人也愣了愣。什么云里雾里？

再回神，才恍然发觉施天说的，比他所想的，少了一个字。

有人觉得这剑云里雾里毫无章法，却不料这一剑，真的便是渡业丹剑的第六式，云雾里。

"这便是云雾里？"虞兮枝也有些蒙，她不过顺着剑意，又嫌弃这漫天丹粉，便想要拢一拢，让这些丹从哪里来回到哪里去，却不料竟然莫名契合了云雾里的剑式——丹粉散而凝丹意，再聚合起来，重新成丹，这便是昆吾雪蚕峰这一式渡业丹剑最直白的剑意。

施天见她竟然一脸茫然，不由得更加茫然，但茫然之后却又有了怒气："你装什么装，难道你是刚才从我手里学了笑浊世，然后自己悟出了云雾里吗？！"

他不说，虞兮枝还没反应过来。结果反而倒是他的话点醒了虞兮枝。"你说的……似乎也没错。"虞兮枝从擂台的角落站起身来，掸了掸衣摆，再抬手。

悬浮在施天额前的烟霄于是倒悬而来，重新入了她的掌心。她将施天方才的五式在脑中过了一遍，再按照剑意重新排列组合，很快就得到了正确的剑式顺序。

再加上她方才误打误撞扔出去的一式云雾里，她只是在心里过了一遍，便忍不住抠了抠烟霄的剑柄。

剑招连贯，偏偏硬生生停在倒数第二式，实在是有些郁气。她这么想，于是手中的剑便忍不住动了动。

施天满脸满身的丹粉落了又被剑意扫到，于是微微浮起。

虞兮枝用了半招江梅仙去，让这剑气之中带了水意，但渡业丹剑的前几式中的望河汉与尽洗却，又何尝不是同样的意思？

丹粉沾水，再于云雾之中微粘微凝，最后再聚粉为丹。

烟霄剑在半空划过一个圈，平直而出，再倏然收剑！

剑尖处，竟是一枚圆润的丹丸。

"调一鼎。"施天神色恍惚，念出最后这一剑的名字，近乎麻木地抬手，将那枚重新凝聚起来的丹丸接了手里。

他在开场时，为了用这渡业丹剑捏碎了一枚丹丸。

如今，一套剑式毕，丹丸碎了又散，散了重聚，不仅重新变回了原本的模样，丹意明显还愈发凝练浓郁。若他捏碎的是培元固本丹，那么捏碎的丹丸只能给炼气境用，剑意淬后，便足以给结丹期的修士服。若方才所淬的是毒丹，若此刻捏碎，施天自己要先被毒死。

他过去只当这剑是为灭妖杀敌，今日才真正明白，济良真人所说的"丹修的剑，可以杀人，却终究不应该用剑来杀人"这句话的真意所在。

他收了丹，神色几度变换，此刻再说虞兮枝究竟是何时会了这剑，似乎已经毫无意义，他方才的指责更是显得可笑。

少年躬身行礼："甘拜下风。"

虞兮枝也收剑，回礼："多谢赐教。"

她这么说，台卜人才从刚才她的一剑中恍然醒来。再听她这话，竟然是在变相肯定施天刚才的话！她难道真的……是看了施天那打乱了顺序的五式剑法，然后自己悟出了后两剑吗？！

这怎么可能！

有人吃惊，便有人忍不住带着惊愕地问出了声："二师姐，我没有别的意思，只是想问，如果你只是看了看就学会了雪蚕峰的亲传剑的话，那岂不是……岂不是其他亲传同门，在你面前用一遍剑，你就都会了，这样一来，还有谁敢和你比剑？"

"那不是更好？"虞兮枝却不否认他们最想听到的那部分，反而若有所思道，"如果你们真的这么觉得，因此便没有人愿意在我面前出剑，倒不如判我直接晋级，我当然没有意见。"

出声那人语塞片刻，到底还是直接问道："……所以二师姐是真的看了便会了吗？"

擂台上的少女挽了个剑花，笑道："那又如何？"

少年轻描淡写的"那又如何"，显然激怒了对面的纪香桃。

"你……！"纪香桃深吸一口气，却也终于意识到对面的这个少年是一块臭石头，她用话去激他骂他，便如同用鸡蛋砸石头，毫无用处。

少女到底不甘心，心里怎么想，便忍不住怎么说了："臭石头，拔剑！"——如果虞兮枝此时此刻听到了这三个字的称呼，定然会倒吸一口冷气。

她就算不记得人名，但也能从这个称呼中回忆起，原书里这样称呼程洛岑的那个少女，最终落得了一个不比她好多少的下场。

当然，这里的不比她好多少，仅仅指的是领便当的方式而已，过程到底还是不同的。

"龙傲天"的修行路上，自然不会只有一两个添香红袖，而纪香桃便是其中一位任性娇俏、口嫌体正直，但最后却为了救程洛岑，挡剑而死的女配。原书里，纪香桃与程洛岑的相遇自然不是在这样的擂台之上，但兜兜转转，她竟然还是将这三个字扔在了程洛岑身上——剧情虽然变了，但人却是不会变的。

程洛岑不为所动，纪香桃不说，他也自然拔剑。

纪香桃是太清峰的内门弟子，却也是修仙世家的大小姐，所会的自然不仅仅是太清峰的剑法。

少女身姿轻盈，步法更是堪称诡谲，她的剑不重，角度却极其刁钻，程洛岑斩过许多妖，却终究少了许多与人对敌的经验，一时之间，竟然有些狼狈。

老头残魂却也不帮他，完全一副看好戏的样子，顺便还扔了些风凉话出来："噢哟，这个小姑娘不错嘛，嘴巴泼辣，但这剑，还是有纪家的几分风采的，不过这剑倒也罢了，这轻渡步法确实让人防不胜防，嚯，小程啊，你衣服破了。"

"闭嘴。"程洛岑在心底平静道。

纪香桃显然存了些奚落戏弄程洛岑的意思，她的剑风轻巧，却并不真正伤害到程洛岑，只割裂他的衣衫，不出片刻，竟然让原本衣冠整洁的少年变得褴褛起来，惹得周围一片嘲笑声。

纪香桃得意道："还不认输？再不认输，我接下来可就不会再手下留情啦！"

她傲然去看程洛岑，却见对方眼中丝毫没有自己想象中的惊慌，依然是一幅沉着模样，甚至拿剑的姿势都没变。

少女冷哼一声，再挥剑，心道自己这一剑就要让这个臭石头知道本小姐的厉害。然而空气却猛地变得凝滞起来，纪香桃恍然觉得自己的步法变得不再顺畅，而她一步踏出时，程洛岑的剑竟然已经等在了那个位置！

纪香桃险险避开，心底微惊，却只当是巧合。可一次是巧合，两次、三次、次次如此呢？他的剑每一次都出现在她步法踩过的位置，她变了步法顺序，却依然被识破，只是少年的剑却真的点到为止，明明可以像她对他一样割裂衣衫，但他什么也没做。

剑尖微触再收，两人重新拉开距离，情况已经大变。连着踏两遍轻渡步法，纪香桃已经有些气息不稳，她有些惊愕，但更多则是羞赧愤恨地看着程洛岑。

程洛岑仿佛对她的眼神毫无察觉。

她戏弄他一遭，对他来说并无所谓，反而有些惋惜这少女没有趁机直接伤了他，赢了比赛。他看穿了这步法，明明可以回敬回去，但既然少女方才没有下重手，他便也点到为止。

第一轮交手只当一比一平手，接下来，便再不会留手。

他没有去过虞兮枝那个山洞，却也在千崖峰这么久了，纵使不去山洞，可千崖的风中，依然有无数剑法剑意。

他日日站在悬崖边，时时刻刻与这些剑意剑法为伴，日久天长，早已描绘出这些剑的形状。

于是少年出剑。

342

程洛岑的剑很快，很锋利。

剑修学剑的时候，要学剑招、剑式，再去练，久而久之，美观有之，流畅有之，但却绝对不能用快来形容。尤其是女修用剑，更讲究剑招之美，比如纪香桃刚才的步法，轻盈漂亮如蝴蝶翩然，但真正对敌的时候，哪有敌人会让你蝴蝶乱飞？

寒芒乍现，银河无浪。

于是翻飞的蝴蝶纷纷被打落，纪香桃再回过神时，程洛岑的剑竟然已经指在了她的脖颈处。

少年离她极近，所以她便也看到了少年冰冷的眼和紧抿的唇。

他有杀意，却微敛，只看着她的眼睛道："你输了。"

纪香桃感到了一阵战栗。她是纪家大小姐，从小到大都是被捧着的，哪有人敢离她这么近，用剑这样指着她，对她有杀气，又对她说这样的话？

然而不等她答应，程洛岑却已经收剑后退，看向执事："下一个。"

"臭石头，你给我等着！"纪香桃还没来得及明白自己此刻的微微战栗是因为什么，却已经有了怒意。

老头残魂幸灾乐祸："你看，惹怒了人家女娃子吧？人家让你等着呢，啧啧！"

程洛岑却不理她，只又重复了一遍："你输了。"

言下之意是让她赶快走开，别影响到他下一场比试。

纪香桃深吸一口气，又气又恼，显然是没想到自己竟然会出局，这会儿只觉得旁边所有观赛的同门都在看她的笑话，不由得眼中微涩，双眸微湿，一跺脚跑了。

"不追吗？"老头残魂笑了一声。

"为什么要追？"程洛岑奇道，"她是谁，和我有关系吗？"

老头残魂语塞，台下却有许多人不忿程洛岑的剑。

夏亦瑶心底微动，她本是来看程洛岑落败的狼狈样子的，却不料他此时虽被纪香桃划得衣衫狼狈，但一身傲气丝毫未变。

夏亦瑶虽然表面与纪香桃情同姐妹，实际上关系也确实不错，但心底里，她到底还是有几分羡慕……亦或者说，嫉妒纪香桃的。

纪香桃出身又好，又是修仙纪家的大小姐，论长相，更是出众。女孩子之间，到底忍不住会在长相家世这些方面悄悄较高下的。

如今看到程洛岑竟然对纪香桃如此冷漠，夏亦瑶不由他高看了几分，多了些好感。但她也只是多看了程洛岑两眼，便飞快去追纪香桃了。

程洛岑根本没注意场边的动静，他接下来的对手好巧不巧，便是纪香桃的爱慕者之一，方才他惹怒了纪香桃，此刻自然有人想要为她报仇。

于是剑光交错，剑意交缠，程洛岑提剑迎战，他越来越狼狈了，但却从来没有输过。

大家看着他虽然初时便露败意，但始终冷静，再在窥得破绽时，不出剑则已，凡出则必胜。

"你输了。"

"下一个。"

这样的声音连着响起了三遍后，大家才反应过来，他竟然已经连胜三场，晋级到了小组赛，可看他的意思，竟然像是想要直接打满十场？！

千崖峰的人，不讲武德的吗？！

程洛岑这边战况激烈，另一边的黄梨却颇有些尴尬。

黄梨有些局促地拎着锄头上了台，他对面的是琉光峰的内门弟子冯苏，冯苏已经连赢两场，此刻正睁大眼盯着他的锄头看。

冯苏并无恶意，只是真的好奇而已。他盯着锄头看，台下的人也盯着锄头看，就连执事也忍不住问了一句："黄小真人，你确定……就是用这锄头？"

黄梨挠挠头："用惯了，顺手。"

执事心道自己问的哪里是顺不顺手的问题，这天下法器众多，他也不是没见识的人，只是锄头此物倒是第一次见，不免有些怀疑这东西有什么杀伤力。

台下众人则是好奇之下还有些不以为意，大抵都是修仙久了，自然觉得锄头不过俗物，以俗物入道，实在不雅。

却有一道清亮声音倏然响起，少女高声道："黄师弟，用锄头砍他！"

冯苏觉得这声音有些耳熟，循声看去，不由得微怒道："孙甜儿，你不站在我这边也就算了，居然给这千崖峰的小子鼓劲？"

孙甜儿冷哼一声："谁让你们盯着人家的锄头看？黄师弟这锄头曾经斩了空啼沙漠近百条蛇妖，你们的剑又沾过多少血？"

大家这才猛地回过神，心道倒是自己短视，锄头确实是锄地的锄头，却也是可以除妖的锄头。

黄梨虽然不是很怕被看，但到底还是有些不自在，他心底感激孙甜儿为他解围，便想着这冯苏到底是孙甜儿的师兄，自己一会儿不要让人家败得太难看。

两厢见礼后，冯苏已经收回了好奇的打量："请。"

嘴上说"请"，冯苏却已经先动了。

他是符修，剑意便是符意，他出剑，一剑是一划，三剑练成一面，便又成一张符，符意剑意一起逼面而来，教人防不胜防。

之前的两人便是对这符修手段不甚熟悉，又或者说，熟悉恐怕也难以招架，这才败下阵去。

但黄梨天天在千崖峰见易醉练剑也多少了解一些。易醉性格本就外向，平时千崖峰见不到两个人，程洛岑闷葫芦一个，聊起来也不得劲，所以平素里易醉新画了什么符，都喜欢得意扬扬展示给黄梨看。

一来二去，黄梨虽不会画符，但对符意却熟悉得不能更熟悉。

冯苏成竹在胸，三剑练成符，符意才要出，却见一锄头在他要落下最后一笔的地方悄无声息出现，硬是断了他的符意。

冯苏不服，只当巧合，旋身再出剑画符，结果又被一锄头斩断了最关键的那一笔。

冯苏困惑。

剑意、符意、都要运灵气，一次两次都没让这符意灵气贯通，冯苏已经憋得有些内伤了，等到第三次的时候，冯苏再也受不了这灵气倒冲，倒退半步，竟然"哇"的一声，吐出一口血来！

台下观战的内行心中惊愕这黄梨三次出锄头的巧妙，外行人却不明白这两个人到底做了什么？看起来也没怎么对招，怎么刚才还两战两胜的冯苏便突然吐了血？！

这锄头……这么厉害的吗？！

"你……你竟然会符？"冯苏不可置信抬头看黄梨。

黄梨挠头："不会啊。"

冯苏半个字也不信："那你怎么会看破我的剑招？"

黄梨茫然："你不是要出符出剑吗？打中我，我不就输了吗？虽然你最后一笔总是画得有点歪，但我锄头也有点歪，所以……"

冯苏差点又要吐一口血出来。这人说自己不懂符，却要反过来指责他画符画得有些歪？！

这世上怎么会有这种人！千崖峰的人怎么会这样？！不讲武德的吗？！

虞兮枝连赢两场，又或者说，烟霄剑连赢两场，台下的人惊愕她似乎见了那剑招便能学会，却如此轻描淡写，仿佛这并不是什么值得夸耀的事情。

陈执事心中震动，但他到底是主持这战事的人，所以比剑自然还要继续。

他近乎麻木地念出下一个人的名字。

虞兮枝笑吟吟道："是要和烟霄对战，还是和我？"

这第三名同门却是太清峰的师弟。

这位刘姓师弟苦笑一声："不瞒二师姐，曾经我也是嘲笑过二师姐不求上进，占着亲传资源却天天煮鸡汤小馄饨，晚饭还要卤肉饭加煎蛋的人，此番二师姐有如此剑法，看来倒是我短视了。打当然是打不过二师姐，本想直接认输，但我也到底是剑修，剑修，绝不认输。"

虞兮枝看了对方片刻，突然道："你怎么知道我吃卤肉饭还要煎蛋？"

刘姓师弟很无语。

少年的脸红了又白，白了又红，到底还是豁出去了："太香了没忍住，有次趁二师姐喂猫，偷吃过一片煎蛋。"

虞兮枝大惊失色："原来我的煎蛋是你偷吃的？我还以为是橘猫吃的，当时打了它头一巴掌，结果反而被抓了一爪！"

刘姓师弟听着周围忍俊不禁的闷笑声，从耳朵尖红到了脖子根，细声细气道："给二师姐赔罪了，实在是……"

他声音越来越小："实在是没忍住。"

"别说了，拔剑吧。"虞兮枝却好似不领他道歉的情。

刘姓师弟又是深深一礼，压下满心歉意，深吸一口气，手放在剑上的时候，已经严肃起来。

既然是太清峰的师弟，刘姓师弟起手自然便是太清望月。

星芒乍起，月色高悬，刘姓师弟虽然贪吃了点，但到底也是筑基境，剑意竟然比夏亦瑶那日在太清峰正殿前舞的剑更浓几分！

少年轻喝一声，剑风昂然，直直向着虞兮枝面前而来！

虞兮枝抬剑去挡，少年却在半中央倏然变了剑招，原来刚才一式不过虚晃，真正的剑意则是他垂剑向虞兮枝腰侧袭来的这一式！

剑与剑在半空交错，烟霄从半空直冲而下，竟是用了与他一模一样的剑招，两式几乎同样尖细的月牙剑气相撞，乍一看，仿佛只是一剑相碰，但那铮然之声竟然绵延不绝。

再仔细去听，那绵延不绝却是无数撞击声连续不断造成的，两人瞬息间竟然对了许多剑！

剑意初遇时，还算得上是势均力敌，虞兮枝并没有用自己伏天下的境界去压制对方，而是将自己的修为真正压到了筑基期。

但境界压了，剑气却是遮掩不住的。于是她一剑一进，刘姓师弟一剑一退，最终竟然到了擂台边缘，退无可退。

烟霄剑与他手中之剑触碰了最后一下，少年再也握不住剑。

剑落在擂台之上，一声清脆。

少女站在他面前，却收了剑，俯身捡起他的剑，倒转剑柄地给他，再微微一笑："下次别偷吃了，直接敲门问我要，我多煎一个蛋给你呀。"

虞兮枝三战三胜，顺便送出去了一个煎蛋，接下来七场便是乱序挑战，谁想战便战，赢了算一场，输了也不算常规战绩。

其他擂台也不是没有三胜的，但其他人大多胜得稍显艰难，负伤带血的也不是没有，再要强去赢十场反而不理智。

是以个自由擂台赛的台子上，其他几个台子上的人轮换往复，韩峰主一挥袖竖起来的巨大石碑上，人名积分循环往复，大多数人停留在了胜三场积三分的位置，唯独有几个人的名字一直高悬。

大师兄虞寺连胜十场简直毫无悬念，前三场遇见他的人只能自认倒霉，

347

拔剑一战，只为无悔，回头吹牛也可以说自己也是向着伏天下拔过剑的人了。

刚刚破境的易醉到底也是伏天下，和大师兄一样名字高悬。

但千崖峰的另外三个人为何也如此不讲道理？

有人蹲在积分碑石下面喃喃念道："虞大师兄十分晋级，易醉师兄八分了还在打，虞兮枝师姐也八分了，程洛岑六分，还有一个抢锄头的呢，咦，三分？"

抢锄头的黄梨刚刚胜了三场，正要继续再打，突然看到天色微暗，一拍脑门："我不打了，还有些事，明天再来继续吧。"

执事早已被黄梨的擂台表现镇住了。

这人的锄头里当然有剑意，但剑意散乱甚至散漫，简直不成体系没有方圆。他在对战时甚至也很少出锄头，但他凡是出手时，都恰巧能抓住对方灵气凝滞不顺的一刹，又或者堵住对方下一步的出剑，再反守为攻，出其不意制胜。

执事觉得自己没见过这样的剑意，却又突然回忆起那些在靠近千崖峰、靠近剑冢的时候所感受到的凌乱剑意，心底不由得一惊。

黄梨锄头上的剑意，竟与那些剑意十分类似！

执事忍不住问道："不知黄小真人还有什么事，比自由擂台战还重要？"

黄梨倒是好脾气地回礼道："倒也不是比这里重要，只是三场结束，我也晋级了，剩下的明天再打便是。但我回去若是晚了些，小少人却要饿肚子了。"

执事头上仿佛冒出一个问号。

周围观战的众人先是微愣，心道什么饿肚子？修仙之人谁还能有饿意？旋即又回过神来，想起那位曾经在暮永峰一日三餐炊烟袅袅的二师姐，再想起那些逸闻暇谈。

——譬如二师姐是牛肉丸搓得太好，所以被谈楼主看中，收为亲传的。

——又比如除夕之夜，虞寺、沈烨几位师兄妹都被喊去千崖峰吃了顿除夕夜火锅，回到暮永峰的时候，身上的火锅味飘香十里，惹得无数人饥肠辘辘，睁眼到大明。

黄梨不再多说，礼貌告辞，抛了锄头起来，御锄回峰，背影看着潇洒自在，并不觉得自己放弃十连赢的可能性有什么可惜，也不觉得已经修仙，再洗手做羹汤有何不妥。

大家想到这里，才突然醒悟。

这人以过分俗气的锄头做法器都落落大方，又哪里会在意他们此刻心中所想的这些事情呢？要说俗气，还真说不好究竟是谁俗气。

八场连胜，虞兮枝与易醉擂台相隔，竟是同时打完了第九场，再同时扬声道："下一个。"

更远一点的地方，程洛岑的面色有些许疲惫，眼睛却极亮，也是恰恰击落了第九名对垒者的剑，再沉声道："下一个。"

天色不知不觉已晚，无数灵石点燃的灯火亮起，紫渊峰星星点点，满树是灯，远看好似繁星，近处更有剑影连连，鼎沸人声，竟然亮若白昼。

擂台赛要持续好些天，第一天的正常赛程已经结束，但这几人的十场却还未打完。

其余擂台周围的人都渐渐散去，向着这三个擂台涌去，台上三个人，三身道服，胸前却是同样的千崖二字。

大家觉得还未看过瘾，这一天见识了太多剑光、剑招和剑式，上了台的人开始回忆自己方才哪一剑可以更干脆利索点，哪一招明明可以躲开，还没排到的人则手痒难耐，恨不得此时此刻就拔剑战一场。

却也有人突然回过味来，发现想要打满十场的怎么都是千崖峰的人？

如此连胜，擂台一时寂静，竟是一时之间无人敢再上台。

沈烨今日无战，此时站在虞寺身边，不免有些手痒，他看虞兮枝场上还空着，于是压低了些声音："老虞啊，不然我上去打一把？反正不计积分，输赢都无所谓。"

虞寺却不让他去："你是无所谓，枝枝最后一场了，你要找她比剑，平时什么时候都可以，这会儿她都打了九场了，你偏要现在去？要去找易醉去。"

沈烨冷哼："你偏心，易醉就不是打了九场了？那小子奸诈狡猾，符修那一套我也不熟，输了丢人，不去不去，要去你去。"

"枝枝是我阿妹，我不偏心她，难道偏心你？"虞寺理直气壮道，却突然一顿，"欸，那是……？"

沈烨不上，却有另外两道声音一前一后近乎同时朗声道。

"琉光峰亲传江重黎，还请赐教！"

"雪蚕峰亲传池南，还请赐教！"

众人微静，随即轰然炸开。

昆吾山宗有五峰，略去不收徒的千崖峰不提，其他四峰，各有亲传。

虞寺是太清峰亲传弟子中的大师兄，便也是太清峰全峰的大师兄，而又因为太清峰乃昆吾山宗主峰，所以全宗门弟子见他会喊一声"虞大师兄"。

其他三峰自然也各有各的大师兄。

譬如沈烨便是紫渊峰的亲传大师兄，而此时出声的两位，则分别是琉光峰的大师姐和雪蚕峰大师兄。

虞寺的修为自然是一骑绝尘，但在他之后，所有人都觉得，琉光峰江重黎师姐、雪蚕峰池南师兄和紫渊峰的沈烨师兄便应当是下一个伏天下，虽然被易醉抢了先，却也不掩他们同样身为筑基期大圆满的事实。

虞兮枝这一路对战，从炼气到筑基后期，一路赢得轻轻松松，甚至还跟着其中几人顺势学了剑，让人甚至怀疑剑道何时变得如此简单的同时，也开始仔细思考，虞兮枝到底是什么境界。

如今看来，似乎也只有筑基期大圆满这一个答案了。

其他人打不过她，那么江重黎师姐或是池南师兄呢？

"别都盯着二师姐啊。"易醉的声音却远远传来，"江师姐，不然我们来打一场？都是符剑双修，我倒想看看我们俩的符究竟谁的更厉害。"

易醉的话都说到这个地步了，江重黎便也不好推辞，她本想试试虞兮枝的剑究竟有多厉害，但强者终将相遇，倒也不急于一时，于是向着虞兮枝微微一礼，再冲池南做了个"请"的动作，便转身去了易醉那边。

于是池南翻身上擂台，向虞兮枝抱拳一礼，再站定："今日我没有擂台赛，虞师妹却已经连打九场，无论从哪个角度来说，都是我占便宜。身为雪蚕峰大师兄，本不应上来，但看到师妹的剑，再看到师妹与施天的那一场，实在是手痒心痒。权衡再三，还是没能忍住，上了这台，还希望师妹见谅。"

虞兮枝抖抖剑，并不多么领情，说话更是不太客气，但语气却还是温和的："我要见谅池大师兄什么呢？谅你来打断我的十连胜，还是谅你在我连打九场后上来？既然手痒，为何不第四场就来？非要等到最后？"

"是我瞻前顾后了些。"池南大方承认，"我让虞师妹三剑。"

虞兮枝却轻笑一声："比剑便比剑，又不是下棋，还能让三子，你让我三剑，不怕没有出第四剑的机会了吗？"

池南一愣，又歉意一笑，心底不由得再高看了虞兮枝几分："倒是我看低虞师妹了，是我的错。"

虞兮枝不再多言，她战了九场，说不疲惫是假，但要说多么累，似乎也并没有。便是易醉也觉得有些灵气枯竭，另一边的程洛岑更是靠一片战意撑着，唯有她，却只觉得体内灵气依然充沛，似乎与之前无甚变化。

她也有些许疑惑，但也只是在心头一闪而过。

毕竟对她来说，虽然压了境界，到底也还是伏天下对战朝闻道，总是有些以上对下的味道。

"池大师兄，请。"虞兮枝的手再次按在剑上。

池南回礼，神色变得专注："施师弟的渡业丹剑到底少了些火候，虞师妹再来看看我的剑何如。"

剑意起，丹粉碎。

如果说施天的剑如风扫过，那么池南的剑便如同惊涛骇浪被卷起！

他是雪蚕峰的丹修，平素里说话、做事都慢条斯理的，他的好脾气在雪蚕峰是出了名的。甚至有人觉得他这脾性有些像谈楼主当年的样子，日后出了山，难保不会被人骗了丹丸。

不料他出剑，便是剑意滔天！

"好剑。"虞兮枝眼前一亮，打从心底赞了一声。

筑基期大圆满的剑意，只与伏天下一线之隔，过去也并非没有人越级而战过，此刻看池南的这剑，剑意饱满锐利，而这锐利中又藏了些锋，显然是已经隐约碰到了那道门槛，却还未等到一个契机。

烟霄从剑鞘中铮然而出，虞兮枝步法腾挪，出剑却并非渡业丹剑，而是点点星芒起！

"太清望月第四式！"有人认出来，脱口而出！

台下夏亦瑶愕然地看着虞兮枝的剑，却见那剑流畅娴熟，绝非今日习得！

"她……她怎么也会这一剑！"夏亦瑶猛地捂嘴，压住惊呼。

星芒满天，银河迢迢。

烟霄在空中轻颤微摆，剑芒并不耀眼，甚至盖不过周遭明灯，然而却恰打断了池南意欲望河汉的下一剑！

望河汉，终究是江河汉水，又怎么比得过这星空银河的剑气！

太清望月有七式，虞兮枝第四式接第六式，再转第三式。

星河迢迢，银汉也迢迢。

虞兮枝三式承接流畅如一剑，中间竟然丝毫不用调息再聚剑意，一气呵成，若不是对太清望月熟稔至极之人，甚至会觉得这便是太清望月中绵长的一剑。

丹意才散便被逼退，池南信心满满出剑，然而剑意才起，便被打断，但他也不急，竟然就地变幻剑招，从望河汉竟然直接接了调一鼎，于是丹丸碎了又聚，竟然就这样在他的剑身滚开！

剑芒凝淬，又有红色丹丸在剑芒上略略涂了一层，于是池南接下来的每一次挥剑便自然带了丹意！

"丹修竟然还可这样吗？"台下有人叹为观止，只觉得今日一日所见，竟然胜过自己过去寒窗练剑苦读所得。

"之前施师兄的剑意我便已经觉得，天下修者百般百道，让我眼界开阔，没想到还有池师兄这样的丹意。"有雪蚕峰的弟子拊掌叹道，"我怎么没有想过，丹意当然可以混在剑意中，这两种事物，本身就不冲突啊！"

台上两个人战至半酣，两道剑影几乎快到看不清，只听到剑身相撞的声音噼里啪啦绵延不绝，丹意微红融入剑风之中，便让这晚间的风与空气都沾染了些殊色。

太清望月第一式后，虞兮枝剑招再变，三剑连点，半空符意乍现，她剑势不停，再点再画，竟然四剑出三符，向着池南袭去！

"九场了，倒是第一次见到二师姐出符剑。"有人讶然道，"果然还是池师兄与她实力相仿，这才逼得她用出了点儿压箱底的东西吗？"

"倒也不像是压箱底的东西。"又有眼尖的人道，"你们看二师姐的样子，是不是还挺……闲庭信步？"

另一侧，沈烨神色微动，压低声音："老虞，你给我交个底，你家阿妹到底是什么境界了？我与池南都是筑基大圆满，自然看得出池南这一战毫无保留，但虞师妹居然……能与他战至平手？不，甚至不是平手，我看不出她的境界。"

虞寺苦笑一声，却又有了与有荣焉的骄傲之色："她没和我说过，我也没有问过。但你看，她自己也能做得很好。"

"千崖峰真就这么好？"沈烨不禁向着某个方向看去，又想起了除夕之夜那顿火锅，"火锅好吃也就罢了，那种剑气……也确实磨人极了。"

说话间，池南堪堪躲过两道符意，第三道避无可避，只得拔剑而上。

符意战意，剑气丹气。

池南方才一丹早就在这些挥剑中散去大半，最后这些便刚好抵去了最后这一符的符意，然而不等他松口气，烟霄又从符意中探头，带着无双剑意向他的面门直冲而来！

丹修当然不仅仅只有一颗丹，一场战中，自然也没有要求丹修只能出一丹。于是池南挥袖袍，面前竟顷刻间有丹丸连成一线，生生顿在了虞兮枝劈下一剑的剑锋上！

这一剑，若是劈下，便是丹丸尽碎，然而那些丹丸花花绿绿红红褐褐，谁知道都是什么效用？

若是这一剑收不住，虞兮枝就可以直接认输了。

于是烟霄剑意收，再飘然而起，四两拨千斤般再画符意，这一次，画的竟然是火符。

于是火焰起，几点成线，烟霄再从火符中擦过，剑锋上便带了一条杀气澎湃的火线。

丹粉是多，丹丸是不知效用，但那又如何，我自一剑烧个干干净净！

高危职业
二师姐

夏亦瑶看得目不转睛，她到底是太清峰的亲传弟子，平日里见的剑不胜凡举，许多剑式剑招，虽然不会，却见了便能说出名字，再加上她的潇雨剑灵时常是醒着的，倒也会时不时指点她两声。

平素里，她觉得潇雨剑灵是自己的一大助力，时常盼望对方的声音在自己心中响起，然而此刻，她却觉得这剑灵不胜聒噪，让她忍不住蹙眉。

"灵气如此稀薄，她是怎么点燃这火符在剑上的？"潇雨啧啧称奇，"通常只有元婴境才会用这种符意连剑法的，我看不穿她境界，你知道她什么境界吗？元婴了吗？"

夏亦瑶："……"

"我怎么知道。"夏亦瑶声音微冷，"你都看不出来，难道我能看出来吗？不过倒也不可能是元婴，我大师兄也不过结丹，她难道还能越过大师兄？就算能，怎么不见劫云劫雷？"

相处这么久，她是什么性格，潇雨早就摸透了，一听这话，就知道夏亦瑶的心情几何。但夏亦瑶不爱听什么，它偏偏就爱说什么："你羡慕嫉妒人家又有什么用？我也想被点燃啊，春天也到了，小火一烤，小风一吹，做剑灵，不过如是。"

顿了顿，潇雨又不以为意道："再说了，谁说破境一定要劫云劫雷？你们修仙人啊，就是刻板教条得紧，这世间万物，怎么破境的都有。"

夏亦瑶心头一跳："什么意思？难道还可以不用渡劫吗？什么叫修仙人刻板，世间万物，难道有不用渡劫的存在吗？"

潇雨却不再理她了，也不知是自觉失言，还是懒得再答。

灵石灯将此处照个通明，程洛岑和易醉两边都已经打完了最后几场，积分石碑上，两个人的名字都升到了最高处，缀在虞寺下面，都是整整齐齐的十分，再往下，便是虞兮枝的九分。

易醉也不下擂台，毕竟擂台地势颇高，而虞兮枝所在的擂台周围则已经人山人海，早已没有落脚之处，程洛岑一路赶来，便也站在了易醉身边。

"你见过二师姐这符剑吗？"易醉看着前方火色缠绕，少女的脸颊被这样的色彩映得一片绯红，"我娘和我舅舅以前打架的时候也用过类似的，冰火缠绕才有趣，可惜他们嫌我境界太低，还不教我。"

354

顿了顿，易醉终于意识到了不对："我筑基大圆满的时候，他们都不教我，凭什么二师姐会？二师姐到底是什么境界了？"

程洛岑心道反正不会比你低，顿了顿，问道："你娘和你舅舅为什么要打架？"

易醉脸色微僵，心道自己竟然一时大意，说出了如此秘密，只好臭了脸："关你什么事？"

火符燃尽，池南一身道服处处焦黑，脸侧也有了一处剑痕，竟是已经负伤，然而少年眼睛愈亮，战意竟然比刚出手时更浓。

两人剑触之再分，分别后退半步，再举剑。明眼人都看得出，这近乎是要以最后这一剑决出胜负了。

"渡业丹剑。"池南深吸一口气，声音微哑，竟是直接道出了自己最后想要用的剑法剑式，"尽洗却。"

虞兮枝抬手重新绾了绾已经有些散了的头发："清风流云剑。"

池南微惊："你确定吗？"

"我确定。"虞兮枝抖了抖剑尖，竟然真的是清风流云的起手式。

台下围观的弟子已经在虞兮枝说完那五个字后一片静默，大家面面相觑，甚至以为自己听错了。

清风流云，是连外门弟子都会的昆吾基础剑式，而现在，虞兮枝竟然要以清风流云剑来对雪蚕峰的不传之秘，亲传的渡业丹剑？！

虞兮枝是疯了吗？还是已经放弃了这第十场？

紫砂壶的长老打了个哈欠，显然是坐在这里看了一整天，有些倦了，然而白胡子老头却在虞兮枝说出"清风流云剑"的时候，眼神微亮，困意全无。

山河江海尽洗却，剑意、丹意和战意也尽洗却。池南这一剑，便真的只是纯粹至极的一剑。

然而剑意剑式纯粹，剑招却依然精巧繁复！

剑气汹涌，虽少了一份丹意，但却有更锐利的剑意填补，浩浩荡荡一并向着虞兮枝刺来。

少女平静起剑。

355

清风起，扰乱这汹涌，再与繁复精巧缠绕。

于是**繁复被拨散**，精巧被斩断，普普通通一剑，清风起，流云散，竟然真的硬生生截断了池南的这一剑！

大道至简，天下那么多剑法，大家也见到虞兮枝用了那么多剑法，最终却万剑归宗，只剩下了她此刻向前递出的这一剑。

一剑破渡业，再停在池南面前。

池南眼神中，有惊愕，有冲击，他站在原地，心中有些不甘与不可置信，脑中却已经在描绘虞兮枝的那一剑了。

他提剑不动，却有风自动。

天色暗沉，大家又沉浸在虞兮枝刚才的一剑中，四下无语。

一时之间竟然无人注意到黑沉天空竟然更加低压，云层愈厚，灵石灯太亮，剑气也太亮，便没有人看到天际隐约的电闪。

"竟然真的赢了？"有人喃喃出声，不可思议。

"清风流云剑，真的这么厉害吗？"又有人低头看向自己手中的剑，"二师姐与我学的看起来是一样的剑，为何在她手下，就如此厉害？"

大家怔然不语，端着紫砂茶壶的长老扬起一抹真正赞许的笑容，然而他还没将这份称赞说出口，脸色却骤变："都退后！"

长老身上有结界倏然而起，顷刻间便将身后这浩浩荡荡的观战弟子笼罩其中。

天空之中，有粗大雷电轰然劈下！大家眼中见到了这雷，半晌耳中才听到轰然之声！

"是……是池师兄破境了吗？"有人看着那震撼浩大雷劫，怔然出声。

"……二师姐！"又有人惊呼出声，"二师姐还在里面！"

大家这才想起，那已经被雷光电闪彻底笼罩、看不清了的擂台之中，分明还有另一个人的存在！

虞寺一步向前，已经从长老的结界中出来，足尖一点，准备去结界中拉虞兮枝出来。

却有一道比雷电更亮的剑光乍起。

剑光如莲，倒转而下，硬生生将轰下的雷劫遮住了一半，只在擂台另一半倾斜而下。

有一袭白衣，踩着这剑光，破开这雷劫，一手揽着显然还没反应过来的少女，从那雷劫中，一步踏出。

雷劫轰然而下，将池南的身影彻底淹没。

这雷劫来得好似毫无预兆，然而夜幕深深，大家又被擂台上太过精彩的比剑吸引，竟然无人发现。

粗重的雷撕开夜幕时，虞兮枝也被吓了一跳，但她也算是见惯了这雷劫，下意识就要摸避雷符去，然而芥子袋中空空，她这才想起来，自己的避雷符已经用完了。而她也因为这个摸符的动作，没有在第一时间就躲开雷劫。

雷劫中若是有旁人在，无论对于渡劫之人、还是这个旁人来说，都并非好事。然而虞兮枝再要走，雷劫却已经沉沉向她头顶袭来！

雷劫耀眼，却有剑光比雷更耀眼，她眼睁睁看着那不知从何而来的剑光冲到她面前，觉得这剑有些熟悉，脑中也顷刻间有了数十种躲开的办法，却又直觉自己根本躲不开这样的剑。

但那剑光却在她面前消融，仿佛目的只是用来劈开这道天雷。旋即有熟悉的身影紧随剑光之后，将她一把揽住，硬生生把她从雷劫里带了出去！

她再回头，这才看到那冲着自己面门而来的剑意竟然倏然而上，将倾泄而下的雷光死死挡住，直到两人彻底从那雷劫中出来，剑光才散去，被挡住的雷劫重新劈落。

"谢君知？"少女下意识抓着对方胸前的衣襟，从她的角度看去，正好看到对方轮廓分明的下巴和微抿的唇角。

"看到别人破境还不躲开，你这么想被雷劈吗？"谢君知的声音平静，眼神却比平时更加恹恹一些，"嗯？"

不等虞兮枝回答，他就又扫了一眼虞兮枝的芥子袋："昆吾山宗每一个渡雷劫的人，你都要管吗？"

虞兮枝微怔："我……"

说话间，两人已经落地，长老的结界将两人一起覆盖，雷劫在外轰隆，众人向着虞兮枝投来关心的眼神，易醉率先跑上来，仔细打量了一圈虞兮枝，这才松了口气："还好有小师叔在，不然你可要糟糕。说起来最近宗门渡劫的人还真多，我看江师姐的雷劫也就是最近了，伏天下已经这么容易了吗？"

"就算加上江师姐，也不过四人而已，怎么就多了？"沈烨不服道，"有本事算上我一个啊。"

大家笑脸过来问她是否有事，雪蚕峰的峰主济良真人更是闻讯而来，少不得见礼问好。济良真人又惊又喜，他为池南准备了许多渡劫之物，幸好池南素来谨慎，都带在身边，纵使提前没有布阵，却也应当应付得来。

"小师叔怎么也来了？"济良真人笑呵呵道，"听说今天千崖峰战绩斐然，积分石碑前列全是千崖峰的弟子，真是恭喜小师叔。"

与虞兮枝的对话被这些喧嚣硬生生冲散，谢君知的脸色并不多好，但他再抬眼，已经温和地与对方见了礼："济良师兄。"

济良真人说完这几句，眼神却在虞兮枝身上顿了顿，又微微下移，再顿了顿。

虞兮枝这才后知后觉地发现，谢君知揽着自己的手竟然还没松开。

想来是突然太多人，谢君知忘了。但他不松，虞兮枝也不好特地让他放开自己，只能若无其事冲济良真人行一礼，心道只要自己不尴尬，尴尬的就是对方。

济良真人果然眉头一跳，转开眼去，到底还是感慨了一句："那日虞寺破境，我见小真人布阵引雷，虽然不懂符阵，却也觉得精妙至极，但看来池南今日是没有这福分了。"

"事出突然，那符阵只有两份，一份在我阿兄身上用了，另一份恰巧易醉破境，也用了。"虞兮枝微微一笑。

济良真人又道："这天下轮回，一甲子不过六十年尔尔，有一人伏天下，便会有越来越多的人伏天下，若是昆吾山宗人人有此阵法，岂不妙哉！"

雷劫自然不是说渡就能渡过去的，既然为劫数，自然有渡不过去、身殒于雷劫之下的。大宗门之中还好，门派底蕴深厚，师门也会为破境的弟子提前做些准备，真正容易在这种天劫中陨落的，其实大部分是散修。

但济良真人这话，虞兮枝却也无法反驳。

如果按照以往，她便也会顺水推舟地应了济良真人的话，将这避雷符给了宗门中人用，对她来说毫无损失，功德也有她一份，但她的脑中突然鬼使神差地出现了谢君知刚才的那句话："昆吾山宗每一个渡雷劫的人，你都要管吗？"

于是话在虞兮枝嘴边滚了滚，又咽了下去，虞兮枝笑道："是妙哉，既然真人开口，改日我便去问问师尊。"

她不说明哪位师尊，但却非常明显是在说红衣老道。她也不说后半句究竟问什么，却足以让人觉得，这符是红衣老道的符，而不是她的符了。

济良真人果然神色微敛："那便有劳小真人了。"这句话后，神色便也淡了些，显然并不抱什么虞兮枝能将这符要来给昆吾山宗的希望。

虞兮枝悄然松了一口气。

池南渡劫，是因为她，却也不完全是因为她。

他本就已经到了那个门槛，便是没有她，破境也不过这一两天的事情，只是让她恰好遇见，而她恰好想要出那一剑，反而让他的破境提前到了此时此刻。

人群中却也有人恍然道："怎么感觉和虞二师姐对剑的人，都很容易破境？"

"对对，我也觉得！我刚才想说没敢说来着！二师姐这剑,有点厉害啊！"

却也有人嗤之以鼻："照你们这么说，难道二师姐的剑还是什么悟道剑？天下哪有这等好事，战一场就破境的事情很常见，我劝你们还是多读读书。"

"嚯，你说得这么轻描淡写，你倒是先破境给我看看啊？我当是什么大能说话呢，一看才是个炼气后期，修炼不怎么样，一张嘴倒是叭叭叭个不停。"不料立刻有人嘲讽道。

"你……！"

一时之间众说纷纭，池南的雷劫却已经到了尾声，少年清隽，立于电闪雷鸣之中，他出身并非世家，却一步一步靠自己的天资和努力走到了现在，待雷劫结束时，少年睁开的眼中带着湿意。

他先向着济良真人认真行师徒礼，再向虞兮枝一拜："多谢虞师妹，

359

大道至简，世间万物，不过清风流云。"

虞兮枝不受这一礼，想要避开，然而谢君知却按住了她，让她大大方方受了，虞兮枝只得硬着头皮道："不过凑巧罢了，恭喜池师兄伏天下。"

无数人顺着池南的目光，向着虞兮枝看来，自然也看到了站在她一侧的白衣小师叔。

小师叔神色依然温和却疏离，但站得离虞兮枝实在是近了些，显然这份疏离也是挑人的。

端着紫砂茶杯的长老穿过重重人群，看向一袭白衣的少年，谢君知迎着对方目光，微微颔首，长老突然一笑："清风流云本就是真正的悟道剑，否则宗门为何让你们练此剑？你们都想去练那些更高深的剑招剑式，但回头来，扪心自问，你们的清风流云，都练好了吗？"

长老的声音不高不低，刚够所有人听见，济良真人闻声望去，瞳孔微缩，急急上前两步，姿态竟然极低："祁长老，您……您是何时出关的？"

"醒来了，便出来走走。"祁姓长老却依然看着谢君知的方向，感慨道，"原来树枝是你的树枝，剑也是你的剑。一觉醒来，你竟然已经这么大了。"

这话带着长辈对后辈的语意，明明在这宗门之中，小师叔已是辈分极高，又有谁敢用这种口气对他说话？

他说的前半句话是什么意思，后半句话又是什么意思？

什么树枝，什么剑？

树枝不是千崖峰十里孤林的树枝吗？剑……不是二师姐的剑吗？

而且，小师叔难道不是一直在那山上，此番模样不过是自己喜好的少年样子，实则早就和各峰峰主一般年龄了吗？否则又怎能被称为一声"小师叔"？

可这长老，却说"竟然已经这么大了"？

那这位长老，请问究竟是怎样的老怪物了？

谢君知的眼神微冷，神色却未变，他遥遥看着那位祁长老，竟然接了那句话："人总是要长大的，就像有些人，也总是会变老。"

他声音温和，声线甚至温润，却似乎格外锋利，又分外意有所指。

祁姓长老似是还想再说什么，谢君知却已经转身，不想再与他打这机锋。

虞兮枝自然跟上，易醉、程洛岑越出人群，也随在其后，四人御剑而起，易醉到底没忍住："小师叔，那个祁长老说什么树枝的，是什么意思啊？二师姐挽头发的树枝有什么特别吗？还是十里孤林有什么特别的地方吗？"

夜色浓稠，却有剑色划过，前方孤林枯枝摇曳，峰顶却有暖黄光芒，炊烟袅袅。

虞兮枝吸吸鼻子："黄梨今晚做什么好吃的了？"

"他还会做什么？"程洛岑接道，眼底却带着笑意，"八成又是牛肉面。"

两个人小声闲聊，却都竖着耳朵，等谢君知会不会回答易醉的问题。

"倒也没什么特别的。"谢君知剑风吹多了，便似乎格外不喜风，御剑的时候也总是罩着结界，于是其他几人都衣袂翻飞，只有他的衣服纹丝不动，齐齐整整，"只是每个人都有本命剑，我当然也不例外。"

几道身影掠过十里孤林。

大家隐约有了些猜测，却不敢相信自己所想。

"十里孤林，便是我的本命剑。"

他说得轻描淡写，十里孤林似是听到了他的声音，枯枝无叶，却也抽芽有嫩绿、翠绿、浓绿之色，黑夜沉沉，俯瞰而去，只能见一片枝芽摇摆如浪。

过去看这孤林，不过以为是千崖峰剑气剑意纵横，所以寸草难生。黄梨为了让峰顶的一亩三分地里长出农作物，简直煞费苦心，用尽了毕生种田绝学，而这十里孤林想必便是剑意之下残存的树林。

然而此刻，大家却有些御剑不稳，甚至不敢再看那孤林剑意，只怕灼了人眼。

虞兮枝突然想起那一天晚上，送自己回了暮永峰的小树枝，心道难怪这树枝如此灵性又战意澎湃，在一家面馆门口，自己想要拔剑，却是这树枝先跳入自己手中。

转念她又微微皱眉，心道自己就这样将小树枝作发簪，岂不是等于将谢君知的本命剑插在头发里？

而她之前赶不上擂台赛，随手折了树枝便去的行为，要说也是因为平时谢君知总是习惯折了树枝与她对剑，所以她也有样学样折了枝。

可人家折的是他的本命剑，就算把这片林子折秃了，也是他的事，她

361

凭什么抬手就折人家本命剑？

虞兮枝觉得自己装小树枝的芥子袋微微发烫，伸手想默默拿出来，却又有些不好意思。

程洛岑和易醉却已经微微变了脸色，他们过去练剑时，也算是将整个千崖峰都跑了个遍，尤其是这剑风剑气也斩不断的十里孤林，更是他们练剑的好地方。

结果到头来，竟是他们逾越，在小师叔的本命剑上撒野？三人脑中同时冒出一个想法。他们真是，好大的胆子。

十里孤林既已过，再落在千崖峰顶，不过是转瞬。

牛肉汤的味道和葱花一起散出，黄梨远远就看到几人身影，此刻剑落，他的面便也已经上桌，手起葱落，给每一碗面上撒了葱白和蒜苗，又回身去拿筷子。

面极香，尤其是在场几个打了擂台赛的人，都是连打十场，可谓筋疲力尽，依照以往，此刻当一拥而上，易醉还要从黄梨和程洛岑碗里各抢两片卤牛肉。

为此，黄梨特意给自己和程洛岑碗里偷偷多塞了两片卤牛肉。

然而黄梨等了半天，却见崖边三人脸色复杂，只有小师叔一人稳稳向着面桌走来，自然坐下，拿起筷子。

"你们怎么了？快来吃面啊。"黄梨不解道。

虞兮枝想起小山洞里，自己懒得去取的发簪小树枝，退后半步，干笑一声："你们先吃。"

易醉、程洛岑面面相觑，硬着头皮上前，易醉干巴巴道："小师叔，那个，过去我们不知道……"

"无妨。"谢君知捞起一筷子面，吹开上面热气，"过去怎样，以后便也怎样，无须顾忌。"

黄梨一无所知道："顾及什么？"

易醉拉了黄梨到旁边，压低声音将事情说了，黄梨果然也露出了惊愕的表情："本命剑，可以不是剑吗？"

"别人问也就算了，你自己的本命剑都是锄头，你醒醒。"易醉龇牙咧嘴道，"小师叔的本命剑能和别人一样吗？不懂就别乱问。"

几个人鸦雀无声坐下，一顿面吃得心不在焉。

易醉话虽那么说了，心里却忐忑，其实他也不明白。他想去问问自家舅舅，为何一片孤林能做本命剑，却又怕这是什么秘密，不能乱说。

老头残魂却露出一副"我早就知道"的样子，在程洛岑心底道："我早就觉得这树林子里面的剑气不对，不过这千崖峰的剑意都不成章法，也就只有这样的剑气能压住这些剑意了。这小子真是，深藏不露。"

程洛岑垂眼吃面，在心里问道："树林也可以做本命剑吗？是剑原本就是树林，还是剑落地，才成了树林？"

老头残魂却第一次语塞，半晌才道："你想知道就去问他啊，我怎么知道？这种剑，老夫也是第一次见，哼！"

"你号称全知全能，竟也有不知道的事情？"

"你也知道是号称！"老头残魂气呼呼道，"天下之大，又有谁真的敢说自己无所不知呢？但还是要允许我们这种老头子适当端点儿架子、自我吹捧一番的！"

这边几个人吃得魂不守舍，虞兮枝却已经到了山洞门口。

过去每一次她来到这里，都是谢君知走在前面，她跟在后面……再然后，她也不知道自己是怎么出山洞的，想必不是被扛着就是被拎着出来的。

不管怎么说，她总觉得走在前面的谢君知，是为她抵去了大半剑意的。

她今日连战十人，虽说境界都不如她，可她并没有用境界去压制别人。她知道自己对战经验实在是少，所以每一场都极认真，此刻也已经非常疲惫。

但这种疲惫，却也是她熟悉的每一天深夜。她无数次练剑至深夜，至月上梢头，再月下西山，朝阳微亮。可她却从未独自面对过这些剑意。

她本能有些畏缩，被剑意吊打乱抽的疼如幻觉般重现在她脑海中。可月色皎皎，星星点点，她看到一截熟悉的小树枝，静静躺在山洞里。

如果那只是一截小树枝，躺在那里，便也罢了。但那是谢君知的本命剑。他的本命剑，不该也不能被自己丢在无人问津的夜。

363

虞兮枝抽出烟霄，深吸一口气，一步踏入山洞之中。

熟悉又凌厉的剑风向她面前扫来，她举剑，俯身，烟霄迸发出锐利闪亮的剑意，与山洞之中的剑风碰撞。

如果有人此刻在附近看，便会惊愕地发现，少女身上散发的剑意战意，竟然凌厉霸道至此，远超她在擂台赛时所表现出来的。

她出剑毫无保留，酣畅淋漓，太清望月第四式本是一剑轻点，连出数十剑，而她手中烟霄轻摆，去抵御这山洞中剑意时，竟然轻点出了残影般的速度！

她向前一步，再出数十剑，有些剑意，与这山洞中相似相仿，又有一些，却是她今日才学便用的。

剑影婆娑，遮住月色的云层消散，剑光却近乎要将这月色斩碎！

少女发丝零乱，天照笔也挽不住她满头长发，她袖口衣摆都被剑意打散，剑意如浪尖，向她拍岸扑来，少女再也撑不住般，吐出一口血，脚下却再向前一步！

从洞口到小树枝处，不过区区七步。可虞兮枝这七步，却好似要耗尽这一生所有的力量。

山洞中有六十六种剑意，过去有谢君知为她挡了一半，她便见了一半，学了一半。直到这一个月夜，她才见了另一半。

洞穴石壁上剑意浓郁，每一道都是曾经惊才绝艳的大剑师所出，有人在此悟道，有人在此破境，也有人在此枯坐百年，一夜白首，却也一步逍遥。

然而此日硬闯进来的少女，却只想捡一根枯树枝。她向前一步，再一步。

狂风骤雨，疾风乱浪。

少女眼眸明亮，手中的剑光更亮！

山洞中剑光起，她便也剑光起，剑光向天，她便也顺势而上。

她学前三十三种剑，从谢君知第一次扔她进这山洞起，用了足足近一年。而学后三十三种剑，却只用了一夜。

黄梨苦等许久，眼看一碗牛肉面的面要冷，汤要凉，心道难道自己厨艺下降，牛肉面竟然都吸引不了二师姐了？只得自己再吃一碗。

月下西楼，千崖峰有人因为十里孤林而辗转反侧，难以入眠，有人盘腿修炼，也想早日伏天下，还有人刷锅洗碗，想着第二日还要继续比赛。

还有一袭白衣站在十里孤林之中，冷白的手微抚在树干上，微微闭眼，只觉得满山剑意盛，竟然被后山山洞中的剑意搅得跃跃欲试，剑冢长剑乱鸣，似是只求一战。

"聒噪。"少年冷声道，眼底却带了几分笑意。

然而他才出声，剑冢剑鸣竟然微微一停，好似呜咽不甘，却又不敢反抗，于是剑鸣散去，剑意收敛，满山俱寂，只有小山洞有剑意轰鸣交错。

橘二不知何时窜了出来，在他脚下绕了两圈，抬眼看他。

谢君知难得好脾气地蹲下来，抬手摸了摸橘二的头："你是知道她会有这样的一天，才去抓她，还是凑巧？如果是故意的，倒是我小看了你。"

橘二眼神乱飞，胡子微颤，心道既然你都这么说了，我当然要说是故意的，难道还要说是她想拍我的头，我自卫反击的吗？

要是这么说了，如果被问为何还有人能拍到我的头，难道我要说，因为猫饭丸子太好吃，我真把自己当一只猫了，当猫真好吗？

东方有鱼肚泛白，竟是一夜过去，日出朦胧，朝霞瑰丽如梦，远处有湖光山色，再倒映出世间粉彩。

虞兮枝终于斩断了所有剑意，踏出最后一步。

她近乎力竭，唇边沾着些血丝，胸前衣襟更是血迹斑斑，她整个人都有些颤抖，却依然努力弯腰伸手去捡小树枝。

小树枝却倏然一跃而起，稳稳落在了她的手中。

进了山洞，拿了树枝，总要再出去。虞兮枝喘了口气，握着小树枝，再转身。有光落入山洞之中，将剑意蒙上一层氤氲，再给颇为狼狈的少女镀上一层朦胧光晕。

她抬起小树枝，向前迈步。

她走进这山洞，走了整整七步，用了整整一夜。走出这山洞，却只用了一步，一剑。

一枝揽尽洞中剑。

山洞中层叠剑意被一剑击破，少女持小树枝跃然而出，身形微顿，黑发翻飞，再向着山顶而去。

而山洞之中，本只有六十六种剑意。

此刻再仔细去看，那岩壁之上，竟然又多了一道剑痕。

旭日冉升，少女的身影几乎是和跃出山头的橘红明日一起出现，她收剑回鞘，一手是用作发簪的小树枝，另一手则是自己前一日随手折来御剑而行的小树枝二号。她急急向着某处看去。

然而那里空空如也，并没有熟悉的身影。

易醉混混沌沌推开门，少年近乎一夜未眠，虽说修仙之人并不真的需要睡眠，但不打坐修炼，干躺着也是熬人，是以此刻易醉脸上丝毫没有饱睡一夜后的精神，反而颇为萎靡。

看到虞兮枝，他眼神一亮，又转愕然："二师姐，你……"

虞兮枝的目光在他脸上一扫而过，甚至没有停留。

她顿了顿，继续向前，沿着崖头长梯而下，终于在十里孤林看到了熟悉的身影。

然而越是靠近，她越是放慢步伐。只觉得心头急切仿佛被时间拉长，变成了某种类似于近乡情怯的奇妙感受。

她低头看看自己手中的小树枝，心道自己应该对他说什么才好呢。

是要说"还给你小树枝"，还是"抱歉，折了你的本命剑"？

又好像都不甚合适。

朝露待日晞，十里孤林中，白衣少年微微躬身咳嗽，身形些许单薄，却绝不孱弱。他似是感到了什么，鸦黑发尾微摆，侧头向着虞兮枝的方向看来。

他眼神依然是怏怏的，却因为晨曦薄雾，睫毛上似是凝了一层浅浅的水意，便让这份怏怏带了些朦胧。

虞兮枝拿着一长一短两截小树枝，站在原地。

她想要向前，他却先一步，已经到了她面前。

少女与剑意鏖战半宿，长发早已披散，天照笔被她随手扔进了芥子袋，衣袖衣摆都有剑痕割裂，手臂脸颊有剑痕红印，有些还在微微渗血，衣襟更是一片狼藉。

她脸上尽是疲惫，却忍不住，在与他对视的同时弯起了眼。

"谢君知，"她方才打的腹稿都成了泡影，此刻脑中空空如也，"我……"

他却不说话，只弯腰俯身从她手里接过了短的那根小树枝，再伸手，将她的长发绾起一半做了髻，最后再把小树枝重新插在了发髻上。

他这样绾发的时候，并没有绕到她的身后，于是他的胸膛便碰到了她的鼻尖，发丝缠绕在她的指尖。

他像是在虚虚环抱她，她闻见他身上皂木晨曦与露水的清香，他绾发的手指轻轻擦过她的脖颈，而带着近乎滚烫的温度。

绾个松散简单发髻，倒也不分男女，是以谢君知动作很快，于是虚抱便也短暂，仿佛他并没有什么别的意思，好似只是看她长发散落，这才一时兴起为之。

虞兮枝心跳微快，耳尖微红，但若要真的去问，却也可以狡辩说是被剑痕擦到耳郭留下的痕迹。

"下次别丢了。"少年声音温和，退开半步，又抬手扶了扶小树枝，"毕竟是我的本命剑，丢了总是有些麻烦。"

"好。"虞兮枝低声应道，又递出另一只手的树枝，"这个……我……"

"你折下来，便是你的了。"谢君知却不接，又笑了笑，"留着虽然没什么用，但上面到底有些我的剑意，或许也不是完全没用。"

虞兮枝慢慢收回手，本想将树枝塞回芥子袋，但又想了想，这树枝在她折的时候，匆忙了些，细软且长，于是干脆将树枝在自己的剑匣上绕了两圈，看上去倒也并不突兀。

但她绕到一半，突然想到了什么："等等，可我第一次见你的时候，你明明……有剑。"

那是她第一次见到那样的剑意，后来她也见过许多次他出剑，有随手折枝与她对的剑，有斩妒津妖人时，淋漓尽致的一剑，还有那次徐姓长老从后山而出时，他冷声的一剑。

然而所有这些，她却总觉得都比不上那一日的游龙剑意，那里面有真正的睥睨纵横和莫名暴虐。

"那日并非是迷雾林，也并非是此处的十里孤林。"谢君知却摇了摇头，道，"那是我的心魔秘境，一切存在，一切所见，可以是真，也可以是假。"

"心魔秘境？你……有心魔？"虞兮枝下意识道，话一出口，却又后悔，觉得自己问得太多，硬生生转了话题，"你是说，那柄剑……并不是真的存在？"

"世人都有心魔，我自然也不例外。"谢君知却并没有觉得她冒犯，平静解释道，"有人步步困于心魔之中，也有人想要将心魔一剑斩之，只是心魔难解也难斩，否则便也不配被称为心魔。未来或许你也会遇见，也或许不会。"

顿了顿，他又道："至于剑，这十里孤林，是无数剑，当然也可以为一剑。"

他没有略过她的问题，却又说得有些玄虚，似是这等事情便也只能用这样的话语来描述。

虞兮枝似懂非懂，再看向面前纵横交错的树林，有点迟疑地抬手，碰了碰树枝，只觉得树皮依然粗糙，脚下泥土微硬，倒也和寻常作物并无太大区别。

可这里是树林，也不是树林，是剑，却也要看握在谁的手里。

在寻常人手中，便只是树枝，但在谢君知手里，却是斩天下的剑。

而她折了枝，便也算是借了半剑。

"可你的心魔秘境，我又为什么能进？"虞兮枝突然又意识到一个问题，"那日我本是要在迷雾林等人……后来的事情你大约也知道了。"

"这就要问它了。"谢君知低头看向了某处。

虞兮枝顺着他的目光看去，却见橘二从一棵树后面探了半颗猫头出来，耳朵微耸，金色的眼睛却睁得滚圆。

此刻既然已经被发现，橘二便也不再藏，有些不情不愿地走过来，又下意识般蹭了蹭虞兮枝的腿，蹭到一半，像是突然想起来什么，在谢君知的目光下，不舍地停住了蹭的动作。

然而下一秒，橘二却直接腾空而去，虞兮枝弯腰将它抱起来，掂了两把，疑惑道："你是说它？"

"它叫橘二。"谢君知垂眼与橘猫对视。

虞兮枝于是更加疑惑："可是不管它叫什么，小猫咪又能有什么坏心眼呢？"

橘二听了，耷拉的耳朵重新昂起，心虚的眼神也重新理直气壮了起来，与谢君知对视的时候，明显重新占据了一点点优势。

谢君知明显被虞兮枝这句话噎住了，半晌，他忍不住冷笑了一声："小猫咪？"

"不是小猫咪吗？"虞兮枝茫然道，又抬手举起橘二，从它前爪腋下穿过，于是胖胖的猫身体被拉长，些许无助的猫后腿垂下，露出柔软又胖乎乎的肚子，怎么看都是毛茸茸的小猫咪的样子。

……是胖了些，所以充其量把"小"字去掉，但鉴于这山这宗她只见过这一只猫，没有其他对比参考，所以喊一声小猫咪，也是心安理得。

恰逢紫渊峰天心铃响，远远飘过来，便是极远极缥缈的一声。这一日的自由擂台赛又要开始，千崖峰众人大多已经十局连胜直接晋级，黄梨三局连胜，今日也仍要再去，决出是否能进十六强。

虞兮枝听到这铃声，突然想到了自己之前听说过的某个传闻，再看橘二，眼神微变："听说还有一只天心铃在昆吾护山神兽麒麟的脖子上，难道橘二是麒麟？可它脖子上也没有铃铛啊？"

橘二被拎得时间长了，好生无奈，谢君知却是直接笑出了声："麒麟？它也配？"

橘二开始扭动，虞兮枝只得将它扔回地上，橘猫毛发微乱，尾巴乱甩，抬头不满地冲着谢君知"喵"了一声，心道麒麟是个什么玩意儿，也配和自己比？

"喵"到一半，橘二却突然收了声，觉得谢君知话中有话，后半句的"它"，也未必是指自己，还可以理解为麒麟。

虞兮枝从善如流蹲下身，依依不舍地又摸了一把橘二毛茸茸的脑袋，已经自动理解了谢君知的意思："你说的对，区区麒麟，也配和我们橘二比？"

但她嘴上这么说，心里理解的却是另外的意思，这么说，不过是看到橘二明显不爽，特意安抚罢了。

高危职业
二师姐

有折枝的声音将她从思绪中唤醒，谢君知抬手又折了一节小树枝，再看向她："要对一剑吗？"

这话有些突然，虞兮枝却也并非第一次与他在此处对剑。

只是此时，少女低头打量一番颇为狼狈的自己，有些委屈："我在山洞里已经努力一整夜了，现在真的不想努力了。"

谢君知"哦"了一声，也不强迫，只悠然道："我看你还差一剑元婴，想帮你一把来着，既然你不想努力了，便也算了。"

破境近在咫尺，虞兮枝不知道别人能不能经得住这番诱惑，反正她不能。于是少女虽然委屈巴巴，却也还是猛地抬头，铮然出剑。

橘二被吓了一跳，心道你们俩要战便战，拔剑便拔，倒是顾及一下我这个小猫咪呀！毛都要被吓飞了好吗？

千崖峰刀光剑影，紫渊峰剑影刀光。

更远一些的地方，却也有人眸色深深，看着雾霭崇山，再抬眼看朗朗晴空，眼中却有江河灵气暗涌流动。

"仅仅昆吾山宗，便已经有三人伏天下。"祁长老晃了晃杯中的茶，"说来距离蚀日之战不过十七年，灵气竟然便已经如此浓郁。"

"与千崖峰那位有关系吗？"有人问道。

那人的声音渺渺，分明不在祁长老身边。

云海有雾，雾中有山，山后又有大大小小隐匿于山壁之中的洞府，这些洞府彼此隔绝，却又彼此相知。正是太清峰后山。

蚀日之战后，无数门派中人隐居于此，正如此前每个甲子的大战之后一般，有人休养生息，有人重伤难愈，却想闭关求一线突破生机，也有人背负着火种之名，以备新生代弟子无人能承载下一次大战的重任时力挽狂澜。

近来雷劫密布，所以便有一些长老从闭关悟道中缓缓醒来。

"说来也巧，昨日一时兴起，我去看了眼选剑大会，见到了些新生代的弟子，也见到了他。至于伏天下，恐怕也不止三个。"

祁长老这话落音，几个洞府顿时有些气息微动，显然每个人都有问题

370

要问。

祁长老继续道："我知道你们想问什么。新一代弟子很好，不能说都很好，但手中却也有昆吾剑。至于千崖峰那位谢姓小子……"

他顿了顿，声音似是没变，语气中却有了浓浓的忌惮："很强。"

后山一片寂静，仿佛过去十几年的空寂那般。

云雾弥漫，流转极慢，灵脉于山底流淌，便使得这里的灵气比其他地方还要更加浓郁纯粹。

如果有人在这里开了灵视，便可以看到那些灵气有一些注入天地之中，却有一些被昆吾山宗的大阵拦截，并不真正汇入天地湖泊，而是重新流转回来，惠及宗门中人，但更多的一些，则是无声无息地被各山后的这些洞穴悄然吸纳，形成一个个洞天福地。

半晌，终于有人开口："好一个谢家血脉。"

又有女声怒喝一声："谢家血脉就如此厉害吗？如此代代守山枯坐，难道却反而成全了他们吗？！"

一声叹息起。

一道苍老粗哑的声音缓声道："成全如何，强又如何，难道你们忘了吗？那是谢家最后的血脉了。真正应该担心的，反而是我们。"

此言出，满山终于真正地安静了下去。然而交纵的气息却微微乱了些，再望向千崖峰方向的视线，也多了些。

他们不在意这宗门究竟有几人伏天下，因为此刻天下几乎所有伏天下都在昆吾，抢了这份先机，昆吾依然可以一门独大。

但千崖峰三个字，却永远都是扎在大家心头的一根刺。

既然没有连胜十场，黄梨自然便要按部就班继续比试，而程洛岑与易醉也偷不得闲，毕竟除了单人赛，还有双人赛和三人赛要参加。

两人从千崖峰御剑而出的时候，身影都不期然带了点儿狼狈，御剑的速度也比平时更快了好几分。

"老程，别等了。"易醉拧着眉，神色严肃，"破境吧，破了境，我们三个人用千崖剑阵，也未必不能一战。"

白鹤乱飞，空中流云微风，却唯独没有等来程洛岑的回应。

易醉侧头看与自己并肩而飞的少年，却见他神色严肃，双唇微抿，手却在小幅度地挥舞，仔细去看，竟然便是他们在千崖峰看到的那一剑中的一小部分。

"醒醒，老程，醒醒！"易醉看少年一副入障样子，急急伸手拍了对方肩膀。

程洛岑如梦初醒，又拧眉转头，神色古怪地看了易醉半晌："战什么战？你这么想和二师姐打一架？之后的单人赛，未必不会对上她。"

易醉："……"

"不是，你看到那样的剑意，难道不想自己也试一试？"易醉比画了一个挥剑的动作，"不会有这样的冲动吗？"

"我对送死没有兴趣。"程洛岑冷然摇头，"明明知道完全打不过，为什么还要打？"

两人面面相觑片刻，同时觉得对方无法理解，心道也不知是人类的悲欢无法共通，还是对方的脑子有问题。

但下一刻的双人战场，两人却又双双举剑，剑意相似，剑法相通，一路披荆斩棘，竟然飞快进了双人赛八强组。

易醉收了剑，思绪却还在之前看到的虞兮枝的那一剑上："我觉得二师姐必然已经伏天下了，你觉得呢？"

程洛岑用一种看白痴的目光看他："这件事还用觉得吗？"

"怎么不用？她没有劫雷啊！不说别的，我们也算朝夕相处了，我破境你们谁没看到？"易醉微恼，声音却依然是压着的，"等等，为什么你这么笃定？"

"只用劫雷来看是否破境，也太局限了。"程洛岑说话毫不客气，"你自己看不到剑意吗？"

易醉大惊："你小子怎么和师兄说话呢？打一架吗？"

师兄弟两人猫着腰在这里低声交谈，以为四下无人，边说边向着黄梨的擂台那边去了，才走，却有人从树后转出来。

"你不是说，你和易师兄很熟吗？"纪香桃神色懊恼，"为什么让你帮忙搭话，你却动也不动？"

夏亦瑶满脑子都在想刚才无意中听到的事情，又想到了潇雨剑曾经说过的事情，心想虞兮枝真的已经伏天下？表面上却要应付纪香桃："你找程师弟到底什么事？"

"……能有什么事！"纪香桃却抿了抿嘴，见夏亦瑶神色探究，大有她不说，便真的不帮她的意思，这才一跺脚，耳尖微红，"我就是……就是想问问他昨天受的伤严不严重！"

夏亦瑶愣了愣："严重又怎么样，不严重又怎么样？和你又有什么关系？"

"我……我就是想问！"纪香桃咬嘴几下，干脆理直气壮道，"算了，你不帮我，我自己去问！"

到底是纪家的大小姐，任性娇纵，说走就走，真的甩了袖子，向着易醉和程洛岑的背影跑去。

夏亦瑶垂眼，掩住眼中的不耐与不喜，在心底急急喊潇雨剑，却并没有什么结果，转眼擂台赛又喊到了她的名字，她便也只能先按捺下这份疑惑，打算晚上去藏书楼翻翻书，看是否真的有这种情况，现在还是先去比赛了。

程洛岑与易醉走得极快，人群熙熙攘攘，纪香桃便也追得跌跌撞撞，又听到旁边有许多人在啧啧称奇什么，某一处擂台有一阵又一阵的喝彩声响起，到底爱热闹，她也忍不住向着那一处望去一眼。

"外门弟子竟然也能连胜两场，若是她真的再赢一场，便真的要去打晋级赛了！"

"而且我刚刚打听过了，这位师妹竟然是才入昆吾不久，据说刚来时不过引气入体，可看今日境界，最少也是炼气后期吧？"

"不止，方才与她对战的，便是炼气后期的师兄，你见她赢得有半分吃力吗？"

"……不能吧？大师兄当时开光到筑基有多久，她再厉害，却也不能比先天剑体的大师兄快吧？"

"我说，你们真的有认真看比赛吗？刚才她分明是赛中破境，刚刚到

373

了筑基，你们看看天上，霞云都还没有散呢！"

议论纷纷。纪香桃向台上看去，却见穿着灰色外门弟子道服的少女竟然从擂台上一跃而下，人群一惊，随之分开，只目光愕然，看着少女向着某个方向而去。

纪香桃看着那个熟悉的方向和熟悉的背影，忍不住喃喃道："不是吧？"

灰衣少女气喘吁吁，头发微乱，伸手去拉程洛岑的袖子，却被少年若有所感回身避开，有些惊愕地看向背后。

四目相对，少女依然面无表情，她似是不太会笑，眼神却极亮，甚至比她方才在台上出剑的时候还要更亮几分。

程洛岑看着那张脸半晌，觉得有些熟悉，随即突然想到了什么："是你？"

"你说你在这里，所以我来了。"少女目光灼灼，声音并不是多么动听，带了些近乎力竭的嘶哑，"赢了比赛便可以进内门，所以我赢了。"

"嚯。"易醉也终于认出了对方，"这不是……天酒镇的那位……"

程洛岑神色复杂，他有些不可置信，却也觉得有些困扰。

面前这位，竟然正是他在天酒镇的黑市里救了的那位名叫云卓的少女，他觉得所谓恩情。不过自己举手之劳，又谈何报恩？说了宗门后，他甚至没有说自己姓名，却不料对方真的来了此处。

她只说了短短两句话，他却明白了她的意思。

她入了外门，找遍外门八千弟子，却不见他。所以她想要入内门，再找他。

程洛岑眼神微凝："你已经筑基？"

云卓点头："想赢，所以筑基了。"

纪香桃终于在两人说话间到了近处，却正好听到了云卓的最后一句话，不由得愕然无语，心道这位外门弟子究竟是谁，又和程洛岑有什么关系？

她不喜对方这样看着程洛岑的眼神，心底一急，便一步踏了出去："你……你好大的口气！筑基哪有那么容易！"

云卓慢慢看向她，手又放在了剑上："打一场吗？"

纪香桃不料这人竟然一言不合就要拔剑，不由得睁大了眼："我才不会欺负一个外门弟子，你自己和自己打去吧！"

言罢，她又转向程洛岑："你……你……"

不知怎的，她对着别人的时候，语速飞快，但真的和程洛岑对视的时候，竟然"你"了半天，也没"你"出个所以然来。

程洛岑认出她来，却以为她又要因为昨日的擂台赛而来找自己的碴，神色不由得微冷："不知纪大小姐又有何事？"

纪香桃对他的情绪变化感知极其敏锐，只觉得程洛岑对这不知来历的外门弟子说话还很温和，怎么对着自己就莫名有了些杀意，不由得心底微酸，还有莫名火气窜了上来。

她将手心已经握得微湿的疗伤丹丸狠狠地向程洛岑身上砸去："没事不能找你吗？真是好心当驴肝肺！"

程洛岑接住丹丸，微怔地看着纪香桃冷哼一声便走的背影，再看向云卓紧盯着纪香桃背影的眼神，和手里已经出了半寸的剑。

易醉默默转开眼，却已经忍不住笑出了"噗"的一声。

程洛岑头上仿佛冒出一个大大的问号，虽然不明白到底发生了什么，却也感觉好像有哪里……不太对。

第九章

这一夜，千崖峰晚餐的气氛前所未有的奇特。

每个人都在吃着自己碗里的面，想着自己的事，苦着自己的恼。

易醉食不知味，心道自己揽镜自照，自认也算是风流倜傥人见人爱，虽说不如大师兄那么有魅力，能成为"九千万少女的梦"，但起码也能吸引"三千万少女"吧，怎么就没有人在自己面前跺脚扔药或拦路拔剑呢？

到底是哪里出了差错？是自己不够有趣，境界不够高，还是皮相……还不够好？

程洛岑食不甘味，老头残魂已经在感慨地跺脚细数自己当年的风流韵事，什么无数仙子为自己折腰之类，程大石头也终于后知后觉地反应过来了些什么，低声喝止老头的乱说，对方却向自己男性的尊严发出了嘲讽，顿时有些脸皮发红，恼羞成怒。

到底是哪里出了差错？是他修炼不够认真，看向那些女修的眼神不够稳重，还是扮相……不够低调？

虞兮枝食不遑味，她觉得自己被谢君知骗了，明明对了一剑又一剑，手都要断了，怎么还是卡在结丹期大圆满，她只觉得体内金丹愈发圆润漂亮，却还没长出小手小脚，距离那元婴显然还差了一步。念及此，少女不由得扫了谢君知一眼，却见对方优雅吃面，若无其事，不由得心底更气。

到底是哪里出了差错？是小师叔的一剑不够厉害？是自己还没碰到元婴的门槛？还是自己……折了太多小树枝？

黄梨左看右看，再看自己面前的面，心中有了浓浓的忧患意识。明明他老黄的面还是那样的汤、那样的料，怎么大家看起来吃得都不太得劲？看来等到这比赛结束，他还要去一家面馆重新进修一番，查漏补缺。

到底是哪里出了差错？是葱苗不够新鲜，是汤底不够浓郁，还是……面条不够劲道？

几个人各有所思，一顿面吃得是心猿意马。

好在一码归一码，易醉到底有过"忘了告诉虞兮枝要比赛"的前车之鉴，这会想起了重要的事情："总而言之，我们四人目前都进入了十六强，我和老程的双人组、外加老黄的三人组，都已经晋级。十六强会分为四组，每组胜者进入前四，再抽签确定对手，最后由胜者角逐魁首的位置。但不管怎么说，进入十六强，就意味着，已经拿到了进入秘境的资格。"

想象中能够进入秘境探险而感到快乐的场景并没有出现。

在场四个人，程洛岑早年就有奇遇进过秘境，其余几个人也都进过空啼沙漠的混元秘境，至今还记忆犹新，因此几人或多或少失去了些对秘境的新奇感。

不过也还有别的东西撑着。

比如，选剑大会之所以被称为"选剑"，便是因为胜者可以进入剑冢选剑，另外还有魁首的一千块上品灵石和五峰对战后的翻新正殿奖励。

"之前我和易醉都被划到了太清峰，五峰对战要怎么对？难道要老程和老黄两个人上阵？"虞兮枝微微拧眉，又嗤笑一声，"又或者，让小师叔亲自上？他们敢吗？不怕整个峰头被削平吗？"

谢君知抬眼看了少女一眼，欲言又止，却什么都没说。

易醉敏锐感到虞兮枝和谢君知之间的气氛有些许微妙，却只当不知道："关于这件事，我去找紫渊峰谈过了，说是鉴于千崖峰确实人太少，所以特许我们将所属峰改成了千崖，不过这样一来，我们也只有四个人，其他峰出战都是十人队来着……"

虞兮枝沉思片刻："不然，多画几个纸符人？纸符人算人吗？"

高危职业
二师姐

大家顺着她的话想到了过分活泼的小枝枝和过分喜欢捉弄小枝枝的小知知，心想要算的话似乎也不是不可以，只是正常人类只有四位，这四位身上又挂着三个小纸符人，总觉得有些奇怪。

"橘二也算千崖峰的，总不能光吃饭不干活。"谢君知收了筷子，看向刚刚吃完猫饭丸子，闻言有些愣住的橘二，"这样就有五个人了。"

"猫也能算人吗？"易醉瞠目结舌，又和橘二对视片刻，"行……行吧。"

易醉又掰起指头算了算，竟然觉得这阵容还行："我是伏天下，老程估计这两天就压不住自己，也要伏天下了，老黄筑基，二师姐就算不伏天下，天下也要服她，至于老猫……老猫这么可爱，谁又忍心拔剑对准它呢？所以只要老猫不被打倒，我们胜券在握！千崖峰的正殿指日可待！"

橘二心情复杂，对老猫这个称呼明显很有意见。

然而易醉在"老猫"两个字后，很快又用了"这么可爱"四个字，若是它在计较，倒显得心胸不宽广了。

于是千崖峰的阵容就这么定了下来，虞兮枝神色颇为复杂地看了一眼程洛岑，又听易醉提了一嘴云卓和纪香桃的事情，心道"龙傲天"到底是"龙傲天"，无论人在何处，修炼绝不会落下不说，其他故事也在如期展开，却不知他与小师妹夏亦瑶何时才能碰撞出火花。

剧情到此，到底偏离原书多远，虞兮枝也不知道。

但这样在千崖峰朝夕相处，一起吃面，人与人之间的感情自然从原书的"恶毒女配"和"正义男主"的关系稍微偏转画风，变成了"千崖峰孜孜不倦的二师姐"和"千崖峰崖边吹剑风的师弟"。

二师姐到底还是研了墨，摊了符纸，取了天照笔出来，一气呵成地又写了两套避雷符出来，一套给了程洛岑，一套给黄梨备用。

写完却又想到了另外一事，推门出来再看的时候，她才发觉千崖峰已经夜深寂寂，其余几人的灯都灭了，谢君知竟然也一反常态，并不在他常坐的那把椅子上看书。

却有另外的木屋门微开，透出内里的些许光线，虞兮枝迟疑片刻，到底走了过去，从门缝往里看了看。

谢君知居然在看小知知和小枝枝玩。也不知是谢君知的一口灵气实在

378

太绵长，还是千崖峰的风水格外适合养纸符人，总之两个纸符小人的续航实在是有些长。

这会儿小知知也许是因为谢君知本尊在，多了好几分底气："你不要过来，今天橘二的肚子是我的。"

"橘二明明更喜欢我，不信你自己问它！"小枝枝叉腰，又道，"你已经是一个成熟的小知知了，睡觉怎么还要和猫挤在一起？不知羞！"

小知知一噎："你才不知羞！"

"奇怪，我为什么要知羞？"小枝枝迈着短腿，已经掀开了橘二的尾巴，凑到了橘二肚子旁边，再将尾巴盖在自己身上，找了个舒服的姿势，"知羞这种事情，你来做就可以了，和我小枝枝有什么关系？"

小知知明明在和虞兮枝本尊说话的时候，嘴皮伶俐，百战百胜，经常堵得虞兮枝怒目相向。但此刻面对小枝枝，却节节败退，技不如人，只得带了些委屈地用眼神去瞅谢君知。却见谢君知根本没看他，竟然蹲在了小枝枝面前，用手弹了一下小枝枝的脸："都送你我的本命剑了，多劈你两剑怎么了？我又没说对一剑就一定能元婴，这就生气了？"

在门口听了个全部的虞兮枝有些无语。

小枝枝惊愕捂住脸："你怎么又弹我的脸！我只是一只脆弱的纸符人罢了，这样下去，脸会扁掉的！"

虞兮枝不明，小枝枝为什么说"又"？

她突然想到了自己在空啼沙漠的时候，时常觉得脸上有点奇怪的感觉，再看到谢君知此刻的动作，慢慢眨了眨眼，心道不是吧？不是吧？不是吧？这位祖宗不能这么幼稚吧？

但她转念又想到了自己也曾经这么弹过小知知的脸，不由得又有些心虚。

却见谢君知顿了顿，又道："你还怕脸扁掉？你揪我头发荡秋千的时候，怎么不怕摔断腿？"

虞兮枝大惊，心道这小枝枝未免胆子太大。

虽然她之前便觉得谢君知一头黑发漂亮得过分，小枝枝在他身上乱爬的时候，恰好能拽着他的头发当梯子，却也不知小纸符人这么敢想又敢做，竟然更进一步，还做起了荡秋千的事情。

高危职业
二种姐

"你这是看不起我荡秋千的技术。"小枝枝据理力争，"再说了，我掉下来的时候，你不是接住我了吗？"

说着又从橘二尾巴下面伸出两条小短腿："瞧，腿还在。"

虞兮枝："……"

纸符人当然不会脱离于本尊存在，说到底，也不过是本尊的一种化身罢了，性格自然也是与本尊类似。换句话说，小枝枝完全就是她的镜像，就是那种没什么心机，想到什么就说什么出来的镜像。不像她，只会把这种话藏在心里吐槽，脸上却还要挂着"营业的微笑"。

这么一想，倒是有些羡慕小枝枝。她这样思忖，又有些莫名脸红。而气不打一处的小知知却在原地转圈迈步的时候，猛地瞅见了站在门口向里张望的虞兮枝，冷不防四目相对。

虞兮枝顿时愣在了原地，直觉不妙，准备悄悄溜走，却已经来不及了。

"你快来管管小枝枝！"小知知奋力向她冲来，冷哼一声，"你看她现在，上房揭瓦，橘二的胡子都只剩下一半了！"

虞兮枝微僵，下意识向着谢君知望去，却见那道白衣背影竟然并未回头，而是顺势抓着小枝枝的腿，就这么把她从橘二尾巴下面捞了出来："有人在门口偷听我们说话，还不敲门，你说我们要不要理她？"

虞兮枝："……"

这位祖宗这么幼稚，既然如此……虞兮枝不由得在心底冷哼一声，便也蹲下身来。她抓住奔来的小知知，闷声闷气道："有人在这里欺负纸符人还不关门，反过来还要怪别人听见了他说话，小知知，你说他奇不奇怪？"

小知知眨了眨眼，小枝枝蹬了蹬腿。

两只纸符小人隔空对视了一眼，包子小脸上都有些茫然，却听谢君知道："我与你第一次见面就想杀你，你难道是第一天觉得我奇怪？"

虞兮枝顿了顿，道："可我还活着，小枝枝的腿也没断。"

谢君知手指微顿，终于转过头来，看向虞兮枝，看到了她是真的满脸委屈巴巴，一双笑眼也有些许耷拉下来。

少年心头莫名微软，还是有些拉不下来脸："今天是我看错了，我以为你还差一剑就能破境，没想到不止一剑。"

380

虞兮枝当时累到快晕厥，却因为谢君知一句话而再度拎剑，满以为自己距离破境不过分分钟的事情，却不料一剑又一剑，甚至连千崖后山的某个小山头都削平了，还没任何破境的征兆，不由得心头恼怒了大半天。此时此刻缓过神来，她自然也觉得自己的恼怒有些无理取闹，否则也不会主动过来在这里探头探脑。

她当然没想到谢君知居然会先开口。这话听起来像是变相道歉，但莫名哪里不太对，颇有一种说了还不如不说的感觉。

谢君知从未说过这种承认自己失误的话，话出口后还有些赧然，心底更是莫名有些忐忑对方会如何反应。结果等了半晌，对方竟然毫无动静，于是谢君知不由得悄悄抬眼，向着虞兮枝的方向看去。

却见少女蹲在地上，手指似是无意识地抠了抠小知知的衣服，惹得小纸符人一脸嫌弃，拼命想要从她手里夺回袖子。

她又抿了抿嘴，更加别扭地"哦"了一声，然后才道："那……那你明天早上吃鸡汤小馄饨吗？"

鸡汤小馄饨自然是要吃的。

黄梨醒来的时候，看到二师姐竟然已经熬了汤捏了馄饨下锅，心底一边高兴，一边更加肯定了自己昨天的猜想，觉得果然是自己手艺不太行了，惹得二师姐竟然要重出江湖捏馄饨。

易醉揉了揉眼睛，脚比脑子快地奔上前，端了大碗出来。再看坐在自己旁边的小师叔，面前竟然也是大碗的。

小师叔似乎心情颇好，吃馄饨的速度比平时要快一点，又好像要慢一点，吃一颗，还要喝一口汤。

对面的二师姐吃馄饨的时候，悄悄看了小师叔好几眼，有点欲盖弥彰，又有点明目张胆。

易醉眨了眨眼，再看程洛岑，却见这狗小子眉目深沉，吃了馄饨喝了汤，正好接住他的视线。只听程洛岑压低声音问了一句："你说……万一……如果事情真是那样，不是我多心的话……我要怎么拒绝她们才好？"

易醉："……"

他虽然声音压低，却也到底是饭桌上，又有谁会听不到他的话，黄梨

381

挠挠头，不解其意道："都是修仙的道友同门，一起修仙不好吗？"

程洛岑昨夜虽然喝止了老头残魂胡言乱语，但老头子忆及往昔，说得天花乱坠，连夜给程洛岑科普了什么叫和仙子们"一起修仙"。

是以此刻程洛岑听到黄梨的话，顿时被呛住，忍不住以惊天动地的咳嗽掩盖自己的尴尬和老头残魂心领神会的狂笑声。

易醉眼神惊悚地看向黄梨："老黄，没想到你看起来淳朴老实，内心却有这么多花样。"

黄梨满心疑惑，不由得问道："一起修仙有很多花样吗？都有什么？"

这话题自然不能深究，易醉三两口吃完馄饨，拉着黄梨去一旁小声教育，程洛岑更是面色尴尬，慌张收了碗去洗。

虞兮枝反而落单没事干，她低头弹了弹剑，到底还是有些不好意思看谢君知，只小声道："那我也走了。"

岂料对方和她一起起了身："一起走。"

虞兮枝一愣："你要去哪里？"

易醉已经教育完黄梨回来，闻言顿时一拍脑门："是呀，十六强的比赛，是邀请了各峰峰主观赛的！除此之外，五峰对战，峰主当然也要到场观赛，本来赛程还要再拖几日，但据说秘境开启的日子提前了些，所以恐怕我们又要挑灯夜战了。"

虞兮枝这才回过神来，细细一想，原书里似乎也是这样写的。只是所谓五峰对战，原书剧情里，没有千崖峰什么事。

这位在原书中神龙见首不见尾的小师叔，前期几乎都没怎么出过场，否则她也不可能在第一次见到他的时候，没能认出他来。

于是第一次，千崖峰倾巢出动，虞兮枝御着剑，怀里还抱着一只橘二，平时随手抱抱也就罢了，这样一路到紫渊峰，这才发觉这猫真是有些重。

虞兮枝欲言又止地摸了摸橘二的脑壳，心道以后猫饭丸子还是少做一个好，猫猫虽然胖胖才可爱，但也不能变成"月半月半"。

虽然比赛依然是在紫渊峰，但到底已经过了自由擂台阶段，于是韩峰主再次改变了整个场地的布置，四块积分石碑并排矗立于崖边，四块擂台则是直接悬浮于紫渊峰后山的悬崖之上，灵石阵法和结界于擂台下闪烁着密密麻麻的繁复光芒，显然是下了大手笔。

擂台之下，云雾缭绕，白鹤悠然，又有灵气升腾，近乎肉眼可见。

云雾之中，隐约还有些奇异动静，众弟子有人觉察到了什么，目露惊讶，却又有些不敢相信自己所想。

"我怎么好似听到了些声音？"有人向着云雾之下望去，然而穷极目力，却也看不穿那样的雾色。

"我有个猜测……"又有人压低声音，"之前有典籍记录过，选剑大会上，有请过护宗神兽为大家祈福。或许这次……"

周围一众弟子纷纷目露不可置信的神色，毕竟昆吾的护宗神兽乃为麒麟。

麒麟一鸣，百年罕见，是为天降瑞祥。

无人见过真正的瑞祥降下，然而藏书阁的典籍中却有许多文字记录过瑞祥降下之时的场景。譬如霞云密布，百人原地破境，又譬如金光乍现，所见所闻之人金光护身之类。

念及此，大家看向云崖之下的目光更加炙热了许多。

场地既然如此调整，众人观赛的场地自然也因此变得宽敞了许多。

围绕悬浮擂台周围的所有山峰悬谷都已经有人提前占好了观赛的位置，而五峰峰主的座位，自然便设在最高的紫渊峰上。

其余四峰的峰主早已就位，怀笃坐在主座之上，看了看时辰，又与其他几人对视一眼，再看一眼还空着的那把椅子。

今日此处不仅仅有五位峰主的位置，还坐了许多从闭关中苏醒过来的长老，其中甚至还有那位被小师叔一剑斩退的徐长老。

"小师叔究竟会不会来"的话题，提起也尴尬，不提起也尴尬，却总要有人起头。

然而话题还没起，却见千崖峰方向有剑光乍现。

御剑破空而来的，有五人。为首一人，白衣黑发，眉眼冷冽，神色却温和，正是那位小师叔。

众弟子自然让开一圈空地，几个人收剑落地，五峰对战到底是压轴项目，于是虞兮枝自然而然将橘二递给了谢君知："一会儿我来接它。"

383

高危职业
二师姐

橘二在千崖峰总是懒懒散散，此刻却似是格外精神，无数人的目光落在它身上，它便也抬头顺着那些目光回看了一圈。

"千崖峰还养猫？不是说寸草不生？活物均无？什么猫能在这种地方活下来？"有人压低声音，窃窃私语道。

弟子们不知橘二，然而在座的各位长老却有人脸色骤变。

徐长老猛地起身："你怎么把它也带了出来？"

"出来是什么意思？"谢君知抬手摸了摸橘二，掀起眼皮，"出了哪里？"

徐长老虽然曾被他一剑逼退，此刻气势天然弱了几分，但毕竟此刻有这么多长老在后撑腰，到底有些底气："当初明明说好……"

只是他还要再说，怀筠却已经站起身来，直接压过了他的声音："没想到师弟今日也有兴趣来观赛。"

谢君知这才收回视线，咳嗽两声，笑容依然温和："到底有几个人归在了千崖名下，我便来看看。"

他边说，边往自己的椅子走去，靠坐下来的同时，又慢悠悠道："对了，还有一事。这猫平时在千崖峰吃了许多饭，又听说五峰对战都是十人一组，我们千崖峰只有四个人，我想了想，就让这猫也算作一员吧，否则也总不能由我上，各位师兄和长老觉得呢？"

徐长老脸色极为难看，他死死盯着橘二，手更是捏着椅子扶手，闻言就要反驳，却听到了谢君知说"否则也总不能我上"这一句，这才硬生生将话咽了回去。

其他长老看着橘二的表情也有些不喜，细品之下，竟然还有些忌惮，却被谢君知这一番话逼得到底说不出什么反对的话来。

千崖峰只有四个人，按理来说，便应该将五峰对战的其余四峰都削减至四个人。但此刻千崖峰愿意四个人战十个人，条件只是加一只猫而已。若是不答应，反而才是奇怪。难道要说"不能带猫，只能四个人战十个人"？那听起来岂不是像是在欺负千崖峰的人？可若是答应……几位长老互递眼色，憋得难受，在场这么多弟子，拒绝也总要有理由，难道要他们说出这猫的来历和真实身份吗？

在场众弟子面面相觑，心道千崖峰真的这么不讲武德？猫难道上能打

384

架，下能卖萌？

虞兮枝将各位长老的表情尽收眼底，心底有些疑惑，又想到了那日在十里孤林的时候，谢君知说自己入他心魔秘境，竟然与橘二有关，当时她来不及细想，这会儿不禁疑惑，难道橘二真的不是一只简单普通胖胖的猫？

"不过是一只猫儿而已。"怀笃却是笑了笑，接过了话，"要千崖峰四人去战十人，确实有些不合适，但既然只要加一只猫，千崖峰便愿意战，又有什么不可以呢？剑修自当如此一往无前。"

顿了顿，他又补充道："只要你们不怕这猫被刀光剑影惊到，自然并无不妥。还希望它不要反过来给你们添乱，惹得你们自己束手束脚，不敢出剑才好。"

怀笃这话说得意味深长，众弟子听来只觉得掌门说得合情合理，但诸位长老和谢君知自然听懂了——猫便是猫，纵使不是猫，在这场比赛里，橘二也只能是猫。

谢君知笑意加深，颔首道："这是自然。"

这事便算如此定下了。

时辰到，紫渊峰有执事起身，朗声宣读了比赛规则，十六人一字排开，当场上前抽签分了四组，韩峰主再一挥手，这分组名单便悬浮出现在了四个擂台之上。

大家的神色都带了些紧张，谁都不想和已经伏天下的虞寺、易醉一组，虞寺不想遇上虞兮枝，虞兮枝则是抬眼扫了一眼站在一旁看起来弱柳挟风的夏亦瑶，心道果然她也入了围，万一一会儿分到一组，岂不是要提前战个你死我活？

夏亦瑶自然注意到了虞兮枝的打量，她握剑的指节微微发白，自己也不知道是想遇上虞兮枝，还是不想。

易醉自然也不想在这一环节遇上自己峰的人，这一轮首先是四人一组同擂台，再自由混战，最后只有一人能胜出进入下一轮。

如果可能，易醉恨不得四强便是千崖峰的四个人。

虞兮枝探头看去，还没找到自己的名字，却听身侧沈烨倒吸了一口冷气，抬手捅了捅虞寺，微恼道："就说当时不计积分的时候就应该和虞师妹打一场，结果被你拦住了。现在可好，我要是真的打不过，岂不是要被淘汰了？"

虞寺看到自己没和虞兮枝一组，微微松了口气，又听沈烨这声抱怨，这才看到虞兮枝、沈烨的名字竟然并列了一排，后面则是两个才筑基不久的其他师弟妹，不由得笑道："那正好当我阿妹的垫脚石，也算是抬举你了。"

沈烨大惊："阿寺，朋友一场，你竟然让我做垫脚石？"

说话间，几个人脚下又有法阵突显，再转眼，已经按照抽签分组站在了悬浮的擂台之上。

四块擂台的四角各立着四个人。

所谓四人混战，决出一人胜利，听起来像是要胜者一打三，但事实上，自然有许多策略。

比如先联合一人，淘汰另外两人；或者联和两人，共同对敌其中最强的那一位。

虞兮枝与沈烨对视一眼，再看向另外两位才筑基不久的师弟，微微一笑："虽然欺负师弟不太好，但我很期待与沈师兄一对一地打一场。"

沈烨刚才还在和虞兮抱怨，但说归说，真正拔剑的时候，却又哪有平时的怠懒模样，眉眼发梢全是少年的意气风发："彼此彼此。"

两人说话直截了当，甚至没有用传音，另外两位师弟苦笑一声，拱手道："对上师兄师姐，我等确无胜算，能入十六强，拿到去秘境的资格，已是如愿以偿。但既然人在擂台，又岂能不战而认输，还请帅兄帅姐赐教。"

虞兮枝扬眉一笑："好，那便拔剑吧。"

这边擂台已经飞快分工完毕，另外三块擂台却并不尽然。

易醉看着虞寺，长长叹气道："大师兄，我们两个伏天下，竟然只有一个人能入四强，这赛制有点问题。"

虞寺摩挲着剑柄："入了伏天下后，还没有人让我真正好好的出一剑，想必你也是。"

易醉于是看向另外的师弟和师妹，露出一抹和善又同情的笑容："那就请大师兄亲手教两位师弟师妹什么是剑吧。"

虞寺看了易醉一眼，却见少年已经懒洋洋抱剑站在了一边，真是一副你是师兄你先上、你先热身再来和我打的表情。

毕竟是师兄弟，虞寺叹了口气，到底好脾气地上前半步："我已伏天下，再与你们同台，本就是境界压制，所以你们一起上吧。"

另一边，程洛岑看着面前的云卓，有些头疼。

更头疼的是，他这一组，除了云卓，另外两位竟然都是师姐，其中一个赫然便是夏亦瑶，另一位则是琉光峰的大师姐江重黎。

云卓已经自发地站在他面前，豁然出剑，面无表情地看着对面的两位境界比她要高出不少的师姐。

既然面无表情，自然也毫无惧色。

夏亦瑶看着云卓这样，莫名不喜，铮然拔剑，却不看云卓，只对程洛岑道："你们千崖峰的人居然要躲在外门弟子后面？"

云卓却先截了话头："不是他躲在我后面，而是我站在他面前。废话少说，要战便战。"

被这样挑衅，夏亦瑶自然恼怒，她上前一步，手已经按在了剑柄上。

江重黎原本都做好了其余三人要一起来围攻自己的准备，却不料此刻台上竟然出现了这样的氛围，顿时有些茫然，再看向程洛岑，却见少年脸上也是如出一辙的茫然。

江重黎心想此刻她是和程洛岑战一场，还是先等云卓和夏亦瑶打完？

程洛岑听着老头残魂看热闹看得高兴地大笑，心道自己也只是想要好好打一架，怎么会变成这样。

在他看来，修仙一路，男修女修都是平等的，当然不存在什么"我不打女人"一类的说辞，谁的剑强，就是谁更厉害。

然而此刻，云卓站在他面前，为她挡住了来自夏亦瑶的所有刀光剑影，并且显然打算在干掉夏亦瑶以后，还要去战即将一步伏天下的江重黎。

虽然云卓说是她自己站在了他的面前，但到底此刻这许多人注视着这里，程洛岑脸上也有些莫名赧然，却也进退维谷，不知该如何去阻止云卓。

最后一块擂台。

黄梨扛着锄头，面前几人他虽然不认识，但到底在擂台赛混迹这许多天，他自然知道，有一位师兄是劫雷差点劈到虞兮枝的雪蚕峰大师兄池南，另外两位师兄眼生了些，却也都是十连胜晋级的。

池南认出黄梨来，于是道："我破境是承了虞师妹的情，既然你也是千崖峰的人，我便与你联手，先战这两位，你觉得如何？"

寻常人听到这句，想必飞快就会应下，毕竟池南已经伏天下，既然他愿意出手，黄梨只需要在旁边打打酱油便好。

然而黄梨却思忖半晌："可胜了这两位后，我也打不过你，还是要被淘汰出局。既然如此，我为什么要费力帮你与他们对战？"

池南愣了愣："但你一人与他们对战，难道就能打过了？"

黄梨却对着两位脸生的师兄恳切道："有道是，'乱拳打死老师傅。'我们三个人联手，未必不能和池师兄一搏。"

池南愕然看着黄梨，心道这位千崖峰的师弟虽然拿着锄头，看起来老实憨厚，居然这么有心机。

天心铃响，擂台之上有结界起，却不再是压制境界的结界，而是以防剑招威力太大，波及观战弟子抑或其他擂台的防护性结界。

铃响，剑光起。

周围的观赛弟子熙熙攘攘，若非韩峰主早有预期，给所有能够看到这片擂台的崖边都上了结界防护，只怕这一阵骚动，便已经有弟子被挤得跌落悬崖了。

取消了境界压制后，大家本以为各个擂台上理应出现一边倒的情况，结果除了虞寺一剑淘汰两位师弟师妹、沈烨与虞兮枝一人各淘汰了一位师弟之外，另外两个擂台上的战况却颇为奇特。

江重黎和程洛岑抱剑站在一边，云卓的剑已经和夏亦瑶铮然对上。

程洛岑看那剑眼熟，再仔细一看，云卓手里，竟然也是三块下品灵石一把的剑，而夏亦瑶手中，却分明是有剑灵的潇雨名剑！

除了那次空啼沙漠归来时，夏亦瑶冲动为之的出剑，说来这还是夏亦瑶在得了这柄剑后，第一次在所有人面前出剑。

她心中不由得有些恼怒，当初她从剑冢取剑，万剑齐鸣，昆吾异色，所有人都在艳羡她的这柄剑，随后她因为这剑而病，请了西雅楼的谈楼主来，闹得也是轰轰烈烈。

虽然后面谈楼主莫名要收虞兮枝为徒，到底让人有些忘记了，当初他到底是为何来到昆吾，但这并不妨碍，有许多人都在好奇她这柄剑究竟有何不同。

毕竟，她是这一辈昆吾弟子中，第一个，也是至今唯一一个从剑冢之中取了剑的人。

之前自由擂台赛的时候，她都没有用潇雨剑，也是今日有如此多的掌门长老一并观战，又是攸关晋级的十六强之战，她才拿了潇雨剑来。

然而此时，她想象中的一剑斩三山的场面并没有出现，潇雨名剑却只能与三块下品灵石一把的量产破剑不断撞击出剑鸣，而她更气恼面前对战的，还是她刚才口口声声的外门弟子。

也是因为云卓这位外门弟子以一己之力硬生生杀入了十六强之中，这一年的选剑大会才第一次为外门弟子专门设了席位。

昆吾山宗内外门原本界限极清，甚至堪称天壤之别，无数人抱着修仙问道的梦来到宗门，却发现自己竟然连引气入体都难以做到。有人放弃归家，也有人觉得天道酬勤，总想要再试一试。

有人被岁月磨平斗志，觉得天堑之别，终其一生也不可能逾越。也有人长叹一声，只觉得造化弄人，人生蹉跎，浑浑噩噩，半生过去，也摸不到那个缥缈的门槛。

可今日云卓拿着破剑，与太清峰亲传小师妹的这一剑又一剑，却无疑让八千外门弟子微冷的血，又重新燃了起来！

云卓出剑并非毫无章法。既然是外门弟子，她在这昆吾小半年，自然也学了清风流云剑。

她便也只会清风流云剑。

夏亦瑶剑中巧思极多，剑意薄转浓，剑式更是漂亮又流畅，看上去赏心悦目，然而她再多招式，再多剑法，竟然也穿不过云卓简简单单的清风流云剑！

少女翻身后掠，她不用潇雨剑时，便已经有负担，此刻拔剑出鞘，自然更甚，不由得喘息咳嗽两声。

389

她脑中出现了一些画面：虞兮枝当初在紫渊峰战宣平、宣凡时，用的便是清风流云剑，前几日斩落池南师兄的剑时，用的也是清风流云剑。

云卓面无表情，已经欺身逼近，显然并不会因为她这样咳嗽，而产生半分怜香惜玉的想法。普普通通的清风流云，更加普通的三块下品灵石的剑，灰扑扑不起眼的外门道服，所有这一切都变幻成了云卓逐风揽云的一剑当头！

池南后退半步，他堪堪结丹，虽然也算是休息了半日，但究竟还没有真正照壁自观，又因为是丹修，平素里战斗的经验本就不甚充足，在同时面对三人的时候，竟然真的有些不支。他突然想起，当日虞寺大师兄才刚结丹，便奔赴空啼沙漠战蛇妖。那时的大师兄，面对的是千百蛇妖，而他面前，不过是两剑一锄头，他居然便已经后退。

池南不由得心中赧然，心道自己修仙这许多年，难怪总也超不过大师兄，自己差得可真的不是一星半点。而这份赧然也重新化作了战意，少年长剑一晃，丹意剑意齐齐散开，重新入战局，与三位师弟战作一片。

另外两块擂台上，虞寺与易醉见礼拎剑，各自后退两步，再抬眼，眼中已是战意滔天。

虞兮枝目送另外两位师弟师妹认输退场，再扫一圈其他擂台战况，眼神在程洛岑那处多停留了片刻，弯了嘴角，但再看向沈烨的时候，已经重新肃了神色。

"沈师兄，过去承蒙关照，但今日一战，我不会留手。"

沈烨弹了弹剑："我总好奇你的四圣剑，今日可否让我也一见？"

两人遥遥见礼，再举剑。

沈烨想见四圣剑，韩峰主看到自己的亲传弟子与虞兮枝对上，自然也想起了那日太清峰正殿里的一幕，不由得眼神微沉，身子微微前倾，也想再见一次四圣剑。

但他身形刚动，却又想到了什么，犹豫片刻，到底歪向了谢君知的方向："谢小师弟，虞兮枝的剑是你教的吗，比起之前，似是进步极大？"

这一众峰主长老观赛中，自然也有交谈，但也不知大家都各自持身份，还是因为忌惮什么，声音都压得极低，使得这一片氛围显得有些不自然。

这会儿见到韩峰主开口，许多人都不由得悄悄竖起了耳朵。

也有人想起那日太清峰正殿，少女那句"你怎么也会这一剑"以及"我建议你找小师叔重新学一学"。

离得比较近的弟子听了个全耳，却也只敢在心底微惊而不敢言。

当时初听，只觉得虞兮枝出言狂妄，不知天高地厚。可若真是如此，韩峰主又何出此言？！

难道……小师叔也会四圣剑，也真的比韩峰主的四圣剑更强更精妙？

可四圣剑难道不是紫渊峰的太上绝学，不传之秘吗？！

谢君知仿佛对这样颇为凝滞的气氛一无所觉，也并没有主动与其他人交谈的意思。但韩峰主这样问他，他脸上便也露出了温和的笑容："我不好为人师，更何况，她已经有三位师尊了，每一位都是一宗之首，我自然不会越俎代庖。如果一定要说的话，我不过带她去过几趟千崖后山的一处山洞。"

橘二甩了甩尾巴，不自然地转过脸，心道好你个谢君知，说话如此抑扬顿挫，夹枪带棍，干得真是漂亮。这话说得委婉极了，却分明是在绕着弯子指责怀筠真人为人师尊，却忘了徒弟一事。

坐在上位的怀筠真人距离这么近，自然不能当作没听见，他自然而然地转过头，神色无恙地笑道："说起来，易醉那小子，竟然也伏天下了，千崖峰真是好山好水好养人。红衣老道若是知道，一定很开心。"

这话听起来承接自然，却是在意指同样都是在千崖峰，易醉突破得如此之快，相比之下红衣老道的亲传却反而慢了一步，也不知是她不行，还是红衣老道为人师不太行。

怀筠真人话音落，有人不禁哂笑起来，心道千崖峰"万径人踪灭"，确实是"好山好水好养人"，怀筠真人做惯了掌门，倒是也修炼了几分说话的艺术出来。

但也有人有些怔然地盯着谢君知。

祁长老手中依然端着个紫砂茶壶，他对怀筠真人和谢君知意有所指的语言交锋似是毫无兴趣，却只在意一句话："千崖后山的山洞……是那个山洞吗？"

"不比其他几峰福山宝地，能让诸位长老好生休养。千崖峰后山，自然只有一个山洞。"谢君知颔首应道。

祁长老眼中神色更惊："她……她学了几剑？"

这话没头没尾，不知山洞为何物的其他长老都有些疑惑神色。山洞与学剑又有什么关系？

但也有人从祁长老的话中倏然回忆起了什么，脸色骤变："是那个……六十六剑洞？"

有人被这六十六剑洞的称谓唤醒了记忆，却也有更多人在看擂台上的比赛。

沈烨想看四圣剑，起手便自然是四圣剑。

韩峰主走沉稳之意，沈烨作为亲传弟子，出剑自然也极稳，可他既然能为亲传，本也是根骨奇佳，悟性极强，这些年来，也自然有自己的剑意剑道。

他的四圣剑，稳却不沉，似是极静，却不闷。

虞兮枝被这样的剑意倏然笼罩其中，而看台上许多人看到这一剑，也是赞不绝口。

沈烨剑意圆满，剑心圆满，竟然也是筑基期大圆满，看来距离破境也不过一步之遥。

又有人神色微妙地想起了宣平、宣凡的破境和池南的破境，心道会不会沈烨师兄也能有此际遇，与二师姐对剑之后，便也破境？但这个念头才出，这人却猛地回过神来。一次、两次也罢，三次如此，难道二师姐的剑，还真能助人悟道不成？

四圣剑意浓，擂台本在悬浮，竟然因为这样的剑意而下沉几寸，擂台下的灵石倏然发出比之前更加明亮的光芒，显然也在努力抵抗这份剑意。

有人震撼于这一剑，虞兮枝被剑意笼罩，却好似丝毫不慌，她抖了抖烟霄剑尖，微微一笑，再抬手。

烟霄剑意起。

沈烨想看她的四圣剑，她便让他看。沈烨出四圣剑的困字诀，她便用破。

四圣剑要困而破之，那日与韩峰主对剑，只对了困字，但此时不是对剑，而是对阵，自然出手便是要胜之！

困字沉沉撼八方，破字自然滚滚杀四海。

杀意剑意如浪如云涌，少女手中的剑刹那间迸发出了耀目至极的剑光，她出剑便是极盛，破这四圣困意，如一剑破天！

沈烨眼睛极亮，去空啼沙漠之时，他才堪堪学到第三式，但此时，韩峰主却已经对他倾囊相授，他自然认出了虞兮枝的这一剑。

而这一剑，分明是他所学的剑式剑招，却完全不是他所熟知的那份剑意！

虞兮枝的剑更轻薄，杀意却更浓、更决绝！

沈烨大笑一声"好剑"，拔剑再起，竟也是一剑破字诀！

虞兮枝破了困意，剑意却未尽，竟然就这样硬生生与沈烨的剑于半空相遇！

金戈铁马之声仿佛要踏穿冰河，两道剑意璀然相遇，再分开，显然不分高下，然而下一瞬，虞兮枝已经变了剑招！

她倏然收剑回身，烟霄才沾剑鞘，又重新蓄意而出！

沈烨一剑还未收，却又遇上了四圣剑的起手一式！

少年急急竖剑去挡，却已经有些来不及，只得避，便竟然就这样被活生生逼退了三步，再被那份出鞘杀意直直击中肺腑，硬生生吐了半口血在地上！

四周一片哗然。

沈烨，这位紫渊峰的大师兄实力之强，在昆吾山宗年轻一辈的弟子中，都是公认的。

太清有虞寺，紫渊有沈烨，雪蚕有池南，琉光有江重黎。

而此刻，池南已败于虞兮枝剑下，沈烨竟然也被她一剑逼退！

"这位二师姐，到底是什么修为？如果都是筑基期大圆满，怎会差别如此之大？"

"或许倒也不是差别有多大，二师姐到底在千崖峰这么久，便是路过迷雾林，我都有些吃不消，她日夜夜受剑风砥砺，所以剑意更为精纯精妙，也说不定。"

高危职业
二师姐

"只是剑意的区别吗？可沈烨师兄已经吐血，她却像是尚有余力！"

四处议论纷纷，韩峰主更是眼瞳微缩，心中惊意浓，心道虞兮枝怎知这一剑可以这样用？

念及此，韩峰主也说不清自己是什么心思，或是试探或是感叹道："这一剑若是无师自通，这位虞小真人也当真是悟性绝顶，掌门师兄当初还说，这孩子是非要跟着虞寺来的，现在看来，也不过是托词罢了。这样好的苗子，又有谁会不喜欢呢？"

怀筠但笑不语，心中却道，当初确实觉得虞兮枝根骨尚可，只是后来这弟子实在是人间罕见地怠懒，无论如何鞭策指责都无用，他便放弃了，只当太清峰家大业大，给虞寺个面子，这才没有直接将她逐出宗门去。

谁能想到她竟然还能有如此成就呢？满殿都被这一剑惊艳，大家心思各异，自然无人理会韩峰主的这句话。安静片刻后，却突然有人"嗯"了一声。

再去看，竟然是悠闲地摸着趴在自己膝盖上猫的小师叔。

有人感觉有些怪异，也不知这位小师叔是在"嗯"那句无师自通？还是在"嗯"别的什么，却也不敢细想。

擂台之上，虞兮枝却不收剑，也根本不觉得沈烨吐血有什么，毕竟与她练剑吐过的血比起来，面前这点血，甚至连小场面都算不上，只笑道："四圣剑看过了，接下来，便不是四圣剑了。"

沈烨擦干净嘴边的血，微微一笑，突然问道："你伏天下多久了？"

许多人都问过虞兮枝的境界，虞兮枝从来都避血不答，沈烨以为这一次，她也会绕过这个问题。却见少女重新抬手举剑，比了个他从未见过的起势，再微微一笑："挺久。"

沈烨瞳孔微缩，心道原来虞兮枝真的已经伏天下，虽然不知为何没有雷劫，但那却也不是他要关心的事情。

既然如此，那么他这一场便是输了，倒也不算太难看。

"这一剑还没有名字。"虞兮枝摆了起势，又稍微调整了一下姿势，莫名有些不好意思，"先拿沈师兄练练手，还望师兄莫怪。"

沈烨还没反应过来这话中的意思，却见少女已经剑起。

有人醉扶孤石看飞泉，有人无处避春寒，也有人一剑寒冽香却浓。

394

沈烨觉得自己看到了重阳青蕊，蟾宫高步，银潢濯月。却也见沉沉戍鼓，萧萧厩马，满地霜华。

下一刻，少年发冠碎，衣袖尽裂，长剑落地，再断。

满山、满宗、满谷俱寂，只听长剑碎裂成几段后，弹起再落下。紫渊峰上，韩峰主倏然站起，怀筠真人下意识向前倾身，端着紫砂茶杯的祁长老惊呼一声，险些捏碎椅子扶手。

而谢君知勾起唇角，这才带笑地回答了祁长老许久之前的那一问。

"她只学了这一剑。"

之前虞兮枝出剑的时候，有人见过，也有人没见过。

但无论见没见过，这几日大家除了看擂台，便是聊天谈论这些剑招剑式。

——譬如谁在擂台上出了什么剑，又有谁私藏了境界，在擂台上一鸣惊人，或者谁平日里看起来嚣张无比，上了擂台却发现是个草包。

位于这些议论最中心的，一则是战中破境伏天下的池南，一则是身为外门却一路且战且破境的云卓，最后自然便是千崖峰这群"不讲武德"的疯子。

比如其中用锄头锄出了一条剑路的黄梨，比如剑狠人帅话不多，被外门传奇弟子云卓和内门纪家大小姐同时围堵的程洛岑，比如让人惋惜家世绝顶、境界高绝、相貌俊逸却偏偏长了一张碎嘴的易醉。

再比如……边比剑，边学剑的那位，也不知应该是太清峰还是千崖峰的，二师姐。

韩峰主出四圣剑，她便也出四圣剑，池南师兄出渡业丹剑，她边学边回剑，还能自己顺着剑意向后补完，除此之外，她还用过各个峰的无上剑法、大家见过听过、没见过只听过、甚至没听说过也没见过的剑法若干。

有好数据之人还笔尖沾墨，白纸黑字，认真统计过二师姐到目前为止用过的剑式剑法，竟然写了满满一张纸还没列完。

方才听到诸位长老们提到什么六十六剑洞，已经有博览群书久坐藏书阁之人打开脑中的书籍储备，隐约记起，似是昆吾千年前，曾有一位有剑圣之名的大修士在这山洞中留下过一道剑意。

有第一道，便有第二道。

千崖峰后山的剑意山洞逐渐不是秘密，斗转星移，无数人的剑意从青涩到纯熟，等他们摸到了至高剑意门槛之时，便自然想要观剑。

古往今来，不知有多少真正青史留名、举世公认的大剑师和剑圣，都进入过千崖峰后山的山洞。

有人来观剑意，有人来学剑意，看完学完，剑意饱满，自然也想留自己的一剑在此。

无数人挥剑，无数剑意交错纵横。然而这么多握剑的人里，却只有六十六位，在那山洞的岩壁上留下过自己的剑意。

虞兮枝既然被扔进过这山洞，那么纵使小师叔未曾教过，之前她手中纵横的那些剑意，也总有了合理的解释。

方才祁长老所问的意思，自然是想知道她在这山洞中见过，悟得并学会了多少式剑法。

她明明习得了那么多，有四圣剑，有太清望月，有江梅仙去，还有更多大家不认识也叫不上名字的剑法。

可小师叔此刻却说……只有这一剑。那这一剑，究竟是……什么剑？！

擂台之下，四野俱寂，便是其他几方擂台上，大家也都被这样的剑意惊到，忍不住向着虞兮枝的方向望去。

而擂台之上，胜负自然已分。

沈烨看着自己手中只剩下剑柄和半截的剑，灵气倒涌，不由得再吐了一口血出来。

少年方才还是意气风发，此刻却满身狼狈，怔然半晌，才愣愣问道："这……是什么剑？"

虞兮枝也没想到，自己这一剑竟然有如此威力。

沈烨手中的剑虽然还不是他的本命剑，但剑修的剑碎，便几乎等同于被当众狠狠地扇了一耳光，再去了半条命。

若是此时再说这是无名剑，实在是太过羞辱沈烨。虞兮枝有些歉意，觉得总要编一个名字出来。

正当她要随便搪塞一个剑名时，突然想起了孤月深夜中，山洞里的半截小树枝，又想到了千崖峰上十甲孤林，以及孤林中胜雪的白衣。

山中有木，木上有枝。

虞兮枝反手收了剑，再看向兀自怔然不语地等一个答案的沈烨："这剑名叫，山有木兮。"

方才剑光掠影破空，极难听到擂台上的动静。但此刻万籁俱寂，自然在场的所有人都听到了虞兮枝的这句话。

祁长老手中紫砂壶微晃，喃喃而语："山有木兮……山有木兮……有人听过这一剑？"

"当年长门剑圣最喜木，或是他的剑？"有人推测道，"或者出身磐华雨林的那位孙姓大剑师？"

"长门剑圣喜木，出剑却风必摧之，孙大剑师出身磐华，但最著名的却是踏雪剑，想来一夕之间改变剑意，应当不太可能。"有人否定道。

大家想来想去，只有祁长老似是想到了什么，神色愈发凝重，也有人观祁长老神色，顺着思路想到什么，却只觉得绝无可能。

谢君知按橘二的手微顿，他睫毛轻垂，低声重复道："山有木兮……"橘二感受到了他情绪的些许波动，微诧地抬头去看他，金色的猫眼因为这份诧异而微微睁大，显然在它眼中，谢君知不应当因为一剑而怔然。却听谢君知顿了片刻，又轻轻吐了三个字出来："……木有枝。"

他声音极轻，除了橘二，无人听到他的话。然而橘二不解其意，更不解风情，心道这人突然吟诗，真是奇奇怪怪，有点毛病。

其他人问了一圈，却无人知道这一剑的来历，不由得将带着疑惑的目光投在了他身上，只想他或许能解惑。

谢君知情绪的波动只是一瞬，再抬眼，他已经重新挂上了无懈可击的温和笑容："我也是今日才知这剑的名字。"

他知道虞兮枝学了一剑，他知道这剑，却是今日才闻其名。虽然没有明说，但所有人此时此刻，才真正听懂了他的意思。

六十六剑洞，有六十六剑。

虞兮枝学的，不是那六十六剑，而是自己的这一剑。

这是她自己的剑意。

徐长老自然听懂了这其中之意，他身为昆吾山宗的长老，本应为后辈

高危职业
二师姐

的惊才绝艳而喝彩，然而有过去那些过节，不免脸色微白。

旋即，徐长老又觉得不可思议，不由道："等等，一个朝闻道的小真人，怎么可能有自己的剑意？倘若如此，这几千年来，对于境界的区分又有什么意义？！"

谢君知却懒懒扫去一眼："谁说她是朝闻道？"

满座俱惊，怀筠真人猛地坐直："难道她也已经伏天下？"

紫渊峰观赛席因为谢君知这句话而微乱，擂台上，虞兮枝却顿在了收剑的这个姿势。

她体内金丹微转，再转，金光甚至几乎能透体而出。

她破境无息，然而沈烨离得太近了，却依然敏锐地感觉到了什么，抬头去看，只见少女微微垂眸，周身有金光乍现。

云层微开，阳光倏然而下，若是开了灵视，便能看到有功德金光顺着灵气悄然而下，再有灵脉灵气带着云海雾色翻卷而上，与她体内大盛的金色混在一起，绕着她一人飞旋。

翻滚的云海中，昆吾山宗的那位护宗神兽若有所觉般抬头，只觉得此日阳光甚好，心情甚佳，被硬生生从沉睡中唤醒的几分不悦也消散了去大半。

于是麒麟抬头，打了个哈欠，顺便清了清嗓子。

云海微开，云雾如龙鳞栉比，勾勒出麋身轮廓，又有巨大龙角戳破云雾，乍露便隐。

麒麟一鸣，昆吾山动，灵脉齐涌，西风岽暑，银河翻浪。

请出麒麟的怀薇真人和几位长老对视一眼，脸色极为震惊，却也无可言说。麒麟神兽镇山，请出这麒麟神兽，尊请降下祥瑞，已是极难。若是麒麟神兽临时犯懒反悔，他们也无话可说，又怎能要求何时降下祥瑞？

按照他们所想，若是麒麟能在最终魁首决出之时再动，自然是最好，但若是此时，似乎也……并无不可。

麒麟清了嗓子，只觉得神清气爽。

于是昆吾八千弟子聆听这麒麟鸣声，自然心旷神怡，有人福至心灵，原地坐下，照壁自观，只觉得经脉之中灵气涌动，过去悬而不决的境界隐约向上迈步。

另外三块擂台之上，云卓一剑逼退夏亦瑶，似是对那麒麟长鸣毫无感觉，然而她提剑向前，周身境界竟然一升再升，剑意一涨再涨，等一剑到了夏亦瑶面前的时候，已是筑基期大圆满！

夏亦瑶咬牙提潇雨，也不再压着自己周身修为，竟是淋漓尽致地与云卓对了这一剑，大家这才发现，这位小师妹竟然也已筑基圆满！

老头残魂笑了一声："狗小子，你压了这许多天境界，倒也有好处。"

程洛岑却只觉得灵气翻涌，竟似就要破境，眉头微皱："什么好处？"

"你道何为祥瑞？"老头残魂道，"便是免了你被雷劈咯。"

说话间，程洛岑便觉丹田之中，竟然已有金丹初成，再抬眼，却见整个昆吾山系都被漫天霞光笼罩。

深橘、淡紫、浓粉，有人一夕引气入体，有人炼气入筑基，有人从筑基后期直入大圆满。

便是那些在紫渊峰端坐的长老，也有人深吸一口气，只觉得自己身上陈年的内伤竟似被温柔的手抚平，停滞多年的境界竟然隐约松动，而这样的境界松动，不仅意味着他们的修为可能再上一层楼，更直接关系到他们原本已到了尽头的寿数。

有长老当场眼眶微湿，只觉得自己若是能再多看这万里霞光流云几日，这一生才是真正无悔。

沈烨剑断，这才刚刚将碎裂的剑身捡回来，拼凑成剑的形状，却猛地按住了心口，半晌，他的脸上露出了一抹苦笑，看向面前的少女："我似乎也要伏天下了，可惜我连剑都没了，我用什么抵御雷劫？"

却听少女"噗"地笑出声来："沈师兄，你已经结丹了，还要什么雷劫？"

沈烨一愣，这才发觉丹田之中真的已有金丹初成。

虞兮枝却不再看他，而是遥遥看向了紫渊峰的方向。那边人影憧憧，不断有惊喜的声音响起，但她却只透过所有这些，与一双怏怏眼眸轻触。

原来谢君知说她差一剑，是这样的一剑。

紫府天成，她已是元婴。

——第一册·完——

独家新番外

图书馆的许愿少女
（现代校园篇）

昆吾大学有个神龙见首不见尾、仿佛从来都活在传说中的谢学长。

传说中，谢学长大一就已经是SCI（科学引文索引的简称）的一作了，大二就已经能独立带团队做课题，更不用说那些国外名校如雪花般递来的邀请函。

有他在，学院的老教授们都一边过着清闲的日子，一边感慨这可真是长江后浪推前浪，若是再来几个这样的天才，他们就都要提前退休了。

"学神"常见，神到这个地步的，昆吾大学建校以来，也是仅见。

更何况，据说这位学神谢学长，还长了一张时刻能出道的脸，早已集齐了各大公司经纪人的名片，再满不在乎地扔进了垃圾桶里。

如此众说纷纭，却到底与虞兮枝这样刚入校的大一新生毫无关系，无非是在外提及自己学校的时候，换来一句"啊，昆吾是很牛，我听说过你们学校的谢学神！"。

谢学神的传说太过光辉伟岸，差距过大的时候，难免会被镀上一层不真实的光芒，不仅生不出什么嫉妒羡慕的心，倒是更想让同专业的后辈们双手合十，虔诚地拜一拜。

入校时光匆匆，转眼便是期末，虞兮枝萎靡不振地在图书馆啃代码，窗外天色已沉，陆续有学生收拾书本回宿舍，原本就清净的图书馆变得更加宁寂。

虞兮枝揉了揉眼睛，看了眼已经快要指向午夜的时针，叹了口气，看来熬个通宵是在所难免了。

左右无人，她双手合十地撑在桌面上，她的对面便是一排排计算机系的书架，长发少女闭上双眼，口中喃喃道："精诚所至，金石为开。信女愿日日为谢大学长祈福，愿您一路开挂，红红火火，保我小小信徒，期末不挂科，过年乐呵呵。"

似是觉得这样还不够虔诚，她还向前很郑重地俯了三次身。

然后，她就听到了一声轻笑。

闭眼前，她反复确认了周围是没有人的，午夜的图书馆里，这样一声轻笑，实在是多少有点惊悚。

她悄悄掀开眼皮。

入眼是一张冷白如玉的脸，介于少年和青年模样之间的学长穿着简单的白 T 恤，眉目精致锋利，窄腰宽肩长腿，正轻轻点在桌面上的手指更是骨节分明，修长漂亮到让人难以挪开眼。

图书馆里突然出现这样一个长相过分出众的学长，又是在这样一个微妙的时间点，很难不让人想到什么图书馆传说。

虞兮枝也不例外，她甚至有些没礼貌地紧盯着对方，目光尽量不露痕迹地移了移。

岂料对方已经飞快地看穿了她的意图："怎么，想看我脚下有没有影子？"

虞兮枝："……"

对方的声音里多了几分戏谑："刚才还在拜我，这会儿我真的出现了，你反而怕了？"

虞兮枝慢慢眨了眨眼。

长时间对着厚重的编程书和电脑，让她的脑子过度沉浸于机器语言与电子屏幕，想了很久才明白这句话的意思。

……不是，听懂以后，就更想要看看到底有没有影子了好不好！

"谢学长？"虞兮枝有些迟疑地问道。

401

谢君知已经绕过了桌子，灯将他的影子拉长，如此站在虞兮枝身边的时候，几乎要将她整个人都笼罩，但他并不多留，只是淡淡地扫了一眼她用的书，甚至很注重她隐私地并没有看屏幕。

擦身而过的片刻，虞兮枝确信自己闻到了他身后的风中，清浅的木质香气。

不消片刻，谢君知已经不知去了哪里，虞兮枝悄然松了口气，忍不住捞起手机，想要和自己最爱聊八卦话题的男闺蜜易醉分享一下自己方才的遭遇。

岂料手机屏幕才亮起来，她还没点进对话框，一只漂亮的手已经神出鬼没地冒了出来，在她面前放了一杯还在冒着热气的咖啡，再隔空虚虚点了点她的手机。

"既然拜了我，还让我听到了，自然要如你的愿。"明明已经消失了的谢君知竟然又回来了——如此宁寂的图书馆里，他走路竟然好似没有声音，所以虞兮枝一无所觉，"不如一会儿再玩手机？"

他捞了旁边的椅子过来，坐在了距离虞兮枝不太远的位置，恰是一个不让她过分尴尬的舒适距离，就如他方才的话语，让虞兮枝放下手机放得心甘情愿。

谢学长的声音和他的人一样赏心悦目，清朗却带着点冷意，但这样的冷却在夜色中，被笑意冲散。

——好似看到她，又或者说，听到了方才她的那些话，对他来说，是实在有趣的一件事。

有趣到让他忍不住驻足，短暂地忘了自己来图书馆做什么，透过书架的空隙看过去，将双手合十的少女尽收眼底。

虞兮枝这才发现，对方并非空手而来，而是捏了一沓薄薄的白纸。

"精诚所至，金石为开。"谢君知看向她，翻转过手中的白纸，却见上面赫然是虞兮枝手中那本厚如辞海的书里的重点："如愿以后，记得来找我还愿。"

虞兮枝慢慢睁大眼，正要说什么，谢君知却竖起了一根手指。

"不要对我说谢谢。"谢君知勾起唇角，"说了谢谢，愿望就不灵了。"

虞兮枝顿时正襟危坐，表情愈发虔诚且认真。

昆吾大学的图书馆，是允许通宵的。

窗明几净，低却悦耳的声音浮在耳边，他的手指轻敲纸面，将如天书般的内容一条条梳理出来，再轻描淡写地讲给面前一点就通的少女听。

月落枝头轻颤，漆黑逐渐褪成稠蓝，再有稀薄的光自东方而起，一夜竟是就这样悄然而过，咖啡已经见底，又添了一次，两瓶矿泉水也已经见了底，虞兮枝面前厚厚的那本书，越读越薄。

在本子上画上最后一个句号。

"对了，你叫什么名字？"起身之前，谢君知突然问道。

虞兮枝抬起眼，因为熬夜，她的眼角有点微红，眼瞳却依然明亮："虞兮枝，山有木兮木有枝的兮枝。"

不知想到了什么，谢君知倏而笑开："我叫谢君知，心悦君兮君不知的君知。"

君知。

——独家番外完——